Aus Freude am Lesen

btb

Buch

Eigentlich will Ex-Kommissar Berndorf zu seiner Freundin nach Berlin ziehen und dort seinen Ruhestand genießen. Aber am Grab seines ehemaligen Kollegen Jonas Seiffert übernimmt er, nicht sehr willig, dessen Hund. Mehr noch verändert seinen Alltag, dass ihm Seiffert eine ungelöste Frage hinterlassen hat. Sie führt in die 60er Jahre, als über Nacht das Haus einer Zigeunerfamilie zerstört wurde. Die honorigen Täter waren im Politfilz der Staatspartei sicher gewesen. Den Kindern der Täter begegnet Berndorf nun in untergründigen Zusammenhängen. Als ein junger Sinti beschuldigt wird, den Lokalreporter und heimlichen Sexfotografen Hollerbach aus Lauternbürg umgebracht zu haben, gerät Berndorf in ein explosives Geschiebe aus Waffenhändlern, behördlich abgesegneter US-Spionage und alten Stasi-Seilschaften.

Autor

Ulrich Ritzel, geboren 1940 in Pforzheim, lebt heute in Ulm. Er studierte Jura in Tübingen, Berlin und Heidelberg. Danach schrieb er für verschiedene Zeitungen und wurde 1981 mit dem begehrten Wächter-Preis ausgezeichnet.
Sein Romanerstling »Der Schatten des Schwans« wurde zum Überraschungserfolg. Für »Schwemmholz« bekam er den Deutschen Krimipreis verliehen, für »Der Hund des Propheten« den Burgdorfer Krimipreis.

Ulrich Ritzel bei btb

Der Schatten des Schwans. Roman (72800)
Schwemmholz. Roman (72801)
Die schwarzen Ränder der Glut. Roman (73010)
Halders Ruh. Roman (73332)

Uferwald. Roman (HC – 75144)

Ulrich Ritzel

Der Hund des Propheten
Roman

btb

Verlagsgruppe Random House FSC-DEU-0100
Das FSC-zertifizierte Papier *Munken Print* für Taschenbücher aus
dem btb Verlag liefert Arctic Paper Munkedals AB, Schweden.

2. Auflage
Genehmigte Taschenbuchausgabe Januar 2006,
btb Verlag in der Verlagsgruppe Random House GmbH, München
Copyright © 2003 by Libelle Verlag
Umschlaggestaltung: Design Team München
Umschlagfoto: Horst Mink
Druck und Einband: Clausen & Bosse, Leck
EM · Herstellung: AW
Printed in Germany
ISBN-10: 3-442-73256-5
ISBN-13: 978-3-442-73256-2

www.btb-verlag.de

Der Blautopf, um den sich sonst Busladungen von Touristen drängen, ist verlassen. Am Steinbild der Schönen Lau vorbei geht sie einige Schritte den baumbestandenen Weg hoch, der um das Quellbecken führt. Traurig sieht die Schöne aus, ausgezehrt vom sauren Regen. Tamar hat Mörikes Geschichte von der Schönen Lau in der Schule gelesen. In einer württembergischen Schule ist das unvermeidlich. Sie weiß noch, dass es eine traurige Geschichte gewesen sein muss: eine verbannte Halbnymphe, die erst in ihre Heimat zurückkehren darf, wenn sie das Lachen gelernt hat ...

Und das ausgerechnet hier. Das leuchtende Blau des Quelltopfs kommt ihr vor wie Kupfervitriol. Ist das Depression? Ein Glassplitter im Auge, der einen alle Dinge hässlich und verfallen sehen lässt ...

Samstag, 20. Oktober 2001

Ein Strom von Menschen fließt durch die Eingangshalle der Universitätsklinik, Besucher mit Blumensträußen in der Hand, Patienten im Bademantel auf dem Weg zur Cafeteria, Frauen mit Kindern, alte Frauen, dunkel gekleidete Frauen, Frauen mit Kopftüchern und der ganzen türkischen Großfamilie im Gefolge. Ein Pulk von Männern, rotgesichtig, schwitzend, unförmige schwarze Koffer in den Händen, strebt dem begrünten Innenhof zu. Ein grauhaariger Mann bahnt sich den Weg durch den Pulk, bis er zu dem Empfangsschalter kommt, hinter dem ein verdrossener Pförtner über dem Wochenend-Rätsel des »Tagblatts« brütet.

»COLTAN«, sagt der Mann, nachdem er ihm eine Weile zugesehen hat. »Das Erz mit den sechs Buchstaben, ohne das Ihr Handy nicht funktioniert, heißt Coltan. «

Der Pförtner blickt hoch.

»Bei der Gelegenheit«, fährt der Mann fort, »könnten Sie mir sagen, wo ich Herrn Seiffert finde, Jonas Seiffert.« Er buchstabiert den Nachnamen.

»Zimmer 317, dritter Stock«, sagt der Pförtner, nachdem er den Namen in seinem Computer gefunden hat. »Wie, haben Sie gesagt, soll das Zeugs heißen?«

»Coltan«, wiederholt Berndorf. Seit er pensioniert ist, hat er morgens sogar Zeit für das Kreuzworträtsel.

»Mit C?«

Berndorf nickt.

»Das kann hinkommen«, antwortet der Pförtner, und Berndorf geht zur Treppe. Wenn es nicht zu viele Stockwerke sind, verschmäht er Aufzüge. Während er das Treppenhaus hinaufsteigt, sieht er durch die gläserne Außenfront, wie die rotgesichtigen Männer auf dem Innenhof Aufstellung nehmen. Die Oktobersonne lässt das Messing der Musikinstrumente aufblitzen, die die Männer aus ihren Koffern auspacken.

Vom Treppenaufgang im dritten Stock gehen mehrere Korridore ab, schließlich findet er den richtigen. Die Tür zu Nummer 317 ist angelehnt, er klopft behutsam, mehr um anzuzeigen, dass ein Besucher eintreten will, dann schiebt er die Tür auf und tritt ein.

Das Zimmer mit den beiden Betten liegt im Halbdunkel, wegen der schon tief stehenden Herbstsonne sind die Jalousien heruntergelassen. Auf den ersten Blick weiß Berndorf nicht, ob er nicht doch eine falsche Zimmernummer bekommen hat. Im Bett an der Seite zur Tür liegt ein Patient, dessen Alter er nicht schätzen kann, das Gesicht ist spitznasig und seltsam aufgeschwemmt in einem. Eine Frau sitzt neben ihm, die blonden Haare straff nach hinten gebunden, sie erwidert seinen angedeuteten Gruß mit einem kurzen Nicken.

Zögernd geht Berndorf auf das zweite Bett zu, dann sieht er, dass sich dort eine knochige Hand hebt, begrüßend oder einladend. Auf dem hochgestellten Kissen liegt ein kahler Kopf mit gelblich verfärbtem Gesicht, der Hals wie angebunden an einen Infusionsständer, zu dem mehrere Schläuche führen. Wenigstens ist der Händedruck noch so – oder fast so –, wie Berndorf ihn von Jonas Seiffert kennt.

»Schön, Sie zu sehen«, sagt Seiffert, und Berndorf weiß nicht, was er antworten soll, denn es ist bei Gott nicht schön, den Propheten Jonas so zu sehen.

Seiffert enthebt ihn einer Antwort, er zeigt auf einen Stuhl, den Berndorf näher ans Bett heranziehen kann.

Als er schließlich Platz genommen hat, rafft Berndorf sich auf und fragt, was die Ärzte meinen. Eine täppische Frage, aber er kann den Propheten mit dem gelben Gesicht und dem Hals, der an drei Infusionsschläuchen hängt, nicht fragen, wie es ihm denn so geht. Ums Verrecken kann er das nicht.

»Alles hat seine Zeit«, antwortet Jonas Seiffert. »Ich hab meine gehabt. Die Ärzte sagen, ich hätte ein Rezidiv.« Er hebt die Hand an und lässt sie wieder auf die Bettdecke sinken. »Aber erzählen Sie mir doch von sich … Ich dachte, Sie gehen nach Berlin?«

Berlin, ach ja, denkt Berndorf, davon lässt sich einiges berichten, und beschreibt seine blauäugigen Versuche, für sich und Barbara ein Haus zu finden, in Dahlem oder wenigstens an einem der brandenburgischen Seen … Seiffert scheint zuzuhören, aber Berndorf drängt sich immer mehr der Verdacht auf, dass selbst das Zuhören zu viel von einer Kraft verbraucht, die schon fast gar nicht mehr da ist.

»Jedenfalls habe ich meine Ulmer Wohnung zum Jahresende gekündigt«, beschließt Berndorf seinen Bericht, »der Blick aufs Münster wird mir fehlen, anderes nicht …«

Schweigen – oder besser: Verlegenheit senkt sich über die beiden Männer. Was muss er an den Propheten hinreden, wer alles in Ulm ihm nicht fehlen wird? Auch am Bett nebenan wird nicht gesprochen.

»Wer kümmert sich eigentlich um Felix?«, fragt Berndorf schließlich, und heuchelt den Halbsatz hinterher: »Solange Sie hier sind.«

Felix ist des Propheten alter, knochiger, stummelschwänziger und sabbernder Boxerrüde.

»Marzens Erwin«, antwortet Seiffert knapp, und Berndorf sagt sich, dass er sich das auch hätte denken können. Erwin Marz ist Gemeindearbeiter und Feuerwehrkommandant in Wieshülen, dem Albdorf, zu dessen Ortsvorsteher Seiffert schon vor vielen Jahren gewählt worden war.

Dann sieht Berndorf, dass die knochige Hand ihn zu sich herwinkt. Er beugt sich über den Kranken.

»Da ist noch eine Geschichte...«, sagt Seiffert halblaut.

Berndorf sieht ihm ins Gesicht. Plötzlich erkennt er wieder die Augen des Kriminalbeamten Jonas Seiffert, über den sich keiner lustig je zu machen wagte. Höchstens, dass man ihn hinter vorgehaltener Hand den Propheten Jonas genannt hat.

Seiffert öffnet den Mund, aber kein Wort ist zu hören, für einen Augenblick bleibt die Zeit stehen, Berndorf starrt in den Mund, in dessen Zahnreihen zwei große Lücken klaffen, dröhnend stürzt eine Wand von Lärm ein und begräbt das Zimmer unter sich. Berndorf schrickt hoch und tauscht einen entsetzten Blick mit der blonden Frau am Bett nebenan. Der Lärm stürzt und stürzt und schüttet alles unter sich zu und nimmt kein Ende, denn er wird von dem Posaunenchor gemacht, der draußen vom Innenhof mit unermüdlicher frommer Kraft gegen die Glasfassaden des Klinikums anzublasen begonnen hat. Wenn Berndorf sich nicht sehr täuscht, fliegt ihm gerade der Choral »Näher mein Gott zu Dir...« um die Ohren.

Deutlicher können sie es den Patienten aber wirklich nicht sagen, denkt er.

Die Frau am Bett nebenan steht entschlossen auf und will aus dem Zimmer gehen. Eine Schwester kommt mit einem Tablett herein, und die Frau sagt: »Hören Sie – wer verantwortet diesen Posaunenchor da draußen? Dieser Choral ist für meinen Freund nicht zu ertragen, nicht in seiner Verfassung...«

Die Frau spricht schriftdeutsch, mit einer fast unmerklichen Einfärbung, die Berndorf aber nicht zuordnen kann. Eine Schwäbin ist sie nicht.

»Da kann ich Sie jetzt aber gar net verstehen«, sagt die Schwester, »das sind doch lauter nette Leute, die blasen da ganz umsonst, weil sie den Patienten eine Freude machen wollen, da können Sie doch nicht so sein...« Die Schwester bleibt stehen und betrachtet nun ihrerseits die blonde Frau, sichtlich empört.

»Wenn das so nette Leute sind«, antwortet die Frau, »dann können die doch sicher auch Choräle spielen, die fröhlicher sind, die gibt es nämlich auch, und die keine zusätzliche Belastung darstellen für Menschen, die mit ihrer letzten Kraft darum kämpfen, Fassung zu bewahren…«

»Ich hab jetzt keine Zeit, mit Ihnen zu streiten«, gibt die Schwester zurück und schiebt sich mit ihrem Tablett an ihr vorbei, zu Seifferts Bett. »Schauen Sie, der Herr Seiffert hier, der freut sich immer, wenn ein Posaunenchor da ist, aber das ist auch ein ganz ein lieber Herr…«

Dann erklärt die Schwester, dass sie den Besucher leider wegschicken muss, und Berndorf steht auf, fragt dann aber, ob er nicht draußen warten könne. Doch Seiffert entscheidet anders.

»Nein, nein«, sagt er, »das hier ist alles keine Unterhaltung mehr für einen jungen Mann…«

»Aber Sie wollten doch…«, widerspricht Berndorf.

Seiffert hebt die Hand. »Auch Fragen haben ihre Zeit, ich hab nur grad nicht dran gedacht… Nett, dass Sie da waren. Und grüßen Sie die junge Kollegin.«

Die Hand bewegt sich, Abschied nehmend und zugleich den Weg weisend.

Berndorf versteht. Er nickt und hebt grüßend beide Hände, mit der linken die zur Faust geballte rechte Hand fassend.

Ich halte Ihnen die Daumen, soll das heißen. Als er sich zur Tür wendet, stellt er fest, dass die blonde Frau verschwunden ist.

Dienstag, 6. November 2001

Der Bus hält am Dorfeingang, auf dem Platz vor der Alten Molke, Berndorf steigt aus und schlägt den Kragen seines Trenchcoats hoch. Dabei wirft er einen Blick zum Himmel, über den in rascher Folge regengraue Wolken aus Nordwest ziehen. Im Geäst der schon halb entlaubten Apfelbäume auf der anderen Straßenseite hat sich ein Schwarm Saatkrähen niedergelassen, unversehens fliegt einer der Vögel auf, kreischend und ratschend folgen die anderen und kreisen in der undurchschaubaren Ordnung ihrer Flugbahnen.

Berndorf zupft den Trauerflor zurecht, den er am Revers trägt, und geht ins Dorf hinein, so eilig, wie es mit einem Trauerflor am Revers gerade noch schicklich ist. Das Dorf scheint verlassen, giftfarben schliert Öl durch eine Pfütze, vor einem der Höfe ist ein magerer, großer gelber Hund an einer Laufleine angebunden und starrt die Straße hinauf. Für einen Augenblick bleibt Berndorf stehen und versucht, den Hund anzusprechen, aber der wendet ihm nur einen kurzen Blick zu und versucht ein Wedeln mit dem Stummelschwanz und äugt schon wieder die Dorfstraße hinauf.

Berndorf geht weiter und biegt an einem kleinen, mit Kastanien bestandenen Platz zur Kirche ab. Das Dorf gehört zu den wenigen, die noch keinen neuen Friedhof angelegt haben. In den Reihen der Gräber rund um die Kirche ist eines frisch ausgehoben. Der Trauergottesdienst hat bereits begonnen, er steigt die Wendeltreppe hinauf, die zur Glockenstube und zur Empore führt, auch die Empore ist dicht besetzt, und so geht

er vor bis zur Brüstung und legt seine Hände auf den Quer-
balken. Der Balken ist braun gebeizt und grob behauen, Ris-
se durchziehen ihn der Länge nach. Er will durchatmen, und
lässt es sogleich bleiben. Die Luft ist dunstig von alten, feuchten dunklen Kleidern und Mänteln, in Schwaden steigt der
Geruch der Mottenkugeln auf.

Er beugt sich leicht über die Brüstung. Köpfe, dicht gereiht
und grau. Manche altersweißgelb, das Haar strähnig über
dem durchscheinenden Schädel. Vorne der Sarg, poliertes
Holz schimmert im Kerzenlicht, wieso poliert? Jonas wäre es
nicht recht gewesen. Zwei Frauen, die eine noch jung. Kräfti-
ge Rücken, kerzengerade. Tochter und Enkelin? Berndorf erinnert sich dunkel an ein Foto auf dem Schreibtisch der Orts-
verwaltung. Hinter dem Altar der Öldruck mit den drei
Kreuzen unterm Himmel von Flandern 1917.
Eine Novemberböe wirft sich gegen die Kirchenfenster und
lässt die Holzrahmen aufseufzen.
*Da ließ der HErr einen großen Wind aufs Meer kommen und hub
sich ein groß Ungewitter auf dem Meer, dass man meinete, das
Schiff würde zerbrechen.*
Den Propheten und Ortsvorsteher Jonas Seiffert, Kriminalin-
spektor in Ruhe, hat nicht das Meer verschlungen und nicht
der Walfisch. Der steinige Boden der Alb wird ihn unter sich
begraben und nicht mehr herausgeben, bis die Liegezeit ge-
mäß kommunaler Friedhofsatzung abgelaufen ist. Falls nicht
vorher, man kann nie wissen, der Jüngste Tag eintritt. Und
dann? Auferstehung? Keine sehr appetitliche Vorstellung,
denkt Berndorf. Hat der Prophet das geglaubt? Was glauben
die Frommen wirklich? Manchmal hatten sie Gespräche geführt, in den Stunden, bevor die Bosheit der großen Landeshauptstadt Ninive heraufkam vom Nesenbach und anläutete
im Dezernat I, Kapitalverbrechen.
Na, so groß auch wieder nicht.

Aber die Gespräche hatten, bei Gott, nicht vom HErrn oder sonst den letzten Dingen gehandelt. Dienst ist Dienst. Der Prophet nahm es auch damit genau.

Und wenn Jonas keine Schicht hatte und auf dem Wochenmarkt gepredigt hat gegen den Eigennutz und die Selbstgerechtigkeit und weiß der Himmel was sonst noch, hat sich Berndorf das nie angehört. Er wäre sich wie ein Voyeur vorgekommen.

Was glauben die Leute überhaupt? Er sieht sich um. Neben ihm: Bauernschädel, breitflächig, apoplektisch. Einzelne erwidern den Blick, kurzes Nicken. Angedeutet. Würdig. Fast, aber nur fast, gehört er schon dazu. Ein Blick drängt sich zu ihm her. Noch ein Trenchcoat, angeschmuddelt. Verbeugung über die Bankreihen hinweg. Fettiges Haar ringelt sich, nach hinten gekämmt, überm speckigen Nacken. »Tagblatt« oder Generalanzeiger? »Tagblatt«. Im Namen irgendetwas mit Holder. Der Rasende Reporter des Lautertals. Immer dabei, wenn das Blaulicht lockt oder der Posaunenchor spielt. Holderbaum? Höllerer? Ich muss mir diesen Namen nicht merken. Warum ärgere ich mich, dass ich ihn nicht weiß?

»Ein im Glauben gelebtes und erlittenes Leben.« Der Pfarrer nuschelt.

»Ein Christ, der zu seinem HErrn betete und, wenn es sein musste, auch mit ihm gerungen hat und gerechtet.« Mag sein, denkt Berndorf. Dass er mit ihm gerechtet hat, glaub ich aufs Wort. Trotzdem ist es mir zu wohlfeil.

»Ein treuer Wächter.« Wer? Jonas? Oder sein Hund? Und wer überhaupt hat den Felix in dieser Hofeinfahrt angebunden? Wer immer es war: dort kann der Hund nicht bleiben.

Einmal hat Jonas von seinem Enkelkind erzählt, und dass er es besuchen will, irgendwo in Neusüdwales. Das hört sich nicht gut an. Wer nimmt schon einen verwaisten, alten, sabbernden Boxer nach Neusüdwales mit? Außerdem würde er dort erst in Quarantäne müssen.

Wer jault da? Nein, es ist die Orgel.

»Was suchst du, Mensch, bis in den Tod? Du suchst so viel, und Eins ist not!« Wenn der Pastor nicht nuschelt, sondern singt, hat er einen schönen Bariton, der schwebt der Gemeinde voran.
»Wohlauf, wohlan zum letzten Gang.« Es hilft nichts. Berndorf weiß jetzt, dass er mit den Frauen reden muss. Unweigerlich werden sie ihn dann zum Essen einladen.

Und was, bitte, willst du mit des Propheten altem Hund?

Die Männer von der Freiwilligen Feuerwehr Wieshülen wuchten den Sarg hoch. Rechts vorne Marzens Erwin, Kommandant. Rot das Gesicht, vor Würde oder Rührung oder beidem. Das Gewicht kann es nicht sein. Zeitlebens war Jonas Seiffert ein hoch gewachsener kräftiger Mann gewesen. Aber der Krebs oder die Therapie oder beides zusammen hatten zuletzt nicht mehr viel an ihm gelassen.
Der Sarg wird durchs Kirchenschiff getragen, und Berndorf wirft einen Blick auf das, was er für die australischen Seiffert-Frauen hält. Aber sie halten die Köpfe gesenkt.
Eine Bankreihe weiter wartet das »Tagblatt« darauf, dass Berndorf zu ihm aufschließt. Berndorf lässt einen schwergewichtig schnaufenden Lodenmantelträger vorbei, der nach dem Vorstand des Hegerings aussieht.
Keine Lust auf ein Geplauder. Was soll ich dir erzählen, dass es ein Zeitungsmensch wie du begreift und nicht durcheinanderbringt? Von einem Landgendarmen, der doch ein Prophet war und den der HErr in die große Stadt gesandt hat?
Nein, es war nicht der HErr, dessen Namen wir nicht kennen. Es waren die Herren im Polizeipräsidium oder noch weiter oben, die ihn haben versetzen lassen, und ihre Namen will keiner mehr wissen.

Langsam, Stufe für Stufe, steigen die Männer die Wendeltreppe von der Empore herab. Der Vorstand vom Hegering ist
womöglich doch keiner. Einen Kick zu lodenmantelmäßig.
Drei Stufen weiter dieser Hollergoller.

Draußen fährt nassforscher Novemberwind in die Gesichter
und vertreibt fürs Erste den Kirchendunst, diesen Geruch von
Kerzenlicht und alten Leuten. Berndorf kommt an einem
Familiengrab vorbei und nickt, wieder wartet vor ihm der
Mensch, von dem Berndorf nun plötzlich weiß, daß er Hol-
lerbach heißt, und diesmal gibt es kein Entrinnen.

Kurzer Händedruck.

»Sie waret doch au Kolleg zu ihm?«

Halblaut, aber mit voller Wucht schlägt ihm Mundgeruch ins
Gesicht.

Kurzes Murmeln, das als Zustimmung gedeutet werden
kann.

»In Stuttgart?«

Zu viel Magensäure. Kein Wunder. Immer im Stress. Die
ewig unlösbaren Rätsel des deutschen Satzbaus und der Or-
thographie. Was sich die Leute aufregen, wenn ihr Name mal
ein bisschen falsch in der Zeitung steht.

Eine von der Osteoporose nach vorne gekrümmte Frau blickt
scharf zu Berndorf hoch und gleich wieder weg, noch ehe er
grüßen kann.

Mit uns beiden wird es nichts mehr in diesem Leben.

»Ja, in Stuttgart.«

Warum geht es nicht weiter? Auch noch Reden am Grab?

»Ich hätt' gern mal mit Ihnen über die Zeit damals …«

»Für den Nachruf?« Das fehlte noch.

»Nein, net direkt …«

Bis knapp unters Kreischen erhebt sich eine Stimme.

Der lodengrüne Rücken schiebt sich zurück und drängt den
Reporter Hollerbach gegen Berndorf. Vorne, wo das offene
Grab sein sollte, kommt Bewegung auf. Halblaute Anwei-

sungen, mehr gezischt als gerufen, flehentlich fast und offenbar ungehört.

Ein Verdacht überkommt Berndorf. Er schiebt sich an dem Lodengrünen vorbei und steigt über ein Grab und noch ein zweites und umgeht auf dem äußeren Friedhofsweg den Zug der Trauermäntel, der irgendwie in Unordnung geraten ist, und kommt so schließlich zu dem Hügel aus Lehmbrocken und Albgestein, der neben einer offenen Grube aufgeworfen ist. Schräg davor, als habe man ihn hastig abgestellt, steht der Sarg auf dem Weg. Dahinter hat der Pfarrer Zuflucht gesucht und hinter ihm die beiden australischen Frauen und wiederum hinter ihnen ein jüngerer bebrillter Mann mit einem Gesichtsausdruck, als hätte er leider auch grad keinen passenden Paragraphen zur Hand.

Der neue Ortsvorsteher? Vor dem Sarg lauert Marzens Erwin, die Gesichtsfarbe ins Hochrot-Violette verfärbt, gebückt versucht er sich dem zu nähern, was vor dem ausgehobenen Grab steht.

Vor dem Grab steht der Hund. Groß und knochig und mit durchgebissener Leine hat Felix, der Boxer des Propheten, vor der Grube Aufstellung genommen und leidet es nicht, dass man seinen Herrn da hineintut. Auf seinem Rücken ist ein dichter Streifen Fell aufgerichtet.

»Wer lässt denn dieses Tier hier herein«, klagt der Pfarrer und blickt aus seinen großen runden Brillengläsern vorwurfsvoll zu Berndorf, als hätte er in diesem nun endlich eine zuständige Aufsichtsperson gefunden. »Sehen Sie denn nicht, dass wir hier eine Beerdigung haben…«

Vom Grab her antwortet, leise und doch unüberhörbar, ein tiefes Knurren, das Vibrieren einer aufgestörten und verzweifelten Hundeseele.

Aber als Marzens Erwin nach dem Hund greifen will, wird das Knurren scharf und warnend, Lefzen ziehen sich hoch und legen das Gebiss frei mit den großen gelblichen Reißzähnen, so dass die Hand von Marzens Erwin gleich wieder zurückzuckt.

»Können Sie denn gar nichts tun!«, jammert der Pfarrer.

Berndorf steigt über den Hügel mit der ausgehobenen Erde. Felix ist noch drei oder vier Schritte von ihm entfernt. Erst jetzt sieht er, wie mager der Hund geworden ist. Er ist grau um die Schnauze, und die Flanken sind eingefallen.

Überlege dir gut, was du tust. Wenn du ihn jetzt rufst und er kommt, gibt es kein Zurück.

Aber dann soll es so sein.

»Hier, Felix«, sagt er zu dem Hund. »Guter Hund. Hierher.« Er spricht ruhig, hebt nicht einmal die Stimme.

Es geschieht nichts. Der Hund steht weiter da, zur Menge gerichtet, den Kopf kampfbereit gesenkt. Hinter dem Sarg wartet die Trauergemeinde in stummem Vorwurf. »Braver Felix«, wiederholt Berndorf.

Der Hund rührt sich nicht. Aber der Stummelschwanz bewegt sich leise und schlägt dann aus, ein-, zweimal.

»Hier!«, sagt Berndorf. »Es ist gut. Wir gehen jetzt.«

Die Zeit löst sich von den Brillengläsern des Pfarrers und geht wieder ihren Gang, Felix wendet sich zögernd von der Menge ab und nähert sich Berndorf, widerstrebend, fast scheu, ohne hochzusehen.

»Braver Felix«, sagt Berndorf und dreht sich um. Als er durch das Friedhofstor geht, läuft Felix gebückt neben ihm her, aber der gesträubte Streifen Fell auf seinem Rücken ist schon nicht mehr ganz so hoch aufgerichtet.

»Ich kann Hunde nicht leiden«, sagt der Lokalredakteur Frentzel und blickt von seinem Bildschirm zu Hollerbach hoch. »Überhaupt ist das keine lustige Geschichte. Absolut nicht. Oder willst du, dass wir uns über Beerdigungen lustig machen? Was glaubst du, wie das werden wird, wenn wir dann beide in der Chefredaktion antanzen dürfen? Überhaupt nicht lustig wird das…«

»Chef«, sagt Hollerbach mit schmelzender Stimme, »Chef, du hast da was falsch verstanden…«

Frentzel nimmt seine Brille ab und reibt sich die rotgeäderten Augen. »Weißt du, wer hier heute Nachmittag auf der Matte gestanden hat? Da warst du noch beim Leichenschmaus und hast zugelangt, aber hallo! Und ich hatte den Bürgermeister von deinem Alb-Kaff in der Leitung, wir möchten doch…« Frentzel unterbricht sich und macht einen spitzen Mund. »Wir würden doch sicherlich diesen kleinen bedauerlichen Vorfall unerwähnt lassen…, das Andenken des Toten, nicht wahr, und die Gefühle der Pietät, und ich solle auch schön den Herrn Chefredakteur Dompfaff grüßen, man kenne sich von den Weikersheimer Schlossfestspielen…«

Hollerbach verzieht das Gesicht. »Vielleicht liegt der Fehler wirklich bei mir… Es soll ja auch keine lustige Geschichte sein, Chef. Eine rührende ist es.« Er erhebt seine Stimme. »Treuer Hund verteidigt seinen Herrn noch am Grab. Stell dir das doch mal in der Zeitung mit den großen Balken vor.«

»Untersteh dich«, sagt Frentzel, setzt seine Brille wieder auf und blickt Hollerbach strafend an. »Wenn ich diese Geschichte morgen sonstwo lese, sind wir geschiedene Leute.«

»Aber Chef«, antwortet Hollerbach und breitet seine Hände aus, »von irgendwas muss unsereins doch auch leben…«

»Mir bricht das Herz«, unterbricht ihn Frentzel. »Weißt du, was den bedeutenden, den großen Journalisten ausmacht? Nein, Hollerbach, du weißt es nicht. Aber ich sag es dir. Der große Journalist weiß, wann er schweigen muss. Er kann nämlich etwas für sich behalten. Kann warten, bis die Zeit gekommen ist…«

»Chef«, sagt Hollerbach flehentlich, »kein Mensch will doch nächste Woche noch von einer Leich' von heute lesen…«

»Aber das ist eben der Zeitgeist«, fährt Frentzel fort. »Die Leute haben keine Pietät mehr. Kein Gefühl für die Würde des Wortes, das ungeschrieben bleibt.« Er wendet sich wieder dem Bildschirm zu. »Was hast du vorhin gesagt? Treuer Hund verteidigt seinen Herrn noch am Grab? Für einen Zweispalter hab ich da noch Platz. 60 Zeilen. Kennwort Köter.« Er schaut auf die Uhr. »Du hast dich heute auf einer schönen Beerdigung durchfressen können. Ich aber nicht, und deshalb brauch ich jetzt was, was dem Vater aufs Fahrrad hilft. Bis ich zurückkomm', hast du das blöde Vieh im Kasten.«

Vor Frentzel öffnet sich die Glastür auf den Platz mit dem Obelisken, den der Architekt des neuen »Tagblatt«-Gebäudes dort hatte errichten lassen. Es ist nur ein kleiner Obelisk, und fast nie verfängt sich ein Sonnenstrahl an seiner Spitze.
Aber Erleuchtung, denkt Frentzel, ist eine seltene Gabe Gottes. Wer wollte dem widersprechen, gerade beim »Tagblatt«? Er überquert die Straßenbahngleise und geht einen Block von Wohnhäusern entlang, die der Straße abwechselnd altersbraunen Backstein und schmutzig grauen Waschbeton zukehren. Nach dem Block weitet sich die Straße, Frentzel kommt am Landgericht vorbei und wirft einen wehmütigen Blick auf die Säulen und steinernen Löwen des Portals.
Noch immer ist die Schnauze des einen Löwen rot verschmiert. Wie viele Jahre schon? Mindestens seit dem Golfkrieg von Bush senior. Eigentlich lange genug her, dass man es hätte wegmachen können.
Er geht weiter, am Westportal des Justizgebäudes vorbei zu Tonios Café, und hängt sein Cape an einen der Garderobehaken. Dabei muss er erst einen Lodenmantel zur Seite schieben, der Lodenmantel sieht nach einem Messebesucher aus,

denn derzeit findet im Ausstellungsgelände in der Au die SilvAqua statt, alles für den Jäger und Sportfischer. Noch ist es nicht spät am Nachmittag, die Aktentaschenträger sind noch nicht von ihren Büros ausgeschwärmt, Frentzel mag diese stille halbe Stunde. Am Tresen hockt das Paar, das dort schon immer hockt und Endstation Sehnsucht nachspielt, den Hüftspeck mit immer größerer Mühe in die Jeans gezwängt. Weiter hinten sitzt ein massiger Mensch, den Frentzel nicht kennt und der vermutlich zu dem ausladenden Lodenmantel gehört. An einem der Tischchen vorne lässt ein dunkelhaariger Mann die Zeitung sinken, in der er gelesen hat, und nickt Frentzel zu, es ist nicht ganz klar, ob er nur grüßen oder ihn an den Tisch einladen will.

Frentzel bleibt stehen und wirft einen Blick auf die Zeitung, bei der es sich nicht um das »Tagblatt« handelt, sondern um die »alternative zeitung«.

»Das können wir nicht billigen, Hochwürden«, bemerkt er streng.

»Um Vergebung«, antwortet Pfarrer Johannes Rübsam, »ich wusste nicht, dass Ihre Auflage Not leidend geworden ist. Aber wollen Sie sich nicht setzen?«

Frentzel zieht sich einen Hocker an den Tisch und setzt sich. Noch einmal wirft er einen Blick auf die aufgeschlagene Zeitungsseite. Ein großformatiges Foto zeigt Leichen, die von einem Panzer durch den Straßenstaub gezogen werden.

»Neues aus Afghanistan?«, fragt er. »Sind das die Guten, die wieder einmal siegen?«

»Nein«, antwortet Rübsam. »Das ist nicht Afghanistan. Ein Massaker in Katanga.«

Frentzel nickt der Bedienung zu. Maria heißt sie, weil alle Bedienungen bei Tonio so heißen. Außerdem ist sie neu, aber dass Frentzel um diese Zeit einen trockenen norditalienischen Weißen bekommt, gehört zu den ersten Dingen, die sie bei Tonio gelernt hat.

»Wer den tapferen Leuten den Panzer bezahlt hat, steht nicht in Ihrer Zeitung?«

»Irgendwelche Gnome«, meint Rübsam. »Gnome aus Zürich oder Manhattan. So genau wissen sie es auch nicht.«

»In diesen Tagen sollten Sie nicht von Gnomen reden.« Frentzel hebt die Hand. »Nicht von Gnomen in Manhattan. Bleiben Sie bei Ihrer Heimatzeitung. Hier spielt die Musik, hier bellt der Hund.«

Maria, das Weinglas auf dem Tablett, hat sich genähert und artig gewartet. Ihrem blassen, von langen schwarzen Haaren eingerahmten Gesicht ist weder Erstaunen noch Belustigung anzumerken. Nun stellt sie das hochstielige beschlagene Glas vor Frentzel ab. Er dankt und sieht ihr nach, wie sie zum Tresen zurückgeht.

Sie trägt einen schwarzen langen Rock, der zeigt, dass sie lange Beine hat und einen hübschen Hintern.

»Jetzt kann ich Ihnen nicht ganz folgen«, meint Rübsam.

Frentzel hebt die Hand. »Warten Sie es ab. Lesen Sie morgen unsere Zeitung. Alles über totgefahrene Füchse und losgerissene Hunde, unter besonderer Berücksichtung des kirchlichen Bestattungswesens. Katanga, dass ich nicht lache!«

Die Tür fliegt auf, mit einem Stoß frischer Luft weht herein eine auffallend große Frau, die ihr langes braunes Haar hoch gesteckt hat. Sie trägt Jeans und ein ausgebeultes graues Jackett in Fischgrätmuster. Grüßend nickt sie zu den beiden Männern und lehnt sich an den Tresen.

»Die Mordkommission«, sagt Frentzel. »Meine Verehrung! Sie haben nicht zufälligerweise eine Kleinigkeit übrig für einen ewig dankbaren Lokalredakteur? Eine unbedeutende Leiche vielleicht, oder ein wenig Brandstiftung?«

»Wenn Sie Ihrer Arbeit nachgehen würden«, antwortet die Besucherin, »hätten Sie jetzt durchaus etwas zu schreiben. Beispielsweise darüber, wie überarbeitete Polizisten mit sinnlosen, absurden und wichtigtuerischen Zeugenvorladungen

22

zum Zweck der Prozessverschleppung behelligt werden.«
Sie bestellt sich eine Latte Macchiato.

Frentzel sieht ihr zu, wie sie der neuen Bedienung zusieht und
dem Hantieren der langen und zartgliedrigen Finger.

Dann nickt er betrübt. »Sie sehen mich als einen Verbannten.
Als ein Opfer der Stiefelknechte.« Er wartet, aber dass das
»Tagblatt« sich den Kaputtsanierer einer Schuhfabrik als Pro-
kuristen ins Haus geholt hat, ist den Stammgästen schon etwas zu oft vorgetragen worden. »Ich betreue neuerdings die
Seite ›Christ und Hund‹, um die Wahrheit zu sagen, ist das
nicht schrecklich?«

Rübsam betrachtet ihn, dann holt er einen zusammengefalteten Zeitungsausschnitt aus seiner Brieftasche. »Ist das da
auch Ihrem neuen Ressort entsprungen?«

Frentzel setzt seine Halbbrille auf und nimmt den Ausschnitt.
»Ach das! Schöne Geschichte. Musik, weil mit Geräusch verbunden … Stuttgarter Theologin beschwert sich über Posaunenchor von der Alb, da ist doch alles drin. Zugereiste, aber
fest besoldete Kirchenbeamtin vermiest ehrenamtlichen ein-
heimischen Posaunenbläsern das Lob Gottes. Da wissen die
Leute doch gleich wieder, warum sie aus der Kirche ausge-
treten sind. Hat Ihnen der Beitrag nicht gefallen?«

Rübsam sagt nichts, sondern winkt Maria zu sich her und bezahlt einen doppelten Espresso. Dann entschuldigt er sich, er
müsse zu einer Sitzung.

»Eine Sitzung, nett«, sagt Frentzel. »Versuchen Sie wieder einmal, einen neuen Dekan zu wählen? Den letzten Kandidaten
hatten Sie doch abgeschmettert. Hatte der nicht behauptet,
die Erde sei eine Hohlkugel?«

»Nein, hat er nicht«, antwortet Rübsam missvergnügt.

»Gibt es denn diesmal weißen Rauch? Und könnten Sie mich
das dann vielleicht gleich wissen lassen?«

»Sie werden lachen«, antwortet Rübsam. »Durch den Aufsatz
über die Posaunenbläser sind verschiedene Dinge nicht un-

bedingt einfacher geworden. Aber ich will sehen, was ich für Sie tun kann.« Er verabschiedet sich und geht.

Weiter hinten bezahlt auch der Mensch, der zu dem Lodenmantel gehört, die Kommissarin Tamar Wegenast bekommt ihre Latte Macchiato, und als sie sie bekommt, schaut Frentzel noch einmal genau hin, aber es fällt ihm nichts daran auf, wie die Kommissarin die Maria ansieht. Wie soll sie sie schon anschauen, denkt er dann. Wie einen netten Menschen halt.

Wie es in der Bezirkssynode Brauch ist, beginnt auch die Sitzung des Wahlausschusses mit einer Andacht, die an diesem Abend Pfarrerin Schaich-Selblein hält. Sie spricht über das, was die Menschen seit dem Flugzeug-Anschlag von New York bewegt, über die Angst, dass diese Welt aus den Fugen geraten könnte, dass aber Frieden nicht mit Waffen, sondern nur durch das Gespräch geschaffen werde …

Vor seinen Augen hat Johannes Rübsam zum einen die gelblichen, vom Fliegendreck schwarz punktierten Kugellampen im Großen Saal des Evangelischen Gemeindehauses, ferner das leicht gerötete und entfernt an einen nicht mehr sehr jungen Cherub erinnernde Gesicht des Prälaten Wildenrath und schließlich die nächste Tischreihe, wo sich die Ausschussmitglieder der Frommen Gemeinde irgendwie von selbst um die Synodale Christa Fricke herum eingefunden haben.

Rübsams Gedanken schweifen und kreisen und machen unversehens fest an dem Busen der Pfarrerin Kollegin Schaich-Selblein sowie an ihren sehr langen, vorstehenden Zähnen, und so stellt er sich vor, die Kollegin sei in einem gottesfürchtigen Pietisten-Haushalt aufgewachsen und die vorstehenden Zähne dort als ein wertvolles Geschenk Gottes betrachtet worden, das die junge Tochter vor den Anfechtungen geschlechtlicher Gelüste bewahren werde.

Pfarrerin Schaich-Selblein hat indessen von Afghanistan übergeleitet zu den bisherigen Zusammenkünften des Ausschusses. Schon bisher habe man es sich nicht leicht gemacht, manch hartes Wort sei gefallen, vielleicht auch manche Verletzung zugefügt worden.

Rübsam ertappt sich bei dem Gedanken, dass sich – sollte er je in die Verlegenheit kommen – ein a tergo empfehlen würde, so dass die vorstehenden Zähne gar nicht weiter zu stören bräuchten… Um sich abzulenken, holt er den Zeitungsausschnitt aus seiner Brieftasche und liest ihn noch einmal.

Ehrenamtlichen Musikern schlecht gedankt
Von unserem Mitarbeiter Eugen Hollerbach

WINTERSINGEN • »Undank ist der Welt Lohn«, das hat Gottfried Buck schon immer gewusst. Aber in diesen Tagen muss Buck, Vorstand des Posaunenchors Wintersingen, besonders oft an diese alte Weisheit denken. Denn die Posaunenbläser, die seit Jahren an den Samstagen die Patienten der Universitätsklinik mit ihrem Spiel erfreuen und aufmuntern, sollen dort nicht mehr erwünscht sein. Eine aus Stuttgart angereiste Besucherin hat sich von dem Spiel der vielfach kirchenmusikalisch ausgezeichneten Wintersinger Posaunenbläser gestört gefühlt und sich jetzt sogar schriftlich beschwert.

»Bei unserem letzten Ständchen ist plötzlich eine Frau auf mich zugekommen und hat mich angefahren, ob wir nichts anderes spielen könnten«, berichtet Buck. »Ich war ganz sprachlos, denn wir sind ein kirchlicher Posaunenchor, sollen wir da vielleicht einen Rumba spielen?« Der Chor setzte dann sein Konzert fort, doch Tage später erhielt Buck einen Anruf vom Bezirkspräsidenten der Posaunenchöre, dass eine Beschwerde vorliege, weil das Spiel der Wintersinger Bläser einzelne Patienten »seelisch belaste«. Buck kann darüber nur den

Kopf schütteln. Überhaupt kein Verständnis mehr aber hat er dafür, dass es sich bei der Beschwerdeführerin um eine evangelische Religionslehrerin aus Stuttgart handelt. »Da sieht man doch«, sagt Buck, selbst Wintersinger Kirchengemeinderat, »wohin es mit der Kirche gekommen ist.«

Die Andacht kommt zu einem sinnträchtigen Schluss, denn Pfarrerin Schaich-Selblein bittet darum, dass das Vergangene nicht den Blick für die anstehende Aufgabe trüben möge. Rübsam blickt hoch und in die Augen des Prälaten Wildenrath. Der Prälat nickt Rübsam auf eine Weise zu, als wollte er sagen: Da haben wir die Bescherung!

Die haben wir allerdings, denkt Rübsam. Dem Wahlausschuss war bereits im Frühsommer ein erster Kandidat vorgeschlagen worden, ein Pfarrer aus einer Schwarzwaldgemeinde, der als Schützling des neuen pietistischen Landesbischofs ausgewiesen war. Bei seiner Vorstellung hatte sich herausgestellt, dass der Schwarzwaldpfarrer das Universum zwar nicht für eine Hohlkugel hielt, wohl aber der Ansicht war, es sei vor 7000 Jahren erschaffen worden, und zwar auf einen Sitz.

Nun ist man in Ulm sehr stolz auf einige kleine, aus Mammutzähnen geschnitzte Tier-Plastiken, die in den Trockentälern der Alb gefunden worden waren und die einige zehntausend Jahre alt sind. Da man entweder an die Radiokarbon-Methode glauben kann, mit der die Plastiken untersucht worden waren, oder aber an die Schwarzwälder Schöpfungsgeschichte, schloss sich die Mehrheit im Wahlausschuss dem Vorschlag Rübsams an, um einen neuen Kandidaten zu bitten, sehr zur Empörung der Frommen Gemeinde. Der Landeskirchenausschuss musste zähneknirschend sich von neuem umsehen und wurde schließlich in einer Problemgemeinde des Stuttgarter Ostens fündig, bei Dr. Guntram Hartlaub, einem Seelsorger, für den vor allem sprach, dass er sich bis dahin mit keinem der innerhalb der Landeskirche maßgeblichen Gesprächskreise angelegt hatte.

Fein gesponnen, denkt Rübsam. Leider hatte der Landeskirchenausschuss nicht bedacht, dass Dr. Hartlaub auch eine Frau hat, und Frauen gelegentlich dazu neigen, den Mund aufzumachen. Rübsam kennt das Ehepaar Hartlaub, wie man sich unter den Pfarrern und aus den Zeiten des Studiums so kennt, und so weiß er, dass die Stuttgarter Religionslehrerin, die sich mit den frommen Posaunisten angelegt hatte, Marielouise Hartlaub ist.

Und nicht nur er weiß das. Der Blick des Prälaten hat daran keinen Zweifel gelassen.

All mein Beginnen, Tun und Werk
Erfordert von Gott Kraft und Stärk' ...

Zum Abschluss der Andacht wird gesungen, und da die Mitglieder des Ausschusses es gewohnt sind, ihren Gemeinden vorzusingen, gibt es einen kräftigen Klang.

»Sehr schöne, sehr angemessene Worte haben Sie da aufgesetzt«, sagt Wildenrath, und man kann zusehen, wie die Schaich-Selblein einen roten Kopf bekommt.

Was reitet den Prälaten, das einen Aufsatz zu nennen?, fragt sich Rübsam.

»Besonders gefallen hat mir Ihre Bemerkung über den Blick, den wir auf die künftigen Aufgaben richten sollten«, fährt Wildenrath fort, »ein Glück, dass hier niemand silberne Löffel gestohlen hat, meines Wissens jedenfalls nicht, man könnte es sonst falsch verstehen ...«

»Nein«, sagt Rübsam und fasst den Prälaten ins Auge, »es hat hier niemand silberne Löffel gestohlen, und es gibt auch nichts falsch zu verstehen. Vielleicht aber könnten wir jetzt in die Tagesordnung eintreten?« Sein Blick richtet sich auf den Sparkassen-Weglein, der so heißt, weil er pensionierter Bankdirektor ist. Außerdem ist er der Vorsitzende der Bezirkssynode und stets bemüht, wie der Prälat einmal bemerkte, jedem Nadelöhr aus dem Weg zu gehen.

Weglein fährt erschrocken hoch und räuspert sich.

»Aber gewiss doch«, sagt Wildenrath, »die Tagesordnung, ei freilich! Sie haben ja zu wählen. Dass Ihnen diesmal nur keine Knochen dazwischenkommen, oder was sich sonst in der Vergangenheit so finden lässt …«

Er lächelt Rübsam an, freundlich und scheinbar ohne Arg.

Woran zündelst du jetzt schon wieder?, überlegt Rübsam, doch dann zuckt er zusammen, denn glasharfenzart dringt an sein Ohr die Stimme der Synodalen Christa Fricke. Sie findet, dass Pfarrerin Schaich-Selblein da eine sehr bewegende Andacht gehalten hat, und es gehe auch wirklich nicht darum, was in der Vergangenheit gewesen sei, aber man dürfe seine Augen auch nicht davor verschließen, welche Kränkungen gläubige Kirchenglieder in jüngster Zeit hätten erleiden müssen, »auch von einer Seite, von der sie es nicht hätten erwarten dürfen.«

Also doch, denkt Rübsam. Die Fromme Gemeinde will ihre Rache. »Ich nehme an«, sagt er und hält den zusammengefalteten Zeitungsausschnitt hoch, »Sie beziehen sich auf diesen Zeitungsartikel hier …« Und er beginnt, davon zu reden, dass man immer auch die andere Seite hören müsse, und dass nun wirklich nicht jeder Choral für jede Gelegenheit …

Während er redet, sieht er, wie Wildenrath unmerklich den Kopf schüttelt.

Tamar schlägt den langen braunen Mantel um sich und geht mit entschlossenen Schritten die Platzgasse hinauf. Es ist dunkel geworden, die Gasse öffnet sich auf den Münsterplatz, In dem weiß schimmernden runden Steinbau des Stadthauses leuchten die großen Fenster wie Transparente. Tamar hat kein Auge dafür, und auch nicht für das Münster, dessen Turm sich oben in der Dunkelheit verliert. An diesem Abend ist sie als Schichtführerin für den Bereitschaftsdienst eingeteilt, aus Erfahrung weiß sie, dass es mit dem Aufarbeiten der unerledigten Berichte doch nichts wird, und so hat sie sich einen der Ripley-Romane der Patricia Highsmith eingesteckt ... Auch so wird die Nacht lang genug werden. Sie verscheucht den Gedanken, wie es sein wird, wenn sie nach Hause kommt, ins Bett, zum weichen atmenden Körper der schlaftrunkenen Hannah, der Gedanke will sich nicht verscheuchen lassen, und so bleibt sie zur Ablenkung vor einem Plakat des »Tagblatts« stehen, das zu einer Diskussion mit einem eierköpfigen brillengesichtigen Menschen einlädt, auf dessen Gesichtszügen sich der Ausdruck einer habituellen Besserwisserei eingenistet hat.

Kein Wort würd' ich dir glauben.

Anderes geht ihr durch den Kopf. Sie will nicht daran denken. Aber die Gedanken sind frei. Sie malen ein Bild, ein Gesicht, schwarz eingerahmt, um den Mund ein Zug von verborgener insgeheimer Aufsässigkeit.

Schnüss.

Berndorf hat einen Hund, der in die Landredaktion zwangsversetzte Gerichtsreporter Frentzel hat es ihr erzählt. Drollig? Eigentlich hätte auch sie zur Beerdigung gehen wollen, wäre da nicht diese Zeugenladung gewesen. Wieso eigentlich? Der Prophet war ein bigotter alter Mann.

Trotzdem.

Sie geht über den kopfsteingepflasterten Innenhof des Neuen Baus und passiert das Portal. Aus der aquariumsgläsernen Wache grüßt der Polizeihauptmeister Leissle, Orrie ist also in der gleichen Schicht, das ist schön, irgendwann wird sie einen Becher Kaffee mit ihm trinken. Besondere Vorkommnisse? »Nöh«, meint Orrie, »im Stadthaus redet ein Politiker, Englin ist drüben und was sonst verfügbar ist, außerdem hat der

Mensch seinen eigenen Personenschutz mitgebracht, eigentlich kein schlechter Job, sollt' ich mich auch mal drum bewerben…«

»Was glaubst du, was deine Frau dir dann erzählt.«

Tamar geht die Treppe hoch, vorbei an den gerahmten Schwarzweißfotos alter Ulmer Schutzpolizisten, Tschako auf dem Kopf, scharfgesichtig. Kein Foto zeigt, was alte Ulmer Schutzpolizisten in den Einsatzgruppen gemacht haben, im Baltikum oder sonst im Russlandkrieg.

In ihrem Büro knipst sie als Erstes die Stehlampe auf ihrem Schreibtisch an und löscht die Deckenlampe. Sie hängt ihren Mantel auf, zieht den Schreibtischstuhl hervor, setzt sich und legt die Füße auf den Schreibtisch.

So, haben wir jetzt alle Klischees beisammen über eine Polizistin im Nachtdienst? Nein, denkt sie, etwas fehlt noch, und sie holt das Taschenbuch aus ihrer ausgebeulten Jackentasche und schlägt es auf: *»Es gibt keinen perfekten Mord«, sagte Tom abschließend zu Reeves…«*

Die Herrentoilette riecht wie der Abtritt in einem alten Schulhaus. »Man legt sich nicht mit den Posaunenbläsern an«, sagt Prälat Wildenrath, der neben Rübsam steht. »Niemand darf das. Niemals. Die Posaunenchöre wird es noch geben, wenn es schon lange keine Volkskirche mehr gibt.«

»Wir wählen hier aber immer noch einen Dekan«, wendet Rübsam ein, »und nicht die Ehefrau. Was hier stattfindet, kommt mir nachgerade vor wie Sippenhaft.«

»Es wäre nicht die erste Wahl, bei der nicht der Mann, sondern die Ehefrau durchfällt«, widerspricht der Prälat. »Jedenfalls ist Hartlaub, wenn Sie so weitermachen, aus dem Spiel und wir kriegen womöglich noch den weinenden Scheuermann. Wollen Sie das verantworten?«

Theodor Scheuermann, ein Stadtpfarrer im Oberschwäbischen, der jederzeit und wie auf Wunsch in Tränen ausbrechen kann, lauert seit Jahren auf ein vakantes Dekanat.

»Ich glaube ja auch, dass es schief geht«, meint Rübsam und knöpft sich den Hosenladen zu. »Aber ich weiß nicht, wie man es noch retten kann.«

»Sie haben vorhin von Sippenhaft gesprochen«, antwortet der Prälat. »Ein großes Wort. Aber warum nicht? Spielen wir doch ein bisschen damit. Sippenhaft mag niemand. Aber wir müssen es über die Bande spielen. Darauf versteht sich die Fricke nicht. Überhaupt können Frauen das nicht. Es hat mit dem räumlichen Vorstellungsvermögen zu tun.«

»Das alles ist mir ein wenig dunkel«, sagt Rübsam abweisend. Verschwörerisch sieht sich Wildenrath um, ob sie auch allein sind. »Sie sollten«, fährt er dann fort, »nach seinem Vater fragen. Nach dem alten Wilhelm Hartlaub. War Pfarrer hier im Bezirk, und für ein paar Wochen einer meiner Vorgänger, ein Deutscher Christ, wie er im Völkischen Beobachter stand … Sie brauchen bloß danach zu fragen, ganz freundlich, das reicht schon, und der Streit mit den Posaunisten ist vergessen, nicht mehr sie sind es, die in Schutz genommen werden müssen, sondern unser Kandidat, er ist die arme Sau, oder wenigstens sein toter Vater …«

»So etwas mach ich nicht«, erklärt Rübsam entschieden. Wildenrath zieht mit beiden Händen an der Handtuchrolle, aber es kommt kein frisches Tuch mehr. »Sie Unschuldsengel!«, sagt er und trocknet sich die Hände missmutig am gebrauchten Leinen. »Wir haben hier eine Personalentscheidung, da geht es um Biographien, um Schicksale. Was wissen denn Sie, was da alles ausgegraben werden kann, worüber besser Gras wächst … Warum also nicht selbst ein bisschen Gras abrupfen, damit die Kamele sagen können, mit diesem alten braunen Heu soll man ihnen aber bitte vom Leib bleiben. Wenn Sie aber lieber die Tränen unseres Amtsbruders Scheuermann ertragen wollen...« Er horcht auf. Aus dem Sitzungssaal dringen wütende Proteste.

Rübsam geht zur Eingangstür des Sitzungssaals. Mehrere der Synodalen sind aufgesprungen und starren empört auf einen Mann, der am Kopfende der linken Tischreihe steht. Der Mann trägt Jeans, hat das graue Haar zu einem Zopf geflochten und versucht etwas zu sagen.

»Schweigen Sie«, ruft von der rechten Reihe ein hoch gewachsener Mann mit beschwörender Stimme und richtet einen anklagenden Zeigefinger auf den Mann mit dem Zopf, »schweigen Sie von diesen Dingen! Was wissen wir denn, wer Ihr Vater gewesen ist und was er getan hat in Zeiten, von denen auch Sie nicht wirklich wissen, wie sie gewesen sind...«

»Keine Ahnung hat er!«, ruft eine andere Stimme dazwischen.

»Jawohl, keine Ahnung!«, echot ein ganzer Chor. Mit einer eckigen Bewegung schüttelt sich der Hochgewachsene die geföhnten weißen Haare zurecht, die ihm in die Stirn gefallen sind, und hebt die Hand, um die Zwischenrufer zum Schweigen zu bringen.

»Niemand«, sagt er dann, »niemand soll unter dieser Asche nach Glut suchen, um sein Süppchen darauf zu kochen...«

Der Prälat ist neben Rübsam getreten.

»Na also«, sagt er und betrachtet Rübsam spöttisch. »Lieben und Hassen hat seine Zeit. Irgendeiner musste ja davon anfangen...«

Die Schicht beginnt ruhig. Zwei Auffahrunfälle, ein betrunkener Freier im »Alten Württemberger«, ein verdächtig Unbekannter im Villenviertel auf dem Kuhberg, Orrie schaltet den kleinen transportablen Fernseher ein und will Fußball gucken, aber dann ruft seine Frau an und sagt, dass sie nach dem

Volleyball noch zum Weiberstammtisch geht. Orrie verzieht ein wenig das Gesicht und meint, dass es recht sei.

Die Bayern führen, das müsste auch nicht sein, dann quäkt das Funktelefon, und Orrie dimmt den Lautsprecher des Fernsehers herunter, zum Glück, denn der Anrufer ist Kriminalrat Englin und er ist sehr erregt. Im Stadthaus ist Gefahr im Verzuge, die Punker stören gerade den Herrn Referenten, einen wahrhaftigen Staatssekretär, was macht denn das in Berlin für einen Eindruck! Tamar sagt, dass Orrie die eine Streife hinüberschicken soll, die gerade noch verfügbar ist...

Zeit vergeht, die Bayern führen noch immer und die Streife bringt die Störer aus dem Stadthaus, das heißt, es sind der Stächele Frieder und eine Punkerin. Die Punkerin ist aus Düren/Westfalen und wegen Unterhaltspflichtverletzung und Beischlafdiebstahls zur Festnahme ausgeschrieben, was dann alles doch recht unangenehm wird, denn der Stächele Frieder hält eine längere Rede, die vom Krieg ums Öl handelt und von den Lügen der Politiker, vom Übermut der Behörden unter besonderer Berücksichtigung der Bosheit und Heimtücke kommunaler Jugendämter, von den Verbrechen an den Ländern der Dritten Welt ganz zu schweigen...

Orrie denkt, dass er sich das eigentlich nicht anhören will, aber Tamar macht unverändert ein höfliches Gesicht. Die Punkerin hat violette Haare und ist gelb um die Augen und kichert, wenn man es am wenigsten erwartet, und schnieft die Nase hoch und kichert wieder.

»...das da zum Beispiel«, sagt Stächele und holt eine zusammengefaltete Zeitungsseite hervor, »das zum Beispiel interessiert euch einen feuchten Kehricht, warum geht ihr denn nicht hin und fragt euren Herrn Staatssekretär: Wollen Sie uns vielleicht gütigst eine Aussage machen, Herr Staatssekretär, wo diese famosen Panzer herkommen, mit denen sie die armen Neger massakrieren, also die Eingeborenen, ich will ja nix Falsches sagen...«

Er faltet die Zeitungsseite auseinander, und Orrie sieht ein Foto mit Strohhütten und einem Panzer, und an dem Panzer sind die Überreste von etwas angebunden, was einmal menschliche Körper waren.

Die Punkerin sagt, dass ihr übel ist. »Aber nix«, fährt Stächele fort, »Herr Staatssekretär hinten, und Herr Staatssekretär vorne! Nur keine Aussage nicht...«

»Herr Stächele«, sagt Tamar sanft, »ich kann Sie gut verstehen. Aber vielleicht ist es doch besser, wenn wir Ihre Freundin jetzt erst einmal zu einem Arzt bringen, damit er sie sich ansieht, und dann schauen wir mal, wie sie ihre Angelegenheiten mit dem Jugendamt in Ordnung bringen kann...«

Irgendwann ist die Punkerin fürs Erste in der Frauenklinik untergebracht, weil das Mädchen schon wieder schwanger ist, und der Stächele Frieder nach Feststellung seiner Personalien in die Nacht entlassen. Orrie kann einen Kaffee kochen und schaltet, weil sich an der Führung der Bayern nichts geändert hat, die Harald-Schmidt-Show ein. Tamar setzt sich dazu, und Orrie ruft lieber nicht zu Hause an, weil der Weiberstammtisch möglicherweise noch immer nicht zu Ende ist. Eigentlich könnte die Schicht jetzt ganz ruhig und gemütlich zu Ende gehen, aber dann läuft ein Notruf ein, in Lauternbürg, irgendwo da draußen zwischen Alb und Donau und Pfuiteufel brennt ein Haus, gleich darauf kommen ein zweiter und ein dritter Anruf, irgendjemand fordert den Notarzt an, und dann meldet sich die Feuerwehr, sie hätten eine Person geborgen, aber den Notarzt bräuchten sie wohl doch nicht mehr, »der ist schon gut durch...«

Aber wie Orrie das weitergibt, ist die Kommissarin Tamar Wegenast schon draußen vor der Tür und auf der Bundesstraße 311 unterwegs nach Pfuiteufel.

Scheinwerfer beleuchten geschwärztes Mauerwerk. Angekohlte Dachsparren zeigen zu den Wolken, die in rascher Folge nach Osten ziehen. In der Luft hängt der giftige geschmorte Geruch nach kokelndem Schutt. Am Mauerwerk lehnt eine Leiter.

»Wir haben ihn oben gefunden«, sagt der Mann mit dem unterm Helm rußverschmierten Gesicht. Es ist ein schmales, von einem Bart eingerahmtes Gesicht.

Tamar betrachtet, was von dem Haus übrig ist. Es war eines der Häuser, wie sie sich einstöckig und spitzgieblig in Reih und Glied die Straße hinabziehen, kurz nach dem Krieg gebaut oder in den frühen 50er-Jahren. Wie eine dunkle Wand erhebt sich dahinter der Wald. Sie zwingt sich, wieder auf das hinabzusehen, was schwärzlich und irgendwie aufgeplatzt vor ihr auf einer Trage liegt, außerhalb des Lichtkegels der Scheinwerfer. Das Feuer hat die Gesichtshaut zusammenschnurren lassen, so dass das Gebiss freigelegt ist und zum Nachthimmel bleckt.

»Die Nachbarn hatten uns gesagt, dass er noch im Haus sein muss«, fährt der Mann fort. »Da haben wir ihn dann auf der Treppe gefunden.« Der Mann ist der Kommandant der Freiwilligen Feuerwehr Lauternbürg. Neuböckh, Landmaschinentechniker, hat Tamar notiert.

»Er hat hier gewohnt?«

Neuböckh schaltet seine Taschenlampe ein. Ein Lichtstrahl wandert über angekohltes Fleisch, verharrt auf dem Gesicht mit dem bleckenden Gebiss.

»Ich denk schon.« Er löscht das Licht.

»Allein?«

»Seit seine Mutter vor ein paar Jahren gestorben ist.«

»Und was hat er gemacht?«

»Er hat für die Zeitung geschrieben«. Neuböckh schiebt mit dem Fuß ein angekohltes Stück Papier weg. »Fürs ›Tagblatt‹. Darüber, was hier in den Dörfern so passiert. Und in den Vereinen. Gelernt hat er als Schriftsetzer, beim Übelhack in Ehingen. Aber dann ist er arbeitslos geworden.«

Ein Zeitungsschreiber. Jetzt weiß Tamar auch, woher sie den Namen kennt: Hollerbach, Eugen. Ihre Erinnerung kramt ein Gesicht hervor, Mundgeruch, aufdringliche Fragen, flinke hurtige Augen.

Sie bückt sich und nimmt das angekohlte Stück Papier mit zwei Fingern auf, so dass sie es am Rand halten kann. Es ist der Überrest eines Fotoabzugs, schwarzweiß, als Tamar ihre eigene Taschenlampe einschaltet, sieht sie, dass es eine Aktaufnahme ist, ein etwas zu fülliger weißer Körper, die Schamhaare zu einem schmalen Streifen rasiert, Kopf abgewandt, die Brüste der Kamera entgegengereckt, noch zu erkennen sind die Druckstellen des Büstenhalters.

»Fotografiert hat er auch«, sagt Neuböckh.

Vorsichtig schiebt Tamar das Foto in einen Umschlag.

»Wollen Sie noch das Haus näher ansehen?«, fragt der Kommandant. »Wir haben oben einen von diesen alten Elektroöfen gefunden, ziemlich verschmort. Ich will mich ja nicht aufdrängen, aber wenn Sie mich fragen…«

»Die Nachbarn wussten, dass er zu Hause war«, sagt Tamar.

»Hat jemand gesagt, seit wann?«

»Abends ist er in den Wirtschaften gehockt«, antwortet Neuböckh. »Hier im ›Adler‹ und anderswo. Meistens jedenfalls. Bis sie dort die Stühle auf den Tisch stellen.«

Mittwoch, 7. November 2001

Auf dem Münsterplatz ist Wochenmarkt, es riecht nach Kräutern und erdigen Kartoffeln und Kisten voll Obst, Tamar schiebt sich an Einkaufstaschen und Körben und Netzen vorbei und strebt zur Platzgasse, denn es ist später Vormittag und sie braucht einen Kaffee und ein Sandwich. Sie fühlt sich nicht beschwingt, aber doch merkwürdig leicht, als ob die Dinge und die Welt um sie herum kein Gewicht hätten, das kommt, weil ihr von den sieben Stunden Schlaf, die sie haben sollte, ziemlich genau sechs fehlen.

Über Mittag will sie nicht nach Hause fahren. Denn wenn sie sich hinlegt, kommt sie so schnell nicht mehr hoch. Außerdem ist Hannah in München, bei dieser Galeristin, die eine Ausstellung mit ihr vorbereitet.

Hannah fährt in letzter Zeit oft nach München.

In dem engen Schlauch von Tonios Café drängt sich die Kundschaft vor dem Tresen. Aber ein Tischchen ist noch frei. Nebenan sitzt der Zweirad-Schnäutz mit seinem Rauhhaardackel und lauert darauf, wem er ein Gespräch aufhängen kann.

Nicht mir.

Tamar sitzt kaum, als auch schon Maria vor ihr steht. Sie lächelt höflich und wohlerzogen und ganz und gar nicht aufsässig und nimmt die Bestellung entgegen. Bis der Kaffee und das Salami-Sandwich kommen, greift sich Tamar das »Tagblatt«. Von der Titelseite des Lokalen reckt sich ihr der Staatssekretär von gestern Abend entgegen …

»Wir wissen doch alle, dass die weltwirtschaftliche Stabilität und Sicherheit von dieser Region sehr stark beeinflusst werden kann, in der 70 Prozent der Erdölreserven des Globus und 40 Prozent der Erdgasreserven liegen…«

Tamar blättert weiter, die SilvAqua meldet Rekordzuspruch, der evangelische Kirchenbezirk Ulm hat einen neuen Dekan, Blocher vom Rauschgiftdezernat und eine dicke Schlagzeile, weil er auf dem Eselsberg einen ganzen Wintergarten voller Hanfpflanzen ausgegraben hat. Nur von dem Brand in Lauternbürg und dem toten Hollerbach steht nichts drin. Eine Überschrift springt ihr ins Auge:

Treuer Hund verteidigt seinen
Herrn noch am Grab

»Das sind die Geschichten, die das Leben schreibt«, teilt vom Nebentisch der Zweirad-Schnäutz mit. »Da soll noch einer sagen, die Tiere hätten keine Seele.« Er wendet sich seinem Hund zu. »Gell Purzel?« Purzel blickt gelb.

»Ihrem Sarg«, bemerkt Tamar, »wird dieses Tier nur folgen, wenn es glaubt, es sei eine Bratwurst darin.«

Schnäutz sucht entrüstet nach einer Widerrede, aber Tamar hebt nur die Hand und schneidet ihm mit einer brüsken Geste das Wort ab. Ihre Augen sind an einer Autorenzeile hängen geblieben:

Von unserem Mitarbeiter Eugen Hollerbach

Wieder sieht sie die Trage vor sich und riecht den Brandgeruch, und als sie zu lesen versucht, ist es ihr, als flüstere ihr Hollerbachs verkohlter Mund den Text ins Ohr.

Wirklich, zu wenig Schlaf.

Am Eingang zu Tonios Café gibt es Bewegung. Ein Mann hat die Tür aufgestoßen und hält sie offen, um einen großen, gelben grobknochigen Hund hereinzulassen, den er an der Leine führt. Plötzlich ist sehr viel freier Platz um ihn herum. Am

Nebentisch bricht Purzel in schrilles Gekläff aus. »Bleiben S'
mit dem Köter da fort«, zetert Zweirad-Schnäutz und nimmt
seinen Dackel auf den Arm. Der Mann setzt sich an Tamars
Tisch, an der Seite, die dem Schnäutz abgewandt ist. Sein Boxer äugt kurz und eher gleichgültig zu dem Dackel am Nebentisch hinüber und lässt sich aufschnaufend zu den Füßen
seines Herrn nieder. Der Durchgang zwischen den Tischreihen und dem Tresen freilich ist jetzt noch enger geworden,
und Maria muss vorsichtig über das Tier hinwegsteigen, als
sie Tamars spätes Frühstück bringt.
»Sie erlauben doch«, sagt Berndorf. »Felix kennen Sie ja.«

»Was um Gottes Willen«, sagt Johannes Rübsam und hängt
seinen Mantel und seine Baskenmütze in den Kleiderschrank, »treiben Sie da?«
Mit gerötetem Gesicht blickt die Pfarramtssekretärin Kuchenbeck von ihrem Schreibtisch auf, der mit einem großen
Heftordner und mehreren Stapeln dünn bedruckter, DIN-A5-
großer Blätter zugedeckt ist.
»Ich wollt' das einordnen, bevor Sie kommen«, sagt sie mit
kläglicher Stimme, »das ist doch wichtig, und dabei wollen
Sie nie etwas davon wissen ...«
Die Verordnungen und Gesetze der Landeskirche sind für
den Dienstgebrauch in einem blauen Handordner zusammengefasst, einer etwa 2000 Seiten umfassenden Loseblatt-
sammlung, die ständig ergänzt wird. So wurden in den
letzten Jahren sämtliche Texte im Sinne einer geschlechtsspe-
zifisch korrekten Schreibweise überarbeitet und mussten
Blatt für Blatt ausgetauscht werden.
»Worum geht es denn diesmal?«, fragt Rübsam und tritt an
den Tisch heran. »Vielleicht um die korrekte Schreibweise bei
der Instandhaltung der Orgelpfeifinnen und -pfeife?«

39

Er nimmt einen der Stapel auf und beginnt zu lesen.

»Die Blickle hat angerufen, dass sie beim Altennachmittag morgen nicht spielen kann. Und dann kam noch ein Anruf.« Die Kuchenbeck senkt verschwörerisch die Stimme. »Ein Anruf vom Herrn Pfarrer Hartlaub. Er wollte Sie persönlich sprechen. Das ist doch unser neuer Dekan? Der mit der eigenartigen Frau...«

»Ich hab's«, antwortet Rübsam. »Sie haben die Preise geändert. Wer was verdienen darf. Reisespesen und Tagessätze. Und was etwas kosten darf. Das alles wird jetzt nicht mehr in Mark, sondern in Euro angegeben. Wenn ich meine Wohnung tapezieren sollte, wovor Gott mich schützen möge, darf ich acht Euro für die Rolle ausgeben. Inklusive Mehrwertsteuer. Keinen Cent mehr. Steht hier.« Er deutet auf eines der Dünndruckblätter. »Sie sehen, unsere Kirche ist in guten Händen. Nichts bleibt, was nicht sorgsam bedacht worden wäre.« Er wendet sich zur Tür, die zu seinem Amtszimmer führt. »Wegen des Altennachmittags rufen Sie doch diese Musikstudentin an, die spielt sowieso viel seelenvoller.«

Während er in sein Zimmer geht, spürt er den Blick der Kuchenbeck in seinem Rücken. Das war gerade ein Fehler, denkt er. Ganz genau weiß die, dass ich genau weiß, wie die Studentin heißt.

Er setzt sich an seinen Schreibtisch und greift nach dem Telefon und lässt die Hand wieder sinken. Es ist klar, warum Hartlaub angerufen hat. Die Sitzungen des Wahlausschusses sind geheim. Aber trotzdem wird er wissen wollen, ob und wie viel Gegenstimmen es gegeben hat.

Eigentlich ein unsittliches Ansinnen. Schließlich ist er mein künftiger Chef. Er dürfte mir das nicht zumuten.

Aber es ist Hartlaubs Problem, wenn er jetzt schon Nerven zeigt. Rübsam zieht das Telefon zu sich her, Hartlaub meldet sich, kaum dass die Verbindung hergestellt ist.

»Danke, dass du zurückrufst...«

Hartlaub und Rübsam haben zu gleicher Zeit in Tübingen studiert, saßen beide morgens um acht Uhr beim eruptiven Michel und ließen sich die judaistischen Feinheiten der synoptischen Tradition ins Ohr brüllen. So etwas verbindet. Es wäre albern, würden sie sich nicht duzen.

»Ich bin vorhin vom Oberkirchenrat in Kenntnis gesetzt worden«, sagt Hartlaub, »dass ich jetzt doch nach Ulm gehen soll. Und das hat mich nun ein bisschen umgeworfen … Nach diesem dummen Zeitungsartikel konnten wir nicht mehr damit rechnen, verstehst du? Und ich weiß auch gar nicht, ob ich Marielouise das alles zumuten kann …«

Rübsam ertappt sich dabei, dass er den Hörer ein Stück weit von seinem Ohr entfernt hält. Die Stimme klingt ihm zu nah und zu vertraulich.

»Du weißt ja, wie Marielouise ist«, fährt die Stimme fort, und Rübsam überlegt, ob er das wirklich weiß.

»Sind die Anwürfe wegen dieses Posaunenchors denn nicht zur Sprache gekommen?« Die Stimme wird fast drängend.

»Natürlich weiß ich, dass die Aussprache im Wahlausschuss vertraulich bleiben muss. Aber ich kann nicht nach Ulm gehen, wenn ich überhaupt keine Ahnung habe, wer da alles mit dem Dolch im Gesangbuch herumläuft …«

»Mit solchen Leuten musst du immer rechnen«, antwortet Rübsam. »Überall. Aber immerhin kann ich dir sagen, dass Marielouises Ärger mit den Posaunisten zur Sprache gekommen ist. Nur, und das musst du mir jetzt einfach glauben, dieser Ärger hat dann keine Rolle mehr gespielt. Und das Wahlergebnis ist so, dass du dich nicht beklagen kannst. Alles andere muss jetzt deine Entscheidung sein.«

Mehr sag ich dir nicht.

»Ich verstehe dich«, sagt die Stimme. »Und mit meiner Bewerbung habe ich mich eigentlich ja schon entschieden. Einen Rückzieher würde der Oberkirchenrat nicht verstehen … Hättest du denn am Nachmittag etwas Zeit für uns? Marielouise und ich würden uns gerne die Stadt etwas genauer ansehen, die Dienstwohnung vor allem. Wir müssten auch wissen, an welcher Schule wir Pascal anmelden sollen.«

Rübsam sagt, dass er sich den Nachmittag freinehmen kann. Erleichtert legt er auf.

»Tut mir Leid, dass ich nicht zur Beerdigung kommen konnte.«

Berndorf schüttelt unmerklich den Kopf. Soll er jetzt sagen, der Prophet werde es ihr nicht übel genommen haben? Sie gehen unter den hohen Bäumen des Ulmer Alten Friedhofs. Tamar hatte im Café gesagt, sie brauche ein paar Atemzüge frischer Luft, und so waren sie hierher gegangen, aber offenbar gibt jetzt der Ort das Thema vor. Berndorf bleibt neben dem Grabmal eines Ulmer Kommerzienrats stehen, dem der saure Regen tiefe Tränenrinnen ins Gesicht gegraben hat, und blickt auf den Hund.

Seit gestern trottet dieses Tier neben ihm her, in unerklärlichem Vertrauen darauf, dass Berndorf es zu seinem Herrn führen wird, frisst achtlos, gleichgültig einen halben Teller von dem feinen proteinreichen Diensthundefressi, das der Hundeführer der Ulmer Polizei gestern Abend noch vorbeigebracht hat, schläft im Flur vor der Wohnungstür, damit ihn nur ja niemand übersieht oder vergisst, wenn es wieder nach Wieshülen geht zu Jonas Seiffert, damit die Welt wieder sein wird, wie es sich gehört.

Aber in dieser Welt bleibt nichts, wie es sich gehört.

Berndorf überlegt, ob er Felix von der Leine lassen kann. Ob der Hund dann womöglich, wie von einer unsichtbaren Leine gezogen, den Weg nach Wieshülen einschlägt, unaufhaltsam trottend über die Straßen und den Autobahnzubringer und die Dörfer und Weiler ... Ach was, denkt er, ich kann ihn nicht die ganze Zeit herumzerren – und er mich –, und macht die Leine los.

Aber Felix rennt nicht weg, sondern läuft zum Grabmal des Kommerzienrats und hebt sein Bein.

»Sie haben in Wieshülen diesen Reporter getroffen? Hollerbach heißt er.«

»Ja, hab ich.« Warum willst du das wissen?

Felix hat auf den von Rasen bedeckten Gräberfeldern des Alten Friedhofs einen Schwarm Saatkrähen entdeckt und sich unversehens in rumpelnde Bewegung gesetzt. Aufflatternd retten sich die Krähen und suchen Zuflucht im Geäst der hohen, dünn belaubten Bäume. Auslaufend schlägt Felix einen Bogen und trottet zu Berndorf zurück.

Hollerbach, ja. Berndorf wirft von der Seite einen Blick auf seine Begleiterin.

Im Tageslicht sieht Tamar blass und müde aus, überrascht bemerkt er Fältchen in den Augenwinkeln, zum ersten Mal sieht er das an ihr.

Falls du mich nach diesem Artikel fragen willst: den hab ich auch schon gelesen. Frentzel wird es mir büßen.

»Die Feuerwehr hat Hollerbach heute Nacht aus seiner Wohnung geholt.«

»Das ist brav«, sagt Berndorf. »Brave Feuerwehrleute.« Red nicht so mit ihr wie mit diesem Hund. Aber was soll er schon sagen? Wenn das Dezernat I sich nach Hollerbach erkundigt, spricht das nicht für den Zustand, in welchem ihn die Feuerwehr abgeliefert hat.

»Zum Glück war noch so viel an ihm dran, dass sie ihn identifizieren konnten.«

Du sollst keine Gedanken lesen. Berndorf bleibt stehen und betrachtet Tamar.

Sie hat wirklich erste Fältchen. Wo war Hollerbach zu Hause? Sie wird es dir erzählen.

»Hollerbach hat in Lauternbürg gelebt, in einem Häuschen, das er von seiner Mutter geerbt hat.«

In Lauternbürg. Hinter den Lutherischen Bergen. Wo die Äcker so steinig sind wie die Herzen fromm. Oder war das umgekehrt?

»Hollerbach kam gegen Mitternacht aus dem ›Dorfkrug‹. Bezahlt hat er vier Weizen und zwei Dujardin.«

Ein solcher Mundgeruch will gepflegt sein.

»Im Brandschutt haben wir einen alten Elektroofen gefunden. So ein Ding mit Glühdrähten.«

Den Säufer und den Hurenbock, den friert es selbst im wärmsten Rock. Hat sich's gemütlich gemacht. Ist eingeduselt. Darf man. Nach solch journalistischen Heldentaten.

»Der Alarm kam gegen 1 Uhr morgens. Ich war etwa eine halbe Stunde später draußen.«

Ein Mensch mit einem Schäferhund kommt entgegen. »Felix, hier!« Der Hundeführer hat Berndorf gesagt, dass er mit Schäferhunden vorsichtig sein soll. Boxer können keine Schäferhunde leiden. Vielleicht ist es auch umgekehrt.

»Ja so«, sagt er dann. »Da ist dem guten Hollerbach nach seinen vier Bieren aber nicht mehr viel Zeit geblieben.«

Felix kommt und lässt sich anleinen. Es ist eine schöne, neue lederne Leine, nicht mehr die abgerissene Laufkette von Wieshülen.

»Das Haus war voll von Zeitungen.« Tamar wirft ihm einen schiefen Blick zu. »Und von Negativen und Fotoabzügen. In der Küche hat er ein eigenes Fotolabor gehabt.«

»Ich dachte, diese Landreporter lassen ihre Filme im »Tagblatt« entwickeln. Damit sie dort gleich eingescannt werden, oder wie das heißt. Frentzel hat es mir mal erklärt.«

»Eben.«

Eben? So einfach: eben? Was hat er denn so entwickelt und abgezogen, daheim in der Küche?

»Sie haben nicht mit Hollerbach gesprochen?«

Ich habe es zu vermeiden gesucht, blasse schöne Frau ... Und mach es nicht so spannend. »Er hat mich nach Jonas gefragt. Nach der Zeit, als wir zusammen in Stuttgart waren ... Ich nehme an, Hollerbach wollte wissen, was dem vorangegangen ist. Warum Seiffert nach Stuttgart versetzt worden ist.«

Und das ist eine Geschichte, die schon wieder mit Lauternbürg zu tun hat. Mit dem frommen Lauternbürg samt seiner braven Freiwilligen Feuerwehr.

Und mit Häusern, von denen plötzlich rein gar nichts mehr da ist.

Tamars Handy jault. Sie meldet sich, im Neuen Bau ist Besuch für sie da, offenbar ist es ein dringlicher Besuch. Berndorf will sie nicht aufhalten. Vielleicht schaut sie noch einmal bei ihm vorbei, wenn sie in der Gerichtsmedizin war.

Dann sieht Berndorf ihr nach, wie sie mit raschen Schritten zurückgeht, an den Grabmälern alter Ulmer Patrizier vorbei, und ihr brauner Mantel weht um ihre langen Beine.

Was Jonas Seiffert mit Lauternbürg zu schaffen hatte, hätte er ihr trotzdem noch erzählen können. So viel Zeit sollte sein. Aber dieser Fall hat sich vor vierzig Jahren abgespielt, und er kennt ihn nur aus zweiter Hand. Was soll er Tamar den Kopf damit zumüllen? Am Ende war es doch nur der Elektroofen, und der Hollerbach hat in seinem Rausch nichts gemerkt, bis er weg war, hinüber und abgefackelt.

Er befindet sich an einer Wegkreuzung, links neben ihm mahnt das Grabmal des Militärdekans Fortunat Fauler (1775–1827) die Lebenden, überhaupt ist es das, was die Toten noch ganz gut können. »Da ist noch eine Geschichte ...«

Jonas hat das gesagt.

Unwillkürlich ist er stehen geblieben, zwischen den Bäumen sieht er am westlichen Ende des Alten Friedhofs das metallverkleidete Verlagsgebäude des »Tagblatts«, schwäbisch und dauerhaft, als habe eine Zeitung noch mehr als anderes den

Zahn der Zeit zu fürchten. Warum lässt er sich nicht im Archiv Jonas' Geschichte von damals heraussuchen? Das, zumindest, ist er dem Andenken des Propheten schuldig.

Und Frentzel schuldet wiederum ihm noch einen Gefallen, mindestens.

Berndorf holt seine Taschenuhr heraus, es ist kurz vor Mittag, also wird Frentzel in der Redaktionskonferenz sein. Da kann er schlecht stören.

Plötzlich spürt Berndorf, dass ihn jemand beobachtet.

Der Hund ist stehen geblieben, und blickt, weil er nicht weiß, in welche Richtung es weitergeht, fragend zu Berndorf hoch. Zum ersten Mal tut er das.

»Erst mal nach Hause«, sagt Berndorf.

Es ist eine Frau, die in Tamars Büro wartet: eckiger, kräftiger Körper, in ein braunes Kostüm gezwängt, das schwarze gelockte Haar mit der weißen Strähne achtlos zu einem Knoten zusammengesteckt, das Gesicht rot, wie gegerbt, die Augen dunkel, schweifend.

Die Frau stemmt sich sofort aus dem Besuchersessel hoch, zögert aber, als Tamar die Hand ausstreckt. Zu spät erkennt Tamar den Grund für das Zögern, der Frau fehlt der rechte Zeigefinger, die Häckselmaschine...

Der Händedruck mit den vier Fingern gerät irgendwie befremdlich, aber doch kräftig, wie denn überhaupt die Ortsbäuerin Waltraud Ringspiel aus Lauternbürg eine sehr Herzliche ist und auch gar nicht auf den Mund gefallen. Außerdem ist sie eine, die weiß, was sie zu tun hat, wenn es darauf ankommt, zum Beispiel wegen dieser schrecklichen Geschichte, also da ist sie gleich nach Ulm gefahren, weil, die jungen Dinger, die sind doch sowas von kopflos, also vielleicht nicht in der Stadt, aber bei uns auf dem Land, auch wenn sie weiß Gott wie wunderfitzig tun und nach Marbella fliegen oder auf die Malediven…

Tamar sagt nichts, weil sie auch nichts zu sagen braucht, und bugsiert die Frau wieder auf den Besucherstuhl.

Aber sie ist jetzt schon arg froh, sagt die Besucherin, dass sie mit einer Frau reden kann, auch wenn sie ja immer gedacht hat, das ist kein Beruf für eine Frau, also wirklich, wenn sie die Kommissarinnen im Fernsehen sieht und sich vorstellt, sie müsste da die toten Leut' anfassen, obwohl, früher haben sie im Dorf die Leichen auch selber gewaschen, wenn eins gestorben ist, der Sargtischler hat den Sarg gebracht und das andere haben die Frauen selbst gemacht, wenn etwas heikel ist, müssen es immer die Frauen machen, vielleicht ist es auch gerade deshalb, dass eine so nette junge Frau wie die Frau Kommissarin einen solchen Beruf hat, aber jedenfalls denkt sie das jetzt nicht mehr, dass das eine Frau nicht machen sollte, weil, es ist doch besser, wenn man über manche Sachen von Frau zu Frau reden kann…

Tamar hat inzwischen einen Ordner aus ihrer Schublade geholt. Es ist ein nur leicht angekohlter Ordner, sie hat ihn noch in der Nacht gefunden, nicht im ehedem Hollerbach'schen Haus, sondern im Garten dahinter, vom Feuer herausgewirbelt vermutlich, wie sonst kommt der Ordner dahin? Es muss ein ziemliches Feuer gewesen sein, so leicht ist der Ordner nicht, voll gepackt mit Negativen.

Aber dazu äußert sich Tamar jetzt nicht, überhaupt muss sie gar nichts sagen, weil das die Ringspiel Waltraud besorgt.

Also, so erklärt die Ortsbäuerin, man darf den jungen Dingern nicht bös sein, das versteht die Frau Kommissarin doch sicher. Es ist das Fernsehen, das schuld ist, und diese ganzen Pornos, da denken sich die jungen Dinger, sie müssten das alles auch, und natürlich, weil es die Kerle so haben wollten, dabei seien – also wenn sie ehrlich sein soll – die Kerle das gar nicht wert…

Tamar schlägt nun doch den Ordner auf und holt einen der Streifen mit den Kleinbild-Negativen heraus und betrachtet ihn gegen das Licht, während die Ortsbäuerin erst eine Weile weiterredet, und dann doch stiller wird.

Es ist die Container-Generation, denkt Tamar. In der Sauna ist es ihr auch schon aufgefallen. Irgendwann wird einer einen Aufsatz darüber schreiben: »Die Schamhaar-Trachten der heranwachsenden weiblichen Bevölkerung in den ländlichen Regionen Südwürttembergs«, eine Magisterarbeit vielleicht, und sie beim Institut für Empirische Kulturwissenschaften der Universität Tübingen einreichen, das Bildmaterial zur Verfügung gestellt von Eugen Hollerbach †.

»Die jungen Frauen sind also zu diesem Herrn Hollerbach gegangen, um private Aktfotos machen zu lassen«, fasst Tamar zusammen.

»Ja«, sagt Waltraud Ringspiel, »das ist der Ausdruck. Private Aktfotos. Er hat sein Atelier in der Waschküche gehabt.«

»Sehr erotisch«, sagt Tamar. Dann legt sie den Negativ-Streifen wieder zurück. »Ist es vorgekommen, dass dieser Hollerbach aufdringlich geworden ist?«

»Man ist ja nicht dabei«, antwortet die Ortsbäuerin, »aber ich glaub's nicht. Das war ja so ein schwabbeliges Mannsbild, und hat aus dem Mund gerochen, so einen mag keine… Die hätten ihm eins auf die Finger gegeben, wissen Sie, so hilflos sind die jungen Dinger nun auch wieder nicht.«

Tamar überlegt. »Und er hat auch nie Fotos weitergegeben?«

Die Ortsbäuerin weiß nicht, was Tamar meint.

»Sehen Sie«, sagt Tamar, »Sie zum Beispiel haben über das Foto-Atelier in der Waschküche Bescheid gewusst. Andere Leute vielleicht auch. Darunter vielleicht Männer, die gerne ein solches Foto gehabt hätten. Die Sorte Männer, die sich damit einen Spaß machen wollen, wie sie es dann nennen.«

Aber davon hat die Ortsbäuerin nie gehört.

»Ich glaub auch nicht, dass es so etwas gegeben hat. Das hätt' sich rumgesprochen, und dann wär ja keins mehr gekommen.«

Da ist was dran, denkt Tamar. Ohne Diskretion kein Studio in der Waschküche. Und doch! Leidenschaft respektiert keine Diskretion. »Diese Negative bleiben selbstverständlich unter Verschluss«, sagt sie dann. »Ich sorge selbst dafür, dass da nichts rausgeht. Nichts ans »Tagblatt«, und auch nichts an die Zeitung mit den roten Balken.«

Noch immer huschen die dunklen Augen hin und her, streifen die Kommissarin und irren wieder weg.

»Aber es gibt ein paar Probleme«, fährt Tamar fort. »Erstens weiß ich nicht, ob die Feuerwehrleute etwas aufgesammelt und eingesteckt haben. Da müssten Sie mit dem Kommandanten reden, dass der sich hinter seine Männer klemmt.«

Waltraud Ringspiel nickt. Das habe sie heute Morgen schon getan. »Ich hab dem Neuböckh gesagt, dass er und seine Mannen keinen einzigen guten Tag mehr haben, wenn da etwas rausgeht.«

»Noch etwas.«

Die dunklen Augen heften sich an ihr fest.

»Wir gehen bisher davon aus«, hebt Tamar an und geniert sich. Der Kaffee geht aus, und das Geld, und Hannah und ich, am Abend, hoffentlich. Alles andere ist Schnüss. »Also wir glauben, dass der Herr Hollerbach seinen Elektroofen eingeschaltet hat und dann eingeschlafen ist und nicht mehr gemerkt hat, wie der Ofen irgendwelches Papier in Brand gesetzt hat. Vielleicht ist auch ein Kabel durchgeschmort. Alles gut möglich.« Sie macht eine Pause. Möglich auch, denkt sie, dass das alles in einer knappen Stunde abläuft. Irgendwie wird es auch möglich sein, dass bei dem Feuer ein kompletter Aktenordner hinausgeweht wird in die Nacht und im Garten liegen bleibt, damit sie ihn findet. Aber… Aber bisher haben wir keinen Beweis. Wir können also auch nicht ausschließen, dass es eine Fremdbeteiligung gegeben hat…«

Die Ortsbäuerin schüttelt den Kopf, ratlos.

»Noch einmal«, sagt Tamar, »niemand behauptet, dass jemand bei dem Feuer nachgeholfen hat. Aber ganz sicher ist das nicht. Noch nicht.«

Die schwarzen Augen weichen nicht von der Stelle.

»Und wenn es doch so sein sollte, dass da jemand nachgeholfen hat, dann muss ich auch mit Hollerbachs Kundinnen reden. Es geht dann nicht anders.«

»Aber ...« Die schwarzen Augen werden entsetzensvoll groß. Was hast du eigentlich? Wir werden in diesem Ordner doch bei Gott keine Vier-Finger-Venus finden? »Das alles«, sagt Tamar energisch, »muss nicht so sein, das kann so sein. Auch das Münster kann einstürzen. Aber wenn es so kommt, dann wäre es am besten, wenn wir einen Pakt schließen, Sie und ich, einen ganz diskreten Pakt. Sie sorgen dafür, dass sich die Frauen, die sich haben fotografieren lassen, bei mir melden und einen vertraulichen Termin vereinbaren, und kein Mensch muss etwas davon erfahren ...«

Das Telefon schlägt an.

Es meldet sich Dr. Roman Kovacz, Pathologe und Gerichtsmediziner der Universität Ulm.

»Das trifft sich gut«, sagt Tamar, »ich wollte nachher bei Ihnen vorbeischauen ...«

»Ich verstehe«, antwortet Kovacz, »Sie sind gerade in einer Besprechung? Tut mir Leid, dass ich stören muss ...«

Red nicht so herum, denkt Tamar. Du wirst doch nicht ...

»Ich werde es kurz machen«, fährt Kovacz ungerührt fort, »aber ich fürchte, dass Sie keine Zeit für einen Besuch bei mir haben werden ... Hollerbach, Eugen, geboren 7. März 1946, ist NICHT erstickt und NICHT an einer Rauchvergiftung gestorben.«

Niemand spricht in Großbuchstaben. Auch Dr. Roman Kovacz nicht. Nur Tamar hört es so. Sie sagt gar nichts.

»Eugen Hollerbach ist durch Einwirkung stumpfer Gewalt

auf seinen Kehlkopf gestorben«, teilt Kovacz mit, »damit war die Blutzufuhr zum Gehirn blockiert. Exitus.«

»Stumpfe Gewalt? Gegen den Kehlkopf?«, fragt Tamar. »Ein Handkantenschlag?«

»Ich bin kein Hellseher«, kommt es durch den Hörer, »aber ein Handkantenschlag könnte solche Wirkung haben, durchaus. Zum Beispiel, wenn jemand zugeschlagen hat, der diese Technik beherrscht, ein Profi also. Ich sagte Ihnen ja, dass Sie keine Zeit zu einem Besuch haben werden.«

Tamar legt den Hörer auf und sieht die Frau auf der anderen Seite des Schreibtischs an. »Wo waren wir stehen geblieben? Ach ja, wir sprachen über einen Pakt…« Eine Grimasse huscht über Tamars Gesicht. »Politiker würden jetzt sagen, der Bündnisfall ist eingetreten.«

Die Ortsbäuerin versteht nicht.

»Frau Ringspiel – das Münster IST eingestürzt.«

Berndorf hat in der Eingangshalle des »Tagblatts« Platz genommen und wartet, neben ihm steht Felix und lässt einen Sabberfaden aus dem Maul hängen. Eigentlich kann Berndorf mit diesem Hund nicht unter die Leute, aber was soll er machen? So ist das nun einmal mit dem Vermächtnis der Propheten. Er betrachtet den im Halbdunkel spiegelnden Marmorboden und überlegt, warum die Leute in diesem Haus nicht lieber ihren Stil polieren statt den Boden.

»Ach, da ist ja dieses Tier!« Frentzel kommt auf ihn zu. »Wenn es ein anderer Tag wäre, würde ich sagen: zu viel der Ehre!«

Berndorf ist aufgestanden, sie tauschen einen Händedruck, Felix schnuffelt kurz an dem Redakteur und wendet sich ab.

»Sie wissen, dass Hollerbach…?«

Berndorf sagt, dass er es weiß.

»Die Einschläge nähern sich«, sagt Frentzel. »Aber was mag es wohl bedeuten, dass heute nun ausgerechnet Sie unsere armselige Hütte aufsuchen? Ich kann mir nicht helfen, aber ich rieche…, nun ja, ich rieche Menschenfleisch, verbranntes Menschenfleisch…«

Ich bin pensioniert. Aus dem Geschäft. Abgetakelt. »Ich hätte gerne in Ihrem Archiv etwas nachgelesen, was Jonas Seiffert betrifft – Sie wissen, diesen verstorbenen Ortsvorsteher, er war früher Polizist, ein Freund von mir, wenn ich mir post mortem so viel Vertraulichkeit erlauben darf…«

»Schon klar«, antwortet Frentzel und betrachtet Felix, »dieses Tier da war sein Hund. Hollerbach hat mir abgebettelt, dass ich diese Geschichte bringe, Sie müssen schon entschuldigen. Wenn ich freilich gewusst hätte, dass es sein Schwanengesang wird, obwohl ich ja Hollerbach nie direkt für einen Schwan des deutschen Journalismus gehalten habe…«

Sie steigen von der marmorglänzenden Empfangshalle durch ein marmorglänzendes Treppenhaus in den ersten Stock zu einer Glastür, die mit einer Ausweiskarte geöffnet werden muss, und gelangen über einen längeren verwinkelten Korridor, der nun auf einmal überhaupt nicht mehr marmorglänzend ist, sondern mit abgetretenem Teppichboden ausgelegt, ins Archiv. Das stellt sich als ein enger Durchlass heraus, zu dessen Seiten links und rechts dicht hintereinander wandhohe Regale gehängt sind, die auf Rollen laufen und zur Seite geschoben werden müssen, damit der Besucher an die in den Regalen gestapelten Ordner kommt.

»Diese Regale«, sagt Frentzel und deutet auf eine Kurbel, die wie das verirrte Steuerrad eines größeren Donaukahns aussieht, »müssen von Hand verschoben werden, sind aber so schwer, dass wir eine mechanische Hilfe dazu brauchen…«

Ein weißhaariger Mann mit leicht gebeugtem Rücken nähert sich ihnen und nickt Frentzel zu und Berndorf und betrachtet Felix aus runden Brillengläsern.

»Was kann ich für Sie tun? Einen schönen Boxer haben Sie da. Kräftiger Kerl.«

Komisch, denkt Berndorf. Ein schöner Hund ist das nun wirklich nicht. Dann sagt er, dass er gerne Zeitungsartikel über die Gemeinde Lauternbürg eingesehen hätte, und zwar aus den Jahren 1960 und folgende, und während er das sagt, spürt er fast körperlich, wie Frentzel hellhörig wird.

»Das wäre immer mein Traum gewesen«, sagt der Weißhaarige und beginnt, an der Kurbel zu drehen, »ein solcher Hund. Aber hier in die Zeitung könnte ich ihn ja doch nicht mitnehmen…« Felix setzt sich abrupt und beginnt sich mit dem linken Hinterlauf den Kopf zu kratzen.

»Zu dumm«, sagt der Archivar, »ich hätt' es wissen müssen. Der Ordner ist vor ein paar Tagen ausgeliehen worden…«

Berndorf wartet und vermeidet es, Frentzel anzusehen.

»Ja, es ist doch merkwürdig«, fährt der Archivar fort, »der Eugen Hollerbach hat ihn ausgeliehen, letzte Woche schon, ich dachte mir noch heute Morgen, als ich das mit dem schrecklichen Unglück gehört habe, komisch, dachte ich, da war doch was…«

»Soll ich Ihnen sagen, was ich rieche?«, fragt Frentzel, aber es ist nicht an den Archivar gerichtet.

Berndorf überlegt. »Hatte Hollerbach hier in der Redaktion einen eigenen Schreibtisch?«

»Das fehlte noch«, meint Frentzel, »dass wir den Herren eigene Schreibtische einrichten!«

Aber immerhin gibt es einen Arbeitsplatz für die freien Mitarbeiter, und so gehen Frentzel und Berndorf und der Hund durch die verwinkelten Gänge zurück, weichen einer großen jungen Frau mit wehendem Haar und schwingendem Busen aus, die Frau erinnert Berndorf entfernt an Tamar, und kommen schließlich in das Großraumbüro der Lokalredaktion, wo an einem guten anderthalb Dutzend computerbestückter Schreibtische telefoniert und geschrieben wird. Das geschieht in eher unauffälliger, fast gedämpfter Geschäftigkeit, nur an einem der Schreibtische telefoniert ein Mensch mit einer Lautstärke, als sei es Bells Erfindung gewesen, dass man durch Drähte hindurchbrüllen kann.

Frentzel bleibt an einem leeren Tisch stehen, neben dem Tisch ist ein kleines Regal, aber in dem Regal findet sich keiner der Ordner aus dem Archiv. Frentzel blickt in die Runde: »Weiß jemand, ob der Hollerbach hier irgendwo einen Ordner hat stehen lassen...?« Die Frage nach Hollerbach unterbricht die gedämpfte Betriebsamkeit und auch die brüllende und eine nicht mehr ganz junge Frau mit lustigen braunen Augen weiß, dass Hollerbach letzte Woche mit einem dieser alten Ordner abgezogen ist.

»Das weißt du doch, dass die Ordner nicht außer Haus dürfen...«

»Er hat gesagt, es ist mit dir abgesprochen.«

Berndorf mischt sich ein. »Sie wissen nicht, woran er gearbeitet hat?«

Die Frau mit den lustigen braunen Augen betrachtet ihn nachdenklich. »Wissen Sie, unser Eugen Hollerbach hat immer gern etwas ausgegraben und angebracht, von dem niemand so recht wusste, wozu es gut sein soll...« Sie wendet sich an die Runde. »Erinnert ihr euch noch an die Geschichte mit dem Nazigold? Ein paar Monate lang ist das so gegangen, und Hollerbach hat in alten Bombentrichtern im Lautertal herumgestochert...«

»Du erzählst es wieder falsch«, unterbricht sie der Mensch mit der dröhnenden Stimme, »er hat sich hinter den Tauchsportclub geklemmt, sie sollten in den Löchern nachsehen. Das haben die auch gemacht, ein- oder zweimal, jede Menge alte Schuhe und kaputte Fahrräder rausgeholt und einmal einen alten VW, aber dann sind die Naturschützer dahintergekommen und haben den Unfug übers Landratsamt verbieten lassen, damit die Molche ihre Ruhe haben...«

Berndorf wendet sich an Frentzel. »Sie haben doch sicher auch ganze Jahresbände, also die gesammelten Ausgaben eines Jahres?«

»Sollten wir haben«, sagt Frentzel.

Und so gehen Berndorf und Felix zurück ins Archiv, begegnen leider diesmal nicht der Schönen mit dem wehenden Haar, sondern nur einem Menschen in dunklen Nadelstreifen, der sich bei Felix' Anblick besorgt an die Wand drückt, um sie vorbeizulassen. »Keine Sorge«, lügt Berndorf, »der Hund ist nicht wirklich gefährlich …« Dann erklärt er dem Archivar, was er sucht. Der Archivar nickt aufmerksam und macht sich auf den Weg, denn die Jahrbände aus der Zeit um 1960 sind im Keller gelagert. Berndorf muss eine Weile warten, dann kommt der Archivar zurück und schiebt auf einem kleinen Wagen einen Stapel angestaubter, in grauen Pappdeckel eingebundener Bände vor sich her.

Die Bände werden in ein kleines Kabuff gebracht, das von einer Neonlampe ausgeleuchtet wird und durch eine Glasscheibe von der Telefonzentrale abgetrennt ist. Die Telefonistin hat toupierte gelbe Haare und erzählt – wenn sie gerade keine Anrufe entgegennimmt – einer für Berndorf nicht sichtbaren Kollegin von einem Kurs für Singles, der leider ein Fehlschlag gewesen sei, bei manchen Leuten sei es ja nun wirklich kein Wunder, dass sie solo seien.

Berndorf betrachtet die Bände und überlegt, wo er beginnen soll. Er selbst war im September 1962 nach seinem Abschlusslehrgang zum Dezernat I der Stuttgarter Kriminalpolizei gekommen. Der Prophet war damals noch nicht lange da, vielleicht einige Monate. Er erinnert sich, wie sie beide zum ersten Mal gemeinsam zur Kantine gingen, Seiffert voran, weil sich Berndorf noch nicht so recht auskannte, und wie Seiffert vor seiner Kohlroulade die Hände faltete und ein

Tischgebet sprach und sich nicht daran störte, dass Berndorf nichts dergleichen tat, sondern nur wartete, vor seinen Spiegeleiern mit Spinat, bis Seiffert fertig war. Und wie sie sich danach über den Mord an einem Antiquitätenhändler unterhielten, dem die Augen ausgedrückt worden waren, und Berndorf ein Problem hatte mit seinen Spiegeleiern …

»Sie werden sich noch daran gewöhnen«, hatte Seiffert gesagt, »aber beeilen Sie sich nicht damit.«

Felix hat unter dem Tisch Platz genommen, Berndorf schlägt den Band der ersten Jahreshälfte 1961 auf. Merkwürdig fremd mutet ihn das an, die Typografie ist veraltet, noch vergilbter als das Zeitungspapier. Es dauert, bis die verblassten Geschehnisse des Jahres 1961 Kontur und Farbe annehmen. Überrascht stellt er fest, dass diese Konturen nicht übereinstimmen mit seiner eigenen Erinnerung. Denn aus den klein gesetzten Schlagzeilen steigt ihm ein eigentümlicher, kalter, bedrohlicher Geruch in die Nase, von dem er nichts mehr weiß, denn für ihn ist die Erinnerung an das Jahr 1961 warm und sonnig überstrahlt. Und doch wehmütig. Aber vierzig Jahre später tut die Erinnerung an eine unglückliche, an eine ungelungene Liebe nicht mehr so besonders weh, es ist ein verklingendes, verschleiertes Gefühl. Es hat nicht sollen sein, vielleicht war alles auch gar nicht wahr, sondern nur ein trauriger kleiner Film, aus den Schnipseln und Standfotos einer trügerischen Erinnerung zusammengeschnitten.

Aber mit dem Geruch, der ihm in die Nase steigt, hat das alles nichts zu tun. Es ist der Geruch nach Krieg, der diesen Zeitungsseiten aus dem Jahre 1961 entströmt. Hat er das damals nicht wahrgenommen? Russen, Amerikaner, Franzosen zünden ihre neuen Atombomben, Dag Hammarskjöld bekommt posthum den Friedensnobelpreis, nachdem er abgestürzt ist auf dem Flug nach Katanga zu Moise Tschombe …, immer noch oder schon wieder ist Krieg da unten, denkt Berndorf, auch der UN-Generalsekretär ist nicht einfach so abgestürzt, er ist abgestürzt worden, waren es die Belgier oder doch die CIA, die ihn haben umbringen lassen, hat ihn das nicht empört damals?

Im Juli allein sind es 30 444 Flüchtlinge, die der DDR davonlaufen, jeden Tag tausend Ossis, die mit den Füßen abstimmen, nur hat sie damals noch niemand Ossis genannt, aber wieso hat niemand im Westen gesagt, dass das so nicht weitergehen kann? Brandt ist in Washington, und dort wird ihm gesagt, dass sich am Berlin-Status nichts ändern wird, also hat Willy Bescheid gewusst, sonst hätte er nicht gefragt. Kurt Hoffmann bringt Dürrenmatts »Ehen des Herrn Mississippi« ins Kino, Berndorf weiß noch gut, wie er den Film sieht, in dem kleinen Programmkino im ersten Stock, das heißt, er weiß noch, dass das Mädchen von damals neben ihm sitzt und sich auch anfassen lässt, aber nach dem Kino sagt sie, dass Schluss ist, sie bummeln über den herbstlichen Schlossplatz, Berndorf hält ihren Arm in dem seinen, und plötzlich bleibt sie stehen, das Gesicht halb abgewandt, und sagt, dass es nichts wird mit ihnen.

Das Lautertal und Lauternbürg finden im »Tagblatt« von 1961 so gut wie nicht statt. Pfingstturnier des TSV, dritter Platz gegen Gauggenried, dann zwei Wochen lang nichts. Der Hegering teilt mit, dass ein tollwütiger Fuchs geschossen worden ist, die evangelische Kirche bekommt eine neue Orgel, der Anlass ist sogar ein Foto wert, verschwommen ein Mensch im Talar und ein zweiter in einem zu engen Anzug: Pfarrer Wilhelm Hartlaub übergibt sinnbildlich das neue Instrument dem Organisten Ludwig Wehleitner. Die Freiwillige Feuerwehr soll ein neues Gerätehaus bekommen, auch werden angehoben die Gebühren für Gemeindestier und -eber.

Unterm Tisch im Kabuff des »Tagblatts« schnauft Felix auf und legt sich umständlich auf die andere Seite. Was tu ich hier, Seite um Seite umblätternd? Berndorf ist schon beim Band für

die zweite Jahreshälfte 1961, die Mauer ist gebaut, die Ober-
liga startet in die neue Spielzeit, war das nicht ihre letzte? Die
Staatspartei hält im »Adler« eine Wahlveranstaltung ab, die
Sowjets haben die Mauer nur gebaut, um dem Frahm an die
Macht zu helfen, weshalb man in Lauternbürg jetzt erst recht
Staatspartei wählen muss, irgendwie geht das aber nicht
ganz so auf, nächste Seite... Plötzlich hält er inne und blättert
zurück, es ist nur eine kleine Notiz, ohne Überschrift, der
Ortsname als gefettete Spitzmarke:

LAUTERNBÜRG • Im Rahmen einer technischen Übung der
Freiwilligen Feuerwehr ist am Dienstagabend ein leerstehendes und baufälliges Haus abgebrochen worden. Wie Kommandant Neuböckh dazu mitteilt, hätten sich in dem Haus
Ratten und anderes Ungeziefer eingenistet, weshalb ein Eingreifen dringend geboten gewesen sei.

Berndorf wirft einen Blick auf die Datumszeile, erschienen ist
die Ausgabe am Freitag, 6. Oktober 1961, der Abbruch war
also in der Nacht zum 4. Oktober erfolgt. Ratten und anderes
Ungeziefer! Er hatte sich nicht erinnert, dass die Aktion tatsächlich so begründet worden war.

Im Großen Konferenzraum im Dachgeschoss des Neuen
Baus zieht Kriminalrat Englin das Mikrofon zu sich her,
klopft dagegen, obwohl er eigentlich wissen müsste, dass es
eingeschaltet ist, denn die Kriminalkommissarin Tamar Wegenast hat soeben vorgetragen, was den Mitarbeitern der in
den letzten 20 Minuten zusammengetrommelten Sonderkommission Lauternbürg über den gewaltsamen Tod des
Hollerbach Eugen bisher an Informationen mitzuteilen ist.
Der Polizeiapparat ist bürokratisch, viel zu hierarchisch, von

Empfindlichkeiten, menschlichen Unzulänglichkeiten und entsetzlich vielen Eitelkeiten gebeutelt, anfällig für Intrigen und Mobbing aller Art. Aber manchmal, denkt Tamar, funktioniert dieser Apparat überraschend ruhig und professionell. Kaum dass Kovacz das Obduktionsergebnis durchgegeben hat, läuft der Apparat an, lautlos, fast geschmeidig, aufmerksam und gelassen machen sich die Kollegen an die Arbeit, dabei sind es allesamt Frauen und Männer, die schon genug Überstunden angesammelt haben und von denen niemand darauf gewartet hat, dass der Tag ihm auch noch einen Mordfall ins Haus weht. Und nicht einmal Tamar fuchst sich darüber, dass Kriminalrat Englin nun selbst die Leitung der Soko Lauternbürg übernommen hat, denn das Dezernat I – Kapitalverbrechen – wird wohl erst im neuen Jahr einen Nachfolger für den vor einiger Zeit pensionierten Chef bekommen.

»Ich bitte Sie«, sagt Englin, »diesen Fall außerordentlich ernst zu nehmen …«
Schon ist Tamar der Anflug von staatstragendem Stolz auf die Kollegen wieder vergangen. Außerordentlich ist ein saublödes Wort, erst recht, wenn es außer-ordentlich ausgesprochen wird. Glaubt Englin vielleicht, die Kollegen hätten sich just for fun zur Soko einteilen lassen, oder aus Wunderfitz, wie die Ringspiel Waltraud sagen würde? Natürlich lässt sich zu den Szenen in Hollerbachs Waschküche nur schlecht die Schicksalsmelodie einspielen. Aber an einem Leben, das durch einen Handkantenschlag beendet wurde, ist überhaupt nichts mehr lächerlich, und auch nichts an den drei Dutzend Dorfschönen, die sich für ihren Liebsten in der Waschküche haben ablichten lassen. Überhaupt nicht komisch ist das, wenn man drei Dutzend verbiesterter Zeuginnen nach Aktfotos befragen muss, und das nicht irgendwo in der Großstadt, wo die jungen Frauen lachen und sagen, sicher doch, sind auch ganz hübsch geworden, finden Sie nicht? Nein, die dummen Hüh-

ner sind aus dem Dorf hinter den Lutherischen Bergen, wo es womöglich noch zählt, ob eine Jungfrau ist oder nicht, und wo ein Foto von einer Frau ohne was drüber ganz schnell für einen bösen kleinen Rufmord gut ist, und vielleicht auch für einen richtigen.

»Vor allem in der Angelegenheit dieser Fotografien«, hört sie Englin reden, »müssen wir mit äußerster Behutsamkeit vorgehen, mit Diskretion, um nicht zu sagen: mit Delikatesse. Die in Betracht kommenden Zeuginnen dürfen auf keinen Fall in ihren privaten Beziehungen beeinträchtigt oder verstört werden… Ich bin sehr froh, dass die Kollegin Wegenast diesen Bereich übernehmen wird.«

Tamar nickt. Höflich. Zurückhaltend. Diskretion ist die Seele vom Geschäft. Oder Delikatesse, wie Englin neuerdings sagt. Aber was tut Hollerbach, oder was hat er getan, wenn einer kam und sagte, du Eugen, die Sylvie, das Miststück, die Hur', die hat sich doch auch bei dir ihren Arsch fotografieren lassen, ich geb dir einen Tausender, wenn du mir einen Abzug machst…

Einem Tausender zum Beispiel wird Hollerbach nicht so leicht widerstanden haben, keiner wird das tun, der auf die Mitarbeiterhonorare des »Tagblatts« angewiesen ist. Wenn es überhaupt einen Riesen gebraucht hat.

Aber wird die Soko Lauternbürg wirklich so bald darüber Bescheid wissen? Irgendwie glaubt Tamar das nicht. Noch vor der Einsatzbesprechung war sie im Fotolabor gewesen und hatte dort in Auftrag gegeben, dass ihr aus Hollerbachs Waschküchen-Œuvre die Köpfe herauskopiert und vergrößert werden. Doch die Abzüge würde sie erst am nächsten Vormittag erhalten, und ob sie brauchbar sein würden, ist noch sehr die Frage.

Berndorf verlässt das Verlagsgebäude durch den Personaleingang und geht an den Parkplätzen vorbei auf die Neithardstraße hinaus, Polizisten kennen diesen Weg, wenn in der Nachtschicht Zeit dafür ist, holt man sich dort eine Andruck-Ausgabe. Die Neithardstraße ist ein Sträßlein, Felix verweilt an einer Straßenlaterne und hebt das Bein, Berndorf wartet, von Nordwest schiebt ein kalter Wind dunkle Regenwolken vor sich her. In Berndorfs Jackentasche stecken die Kopien der Zeitungsartikel, die ihm der Archivar angefertigt hat. Keine schöne Geschichte, denkt Berndorf, ganz gewiss auch nicht für Jonas Seiffert.

Er biegt in die Schafferstraße ein und überquert sie. Ein geparkter Caravan versperrt die Sicht, und so sieht er zu spät, dass er einer kleinen Gruppe ausweichen muss, zwei Männern und einer Frau, die vor dem alten, braunroten, unansehnlichen Evangelischen Gemeindehaus stehen und sich unterhalten. »Oh!«, sagt einer der Männer, als Felix' Kopf sich seiner Hand nähert, »wen haben wir denn da!« Berndorf registriert, dass der Mann genug Verstand hat, um die Hand nicht ruckartig wegzuziehen, dann holt er Felix an der Leine zu sich her.

»Falls ich mich nicht sehr täusche«, mischt sich der zweite Mann ein, »ist das heute einer der bekanntesten Hunde hier in Ulm.«

Berndorf spürt einen Stich in seinem linken Bein, das vor Jahren vom Chirurgen zusammengeflickt worden ist. Denn der zweite Mann ist Pfarrer Johannes Rübsam von der Pauluskirche, er und Berndorf kennen sich, und das hat nicht nur damit zu tun, dass Ulm eine kleine Stadt ist.

»Ich traf den Redakteur Frentzel gestern bei Tonio«, fährt Rübsam fort, »und wunderte mich ein wenig über sein Gerede, wie es einem bei Frentzel zuweilen so gehen mag. Er hatte es von Hunden und dem Bestattungswesen, heute Morgen habe ich es dann begriffen ...«

Inzwischen steht man nun doch lange genug zusammen, um sich bekannt zu machen, Rübsam stellt Berndorf vor – »der frühere Leiter der Mordkommission« –, bei Rübsams Begleitern wiederum handelt es sich um das Ehepaar Marielouise und Guntram Hartlaub, »Sie haben es vielleicht heute im »Tagblatt« gelesen, Guntram Hartlaub ist gestern Abend zu unserem neuen Dekan gewählt worden.«

»Meinen Glückwunsch«, sagt Berndorf höflich, obwohl er nicht so genau weiß, was ein evangelischer Dekan zu tun hat und ob man ihn dazu beglückwünschen sollte. Hartlaub ist ein mittelgroßer Mann, Anfang 50, mit vollem Gesicht und dunklem, nach hinten gekämmtem Haar, das ausgeprägte Geheimratsecken freilegt. Sollte der Name Berndorf etwas sagen? Er weiß es nicht, ohnehin scheint ihm die Frau interessanter, ein strenges, herbes Gesicht, die blonden Haare nach hinten gebunden, Marielouise also, ein schöner Name.

Wieso lächelt ihn die Frau an? Es ist ein scheues, ein fast unmerkliches Lächeln und auch schon wieder verweht, aber es galt ihm … Plötzlich kennt er den Grund.

»Wir sind uns schon einmal begegnet.« Nun versucht auch er ein Lächeln.

»Ich weiß«, antwortet die Frau. »In der Universitätsklinik. Sie haben diesen alten Herrn besucht.«

Erste Regentropfen fallen, Rübsam spannt einen Regenschirm auf, der Nordwest fährt in das Gestänge und kippt den Schirm nach oben.

Diesen alten Herrn, ja. Also ist der andere Patient ein jüngerer Mensch gewesen. »Besuch ist zu viel gesagt«, meint Berndorf schließlich. »Es sollte einer werden. Aber dann hat der Posaunenchor die Wand einstürzen lassen.«

»Wenn wir uns beeilen«, sagt Rübsam, »kommen wir noch trockenen Fußes bis zur Kirche …«

Der neue Dekan hat einen Taschenschirm aufgespannt, der nicht umkippt, und hält ihn über seine Frau, die Gruppe wendet sich nach links zum Alten Friedhof und weiter zur Pauluskirche. Berndorf und der Hund sind dabei, irgendwie hat sich das so ergeben, denn nach Hause hat er den gleichen Weg. Der Wind wird heftiger, Rübsams Schirm klappt schon wieder nach oben, über ihnen reißen die Wolken auf und schütten sich leer.

»Hierher«, ruft Rübsam und geleitet die Gruppe zu einem Seiteneingang der Pauluskirche. Nass und atemlos findet sich Berndorf im beleuchteten Vorraum eines Vortragssaales wieder.

Er hält sich und den Hund abseits, etwas unsicher, ob er denn überhaupt eingeladen ist, hier Zuflucht zu suchen. Felix schüttelt sich den Regen aus dem Fell, an einem Tisch wird Kaffee ausgeschenkt, Rübsam muss mehrere Hände schütteln und wird einer auffallend großen schwarzhaarigen Frau vorgestellt. Berndorf hört zu, wie Rübsam sein unendliches Bedauern erklärt, nicht rechtzeitig zum heutigen Literarischen Colloquium erschienen zu sein, auch seine Besucher seien untröstlich, aber der Terminkalender! Mit der Stimme eines sehr kleinen Mädchens wendet die Schwarzhaarige ein, sie fürchte, ihre Erzählungen von Mord und Totschlag könnten in einer Kirche als unangemessen empfunden werden, doch Rübsam widerspricht. Schuld und Sühne! Ein zentrales Thema, nicht wahr …

»Sie waren bei dieser Geschichte dabei?« Hartlaub hat sich neben Berndorf geschoben, eine Tasse Kaffee in der Hand.

»Bei welcher Geschichte?«, fragt Berndorf zurück.

»Sie wissen doch – dieser Disput in der Universitätsklinik …«

»Ach das! Eine Geschichte kann man das eigentlich nicht nennen«, meint Berndorf. »Offenbar kommt da jeden Samstag ein Posaunenchor in den Innenhof der Klinik und spielt, dass der liebe Gott zum Ohropax greift, aber weil das schon immer so ist, hat sich niemals jemand etwas dabei zu sagen getraut, bis Ihre Frau gekommen ist.«

Das war sehr wohl eine Geschichte, fällt ihm ein, immerhin hatte es einen Artikel im »Tagblatt« gegeben.

Nicht irgendeinen Artikel. Einen Artikel von Hollerbach. Plötzlich weiß er es so genau, als sähe er die Autorenzeile vor sich.

»... leider hat das für uns ein Nachspiel gegeben«, hört er Hartlaub sagen, »ein misstönendes, manche Menschen sind doch sehr empfindlich, nicht wahr, Marylou?«

»Das ist ja wohl ausgestanden«, sagt Marielouise Hartlaub, die in diesem Augenblick zu ihnen tritt. »Außerdem weiß ich noch immer nicht, wie dieser Hund in die Zeitung geraten ist. Irgendwie fühle ich mich solidarisch mit ihm. Hat er jemanden gebissen? Vielleicht einen der Würdenträger hier?«

Sie mag nicht Marylou genannt werden, geht es Berndorf durch den Kopf. »Ein Zwischenfall auf der Beerdigung. Felix hatte sich losgerissen und stand plötzlich auf dem Friedhof. Ich hab ihn dann mitgenommen.« Während er das sagt, betrachtet Marielouise den Hund und dann Berndorf, sie hat große, ruhige, blaugraue Augen, Berndorf wird verlegen.

»Der alte Herr ist also auch gestorben?«, fragt sie schließlich.

»Ja«, antwortet Berndorf einfältig.

Die Türen zum Vortragssaal haben sich geschlossen, das Colloquium über den zeitgenössischen deutschen Kriminalroman wird fortgesetzt, offenbar muss Rübsam nun auch ein paar Worte sagen. Berndorf und das Ehepaar stehen um den Hund herum, der auch nur dasteht und wartet, den Kopf gesenkt. Draußen trommelt der Regen.

Das sei aber gerade eine schöne Geschichte gewesen, lobt Guntram Hartlaub, »sie erinnert mich« – er wendet sich an seine Frau – »an den Hund des Belgiers, ich hab es dir sicher schon einmal erzählt...«

Er habe sie sogar schon mehrmals erzählt, sagt Marielouise, aber Berndorf meint, Hundegeschichten höre er immer gern.

»Es muss in den Achtzigerjahren gewesen sein«, holt Hartlaub aus, »wir hatten damals von der EKD aus Kontakte zu einigen lutherisch-reformierten Kirchen in Schwarzafrika zu knüpfen, also Kontakte ist vielleicht zu wenig gesagt, es waren und sind eher Patenschaften, die wir vermitteln wollten, und so besuchte ich ein vor kurzem eröffnetes Theologisches Seminar, irgendwo tief in Shaba, das ist diese Provinz im Kongo, die früher Katanga hieß ... Das Seminar war in den Verwaltergebäuden einer aufgelassenen Mine eingerichtet, als Bibliothek und Hauptgebäude wurde die umgebaute Villa des Minendirektors genutzt, übrigens auch Jugendstil wie diese Kirche hier, ganz unverkennbar, und sehr elegant einstmals! An den Säulen draußen konnte man noch irgendwelche halbnackten Karyatiden erkennen, glücklicherweise stört das unsere Glaubensbrüder dort nicht weiter ... Ich hatte ein sauberes kleines Appartement, war am Abend von der Reise und einem längeren Arbeitsessen völlig erschöpft, aber in der Nacht habe ich fast kein Auge zugetan, es war Vollmond, denn Stunde um Stunde hindurch heulten die Hunde, jedenfalls kam es mir so vor, ein hohles verstörtes Heulen, ich dachte schon, es sei irgendeine Art von Wölfen oder Hyänen. Irgendwann bin ich in meine Badeschuhe geschlüpft und durch das Gebäude gewandert, auf der Suche nach einem Ausblick, von dem ich etwas sehen könne ...«

Er stellt die Kaffeetasse auf einem Sims ab und lässt dabei Berndorf nicht aus dem Auge.

»Mein Gastgeber hat es mir am nächsten Morgen beim Frühstück sofort angesehen. ›Ah!‹, rief er, ›Sie Bedauernswerter! C'était la nuit du chien belge, wie unsere Leute hier sagen ...‹ Bei Vollmond sei es immer besonders schlimm, fügte er hinzu, und ich sagte, das sei ja nicht nur ein Hund gewesen, sondern eine ganze Meute, aber er hat mir heftig widersprochen, nein, es sei ein einzelner, und hat mir die Geschichte erzählt, die Geschichte des Belgiers ...«

Marielouise hat eine Gruppe aufeinander gestapelter Stühle

entdeckt, sie nimmt sich einen davon und setzt sich, die beiden Männer folgen ihrem Beispiel.

»Der Belgier war zu Anfang der Sechzigerjahre Direktor dieser Mine gewesen«, fährt Hartlaub fort. »Er muss mit seiner Frau noch ganz herrschaftlich gelebt haben. Dann kamen die Kongo-Wirren, die Provinz hatte sich losgelöst, vielleicht erinnern Sie sich, der UN-Generalsekretär Dag Hammarskjöld kam damals bei einem Flug nach Katanga ums Leben.« Berndorf erinnert sich. Er hat es gerade eben nachgelesen.

»Schließlich intervenierten die Vereinten Nationen und vertrieben die Katanga-Gendarmen. Die Mine wurde von malaiischen Soldaten besetzt, denen ein fürchterlicher Ruf vorausging. Der Direktor war unterwegs gewesen, als die Malaien einrückten, und kam wohl andertags zurück. Leider war er es nicht gewohnt, sich Anweisungen geben zu lassen, und fuhr an einem der Wachposten vorbei, ohne anzuhalten, weiter auf die Villa zu, die er als sein Eigentum betrachtete. Aber in der Villa hatte sich der malaiische Kommandeur einquartiert, und der Wachposten schoss und die schöne europäische Frau war tot und der Belgier selbst wohl auch verletzt. Trotzdem stieg er noch aus dem Wagen, schwankend, wie betrunken, und mit ihm sprang sein Schäferhund heraus und hüpfte an seinem Herrn hoch, der sich so komisch bewegte, der Belgier versuchte den Hund zu beruhigen oder festzuhalten und gleichzeitig merkte er, dass seine Frau tot im Wagen lag, und hob hilflos drohend die Hand gegen den Wachposten, und der Wachposten schoß wieder, und da war auch der Belgier tot … Die Mine ist wohl erst vor einigen Jahren wieder in Betrieb genommen worden.« Berndorf will wissen, was mit dem Hund war.

»Das Tier musste wohl auch ein Treffer abbekommen haben, es verkroch sich und ist ein paar Wochen nicht mehr gesehen worden. Danach ist es von Zeit zu Zeit wiedergekommen, erzählte mir der Seminarleiter, sei hinkend um die Villa gestreunt, habe sich nicht verjagen und auch nicht einfangen lassen, bis es schließlich nur noch in den Vollmondnächten kam.« Hartlaub macht eine verlegene Geste. »Nun ja, das alles ist ja vierzig Jahre her, und solche Hunde werden vielleicht zwölf Jahre alt, vielleicht fünfzehn, bei einem Ausflug habe ich am nächsten Tag unweit der Kirche einen abgemagerten, hinkenden Hund gesehen, der sich deutlich von den anderen Dorfkötern unterschied, er hatte hochstehende spitze Ohren und eine hängende Rute... Ich habe später in einem Lexikon nachgeschlagen, und es ist gar kein Zweifel, dass der abgemagerte Hund in diesem Dorf am Tanganjika-See ein Malinois war, ein belgischer Schäferhund, wenn ich es recht weiß, heißen die Hunde so nach dem wallonischen Namen für die Stadt Mecheln...«

Die Tür zum Vortragssaal öffnet sich, Rübsam kommt heraus und fährt sich mit einem Taschentuch übers Gesicht.

»Die Geschichte von Herrn...«, Marielouise Hartlaub zögert, der Name ist ihr wieder entfallen, »also die Geschichte über diesen Hund hier hat mir besser gefallen.« Sie wirft einen prüfenden Blick auf Berndorf. »Es ist eine Geschichte mit einer Moral. Statt sich von Geisterhunden anjaulen zu lassen, sollte man die armen Tiere einfach an die Leine nehmen.«

»Sicher hast du Recht«, sagt Hartlaub eifrig. »Ich wollte auch niemanden übertrumpfen.« Wieder wendet er sich an Berndorf. »Sie müssen entschuldigen, aber bevor wir Sie getroffen haben, waren wir gerade in eine Diskussion vertieft. Es ging über einen geeigneten Ort für den kleinen Empfang, der mit meiner Amtseinführung leider, aber offenbar unausweichlich verbunden ist. Meine Amtsbrüder und -schwestern bestehen auf dem Stadthaus, das ist ja wirklich ein sehr gelungener Bau, eine zeitgenössische Entsprechung zum Münster, spielerisch, elegant, ganz wunderbar...«

Rübsam kommt zu ihnen und bleibt stehen. Hartlaub hebt ganz leicht die linke Hand, als bitte er um einen Augenblick

Geduld. »Sehen Sie. Als wir darüber gesprochen haben, ist mir das Seminar in Shaba eingefallen. Die Unterrichtsräume im ehemaligen Werksschuppen. Die kargen Appartements. In der Kirche hatten die Katanga-Gendarmen früher ihre Lastwagen gewartet. Nichts davon ist spielerisch, nichts elegant. Aber es ist Kirche. Und was immer wir, hier in Württemberg, heute sind – wir werden sehr bald eine arme Kirche sein. Wir gehören nicht in das von Stararchitekten aus New York oder Chicago geschaffene Ambiente. Dieses Evangelische Gemeindehaus dagegen, mit seinen Holzstühlen und seinen etwas altertümlichen Sanitäreinrichtungen, das kann und darf uns genügen. Wenn es das nämlich nicht tut, gehen wir schweren Zeiten entgegen.« Er lässt die Hand wieder sinken. »Können Sie das verstehen?«

Berndorf hat den Kopf gesenkt. Was will dieser Mensch von dir? Wie zufällig bleibt sein Blick an den Schuhen des neuen Dekans hängen. Es sind elegante italienische Schuhe, so gepflegt, dass der Regen von ihnen abgeperlt ist.

»Ich überlege gerade«, sagt er, »wie sich wohl ihr Amtsbruder aus dem kongolesischen Seminar entscheiden würde. Wenn er frei wählen dürfte.«

»Da besteht ja wohl kein Zweifel«, fällt Rübsam ein. »Er würde das Stadthaus nehmen. Freundlich, demütig, aber entschieden würde er das tun.«

»Man soll nämlich«, sekundiert Marielouise Hartlaub, »mit der Armut nicht kokettieren, vor allem nicht mit der von anderen Leuten.«

Hartlaub hebt beide Hände zum Zeichen, dass er aufgibt. Noch keine gute Tat heute.

Chefredakteur Dompfaff kommt aus der Nachmittagskonferenz und begrüßt Kuttler und den Kriminalrat Englin, natürlich nicht in dieser Reihenfolge, sondern – mit der herzlichen Vertrautheit von Männern, die beide ein schweres Amt ausüben – zuerst den Kriminalrat und dann den Herrn Kuttler, den er noch nicht kennt. Das sei aber eine sehr schöne Gelegenheit, sagt er dann, »ich wollte den Herren von der Polizei ohnehin sagen, dass wir uns sehr gut bei Ihnen aufgehoben fühlen. Sie wissen ja, unsere Veranstaltung gestern Abend im Stadthaus … Wir hatten da einen sehr prominenten Gast, das zieht ja leider heutzutage immer auch Störer an, aber Ihre Beamten haben im richtigen Augenblick zugegriffen.«

Das hört unser Kriminalrat aber gern, denkt sich Kuttler. Man setzt sich, vom Fenster des Dompfaff'schen Büros aus sieht man die Bäume des Alten Friedhofs, »Aber so gerne ich Ihnen das sage«, fährt Dompfaff artig fort, »so muss ich doch fürchten, Sie sind nicht deswegen zu mir gekommen.«

»Leider ist das so«, meint Englin, »Sie treffen den Nagel auf den Kopf! Ganz wie in Ihren Kommentaren …« Dann kommt Englin doch noch auf den bedauernswerten Todesfall des Herrn Hollerbach zu sprechen, »der ja ein Mitarbeiter von Ihnen gewesen ist. Leider haben unsere Ermittlungen unerwartete neue Fakten zu Tage gebracht …« Schließlich teilt er mit, was sich aus der Obduktion ergeben hat. »Wir müssen also von einem gezielten, tödlichen Schlag ausgehen, ein außerordentlich beunruhigendes Täterprofil, wobei ich Sie aus ermittlungstaktischen Gründen bitten möchte, diese neuen Erkenntnisse vorerst vertraulich zu behandeln …«

Dompfaff versichert, dass sich das »Tagblatt« selbstverständlich an die von der Polizei gewünschte Sprachregelung halten werde und fragt, ob er sonst behilflich sein könne. Bevor Englin antworten kann, schlägt das Telefon an, Dompfaff nimmt etwas ärgerlich den Hörer ab, dann hört er doch kurz zu.

»Das habe ich Ihnen doch gleich gesagt«, sagt er schließlich, »dass die Berliner da nichts herausfinden werden. Das kommt davon, dass keiner der Kollegen beim Bund gewesen ist, Sie ja auch nicht! Also Sie rufen jetzt beim Zweiten Korps an, das sitzt hier in Ulm, das sind ganz normale Leute, die kann man befragen und die können Ihnen auch sagen, ob diese Blecheimer aus Bundeswehrbeständen stammen oder nicht doch aus sowjetischer Produktion.«

Er legt den Hörer auf und kommt mit einer entschuldigenden Geste an den Tisch zurück. »Wenn irgendwo Unheil ausbricht – immer sind wir Deutsche es, die schuld sein sollen.«

Dann kehrt man zum Thema zurück, und Kuttler darf nun auch etwas sagen. »Wir hätten gerne gewusst, worüber der Herr Hollerbach in den letzten Monaten geschrieben hat, ob es da möglicherweise Missstimmigkeiten gegeben hat …«

Dompfaff runzelt die Stirn.

»Und wir hätten auch gerne einen Überblick über das Honorar, das er von Ihrer Zeitung bezogen hat.«

Ein schmerzerfüllter Zug huscht über Dompfaffs Gesicht.

»Selbstverständlich werden wir Ihnen alle Unterlagen zur Verfügung stellen, nur sollten Sie wissen, dass man bei uns keine Reichtümer verdient …«

Er greift zum Hörer und gibt seiner Sekretärin die Anweisung, dass sie Frentzel herbittet und in der Honorarbuchhaltung die Aufstellung der Hollerbach'schen Einnahmen anfordert. Kurz plaudern die beiden Herren Chefs noch über den gestrigen Abend, dann erscheint auch schon Frentzel, die Herren von der Polizei kennt er aus seiner Zeit als Gerichtsreporter, und er hat auch eine Art Klassenbuch dabei, den Terminkalender der Landkreisredaktion.

Der Chefredakteur erklärt kurz, dass sich im Fall Hollerbach leider eine neue Wendung ergeben hat, und Englin fügt hinzu, dass sich die Hinweise auf ein Fremdverschulden verdichtet hätten, was er aber vertraulich zu behandeln bitte.

»Die allseits geschätzten ermittlungstaktischen Gründe«, sagt Frentzel, »sicher doch, nur ist da vielleicht ein kleines …«

»Sie haben doch gehört«, unterbricht ihn Dompfaff, »dass die

Herren von der Polizei Vertraulichkeit erbeten haben!« –
Kuttler beschließt, Frentzel später nach seinem Einwand zu
fragen. Einstweilen bittet er nur um Einblick in den Terminkalender der Redaktion und lässt sich die Kürzel der Redak-
teure und Mitarbeiter erklären. Eugen Hollerbach hatte das
Signum hola, für den heutigen Mittwoch ist es eingetragen
unter Ehingen, Leistungsschau der Brieftaubenzüchter
»Blaue Ferne«, und für Dienstag steht es unter Wieshülen, Beerdigung Ortsvorsteher Seiffert.
»Hat es in letzter Zeit«, fragt Englin, »wegen eines Artikels
von Herrn Hollerbach Ärger gegeben?«
»Wir arbeiten zwar sehr sorgfältig«, antwortet Dompfaff,
»aber Ärger gibt es immer wieder mal.« Er blickt zu Frentzel.
»Gibt es da etwas, von dem ich noch nichts weiß?«
Frentzel hebt beide Hände. »Die einzige Sache, bei der es ein
bisschen rumort hat, war die Geschichte mit der Religions-
lehrerin und dem Posaunenchor …«
»Ich erinnere mich«, sagt Dompfaff. »Die hat sich von den
Übungsstunden gestört gefühlt, nicht wahr? Schöne Ge-
schichte, suchen Sie sie nachher für die Herren heraus!«
»Und was daran hat den Ärger gemacht?«, fragt Kuttler.
»Die Religionslehrerin ist die Frau des neuen Ulmer Dekans«, erklärt Frentzel, »wie ich aus zuverlässiger Quelle
weiß, wäre die Wahl des Dekans um ein Haar eben daran ge-
scheitert.«
»Hat es Drohungen deshalb gegeben?«, will Englin wissen.
Dompfaff blickt zu Frentzel, der schüttelt den Kopf. »Das
wäre ja auch etwas sehr merkwürdig gewesen.«
»In der Tat«, meint auch Englin, »überhaupt dürfte das kaum
das Milieu sein, in das sich unser Täterprofil einordnen ließe,
trotzdem …« Er nickt Kuttler zu, der daraus schließt, dass er
sich jetzt darum kümmern soll, was Hollerbach mit den Posaunenchören zu tun hat. »Wichtig ist mir jetzt noch«, fährt
der Kriminalrat fort, »ob der verstorbene Herr Hollerbach an

einem besonderen Thema gearbeitet hat, vielleicht an etwas, das aus dem Rahmen gefallen ist?«

»Hach!«, sagt Frentzel. »Der ganze Mensch Hollerbach ist ein wenig aus dem Rahmen gefallen, müssen Sie wissen…«

»Mein Kollege meint«, schaltet sich Dompfaff ein, »dass Eugen Hollerbach eine ausgeprägte journalistische Persönlichkeit gewesen ist, wie er das in seinem Nachruf auch unterstreichen wird.«

Da mögen sich zwei nicht, denkt Kuttler.

»Und woran«, hakt Englin nach, »hat er denn nun zuletzt gearbeitet?«

»Das wissen wir nicht so genau«, antwortet Frentzel, »er hat schon immer ausgefallene Ideen gehabt…« Er wendet sich zu Dompfaff. »Vielleicht erinnern Sie sich an die Aufregung um das Nazigold, das er in den alten Bombentrichtern gesucht hat.«

Unvermittelt strafft sich die Figur des Kriminalrats, Kuttler registriert ein zweimaliges Zucken des Englin'schen Augenlids. »Nazigold? Er hat nach Nazigold gesucht?«

»Nein, nicht jetzt«, stellt Frentzel richtig. »Vor Jahren hat er das getan, bis es ihm das Landratsamt verboten hat, weil er die Molche bei der Paarung gestört hat. In der Redaktion wurde er schon der Jäger des versenkten Schatzes genannt… Nein, wir wissen nicht, was er in der Mache hatte. Aber irgendetwas war es.« Er wirft einen scheuen Blick auf Dompfaff. »Er hat sich aus dem Archiv einen von den ganz frühen Ordnern herausgesucht, Lauternbürg in den Fünfziger- und Sechzigerjahren.«

Ob man den Ordner einsehen könne, will Englin wissen.

Noch einmal ein Blick auf Dompfaff. »Leider nein«, sagt Frentzel dann. »Obwohl es strikt untersagt ist, hat Hollerbach den Ordner mitgenommen…«

Mit Nachdruck erklärt Dompfaff, dass er das nicht verstehen könne. Überhaupt nicht.

»Wir haben es erst vor zwei Stunden entdeckt«, fährt Frentzel fort.« Als Berndorf hier war und danach gefragt hat…«

Kuttler versenkt sich in den Terminkalender.

»Wer bitte?« Englins Stimme wird knapp vor dem Schreien abgefangen.

»Berndorf«, wiederholt Frentzel, »Ihr früherer Leiter des Dezernats I, Kapitalverbrechen und Brandstiftungen, im vergangenen Jahr ist er in Pension gegangen, vielleicht erinnern Sie sich…«

»Kollege Frentzel«, warnend erhebt sich die Stimme des Chefredakteurs, »wir sind hier nicht zum Scherzen da.«

»Entschuldigung«, sagt Frentzel, »aber darum kam es mir gleich merkwürdig vor, dass die Sache vertraulich bleiben soll.«

Kuttler fragt, ob es noch eine andere Möglichkeit gebe, die Artikel über Lauternbürg aus jenen Jahren nachzulesen.

»Sicher«, antwortet Frentzel, »Sie müssten halt die ganzen Zeitungsbände aus dem Archiv durchsehen. Das ist auch das, was Berndorf gemacht hat.«

»Sehr schön«, sagt Englin. »Was Berndorf auch schon gemacht hat. Warum schließe ich nicht eigentlich gleich mein Dezernat I und lasse außer Haus arbeiten?«

Die Frage bleibt unbeantwortet. Frentzel begleitet Kuttler ins Archiv, wo der Archivar sich anhört, was Kuttler will, und freundlich antwortet, dass das kein Problem sei, denn der Herr mit dem Boxer habe sich bereits einige Artikel aus den Jahren 1961 und 1962 herausgesucht und Kopien davon machen lassen. Es seien Artikel über Lauternbürg gewesen, und weil eben dieser Ordner nun offenbar verschwunden sei, habe er – der Archivar – sich selbst auch Abzüge gemacht.

Er holt mehrere Kopien, eine davon ist die Ablichtung einer Zeitungsmeldung vom Oktober 1961 über den Abbruch eines leer stehenden Hauses, eine andere die eines längeren Korrespondentenberichts vom Januar 1962. Auf Kuttlers Bitte sucht er auch Hollerbachs Artikel über den Posaunenchor heraus.

»Wenn Sie noch Fragen haben«, sagt Frentzel, »finden Sie mich in der Landredaktion.« Sie stehen in einem Kabuff neben der Telefonzentrale, Kuttler nickt und findet einen Stuhl und setzt sich und überfliegt zunächst den Zweispalter über den Posaunenchor... Dann schüttelt er den Kopf. Zu absurd. Aber warum eigentlich? Morde sind absurd. Töten ist ein Verbrechen, das jede Vernunft außer Kraft setzt.

Woher weißt du das?

Das weiß ich nicht, woher ich das weiß. Aber dass wegen dieser Geschichte da jemand umgebracht worden sein soll, ist des Absurden doch zu viel.

Er greift zu der Kopie des Artikels von 1962 und beginnt zu lesen.

MdL Schafkreutz spricht von Hetzkampagne gegen Lauternbürg

ULM/LAUTERNBÜRG • Im Lautertal ist die Welt nicht mehr in Ordnung, seit die Staatsanwaltschaft, unterstützt von Kommunalpolitikern aus dem Landkreis Ulm, sich nach Meinung der Bewohner von Lauternbürg in eine üble Kampagne gegen ihre Gemeinde hat einspannen lassen. Doch der Landtagsabgeordnete Silvester Schafkreutz (Staatspartei) will die Vorgänge jetzt im Landtag zur Sprache bringen.

Der Anlaß ist eher geringfügig. Im Oktober ist ein verwahrlostes und leerstehendes Häuschen am Ortsrand von Lauternbürg im Rahmen einer technischen Übung der Ortsfeuerwehr abgebrochen worden, weil Einsturzgefahr bestand. Außerdem hatten die Nachbarn über eine Rattenplage geklagt, die von dem Häuschen ausging.

Der Bauschutt wurde abtransportiert, der Keller zugeschüttet und der gesamte Platz verkehrssicher gemacht. »Das war ein

Schandfleck, und die Leute in Lauternbürg haben ihn beseitigt«, sagt Schafkreutz.

Dennoch erhob der Eigentümer des Häuschens alsbald schwere Vorwürfe. Das Häuschen sei weder verwahrlost noch einsturzgefährdet gewesen, und man habe es nur deshalb abgebrochen, um die vorgesehenen Mieter am bevorstehenden Einzug zu hindern. Bei diesem Eigentümer handelt es sich um die recht wohlhabende Gemeinde Rommelfingen, im Landkreis Ulm und knapp zwanzig Kilometer von Lauternbürg entfernt gelegen. Wieso muß die Gemeinde Rommelfingen eine Immobilie in einem anderen Dorf erwerben? Die Antwort liegt auf der Hand, wenn man weiß, wer die vorgesehenen Mieter sind: eine fahrende Sippe von Schrotthändlern, die ihren Lagerplatz bisher in Rommelfingen hatte.

Unbestritten haben nun die Einwohner von Lauternbürg wenig Bereitschaft gezeigt, die Schrotthändler, die man woanders loswerden will, mit offenen Armen aufzunehmen. In der Tat fürchtet man im Dorf erhebliche Belästigungen. »Sie wissen doch, wie diese Leute arbeiten«, sagt Schafkreutz, »wenn die das Kupfer aus den Kabeln herausholen wollen, dann kennen die nichts und brennen einfach die Kabel ab. Was glauben Sie, was das für ein Gestank ist!«

»Ein übles Spiel« nennt denn auch Lauternbürgs Bürgermeister Karl Heinz Ringspiel das Vorgehen seines Rommelfinger Kollegen, der das baufällige Häuschen von einer Erbengemeinschaft erworben habe, ohne zu sagen, »daß da Zigeuner einziehen sollen«. Eine Beschwerde bei dem für Rommelfingen zuständigen Landratsamt Ulm sei dort leider »vom Tisch gewischt worden«.

Vollends für Empörung in der Gemeinde sorgte nun aber, daß die Kriminalpolizei auf Grund der unbewiesenen Anschuldigungen sofort und ohne Bedenken ein Ermittlungsverfahren einleitete, in dessen Verlauf »wir alle wie Schwerverbrecher vorgeladen wurden«, wie Lauternbürgs Bürgermeister Karl

Heinz Ringspiel klagt. Noch schlimmer: Durch Fangfragen seien Minderjährige dazu gebracht worden, eine Absprache zu gestehen, in die angeblich der gesamte Ort verwickelt gewesen sei.

Indiskretionen aus den Reihen der Polizei führten dann dazu, daß eine auswärtige Zeitung aufmerksam wurde und den Klagen der Schrotthändler-Sippe ihre Spalten öffnete. »Es ist wirklich übel«, sagt MdL Schafkreutz, »wie hier ein ganzes Dorf an den Pranger gestellt wird.« Dabei seien auch hanebüchene Vorwürfe politischer Art erhoben worden: »Da ist der Krieg jetzt bald 17 Jahre vorbei, aber kein Anlaß ist zu gering, um immer wieder die angebliche Verfolgung der Zigeuner im Dritten Reich aufs Tapet zu zerren«, sagt Schafkreutz und vermutet, daß es der Schrotthändler-Sippe wohl nur darum gehe, eine möglichst hohe Entschädigung herauszuschlagen.

Schafkreutz will sich jetzt im Landtag dafür einsetzen, daß die Ermittlungen gegen die unbescholtenen Einwohner Lauternbürgs eingestellt werden. Und der Schrotthändler-Sippe will er ins Stammbuch schreiben, daß man sich so nicht verhält, wenn man in einem Dorf aufgenommen sein will.

Kuttler legt die Kopie zurück. Traute Heimat, deine frommen Menschen. Hat Hollerbach, der wirkliche Eugen Hollerbach aus dem wirklichen Lauternbürg, ausgerechnet diese Geschichte über seine Nachbarn und Mitbürger ausgraben wollen? Kuttler kann sich nicht helfen, aber das käme ihm vor wie ein sehr extremer Fall von Vergnügungssucht.

Und nun ist Hollerbach tot. Die Ermittlungen in Lauternbürg werden lustig.

Was aber geht das alles den Ruheständler an?

Er holt sein Handy heraus und ruft Tamar an. Aber sie meldet sich nicht. Also tippt er ihr eine Simse:

»b finger drin e springt im 4eck.«

Donnerstag, 8. November 2001

Die Nacht hat Regen gebracht. Vor dem Frühstück ist Berndorf mit dem Hund den Weg hinauf zur Wilhelmsburg und rund um das Kasernengelände gegangen, nun hat er Hunger und macht sich ein Rührei, während der Tee zieht. Noch immer spürt Berndorf den Regen in seinem erhitzten Gesicht. Felix geruht, den Teller leer zu fressen.

So könnten wir die Tage hinbringen, denkt Berndorf. Sie rechtfertigen sich selbst. Merkwürdiger Einfall. Wieso müssen die Tage sich rechtfertigen?

Es klingelt, nicht unwillkommen. Er nimmt das Rührei vom Herd, drückt auf den Türöffner und wartet. Es ist Tamar, die die Treppe hochkommt, die Schritte weniger beschwingt als sonst, schwer hängt der Mantel von ihren Schultern.

»Das trifft sich gut«, sagt Berndorf, »der Tee müsste gerade gezogen haben.« Felix drängt seinen Kopf zwischen Berndorf und dem Türrahmen durch und wackelt kurz mit seinem Hinterteil, als er Tamar erkennt, und Tamar zwingt sich nun doch ein Lächeln ab. Eigentlich hat sie keine Zeit, und überhaupt ist sie dienstlich hier: »Englin besteht darauf, dass ich mit Ihnen rede, es geht um die Sache in Lauternbürg…«

Aber dann hat sie doch Zeit, sich an den Schachtisch zu setzen und eine Tasse Tee zu trinken. Berndorf stochert in seinem Rührei. »Am Heizofen lag's also nicht.«

»Hollerbach ist durch einen Handkantenschlag getötet worden«, antwortet Tamar. »Kovacz hat es mir gesagt.«

Ein Handkantenschlag. Das hat man auch nicht alle Tage,

denkt Berndorf. »Und Englin ist ein wenig echauffiert, sagten Sie? Weil ich im »Tagblatt« ein paar Kopien gezogen habe?«

»Echauffiert?«, fragt Tamar zurück. »Wenn Sie es so nennen wollen. Aber im Ernst – was ist das für eine Geschichte, und warum interessieren Sie sich dafür?«

»Weil mich Hollerbach danach gefragt hat«, antwortet er. »Aber das habe ich Ihnen doch erzählt.«

»Das haben Sie nicht«, sagt Tamar. »Sie sagten nur, dass Hollerbach Sie nach Jonas Seiffert gefragt hat, nach seiner Zeit in Stuttgart und warum er dorthin versetzt worden ist.«

»Seiffert war versetzt oder weggelobt worden, weil er sich mit den braven Leuten aus Lauternbürg angelegt hatte«, antwortet Berndorf. »Nur wollte ich darüber nicht mit Hollerbach reden. Genaue Auskunft hätte ich ihm ohnehin nicht geben können. Die Sache liegt vierzig Jahre zurück, und ich kenne sie nur aus zweiter Hand. Zum Glück hat es dann den Auflauf wegen dieses Hundes da gegeben.«

Felix hat sich unter den Schachtisch gezwängt. Berndorf nimmt einen Schluck Tee und wirft dabei einen beiläufigen Blick auf seinen Gast. Tamar betrachtet ihn schweigend. Die glaubt dir nicht, stellt er fest, überrascht und fast belustigt. Warum erzählst du ihr nichts von dem, was Jonas gesagt hat? Weil es nichts davon zu erzählen gibt. Jonas hat anders entschieden.

»Sie müssen das verstehen.« Er versucht ein Lächeln. Es wird nicht erwidert. »Als ich erfuhr, dass Hollerbach tot ist, habe ich mir natürlich Fragen gestellt. Warum hat er mich auf diese alte Geschichte angesprochen? Und was hat sich damals, vor vierzig Jahren, wirklich zugetragen? Deshalb, und aus keinem anderen Grund, bin ich zum ›Tagblatt‹ gegangen.«

»Also fragen ausgerechnet Sie«, wirft Tamar ein, »nach eben dem Ordner, den ausgerechnet der tote Hollerbach ausgeliehen hat. Verstehen Sie nicht, dass Englin hohl dreht?«

Berndorf zuckt die Achseln. »Englin dreht hohl, weil er nicht das Kamel sein will. Das Kamel, das das Gras abfrisst, das man so sorgfältig über diese Geschichte hat wachsen lassen.« Er steht auf und geht zu seinem Schreibtisch und holt eine der Kopien, die ihm der Archivar gemacht hat. »Hier – der Abgeordnete Schafkreutz fordert eine ›faire Behandlung‹ der unbescholtenen Einwohner von Lauternbürg, schreibt das ›Tagblatt‹. Überall in diesem rechtschaffenen Musterland war man um den guten Ruf von Lauternbürg besorgt, auf den guten Ruf der Zigeuner kam es ja nicht an, die haben keinen guten Ruf bei den Rechtschaffenen. Und auch der gute Ruf des Polizisten Jonas Seiffert zählte nicht weiter. Polizisten werden dafür bezahlt, dass sie sich bei Bedarf auch verheizen lassen. Man hat ihn nach Stuttgart wegbefördert und das Verfahren eingestellt. Ich nehme an, auch der Sinti-Familie wurden ein paar Mark zugesteckt, damit sie Ruhe gab…«

»Trotzdem verstehe ich nicht«, unterbricht ihn Tamar, »warum Hollerbach dieser alten Geschichte nachgeschnüffelt haben soll. Er hat in Lauternbürg gewohnt und gelebt und war darauf angewiesen, dass ihm die Leute dort etwas zu schreiben und zu fotografieren geben…«

Sie macht eine kurze Pause und denkt lieber nicht an die Abzüge, die sie sich heute Morgen im Labor angesehen hat. Die Ausschnitte zeigen Gesichtspartien mit geschlossenen Augen und leicht geöffneten Mündern, die Köpfe zurückgelehnt oder zur Seite gewandt, in nachgeahmter Verzückung, als seien es Aufnahmen von Straftäterinnen, die bei der erkennungsdienstlichen Behandlung einen Orgasmus vorzuspielen gezwungen worden waren.

»Ich weiß nicht, wem Hollerbach nachgeschnüffelt hat und warum. Ich muss es auch nicht wissen«, gibt Berndorf zurück. »Ihr müsst es herausfinden. Mich interessiert nur Jonas. Aber wenn wir schon dabei sind – Sie haben mir gestern gesagt, Hollerbach habe auch fotografiert und ein eigenes Labor gehabt. Was waren denn das für Fotos?«

»My dear Watson«, sagt Tamar und verzieht den Mund. »Sie
können es sich doch selber denken. Wozu hatte er wohl ein eigenes Labor? Der Mann hat Aktfotos gemacht, das Fotostudio
war in seiner Waschküche, alles wie in den Siebzigerjahren,
für einen Camcorder wird das Geld nicht gereicht haben. Gut
möglich, dass eines dieser Fotos für Ärger gesorgt hat. Trotzdem muss ich wissen, ob es in der Geschichte von 1961 ein Detail gibt, ein Verbindungsstück, irgendeinen Haken, an dem
sich Hollerbach verfangen haben kann…«
Berndorf schenkt Tee nach. Auf dem Schachtisch liegt noch
immer die Kopie mit dem »Tagblatt«-Bericht über Schafkreutz' Rede im Landtag. Irgendetwas war damit gewesen.
Wenig später ist er wieder allein. Widerstrebend setzt er sich
an seinen Schreibtisch und nimmt sein Telefon und ruft die
Auskunft an. Felix folgt schnaufend und kriecht unter den
Schreibtisch.

Es ist ein kalter Morgen, aber der Mann trägt unter seinem
blauen Arbeitskittel kurze Hosen. Der halb offene Kittel gibt
den Blick frei auf Waden, die von Krampfadern überzogen
sind. In seiner Hand hält der Mann einen Kehrbesen.
»Und bitte«, sagt er zu Kuttler und deutet anklagend auf das
Häuschen hinter sich, »wer zahlt uns das, die ganze Sauerei
wegmachen, sagen Sie mir das einmal!«
Das Häuschen ist spitzgieblig und hat einen Wintergarten
und über dem Eingang einen Balkon mit einem Geländer aus
Zirbelholz, als wäre man in Reit im Winkel. Auch die Fassa-
de ist mit Holzlatten verkleidet, und man sieht, dass das Holz
im Frühjahr frisch gestrichen wird. Abgesehen von zwei oder
drei verkohlten Papierfetzen auf der Hofeinfahrt kann Kuttler nichts von einer Sauerei erkennen.
»Was glauben Sie, wie die Stores ausgesehen haben«, fährt der

Mann fort und deutet auf die Fenster, die mit allerhand Weiß-gerafftem zierlich verhängt sind. »Der ganze Qualm zieht da rein und setzt sich fest. Keine Sau zahlt das. Gebäudebrand-versicherung, dass ich nicht lache... Abkassieren, das ist al-les, was die können.«

Kuttler betrachtet die Straße. Hollerbachs Haus – oder was davon übrig geblieben ist – liegt auf der anderen Straßenseite schräg gegenüber. Durch das Weiß-Geraffte hindurch musste man einen guten Überblick gehabt haben.

»Hat der Herr Hollerbach eigentlich öfter Besuch gehabt?«, will er wissen.

»Woher soll ich das wissen?«, fragt der Mann zurück. »Glau-ben Sie, ich hab nichts anderes zu tun, als dem Herrn Holler-bach seinem Umgang nachzuluren? Wir sind hier in der Sied-lung rechtschaffene Leute, da gibt es ganz andere Ecken, wo die Polizei ein Auge drauf haben müsste, aber nix!«

»Da haben Sie sicher Recht«, sagt Kuttler, »aber jetzt ist halt grad das Haus da drüben abgebrannt. Und da dachte ich mir, vielleicht ist in den letzten Tagen jemand aufgefallen, der nicht so richtig hierher gehört.«

»Also so richtig hierher gehört hat auch der Herr Hollerbach nicht«, antwortet der Mann, »wenn das Haus nicht abge-brannt wär, könnten Sie sehen, warum nicht. Aber über die Toten...« Er stellt den Kehrbesen zur Seite und fasst Kuttler scharf ins Auge. »Also, junger Mann, warum fragen Sie das nicht gleich? Vor ein paar Tagen ist da einer herumgefahren, in einem umlackierten Opel, mit einem Drachen oder Adler auf der Motorhaube, wissen Sie, das Fahrgestell tiefer gelegt und schwarze Scheiben hinten. Mir ist der Opel gleich aufge-fallen, weil ich gedacht hab, das ist so einer, wo die Stereo-anlage wummert, und dass das hier in der Siedlung nicht geht, aber die Lautsprecher waren gar nicht eingeschaltet... Und es war auch nicht vor ein paar Tagen, es war vorgestern, am Nachmittag, wo am Abend das Feuer war.«

Von Hollerbachs Grundstück tritt ein Mann auf die Straße, es ist einer der Kriminaltechniker der Spurensicherung, und sieht sich suchend um.

»Den Fahrer von diesem Opel können Sie nicht beschreiben?«, fragt Kuttler.

»Ein Ausländer«, kommt die Antwort. »Ein Dunkelhaariger, so mit Locken.«

Der Kriminaltechniker kommt auf den Hof und grüßt und fragt Kuttler, ob er ihm kurz etwas zeigen könne. Kuttler dankt dem Mann im Arbeitskittel und sagt, dass man von seiner Aussage noch ein Protokoll machen werde. Dann geht er mit dem Kriminaltechniker zu Hollerbachs Grundstück und an der Ruine vorbei durch den Garten. Schief hängt ein verrostetes Gartentor in den Angeln.

»Es hat hier jede Menge Spuren«, sagt der Techniker, »die meisten werden von den Feuerwehrleuten sein.«

Und durch das Gartentor konnte jeder durch, denkt Kuttler. Sie gehen weiter, auf einem Pfad, der durch Buchengehölz führt und dann zwischen Fichten hindurch, bis sie auf einen größeren Weg kommen, wie er für Forstarbeiten angelegt wird. An der Einmündung des Pfades auf den Weg sind Reifeneindrücke markiert. Im nassen, ein wenig lehmigen Boden sind die Profile deutlich zu erkennen. Ein zweiter Techniker ist dabei, Abdrücke zu nehmen.

»Vermutlich ein Landrover«, sagt sein Kollege, »der Reifentyp könnte zu einem Daimler passen.«

Jedenfalls kein Opel mit schwarzen Scheiben, denkt Kuttler.

Das Anwesen der Ringspiels ist ein Aussiedlerhof, halb auf einer Anhöhe über dem Lautertal gelegen. Tamar hat ihren Dienstwagen auf dem gepflasterten Hof abgestellt und sieht sich um. Eine Tigerkatze nähert sich ihr mit aufgeplustertem

Schwanz und drückt sich an ihre Beine. Die Ringspiels halten Milchvieh, aber auf dem ganzen gepflasterten Hof ist kein einziger Kuhfladen zu sehen. Das Wohnhaus ist neu und weiß und versucht auch nicht, wie ein Berner Landhaus auszusehen. Ein Schild zeigt freie Ferienwohnungen an.

Von den Stallungen kommt die Ortsbäuerin Waltraud Ringspiel auf sie zu. Sie trägt Jeans und Gummistiefel und begrüßt Tamar, ohne dass diese die Vier-Finger-Hand drücken muss. Tamar wird in das Haus gebeten und dort in ein kleines Büro, in dem sich ein Computer befindet, ein Regal voller Aktenordner und an der Wand neben einem Kalender die Meisterurkunden des Ehepaars Ringspiel.

Das hat sie schon gewusst, sagt Waltraud Ringspiel, dass sie noch einmal mit der Frau Kommissarin wird reden müssen, es hat ja gleich nicht gut ausgesehen, aber was redet sie da! Wenn eins tot ist und noch so schrecklich verbrannt, was soll da gut aussehen … Aber die ganze Nacht hat sie kein Auge zugetan, und sie weiß es wirklich nicht, wie sie es den jungen Frauen sagen soll, überhaupt weiß sie ja nicht genau, welche zum Hollerbach gegangen ist, eigentlich weiß sie es überhaupt nicht …

Tamar holt schweigend den Stapel mit den Vergrößerungen heraus, fächert ein paar davon auf und legt sie der Ortsbäuerin auf den Schreibtisch.

Waltraud Ringspiel wirft einen Blick darauf, dann legt sie die linke Hand auf ihren Mund. »Oh du lieb's Herrgöttle von Biberach«, sagt sie schließlich und ringt sich dazu durch, die Aufnahmen dann doch eine nach der anderen vom Tisch zu nehmen und eingehender zu betrachten.

»Hat der das so fotografiert?«, fragt sie schließlich.

»Nein«, antwortet Tamar, »unser Labor hat Ausschnitte gemacht und die dann vergrößert.«

»Aber so wird's schier gar noch schlimmer«, wendet die Ortsbäuerin ein.

»Das war auch mein erster Eindruck«, sagt Tamar. »Aber« –
und ihre Stimme bekommt plötzlich einen sehr kühlen,
gleichgültigen Klang – »wenn es gar nicht anders geht, werden wir die Fotos im ›Tagblatt‹ veröffentlichen müssen, Überschrift: wer kennt diese Frauen …«

»Das da? Im ›Tagblatt?‹«, fragt die Ortsbäuerin zurück. »Das
meinet Sie net im Ernst.« Sie sucht nach einem Wort. Schließlich hat sie es: Jugendgefährdend wäre es, und die armen
dummen Dinger könnten sich nicht mehr auf die Straße trau-
en, keinen Tag mehr!

»Dann machen wir es, wie ich es Ihnen gestern vorgeschlagen
habe«, meint Tamar. »Sie rufen diese Frauen an und sorgen
dafür, dass sie zu mir nach Ulm kommen. Oder Sie sagen mir
gleich, wen Sie davon kennen und wer es ist.«

»Die kratzet mir die Augen aus«, antwortet die Ortsbäuerin,
wie aus der Pistole geschossen.

»Hören Sie, ich werde denen doch nicht sagen, von wem ich
die Namen habe«, erklärt Tamar. »Ich kann das Foto vorzeigen und habe die Frau, von der es gemacht wurde, vor mir
sitzen. Da kann es nicht mehr so sehr das Thema sein, wie ich
an die Adresse gekommen bin. Vielleicht hat Hollerbach ja
auch Notizen hinterlassen.«

Die Ortsbäuerin wirft einen flehentlichen Blick zur Decke. Die
Kommissarin müsse doch wissen, wie die Frauen sind. »Da
findet doch jede ein Fädle, an dem sie rumzupfen kann, und
dann hört sie nicht mehr auf, bis alles aufgeriefelt ist.«

Noch einmal versichert Tamar, dass sie ihre Informantin auf
keinen Fall preisgeben wird. Immerhin gehört der Informan-
tenschutz zum Handwerk der Polizei, das dürfe ihr die Frau
Ringspiel nun wirklich glauben. Seufzend sieht die Ortsbäuerin die Fotos noch einmal durch.

Das Ergebnis ist enttäuschend. »Also nein«, sagt sie, »diese
Gesichter, die diese dummen Dinger schneiden, wenn bei den
Landfrauen eins so schaut, täten wir ihr gleich ein Glas kaltes

Wasser bringen …« Sicher ist sie sich eigentlich nur, wenn jemand nicht von Lauternbürg ist, der Stapel der angeblich auswärtigen und leider gänzlich unbekannten Kundinnen von Hollerbach wird immer größer, bis Tamar der Geduldsfaden reißt. Sie sammelt die Fotos ein. »Wenn das so ist, müssen wir die Fotos eben doch ans »Tagblatt« geben.«

Aber da will die Ortsbäuerin dann doch lieber noch einen Versuch machen. »Das da zum Beispiel, das ist die Christa, aber Sie werden sie heute kaum mehr erkennen, das Foto muss schon ein paar Jahre alt sein, vor einem Vierteljahr ist das zweite Kind gekommen, der Mann hat eine Neue, eine Sekretärin, die ist beim Luethi im Büro …«

Ja, so mag das sein, denkt Tamar, und vielleicht ist an all diesen Fotos nichts weiter, als dass einer sagt: Ach Gott! So hat die einmal ausgesehen …

»Und das da ist die Carmen, eigentlich ein nettes Mädchen, schafft jetzt als Bedienung in Blaubeuren …«

Im Konferenzraum der Kreissparkasse Wintersingen sitzen um den runden Besprechungstisch, der nach Mooreiche finnisch aussieht, der Kriminalkommissar Kuttler und ein Kollege vom Dezernat Wirtschaftskriminalität im Gespräch mit dem Sachbearbeiter der Bank. Das heißt, ein Gespräch ist es nicht eigentlich, denn Kuttler wartet, dass der Kollege die Kontoauszüge des verstorbenen Eugen Hollerbach durchgesehen hat. Der Bankkaufmann trägt einen gelben Binder zu einem weinroten Jackett und hat sein Gesicht in bekümmerte Falten gelegt, denn das weiß man doch, dass das nicht gut ausgeht, wenn einer jahraus, jahrein am Limit vom Überziehungskredit herumschrammt.

»Also Kollege«, sagt der Kollege vom Dezernat Wirtschaftskriminalität schließlich und schiebt die Auszüge, die er studiert hat, über den Tisch zu Kuttler, »dafür braucht ihr mich nicht. Der hier war ein armer Schlucker, ständig pleite, und wenn er irgendwo ein paar Mäuse schwarz verdient hat, dann wird es nicht der Rede wert gewesen sein.«

Kuttler sagt, dass ihn das nicht überzeugt. »Ist das sicher, dass der sich nicht bloß vorm Finanzamt tarnen wollte?«

»Ach, das Finanzamt!«, antwortet der Kollege. »Unser Freund hat nicht mal so viel verdient, dass es das Papier für die Steuererklärung gelohnt hat. Sehen Sie« – er holt sich einen der Auszüge zurück – »sobald er nur ein paar Mark über dem Limit war, hat er's abgehoben. Keiner, der mehr als nur ein paar Mark nebenbei hat, mutet sich eine solche Würgerei zu.«

Aus dem weinroten Jackett räuspert es sich. »Auch wir hatten den Eindruck, dass Herrn Hollerbachs finanzielle Verhältnisse sehr beengt waren, um es vorsichtig zu sagen. Aufs Äußerste beengt… In letzter Zeit hatte er ja gehofft, sein Haus verkaufen zu können, leider hatten wir ihm da keine Hoffnungen machen können, oder nur wenig…«

Kuttler horcht auf. Hollerbach wollte verkaufen?

»Ja«, fährt der Bankmensch fort, »keine Hoffnungen, leider, das Haus war ja eigentlich nur ein Häuschen, Siedlungsbau der Fünfzigerjahre, äußerst bescheidener Wohnkomfort. Manche unserer Kunden haben aus diesen Siedlungshäuschen ja ganz zauberhafte Heimstätten gemacht, my home is my castle, könnten unsre Schwaben sagen, wenn sie englisch reden würden, aber Herrn Hollerbach war das weniger gegeben, er war ja mehr ein Mann der Feder, und außerdem waren da die beiden Hypotheken, also für eine finanzielle Sanierung schien uns nur ein geringer Spielraum gegeben…«

Das Häuschen wolltet ihr ihm abnehmen, für fünf Mark und ein paar Zerquetschte, denkt Kuttler und unterbricht. »Hollerbach wollte weg von Lauternbürg?«

»Wenn Sie das so fragen«, antwortet der Sachbearbeiter,

»dann hatten wir auch diesen Eindruck, allerdings. Er wolle sich beruflich noch einmal verändern, sagte er mir, einen neuen Anfang machen…«

»Wann haben Sie mit ihm darüber gesprochen?«

»Ich glaube, das war bei unserem letzten Gespräch, also das ist keine vierzehn Tage her.«

Über eine vierspurig ausgebaute Bundesstraße rollt das Taxi durchs Neckartal, vorbei an Ansiedlungen, die sich über Hänge und Anhöhen ausbreiten. Von Zeit zu Zeit wirft der Fahrer einen misstrauischen Blick in den Rückspiegel, sein Fahrgast hat einen Hund bei sich, einen großen gelben Köter, der schon beim Einsteigen am Plochinger Bahnhof nur mit Mühe davon abzuhalten war, auf den Rücksitz zu springen. Schließlich verlässt der Fahrer die Bundesstraße und steuert eine Ortschaft an. Eine restaurierte Weinkelter, Fassaden aus Glas und Stahl und freigelegtem Fachwerk berichten von der Dorfsanierung in den Achtzigerjahren. Die Fahrt endet in einer Nebenstraße, das Taxi hält vor einem Reihenhaus, in dessen verwildertem Vorgarten Dolden von Vogelbeeren rot durch fast schon blattleeres Gesträuch leuchten.

Berndorf und Felix steigen aus, Berndorf klingelt bei Walz, ein nach vorn gebeugter, grauhaariger, magerer Mann in einer grauen ausgebeulten Wolljacke öffnet.

»Menschenskind Berndorf, wie kann man nur so auf den Hund kommen!« Er hält Felix eine Altmännerhand hin, die kurz beschnuffelt wird, und lässt die Besucher eintreten. Der winzige Flur ist zusätzlich verengt durch ein bis oben hin voll gestelltes Bücherregal. Vom Flur geht es in ein kaum größeres Wohnzimmer mit einer durchgesessenen Polstergarnitur, es riecht nach Kaffee und ungelüfteten Kleidern. An der einzigen Wand, an der sich keine Bücherregale hochziehen, hängt ein großes gerahmtes Schwarzweißfoto, zwei Männer auf einem Podium in einem dunklen rauchgeschwängerten Saal, der eine am Mikrofon ist straff, durchaus nicht mager, mit vollem schwarzen Haar, seine Hand zeigt auf den zweiten Mann, der – den Kopf mit dem hohen Haaransatz leicht geneigt, die Augenbrauen hochgezogen – freundlich und doch wie aus großer Distanz zur Kamera blickt...

Bis in die 70er-Jahre war Heiner Walz Mitglied des baden-württembergischen Landtags und sicherheitspolitischer Sprecher seiner Partei, was nichts weiter zu bedeuten hatte, denn als einzigem gelernten Kriminalbeamten in einer sonst hauptsächlich aus Lehrern zusammengesetzten Fraktion war ihm gar nichts anderes übrig geblieben. Berndorf hatte ihn auf einem Seminar kennen gelernt, das Walz zusammen mit der Carlo-Mierendorff-Stiftung veranstaltet hatte. Seither waren sie in losem Kontakt geblieben. Als Berndorf am Morgen angerufen hatte, bestand Walz auf einem Besuch, so am Telefon mag er nicht mehr reden, außerdem ist ihm Berndorf ohnehin noch einen Bericht über die Geschichte im Elsass schuldig, gerade ihm ist Berndorf das schuldig!

Sie setzen sich, es gibt Kaffee – überraschend stark – und Kekse aus dem Supermarkt, so ein spät zum Witwer gewordener alter Knacker wird nicht noch das Backen anfangen. Über Politik mag Walz nicht reden, es gibt Leute, da muss er neuerdings den Kanal wechseln, wenn er sie im Fernsehen sieht! Lieber redet er über Hunde, seinen Spaniel hat er vor zwei Jahren einschläfern lassen müssen, leider kann er sich keinen neuen Hund mehr zulegen, »die Arthrose!«

Irgendwann, nach der dritten Tasse, kann Berndorf von Jonas Seiffert erzählen und von der Beerdigung und dass ihn der Hund darauf gebracht hat, noch einmal nachzufragen, wie das damals war... Wer soll das auch glauben?, denkt er. Aber die Geschichte mit Hollerbach ist doch ein wenig umständlich, außerdem geht sie uns Rentner nichts an.

»So«, sagt Walz gedehnt, »dann ist das also des Propheten Hund ... Ich habe Seiffert gekannt, und ich kenne auch seine Geschichte, trotzdem ist mir dein sozusagen rein historisches Interesse daran nicht so ganz klar, aber ich verstehe das, du musst selbst wissen, was du mir erzählst.«

Berndorf hebt beide Hände. »Du hast Recht, da war noch was.« Und er erzählt nun doch, wie der Zeitungsmensch Hollerbach ihn angesprochen hat, und erzählt auch von dem Handkantenschlag, der vorerst alles Weitere beendet hat.

»Schau, schau«, sagt Walz, »ein Handkantenschlag, das gibt der Sache ja nun doch etwas mehr Biss ... Allerdings ist das, was ich dir erzählen kann, eher lächerlich. Wir haben uns damals in der Sache Lauternbürg zurückgehalten, die Staatspartei solle ruhig selber sehen, wie sie den Schutt wegräumt, den ihr die eigenen Leute vor die Tür gekippt hätten. Schließlich war es ein Streit zwischen zwei Dörfern und zwei Landkreisen, alle tiefschwarze Staatspartei, wir bräuchten uns da nicht einzumischen, hieß es. Natürlich eine faule Ausrede, wir haben hier im Land schon immer so besonders begnadete Taktiker in der Partei gehabt, leider ...«

Die hatten Angst, denkt Berndorf.

»Schau nicht so«, sagt Walz. »Natürlich hatten wir Schiss. Die anderen haben ja nur darauf gewartet, dass wir ihnen den Gefallen tun und sie uns als die Partei der Landfahrer ausschellen können. Da sieht man es wieder: vaterlandslose Gesellen, hätte es geheißen ... Der Landtag war damals schon umgezogen, von der Heusteigstraße in diesen braunen Glaskasten, kurz vor der Aktuellen Stunde tagt noch die Staatspartei, ich bin etwas zu früh im fast leeren Plenarsaal und komme am Tisch von Silvester Schafkreutz vorbei, beide saßen wir ja nicht gerade vorne. Und wie ich da stehe, sehe ich ein maschinengeschriebenes Manuskript auf seinem Tisch liegen. Maschinengeschrieben! Der Müllermeister Silvester Schafkreutz hatte Finger wie Bratwürste ... Also werde ich neugierig und will doch sehen, wie hoch die Trefferquote bei Silvesters neuen Schreibkünsten ist, aber siehe da! Es ist ein völlig fehlerfreier Text, durchaus professionell, zweizeilig getippt, sehr eloquent, mit Anweisung für die Aussprache, da steht dann zum Beispiel: *Wir fordern eine faire – sprich: fähre – Behandlung der unbescholtenen Einwohner von Lauternbürg...* Ich habe mir sonst Silvesters Reden gerne angehört, er hatte einen eigenen Ton, eine holzgeschnitzte Beredsamkeit, in keinem Parlament gibt es so etwas heute noch. Die Rede, die er vorlas, war schwächer als sonst. Aber zuverlässig wie ein Mahlwerk hat er alles vorgelesen, was man ihm aufgeschrieben hatte, hat auch brav ›eine fa-ire sprich fähre Behandlung‹ verlangt. Nur ein- oder zweimal ist er ins Extemporieren verfallen...« Walz wirft sich in die Brust und intoniert im nasalen Klang des Lautertaler Schwäbisch: »Ja kreuziget nur, heißt es jetzt in Rommelfingen. In der Karwoche wär's ein Passionsspiel, der Bürgermeister gibt den Judas, seine Gemeinderäte sind die Schriftgelehrten und der Herr Landrat von Ulm gastiert als Pontius und wäscht seine Hände in der Donau. Nur dem Häscher hat noch keiner ein Ohr abgehauen...«

Walz lehnt sich wieder zurück. »Und das hat schon genügt«, fährt er in seinem gewohnten Tonfall fort, »dieser Müllermeister hat der räudigen Katze des Rassismus die folkloristische Schelle umgehängt, das konnten dann alle komisch finden, und weiter war nichts dabei.«

»Bis auf den Häscher«, sagt Berndorf, »der wird es nicht so komisch gefunden haben. Wer den Text aufgesetzt hat, weißt du nicht?«

»Sicher weiß ich das«, antwortet Walz fröhlich, »es war der Landrat von Wintersingen, sein Briefkopf stand ja oben auf dem Entwurf, ein Dr. Sowieso Autenrieth, er hat dann ja auch auf die Versetzung von deinem Propheten Jonas gedrängt. Im Innenausschuss haben sie es zugegeben. Der Landrat von Wintersingen hätte darauf hingewiesen, dass Seiffert der

rechtstreuen Bevölkerung des Landkreises nicht mehr ver-
mittelbar sei und er zu seinem eigenen Schutz mit einem we-
niger sensiblen Aufgabenbereich betraut werden sollte.« Walz bricht in ein kurzatmiges Altmänner-Lachen aus. »Die
rechtstreue Bevölkerung! Das Wort hat mich lange verfolgt.«

Tamar sitzt in einer vom Glas und Chrom der Apparaturen
spiegelnden Wohnküche, auf einem schmalen Barhocker aus
Stahl und schwarzem Leder, den rechten Arm auf den Tresen
gelegt, der den Arbeitsbereich mit Herd und Grill und Spüle
umgibt. Die Schiebetür zum Wohnzimmer mit der hellen Le-
dergarnitur ist aufgeschoben, auf dem Teppich spielt ein
dreijähriges Kind mit einer Barbiepuppe und schaut von Zeit
zu Zeit zu Tamar, ob sie ihr auch zusieht. In einem Kinderbett,
das neben den Tresen geschoben ist, schläft ein Säugling.
Der Frau, die gerade einen Kocher einschaltet, um die Baby-
flasche zu sterilisieren, sieht man die beiden Kinder nicht an.
Was Tamar der Frau ansieht, ist Kummer, Bitterkeit, Resigna-
tion.
Ja, dann kommen Sie halt, hatte sie am Telefon gesagt, und so
war Tamar nach Schmiechen gefahren, eine Gemeinde auf
halbem Weg zwischen Lauternbürg und Blaubeuren gelegen,
zu einem unverputzten Doppelhaus.
Sie schiebt einen der Abzüge, den das Fotolabor gemacht hat,
über den Tresen. Die Frau wischt sich die Hände ab und sieht
das Foto an und lacht verächtlich. Eigentlich ist es kein La-
chen, sondern nur eine Art Schnauben.
»Wo haben Sie das her?«
Tamar erklärt es.
»Und wer hat Ihnen gesagt, dass ich das bin?«
»Sind Sie doch.« Na ja, denkt Tamar. Das Foto zeigt das volle
Gesicht eines sehr jungen Mädchens, einen Finger an den

Mund gelegt. Tamar versucht einen zweiten Anlauf. »Wir haben das Negativ von diesen und anderen Aufnahmen bei Hollerbach gefunden. Die Negative waren nicht verbrannt. Ich nehme an, er hat Ihnen erzählt, er würde die Negative vernichten. Und er wird Sie auch nicht nach dem Namen gefragt haben, man kennt sich ja auf dem Land. Aber wie das so ist. Er hat die Negative nicht vernichtet. Glauben Sie denn wirklich, er hat sich da nicht auch Notizen gemacht?«

»Das sieht ihm ähnlich«, sagt die Frau, deren Mann schon wieder eine Neue hat, wie die Ortsbäuerin weiß. »Auf den Fotos war aber mehr drauf, glauben Sie bloß nicht, dass mich das geniert.« Ein herausfordernder Blick trifft Tamar. »Ich könnt noch heute welche machen lassen.«

Wieder einmal will Tamar wissen, ob von den Fotos jemals welche in falsche Hände geraten sind. Oder ob es sonst Ärger gegeben hat damit.

»Mit denen hier nicht«, antwortet die Frau und deutet auf den Abzug. »Ich hab sie dem meinigen wieder abgenommen, er hat es nicht einmal gemerkt, dass sie ihm fehlen.«

Sie verzieht das Gesicht zu einer spöttischen Grimasse. »Aber das will nichts heißen. Der wär uns am liebsten alle los.«

Quäkend wacht der Säugling auf. Die Mutter geht zu dem Kinderbett und redet leise und beruhigend auf das Kind ein. Das Quäken ebbt ab, geht über in leises Brabbeln.

Das Dreijährige kommt aus dem Wohnzimmer und hängt sich an das Kinderbett und schaut durch die Stäbe.

»Hat jemand anderes Ärger gehabt? Eine Ihrer Bekannten oder Freundinnen?«

»Ich wär ja eine gute Freundin, wenn ich Ihnen das auf die Nase binden würde«, antwortet Christa. »Aber Ärger hat es schon gegeben. Es gibt hier ja Familien, wo Sie es wirklich nicht glauben, wie ehrbar und fromm die sind, und doch sind die Mädchen zum Hollerbach gegangen. Aber wenn es wirklich stimmt, dass dieser Kerl alles aufgeschrieben hat, müssten Sie das ja wissen …« Ein misstrauischer Blick streift Tamar. »Einmal, in der Realschule in Wintersingen, hat es einen richtigen kleinen Skandal gegeben, Sie werden es nicht glauben, da hat die Klassenlehrerin bei der einen im Vokabelheft Fotos von einer anderen gefunden, die beiden waren noch keine 16, können Sie sich das vorstellen? Die andre, also die, von der die Fotos waren, kam auch aus Lauternbürg.«

Das Dreijährige steckt seinen Arm durch das Gitter und schlägt nach dem Baby. Nach einer Schrecksekunde verzieht sich das Gesicht des Säuglings, und er beginnt gnadenlos zu brüllen.

Rasch verabschiedet sich Tamar und verlässt die Wohnküche. Das ist nun schon die fünfte Frau, der sie eine dieser albernen Vergrößerungen hat vorlegen müssen. Nicht, dass die Frauen in Panik ausgebrochen wären oder in hysterisches Flehen, was hatte sie sich da nur eingebildet. Drei waren inzwischen Hausfrauen und Mütter, bis auf die unglückliche Christa schon ziemlich breit um die Hüften, beim Anblick der Fotos kaum merklich errötend. Eine hatte zu kichern begonnen und hörte nicht mehr damit auf, obwohl sie eigentlich damit beschäftigt war, Krautwickel zu machen. Eine Frisöse konnte sich beim besten Willen nicht mehr erinnern, wem alles sie einen Abzug gegeben hatte, aber sie wusste, dass Hollerbach nicht knickerig gewesen war und sich von manchen Mädchen auch bargeldlos hatte honorieren lassen – »ein bisschen Tatschen, und schon war er zufrieden.« Die Vierte, eine Bankangestellte, hatte die Abzüge für Anzeigen gebraucht …

Für Anzeigen?

»Ach, Sie wissen doch, wenn es heißt: Aussagekräftige Bildzuschriften erbeten unter Chiffre …«

Durch eine enge Dorfgasse kommt sie zur Schmiech, einem unruhig strömenden Bach, und fährt weiter auf die Bundesstraße. Es ist ein klarer Spätherbstnachmittag, einzelne weiße

Wolkengespinste überziehen das verblasste Blau des Himmels. Im Süden weitet sich das Tal zur Moorlandschaft des Schmiechener Sees, einem Naturschutzgebiet. Tamar überlegt, wie es wäre, wenn sie den Wagen einfach stehen lassen und den See entlangwandern würde, vielleicht würde sie einen Milan sehen oder Singschwäne auf dem Vogelzug…

Doch da ist sie schon nach links abgebogen. Die Bundesstraße führt durch ein breites Tal, nach wenigen hundert Metern erinnert nichts mehr an Milane und Singschwäne. Das Tal wird von den Silos und Förderbändern der Zementwerke gesäumt, die hier den Jura-Kalk abbauen. Die Dörfer auf der anderen Straßenseite sehen grau aus, mit kleinen Häusern, die sich in ihren Eternit-Verkleidungen unter der Abluft der Zementwerke ducken.

Hannah ist in einem dieser Häuser aufgewachsen, bei einer dicken, frommen, gutmütigen Pflegemutter, Tamar hat einmal mit ihr gesprochen, kurz bevor sie Hannah kennen lernte, warum macht ihr diese Erinnerung ein so blödes Gefühl im Bauch? Hannah wohnt nicht mehr hier…

Noch ein staubgraues Dorf, dann ist sie in Blaubeuren und fährt durch eine Hauptstraße mit Häusern, die ihr noch nie so unansehnlich erschienen sind wie heute, zu den Parkplätzen am Klosterhof. Sie stellt den Wagen ab und geht durch die Anlagen des Klosters, das seit der Reformation ein evangelisches Internat beherbergt, zur Altstadt. Fern übt jemand Tonleitern auf einem Klavier.

Der Blautopf, um den sich sonst Busladungen von Touristen drängen, ist verlassen. Am Steinbild der Schönen Lau vorbei geht sie einige Schritte den baumbestandenen Weg hoch, der um das Quellbecken führt. Traurig sieht die Schöne aus, ausgezehrt vom sauren Regen. Tamar hat Mörikes Geschichte von der Schönen Lau in der Schule gelesen. In einer württembergischen Schule ist das unvermeidlich. Sie weiß noch, dass es eine traurige Geschichte gewesen sein muss: eine verbannte Halbnymphe, die erst in ihre Heimat zurückkehren darf, wenn sie das Lachen gelernt hat…

Und das ausgerechnet hier. Das leuchtende Blau des Quelltopfs kommt ihr vor wie Kupfervitriol. Ist das Depression? Ein Glassplitter im Auge, der einen alle Dinge hässlich und verfallen sehen lässt…

Schließlich tut Tamar, wovor sie schon eine ganze Weile Angst hat. Sie holt ihr Mobiltelefon aus der Tasche und gibt eine Kurzwahl ein. Das Telefon läutet viermal, es meldet sich eine ruhige warme Stimme, die nicht die ihre ist:

»Hier spricht der Anrufbeantworter von Tamar Wegenast und Hannah Thalmann. Leider sind wir nicht zu Hause…«

Sie drückt auf die Taste, die die Verbindung abbricht, und tippt eine zweite Kurzwahl. Aber auch bei Hannahs Handy meldet sich nur die Box.

Sie hat keine Lust, eine Nachricht zu sprechen. Was soll sie auch sagen? Ich weiß nicht, wann du heimkommst. Ich weiß nicht, was los ist. Ich häng in der Luft… Hannah weiß das alles. Sie muss es wissen. Offenbar ist es ihr egal.

Plötzlich weiß Tamar, dass sie diesen Quelltopf und dieses Blau hassen wird.

Noch immer hält sie das Mobiltelefon in der Hand. Erst jetzt sieht sie, dass eine Textmeldung eingetroffen ist:

Hol pleite wollte weg Lockenkopp fragte nach

Sie verzieht das Gesicht und gibt eine dritte Kurzwahl ein. Nach zwei Rufzeichen meldet sich Kuttler.

»Moment«, sagt er und klingt irgendwie belegt. Tamar hört Schritte und das Geräusch einer Tür.

»Hier bin ich wieder«, sagt er dann, und seine Stimme ist auch wieder klarer. »Ich bin nur grad' im ›Adler‹, Wurstsalat mit Bratkartoffeln, in der Gaststube wollte ich nicht reden.« Dann will er wissen, ob Tamar nicht vorbeikommen kann und Gesellschaft leisten.

»Erklär mir lieber die Simse. Ich versteh sie nicht.«

»Hollerbach war notorisch klamm«, sagt Kuttler dann, »weshalb er seiner Oma ihr klein Häuschen verkaufen wollte, was sagst du nun?«

»Was ist mit dem Lockenkopp?«

»Soll ein paar Stunden vor dem Brand in der Siedlung herumgefahren sein. Aber es hat wohl nichts zu bedeuten«, fährt Kuttler fort. »Das andere ist wichtiger. Hollerbach wollte fort von hier, wollte irgendwo neu anfangen, offenbar auch privat. Jedenfalls haben sie uns das bei der Kreissparkasse erzählt. Der Bankmensch hat ein weinrotes Jackett und eine gelbe Krawatte dazu, soll ich mir so was auch mal zulegen?«

»Sei mal still«, sagt Tamar. »So eine besonders lustige Nachricht ist das gar nicht.«

»Weiß ich, Commander«, antwortet Kuttler. »Wenn Hollerbach von Lauternbürg weg wollte, hat er keinen Grund mehr gehabt, die Zigeunergeschichte nicht aufzurühren.«

Kuttler schaltet das Handy aus und steckt es ein und geht zurück, das Bier ist leider abgestanden, und so bestellt er einen Kaffee, was ihm auch die Gelegenheit gibt, mit der Bedienung zu reden.

Die Bedienung heißt Sonja und ist ein schmales brünettes Mädchen, sie hat am Abend, als der Brand war, im »Adler« bedient …

»Ich habe es auch Ihrer Kollegin gesagt, der Herr Hollerbach war fast bis zur Polizeistunde hier und hat vier Weizen und zwei Dujardin gehabt …«

»Hat er denn auch bezahlt?«

»Oh, ich seh schon, Sie wissen Bescheid«, sagt Sonja, »aber vorgestern hat er bezahlt und hat auch ein ganz nettes Trinkgeld gegeben. Das war eigentlich immer so. Wenn er bezahlt hat, hat er auch Trinkgeld gegeben. Obwohl …«

Kuttler wartet, aber das Obwohl wird nicht erklärt, es bleibt bei einem anmutigen Zucken der Schultern.

»Er war Stammgast hier?«

»Früher«, kommt es nach kurzem Überlegen. »In letzter Zeit kam er eher selten.«

»Vielleicht, weil er mit anderen Gästen Ärger hatte? Ich meine, er hat doch für die Zeitung geschrieben, und was in der Zeitung steht, gefällt nicht jedem.«

»Ach, da sind unsere Stammgäste nicht so«, antwortet Sonja. »Die haben das eher von der lustigen Seite genommen. Manchmal haben sie laut vorgelesen, was im »Tagblatt« stand, und der Eugen hat einen roten Kopf bekommen und gesagt, dass der Redakteur wieder einen schlechten Tag gehabt haben muss... Einmal haben sie schier gar keine Ruhe mehr gegeben. Das war, als der Eugen angefangen hat, in den Wasserlöchern oben an der Lauter herumzustochern, er hat nämlich geglaubt, dort hätten sie im Krieg Nazigold versenkt.«

»Und«, fragt Kuttler, »hat er welches gefunden?«

Sonja kichert. »Wenn, kann es nicht viel gewesen sein. Aber der Jäger hat's ihm dann verboten. Wenn er ihn noch einmal an einem der Wasserlöcher erwischt, hat er gesagt, dann verpasst er ihm einen Posten Schrot in den Hintern.«

»Und der Herr Hollerbach ist dann nicht mehr zu den Wasserlöchern gegangen?«

Sonja hebt die Schultern. »Das weiß ich nun wirklich nicht.«

»Raue Sitten«, meint Kuttler. »Wer hat denn hier die Jagd?«

»Das ist der Neuböckh, der Landmaschinenhändler. Seine Werkstatt haben Sie sicher schon gesehen, sie liegt gleich links, wenn Sie ins Dorf kommen.«

Kuttler notiert sich ein paar Stichworte. Noch ein Jäger des versunkenen Schatzes. Wenn das die Zeitung mit den großen Buchstaben spitzkriegt, dreht Englin hohl. »Hollerbach hat doch auch fotografiert«, sagt er dann, mehr zur Ablenkung.

»Hat er da manchmal Geld bekommen? Für Aufnahmen in einem Prospekt zum Beispiel?«

»Dass er fotografiert hat, weiß ich schon«, antwortet Sonja schnippisch. »Mich geht das nichts an.«

Das soll ich dir mal glauben, denkt Kuttler. »In der Wirtschaft hat man doch auch über ihn gesprochen und darüber, wovon er eigentlich gelebt hat? So ganz klar war das ja nicht.«

»Ach! Da ist er nicht der Einzige, bei dem das nicht so ganz klar ist«, antwortet Sonja und betrachtet ihn aus haselnussbraunen Augen.

»Ist schon einmal von Fremden nach ihm gefragt worden? Dass ihn jemand gesucht hat oder wissen wollte, wo er wohnt?«

»Warum fragen Sie so, wenn Sie es doch wissen? Ich hab das ganz vergessen, Ihrer Kollegin zu sagen, aber sie hat auch nicht danach gefragt. Jedenfalls war vorgestern einer da, am frühen Abend war das, so ein Dunkelhaariger, den sie Paco rufen, ich glaub, er fährt für den Neuböckh... Er hat mich gefragt, ob der Fotograf schon da war.«

»Und was haben Sie gesagt?«

»Dass ich nicht weiß, wen er meint«, antwortet Sonja schnippisch. »Da könnte ja jeder kommen und uns ausfragen, wir sind doch eine Gastwirtschaft und nicht die Auskunft.«

»Der war nicht gut aufgelegt, dieser Mann, der nach Hollerbach gefragt hat?«

»Ich weiß nicht, was Sie meinen.« Plötzlich haben die haselnussbraunen Augen einen sehr kühlen Ausdruck. »Und für uns ist Kundschaft immer gut aufgelegt. Auch wenn sie nur ein Spezi bestellt. Er ist dann gegangen, lange bevor der Eugen gekommen ist. Vielleicht war das auch besser so. Paco ist ein Kerl mit ordentlich Muckis« – sie hebt die rechte Hand und ballt sie spielerisch zur Faust, um den Bizeps hervorspringen zu lassen – »also schon einer, der Ärger machen kann, falls es das ist, wonach Sie gefragt haben.«

Ein nachsichtiger Blick streift die schmalen Schultern Kuttlers.

Tamar geht durch die kleine Stadt. Ein Schnellimbiss nennt sich nach »Bienzle«, Tamar schüttelt den Kopf. Das hat der Kollege nicht verdient. Dann biegt sie ab und kommt zu der Gastwirtschaft, in der Carmen arbeiten soll. Durch angestaubte Fenster ahnt sie Neonlicht über dem Tresen.
Die Wirtshaustür öffnet sich in einen niedrigen Schankraum. Braune Vorhänge und angegraute Stores behüten den vor sich hin dämmernden Nachmittag. Schirmlampen hängen über den braun gedeckten Tischen mit ihren Plastikblumen, Bierdeckelhaltern und Salzstreuern.
An einem Tisch gegenüber der Theke hocken Männer, zwei in Arbeitskluft und ein dritter in einem Jackett, das zu große Karos hat, und unterhalten sich mit der blassgesichtigen Bedienung, die an der Theke lehnt. Trotz der schwarzen Mähne kann die Bedienung kaum die eigentlich ganz nette Carmen sein, vermutet Tamar. Es sei denn, Hollerbach hätte sein Waschküchen-Atelier schon vor gut dreißig Jahren eröffnet.
Tamar setzt sich an einen der freien Tische, neben ihr ist ein Geldspielautomat in die Wand eingelassen, einer von der Sorte, von der sie gar nicht wusste, dass es sie noch gibt. Ihr Blick fällt auf ein Bild im gnadenlos heiteren Volksgeschmack, ein apoplektischer Mönch läuft über Kopfsteinpflaster, eine von Wasser triefende Kappe in der Hand, im Hintergrund ist der Blautopf zu ahnen und eine nackte Frau darin.
»Und ich sag zu ihr, Kind, was hast dir da ins Gesicht geschmiert«, sagt die Bedienung, »so kannst du nicht unter die Kundschaft, da vergeht der doch der Appetit, wenn du die Heppen bringst und hast den ganzen Kleister um die Augen…«

»Deine Kundschaft guckt woandershin«, wirft der Karierte ein und zündet sich eine Zigarette an, »und die Titten von der Kleinen hat man schon immer anschauen können...«

»Wo du hinguckst, wissen wir«, antwortet die Bedienung, »aber wir sind ein Speiserestaurant, und da kann ein Mädchen nicht so rumlaufen. Aber wie ich ihr sag, sie soll den Kleister abwaschen, fängt sie an zu heulen, und die ganze Brühe läuft ihr das Gesicht herunter und darunter kommen zwei solche, also ich sag euch« – sie legt sich die geballten Fäuste vor die Augen – »zwei solche Pfannkuchen von blauen Augen hervor, wie ich sie noch nie gesehen habe, und ich hab viel gesehen, was ein Fätschnerspenk so alles anstellt...«

»Manchmal«, summt der Mann und nimmt die Zigarette aus dem Mund und fährt in einer Art von Singsang fort, »aber nur manchmal haben Frauen ein bisschen Haue ganz gern...«

»Alles Huren«, sagt ein Zweiter, der einen grauen Arbeitskittel trägt, wie es Lageristen tun.

»Lass hier noch mal die Luft raus«, sagt der dritte Mann, der seinen mächtigen Bauch in eine blaue Trägerhose verpackt hat, und deutet auf sein Glas.

»Kommt gleich«, antwortet die Bedienung, die offenbar mehr die Chefin als die Bedienung ist, und zapft ein Bier, dann stellt sie es hin, alles mit bedächtiger Eile. »Und dann hat sie mir die ganze Geschichte erzählt, von diesen Scheissfotos, die der Eugen gemacht hat, und dass der Paco ihr dahinter gekommen ist...« Sie unterbricht sich und ringt sich nun doch durch, zu Tamar zu kommen und zu fragen, was die Dame wünsche. Tamar blickt in das blasse Gesicht und fragt sich, wer sich hier eigentlich die Augen und die Nase gepudert hat, dann wartet die Chefin noch immer, und Tamar bestellt eine Portion Kaffee und ein belegtes Käsebrot, weil sie allen anderen Angeboten nicht traut.

Aber Veilchen sind es nicht. Sie hat bloß geheult.

»Und dann hast du den Eugen rausgeschmissen, wenn ich

das richtig sehe?«, fragt der Mann, nachdem er mit dem Summen aufgehört hat. »Weil er der Kleinen gezeigt hat, wo sein Vöglein rauskommt, wie?«

»Quatsch«, antwortet die Chefin, »die Fotos sind uralt. Aber der Eugen hätte aufpassen müssen, dass das Zeug nicht unter die Leute kommt.« Dann verschwindet sie in der Küche, von wo man sie klappernd hantieren hört.

»Also mit so was«, sagt der Karierte, »kann sich einer leicht die Finger verbrennen.« Er sieht sich um, ob man seinen Witz auch verstanden hat.

»Nicht bloß die Finger«, ergänzt er sicherheitshalber. Dann senkt er die Stimme. »Habt ihr gesehen, wie die Wally um die Augen aussieht? Also wenn die Funken schlägt, will ich auch nicht im Papierlager sein.«

»Alles Huren«, sagt der Lagerverwalter.

»Anwesende ausgenommen«, antwortet der Karierte, klopft die Asche von seiner Zigarette und pliert zu dem Tisch, an dem Tamar sitzt.

»Diese Ulmer Plempe kannst du eigentlich überhaupt nicht trinken«, sagt der Mann im blauen Anton und wischt sich den Schaum vom Mund.

Es dauert noch eine Weile, am Stammtisch schläft das Gespräch vollends ein, dann erscheint die Chefin und bringt eine Portion Kaffee und das Käsebrot. Auf dem Käsebrot sind halbweiche Essiggürkchen sowie ein verkümmertes Sträußchen Petersilie verteilt.

»Ich wünsche wohl zu speisen«, sagt der Mann im karierten Jackett vernehmlich.

»Carmen ist heute nicht da?«, fragt Tamar. »Oder arbeitet sie nicht mehr bei Ihnen?«

»Oha«, sagt die Chefin und betrachtet Tamar aus großen Augen. »Darf man wissen, wer nach ihr fragt?«

Tamar zeigt ihr wortlos ihren Ausweis, die Chefin wirft einen Blick darauf und nickt.

»Ich hab ja gedacht…«, sagt sie dann, aber Tamar hebt nur kurz die Hand.

»Ich hätte nachher gerne mit Ihnen gesprochen«, erklärt Tamar, »unter vier Augen.« Die Chefin nickt und will wieder zur Theke gehen, als die Tür auffliegt und einen schwarzlockigen Kerl hereinwirbelt. Der Kerl hat eine Narbe auf der Stirn und sieht sich kurz um, dann geht er auf die Chefin zu, die sich ihm zugewandt hat, und fragt:

»Wieso ist die Carmen nicht da?«

Die Chefin sieht zu ihm hoch. »Das weißt du ganz genau«, sagt sie leise. Dann, nach einer Pause: »Du hast sie halb malkobert, Paco. Weißt du das nicht mehr?« Dann wendet sie den Blick von ihm ab. »Und jetzt machst du, dass du hier rauskommst.« Plötzlich wird die Stimme laut, aufkreischend wie eine Kreissäge. »Raus hier…«

»Is' ja gut«, antwortet der Kerl und weicht einen Schritt zurück, »ich frag ja bloß…«

»Raus!«, schreit die Chefin, und ihre lange knochige Hand mit den schreiend rot lackierten Fingernägeln weist unerbittlich zur Tür. Vom Stammtisch schauen die drei Männer mit belustigten Männergesichtern zu. Tamar steht auf und legt Paco die Hand auf den Arm. »Kriminalpolizei. Ich hätte gerne…«, sagt sie, aber Paco wischt sie mit dem linken Arm zur Seite wie eine Schaufensterpuppe, nur dass die Schaufensterpuppe plötzlich Pacos Arm wie einen Hebel packt und herumreißt und Paco mit dem Schwung seiner eigenen Bewegung zur Seite wuchtet, dass er gegen den Tisch stolpert und Kaffeekännchen samt Käsebrot unter sich begräbt.

»Und jetzt…«, setzt Tamar an, als ein heftiger Stoß sie zur Seite rempelt. Für einen Augenblick muss sie Pacos Arm loslassen, um wieder ins Gleichgewicht zu kommen. Der Stoß kam von dem Menschen in dem karierten Jackett. Neben ihm drängt sich der Lagerverwalter heran. »Moment, gnä' Frau«, sagt der Karierte, »lassen Sie mal die Fachleute ran!«

Paco stößt sich von dem Tisch ab und hechtet zur Seite und schlägt eine Rolle und ist wieder auf den Beinen, ehe Tamar auch nur nach ihrer Dienstwaffe hätte greifen können.

Außerdem wäre das auch ganz und gar sinnlos gewesen. Der Karierte steht jetzt zwischen ihr und Paco.

Die Chefin hat sich hinter die Theke geflüchtet. Am Stammtisch hebt der Mann im blauen Anton sein Glas und sagt: »Zum Wohl!« und trinkt. Paco, geduckt, macht einen Schritt auf den Karierten zu, dann schlägt er mit der Linken eine Finte und mit der Rechten einen Haken, der den Karierten knapp unterm Brustbein trifft und ihn krachend gegen den Geldspielautomaten schleudert.

Rasselnd beginnen die Räder des Automaten sich zu drehen. Dem Karierten knicken die Beine weg.

»Jetzt mal friedlich«, sagt der Lagerverwalter und weicht zurück, wobei er gegen Tamar stolpert.

Paco hilft nach, indem er ihm mit der flachen Hand einen Stoß gibt. Der Lagerverwalter fällt nach hinten, Tamar muss ihn auffangen und sieht Paco noch aus der Tür rennen. Dann herrscht für einen Augenblick Ruhe. Nur die Räder des Automaten drehen sich rasselnd.

Tamar stößt den Lagerverwalter von sich. »Idiot!«

Der Karierte krümmt sich auf dem Boden und schnappt nach Luft. Es hat ihn am Solarplexus erwischt, denkt Tamar. Das gibt sich von selbst. Sie holt ihr Mobiltelefon heraus und gibt die Kurzwahl der Zentrale ein.

»Beleidigen muss ich mich von Ihnen nicht lassen«, sagt der Lagerverwalter.

»Wegenast hier«, meldet sich Tamar, »ich habe eine Fahndungsmeldung...«

»Unglaublich«, sagt der Lagerverwalter, »da will man der Polizei behilflich sein, und muss sich beleidigen lassen.«

Tamar hat durchgegeben, was ihr zu Paco einfällt. Sie schaltet das Handy ab. Auf dem Tisch vor ihr liegen die zermantschten Reste des Käsebrotes zwischen den Scherben der Kaffeetasse. Bräunlich tropft Kaffeebrühe vom Tisch auf den Boden. Das Räderwerk des Geldspielautomaten ist zum Stillstand gekommen und zeigt dreimal »Niete« an.

»Also ich sag euch«, sagt der Mann im blauen Anton, »dieses Bier ist wirklich nicht zu trinken.«

Es ist dämmrig geworden. Die Straßenlampen haben Lichtglocken in den Dunst gehängt, später am Abend wird es Nebel geben.

Berndorf und Felix verlassen das »Tagblatt«-Gebäude. Vor einer guten halben Stunde sind sie mit dem Zug zurückgekommen, nach einem Nachmittag, von dem Berndorf nicht weiß, wozu er gut war. Außer, dass er einem alten Mann ein bisschen Gesellschaft geleistet hat. Ist das nichts?

Im »Tagblatt«-Archiv hat er sich zwei Artikel heraussuchen lassen über den letzten Landrat des Landkreises Wintersingen. Der Landkreis war zu Beginn der 70er-Jahre aufgelöst und der Landrat in der letzten Zusammenkunft des Kreistags Wintersingen verabschiedet worden. Eine Regionalausgabe des »Tagblatts« hatte ausführlich darüber berichtet. Der zweite Artikel war ein Nachruf, gut zehn Jahre später erschienen.

Nichts davon geht mich etwas an, denkt er, während er vor dem Gebäude des Landgerichts nach links zur Stadtmitte abbiegt und der Hund neben ihm hertrottet, gleichgültig, aber auch so, als ob ihn nichts müde machen oder erschüttern könne. Berndorf hat Hunger und will einen Teller Spaghetti oder einen Risotto essen, nicht nur ein Sandwich bei Tonio.

Spaghetti könnte er auch auf seinem eigenen Herd kochen. Aber wenn er jetzt nach Hause geht, dann würde ihn die Übelkrähe schon hinter der Wohnungstür anfallen und ihm ins Ohr zischeln, was für ein lustiges Leben er hat mit einem verwaisten alten Hund als Gefährten…

Von der Frauenstraße wenden sich Herr und Hund nach rechts und gehen in das Café, das durch die Jahrzehnte hindurch den Stil der frühen Ulmer Sachlichkeit weniger bewahrt als vielmehr durch langen Gebrauch mit einer Patina überzogen hat. Das Café ist gut besucht, dennoch findet Berndorf einen Tisch am Fenster. Ohne dass er darum hätte bitten müssen, wird eine Schale Wasser für Felix gebracht. Berndorf bestellt einen Risotto und eine Portion Tee dazu und das »Tagblatt«, denn alle anderen Zeitungen, die aushängen, haben schon ihre Leser gefunden. Den Umschlag mit den Kopien hat er vor sich auf den Tisch gelegt.

Chefredakteur Dompfaff wirft die Frage auf, »ob nach den jüngsten Terroranschlägen das noch der richtige Zeitpunkt für ein liberales Zuwanderungsgesetz ist…« Eine Motte irrt vor Berndorfs Gesicht, er nimmt die Zeitung und wedelt sie damit weg. Dann blättert er weiter und findet den Nachruf auf Eugen Hollerbach…

…Er war ein Heimatjournalist im besten Sinne des Wortes, voll wacher Aufmerksamkeit für Menschen und ihre Geschichten. Wann immer er in unsere Redaktion kam, im offenen Trenchcoat, mit ansteckender Fröhlichkeit das vollgeschriebene Notizbuch in der Hand schwenkend, wehte mit ihm der Geruch des Lautertals herein und wir wussten: Eugen Hollerbach bringt wieder reiche Ernte ein. In der Nacht zum Mittwoch ist er in seinem geliebten Lauternbürg tot von der Feuerwehr aus seinem brennenden Haus geborgen worden. Noch wissen wir nicht, wie es zu dem tragischen Tod…

Was schreibt Frentzel da? Es war der Geruch nach vier Weizen und zwei Dujardin, mindestens… In den Nachruf eingeblockt ist ein Foto, das ein lachendes, rundes, glattes Gesicht zeigt, mit vollem Haar. Das Foto muss gut und gerne 15 Jahre alt sein, denkt Berndorf, für eine Recherche völlig unbrauchbar. Aber dann bringt der Kellner auch schon den Risotto mit anderthalb Garnelen darin, Berndorf isst mit gutem Appetit, jedenfalls wird der Teller leer. Die Motte hat sich an der Tischkante niedergelassen.

Er greift wieder nach der Zeitung, als ihm die Frau ins Auge fällt, die mit einem rothaarigen Buben an der Hand – der Junge ist neun oder zehn Jahre alt – im Café steht und sich suchend umblickt. Berndorf zögert kurz, er hat nicht damit gerechnet, dass er Marielouise Hartlaub so bald wiedersehen wird. Dann begegnen sich ihre Augen, und die Frau lächelt kurz, wieder ist das Lächeln nur angedeutet, Berndorf weist auf die zwei freien Stühle an seinem Tisch und erhebt sich, als die Frau auf ihn zukommt.

»Ich hoffe, Sie haben beide kein Problem mit meinem Hund«, sagt er, als sie sich die Hand geben.

Der Händedruck ist fest, sachlich. Du hast, denkt Berndorf, etwas zum ersten Mal gesagt. Mein Hund, hast du gesagt.

»Aber nein«, antwortet Marielouise Hartlaub, »ich habe Pascal Ihre Geschichte erzählt, er ist ganz neugierig auf Felix und will ihn unbedingt kennen lernen.«

Pascal nickt und verbeugt sich artig, als er Berndorf die Hand gibt, aber wählt dann doch von den beiden Stühlen den, der etwas weiter von Felix entfernt ist. Der hat sich inzwischen auf die Seite gelegt und schläft, Vorder- und Hinterläufe weit ausgestreckt.

Der Kellner kommt und nimmt die Bestellung der Hartlaubs entgegen. »Für ihn vielleicht eine Brause«, schlägt die Mutter vor, der Kellner runzelt die Stirn, Pascal will eine Cola, schließlich wird ein Apfelsaft in Auftrag gegeben. Berndorf erkundigt sich, wie weit die Vorbereitungen des Hartlaub'schen Umzugs gediehen sind.

»Das wollen Sie nicht wirklich wissen«, antwortet Marielouise Hartlaub. »Bitte nicht. Ich habe mir das Haus angesehen, das wir beziehen werden, ein schönes Haus, ich sage gar nichts dagegen. Aber wenn ich daran denke, was wir allein an Vorhängen und Stores in Auftrag geben müssen, und was sich dabei an Missverständnissen und Irrtümern einschleichen wird, einfach, weil die jungen Mädchen in den Läden nicht mehr zuhören können oder nicht mehr richtig aufschreiben oder nicht mehr lesen…« Sie unterbricht sich und betrachtet Berndorf nachdenklich. »Aber vielleicht ist es auch ganz anders. Vielleicht bin ich es, die nicht richtig zuhört. Oder die die Mädchen merken lässt, dass mir diese albernen Vorhänge völlig gleichgültig sind. Es ist ja auch wahr, ich selbst müsste das alles gar nicht haben. Aber was werden die Leute hier sagen, wenn es beim Dekan nicht einmal Vorhänge an den Fenstern gibt!«

Er habe auch keine Vorhänge an den Fenstern, meint Berndorf. »Versuchen Sie es doch, und lassen die Leute reden.«

»Ich weiß nicht.« Marielouise betrachtet ihn skeptisch. »Ich fürchte, es stehen auch so noch genug Fettnäpfchen herum. Mit dem Kirchenpfleger habe ich es jetzt schon verdorben. Ich hatte ihn gefragt, ob sich bei einem so großen Haus nicht der Einbau eines Solardaches rechne, und plötzlich war er richtig pikiert, als ob ich ihm nicht zutrauen würde, selbst an so etwas zu denken. Ich glaube, ich muss irgendetwas an meiner Einstellung zu den Leuten hier ändern…«

»Der Kirchenpfleger wird Ärger mit dem Denkmalschutz vorhergesehen haben«, vermutet Berndorf.

»Davon hat er tatsächlich gesprochen«, antwortet Marielouise, »und ich habe auch gar nicht weiter insistiert. Überhaupt will ich keine Umstände machen, und mich beklagen schon gar nicht. Aber wir wollen in vier Wochen umziehen, und manchmal denke ich, das ist nie zu schaffen.«

Wieder sieht sie suchend um sich, aber es kommt nur der Kellner und bringt Tee für die Dame und den Apfelsaft und ein Paar Wiener für den Sohn. Um auf dem Tisch Platz zu schaffen, nimmt Berndorf den Umschlag mit den Kopien und legt ihn auf das Sims des Sprossenfensters hinter sich.

Felix richtet sich auf und schnüffelt.

»Ist das ein Kampfhund?«, will Pascal wissen.

»Nein«, antwortet Berndorf und verscheucht die Motte, die schon wieder durch sein Blickfeld taumelt. »Man könnte eher sagen, Boxer sind Wachhunde. Vor allem sind sie nicht aggressiv.« Stimmt das auch? So genau weiß er es nicht.

»Früher hat man mit Hunden Krieg geführt«, bemerkt Pascal. »Auf dem Wandteppich von Bayeux kann man es sehen. Und zwar solche Hunde mit runden Köpfen, wie er ihn auch hat.«

»Da ist er bei mir direkt unterfordert«, antwortet Berndorf und betrachtet den Jungen. Rotes Haar, helle Augen. Den Mund keck ins Gesicht gesetzt.

Unterm Tisch gibt es ein kurzes Schnappen. »Der hat die Motte gefressen«, sagt Pascal. »Macht er das öfter? Fliegen auch? Und Wespen?«

»Nach Wespen schnappt er schon auch.« Berndorf glaubt, dass er das nach einem Spaziergang mit Jonas gesehen hat, als sie in einer Gartenwirtschaft eingekehrt waren. »Aber er tut es mit hoch gezogenen Lefzen. Und er schnappt nur ganz kurz, und schleudert die Wespe dann wieder weg. Und wenn sie auf dem Boden liegt, scharrt er mit der Pfote nach ihr, ob sie sich noch rührt.«

»Und die kann ihn nicht stechen?«

»Offenbar nicht«, meint Berndorf.

»Wespen sind ein besonderes Thema bei uns«, erklärt Marielouise Hartlaub.

Pascal lehnt den Kopf zurück und deutet auf eine Stelle unterhalb seines Kehlkopfs. Berndorf beugt sich vor und sieht eine kleine, etwas gezackte Narbe.

»Ich hab einmal eine verschluckt«, sagt Pascal und hält den

Kopf wieder gerade. »Die war in mein Glas gefallen, und ich hab sie nicht gesehen. Und dann hat sie mich in den Hals gestochen.« Er deutet auf seine Mutter. »Die da hat die Luftröhre aufgeschnitten. Sonst wär ich tot gewesen. Man nennt das eine Tracheotomie.«

Berndorf blickt auf Marielouise Hartlaub. »Es war auf einer Berghütte im Allgäu«, sagt sie, als ob damit alles erklärt wäre. »Sie sind Ärztin?«, fragt er.

»Aber woher denn!«, antwortet sie. »Ich hab mal in einer Bezirkstierklinik volontiert. Da habe ich erlebt, wie das bei einem Hund gemacht wurde. Zum Glück. Auf den Rettungsdienst hätten wir nicht warten können. Auf einer Berghütte schon gar nicht.« Sie zuckt mit den Schultern. »Da hab ich das Messer genommen, mit dem man Speck schneidet.«

Noch immer betrachtet Berndorf die Frau. Sie gibt den Blick zurück, fast ein wenig verlegen. »Aber zu Ihnen – wie kommen Sie denn nun mit diesem Tier zurecht?«, fragt sie dann.

»Wir müssen das Zurechtkommen wohl beide erst noch lernen«, antwortet Berndorf.

»Das ist immer ein Glück, wenn jemand noch etwas lernen kann.« Ein Augenaufschlag aus blaugrauen Augen trifft Berndorf. Dann wandert der Blick zu ihrem Sohn. »Wir mögen es beide nicht, wenn ein …« – sie zögert, als suche sie das richtige Wort – »wenn ein Lebewesen in seiner Not oder seiner Verzweiflung allein gelassen wird.«

Das haben Sie aber ein wenig hoch gehängt, Verehrte.

Sie greift nach dem Teeglas und lässt es dann doch stehen. »Sie haben den früheren Besitzer gekannt, sonst hätten Sie ihn ja nicht im Krankenhaus besucht. Also müssen Sie mit dem Hund vertraut gewesen sein. Hätten Sie dieses Tier auch dann mitgenommen, wenn es Ihnen völlig fremd gewesen wäre?«

»Das ist nicht die Frage«, antwortet Berndorf. »Er wäre nicht mitgekommen.«

»Aber Ihnen folgte er.«

»Felix, sein Herr und ich haben einmal eine Nacht damit verbracht, jemanden über die französische Grenze zu bringen. Das verbindet.«

»Sein Herr war auch Polizist gewesen, habe ich das richtig verstanden?«

Worauf soll das hinaus? »Ja.« Ein bisschen einsilbig. »Wir hatten einige Jahre im gleichen Dezernat gearbeitet. Aber das ist schon bald vierzig Jahre her.«

»Sie sind ein sehr zurückhaltender Mann.« Wieder das knappe ernste Lächeln. »Sie waren befreundet?«

»Die letzten Jahre habe ich ihn einige Male getroffen.« Nun lächelt auch er, verlegen. »Ich weiß aber nicht, ob ich Jonas Seiffert – so hieß er – meinen Freund hätte nennen dürfen. Es ist eine Vertraulichkeit dabei, die ich mir dem Lebenden gegenüber nicht herausgenommen hätte.«

Er zögert, aber Marielouise Hartlaub scheint darauf zu warten, dass er weiterspricht.

»Jonas war fast eine Generation älter als ich, und das bedeutet, dass ich eigentlich nichts über ihn weiß. Er war fromm – ich bin das nicht –, und zwar fromm auf eine Weise, die mir schon damals altmodisch erschien, auf eine nicht unangenehme Weise altmodisch, unaufdringlich, ohne jeden Anflug von Selbstgerechtigkeit…«

»Das haben Sie nett gesagt«, fügt Marielouise Hartlaub mit sanfter Stimme ein. »Es ist ja nicht ganz selbstverständlich, dass jemand Frommes nicht selbstgerecht ist.«

Wenn du das so verstehen willst…

»Aber erzählen Sie mir doch noch etwas mehr von ihm«, fährt Marielouise fort. »Ich würde mir gerne ein Bild von ihm machen, das zu diesem Hund passt.«

Um Vergebung, denkt Berndorf: Jonas war nicht bloß das Zubehör seines Hundes. »Er war ein hartnäckiger wortkarger Knochen, einer, der mit seinen breiten ungeschlachten Händen versucht hat, den kleinen Faden zu finden, den sonst keiner sieht. Dabei hatte er Skrupel, mehr Skrupel, als Polizisten haben sollten, und ich glaube, dass er keinen seiner Kunden gerne in den Knast gebracht hat. Ja, werft nur den ersten Stein, sagte er einmal, als wir uns in der Schicht über einen ziemlich scheußlichen Mord unterhielten...«

Er unterbricht sich. Eine Ehefrau hatte ihren trunksüchtigen Mann mit Rattengift umgebracht, in kleinen Dosen, damit er auch etwas hatte vom Sterben... Vor dem Kind hier musste er das nicht ausbreiten.

»Sie haben Mörder gejagt?« Pascal hat offenbar sehr genau zugehört. »Richtige Killer?«

»Jagen ist vielleicht nicht ganz der richtige Ausdruck«, antwortet Berndorf. »Es gibt einen falschen Eindruck. Es ist Arbeit, Arbeit mit entsetzlich viel Kleinkram.« Pascal nickt wohlerzogen, wie ein Junge eben, der schon sehr oft einen Vortrag über Arbeit mit entsetzlich viel Kleinkram gehört hat. »Und die richtigen Killer, wie du sie nennst, sind eher selten«, schiebt Berndorf nach. »Die meisten Mörder sind ganz alltägliche Leute.«

»Leute, wie sie hier im Café sind?«

»Das nun auch wieder nicht. Nicht unbedingt.« Dabei ist das eine Überlegung wert. Durchaus. Wer von den Gästen zum Beispiel, die hier harmlos bei ihrem Milchkaffee sitzen oder beim Weizen, hat schon mal der dementen Oma das Kissen auf den Kopf gedrückt oder das Insulin überdosiert?

»Aber könnten Sie es den Leuten ansehen? Also ich zeige auf jemanden und Sie sagen mir einfach, ob der positiv ist oder negativ?«

»Pascal«, mit Nachdruck schaltet sich nun seine Mutter ein, »niemals zeigen wir auf jemanden mit dem Finger. Nicht hier im Café und sonst auch nicht. Außerdem wollte mir Herr Berndorf noch etwas erzählen. Über den Mann, dem Felix früher gehört hat.«

Berndorf, erleichtert, wendet sich wieder Marielouise Hartlaub zu. »Übrigens hätten Sie Berührungspunkte mit ihm gehabt, nur bin ich nicht sicher, ob Sie davon sehr angetan gewesen wären. Er war nämlich Laienprediger, ich weiß nicht,
ob er einer pietistischen Gruppe angehört hat oder – wie soll
ich sagen? – auf eigene Rechnung aufgetreten ist. Angeblich
hat er auch auf dem Stuttgarter Wochenmarkt gepredigt,
zwischen Krautständen und Remstäler Obst. Daher hatte er
auch seinen Namen – wir nannten ihn alle nur den Propheten
Jonas.«
»Es ist eine Bereicherung für eine Mordkommission, wenn ihr
ein Prophet angehört«, meint Marielouise.
»*Du bist der Mann!*«, wirft Pascal ein, fast träumerisch.
Berndorf horcht auf.
»Nathan sagt das«, erklärt Marielouise. »Der Prophet Nathan,
als er David den Mord an Uria nachweist.«
Berndorf nickt höflich und macht ein Gesicht, als sei ihm etwas in Erinnerung gerufen worden, von dem er immerhin
schon einmal gehört hatte.
»David hat den Befehl gegeben, dass die eigenen Leute Uria
im Stich lassen sollen«, sagt Pascal. »Und der Uria hat selbst
den Befehl überbringen müssen. Und alles bloß wegen seiner
Frau.« Pascal zuckt mit den Schultern.
»Zurück zu Ihrem Propheten«, sagt Marielouise. »Wann ist er
in den Sturm geraten?«
»Kurz bevor wir uns kennen gelernt haben«, antwortet Berndorf. »Jonas hatte es fertig gebracht, gegen das gesunde
Volksempfinden zu ermitteln. Es hat deshalb sogar eine Ak-
tuelle Stunde im baden-württembergischen Landtag gegeben, einen parlamentarischen Sturm schwäbischer Recht-
schaffenheit. Seiffert fand sich danach strafversetzt oder
fortgelobt im gleichen Dezernat in Stuttgart wieder, in das
dann auch ich geraten bin. Er mochte Stuttgart nicht. Aber er
ist kein Querulant geworden, auch nicht nachlässig oder zy-

nisch oder gleichgültig, was man alles hätte werden können, wenn einem so mitgespielt wurde wie ihm… Er hat weiter seine Arbeit gemacht, gewissenhaft, misstrauisch und doch auch wieder menschenfreundlich. Ich habe nie begriffen, wie das zusammengeht, aber bei ihm ging es…«

»Gerade Philanthropen müssen misstrauisch sein«, sagt Marielouise, »sie überleben sonst nicht. Aber wie ist es mit Ihnen – sind Sie auch zu den Menschen freundlich?«

Über wen reden wir eigentlich, meine Dame? »Sie müssen mich für sehr abweisend halten«, antwortet er und lächelt ein wenig schief. »Sie hätten diese Frage sonst nicht gestellt. Übrigens kann ich sie selbst nur sehr schlecht beantworten.«

»Wer ein Berufsleben lang Polizist war, dem muss Misstrauen zur zweiten Natur geworden sein«, meint Marielouise und deutet wieder einen Anflug ihres Lächelns an. »Sie zum Beispiel trauen sich selbst so wenig, dass Sie nicht einmal wissen, ob Sie ihren Freund auch so nennen dürfen. Und Ihr Freund war er. Sie hätten ihn sonst nicht so beschrieben.«

»Darf ich Felix das geben?«, fragt Pascal und deutet auf seinen Teller. Es folgt ein längerer Disput mit Marielouise, die nicht findet, dass irgendjemand ein Paar Wiener bestellen sollte, um dann nur der Form halber ein kleines Ende davon abzubeißen, aber Pascal hat leider überhaupt keinen Hunger mehr. Also soll Berndorf entscheiden, aber was zum Teufel hat er Felix Vorschriften zu machen?

Vorsichtig hält Pascal die Würste dem Hund hin, der irgendwie – und ohne dass es weiter aufgefallen wäre – schon eine ganze Weile neben dem Stuhl des Jungen sitzt. Der Hund schnüffelt kurz, dann packt er behutsam, aber entschlossen die Wiener mit der Schnauze und hat sie auch schon gefressen, ehe Berndorf auch nur einen Mucks machen kann.

Dafür muss Berndorf sich jetzt nicht weiter über sein möglicherweise beruflich, möglicherweise auch regional bedingtes Misstrauen explorieren lassen – Misanthropie als Grund-

und Lebenshaltung in der Provinz! –, denn es ertönt eine angenehme tragende Stimme:

»Das ist ja eine richtige Tierfütterung, wie im Zoo, nur ohne Gitter!« Im seinem dunklen Mantel tritt Guntram Hartlaub an den Tisch heran und fährt seinem Sohn mit der Hand über den Kopf. Mit einem Mal sieht Pascal sehr klein und zerbrechlich aus.

Hartlaubs Augen sind auf Berndorf gerichtet. »Ich vermutete Sie dienstlich unterwegs«, sagt er und reicht Berndorf die Hand, der inzwischen aufgestanden ist. »Dienstlich bin ich überhaupt nicht mehr unterwegs«, antwortet dieser. »Ich bin im Ruhestand, irgendwie dachte ich, Ihr Kollege Rübsam hätte das gesagt, als er mich Ihnen gestern vorgestellt hat.«

»Das hat er auch«, wirft Marielouise Hartlaub ein.

»Entschuldigung«, sagt Hartlaub, »es sind im Augenblick etwas zu viel Informationen, der Speicher verarbeitet es nicht.« Er blickt sich um und erbittet von den Gästen am Nachbartisch einen freien Stuhl, den er sich heranzieht.

»Als ich das mit diesem Brandunglück gelesen habe«, sagt er, während er seinen Mantel auszieht und über die Lehne hängt, »als ich das gelesen habe, dachte ich sofort an Sie und dass Sie nun deshalb in dieser Sache ermitteln würden…«

»Was für ein Unglück?«, will Marielouise Hartlaub wissen.

»Ach, da steht eine schreckliche Geschichte in der Zeitung«, antwortet Hartlaub, »ein Journalist ist umgekommen, in seinem Haus verbrannt, die Zeitung schreibt merkwürdig darüber, als ob nicht klar sei, was da wirklich passiert ist.«

»Du meinst, ein Mörder hat das Haus angezündet?«, fragt Pascal. »Damit man nicht merkt, wie er den anderen totgemacht hat?«

Hartlaub antwortet, dass er gar nichts meint und schon gar nicht solche Dinge. Seine Ehefrau fragt, ob es nicht vielleicht Gesprächsthemen gebe, die ein wenig kindgemäßer seien, worauf Berndorf sich irgendwie schuldig fühlt und sagt, er müsse sowieso mit Felix noch einen Weg machen und verabschiede sich deshalb. Nach Austausch der unvermeidlichen Höflichkeiten – Hartlaub versichert, keinesfalls wolle er Berndorf vertrieben haben – entfernen sich Herr und Hund, Berndorf zahlt an der Theke, dann kehrt er noch einmal um und holt den Umschlag mit den Kopien, beinahe hätte er ihn vergessen, und tritt schließlich mit Felix hinaus in den Nebel, der bereits dicht in den Straßen hängt.

»Das verstehe ich nicht«, wiederholt Englin und beugt sich nach vorne, um Tamar über den Tisch hinweg zu fixieren. »Erklären Sie es mir. Erklären Sie es so, dass es auch ein Polizist versteht, der nicht an der Fachhochschule studiert hat.«
Tamar atmet tief durch und nimmt einen neuen Anlauf. »Ich habe dem Jiri Adler, genannt Paco, erklärt, dass ich mit ihm sprechen wolle. Er hat mich weggestoßen, ich habe ihn festgehalten, auf den Tisch niedergedrückt, dann hat mich einer der Gäste zur Seite gestoßen, angeblich, weil er mir behilflich sein wollte. Dadurch kam Adler frei.«
Wally Reinert, die Pächterin der Bahnhofsrestauration, hatte Tamar den Namen nennen können. Inzwischen lief eine Fahndung nach Adler und seinem Wagen, einem Opel, wie die Zulassungsstelle mitgeteilt hatte.
Englins Augenlid zuckt. »Und warum sind Sie ihm nicht nach?«
»Weil ich erst einen der Gäste abschütteln musste, den Adler gegen mich gestoßen hatte.«
Englin lehnt sich zurück. »Abschütteln mussten Sie ihn? Wir sind hier nicht beim Pflaumenpflücken, Kollegin.« Wieder zuckt das Augenlid. »Abgesehen davon«, fährt er dann fort, »dass hier deutlich wird, wie gering die Akzeptanz weiblicher Beamter in der Bürgerschaft ist – abgesehen davon, was glau-

ben Sie, wie wir diesen Ablauf den Medien erklären sollen? Wie Kollege Kuttler ermittelt hat, ist dieser Jiri Adler dringend tatverdächtig, aber« – Englin hebt die Stimme – »wenn eines der blinden Hühner in diesem Dezernat einmal im halben Jahr ein Korn findet, vergackeiert es das andere …«

Tamar will aufstehen. Kuttler legt ihr beruhigend die Hand auf den Arm und hält ihn fest. »Wir haben gegen Jiri Adler so gut wie nichts in der Hand«, sagt er ruhig, »außer dass er das Mädchen verprügelt hat.«

Tamar unterdrückt den heftigen Impuls, Kuttlers Hand abzuschütteln. Er hat Recht, denkt sie dann. Viel hab ich wirklich nicht anzubieten. Nicht einmal eine Aussage dieser Carmen. Sie hatte das Mädchen in einer schmuddeligen Dachkammer gefunden, ein verschüchtertes Geschöpf mit blond gefärbten Haaren und verschwollenen Augen. Carmen hatte sich zwar in die Klinik zur Untersuchung bringen lassen, sich aber strikt geweigert, auch nur ein Wort darüber zu sagen, wer sie so zugerichtet hatte.

»Nichts in der Hand?«, echot Englin. »Junger Kollege, der Mann war am Tatort, der Mann hat offenbar ein Motiv, der Mann ist gewalttätig, verhält sich verdächtig und befindet sich auf der Flucht …«

»Adler war am späten Nachmittag in Lauternbürg«, wendet Kuttler ein. »Aber nicht zur Tatzeit. Jedenfalls haben wir keine Aussage dazu. In dieser Siedlung funktioniert die soziale Kontrolle. Den Nachbarn entgeht nur wenig. Jiri Adlers Wagen ist auffällig, er wäre gesehen worden, wenn er damit um Mitternacht in der Siedlung herumgefahren wäre …«

»Das musste er ja nicht«, sagt Englin. »Das ist ja kein Dummer. Der hat den Wagen irgendwo abgestellt und ist dann zu Fuß zu Hollerbach.«

»Eben«, antwortet Kuttler. »Der oder die Täter sind zu Fuß gekommen. Nachdem sie ihren Wagen abgestellt haben. Zum Beispiel im Wald. Und dort haben wir auch Fahrspuren gefunden. Aber es waren Spuren von einem Landrover. Nicht von einem Opel.«

Kriminalrat Englin lehnt sich zurück und stützt die Ellbogen auf und legt die Fingerspitzen der Hände gegeneinander. »Ich frage mich, Kollege Kuttler, ob Ihnen das alles auch eingefallen wäre, wenn die Kollegin Wegenast die Festnahme nicht vergeigt hätte… Apropos – was machen eigentlich Ihre Nachforschungen über diesen Artikel, mit dem Hollerbach in kirchlichen Kreisen angeeckt sein soll?«

»Angeeckt ist zu viel gesagt«, antwortet Kuttler ausweichend, »gestritten haben diese kirchlichen Kreise unter sich, den Hollerbach brauchten sie dazu gar nicht, der hat nur darüber geschrieben. Und Sie haben ja selbst gesagt…«

»Junger Kollege, ich weiß sehr genau, was ich gesagt habe«, unterbricht ihn Englin. »Laut und vernehmlich habe ich gesagt, dass das Täterprofil schlecht zu diesen Kreisen passt, dass Sie aber trotzdem und gerade darum nachprüfen werden, wie es zu diesem Artikel gekommen ist und ob es womöglich Drohungen gegen den Verfasser gegeben hat…«

Englin richtet den Zeigefinger auf Kuttler. »Gerade weil wir einen dringend Tatverdächtigen haben, das heißt, wir haben ihn ja nicht, sondern wir haben ihn laufen lassen, aber wenn wir ihn dann doch einmal haben werden, ohne dass…, aber das führt zu weit. Also, was ich sagen will: Falls es doch noch wahr wird und wir kriegen ihn und er ist es dann auch wirklich und es kommt zum Prozess, dann will ich nicht von so einem schmierigen Linksanwalt hören, wir seien keinen anderen Spuren nachgegangen, nur weil sie in kirchliche Kreise geführt hätten… Das will ich nicht hören und auch nicht in der Zeitung lesen, begreifen Sie das?«

Berndorf zieht die Tür hinter sich zu und schält sich aus seinem Trenchcoat. Die Wohnung ist warm, er geht in sein Wohnzimmer und schaltet die Stehlampe ein. Der Lichtkegel erfasst den Schachtisch und beleuchtet die Stellung vor dem 18. Zug von Paul Keres als Weißem in der Partie, die er 1948 in Den Haag gegen Botwinnik verloren hatte.

Vom Bücherregal her lächelt grünäugig und rätselhaft das Foto einer Frau. Aber heute ist Donnerstag, donnerstags ist Barbaras Hauptseminar, meistens geht sie danach mit den Studenten noch in eine Kneipe. Wie immer in diesen Wochen wird es um den Anschlag auf das World Trade Center gehen und um den Feldzug gegen den Terrorismus, an dem sich nun auch die Bundesrepublik beteiligen wird, in uneingeschränkter Solidarität, wie es heißt. Wie immer, wenn ihm zu viel Adjektive um die Ohren fliegen, wird Berndorf misstrauisch.

Innenwelt/Außenwelt heißt das Thema des Seminars, das die Professorin Barbara Stein hält. Falls er richtig verstanden hat, geht es um die Unfähigkeit von Staaten, außenpolitische Sachverhalte anders wahrzunehmen als im Zerrspiegel innenpolitischer Interessen und Absprachen. Seit versucht wird, die Welt nach dem Muster von Texas neu zu gestalten, mutet ihn das gar nicht mehr akademisch an.

Er setzt sich und holt die Kopien aus dem Umschlag, wieder fällt ihm auf, dass sich der Hund unter den Schreibtisch gezwängt hat, merkwürdig, bisher lag er doch immer auf dem Fußabstreifer an der Tür.

Wintersingen war ein altes württembergisches Oberamt, abseits aller Handelsstraßen gelegen und im Lauf der Jahrhunderte ein einziges Mal aus dem Schatten der Ereignislosigkeit herausgetreten. Das war im Jahr 1481, als in Wintersingen ein Sukzessionsstreit zweier Linien des württembergischen Grafenhauses beigelegt wurde. Berndorf wäre dieses Ereignis kaum gegenwärtig gewesen, hätte nicht das »Tagblatt« in seinem Bericht über die Verabschiedung des letzten Wintersinger Landrats im März 1970 darauf verwiesen:

Aus seinem Amt scheide er nicht mit Bitterkeit, sagte Landrat Dr. Eberhard Autenrieth zu Beginn seiner Abschiedsrede. Denn er habe für einen der reizvollsten Landkreise unserer Heimat und seine bei aller herben Zurückhaltung doch überaus liebenswerten Menschen während langer und oft auch schwieriger Jahre tätig sein dürfen. Bitterkeit empfinde er aber sehr wohl, wenn er daran denke, wie Landesregierung und Landtag eine Stadt behandelt hätten, »mit deren Namen das historische Datum der Wintersinger Kapitulation verbunden ist, ohne welche das Werden des modernen württembergischen Staates gar nicht denkbar gewesen wäre…«

Das kann ich nicht zu Ende lesen, denkt Berndorf, und überfliegt die weiteren Zeilen, bis er doch noch am letzten Absatz hängen bleibt:

Musikalisch umrahmt wurde die denkwürdige, von Wehmut umflorte letzte Sitzung des Kreistags Wintersingen vom Bläserchor der Jägervereinigung und dem Männerchor Lauternbürg, der in bewegender Weise das Lied »Ich hatt' einen Kameraden, einen besseren find'st du nit« zum Vortrag brachte.

Berndorf zieht eine Grimasse und greift nach dem zweiten Artikel, datiert vom April 1984. Im Vergleich zu 1970 hat sich die Typografie des »Tagblatts« deutlich verändert, die Überschrift ist größer geworden, der Text knapper, wird aber von Zwischenzeilen unterbrochen. Der Artikel handelt von der Beerdigung des im Alter von 74 Jahren verstorbenen früheren Landrats Dr. Eberhard Autenrieth, dem auf dem Stuttgarter Waldfriedhof »zahlreiche Vertreter des öffentlichen Lebens sowie Abordnungen aus dem Altkreis Wintersingen das letzte Geleit gaben«. Am Grab wurden die besonderen Verdienste des Verstorbenen um den Ausbau des Kreisstraßennetzes und den Neubau der Realschule Wintersingen gewürdigt sowie sein unermüdlicher, wenn letztlich auch vergeblicher Kampf um den Erhalt des Landkreises Wintersingen. Berndorfs Augen irren weiter und finden Halt an der Zwischenzeile:

Der Weg des Gerechten

In seiner Predigt hatte Pfarrer i. R. Wilhelm Hartlaub, ein persönlicher Freund des Verstorbenen, den Lebensweg Eberhard Autenrieths unter das Bibelwort gestellt: »Denn der Herr kennt den Weg der Gerechten«. Autenrieth sei zu allen Zeiten diesen Weg gegangen und so allen Hilfesuchenden ein verläßlicher Freund gewesen, auch dann, wenn er dafür Anfeindungen habe erdulden müssen ...

Berndorf legt die Kopie auf den Tisch zurück. Dass er dabei Keres' Stellung verschiebt, merkt er nicht.

Das Zimmer ist dunkel, aber von der Straße fällt gerade genug Licht in die beiden kleinen, mit Sprossen unterteilten Fenster, dass sie sich von der Dunkelheit abheben.
Tamar sitzt in der dunkelsten Ecke, in dem Lehnstuhl, den sie sich auf dem Flohmarkt gekauft hat, irgendwann, als noch Frühling war. Sie hat die Schuhe von sich gestreift und die Füße hochgezogen. Eigentlich hatte sie eine Flasche Wein aufmachen und eine Platte auflegen wollen. Zu viel der Mühe.
Sie hat Ärger in der Direktion. Das ist nicht wert, dass sie auch nur daran denkt. Jemand hat diesen Fotografen totgemacht. Schlimm. In der Bundesrepublik Deutschland werden jedes

Jahr fünftausend Menschen umgebracht, ohne dass ein Hahn danach kräht oder ein Arzt beim Ausstellen des Totenscheins auch nur die Augenbrauen hochzieht.

Der Mord an dem Fotografen soll jetzt dem Sinti angehängt werden, der ihr unter den Händen entwischt ist. Pech für ihn. Was läuft er der Polizei auch davon?

Hannah ist noch immer in München. Sie wird dort eine Ausstellung haben. Vielleicht nur das. Oder auch mehr. Beziehungen halten zwei Jahre. Plus minus ein paar zerquetschte Wochen. Hannah und Tamar sind wie lange zusammen? Tamar rechnet nach. Es sind über drei Jahre.

Na also. In der Szene gibt es keine Szenen. Man küsst sich sanft auf die Wange und sagt, mach's gut.

Tamar wüsste nicht einmal, wie sie eine Szene machen sollte, wenn jemand da wäre, dem sie sie machen könnte. Aufstehen? Schreien?

Zu viel der Mühe.

Ein Wagen rollt in die Einfahrt. Am Geräusch erkennt Tamar, dass es ein alter Renault ist. Der Motor wird abgestellt. Einen Herzschlag lang fühlt sie, fast schmerzhaft, Erwartung.

Die Haustür öffnet sich und wird krachend zugeschlagen. Warum hab ich das nie gemerkt, dass sie laut ist und polternd? Weitere Türen werden geöffnet und wieder zugeschlagen. Durch die Türritzen dringt Lichtschein. Jemand pfeift. Tamar erkennt die Arie des Cherubino: *Ich weiß nicht, was ich bin, was ich mache / Bald bin ich Feuer, bald bin ich Eis …*

Sie ist verliebt, denkt Tamar. Vielleicht sollte ich mich jetzt für sie freuen.

Die Tür fliegt auf, und die Deckenbeleuchtung schüttet beißendes Licht ins Zimmer. Noch immer pfeifend marschiert Hannah – schwarze Jeans, schwarzer Pullover, Windstoßfrisur – ins Zimmer und zieht die Vorhänge vor.

»Machst du das Deckenlicht bitte wieder aus?«, sagt Tamar leise.

»Oh.« Hannah dreht sich um. »Ich dachte, du bist noch im Dienst…«

»Machst du das Licht aus, bitte?«

»Entschuldigung.« Hannah geht zum Tisch und knipst eine Stehlampe an. Dann löscht sie das Deckenlicht. »Is' was?«

»Danke.« Tamar lehnt den Kopf zurück. »Zufrieden mit dem Besuch in München?«

Hannah bleibt mitten im Zimmer stehen. »Ach so«, sagt sie unvermittelt. »Daher weht der Wind.« Sie nimmt einen Stuhl und dreht ihn in Richtung zu Tamar und setzt sich rittlings darauf. »Aber ich geb's zu, ich war grad' in Gedanken. Ich bin nämlich sehr glücklich mit meinem Besuch in München. Vanessa wird im neuen Jahr eine Ausstellung mit mir machen, sogar mit Katalog. Sie ist reizend um meine Sachen bemüht, und sie selber ist es auch, wenn sie lacht, hat sie so Grübchen in den Wangen, weißt du, ganz bezaubernd ist das…«

Warum hör ich mir das an, denkt Tamar.

»Aber ich verstehe, dass du das vielleicht nicht hören magst«, fährt Hannah fort. »Vielleicht haben wir unserer Beziehung zu viel zugemutet. Vielleicht auch zu viel Nähe.« Plötzlich verändert sich ihre Stimme, wird tief, als ob sie einen Alt nachmachen wollte. »Schatz, ich lauf noch 'ne Stunde in die Au. Denkst du an den Römertopf, Schatz. Schatz, wir haben noch einen Einsatz.« Ihre Stimme kehrt wieder in den Mezzosopran zurück. »Das ist mir zuletzt ein bisschen zu viel geworden. Deswegen habe ich eine Auszeit gebraucht. Diese Tage in München. Tage, ohne ständige Anwesenheitskontrolle, ohne ständige Anrufe, als wäre ich ein kleines Kind. Das kleine Kind der großen, berufstätigen, tüchtigen Mama…«

Es reicht. Tamar nimmt die Füße vom Lehnstuhl und zieht ihre Schuhe an und steht auf. Irgendein Hotel wird noch ein Zimmer frei haben.

»Nein, er liegt nicht mehr vor der Wohnungstür«, berichtet Berndorf. »Er hat sich unter meinen Schreibtisch gezwängt. Und jetzt schläft er.«

»Wie du das erzählst, rührt es mich geradezu«, sagt Barbara. Sie hat heute den Kneipenbesuch ausfallen lassen und früher angerufen als sonst. Das hat weniger mit Berndorf zu tun als mit den Vorbereitungen für eine Tagung in Helsinki, wohin sie in der nächsten Woche fliegen wird. »Du hast so etwas Fürsorgliches bekommen, ich beginne mich zu fragen, wie du dich als Vater angestellt hättest …«

Berndorf schüttelt den Kopf, obwohl oder weil sie ihn nicht sehen kann. Kinder sind ein Thema, das zwischen Barbara und Berndorf ausgespart blieb. Jedenfalls hat er nie davon gesprochen. Hätte sie es erwartet? Er weiß es nicht.

»Allerdings bin ich mir nicht ganz sicher«, fährt Barbara fort, »ob dieser Hund nicht vielleicht auch der Vorwand ist, dass du dich um diesen Fall kümmern kannst …«

»Dazu brauch ich keinen Vorwand«, sagt Berndorf, fast schroff. »Als ich das letzte Mal bei Jonas war, sagte er, da sei noch eine Geschichte. Aber erzählen tut er nichts mehr, sondern stirbt ein paar Tage später, und auf seiner Beerdigung spricht mich dieser Mann an, fragt, was ich über jene alte Sache in Lauternbürg weiß – und wird noch in derselben Nacht umgebracht. Und da soll ich mich nicht fragen, welche Schrift er an der Wand gesehen hat?«

»Du bist dir darüber im Klaren, dass es Tamars Fall ist?«

»Jede halbe Stunde sag ich mir das«, antwortet Berndorf. »Aber Tamar hat genug mit der Leiche vom vergangenen Dienstag zu tun. Sie kann keiner Geschichte nachspüren, die vierzig Jahre zurückliegt. Nur ein Beispiel: Da hat die Evangelische Kirche – zufällig jetzt – einen neuen Dekan für den Bezirk Ulm berufen, und wiederum zufällig heißt der wie jener Pfarrer, der Seelsorger in Lauternbürg war, damals, als Jonas dort ermittelt hat. Kann Tamar jetzt zu dem neuen Dekan gehen und sagen, entschuldigen Sie, Euer Merkwürden, aber haben Sie diesen Zeitungsmenschen totgeschlagen?«

»Da würde ich gerne zuhören, wenn du ihn das fragst«, meint Barbara. »Außerdem ist mir völlig schleierhaft, was die Wahl dieses Dekans mit dem Mord an deinem Journalisten zu tun haben soll.«

»Eben«, sagt Berndorf. »Kein vernünftiger Mensch wird hier einen auch nur entfernt denkbaren Zusammenhang erkennen können. Nur ich – ich darf über einen Zufall stolpern, der mir seltsam erscheint. Ich hab die Zeit zum Stolpern, weißt du?«

Die Wohnungsklingel schlägt an, und Felix rumpelt mit seinem dicken Kopf gegen die Seitenwand des Schreibtischs, als er darunter vorkriecht.

»Besuch?«, fragt Barbara, und im Hörer schwingen ihre hochgezogenen Augenbrauen mit.

»Keine Ahnung«, meint Berndorf und sagt, dass er gleich zurückruft.

Er steht auf und geht zur Sprechanlage. »Wegenast«, sagt eine müde, angespannte Stimme. Er drückt auf den Türöffner und blickt ins Treppenhaus. Tamar kommt hoch, eine Sporttasche über der Schulter, im kalten Schein der Treppenleuchten sieht ihr Gesicht blass, fast elend aus.

»Entschuldigung«, sagt sie, als sie fast oben ist, »aber Ihr Telefon war belegt. Ich wollte fragen, ob Ihr Gästebett noch frei ist? Alle Hotels sind ausgebucht…«

Freitag, 9. November 2001

»Für meine Schluckspechte wird's früh genug spät«, sagt die Wirtin Wally Reinert und schließt die Eingangstür ab. Es ist zehn Uhr morgens, öffnen wird sie heute erst in einer Stunde. Schwerfällig geht sie an den Tisch zurück, über dem das Bild des springenden Mönchs und der nackten Frau hängt, und setzt sich breitbeinig, Tamar gegenüber. Die Wirtin hat noch immer diese Schatten um die Augen, von denen Tamar nicht weiß, ob sie von den späten Schnapsrunden mit den Stammgästen kommen oder von einem Kummer.

Der Wirtshausgeruch nach verschüttetem Bier und nass ausgewischten Aschenbechern vermischt sich mit dem Aroma von Instantkaffee. Vermutlich hätte Kaffee aus der Maschine zu lange gedauert. Außerdem ist Tamar kein Gast, sondern eine berufstätige Frau wie die Wirtin auch. Da macht man keine großen Umstände.

Vorsichtig nimmt Tamar einen Schluck. Der Kaffee ist heiß und tut ihrem Kopf gut. Die Wirtin bietet ihr eine Zigarette an, Tamar lehnt ab und entdeckt dabei, dass Wally Reinert sie über die Zigarettenschachtel hinweg prüfend mustert.

»Ist Ihnen nicht gut?«, fragt sie. »Soll ich ein Aspirin bringen?«

Das hat noch gefehlt, denkt Tamar. Dabei fühlt sie sich wirklich nicht besonders. Berndorfs Gästebett ist zu weich und hängt durch, ganz abgesehen von all den anderen Dingen, die sie nicht haben schlafen lassen.

»Danke«, sagt sie knapp. »Es geht schon…, ich wollte mit Ihnen über den Ärger reden, den Ihre Bedienung Carmen ge-

habt hat. Warum ist dieser Jiri Adler ausgerastet?« Die Wirtin
zündet sich eine Zigarette an. »Der Fotograf ist schuld.«

»Welcher Fotograf?«, fragt Tamar, als ob sie nicht genau auf
diese Antwort gewartet hätte.

Die Wirtin betrachtet sie erstaunt. »Das wissen Sie doch«, sagt
sie dann. »Deswegen sind Sie doch da. Sie sind doch eine Naterer…, wie heißt es bei euch, eine von der Mordkommission,
das stimmt doch? Also sind Sie wegen Eugen da.« Sie steht
schwerfällig auf und geht zur Theke. »Trinken Sie einen Cog-
nac mit?« Ungefragt füllt sie zwei Schwenker und bringt sie
auf einem Tablett, die Zigarette im Mundwinkel.

»Zum Wohl!«, sagt sie, als sie wieder sitzt, und nimmt einen
Schluck. »Als Wirtin sollt' ich keinen Schnaps nicht… Nicht
am Morgen… Aber die Sache mit Eugen geht mir nach. Da-
bei war er ein Fätschnerspenk, nichts weiter.« Sie überlegt.
»Hat sich hier reingeschmust…« Sie nimmt einen zweiten
Schluck. »Hat herumgetan, was er alles in die Zeitung brin-
gen wird. Ich weiß nicht, ob Sie das wissen, aber da war in
Lauternbürg eine Schure, die ist schon vierzig Jahre her…«

»Das Haus, das man abgebrochen hat«, sagt Tamar. »Ehe die
Sinti einziehen konnten.«

Die Wirtin sieht sie mit einem Blick an, als habe Tamar einen
Ausdruck gebraucht, der ihr nicht zusteht. Schließlich nickt
sie. »Meine Tante war dabei.«

Wo dabei, überlegt Tamar.

»Die Tante ist ein armes Ding gewesen, hat kaum laufen können…, sie war schon in der Gusch, hat's herrichten sollen, als
die Leut' aus dem Dorf kamen und sie weggescheucht haben.
Sie hat sich nicht zu helfen gewusst und ist zum Galach ge-
huckelt, das ist dort ein grillischer…«

Sie unterbricht sich und blickt Tamar forschend an. »Sie wissen schon, was ich mein'?«

»Doch, doch«, sagt Tamar. Irgendwie ist es ihr wichtig, dass
die Wirtin am Reden bleibt.

»Dass die Tante nicht recht hat laufen können, das war, weil so ist sie aus Birkenau zurückgekommen, Sie wissen schon, was da war?«

Tamar sagt, dass sie es weiß.

»Aber das war den schaunigen Leuten da schnurz«, fährt die Wirtin fort, »und auch der Galach hat sie weggescheucht.« Sie macht einen spitzen Mund und fährt in einem salbungsvollen Ton fort: »Wür haben nüchts müt oiren Wärken zu schaffen…«

Tamar findet, dass sie nun zur Sache kommen sollten. »Der Herr Hollerbach wollte also über diese Geschichte etwas in die Zeitung bringen, und da hat er Ihre Tante befragt?«

Die Wirtin lacht nur. »Der Herr Hollerbach! Geschmust hat er, bei mir und bei anderen auch. Die Tante ist schon lang tot, und von den anderen wollte keiner mit ihm reden. Aber ich hab ja alles gewusst. Und diese Carmen hat er mir auch angeschleppt, ich hab gleich gesehen, dass es eine lacke Schicks ist, das schad't ja nicht in einem solchen Etablissement, aber wie sie den Paco sieht, hat sie ihn sich gekrallt, die sind ja alle hinter ihm her…«

»Der Paco ist Gast bei Ihnen?«

»Er ist einer von unseren Leuten«, sagt die Wirtin. »Ein Sinde. Hätten Sie eigentlich sehen müssen.«

Sicher, denkt Tamar.

Aber ist das noch p.c., dass man so etwas sieht? »Und was hat dann den Ärger gegeben?«

»Der Paco fährt für seinen Onkel, den Reino«, antwortet die Wirtin. »Reino Rosen, schreiben Sie's nur auf! Hat eine eigene Spedition. Fährt nach Griechenland und Holland und was weiß ich! Meist für den Neuböckh in Lauternbürg. Und irgendein Fünfler vom Neuböckh, der hat der Carmen ans Fitz wollen, aber sie hat ihn ausgelacht. Und da hat der Fünfler dem Paco die Fotos gezeigt, und der ist schalou geworden und hat dabei überhaupt keinen Grund gehabt…«

»Das ist Ihnen klar, dass ich mit Paco darüber reden muss?«, fragt Tamar. »Je früher, desto besser für ihn?«

Die Wirtin betrachtet sie ungläubig. »Das heißt, ich soll ihn zinkieren? Dass Sie ihn zopfen? Wofür halten Sie mich?«

Tamar schüttelt den Kopf. »Sie sollen es ihm nur ausrichten. Falls Sie ganz zufällig mit ihm reden.« Sie hebt die linke Hand ein wenig an und lässt sie wieder fallen. »Kann ja sein, dass er hier noch einmal auftaucht und nach Carmen fragt. Sagen Sie ihm, dass er wirklichen Ärger bekommen wird, wenn er sich nicht meldet. Ärger, wie er noch nie welchen gehabt hat.«

Die Wirtin hebt den Kopf, die Zigarette im Mundwinkel, und betrachtet Tamar aus zusammengekniffenen Augen. »Ich weiß nicht, was Sie für eine sind. Aber wegen dieser Schicks sind Sie nicht hier. Sie nicht. Sie sind wegen Eugen hier, und damit hat der Paco nichts zu tun. Da ist er so unschuldig wie ein neugeborenes Stratz. Mit dem Eugen haben noch ganz andere Leute ihren Mores gehabt, oft genug hat er sich damit aufgeplustert, und Geschichten hat er mir erzählt! Zum Beispiel von einem Grünwedel und seiner Gaie ...« Sie legt beide Handflächen aneinander und klappt sie auf, um zu zeigen, wie es mit Hollerbachs Mundfertigkeit bestellt war.

»Und wie war das mit Ihnen«, fragt Tamar, »habe ich das richtig verstanden – der Herr Hollerbach wollte hierher, zu Ihnen ziehen?«

»Hah!«, sagt die Wirtin. »Der Schmalkachel. So einen kann ich nicht brauchen, der die jungen Dinger nackert fotografiert, was glauben Sie!« Dann muss sie plötzlich schniefen, greift nach dem zweiten, bisher unberührt gebliebenen Cognac-Schwenker und kippt einen kräftigen Schluck.

Langsam fährt der Streifenwagen die Landstraße hoch, die von Blaustein auf die Albhochfläche führt, und wird, als er oben angekommen ist, noch langsamer. Dann steuert der Fahrer den Wagen auf einen Waldparkplatz. Der Blick fällt auf Wiesen und Felder und, in der Ferne, auf ein Dorf.

»Weißt du eigentlich«, fragt der Polizeihauptmeister Krauss, am Steuer, seinen Nebenmann, »was passiert, wenn wir den da finden?«

»Was soll da passieren?«, fragt sein Kollege Alfred Krauser zurück und schiebt das Kinn vor. »Wir nehmen ihn fest und bringen ihn in den Neuen Bau. ›Da!‹ werden wir sagen, und fahren wieder zurück.«

»Schieb nicht so das Kinn vor«, sagt Krauss. »Und überleg dir, was danach sein wird. Danach wird nämlich sein, dass wir die alte Rosen auf dem Hals haben. Glaubst du, dass das lustig wird? Jeden Tag eine greinende alte Zigeunerin vor der Wache, nach zwei Stunden hältst du das im Kopf nicht mehr aus... Weißt du noch, wie das war, als wir den kleinen Dusan kassiert haben, wegen der Messerstecherei damals? Drei Tage und drei Nächte ist sie uns nach, bis zu mir nach Hause und hat meiner Frau dort die Küche voll geheult...«

Krauser erinnert sich. Es ist keine lustige Erinnerung. »Kommt nicht in Frage«, sagt er entschlossen und beantwortet damit, was Krauser so noch gar nicht vorgeschlagen hatte. »Fahr weiter. Wir bringen das jetzt hinter uns.«

»Wir bringen das jetzt hinter uns!«, äfft ihn der PHM Krauss nach und legt den Gang ein. »Du wirst schon sehen, was du davon hast...«

Der Streifenwagen biegt auf die Landstraße ein und fährt auf das Dorf zu bis in ein Neubaugebiet, wo er vor einem großen weißen Haus mit einem Walmdach hält. Auf dem Vorplatz steht vor der geschlossenen Doppelgarage ein alter gepflegter Benz. Über der Haustür leuchtet ein Marienbild, die Maria und das Jesuskindlein haben glutvolle dunkle Augen und Bethlehem ist vom Maler an einen Strand mit goldenem Sand und blauem Meer versetzt worden.

Vom Haus nähert sich ein älterer, untersetzter Mann. Er trägt Cordhosen und eine Wolljacke, die langen grauen Haare sind nach hinten gekämmt.

»Tja«, sagt Krauss und wendet sich an seinen Kollegen, »da hilft alles nix, da musst du jetzt raus.«

Alfred Krauser setzt die Dienstmütze auf und stößt die Wagentür auf und steigt aus. Ganz ruhig, ermahnt er sich, es muss gelassen aussehen, sagt er sich, gelassen und cool.

»Guten Tag auch, Herr Rosen«, sagt er und tippt grüßend mit zwei Fingern an die Dienstmütze.

»Das werd ein guter Tag sein, wenn die Stichelpenk vor der Gusch pflanzen«, antwortet der Mann mit heiserer Stimme. Der Mann ist Reino Rosen. In seinem Ausweis ist Reisekaufmann als Beruf angegeben, aber als Hausierer arbeitet Reino Rosen schon lange nicht mehr.

»Wir hätten gerne mit Ihrem Neffen gesprochen«, fährt Krauser fort. »Mit Jiri Adler. Reine Formalität. Ein oder zwei Fragen, Sie verstehen.«

Reino Rosen nickt. »Wenn die Naterer nicht weiterwissen, zopfen Sie einen Sinde. Kennen wir. War schon immer so. Aber wir können nicht dienen, grandiger Sens. Paco ist schinageln. Fragen Sie den Neuböckh.«

»Ach ja«, meint Krauser. »Da werden wir dann gleich anrufen, obwohl …, das muss der Herr Neuböckh ja auch nicht unbedingt wissen. Und vielleicht wissen zufällig Sie, wo Ihr Neffe grad im Augenblick ist?«

Rosen hebt beide Hände, die Handfläche nach außen. »Hier und dort.«

»Ja so«, meint Krauser. »Dann wollen wir mal wieder …« Er wendet sich zum Wagen zurück, zögert dann aber. »Vielleicht wäre es besser, Sie würden uns einen Blick ins Haus werfen lassen, damit es ganz klar ist, dass er nicht hier ist …«

Rosen schnaubt durch die Nase. »Einen Fleppen habt ihr nicht?«

Krauser überlegt. »Nein, wir haben keinen Hausdurchsuchungsbefehl. Aber es wäre einfach besser, verstehen Sie …«
Rosen zuckt mit den Achseln und geht ins Haus voran. Krauser folgt ihm. Nach einigem Zögern steigt auch Krauss aus dem Wagen und schließt sich ihnen an. Rosen weist einladend ins Wohnzimmer, es ist ein großer, von einem weiß lackierten Flügel beherrschter Raum, gerahmte Fotografien von Musikern hängen an den Wänden. Eine schmale scharfgesichtige Frau in einer Kittelschürze betritt den Raum und fasst Krauser ins Auge, aber Rosen hebt gebieterisch die Hand, und die Frau macht wieder kehrt.
Schweigend führt Rosen die beiden Polizisten durch das Haus, bis hinauf ins Obergeschoss. In den Zimmern findet sich nichts Verdächtiges, es sind aufgeräumte ordentliche Zimmer mit Stores an den Fenstern und wieder anderen Marienbildern an den Wänden. Das Haus hat ein ausgebautes Dachgeschoss, in einem der Zimmer dort oben fällt Krauser ein Poster auf, das Django Reinhardt zeigt …
»Den Schmälzkasten auch noch?«, fragt Reino Rosen.
»Häh?«, macht Krauss.
Rosen stößt verächtlich die Tür zu einem WC auf.
»Ihre Garage hätte ich mir noch gerne angesehen«, sagt Krauser.
Rosen zögert.
»Es wäre wirklich besser«, setzt Krauser nach.
Rosen blickt ihn an. Es ist ein Blick, den Krauser nicht deuten kann. Rosen zuckt mit den Achseln und geht ihnen voran die Treppe hinab. Er öffnet eine Metalltür und lässt ihnen den Vortritt.
Krauser geht eine Stufe hinab und sucht nach dem Lichtschalter. Neonleuchten flammen auf. In der Garage steht ein großer Wohnwagen und daneben ein tiefer gelegter Opel, Weißwandreifen, schwarz getönte Heckscheiben und ein flammender Drache auf der Motorhaube.

»Na, was haben wir denn da?«, sagt Krauss und geht an Krauser vorbei auf den Opel zu.

Hinter ihnen fällt eine Tür zu, ein Schlüssel wird umgedreht. Draußen springt ein Motor an.

»Was ist das?«, fragt Krauser.

»Das ist unser Streifenwagen, du Idiot«, antwortet Krauss.

Gottfried Buck ist ein rundlicher Mann mit schütterem, aber akkurat geschnittenem Haar. Er trägt eine karierte Hose und eine graue Strickweste. Kuttler hat er in einen Ledersessel komplimentiert, er selbst hat auf der Couch Platz genommen. Die Wand über ihm ist von einer großformatigen gerahmten Farbfotografie ausgefüllt. Sie zeigt die Rückenansicht eines Mannes, der eine Militärkapelle dirigiert.

Buck bemerkt den Blick des Besuchers. »Das ist das Heeresmusikkorps 10«, erklärt er. »Sie haben hier auf einem Wohltätigkeitsfest gespielt, und da haben sie mich gebeten, auch einmal zu dirigieren. Der Reinerlös war für die hungernden Kinder in Afrika.« Kuttler nickt achtungsvoll.

Buck lächelt verlegen. »Wissen Sie, bei einem solchen Klangkörper brauchen Sie sich nicht einzubilden, dass Sie denen was vormachen könnten. Die haben mich da auch nur gebeten, weil ich sie damals eingeladen hab und ja auch mit den meisten gut bekannt war …« Er hat nämlich bis zu seiner Pensionierung im vergangenen Frühjahr in der Standortverwaltung der Bundeswehr in Ulm gearbeitet.

»Jetzt hab ich aber immer noch nicht ganz verstanden, warum Sie mich besuchen«, sagt er dann.

»Vor etwa zwei Wochen«, wiederholt Kuttler, was er schon am Telefon gesagt hat, »muss ein Herr Hollerbach, Mitarbeiter des ›Tagblatts‹, Sie aufgesucht oder mit Ihnen telefoniert haben.«

»Das stimmt«, bestätigt Buck. »Und er hat das dann auch ganz richtig in die Zeitung gebracht. Und jetzt ist er so schrecklich ums Leben gekommen, ich weiß gar nicht, was ich dazu sagen soll! Aber Sie glauben doch nicht, dass diese Sache da mit unserem Posaunenchor…?«

Die Frage bleibt unvollständig, und Kuttler fühlt sich nicht verpflichtet, eine Antwort zu geben. »Wenn wir gerade bei diesem Artikel sind – welche Rückmeldungen haben eigentlich Sie bekommen?«, fragt er.

»Sie haben den Artikel doch gelesen?«, fragt Buck zurück.

Kuttler nickt. »Und die Reaktionen sind alle sehr ermutigend gewesen, das darf ich schon so sagen. Die Leute haben uns allseits zugeredet, wir sollten doch weiter samstags in der Klinik spielen, für viele Patienten sei das ein wirklicher Trost…«

»Andere Reaktionen hat es nicht gegeben? Drohungen zum Beispiel? Nächtliche Telefonanrufe?«

Buck schüttelt den Kopf. »Wie kommen Sie nur auf so etwas? Das müssten ja…, also ganz hasserfüllte Menschen müssten das sein.«

Soll es alles geben, denkt Kuttler. »Wie hat der Herr Hollerbach gewirkt? Irgendwie unruhig, oder besorgt?«

»Nein«, meint Buck, »durchaus nicht, der saß hier, im gleichen Sessel, in dem jetzt Sie sitzen, ganz freundlich und aufmerksam, und hat das natürlich auch nicht in Ordnung gefunden, wie diese Frau uns behandelt hat.«

»Wissen Sie eigentlich, wer diese« – Kuttler wirft einen Blick in seine Notizen – »diese Theologin ist?«

Bucks Gesicht fällt ins Förmliche. »Diese Frau ist mir nicht näher bekannt.«

»Aber Sie wussten, dass sie aus Stuttgart ist?«

»Das stand ja im Briefkopf«, sagt Buck. »Sie hat ja einen Brief geschrieben, wissen Sie…«

Kuttler überlegt. »Sie wussten, dass der Mann dieser Frau Hartlaub als Dekan für Ulm vorgesehen war?«

Röte zieht sich über das runde Gesicht. »Also diese Frage versteh ich nun überhaupt nicht mehr …«

»Wussten Sie es?«

»Das stand ja in der Zeitung, wer der neue Dekan ist.« Buck starrt aus empörten Augen auf Kuttler.

»Gestern stand das in der Zeitung. Wussten Sie es, als Hollerbach bei Ihnen war?«

»Darüber haben wir nicht gesprochen. Wir haben von dem Brief der Frau Hartlaub geredet. Und was mit ihrem Mann ist, hat da keine Rolle gespielt. Obwohl das alles dadurch überhaupt nicht lustiger wird …«

»Wie meinen Sie das?«

»Alle zwei Jahre ist der Landesposaunentag in Ulm«, sagt Buck, »da versammeln sich dann alle Chöre vor dem Münster, so etwas gibt es sonst auf der ganzen Welt nicht, aber sagen Sie mir eines: Was für ein Gesicht wird dieser Herr Dekan Hartlaub machen, wenn er dann dabeisteht?«

Der kann sonst ein Gesicht machen, denkt Kuttler, mich geht das nichts an. »Ist Hollerbach eigentlich von sich aus zu Ihnen gekommen?«

Die Rötung auf Bucks Gesicht wird dunkler. »Der hat bei mir angerufen, ob er mich sprechen kann.«

»Aber wie konnte er da von dem Brief aus Stuttgart wissen?«

»Das weiß ich doch nicht. Der Brief war an den Bezirksverband der Posaunenchöre gerichtet, an unseren Präsidenten, und ich hab nur eine Ablichtung bekommen. Aber wir haben natürlich auf unserem Übungsabend darüber sprechen müssen, und alle waren ziemlich erregt, das kann ich Ihnen gar nicht wörtlich wiedergeben, was die so alles gemeint haben. Das sind ja Männer, die auch sagen könnten, nein danke, mein freier Samstag gehört der Familie, und genug zu tun im Garten oder in der Werkstatt haben die auch. In der Stadt weiß man vielleicht gar nicht, was es bedeutet, wenn man den Samstag hergibt und einem dann so gedankt wird …«

»Also Sie wissen nicht, wer Hollerbach den Tip gegeben hat?«
»Das können viele gewesen sein.«

»Sie haben Hollerbach den Brief der Frau Hartlaub gezeigt?«
»Was soll das jetzt?«, fragt Buck zurück. »Natürlich hab ich
das.« Er steht auf und holt einen Aktenordner, dem er ein zer-
knittertes Blatt entnimmt. »Hier, lesen Sie nur.«

Das Blatt ist die Kopie eines Briefes, im Briefkopf ist eine
Adresse im Stuttgarter Osten angegeben. Kuttler liest:

Werter Herr Präsident,

*am vergangenen Sonnabend besuchte ich im Ulmer Universitäts-
klinikum einen schwer erkrankten Freund. Während meines Besuches versammelte sich ein Posaunenchor im Innenhof der Klinik und
spielte unter anderem den Choral »Näher mein Gott zu Dir«.*

*Nun sind die akustischen Verhältnisse in den Krankenzimmern so
beschaffen, dass ein Weghören nicht möglich ist. Die Patienten müssen zuhören, welche Gefühle auch immer die Choräle in ihnen aus-
lösen und wie immer diese zu einem vielleicht nur unter äußerster
Anstrengung gefundenen seelischen Gleichgewicht sich fügen mögen. Für meinen Freund ist der Choral »Näher mein Gott ...« in der
außerordentlich belasteten Situation, in der er sich befunden hat,
unerträglich gewesen, und ich fürchte, er ist nicht der einzige Patient, dem es so ergangen ist.*

*Ich bitte Sie deshalb zu prüfen, ob die Posaunenchöre aus dem rei-
chen Bestand an Chorälen und kirchlichen Liedern nicht solche aussuchen könnten, die tröstlicher und vielleicht auch fröhlicher sind.
Es gibt sie. Die anerkennenswerte Bereitschaft der Chöre, für die
Kranken zu musizieren, käme dadurch auf eine Weise zur Geltung,
die für niemanden schmerzlich ist.*

In der Hoffnung, keine Fehlbitte getan zu haben
Marielouise Hartlaub

Kuttler reicht das Blatt zurück. »Ich versteh ja nicht ganz, warum Sie sich darüber so erregt haben«, sagt er dann. »Aber

mich interessiert etwas anderes. In dem Artikel steht, dass die Frau, die sich beschwert hat, eine Theologin sei. Vielleicht hab ich es überlesen – aber aus diesem Brief scheint mir das nicht hervorzugehen …« Er blickt Buck an. »Woher wusste es dann der Hollerbach?«

»Es ist aber doch wahr«, sagt Buck entrüstet. »Sie ist nun einmal Religionslehrerin. Außerdem hat sie es mir gesagt. Wir hatten ja einen Disput damals, diese Frau Hartlaub ist aus der Klinik gestürmt und auf mich zu und hat mich angefahren wie einen Schulerbub …«

»Und da hat sie gesagt, dass sie Religionslehrerin ist?«

»Hat sie«, antwortet Buck. Das runde Gesicht ist nicht mehr rot, sondern fleckig.

»Ich versteh's noch immer nicht«, meint Kuttler. »Dieser Hollerbach will doch keinen Artikel schreiben, nur weil sich irgendeine Frau über die Musik geärgert hat. Was glauben Sie, worüber sich die Leute alles bei uns beschweren? Wenn da jedes Mal das ›Tagblatt‹ kommen und was schreiben wollte … Also ist der Hollerbach auf diesen Fall nur deshalb angesprungen, weil es eine Theologin ist, die sich mit einem Posaunenchor angelegt hat. Knatsch in der Kirche, das ist doch immer für eine kleine Geschichte gut. Folglich hat er es gewusst, bevor er Sie angerufen hat, oder Sie selbst sind es gewesen, der ihn herbestellt hat. Wie war es nun wirklich?«

»Ich weiß nicht, warum Sie mich hier ins Verhör nehmen wie einen Schwerverbrecher«, antwortet Buck nach einer Pause. »Ich weiß es wirklich nicht. Dabei war das, was Sie mich fragen, alles bekannt. Wie dieser Brief kam, hat das doch sofort die Runde gemacht, dass das die Frau von dem Pfarrer Hartlaub aus Stuttgart ist. Und wie der Herr Hollerbach mich angerufen hat, da hat er den Namen schon gekannt und auch gewusst, dass Pfarrer Hartlaub neuer Dekan werden soll.«

Kuttler betrachtet Buck. Warum hast du mir das eigentlich

nicht gleich erzählt? Fromm und fest gibt Buck den Blick zurück. Nur das Gesicht ist noch immer fleckig.

»Ja«, sagt Kuttler, »dann danke ich Ihnen sehr für Ihre Auskünfte ...«

Über die Alb weht Wind aus Nordost und fängt sich in den letzten, braun und gelb verfärbten Blättern. Es ist frisch, aber die Luft riecht noch immer nicht nach Schnee. Durch die Bäume am Wallgraben schnürt ein großer gelber Hund, bleibt schnüffelnd an einem Gesträuch stehen, läuft weiter, scharrt prüfend an einem Erdloch und hält sich doch die ganze Zeit auf fast gleicher Höhe mit einem Mann, der auf dem Pfad am Fuße der Burgmauer entlanggeht.

Berndorf hat diesen Weg erst jetzt entdeckt. Denn der Gürtel von Bäumen, Kleingärten und Buschwerk, der sich fast um die gesamte Festungsanlage der Wilhelmsburg zieht, ist immer für einen Hundespaziergang gut. Es gibt Eichhörnchen dort und Kaninchen, Vögel, die aufflatternd flüchten, dazu die Markierungen läufiger Hündinnen.

»Zu verdanken hast du das dem Kaiser Napoleon«, sagt Berndorf, als Felix vom Wall zu ihm herunterkommt und für ein paar Schritte neben ihm herläuft. Im Oktober des Jahres 1805 hatte Bonaparte 60000 österreichische Soldaten in Ulm eingeschlossen und zur Übergabe gezwungen, Berndorf hat einmal eine Monographie darüber gelesen ...

»Wie konnten Sie sich nur dazu verrennen, sich in einem so elenden Platz wie Ulm verteidigen zu wollen, der nicht einmal den Namen Festung verdient?«

Angeblich hat Napoleon das dem österreichischen Generalissimus Mack nach dessen Kapitulation an den Kopf geworfen. Berndorf hat sich den Satz gemerkt. Aus der sicheren Entfernung von bald 200 Jahren gefällt ihm dieser professionelle

Zorn über einen Dilettanten. »Und weißt du, was das Schönste ist?«, fragt er Felix, aber der hört nicht zu, sondern bleibt stehen, den dicken Kopf vorgestreckt, wie erstarrt. Sekundenlang bleibt er so stehen.

Das Schönste ist – findet Berndorf – , dass der Deutsche Bund ein halbes Jahrhundert nach dem Debakel des Marschalls Mack die Stadt Ulm zu einem ganzen Komplex von Festungen, Bunkern und unterirdischen Kasematten ausbaut, so dass Napoleon, sollte er jemals wieder auftauchen aus der Weite des Raumes und der Vergangenheit, leicht 300000 Österreicher dort würde einschließen können.

Felix aber ist das Hekuba. Unvermittelt löst sich die Erstarrung, der Hund bricht durchs Unterholz, schlägt sich nach links und wieder nach rechts, bis er schließlich an einem Baumstamm hochspringt, auf den ein Eichhörnchen längst in sichere Höhe gehuscht ist.

»Das ist auch nicht besonders professionell, weißt du das?«, sagt Berndorf, der auf dem Weg stehen geblieben ist. Felix äugt noch einmal zur Baumkrone hoch, dann kehrt er zu Berndorf zurück. Zusammen gehen sie den Weg weiter, der bald scharf nach rechts abbiegt und talwärts führt. Hoch über ihnen starren die toten Geschützluken der Wilhelmsburg über die Stadt und das Donautal den napoleonischen Grenadieren entgegen, die doch niemals mehr kommen werden.

Wieder bleibt Felix stehen. Ein schmaler Streifen Fell sträubt sich über seinem Nacken.

Auf dem Steg, der den Wallgraben überspannt, steht der schwarze Labrador, den Felix schon kennt, und wartet darauf, dass ihn sein Herr an die Leine nimmt und er dann ganz fürchterlich über Felix zetern kann.

Auch Berndorf eilt, Felix anzuleinen und mit ihm ein paar Schritte zur Seite zu gehen, so dass der Labrador und sein Herr passieren können. Das geht nicht ohne heftiges Gezeter des Labradors, der sich fast selbst stranguliert, um von der

Leine zu kommen und diesen hässlichen gelben Köter da drüben zu massakrieren.

Felix wiederum knurrt tief und drohend.

Die beiden Hundebesitzer nicken sich grüßend zu, Berndorf ist es schon die ganze Zeit, als ob sie sich irgendwie bekannt seien, aber woher will ihm nicht einfallen.

Dann geht er mit Felix über die Holzbrücke und durch einen gemauerten Durchlass, der sie in das Wohnviertel unterhalb der Wilhelmsburg führt. Sie kommen an Villen vorbei, eine liegt hinter einem hohen verzinkten Metallzaun und immergrünem Buschwerk, aber so viel ist doch zu sehen, dass die Jalousien heruntergelassen sind. Berndorf nickt. Genugtuung? Er weiß es nicht. Aber das ist eine andere Geschichte.

Am Morgen hat er sich einen Wagen gekauft, einen gebrauchten Kombi, denn er wird in den kommenden Monaten viel unterwegs sein. Vor allem zwischen Ulm und Berlin, vorausgesetzt, Barbara und er finden eine größere Wohnung oder doch noch ein Haus … Jedenfalls hat er einen Wagen gefunden, dem noch einige zehntausend Kilometer zuzutrauen sind. Der Händler hat ihm zugesagt, noch am gleichen Tag die Zulassung zu besorgen, am späten Nachmittag würde er das Fahrzeug abholen können.

Bis dahin sind es noch gut zwei Stunden. Berndorfs Weg führt ihn in die Stadt hinab, aus dem Villenviertel kommt er in ein Quartier, in dem die Häuser noch immer gutbürgerlich sind, aber eben keine Villen. Dass Johannes Rübsam hier seine Dienstwohnung hat, fällt ihm nicht nur zufällig ein. In den letzten Monaten hat sich ergeben, dass er dort gelegentlich eine Partie Schach gespielt hat; außerdem ist Verena Rübsam eine angenehm unaufgeregte Gastgeberin. Aber ist das schon ein Grund, einen Pfarrer an einem Freitagnachmittag am Verfertigen seiner Predigt zu hindern und ihn und seine Frau mit einem sabbernden Boxer heimzusuchen?

Berndorf stellt fest, dass er sich auf Situationen einstellen muss, die neu für ihn sind. Neu ist für ihn, dass er für jemanden anderen sorgen muss. Dass er morgens, mittags und abends mit ihm spazieren zu gehen hat, nicht weil er es so will oder weil etwas erledigt werden muss, sondern einzig, weil es der Hund Felix so erwartet.

Er kann auch nicht mehr einfach zu jemandem gehen und fragen, wie ist das und das gewesen. Es war sein Beruf, zu den Leuten zu gehen und Fragen zu stellen. Jetzt ist das anders. Niemand muss mit ihm reden, niemand muss seine Fragen beantworten.

Pfarrer Johannes Rübsam ist nicht beim Verfertigen seiner Predigt, sondern recht im Garten Laub zusammen.

»Sie wollen nicht zufälligerweise zu mir?«, fragt er über den Gartenzaun. »Es würde mich freuen …«

»Jein«, antwortet Berndorf, »ich wähnte Sie am Schreibtisch, bei Ihrer Predigt, da hätte ich es nicht gewagt, Sie zu stören.«

»Sie hätten das durchaus dürfen«, meint Rübsam, »im Übrigen bin ich hier gleich fertig. Wenn Sie solange warten, würde ich mich freuen, wenn Sie eine Tasse Tee mit uns trinken.«

Dass die Leute sich freuen, mit einem zu reden, ist auch eine neue Erfahrung, denkt Berndorf. Er geht durch das Gartentor und leint Felix am Zaun an. Der Garten ist nicht besonders gepflegt, verwildertes Buschwerk und abgeblühte Rosensträucher ziehen sich um einen Rasen voll Moos und Klee. Es riecht nach Erde und modrigem Laub. Neben einer Rolle blauer Plastiksäcke liegen eine Heckenschere und Gartenhandschuhe. Berndorf hilft, Laub in Plastiksäcke zu füllen. Dann deutet er auf das Gartengerät.

»Sollten wir nicht auch die Rosenstöcke etwas zurückschneiden?«

»Im Prinzip ja«, meint Rübsam, »falls sich jemand darauf versteht.«

»Ich hatte eine Großmutter«, sagt Berndorf, »eine leidenschaftliche Gärtnerin, weil es nichts anderes für sie zu tun gab.

Wie man Rosenstöcke zurückschneidet, hat sie mir beigebracht. Wenigstens glaube ich mich zu erinnern.« Er zieht die
Handschuhe an und macht sich an die Arbeit. Dabei fällt ihm
ein, dass seine Mitarbeit im großmütterlichen Garten eine
äußerst sporadische gewesen ist, eine tunlichst umgangene.

»Wie Sie das tun«, lobt Rübsam, »sieht es jedenfalls sehr professionell aus. Dabei hätte ich gedacht, Sie besuchen mich,
weil ich Ihnen etwas über meinen verstorbenen Amtsbruder
Wilhelm Hartlaub erzählen soll.«

Berndorf, der gerade zu einem weiteren Schnitt angesetzt hat,
lässt die Heckenschere sinken und blickt hoch.

»Ist das in Ihrem Beruf kein Problem«, fragt er zurück, »wenn
Sie die Leute ständig durchschauen?«

Rübsam überlegt. »Ach, so weit her ist das nicht damit. Die
wenigsten machen es mir so leicht wie Sie.«

»Hab ich das?«

Rübsam hebt die linke Hand als wäre er Fußballtrainer, und
zeigt an, dass noch vier Minuten gespielt werden müssten.

»Es ist so einfach wie das Zweimalzwei. Sie waren auf der Beerdigung dieses Ortsvorstehers und kommen mit dessen
Hund zurück. Der Journalist, der darüber schreibt, ist aus
Lauternbürg. Er kommt ums Leben, noch am gleichen Tag.
Das lässt doch Sie nicht kalt ... Und dann stelle ich Sie unserem künftigen Dekan vor, und plötzlich bemerke ich, wie Sie
hellwach werden und angespannt sind, als wollten gleich Sie
und nicht ihr Hund die Katze auf den Baum jagen. Also
wussten Sie bereits, dass unser künftiger Dekan Sohn des wei-
land Seelsorgers von Lauternbürg gewesen ist ...«

Berndorf lächelt. Was ihm Rübsam gerade sagt, hat er bisher
nur vermuten können, Hartlaub ist in Württemberg kein so
seltener Name. Davon abgesehen hatte er bei jenem abendli-
chen Zusammentreffen durchaus keinen Grund, den Namen
Hartlaub mit Lauternbürg in Verbindung zu bringen. Diesen
Grund hat er erst seit gestern Abend.

Seit er eine vergilbte Notiz aus dem »Tagblatt« gelesen hat.

Und überhaupt. Wenn er im Gespräch mit den Hartlaubs so angespannt gewesen ist, wie Rübsam es behauptet, so ist der Grund durchaus kein kriminalistischer gewesen.

Aber muss er das dem Dr. theol. Watson auf die Nase binden?

»Bingo«, sagt er fröhlich. »Aber wenn Sie so gewappnet darauf sind, dass ich Sie nach Hartlaub senior frage – was also gibt es von Ihrem Amtsbruder zu wissen, Gott hab ihn selig?«

»Das weiß ich gar nicht«, antwortet Rübsam, »ob Gott das tut.«

Berndorf hat sich wieder den Rosenstöcken zugewendet. »Der Verblichene war ein wenig nachlässig bei der Vorbereitung der sonntäglichen Predigten, wie?«

»Sicher nicht«, sagt Rübsam. »Wilhelm Hartlaub hatte einen Ruf als gewaltiger Prediger des HErrn. Sein Gott war übrigens der Gott, der Eisen wachsen ließ. Und all so was. In den Dreißigerjahren gehörte er der Landessynode an, war dort sogar einer der Wortführer der Deutschen Christen.«

Berndorf sammelt ein Bündel dorniges Holz auf und verstaut es in einem der blauen Säcke, die ihm Rübsam hinhält.

»Für einen solchen Prediger hätte sich damals doch ein Gotteshaus finden lassen müssen, das mehr hermacht als die Dorfkirche von Lauternbürg?«, fragt er dann. »Nicht gerade den Dom von Quedlinburg, aber irgendetwas in der Art…«

»Sie werden lachen«, antwortet Rübsam. »Oder auch nicht. Man hat das Ulmer Münster für ihn gefunden. Das muss sich hinter Quedlinburg nicht verstecken.«

»Er war Münsterpfarrer?«

»Für ein paar Wochen war er Prälat in Ulm. Eben hier, wohin sein Sohn jetzt berufen worden ist. Nur für ein paar Wochen, aber er war es. Dann haben der Landesbischof und der Kirchenausschuss, denen Hartlaub senior von den Heil-Hitler-Christen aufgezwungen worden war, die Justiz eingeschaltet und vor dem Stuttgarter Landgericht sogar Recht bekommen.« Rübsam bindet den Plastiksack zu. »Komisch eigentlich«, fährt er fort. »Das Dritte Reich war bereits fest etabliert. Trotzdem hat es Gerichte gegeben, die damals noch gegen die Nazis entschieden haben.«

»Wäre der Bischof ein Jud' gewesen«, meint Berndorf, »hätte Ihr Amtsbruder wohl Prälat bleiben dürfen bis zum Endsieg. Mindestens.«

»Ihr Späßchen zum Tage?«, fragt Rübsam.

Berndorf zieht ein wenig die Augenbrauen hoch. Ich weiß durchaus, denkt er, welches Datum wir haben. Am Abend wird eine Gedenkfeier auf dem Weinhof stattfinden, dort, wo am 9. November 1938 die Synagoge niedergebrannt wurde und die Großväter der heutigen Ulmer ihre jüdischen Nachbarn im Brunnen haben Spießruten laufen lassen. Später log man sich darauf hinaus, die Täter seien SA-Leute aus dem Oberschwäbischen gewesen.

»Ein Späßchen?«, fragt er zurück. »Kaum. Dass der Sohn ausgerechnet an die Kirche berufen werden soll, die die Nazis dem Vater zugedacht hatten, ist schon eher eines. Wird das in Ihrer Kirche nicht als peinlich empfunden?«

»Wo denken Sie hin! Wir können doch keine Sippenhaft zulassen«, antwortet Rübsam. »Es ist sogar so, dass Guntram Hartlaub eben deshalb gewählt worden ist. Sie kennen doch die Geschichte von Marielouise, seiner Frau, die sich mit den Posaunisten angelegt hat? Natürlich kennen Sie sie, Sie saßen ja daneben… Man legt sich aber nicht mit den Posaunenchören an, nicht in unserer Kirche, und um ein Haar wäre Guntram nicht gewählt worden, hätte nicht unser Prälat bei Jeremia nachgeschlagen und dort die Verheißung gefunden, dass den Kindern nicht die Zähne stumpf werden sollen, nur weil die Väter Herlinge gegessen haben…«

»Heringe?«, fragt Berndorf nach.

»Herlinge«, korrigiert ihn Rübsam. »Saure oder unreife Trauben. Luther-Deutsch. Und der Prälat hatte tatsächlich mich ausgeguckt, um den Synodalen damit zu wedeln. Sehr ehrenvoll. Aber ich habe dankend abgelehnt.«

»Herlinge ist ein schönes Wort«, meint Berndorf. »Trotzdem kann ich Ihnen gerade nicht ganz folgen.«

»Der Prälat spielte über die Bande«, erklärt Rübsam. »Glücklicherweise hatte er zuvor wohl noch einige andere Leute munitioniert, und so hat schließlich ein Kirchengemeinderat aus der Luthergemeinde, ein arbeitsloser Historiker und Veteran der Friedensbewegung, der braunen Katze die Schelle umgebunden und das Wirken von Hartlaub senior zur Sprache gebracht. Arbeitslose Historiker und Veteranen der Friedensbewegung stellen für die Mehrheit unserer Synodalen ein noch aufreizender rotes Tuch dar als meine Wenigkeit. Und in dieser Stadt wie anderswo will niemand mehr so genau wissen, wovon die Väter und Großväter sich damals ihren fürchterlichen Durchfall geholt haben. Jedenfalls hat sich die Mehrheit des Wahlausschusses mit Abscheu und Empörung dagegen verwahrt, wegen des Vaters Hartlaub stumpfe Zähne bekommen zu sollen, und damit das auch jedermann ins Stammbuch geschrieben werden konnte, musste Guntram Hartlaub ganz einfach gewählt werden, was immer seine Frau Marielouise sich herausgenommen hatte.«

»Wie geht das Ehepaar Hartlaub junior selbst mit all dem um?«, fragt Berndorf und schneidet die Wildtriebe eines Rosenstocks ab. »Vor allem die Frau sieht mir so aus, als hätte sie Grundsätze. Ich weiß nicht warum, aber ihr würde ich eine gefälschte Spendenquittung nicht andrehen wollen.«

»Ach ja?«, fragt Rübsam und betrachtet Berndorf aufmerksam. »Wen in der Landeskirche halten Sie denn empfänglich für so etwas? Sie sollten das, was damals war, nicht mit dem Fälschen von Spendenquittungen vergleichen. Der Erste, der jeder Verharmlosung der Deutschen Christen entschlossen widersprechen würde, wäre übrigens Guntram Hartlaub selbst. Als ich ihn kennen lernte, sprach er mit einer solch ungefragten Aufrichtigkeit über seinen Nazi-Vater, dass es einem geradezu auf die Nerven gehen konnte. Ich meine, unter Studenten versteht es sich doch von selbst, dass man ganz unerträgliche Elternhäuser hat, da braucht doch keiner darüber zu reden … Sonst wirkte Guntram eher angepasst und unauffällig, ein strebsamer, fast zu adrett gekleideter junger Mann – ungewöhnlich unter Theologen –, der es aber offenbar als seine Berufung ansah, die Verstrickungen des Vaters wieder gutzumachen. Rasend peinlich, so etwas, sogar seine Dissertation handelt von der Verstrickung des Vaters und dem notwendigen oder nicht erfolgten Strafgericht über die Hirten, falls ich nicht irgendetwas durcheinanderbringe.«

»Irgendwann scheint sich dies aber wieder gelegt zu haben«, meint Berndorf und schnipselt die abgeschnittenen Triebe klein, so dass sie leichter in den Plastiksack passen.

»Ich habe dann einige Semester in Heidelberg studiert«, antwortet Rübsam, »und mir über Guntram Hartlaub weiter keine Gedanken gemacht. Als ich nach Tübingen zurückkam, um das Examen zu machen, war er dort bereits als Vikar der Evangelischen Studentengemeinde zugeteilt. Es sind nicht die Dümmsten, die diesen Job bekommen. Ich wunderte mich ein wenig, aber Guntram hatte sich verändert, er hatte das Zuhören gelernt, freundlich, interessiert, geduldig …«

»Wenn das so ist, so ist das nicht wenig«, meint Berndorf und blickt hoch, denn Verena Rübsam erscheint im Garten.

»Der Tee ist fertig«, sagt sie und nickt Berndorf zu. »Ich hab auch schon eine Tasse für Sie dazugestellt.«

Kuttler stellt seinen Dienstwagen neben einem rostigen Toyota ab. Beete mit staubigem und stacheligem Immergrün säumen den Parkplatz. Auf dem Weg zu einem Gebäude aus den frühen 70er-Jahren, das für ein Wohnhaus zu unwirtlich und für einen Gewerbebetrieb zu wenig professionell aussieht, kommt er an einem Spielplatz vorbei, auf dem eine Gruppe von Halbwüchsigen lungert.

An der Eingangstür steht eine Blumenschale mit verwelkten Herbstblumen. Er klingelt und muss etwas warten, dann öffnet ihm eine blonde Frau, sie wirkt wach, aufmerksam..., ein bisschen schmallippig, denkt Kuttler, aber nicht feindselig.

Er stellt sich vor und bittet um Entschuldigung, wenn er stören sollte. »Sie sind Frau Hartlaub? Marielouise Hartlaub?« Sie nickt und führt ihn in ein kleines Arbeitszimmer, dessen Wände mit überquellenden Bücherregalen zugestellt sind. Auf dem Schreibtisch steht ein aufgeklappter Laptop, der Bildschirmschoner lässt ein Kaleidoskop ins Auge purzeln.

Er ermittle im Fall eines Journalisten, der unter noch unklaren Umständen zu Tode gekommen ist, erklärt Kuttler, als sie Platz genommen haben. »Ein gewisser Eugen Hollerbach...«

Auf der Stirn von Marielouise Hartlaub hat sich eine steile Falte gebildet... »Ich wollte mit Ihnen sprechen, weil er vor etwa zehn Tagen einen Artikel geschrieben hat, der sich angeblich auch mit Ihnen beschäftigt. Ich sollte wissen, ob das so stimmt und ob er zuvor mit Ihnen Kontakt aufgenommen hat...«

»Geht es um den Mann, der in seiner Wohnung verbrannt ist?«

Kuttler nickt. Gleichzeitig überlegt er, ob er sagen soll, dass der Mann schon vorher tot war. »In der Wohnung war ein Brand, und er ist dort tot aufgefunden worden.«

»Ich habe davon gehört. Aber es war mir nicht klar, dass der Tote dieser Mann war.« Sie macht eine Pause. »Merkwürdig. Aber wenn es um diesen Herrn Hollerbach geht – der hat tatsächlich einen Artikel geschrieben, der sich irgendwie auch mit mir befasst. Für mich kam das etwas unerwartet, ich hatte nicht damit gerechnet, dass ein persönlicher Brief an die

Zeitung gegeben wird. Und ich hätte mir auch nicht vorgestellt, dass die Zeitung dann tatsächlich darüber berichtet,
ohne mitzuteilen, was ich wirklich geschrieben habe und
ohne mich vorher auch nur nach meinen Beweggründen zu
befragen… Aber man lernt nie aus.«

»Der Herr Hollerbach hat also nicht mit Ihnen gesprochen?
Hat Sie auch nicht angerufen oder Sie besuchen wollen?«
Marielouise Hartlaub hebt entschuldigend beide Hände. »Ob
er anzurufen versucht hat, weiß ich natürlich nicht. Aber wie
jedermann haben auch wir einen Anrufbeantworter, und es
sieht weder meinem Mann noch meinem Sohn ähnlich, dass
sie eine Nachricht für mich unterdrücken.«

Aus seiner Brieftasche holt Kuttler einen Abzug der Fotografie, die er sich beim »Tagblatt« besorgt hat. »Sie haben diesen
Mann auch nie gesehen? Leider ist diese Aufnahme mindestens zehn Jahre alt.« Er legt eine zweite Fotografie dazu, die
einen alten VW-Käfer mit Ulmer Kennzeichen zeigt. »Oder
vielleicht haben Sie diesen Wagen hier irgendwo gesehen? Es
ist ja fast ein Oldtimer.«

Sie wirft einen Blick auf das Foto des VW, und betrachtet dann
das Porträt. »Nein«, sagt sie, »ein solches Auto ist mir nicht
aufgefallen, aber das bedeutet nichts. Ich habe keinen Blick
für Autos. Und das Gesicht sagt mir gar nichts. Ist – oder vielmehr war das dieser Eugen Hollerbach?«

»Ja«, sagt Kuttler und hat nun auch schon keine Fragen mehr.
Marielouise Hartlaub bringt ihn zur Tür, er verabschiedet sich
und geht zu seinem Wagen. Am Spielplatz albern noch immer
die Halbwüchsigen an der Kinderschaukel.

Einen Augenblick zögert Kuttler. Dann steckt er die Auto-
schlüssel ein und geht zu der Gruppe und sagt: »Hallo!« und
stellt sich vor.

Das »Hallo!« wird zögernd erwidert. »Ich suche einen Mann,
der möglicherweise hier aufgetaucht ist«, fährt er fort und
holt die beiden Fotografien heraus.

»Hey Mann«, sagt ein dunkelhäutiger Junge mit einer Base-ballkappe, »Infos gibt's nur gegen Cash.«

»Dreh deine Mütze um, mit dem Schild nach hinten«, antwortet Kuttler. »Sieht cooler aus.«

»Ist das ein Mörder?«, will ein Mädchen wissen, das die blonden Haare zu Rasta-Zöpfen geflochten hat.

»Wir sind noch ganz am Anfang der Ermittlungen«, weicht Kuttler aus. »Es kann sein, dass der Typ heute ein bisschen anders aussieht, breiter im Gesicht«, sagt er dann.

»Der ist doch da schon ein versiffter alter Mann«, sagt ein schwarzhaariges Mädchen. »So sehen Kerle aus, die es mit Kindern machen.«

»Woher weißt denn das?«, will der Dunkelhäutige wissen.

»Der VW-Käfer da«, sagt plötzlich ein Junge, der bisher etwas abseits gestanden war und sich dann aber doch auch die Fotos hatte zeigen lassen, »Baujahr 1967, nicht wahr? Man sieht es an den Heckleuchten. Der stand vor ein paar Tagen auf dem Parkplatz da drüben, da, wo jetzt Ihr Opel steht. Es war schon dunkel, aber der Wagen ist mir gleich aufgefallen, mein Vater hat auch noch einen Käfer, aber einen von 1952, er ist nämlich in einem Fanclub…«

Samstag, 10. November 2001

Es ist ein frischer, spätherbstlicher Morgen. Langsam lichtet sich der Nebel, die Sonne lässt das Laub brüchig und goldfarben leuchten. Die Straße windet sich über Kuppen und an Wäldern vorbei, mit Streckenabschnitten, die dem eiligen Fahrer vorgaukeln, hier könne er überholen.

Kuttler ist kein eiliger Fahrer. Trotzdem nervt ihn der grüne Kombi, mit dem ein offenbar älterer Mann über die Alb zockelt. Der Gegenverkehr ist nicht dicht, aber zweimal schon hat er ein Überholmanöver abbrechen müssen, weil über eine Kuppe ein anderes Fahrzeug entgegengekommen war.

»Wir haben Zeit«, sagt Tamar neben ihm. »Dieser Neuböckh wird uns nicht auch noch davonlaufen.«

»Dafür sperrt er uns vielleicht ein«, meint Kuttler. »Ins Spritzenhaus zum Beispiel. Schließlich ist er der Feuerwehrkommandant, hast du mir gesagt.«

»Kuttler«, sagt Tamar müde, »halt's Maul.«

Gestern am späten Nachmittag hatte Reino Rosen im Neuen Bau angerufen und gesagt, er habe da zwei Männer in seiner Garage… Nein, er wisse auch nicht, was die da wollten, vielleicht seien es Einbrecher, aber er habe alles zugeschlossen, das Garagentor und die Tür ins Haus.

Eine Polizeistreife hatte dann die seit zwei Stunden abgängigen Kollegen Krauss und Krauser befreit. Wenig später war auch ihr Streifenwagen gefunden worden, abgestellt auf einem Waldparkplatz an der Landstraße, die von Wintersingen nach Wieshülen führt. Der Streifenwagen war unbeschädigt, es fehlte nichts, und der Zündschlüssel steckte im Schloss. Es war noch nicht klar, wie der Neue Bau reagieren würde; in einer ersten Reaktion hatte Kriminalrat Englin von einem drakonischen Exempel gesprochen, das die Staatsanwaltschaft statuieren müsse. Inzwischen verlautete der Flurfunk, dass Englin das Vorkommnis im Hinblick auf die möglicherweise zu befürchtenden Zeitungsberichte doch etwas niedriger gehängt sehen möchte …

»Am besten, von dieser Geschichte wird nicht mehr geredet«, hatte Orrie von der Frühschicht den aktuellen Meinungsstand für Tamar zusammengefasst. »Es hat sich um ein Missverständnis gehandelt, das es nie gegeben hat.«

Kuttler schaltet zurück und drückt das Gaspedal durch. Der Opel schiebt sich an dem grünen Kombi vorbei, Tamar blickt hinüber und in ein Hundegesicht mit herunterhängenden Lefzen. »Ach Gott!«, sagt sie und winkt mehr pflichtgemäß als begeistert dem Fahrer des Kombis zu.

»Scheiße«, sagt Kuttler, schert wieder ein und wedelt grüßend mit der Hand nach hinten, »das ist ja der Alte Mann und sein gräuslicher Hund, wieso hat er wieder ein Auto?«

»Hat er sich gestern gekauft«, erklärt Tamar.

»Das hättest du mir auch sagen können«, beklagt sich Kuttler.

»Hinter ihm muss ich doch nicht so herfahren. Womöglich fühlt er sich gedrängelt …«

»Er wird es aushalten«, antwortet Tamar. »Wohin fährt der überhaupt?«

»Nach Lauternbürg. Er will dort ein paar Tage Urlaub machen. Mit dem Hund spazieren gehen. Damit sie sich aneinander gewöhnen …«

»Quatsch«, unterbricht Kuttler. »Der mischt sich in unseren Fall ein, merkst du das nicht? Schon die ganze Zeit tut er das …«

»Und?«, fragt Tamar. »Kannst du ihn daran hindern? Außerdem bestreitet er es. Er sagt, ihn interessiert nicht, wer diesen

Hollerbach umgebracht hat. Ihn interessiert, sagt er, warum Hollerbach ihn auf dieser Beerdigung angesprochen hat.« Beim Frühstück hatten sie darüber gesprochen, und unter normalen Umständen hätten Berndorf und Tamar einen handfesten Krach bekommen. Aber unter normalen Umständen hätte Tamar auch nicht bei Berndorf gefrühstückt.

»Der kann einfach nicht aufhören«, beharrt Kuttler. »Die ganze Zeit hat er uns vorgesülzt, wie das sein wird, wenn er im Ruhestand ist und an der portugiesischen Küste dem Atlantik zusieht. Und jetzt ... Ein Glück, dass er nichts von dieser Pfarrerin weiß, oder Religionslehrerin oder was sie ist.«

»Was ist mit ihr?«

»Die lügt wie gedruckt«, sagt Kuttler. »Wenn man sie so sieht, würde man es nicht glauben. Aber ich sage dir – der Schlüssel für die Lösung liegt bei dieser Frau.«

»Kuttler«, antwortet Tamar, »was gelöst wird, sind Kreuzworträtsel. Wir nehmen höchstens jemanden fest. Wenn er uns nicht gerade davonläuft.«

»Ja, Commander«, antwortet Kuttler ergeben und nimmt das Gas zurück. Sie sind auf der Anhöhe über Lauternbürg angekommen.

Berndorf sieht dem Dienst-Opel nach, mit milder Nachsicht tut er das, denn Tamar hatte ihm erzählt, was Krauss und Krauser widerfahren war. Die Polizei war vorgeführt worden, und das ist genau das, was ein hierarchisch aufgebauter Apparat am wenigsten erträgt. Nun sirrten die Kollegen durchs Land wie die aufgestörten Wespen und suchten einen Jiri Adler, genannt Paco ... Da hat es ihnen gerade noch gefehlt, dass nun auch noch er sich in Lauternbürg herumdrücken will.

»Sie werden es aushalten«, sagt er zu Felix.

Der liegt auf dem Rücksitz des grünen Kombis und döst in

der Erwartung, dass er jetzt endlich nach Hause und zu seinem Herrn gebracht wird. Wegen des Hundes wäre ein Kombi nicht nötig gewesen. Felix ist es gewohnt, auf dem Rücksitz gefahren zu werden, und nicht bereit, seine Gewohnheiten zu ändern. Doch den Laderaum, denkt Berndorf, wird er auch so noch nutzen können, und während er es denkt, drängt sich eine Gedichtzeile in seine Erinnerung:

Und er packte ein, was er so brauchte:
Wenig. Doch es wurde dies und das.
So die Pfeife, die er immer abends rauchte,
Und das Büchlein, das er immer las.
Weißbrot nach dem Augenmaß...

Mehr bekommt er nicht zusammen. Vor ihm steuert ein Landwirt seinen Traktor auf die Straße. Berndorf schaltet zurück, um zügig zu überholen, und flucht auf die sture Gewissheit schwäbischer Bauern, dass einem Güllewagen schon jeder ausweichen werde.

Der Kombi hat schon einige Jahre auf dem Fahrgestell, ist aber gut gepflegt. Ein biederes Fahrzeug, eben recht für einen pensionierten allein stehenden Beamten, der sich als Begleiter im Ruhestand einen Hund zugelegt hat und mit ihm ein paar schöne Herbsttage im Lautertal spazieren gehen will. Wie es sich fügt, vermietet eine Waltraud Ringspiel Ferienwohnungen und hat auch nichts dagegen, dass er einen Hund mitbringt, und so hat sich Berndorf auf den Weg gemacht, ungeachtet des säuerlichen Ratschlags, den Tamar ihm mitgegeben hat:

»Bei den Ringspiels machen Sie Urlaub? Wie schön. Aber seien Sie bei der Begrüßung vorsichtig – die Hausherrin hat rechts nur vier Finger. Dafür kann es gut sein, dass Sie Ihnen ein Ohr abquasselt...«

Die Straße führt von der Albhochfläche steil hinab. Berndorf fährt durch eine erste Kehre und eine zweite, dann ist auf der Talseite eine gekieste Rast- und Aussichtsplattform angelegt, von einem niedrigen Geländer umgeben. Er fährt bis knapp an das Geländer heran, steigt aus und lässt auch Felix heraus, damit dieser Pfosten und Kieshaufen beschnüffeln kann.

Unten im Tal sieht er Lauternbürg mit seinem gedrungenen Kirchturm und den braunroten Dächern der Bauernhöfe und den ziegelroten der neuen Wohngebiete. Zu seiner Überraschung erkennt er sogar – spielzeuggroß – das Häuschen mit den leeren ausgebrannten Sparren. Weiter links liegt ein Gewerbegebiet mit Hallen und Containerbüros, auf einem Freigelände sind Traktoren und Mähdrescher aufgereiht. Oberhalb von Lauternbürg weitet sich das Tal, zwischen Weiden schlängelt sich der Flusslauf der Lauter.

Dann hat Felix seine Inspektionsrunde beendet, und Berndorf fährt weiter. Nach drei weiteren Kehren passiert er das Ortsschild »Lauternbürg«, links der Straße stehen die Traktoren und Mähdrescher aufgereiht, die er von oben gesehen hat. Auf einer Werkhalle mit Sheddächern liest er die Aufschrift: »Karlheinz Neuböckh Landmaschinen An- und Verkauf«.

An der Kirche mit ihrem gedrungenen Sandsteinturm und am Fachwerkbau des »Adler« vorbei fährt er zum westlichen Ortsende und von dort auf eine kleine Anhöhe, wo der Aussiedlerhof der Ringspiels liegt. Er parkt den Wagen auf einem Platz, der mit Pflastersteinen markiert ist, steigt steifbeinig aus und sieht sich um. Eine getigerte Katze sonnt sich auf einem Holzstapel und ist plötzlich hellwach, als Berndorf den Hund herauslässt. Sie duckt sich, und ihr Schwanz sieht mit einem Mal doppelt so dick aus wie zuvor.

Vom Haus her kommt eine Frau in Gummistiefeln auf Berndorf zu und will wissen, ob er gut hergefunden habe. Im gleichen Atemzug sagt sie, der Hof sei ja leicht zu finden, und mustert Felix. »Das ist aber ein großer Hund, den Sie da haben, so groß hätt' ich ihn mir nicht vorgestellt, geben Sie nur Acht wegen dem Tigerle, das sieht immer so lieb aus, aber es bringt's fertig und geht auf den Hund los!«

Berndorf sieht sich besorgt um. Die Tigerkatze ist inzwischen auf eine Abfalltonne gesprungen und faucht unverkennbar in Richtung Felix. Nicht nur der Schwanz ist doppelt so dick wie zuvor, sondern das ganze Tier. Felix knurrt, und Berndorf hat einige Mühe, ihn mit sich ins Haus zu zerren, wo es für ihn und den Hund im Hochparterre ein Ferienappartement gibt mit einer kleinen, von Stauden umrankten Terrasse. Die Sesselgarnitur im Wohnraum ist mit braunem Cordsamt bezogen, es gibt einen Fernseher und ein großes gerahmtes Bild, das Kühe vor einem Alpenmassiv zeigt.

Waltraud Ringspiel erklärt ihm die Küche und den Kühlschrank und den Herd, eine Spülmaschine gibt es auch, aber wenn man allein lebt wie der Herr aus Ulm, wird man vielleicht doch lieber im »Adler« essen, die Küche sei dort sehr ordentlich, und er solle auch ruhig sagen, wenn er einen besonderen Wunsch habe oder eine Diät halten müsse. Im Frühjahr seien sogar Herren aus Afrika dagewesen, »also Neger, dass Sie mich richtig verstehen, und die wollten kein Schweinefleisch, das habe ich auch nicht gewusst, dass es solche gibt, die das nicht wollen, und der Koch vom ›Adler‹ hat sich hingesetzt und im Internet nachgeguckt, was er kochen soll, und die Herren aus Afrika sind sehr zufrieden gewesen…«

Schließlich geht sie, und Berndorf kann sein Gepäck unterbringen. Viel hat er nicht mitgenommen ein paar Hemden und die Unterwäsche, zwei Gedichtbände, ein Schach-Lehrbuch über moderne Eröffnungstheorien. Als alles ausgepackt und auch für die Hundedecke ein Platz unter dem Küchentisch gefunden ist, machen sich Berndorf und Felix an einen ersten Spaziergang durch das Dorf.

»Wir kennen uns ja schon«, sagt Karlheinz Neuböckh und tauscht mit Tamar einen kurzen Händedruck. Diesmal steckt er nicht in Feuerwehrmontur, sondern in Kniebundhosen und in einem grauen Pullover. Tamar stellt ihm Kuttler vor, und dann nehmen alle drei am Besprechungstisch Platz. Das Büro ist ein großer, heller Raum, aus den Fenstern sieht man auf einen sorgfältig restaurierten Deere-Lanz-Bulldog, Baujahr 1938. An der Wand neben dem Besprechungstisch ist altes Bauerngerät drapiert, zwei Sensen, hölzerne Gabeln und zwei Dreschflegel. Daneben hängt ein Kalender, der für den Monat November einen wolkenlos südlichen Himmel zeigt und darunter eine Gruppe afrikanischer Erntearbeiter, die vor einem Traktor stehen.

»Wenn ich das so sehe«, sagt Kuttler und deutet auf eine große gerahmte Weltkarte hinter Neuböckhs Schreibtisch, »verkaufen Sie Ihr Gerät nicht nur im Lautertal.«

»Da kann ich nur lachen«, antwortet Neuböckh unfroh. »Was glauben Sie, welcher Bauer hier auch nur einen einzigen neuen Traktor braucht? Es dauert nicht mehr lang, dann haben es die Brüsseler Bürokraten geschafft, und wir können hier den letzten Landwirt als Billettverkäufer im Bauernhofmuseum anstellen. Ohne den Markt im Ausland hätt' ich schon lange dicht machen müssen.«

»Und wo im Ausland ist das?«

Neuböckh schüttelt unwillig den Kopf. »In Südeuropa, aber auch im Osten. Dort gibt es zwar noch Nachfrage, aber nach den Preisen, die die Leute dort bezahlen können, fragen Sie mich lieber nicht. Sie wollen mich doch nicht zum Heulen bringen…«

Als ihn Tamar in der Brandnacht gesehen hatte, war Neuböckhs Gesicht rußverschmiert gewesen. Im Tageslicht ist es noch immer hager, aber von gesunder Farbe, und der Backen- und Kinnbart ist sorgfältig gestutzt. Heul du nur, denkt Tamar, dir glaub ich keine Träne.

»Was sich ganz gut entwickelt«, fährt Neuböckh fort, »das ist die Zusammenarbeit mit ›Pflugscharen International‹ einer Hilfsorganisation.« Er deutet auf den Kalender mit Erntearbeitern. »Kirchlich, oder irgendwie ökumenisch, wissen Sie. Hat sich auf technische Hilfe für die Landwirtschaft in der Dritten Welt spezialisiert, Wasseraufbereitungsanlagen, billige Solartechnik und gebrauchte Landmaschinen.«

»Und was macht der Herr Adler bei alldem? Er arbeitet doch für Sie?«, fragt Tamar.

Neuböckh zieht die Augenbrauen hoch. »Nein, wie kommen Sie darauf? Er fährt für seinen Onkel, den Rosen. Reino betreibt eine Spedition und bekommt immer wieder mal einen Auftrag von mir. Seine Leute sind sonst zuverlässig. Sind zur Stelle, wenn man sie braucht. Tut mir Leid, wenn Paco Ärger mit der Polizei bekommen hat ...« Fragend blickt er zu Tamar.

Sie geht nicht darauf ein. »Sein Onkel hat gestern zu unseren Beamten gesagt, Paco sei jetzt gerade für Sie unterwegs.« Bei den Worten *unsere Beamten* hebt sich, kaum merklich, ihre Stimme. Dabei vermeidet sie es, Kuttler anzusehen.

»Das hätte so sollen sein«, antwortet Neuböckh. »Der Truck steht noch hier im Hof, bereits beladen, mit einem Auftrag nach Mitrovica, im Kosovo. Die Fähre in Ancona ist für Dienstag früh gebucht. Wenn er jetzt erst am Sonntagabend fahren kann, weiß ich auch nicht, wie er das schaffen will ...«

»Warum mit der Fähre?«, will Kuttler wissen.

»Sie bringen auf dem Landweg über Serbien keine Lieferung in den Kosovo«, erklärt Neuböckh. »Niemals. Wir müssen die Fähre nach Patras nehmen und dann über Larissa hoch. Das kostet auch so genug Schmiergeld.«

»Ist das ein Job für einen Mann allein?«, fragt Tamar.

»Paco kennt sich da unten ganz gut aus, und in Larissa wäre ein Mitarbeiter von ›Pflugscharen‹ zugestiegen.«

»Können Sie sich denn einen Grund vorstellen«, setzt Tamar nach, »warum sich der Herr Adler so rar macht?«

Neuböckh macht ein verdrießliches Gesicht. »Es hat da einen privaten Ärger gegeben«, sagt er schließlich. Er nimmt das Telefon und tippt eine zweistellige Nummer ein. »Erwin, komm doch mal zu mir … Sofort.«

Ein rotwangiger, dicklicher junger Mann mit einem verschwollenen linken Auge betritt widerstrebend das Büro.

»Das ist der Erwin Gollinger«, stellt ihn Neuböckh vor, »er arbeitet bei mir in der Buchhaltung, und er wird Ihnen jetzt erklären, wie er zu seinem Veilchen gekommen ist. Geradeheraus und ohne Ausflüchte.«

Gollinger bleibt stehen.

»Setzen Sie sich doch«, sagt Tamar.

Noch immer zögernd und wiederstrebend nimmt der junge Mann Platz. »Das war aber ein tückischer Laternenpfahl, der Ihnen da gegen das Gesicht gelaufen ist«, sagt Kuttler mitfühlend.

»Eh!«, meint Gollinger und murmelt etwas von einem bedauerlichen Missgeschick.

»Lüg uns nichts vor«, sagt Neuböckh, »Paco hat dir die Fresse poliert. Dass es so kommt, hätte ich dir vorher sagen können.« Er wendet sich den beiden Beamten zu. »Das Mädchen kellnert in einer Kneipe und ist eins von der Sorte, die man überall für ein paar Mark bekommt, und diese Knallköpfe müssen sich darum prügeln …«

»Das hätte ich ganz gerne doch von ihm selbst gehört«, stellt Tamar klar.

»Ich weiß auch nicht, wie das kam«, sagt Gollinger, »es war am Donnerstag, und wie ich von der Mittagspause komm, steht der Paco, also der Herr Adler, an meinem Schreibtisch und stiert in meine Brieftasche, und ich sag, he, sag ich, was soll das? Und da hat er sich schon umgedreht und hat mir eine gewischt, dass ich gegen die Registratur geflogen bin, gegen die Kante, Sie können es ruhig sehen.«

Unvermittelt steht er wieder auf und zieht seine Jacke aus und das Hemd und hebt ein Unterhemd aus angegilbtem Feinripp hoch und dreht Tamar einen weißlichen, mit rotgelben Pickeln übersäten Rücken zu, der aus dem Hosenbund quillt und über den sich ein vertikaler, zwischen grün und violett spielender Streifen vom linken Schulterblatt an abwärts zieht.

»Waren Sie beim Arzt?«, fragt Tamar. »Wenn ja, soll er Ihnen ein Attest ausstellen. Und ziehen Sie sich wieder an.«

Beim Arzt sei er nicht gewesen, sagt Gollinger. »Obwohl..., es ist nämlich eine Prellung, wissen Sie. Und das kann noch schlimmer sein, als wenn etwas gebrochen ist. Aber wenn jeder gleich zum Arzt rennt...« Ein Beifall heischender Blick streift seinen Chef.

»Habe ich das richtig verstanden«, fragt Kuttler, »Sie haben Ihre Brieftasche während der Mittagspause hier auf dem Schreibtisch liegen lassen?«

»Ich hab sie vergessen«, sagt Gollinger. »Sie war mir unter die Papiere für die Ladung nach Griechenland gerutscht, und der Herr Adler hat die ja holen sollen.«

»Er hat sie dann aber nicht mitgenommen?«

»Der hat ja hohl gedreht«, antwortet Gollinger. »Der hat hier rumgetobt, also ich hab mich einfach auf den Boden fallen lassen, dass er aufhört.«

»Und dann ist er gegangen?«

»Ich hab gehört, wie er raus ist, und dann ist er weg mit seinem Opel, dass die Räder durchgedreht haben.«

Mit sanfter Stimme meldet sich Tamar zu Wort. »Das Foto hat er mitgenommen?«

»Welches Foto? Ach so.« Gollingers Gesicht rötet sich. »Ja, das hat er mitgenommen.«

»Es war ein Foto seiner Freundin, nicht wahr? Ein Aktfoto. Wie sind Sie eigentlich daran gekommen?«

Gollinger versucht ein Grinsen. »Wie kommt man an so etwas? Fragen Sie sie doch selbst, wem sie's gegeben hat.«

Carmen ist ein mageres Geschöpf, denkt Tamar. Nicht sehr ansehnlich. Auch nicht, wenn man die Hämatome wegdenkt. Aber für diesen Fettsack noch immer zwei Klassen zu gut. Weiß der Henker, worauf sich Heten alles einlassen.

Nicht bloß Heten.

»Sie sagen uns jetzt ganz einfach, von wem Sie das Foto hatten«, sagt Kuttler ruhig, und Gollinger erzählt. Es ist eine der üblichen kleinen miesen Geschichten, denkt Tamar, während sie ihm zuhört, eine Geschichte von einem Mädchen und einem Kerl, das Mädchen lässt ein Aktfoto von sich machen, in Hollerbachs Waschküche und eigens für den Kerl, und als Schluss ist, hat der noch immer das Foto und lässt Abzüge machen und verteilt sie, nur so zum Spaß, und so kommt ein Foto auch zu dem kleinen dicken Gollinger ...

»Und dann hat dieser Idiot geglaubt, er muss damit den Paco aufziehen«, mischt sich Neuböckh ein. »Und ich kann womöglich das ganze Geld für die Fähre nach Patras in den Wind schreiben ... Was liegt überhaupt gegen Paco vor?«

»Wir wollen nur mit ihm reden«, antwortet Tamar. »Leider will er das offenbar nicht. Seinen Lastwagen würde ich mir übrigens gerne mal ansehen.«

»Kein Problem«, sagt Neuböckh und steht auf. »Hol die Schlüssel«, weist er Gollinger an, und der bringt Schlüssel und Frachtbrief, beflissen und erleichtert, weil das Gespräch sich nicht mehr um ihn dreht.

Neuböckh geht voran. Tamar folgt ihm, Kuttler hängt ein paar Schritte zurück und sieht sich um.

Der rückwärtige Bereich des Firmengeländes ist mit dem unlackierten Schrott der 70er- und 80er-Jahre voll gestellt. Neben der Rampe vor der Halle mit den Sheddächern steht ein Lastzug. Das Planenverdeck ist geschlossen.

Neuböckh gibt Tamar die Schlüssel, sie schließt auf und klettert in die Fahrerkabine. Der Wagen ist auf Reino Rosen zugelassen. Vom Armaturenbrett baumelt die gerahmte Fotografie eines Mädchens, dem man noch keine zwei blaue Augen geschlagen hat, in der Ablage über der Schlafkoje liegt eine Mandoline, als sie sie herunterhebt, kommt darunter ein Stapel Pornohefte zum Vorschein. In den Heften findet sich sogar ein wenig Text, den Tamar für Serbisch hält. Sie sucht weiter. Auf dem Beifahrersitz ein Straßenatlas, weitere Landkarten stecken in der Seitentasche auf der Fahrerseite, sie holt eine heraus, es ist eine Karte der Provinz Kosovo-Metohija.

Neuböckh hat inzwischen die hintere Bordwand heruntergeklappt und die Plane zur Seite geschlagen, so dass sich Kuttler im Laderaum umsehen kann. Der Laderaum ist voll gestellt mit Holzkisten, dazwischen sind die meterhohen Reifen von Traktoren geschoben und festgezurrt.

»Hauptsächlich Ersatzteile«, erklärt Neuböckh, der sich nach Kuttler in den Laderaum geschwungen hat. »Die Leute sollen in Stand gesetzt werden, sich selbst zu helfen. Wenn wir denen komplettes Gerät vors Haus stellen, machen wir nur den Landhandel da unten kaputt.«

»Was für Ersatzteile?«, will Kuttler wissen.

»Motoren«, antwortet Neuböckh, »Getriebe, Kupplungen, Messerstangen für Mähmaschinen, Pflugscharen ...«

Kuttler wirft einen Blick auf Neuböckh. Warum haben diese hageren Leute so gerne einen sarkastischen Zug um den Mund? So, als ob nur sie wüssten, dass sowieso alles den Würmern gehört.

»Sie haben hier doch die Jagd?«, fragt er plötzlich.

»Ja. Warum fragen Sie?«

»Ich hab gehört, der Herr Hollerbach hat nach irgendwelchem vergrabenen Zeug aus dem Krieg gesucht. Ist das wahr?«

»Nun kommen Sie auch noch mit diesem Nazi-Scheiß daher!«, antwortet Neuböckh unwillig. »Beim Zusammenbruch war hier eine Kolonne von SS-Leuten vorbeigekommen, und seither heißt es, sie hätten weiß Wunder was im Tal vergraben.

160

Aber sie haben nur ihre Waffen und Abzeichen in die Tümpel geschmissen. Wer sich auskennt, weiß das. Nur der Eugen, also der Herr Hollerbach, hat vor ein paar Jahren damit angefangen, dort herumzustochern. Aber die Tümpel sind geschützt, inzwischen gibt es sogar Molche dort, und ich hab ihm gesagt, dass er es bleiben lassen soll.«

»Und Sie haben es ihm so gesagt, dass er wirklich die Finger davon gelassen hat?«

»Wenn ich etwas sag, dann nur einmal«, antwortet Neuböckh. »Mehr braucht es nicht.«

Kuttler nickt. Er sieht, dass Tamar vor der heruntergelassenen Bordwand steht. Sie tauschen einen Blick.

Eigentlich sollten wir diesen verdammten Lastzug sicherstellen und filzen, sagt Tamars Blick. Aber es wäre nicht klug.

Nein, denkt Kuttler, es wäre nicht klug. Es ist viel besser, wir finden heraus, wer am Sonntagabend damit losfährt.

Zum Kaffee ist Berndorf in die Ringspiel'sche Wohnung eingeladen, der Einfachheit halber – und weil Samstag ist – in die Wohnküche.

Der Kaffee ist kräftig, dazu wird Apfelkuchen gereicht, keinen selbst gebackenen, leider habe sie keine Zeit dazu, sagt Waltraud Ringspiel entschuldigend, die Arbeit mit dem Vieh und die Buchführung und dann muss sie sich um die Landfrauen kümmern, das glaubt der Herr aus der Stadt gar nicht, was da so alles zusammenkommt, aber der Kuchen sei aus der Bäckerei im Dorf, kein Fertigprodukt aus einer Großbäckerei von irgendwo, das müsse man doch auch unterstützen, dass so etwas noch im Dorf gemacht wird … Dann will sie wissen, ob der Besuch schon im »Adler« gegessen habe und ob er zufrieden war. Berndorf berichtet, dass es zwar nichts Afrikanisches gegeben habe, sondern ein Hirschgulasch, aber dieses sei durchaus nicht faserig gewesen, was doch schon etwas heißen wolle.

Auch der Kuchen ist gut, wie anhaltender Regen fällt dazu die Rede von Waltraud Ringspiel auf ihn herab, irgendwann erinnert sich Berndorf, dass auch der Ehemann mit am Tisch sitzt, Jörg Ringspiel ist groß und bedächtig. Und schweigsam, was irgendwie kein Wunder ist.

Der Herr Berndorf habe sich da noch einmal schöne Tage ausgesucht, fährt Waltraud Ringspiel fort, zum Wandern gerade recht, zumal es von Lauternbürg sehr schöne Wege gebe, der Herr Berndorf sitze hier sozusagen an der Quelle, denn ihr Mann sei Wanderwart des Schwäbischen Albvereins und müsse auch immer ein strenges Auge darauf haben, dass die Wegmarkierungen nicht verstellt werden.

Berndorf nützt die Gelegenheit und fragt nach einer Strecke für einen späten Nachmittagsspaziergang, Jörg Ringspiel lässt die Kaffeetasse sinken und sagt, dass er ohnehin noch einen Weg machen will. »Wenn es dem Herrn recht ist…«

Berndorf ist es recht, und eine halbe Stunde später machen sich Ringspiel, Berndorf und Felix auf den Weg und gehen einen erst asphaltierten, dann nur noch gekiesten Weg zu den bewaldeten Anhöhen, die sich westlich des Lautertals hinziehen. Es ist kühl geworden, Berndorf ist froh, dass er sich seinen Anorak angezogen hat und dass Ringspiel kräftig ausschreitet. Ein wenig spürt Berndorf noch das linke Bein, aber vorerst meutert es nicht gegen das Marschtempo.

Nach einer guten halben Stunde sind sie auf der Anhöhe und gehen einen Buchenwald entlang. Zwischen den hohen Stämmen sieht Berndorf linkerhand die Überreste eines grauen Gemäuers, eine Wand mit leeren Fensterhöhlen.

»Die Ruine Wullenstett«, erklärt Ringspiel. »Hat mal zur Blaubeurer Herrschaft gehört.«

Berndorf will wissen, wann sie zerstört worden ist.

»Im Bauernkrieg, sagt man. Aber vermutlich ist sie erst im 18.

Jahrhundert aufgegeben worden. Nach dem Spanischen Erb-
folgekrieg.«

Berndorf sucht in seinem Gedächtnis. Aus ferner Erinnerung
taucht ein kriegsbesessener Geschichtslehrer auf, Schlacht
bei Höchstädt, Prinz Eugen, der edle Ritter, Malbrough s'en
va-t-en guerre. Nicht an allem ist Napoleon schuld.

Sie kommen an einer ersten Wegkreuzung vorbei und an einer zweiten, die Markierungsschilder zeigen einen roten
Strich auf weißer Raute und sind meistens an Baumstämmen
angebracht. An der zweiten Kreuzung zweigt ein Verbin-
dungsweg nach Osten ab, 17 Kilometer nach Schmiechen, 23
nach Blaubeuren. Eines der Blechschilder ist angerostet,
Ringspiel – der in einem kleinen Rucksack Werkzeug bei sich
trägt – schraubt das Schild ab und ersetzt es durch ein neues.
Berndorf studiert den Wegweiser. Felix wartet.

Schließlich geht es weiter. Berndorf fragt, wann Blaubeuren
eine eigene Herrschaft gewesen sei.

»Unter den Grafen Helfenstein.« Er wirft einen fast scheuen
Blick auf Berndorf. »Zu Blaubeuren gehört ja die Geschichte
von der Schönen Lau. Aber zu den Helfensteins gibt's auch
eine…«

Ach!, denkt Berndorf. Da ist einer, der auch einmal eine Geschichte zu erzählen hätte. Aber niemals gelingt es ihm.

»Erzählen Sie sie mir?«

»Man müsste sie vorlesen«, antwortet Ringspiel widerstrebend. »Wenn man nicht den Ton der alten Chroniken trifft, ist
vielleicht gar nichts Besonderes dabei… Es sollen einmal
zwei der Grafen Helfenstein, zwei Brüder, beim Blautopf spazieren gegangen sein, und wie sie so gehen, sieht der Ältere
der beiden einen leuchtenden Stein auf dem Boden liegen. Er
hebt ihn auf, und mit einem Schlag ist er nicht mehr zu sehen.
Sein Bruder schaut sich um, wo bist du denn, ruft er… Und
der Ältere antwortet, ich steh doch hier neben dir. Aber der
Jüngere sieht noch immer nichts. Da drückt ihm der Ältere

den Stein in die Hand, und jetzt ist es der Jüngere, den man nicht mehr sieht...«

»Kein Ring, sondern ein Stein, der unsichtbar macht«, fasst Berndorf zusammen. »Und was ist daraus geworden?«

Ringspiel antwortet nicht gleich. »Ich stell mir das so vor«, sagt er schließlich. »Die beiden Brüder haben sich ausgemalt, wo sie im Schutz des Steines überall hingehen können und ausspähen, was die Leute tun. Und sich nehmen, was ihnen gefällt. Aber wie sie darüber reden, fragen sie sich, wie sie das eigentlich untereinander halten wollen. Wer darf den Stein haben, wie lange und wann? Wie kann der Bruder, der den Stein nicht hat, durchsetzen, dass der andere ihn hergibt? Und wie der eine so aus den Augenwinkeln auf den anderen schaut, wissen sie plötzlich, dass sie nur eine Wahl haben.«

Der Stein ergreift die Herrschaft über den, der ihn benutzt, denkt Berndorf. Nichts Neues in Mittelerde. »Sie mussten also den Stein loswerden, sonst hätten sie sich gegenseitig totgeschlagen. Wohin haben sie ihn denn geworfen?«

»In den Blautopf«, antwortet Ringspiel. »Jedenfalls heißt es so in der Sage.«

»Wie haben die beiden weitergelebt?«, fragt Berndorf. »Das ist ja nicht so lustig, wenn der eine dem anderen die Mordlust an den Augen abgelesen hat.«

»Die Linien haben sich getrennt. Glück hat es ihnen nicht gebracht. Sie sind alle erloschen.«

Berndorf will wissen, wo er die Sage nachlesen kann.

»Das finden Sie im Internet«, antwortet Ringspiel. »Ich bring Ihnen heute Abend einen Ausdruck.«

Inzwischen hat sich der Wald gelichtet, auf der Hochebene vor ihnen breitet sich Wacholderheide aus.

»Den Hund können Sie jetzt von der Leine lassen«, sagt Ringspiel. »Er wildert ja nicht.«

Berndorf bleibt stehen, bückt sich und löst die Leine.

Felix nutzt die unerwartete Freiheit, ein paar Schritte vorauszulaufen und an einem Wacholderbusch das Bein zu heben. »Das ist doch der Hund, der Jonas gehört hat?«, fragt Ringspiel.

Berndorf runzelt die Stirn. »Sie haben Seiffert gekannt?«, fragt er zurück. Das ist Antwort genug, findet er.

»Den haben viele gekannt.«

Das mag wahr sein, denkt Berndorf. Wieder kehrt Schweigen ein.

Sie kommen zu einer Weggabel, an der ein Pfad von dem ausgeschilderten Wanderweg abweicht. Felix geht zu dem Pfad und bleibt dann stehen und sieht sich wartend um.

»Der Weg da führt nach Wieshülen«, sagt Ringspiel. »Jonas ist oft hier gewesen.«

Berndorf überlegt, ob er Felix jetzt wieder anleinen muss. Aber er lässt es darauf ankommen. »Felix, hier«, befiehlt er, und zögernd, widerstrebend gehorcht der Boxer und folgt ihm auf den Wanderweg und verlässt den Pfad, der ihn in zwei oder drei Stunden nach Wieshülen bringen würde.

»Er hat sich schon ganz gut an Sie gewöhnt«, bemerkt Ringspiel.

»Wir geben uns beide Mühe«, antwortet Berndorf.

»Ich glaub ja sonst nicht, was im ›Tagblatt‹ steht«, meint Ringspiel. »Schon gar nicht, wenn es unser Eugen geschrieben hat. Aber als ich Sie mit dem Hund gesehen hab, wusst' ich gleich Bescheid.«

Berndorf sagt nichts. Bescheid worüber? »Auf der Beerdigung waren Sie nicht?«, fragt er schließlich. »Sie sagten ja, Sie hätten ihn gekannt.«

»Hab ich das gesagt?«, fragt Ringspiel zurück. »Zwischen uns und dem Jonas war es schwierig. Es ist eine alte Geschichte.« Mit dem Thema hast jetzt du angefangen, denkt Berndorf. »Das war Ihr Vater, der damals Schultes war?«

Ringspiel wirft ihm einen Blick zu, den Berndorf nicht so recht deuten kann.

»Also doch«, sagt er dann. »Ich hab's mir gleich gedacht, dass das nicht wahr ist.«

Berndorf wartet. Aber es kommt keine weitere Erklärung. »Jetzt kann ich Ihnen grad nicht folgen«, sagt er dann.

»Dass Sie pensioniert sein sollen«, sagt Ringspiel, »das hab ich nicht geglaubt. Und Sie sind zu uns gekommen, weil Sie glauben, dass der Tod von dem armen Eugen Hollerbach mit der Geschichte von damals zu tun hat. Es ist uns ja recht, dass die Polizei hinter der Sache her ist. Solange Sie den Mörder nicht haben, ist keine Ruhe im Dorf. Das tut doch nicht gut, wenn kein Fremder hierher kommen kann, ohne dass die Leute über ihn reden und die Nummer vom Auto aufschreiben. Aber Sie meinen ja, dass es einer von hier war …«

»Ich bin zwar wirklich pensioniert«, antwortet Berndorf, »aber wenn Sie es mir nicht glauben, kann ich's auch nicht ändern.« Was sonst soll er auch sagen? Außerdem beginnt er sein Bein zu spüren, noch keinen wirklichen Schmerz, aber ein Ziehen, das bis in die Hüfte hinauf sticht.

»Hat man denn im Dorf gewusst«, fragt Berndorf schließlich, »dass der Hollerbach diese Geschichte von damals hat ausgraben wollen?«

Ringspiel schüttelt nur den Kopf. »Davon weiß ich nichts. Das ist auch keine von den Fragen, mit denen Sie weiterkommen.« Er bleibt vor einem Ameisenhaufen stehen, der halb unter einem Wacholderstrauch verborgen ist.

»Wenn jetzt Sommer wäre«, sagt er dann, »könnte ich einen Stein nehmen und hier hineinwerfen. Einen so schweren Stein, dass jeder meint, die Ameisen werden den niemals wegschaffen.« Er bückt sich, nimmt einen Stein auf und wägt ihn in der Hand. »Trotzdem sieht nach einer Woche keiner mehr etwas von dem Stein. Aber auch nichts davon, was er angerichtet hat.« Er wirft den Stein weg und geht langsam weiter. »Und wie es ausgeht, weiß auch keiner. Vielleicht kommen die Ameisen nicht über den nächsten Winter, weil sie durchs Aufräumen zu viel Kraft verloren haben. Vielleicht geben sie den Bau auch auf, weil es ihnen hier zu gefährlich geworden ist. Wer weiß das schon?«

Ein Naturfilosof, denkt Berndorf. »In dieser Geschichte werden gerne Vergleiche bemüht«, sagt er dann. »Der Herr Müllermeister Schafkreutz hat im Landtag sogar auf die Bibel zurückgegriffen. Das sollte man dort nicht tun. Sie verweisen mich jetzt auf Ameisen. Dabei ist es eine Geschichte, die unter Menschen spielt. Ihre Lauternbürger Ameisen sind übrigens ganz gut durch den Winter gekommen.«

Ringspiel antwortet nicht.

Noch ist es nicht spät am Nachmittag, doch die Lampe auf dem Schreibtisch des Ersten Staatsanwalts Eduard Desarts ist bereits eingeschaltet. Scheinbar aufmerksam hat Desarts zugehört, was Tamar vorzutragen hatte. Doch statt selbst etwas zu sagen, weist er nun schon zum zweiten Mal auf die Bonbonniere, die am Rand des Schreibtischs steht, direkt in Griffweite der Besucherin und etwas außerhalb seiner eigenen.

»Aber nehmen Sie doch«, sagt er, »so wie Sie aussehen, müssen Sie nun wirklich nicht auf Ihre Taille achten …«

»Es ist nicht die Taille«, antwortet Tamar abwehrend, » es sind die Plomben. Ich hasse meinen Zahnarzt.«

Desarts erklärt, dass seine Karamellbonbons ganz zu Unrecht im Ruf stünden, Plombenheber zu sein, man müsse sie nur ganz langsam im Mund zergehen lassen. »Es ist immer die Ungeduld, die Probleme schafft …«

Wie lange soll ich diesen Schwätzer noch ertragen, denkt Tamar. Aber es hat gar keinen Sinn, Desarts drängen zu wollen.

»… das scheint auch in Ihrem Fall so«, fährt Desarts fort. »Was Sie mir da an Hinweisen für eine Täterschaft dieses Herrn Adler genannt haben, liebe Frau Wegenast …, also Sie sind doch auch schon keine heurige Häsin mehr, wenn ich das so sagen darf, aber für einen internationalen Haftbefehl reicht das alles nicht aus, so sehr ich die Verbitterung im Neuen Bau über die bedauerlichen Unannehmlichkeiten verstehe, denen die Kollegen Krauss und Krauser ausgesetzt gewesen sind.«

Der will einfach nicht, denkt Tamar. »Ich bitte Sie!«, sagt sie. »Ich bin doch nicht wegen dieser Geschichte bei Ihnen. Ich bin bei Ihnen, weil Paco Adler aggressiv und gewalttätig ist und weil er an jenem Abend, als Hollerbach getötet wurde, in Lauternbürg gewesen ist und ihn gesucht hat. Und zwar nicht, um Freundlichkeiten mit ihm auszutauschen, sondern um ihn zur Rede zu stellen.« Sie fasst Desarts entschlossen ins Auge. »Um ihn wegen eines Aktfotos seiner Freundin zur Rede zu stellen, eines Aktfotos, das Hollerbach aufgenommen hat und mit dem Adler bewusst provoziert worden ist.«

Desarts hat zugehört, still lächelnd, den Blick gesenkt. Jetzt hebt er ihn wieder. »Und warum einen Internationalen Haftbefehl? Glauben Sie wirklich, das Schengen-Abkommen sei dazu da, die Strafverfolgung von Waschküchen-Pornographie zu gewährleisten?«

»Wie uns die Kollegen vom Wirtschaftskontrolldienst gesagt haben, hat dieser Herr Neuböckh mindestens drei weitere Lastzüge laufen, die alle von Subunternehmern gefahren werden«, antwortet Tamar. »Das sind Leute, die Adler gut kennen. Es spricht einiges dafür, dass er versuchen wird, mit einem von ihnen ins Ausland zu entkommen.«

»Klingen da Vorurteile durch?«, fragt Desarts. »Der Schritt in die berufliche Selbstständigkeit ist gesellschaftspolitisch nur zu begrüßen, und keinesfalls haben wir daran ein Misstrauen zu knüpfen, das im Übrigen weit entfernt wäre von allem Anfangsverdacht, weit entfernt!« Er lacht leise. Das Lachen bricht ab. »Warum haben Sie kein Vertrauen zu mir?«

Überrascht blickt Tamar hoch.

»Ich glaube, dass Sie in Wahrheit gar nicht diesen Paco Adler

suchen«, fährt Desarts fort. Nun ist er es, der Tamars Blick festhält. »Sie wollen, dass die Lastwagen gefilzt werden, die für dieses Hilfswerk unterwegs sind, und das wollen Sie nicht deshalb, weil sich der Herr Adler darin versteckt haben könnte, sondern weil Sie wissen wollen, was diese Lastwagen wirklich geladen haben. Darf ich Ihnen nicht doch …?«
Zum dritten Mal deutet die Hand auf die Bonbonniere.
Matt schüttelt Tamar den Kopf.
»Es ist nämlich so«, fährt Desarts fort, »dass Sie nicht an dieses Waschküchenmotiv glauben. Sie glauben, dass dieser Hollerbach umgebracht wurde, weil er etwas über diese Hilfsorganisation herausgebracht hat. Ich möchte Sie darauf aufmerksam machen, dass ›Pflugscharen‹ eine sehr zurückhaltend operierende, aber durchaus respektierte Hilfsorganisation ist, die Mitgliedsliste des Verwaltungsrates ist sozusagen ein Who's who herausragender Persönlichkeiten. Aber da Sie ja lange genug mit Herrn Berndorf zusammengearbeitet haben, wird Ihnen das erst recht verdächtig sein. Stimmt es übrigens, dass er sich in Lauternbürg herumtreibt? In seinem Alter …« Er schüttelt den Kopf.
Tamar holt Atem. »Es verhält sich gerade anders«, sagt sie dann. »Wenn wir im Mordfall Hollerbach nicht an eine Täterschaft dieses Paco Adler glauben, müssten wir natürlich den Dingen nachgehen, für die sich der Herr Hollerbach sonst so interessiert hat: Da ist zum Beispiel diese alte Geschichte um das Haus, in das Sinti einziehen sollten und das vorher abgebrochen worden ist. Die politischen« – sie sucht nach dem passenden Wort – »die politischen Implikationen, die eine solche Richtung unserer Ermittlungen nach sich ziehen würde, brauche ich Ihnen nicht auszumalen.«
»Politische Implikationen«, ahmt Desarts sie nach, »wie elegant Ihnen das von der Zunge geht! Sie könnten noch Karriere machen … Aber ich habe nichts dagegen, von mir aus kann der Fall Implikationen haben wie Berndorfs neuer Hund

Flöhe, ganz im Gegenteil, vielleicht beschleunigt das meine Pensionierung, bei Berndorf hat so etwas ja auch geholfen ...« Er zieht das Telefon zu sich her. »Sie wollten einen Haftbefehl gegen den Herrn Adler? Wie sagte Lessings Prinz, als es ein Todesurteil zu unterschreiben gab ...? Recht gern, nur her geschwind! Wegen Totschlags, nehme ich an.«

Tamar nickt ergeben.

Eine ganze Weile gehen Berndorf und Ringspiel nun schon schweigend nebeneinander her. Der Weg verlässt die Wacholderheide, sie kommen in einen Buchenwald, Ringspiel muss noch einmal eines der rot-weißen Schilder auswechseln. Durch die gelichteten Kronen der Buchen hindurch sieht Berndorf, dass der Himmel grau-diesig geworden ist. Das Ziehen in seinem linken Bein ist stärker geworden.

»Wir gehen einen kürzeren Weg zurück«, sagt Ringspiel und wirft einen prüfenden Blick auf Berndorf, während er sein Werkzeug einpackt. Dann schlägt er einen Pfad ein, der an einer Schonung vorbei steil abwärts und wieder nach Südosten führt. Felix und Berndorf folgen, denn der Pfad ist so schmal, dass sie hintereinander gehen müssen.

Schließlich gelangen sie auf einen grasbestandenen Waldweg, auf dem Fahrspuren zu erkennen sind. In einer halb vertrockneten Pfütze findet sich der frische Abdruck eines Reifenprofils. Ein Geländewagen, vermutet Berndorf. An der Einmündung auf den Waldweg hält sich Ringspiel nach rechts.

»Da drüben geht's zu einer Jagdhütte«, erklärt er. »Das gehört hier schon zum Revier Lauternbürg.«

Ein wenig Gesprächsstoff kann nicht schaden, und so fragt Berndorf, wer der Pächter sei.

»Das ist der Neuböckh«, antwortet Ringspiel. »Er hat einen

Handel mit Landmaschinen, vielleicht haben Sie es gesehen, als Sie hergefahren sind.«

Berndorf nickt. »Ein Einheimischer also. Irgendwer hat mal behauptet, die Jagden hier seien alle an Zahnärzte aus Stuttgart verpachtet.«

»Das ist auch nicht mehr so, dass von den Stuttgartern jeder Preis geboten wird«, meint Ringspiel. »Übrigens war die Jagd lange an einen Auswärtigen vergeben. Zum Schluss hat sich das nicht mehr so bewährt. Das tut ja nicht so besonders gut, wenn der Jäger alle drei Wochen einmal mit dem Landrover vom Flughafen Echterdingen dahergefahren kommt, um nach seinem Revier zu sehen.«

»Zahnärzte sind nun mal viel beschäftigte Leute.«

»Das war kein Zahnarzt«, kommt die Antwort. »Es war ein Beamter aus Bonn, aus irgendeinem der Ministerien dort. Er hatte die Pacht auch nur, weil er sie von seinem Vater übernommen hatte. Der war mal hier Landrat gewesen, als es noch den Kreis Wintersingen gab …«

»Ja so«, sagt Berndorf, und eigentlich wundert es ihn auch nicht weiter. Dass dem Landrat Dr. Eberhard Autenrieth die Gemeinde Lauternbürg besonders am Herzen gelegen hat, ist ihm jetzt schon ein paarmal aufgefallen.

»Das war der alte Autenrieth, dieser Landrat? Und wann hat der Sohn die Jagd dann zurückgegeben?«

Ringspiel hebt unterm Gehen die Hand, als müsse er etwas abschätzen. »Wann ist der Constantin ins Ausland gegangen? Das ist nun auch schon neun oder zehn Jahre her …«

»Sie kannten ihn?« Sag jetzt nicht, den haben viele gekannt.

»Der war damals, als sein Vater Landrat war, oft bei uns im Dorf. Er hat sogar hier eine Pfadfindergruppe gegründet, ich war auch dabei.« Er wirft einen fast verschämten Blick auf Berndorf. »Das war damals etwas Besonderes. In den Dörfern hatten die jungen Leute bis dahin nichts anderes gekannt, als dass sie auf dem Hof schaffen mussten, schon die Schulkin-

der mussten das… Als Erstes hat er uns Schwimmen beigebracht, kaum eines von uns Bauernkindern konnte das damals, können Sie sich das vorstellen?«

Berndorf versucht es. Der Gymnasiast und die halbwüchsigen Bauernjungen, strampelnd und prustend in der Lauter.
Plötzlich hat er den Geruch des altmodischen Hallenbads in
der Nase, in dem ihm selbst, einem mageren knochigen Jungen, das Schwimmen beigebracht worden ist.

»Das waren evangelische Pfadfinder?«

»Was sonst? »

»Der Pfarrer hat die Neugründung unterstützt?«

Ringspiel wirft ihm einen misstrauischen Blick zu. »Muss er
wohl. Es wäre sonst nicht gegangen.«

Der Wald öffnet sich auf eine Lichtung. Der Hund verharrt,
den Grund erkennt Berndorf einen Augenblick zu spät, denn
da rennt Felix schon in einem rumpelnden gestreckten Hun-
degalopp auf ein Rudel Rehe zu, das in der Dämmerung am
anderen Ende der Lichtung steht. Die Rehe verhoffen kurz,
dann wenden sie sich ab und verschwinden mit hohen eleganten Sätzen im Waldesdunkel. Das Letzte, was Berndorf
von ihnen sieht, ist der weiße Spiegel ihrer Hinterteile.

Von ferne hört Berndorf Motorengeräusch.

Felix hat den Waldrand erreicht, dreht ab, schnüffelt kurz unter den Bäumen, und kehrt dann zu Berndorf zurück, nicht
allzu schnell, hechelnd, die Ohren zurückgelegt.

Das Motorengeräusch kommt näher. Berndorf leint den
Hund an und dreht sich um. Ein Landrover fährt so direkt auf
ihn zu, dass er und Ringspiel zur Seite treten müssen. Als der
Fahrer auf gleicher Höhe mit ihnen ist, hält er und blickt
durch das geöffnete Seitenfenster auf Berndorf hinab. »Das
nächste Mal, wenn Ihr Köter wildert, schieß ich ihn ab.« Er
sagt es ruhig, fast gleichgültig. »Und eine Anzeige kriegen Sie
auch.«

Der Mann hat ein mageres, von einem grau melierten Bart eingerahmtes Gesicht.

»Ist schon gut, Karl«, sagt Ringspiel. »Das ist ein Gast von uns. Und der Hund da fängt keins von deinen Rehen mehr.«

»Das ist mir egal«, antwortet der Mann, von dem Berndorf vermutet, dass er der Landmaschinenhändler und Jagdpächter Neuböckh ist. »Das Jagdgesetz gilt auch für deine Gäste.«

»Falls Sie Anzeige erstatten wollen, ist das vermutlich Ihr gutes Recht«, sagt Berndorf und holt eine Visitenkarte aus seiner Brieftasche. Er reicht sie zum Wagenfester hoch. Auf der Karte steht nur sein Name und die Adresse. »Ich habe den Hund erst vor einigen Tagen bekommen…«

»Sie brauchen hier nicht rumzusülzen«, unterbricht ihn der Jäger. »Und solche Karten kann jeder drucken lassen.« Dann steckt er sie doch ein. »Das nächste Mal hab ich mein Gewehr dabei, und die Sache erledigt sich ganz schnell, kapiert?« Der Landrover fährt an und verschwindet im Wald vor ihnen.

Berndorf sagt nichts mehr. Der Hund schaut zu ihm hoch mit einem Blick, wie ihn nur ein sehr alter Hund haben kann, der doch überhaupt nichts getan hat.

»Nehmen Sie's nicht krumm«, sagt Ringspiel. »Der redet immer, als ob er's mit dem Buchenprügel gelernt hätte.«

»Verkauft er auch so seine Landmaschinen?«, will Berndorf wissen.

»Die gehen ins Ausland«, antwortet Ringspiel, »nach Osteuropa, und auch nach Griechenland.«

Berndorf überlegt, welches Licht das auf die Umgangsformen im internationalen Landmaschinenhandel wirft, kommt aber zu keinem Ergebnis. »Ich hatte Sie vorhin gefragt«, sagt er schließlich, »wie sich der Pfarrer zu Ihrer Pfadfindergruppe gestellt hat. Das war doch der Wilhelm Hartlaub, nicht wahr?«

Ringspiel nickt. »Ein sehr angesehener Mann«, sagt er dann, fast erleichtert, als komme ihm das Thema wie bestellt, um von den Manieren des Lauternbürger Jagdpächters abzulenken. »Ein Prediger, wie Sie ihn heute nicht mehr hören. Einer, bei dem das Alte Testament noch gezählt hat. Streng war er freilich, die Kopfnüsse aus dem Konfirmandenunterricht vergess ich mein Lebtag nicht. Aber die Pfadfinder hat er sehr gefördert, das lag ihm am Herzen. Ich glaub, er hat auch den Constantin dazu gebracht, dass er sich um uns kümmert.«

»Sein eigener Sohn war auch bei den Pfadfindern?«

»Der Guntram? Der war damals noch zu klein, und eine Wölflingsgruppe hatten wir nicht.«

»Sie wissen, dass Guntram Hartlaub jetzt Dekan in Ulm wird?«

»Ich hab's in der Zeitung gelesen«, antwortet Ringspiel. »Wie die Zeit vergeht. Aber wir haben es nicht mehr so mit der Kirche. Wenn es noch Prediger gäb' wie den alten Hartlaub, wär's vielleicht anders.«

»Dieser gewaltige Prediger«, sagt Berndorf unvermittelt, »was hat denn der eigentlich zu der Sache mit dem abgebrochenen Haus gesagt? Ich meine, hat er vom lieben Gott gepredigt, der die Kanaaniter hat totmachen lassen, oder vom Jesus, der die Schrotthändler aus dem Tempel vertreibt?«

»Es ist schade, dass Sie ihn nicht erlebt haben«, antwortet Ringspiel. »Sie hätten von ihm lernen können, dass man keine unnützen Worte macht. Aber wenn Sie's wirklich wissen wollen – er hat über Abraham und Lot gepredigt, vielleicht erinnern Sie sich...«

»Ich bin nicht bibelfest«, meint Berndorf.

»Das hätte mich auch gewundert«, sagt Ringspiel. »Aber es schadet keinem, wenn er's weiß... Abraham und sein Neffe Lot zogen mit ihren Herden nach Norden, nach Kanaan, aber ihre Herden waren zu groß geworden.« Er hebt den Kopf und seine Stimme bekommt einen getragenen Klang: »Und das Land ertrug es nicht, dass sie beieinander blieben...« Der getragene Ton bricht wieder ab. »Die Hirten stritten sich um die

Weideplätze, und Abraham sagte zu Lot, sie seien doch Brüder und müssten keine Händel miteinander haben.« Noch einmal hebt Ringspiel die Stimme. »Steht dir nicht das ganze Land offen? So trenne dich doch von mir. Willst du zur Linken, so gehe ich zur Rechten, oder willst du zur Rechten, so gehe ich zur Linken …«

»Für jemanden, der es nicht mehr so mit der Kirche hat, ist Ihnen das noch sehr gegenwärtig«, sagt Berndorf. »Alle Achtung. Ich weiß nicht einmal mehr meinen Konfirmationsspruch … Die Predigt lief vermutlich darauf hinaus, dass Abraham im Lautertal blieb? Ein Glück, dass die deutschen Innenminister heutzutage keine Bibel mehr lesen, es wäre ihnen ein gefundenes Fressen … Und wann hat Ihr Pfarrer Hartlaub darüber gepredigt? Am Sonntag vor der Woche, in der das Haus abgebrochen wurde?«

»Ja«, antwortet Ringspiel. »Am Sonntag davor. Das hat im Dorf keiner vergessen. Aber dass Sie jetzt nichts Falsches denken: Er hat davon gesprochen, dass Abraham und Lot Brüder seien. Das ist doch« – er sucht nach einem Wort – »menschlich ist das doch, und kein Hass darin.«

»Gewiss doch«, sagt Berndorf. »Und ganz geschwisterlich bricht der eine Bruder dem anderen die Hütte ab. Steht ihm nicht das ganze Land offen? Aber wie war das damals nun mit den Pfadfindern? Haben die den Verkehr geregelt, während das fromme Werk in Gang gesetzt wurde? Oder die Ziegel weggekarrt?« Eigentlich hatte er statt Pfadfindern Junge Pioniere sagen wollen, aber dann war ihm eingefallen, dass das eine andere Geschichte ist aus einem fast anderen Land. Von der Seite sieht er, dass Ringspiels Gesicht sich verändert hat.

»In den Zeitungen stand«, sagt eine mühsam beherrschte Stimme, »dass das gesamte Dorf beteiligt war. Wenn das wahr ist, werden auch die Pfadfinder dabei gewesen sein.«

So kommst du mir nicht davon, denkt Berndorf. »Eigentlich wollte ich wissen, wie Sie das erlebt haben«, setzt er nach.

»Muss sich der Sohn des Bürgermeisters aus so etwas heraushalten, oder macht er ganz vorne mit?«

»Meinen Vater lassen Sie da heraus«, antwortet Ringspiel schroff. »Damit Sie es wissen: Ich bin dabei gewesen, und es ist mir nicht recht. Genügt Ihnen das?«

»Und der Sohn des Landrats?«

»Warum wollen Sie das alles wissen?«

»Es ist nichts weiter dabei«, antwortet Berndorf. »Mich interessiert dieser junge Mann von damals, der Sohn des Landrats, der Vater zeigt den Bauern, wo es langgeht, und der Sohn zeigt es den Bauernsöhnen, früh übt sich, was ein Chef werden will, Schwimmstunden in der Lauter, Fährtensuche auf der Wacholderheide, Constantin Autenrieth – so heißt er doch? – immer vorne dran, weiß immer noch einen neuen Knoten oder einen neuen Trick und wie man nach dem Gummiring taucht. Vielleicht haben Sie und die anderen Burschen ihn bewundert, und vielleicht hat es ihm gefallen, bewundert zu werden… Was tut so einer, wenn im Dorf eine solche Geschichte hochkocht wie damals mit den Zigeunern?«

Ringspiel schweigt. Plötzlich wirft er einen forschenden Blick auf Berndorf. »Was ist mit Ihrem Bein?«

Ohne dass er sich dessen bewusst geworden wäre, hat Berndorf zu hinken begonnen. Sofort zwingt er sich, damit aufzuhören. Hinken macht es nur schlimmer. Außerdem zerrt der Hund an der Leine. Das kommt, weil er keinen humpelnden Chef akzeptiert.

»Ich hatte einen Unfall«, antwortet Berndorf. »Es ist schon eine Weile her, und es ist alles wieder zusammengewachsen. Aber die längeren Wege muss ich erst wieder üben.«

»Morgen wird es Regen geben«, meint Ringspiel. »Leute, die eine alte Verletzung haben, spüren es oft, wenn das Wetter umschlägt.« Dann bietet er an, vorauszugehen und Berndorf mit dem Wagen abzuholen. Berndorf will das nicht und macht sich daran, die letzten zweieinhalb Kilometer mög-

lichst unverkrampft weiterzugehen, auch wenn der Schmerz
bis in die Hüfte hochstrahlt. Er zwingt sich, gleichmäßig zu
atmen, die Füße nicht schleifen zu lassen, was tut er sich da
an! Reicht es nicht, dass er sich diesen Hund zugelegt hat?
Was gehen ihn diese vierfingrigen Leute an, diese Blechmar-
ken-Warte und Landmaschinenhändler, ungläubig Geworde-
ne und bigott Gebliebene? Am Abend wird er in Berlin anrufen. Was wird er tun, wenn Barbara sagt: Komm doch einfach,
Hundefutter gibt es auch beim Aldi hier in Dahlem?
Aber Barbara wird das nicht sagen. Barbara wird übermorgen
zu einer Tagung nach Helsinki fliegen, da ist er in Lauternbürg so gut aufgehoben wie in Dahlem. Ein Rentner ist überall zu Hause, nirgendwo hat er wirklich etwas zu tun.

»Sie haben nach dem Constantin gefragt«, sagt Ringspiel und
unterbricht das Schweigen, das nun schon wieder eine ganze
Weile zwischen ihnen herrscht. »Es ist schon wahr, wir haben
ihn bewundert. Vielleicht braucht man das als junger
Mensch, dass man jemanden bewundern kann… Und der
Constantin, der hatte etwas. So ein Lächeln, und ein Funkeln
in den Augen.«
»Aber irgendwann hat sich diese Bewunderung bei Ihnen
wieder gegeben?«
»Es war Constantin gewesen, der diese Idee aufbrachte«, sagt
Ringspiel. »Die Idee, das Haus abzubrechen. Im Dorf hatten
sie es anzünden wollen. Er hat es uns ausgeredet, mit dem
Strafgesetzbuch von seinem Vater in der Hand. Ich seh es
noch wie heut. Wir sind in der Alten Schmiede, das war unser Treffpunkt, und der Constantin hat sich auf die Drehbank
gesetzt und sagt uns, dass wir das Haus nicht anzünden sollen, sondern abbrechen. Und wenn uns einer fragt, sollen wir
sagen, in dem Haus hat es Ratten gegeben. Und jeden Augenblick hat es einstürzen können. Das sollten wir sagen.«
Ringspiel schweigt. Berndorf wagt einen Schuss ins Blaue.

»Aber als das Haus dann wirklich abgebrochen wurde, war er nicht dabei?«

Ringspiel wirft ihm einen kurzen Blick zu. »Warum fragen Sie, wenn Sie es wissen? Aber Sie haben Recht, er war nicht da. Er war in England, als Austauschschüler.«

Der Wald weicht zurück, vor ihnen kommen das Tal und Lauternbürg in Sicht, die Dächer aufragend aus dem Nebel, der von der Lauter aufsteigt.

»Ich bring Ihnen nachher einen Franzbranntwein«, sagt Ringspiel.

Tamar sitzt im Bademantel vor Berndorfs PC, hält sich an einem Glas Whisky fest und betrachtet mit kaltem Interesse die Homepage einer Münchner Galerie. Fotos zeigen alternde Kunstkritiker und ihre in knapp sitzendes Leder gepackte Ganymeds, Society-Lesben, die mal eben andersrum sind, gerade so auf die Schnelle, wie sie sich einen Leopardenmantel umwerfen, bebrillte Intellektuelle mit diesem Blick, der sagt: dies hier ist ein wichtiges Ereignis, denn ich bin ja dabei … Mit wirklich kaltem Interesse? Das bildest du dir nur ein, sagt sich Tamar und klickt das Foto einer nicht mehr ganz jungen Frau an, so dass das etwas füllige Gesicht mit der unerwartet spitzen Nase sich bildschirmbreit aufbaut.

Du also bist das, denkt sie.

Das Telefon meldet sich. Sie greift nach dem Hörer, besinnt sich dann aber und wirft einen Blick auf das Display.

Es ist ihre eigene Nummer, die dort angezeigt ist. Also ist es Hannah, die anruft. Woher weiß sie …?

Sie muss gar nicht wissen. Hannah sucht nach ihr, und weil sie nicht weiterweiß, ruft sie beim Alten Mann an. Warum aber sucht Hannah nach ihr? Muss sie eine Nachricht weitergeben?

Es gibt keine, die wichtig wäre. Die Vermittlung im Neuen Bau weiß, wo sie zu erreichen ist.

Außerdem ist alles auf den Weg gebracht und die Staatsanwaltschaften in Italien und Griechenland sind eingeschaltet. Wenn Paco irgendwo zwischen dem Lautertal und der Grenze den Lastzug übernehmen sollte, wird ihn die Grenzpolizei erwischen. Und wenn er erst nach der Grenze zugestiegen ist, werden ihn die Italiener in Ancona festnehmen oder die Griechen in Patras.

Berndorfs Telefon hat einen leisen, nervenden Rufton.

Warum ruft Hannah an? Ein grauenvolles letztes Beziehungsgespräch? Die so etwas wollen und darum betteln, dass es einen Stein erweicht, das sind doch immer die, mit denen Schluss gemacht worden ist. Die man abserviert hat. Aber nicht Tamar hat mit Hannah Schluss gemacht. Keineswegs ist es Hannah, die abserviert wurde. Was also gibt es da noch zu bereden?

Der Rufton bricht ab. Tamar wendet sich wieder dem Bildschirm zu. Sie überlegt sich, an welches Mädchen aus ihrer Schulzeit sie das Foto erinnert. Sie geht in der Galerie ihrer Erinnerung die Abteilung der Allerunausstehlichsten durch, aber es will ihr keine einfallen, die auch nur annähernd …

In der Tasche ihres Bademantels beginnt das Handy zu vibrieren. Sie holt es heraus und wirft einen Blick auf das Display. Der Anruf kommt nicht von Hannah.

Widerstrebend meldet sie sich.

»Kommen Sie zurecht?«, fragt Berndorf an Stelle einer Begrüßung.

»Womit?«, fragt Tamar zurück. »In Ihrer Wohnung ist alles okay. Falls übrigens Ihre nächste Telefonrechnung aus dem Ruder läuft, müssen Sie es mir sagen. Ich sitze gerade vor Ihrem PC und suche im Netz herum.«

»Wie es sich fügt«, sagt Berndorf. »Ich wollte Sie nämlich bitten, mir eine bestimmte Adresse herauszusuchen, die eines

Constantin Autenrieth, in Bonn oder Umgebung, ein Minis-
terialrat, vielleicht auch Ministerialdirektor...«

Tamar notiert den Namen und ruft das elektronische Adress-
buch auf. Während sie befriedigt zusieht, wie das Gesicht mit
der spitzen Nase und den zu dicken Backen vom Bildschirm
ausgeblendet wird, will sie wissen, wie es dem Hund geht
und wie sich Berndorfs Urlaub auf dem Bauernhof anlässt.

»Haben Sie noch ihre beiden Ohren?«

»Die Ohren hab ich noch, aber das eine Bein könnt ich weg-
werfen.« Er berichtet von seiner Wanderung mit dem Wege-
wart des Albvereins. »Ein Naturfilosof. Leider haben wir
dann noch Ärger mit dem Jäger bekommen, das ist dieser
Landmaschinenhändler, der will beim nächsten Mal den Felix erschießen, wie finden Sie denn das?«

»Mit Neuböckh?«, fragt Tamar zurück. »Mit dem hatte ich
heute auch zu tun. Paco, der junge Mann, der zu schnell zuschlägt, fährt für ihn und hätte Hilfsgüter in den Kosovo bringen sollen. Man sieht es dem Herrn Neuböckh nicht an, aber
er arbeitet mit einem karitativen Verein zusammen.«

»Ein viel beschäftigter Mann«, bemerkt Berndorf. »Und hat
sogar noch Zeit, meinem Hund nachzustellen...«

»Da ist eine Anschrift Autenrieth«, unterbricht ihn Tamar, »allerdings kein Constantin. Eine Edith Autenrieth, Bonn-Röttgen... Sie haben was zum Schreiben?« Sie gibt Anschrift und
Telefonnummer durch.

»Ich frage Sie ja besser nicht, wofür Sie das haben wollen«,
sagt sie dann, und während sie es sagt, merkt sie, dass es abwehrend klingt.

Das ist es ja auch, denkt sie. Ich hätte ihm schon von den Ermittlungen gegen Paco Adler nichts erzählen sollen. Es geht
ihn nichts an. Also will ich auch nicht wissen, was er treibt.

Wieder schlägt Berndorfs Telefon an.

»Gehen Sie nur dran«, sagt Berndorf, »und wenn es für mich
ist, geben Sie dem Anrufer in Gottes Namen meine Handy-

nummer. Ich will Sie dann auch gar nicht weiter aufhalten ...«

Das Gespräch bricht ab. Auch recht, denkt Tamar und nimmt den Hörer des Netz-Telefons.

»Endlich erreiche ich dich«, sagt Hannahs Stimme. Die Stimme klingt ärgerlich.

»In der Polizeidirektion hatten sie erst lange herumgetan, bis Sie mir gesagt haben, dass du hier bist. Ich bin mir ziemlich blöde dabei vorgekommen, weißt du das?«

Warum, denkt Tamar, lege ich nicht einfach auf?

Sonntag, 11. November 2001

Tief hängen die Wolken über den Hügeln und Wäldern der Alb, gleichmäßig fällt der Regen, nur manchmal fegt eine Bö von Westen her und peitscht Berndorf die Tropfen ins Gesicht. Felix trottet einige Schritte vor ihm, von Zeit zu Zeit bleibt er stehen und schüttelt sich das Wasser aus seinem Fell.

Wieder zwingt sich Berndorf, nicht zu humpeln. Das Bein schmerzt noch immer, oder schon wieder, es ist nicht nur der Wetterumschlag, sondern auch der Muskelkater oder überhaupt eine Beanspruchung, der er noch nicht gewachsen ist. Oder nicht mehr. Doch der Hund braucht Bewegung.

Vom Dorf aus hat Berndorf den Weg eingeschlagen, der zunächst entlang der Lauter führt und sich dann, allmählich ansteigend, weiter links von ihr hält. Felder und Wiesen sind unterbrochen von einzelnen Baum- und Buschgruppen.

»Das war nicht immer so«, hatte ihm Ringspiel gestern gesagt. »Was Sie da sehen, sind Bombentrichter aus dem Zweiten Weltkrieg. Die Bäume kamen nachher.«

Bombenangriffe auf das Dorf Lauternbürg?

»Wenn das Flakfeuer zu stark war, mussten die Flieger abdrehen. Dann haben sie hier abgeladen, was sie über Ulm nicht losgeworden sind. Bei voller Last hat der Sprit für den Rückflug nicht gereicht.«

Einer der Tümpel ist eingezäunt. Unter den Zweigen einer Weide schwimmt ein Stockentenpärchen. Das erinnert ihn an

eine Briefkarte, die er vor ein paar Tagen in seiner Post gefunden hat und die auf den ersten Blick aussah wie der
Neujahrsglückwunsch eines chinesischen Restaurants: ein
Aquarell, Bäume über einem Gewässer, dazu Schriftzeichen
getuscht. Auf der Innenseite der Karte stand ein Vers und darunter handschriftlich: »Statt eines Grußes… F.« Jetzt, im Regen, versucht er, sich an den Vers zu erinnern. Mit einiger
Mühe bringt er zusammen:

Wer kann schon ruhig warten,
bis sich der Schlamm gesetzt hat?
Wer kann das Ruhende bewegen,
bis es sich allmählich belebt?

Der Wald nimmt Hund und Wanderer auf. Die Lauter verschwindet zwischen den Bäumen, nur manchmal noch
schimmert von ferne eine Flusswindung. Der Weg ist voll von
Pfützen, Regentropfen fallen auf das Wasser und machen
konzentrische Kreise.
Vorne bleibt Felix an einer Wegkreuzung stehen und wartet,
hängeköpfig, hundsgeduldig. Der Pfad trifft hier auf den
ausgeschilderten Wanderweg, den Berndorf gestern mit
Ringspiel gegangen ist. Eine Fahrspur zweigt nach rechts ab,
zur Jagdhütte des Lauternbürger Landmaschinenhändlers
mit den viereckigen Manieren und den karitativen Verbindungen. Vorsichtshalber nimmt er Felix an die Leine, und
während er das tut, hört er durch den Wald Motorengeräusch.
Etwas treibt Berndorf, hinter einer Wacholderhecke Deckung
zu nehmen, den Hund dicht bei sich haltend. Die Hecke zieht
sich einen Hang entlang, einige Schritte oberhalb des Weges.
Er hockt sich auf einen moosüberzogenen Baumstumpf und
schiebt einen stachligen Wacholderzweig zur Seite, um Sicht
auf den Waldweg zu haben. Das Motorengeräusch nähert
sich. Zu spät hat er bemerkt, dass das Moos nass vom Regen

ist wie ein voll gesogener Schwamm. Ein Daimler-Landrover kommt in Sicht. Der Regen ist stärker geworden und die Scheibenwischer des Wagens haben zu tun, um das Wasser von der Frontscheibe zu schaffen. Der Fahrer ist durch die beschlagenen Seitenscheiben nicht zu erkennen. Aber den Wagen hat Berndorf schon einmal gesehen. Gestern war das.

Dann ist der Landrover vorbei, ächzend stemmt sich Berndorf hoch. Den nassen Arsch hätte er sich ersparen können. Der Fahrer hat genug zu tun, den Wagen auf dem schlammigen Waldweg zu halten. Wie soll er da sehen, ob einer unter den Bäumen steht...

Steifbeinig steigt er auf den Waldweg hinab und folgt der Fahrspur, Felix an der Leine neben sich. Der Regen tropft auf den Hut, die nassen Hosen kleben ihm am Hintern und in seinen Schuhen quatscht das Wasser und beantwortet ganz von selbst die Frage, warum der Jagdpächter Neuböckh schon wieder den Landrover genommen hat, um nach seinem Revier zu sehen.

Der Weg macht eine Biegung. Durch die Bäume erkennt Berndorf die Umrisse eines ausladenden, tief gezogenen Daches. Er bleibt kurz stehen, klettert dann die Böschung hinab und sucht zwischen den Stämmen Deckung, den widerstrebenden Felix mit sich zerrend. Vorsichtig schiebt er sich zu der Lichtung vor, auf der die Jagdhütte steht. Aus der Nähe erscheint sie eher als ein Jagdhaus, zwar aus Holz gebaut, aber massiv, mit einer Veranda unterm vorgezogenen Dach.

Der Landrover ist abseits unter Bäumen geparkt. Der junge Mann, der zwei voll gepackte Plastiktüten ins Haus trägt, ist schlank, regennasse schwarze Haare hängen ihm in langen Strähnen ins Gesicht.

Berndorf nimmt seinen Hut ab, der zu hell ist und zu auffällig. Beißend kalt fährt ihm eine Bö ins Haar.

Der Jagdpächter Neuböckh – Kniebundhosen, grüne Windbluse – steht auf der Veranda und sieht dem jungen Mann zu, der die Plastiktüten auf der Veranda abstellt, hinter einer massiven Balustrade aus grob behauenen Balken.

Berndorf wirft einen Blick auf seinen Hund. Felix steht neben ihm, den Kopf vorgestreckt, witternd, auf seinem Rücken richtet sich ein Streifen nasses Fell auf. Eilig sucht Berndorf in der Tasche seines Anoraks nach Trockenfutter. Einen knurrenden Hund kann er jetzt nicht brauchen.

Die beiden Männer wenden sich einander zu. Inzwischen schüttet es. Berndorf muss die Augen mit der Hand abschirmen, trotzdem kann er nur verschwommen erkennen, was sich an der Hütte tut. Das Trockenfutter steckt in einer Tüte und muss erst herausgekrümelt werden.

Auf der Veranda ist es offenbar Neuböckh, der die Unterhaltung bestreitet. Seine Hand unterstreicht und bezeichnet und verdeutlicht. Sie beschreibt ein Kommen und ein Abwehren, ein Fragen und ein Nicht-Antworten.

Berndorf spürt eine kühle Hundeschnauze mit weichen Lefzen in seiner Hand. Felix beschnuffelt kurz das Trockenfutter und wendet sich wieder ab.

Neuböckh schließt die Tür der Hütte ab, legt die beiden Riegel vor und sichert sie mit Vorhängeschlössern. Eine Handbewegung scheint zu sagen: »Jetzt bist du dran.«

Der Schwarzhaarige zögert. Schließlich bückt er sich, und als sein Oberkörper wieder oberhalb der Balustrade zu sehen ist, hat er ein Gerät in der Hand oder ein Werkzeug, Berndorf kann es nicht genau erkennen. Mit dem Werkzeug geht der Mann zu der Tür, die gerade eben sorgsam verschlossen wurde. Hammerschläge sind zu hören. Holz splittert.

Neuböckh tippt dem anderen mit der Hand auf die Schultern, grüßend oder anerkennend, und steigt die Stufen der Veranda hinab. Der Schwarzhaarige bleibt oben stehen und sieht ihm nach, ein wenig ratlos, wie es scheint.

Neuböckh klettert in den Landrover und startet. Der Wagen wendet vor der Hütte, ein Gruß mit der Lichthupe holt Hüt-

te und Veranda für einen Augenblick aus dem regentriefen-
den Zwielicht des Waldes, unterm First der Hütte hängt das
Geweih eines Zwölf- oder Vierzehnenders, dann verschwindet der Landrover unter den Bäumen. Der Mann auf der Veranda nimmt wieder Hammer und Stemmeisen auf und
nimmt sich den zweiten, tiefer angesetzten Riegel vor.

In seinem Versteck richtet sich Berndorf auf, vorsichtig. Näs-
se klebt an seinem Rücken, er bewegt die Schultern, als ob er
sie damit vertreiben könne. Aber er stellt nur fest, dass er bis
aufs Unterhemd durchnässt ist. Eigentlich braucht er jetzt
auch keinen Hut mehr, trotzdem setzt er ihn wieder auf, er
will die Hand frei haben.

Der Schwarzhaarige hat das Stemmeisen am Türschloss angesetzt. Nach einigen Schlägen schwingt die Tür auf, er
nimmt die beiden Plastiktüten und geht in die Hütte.

Berndorf tritt ein paar Schritte zurück, gerade so weit, dass er
sein Mobiltelefon benutzen kann, ohne gehört zu werden. Er
schaltet es ein, das Display zeigt etwas an, das anders ist als
sonst. Schließlich wird ihm klar, dass das Gerät ein Funknetz
sucht und keines findet. Das Tal liegt in einem Funkloch.

Er nimmt die Leine wieder hoch und geht behutsam im
Schutz der Bäume an der Lichtung vorbei. Von der Seite sieht
er die Dachfenster der Hütte, offenbar ist das Dach ausgebaut,
aus dem Schornstein zieht ein dünner Rauchfaden.

Die rückwärtigen Fenster der Hütte sind dunkel. Erst jetzt
sieht Berndorf, dass der Weg, der von der Lichtung unterbrochen zu sein scheint, sich als schmaler Pfad fortsetzt und steil
hinauf zu der westlichen Anhöhe über der Lichtung führt. Er
nimmt die Wanderkarte, die ihm Ringspiel in einer Klarsicht-
hülle mitgegeben hat. Soweit er es mit Hilfe einer kleinen
Punktleuchte erkennen kann, die er an seinem Schlüsselbund
trägt, führt dieser Pfad weiter bis zu einem der markierten
Wanderwege. In zwei oder drei Kilometer Entfernung kreuzt
dieser Wanderweg die Landstraße nach Wintersingen.

Plötzlich bemerkt er, dass der Hund zu ihm aufschaut. Es ist selten, dass Felix das tut. Offenbar ist er von früher raschere Entscheidungen gewohnt. »Wie du meinst«, murmelt Berndorf und schlägt den Weg zurück zur Hütte ein.

Das dunkle geduckte Dach taucht wieder vor ihm auf. Er geht um die Hütte herum und bleibt vor der Veranda stehen. Durch die kleinen Fenster fällt spärliches Licht. Musik spielt. Eine aufgeraute Stimme, eine Gitarre. Bob Dylan? *Tryin' to get to heaven?* Haben die hier elektrischen Anschluss? Sicher nicht. Ein Recorder mit Batteriebetrieb.

»Hallo!«, ruft er. Und: »Ist da jemand?«

Keine Antwort.

Die Frage ist auch gar zu blöd. »Komm, Felix«, sagt er laut, »wir stellen uns hier unter, bis es sich ausgeregnet hat.« Sie steigen die Stufen zur Veranda hoch.

Die Musik bricht ab.

»'tschuldigung«, ruft Berndorf, »ich such nur einen trockenen Platz.«

Wieder keine Antwort.

Berndorf löst die Leine und gibt Felix einen Klaps, damit er sich hinsetzt.

Hinter ihm bewegt sich die Tür.

»Hau ab, du!«, sagt eine Stimme zu seinem Rücken. Die Stimme ist angespannt. »Das ist Privatbesitz, verpiss dich …«

»Oh, so freundlich wie immer«, antwortet Berndorf und dreht sich langsam um. »Der Herr Neuböckh, kein Zweifel.« Die Tür hat sich nur einen Spalt geöffnet, so dass Berndorf nicht erkennen kann, wer dahinter steht. »An der Stimme hätte ich Sie fast nicht erkannt … Ich suche nur ein wenig Schutz vor dem Regen, da haben Sie doch sicher nichts dagegen.«

Die Drillingsläufe eines Jagdgewehrs werden sichtbar.

Abrupt steht Felix auf und knurrt.

»Mach dich dünne«, befiehlt die heisere Stimme, »oder ich knall deinen Köter ab …«

Berndorf drängt seinen Hund gegen die Wand der Hütte. »Aber lieber Herr Neuböckh, das wäre gar nicht klug, was glauben Sie, wie sich das in der Zeitung liest – Jagdpächter schießt auf Schutz suchenden Wanderer, das wäre eine Schlagzeile, die Sie gar nicht gerne lesen.«

Langsam schiebt sich die Tür auf. Vor Berndorf steht der Schwarzhaarige, mit einer gezackten Narbe auf der Stirn, das Gewehr im Anschlag. »Schluss mit dem Geschwätz, hau ab, ich hab Zwölfer-Schrot geladen…«

»Das ist ja gar nicht der Herr Neuböckh«, sagt Berndorf, »es sind seine Umgangsformen, aber er selbst ist es nicht, vielleicht sind die Umgangsformen endemisch in den Kreisen der hiesigen Jägerschaft…« Er hat sich einen oder zwei Schritte von der Wand entfernt und auf den Jüngeren zugeschoben, der nun drohend das Gewehr auf ihn richtet.

»Nicht doch!«, fährt Berndorf fort. »So ein Ding geht plötzlich los, und es kommt jemand zu Schaden, da ist dann immer ein kleiner Ärger damit verbunden, das wäre doch auch dem Herrn Neuböckh peinlich, wenn er nur wegen einer solchen Dummheit die Herren von der Staatsanwaltschaft zur Treibjagd einladen muss…«

»Sie haben sie nicht mehr alle«, kommt die Antwort, sachlich, fast belustigt. »Sie haben sich zu viel Schnaps eingedudelt, schlafen Sie Ihren Rausch woanders aus…«

»Schon duzen wir nicht mehr die Leute, mit denen wir keine Schweine gehütet haben«, sagt Berndorf mit freundlicher Stimme und versucht, mit den Augen den Blick des Mannes festzuhalten. »Wir machen Fortschritte.« Plötzlich ist er noch einen Schritt näher an dem Mann. Die dunklen Augen blicken abwehrend. Fast ängstlich.

»FASS!«

Von der Wand löst sich ein gelber Schatten und springt zwischen den beiden Männern auf. Berndorf schlägt das Gewehr zur Seite, er hat fast keine Mühe damit, bewegungslos starrt der junge Mann auf seinen linken Arm, der plötzlich nach unten hängt wie ein fremder Gegenstand, das Handgelenk im Fang von Felix, der halb aufgerichtet steht, reglos, wartend.

»Ruhig, schön ruhig bleiben«, sagt Berndorf. »Gar nichts tun, dann tut Ihnen der Hund auch nichts …, braver Felix!«

Der Mann lässt sich das Gewehr wegnehmen, als habe er nie gewusst, was er damit eigentlich tun soll. Berndorf kippt die Läufe ab, entlädt die Waffe und steckt die Patronen in die Jackentasche. »Sie sind Paco?«

»Für Sie immer noch der Herr Adler«, antwortet der junge Mann trotzig. Er versucht sich aufrecht zu halten, aber sein Oberkörper ist merkwürdig zur Seite gebeugt, von seinem eigenen Arm nach unten gezogen. Oder doch wohl eher von dem Hund, der daran hängt.

»Felix: AUS!«, befiehlt Berndorf. Widerstrebend gibt der Hund Pacos Unterarm frei. Der betrachtet das Handgelenk, fast erstaunt, dass er kein Blut sieht. Mit der anderen Hand beginnt er, die Druckstellen zu massieren.

»Das finde ich auch, dass wir etwas mehr auf Formen achten sollten«, meint Berndorf. »Sie könnten mich beispielsweise in die Hütte einladen und einen Kaffee anbieten oder einen Schnaps. Das macht man so, wenn einer ein Dach über dem Kopf hat und der andere nicht.«

Knisternd brennt Holz im gusseisernen Kanonenofen. Eine Petroleumlampe taucht die beiden Männer, die sich am Tisch mit der rotweiß gewürfelten Decke gegenübersitzen, in ein blakendes Licht und wirft lange Schatten an die getäfelten Wände. Mit kleinen Schlucken trinkt Berndorf den Instantkaffee, für den er sich in der Küche auf einem Propangaskocher das Wasser heiß gemacht hat. Seinen durchnässten Trenchcoat hat er über den Stuhl neben sich gehängt. Ihm gegenüber sitzt Paco, die Arme verschränkt. Er will keinen Kaffee, und vor allem will er nicht reden. Das schon gar nicht.

Seitlich zum Tisch liegt Felix, den Kopf auf die Vorderpfoten gebettet, aber er lässt Paco keinen Moment aus den Augen.

Den Becher in der Hand, blickt sich Berndorf um. Geweihe an der einen Seitenwand. Ein ausgestopfter Dachs. Ein mehrtüriger, in die Wand eingebauter Schrank, im Mittelteil verglast, dahinter Regale. Zu ahnen sind Steingut-Teller, Zinnbecher, Bierkrüge. In der Ecke neben dem Schrank ein alter Lehnstuhl. Auf dem Fenstersims der CD-Recorder.

Paco ist zu einem Entschluss gekommen. »Der Chef hat auch einen Schnaps da«, sagt er in die Stille, »ich bring Ihnen einen, Sie wollten doch einen…«

Berndorf schüttelt den Kopf. »Nicht wirklich.«

»Der Chef hat nichts dagegen«, versichert Paco, »ganz bestimmt nicht.«

»Das glaub ich sogar«, sagt Berndorf. »Gar nichts hätte er dagegen, wenn Sie sich den Kopf zuschütten.«

»Versteh ich nicht…«

»Da gibt es noch ganz andere Dinge, die schwer zu verstehen sind«, meint Berndorf. »Dass da zwei Männer vor einer Tür stehen, und der eine schließt sie ab, damit sie der andere mit dem Stemmeisen aufmacht, das zum Beispiel ist schwer zu verstehen.«

»Ich weiß nicht, wovon Sie reden«, sagt Paco. »Ich weiß auch nicht, was Sie hier überhaupt suchen.«

»Ein Dach über dem Kopf hab ich gesucht«, Berndorf setzt den Kaffeebecher ab, »einen warmen Ofen, einen heißen Kaffee. Gesucht und gefunden.« Er nimmt das Drillingsgewehr, das neben ihm auf der Sitzbank liegt und betrachtet es noch einmal eingehend. Es ist eine Krieghoff Neptun, zwei Schrotläufe, ein Büchsenlauf. Die Waffe ist selbstspannend – wenn sie geladen ist, ist sie auch schussbereit. Das hätte sogar richtig gefährlich werden können, denkt Berndorf und verscheucht den Gedanken sofort wieder. Auf dem Verschluss ist das Bild einer Frau eingraviert, die einen Kranz stilisierter

190

Blätter um den Kopf trägt und die ihre Brüste mit den Händen bedeckt. Darunter ist, von Rankenwerk umgeben, ein Namenskürzel und eine Jahreszahl eingetragen, Berndorf muss das Gewehr höher an die Petroleumlampe halten, um die Initialen »CA« und die Zahl »1987« zu erkennen.

»Schönes Gerät.« Er legt das Gewehr wieder auf die Bank. »Einer wie Sie ist ein gutes Jahr auf Tour, bis er das Pulver dafür beisammen hat. Aber selbst die schönsten Waffen sind nichts als Werkzeuge des Unglücks. Hab ich mal irgendwo gelesen. Es wundert mich, dass der Herr Neuböckh das Ding so mir nix, dir nix aus der Hand gibt.«

»Ich soll hier aufpassen«, sagt Paco in verdrießlichem Ton.

»Und Sie werden noch mächtigen Ärger haben, wenn er rauskriegt, was hier abgelaufen ist.«

»Aber vermutlich hat der Neuböckh Ihnen das Gewehr gar nicht gegeben«, fährt Berndorf fort. »Er hat Ihnen nur gesagt, wo Sie's finden. Wenn das Unglück passiert ist, soll es nicht so aussehen, als ob er es war, der Sie hier hereingelassen hätte. Auf keinen Fall darf es so aussehen, nicht wahr?«

Paco schweigt.

»Es fragt sich nur, was für ein Unglück das sein wird.« Berndorf nimmt einen Schluck Kaffee und betrachtet Paco über den Becher hinweg. »Sie sind ja nicht hier, um sich von der Polizei schnappen zu lassen. Und wenn der Herr Neuböckh Sie verpfeifen wollte« – er unterbricht sich und sieht zu, wie ein Schatten über Pacos Gesicht läuft – »dann hätte er nicht die Komödie mit den aufgebrochenen Schlössern inszeniert.«

»Hören Sie mit dem Gerede auf«, sagt Paco. »Sie legen mich nicht herein, schon gar nicht auf Ihre karierte Art.«

»Ich will doch gar nichts von Ihnen«, antwortet Berndorf und stellt den Becher ab. »Ich denke nur laut. Ein Selbstgespräch. Alte Leute neigen dazu. Ich glaube nämlich nicht, dass der Herr Neuböckh die Schlösser nur sozusagen prophylaktisch hat aufbrechen lassen. Irgendwie kann ich das nicht glauben.«

Er steht auf und verzieht das Gesicht. Unangenehm kleben Unterwäsche und Hosen an seinem Körper. »Ich werde mich hier mal umsehen. In der Zwischenzeit wollen Sie bitte hier am Tisch sitzen bleiben, mein Hund neigt dazu, plötzliche Bewegungen falsch zu verstehen.«

Er steht auf und geht zu dem Wandschrank. Die Seitentüren sehen nach Eiche massiv aus, doch in beiden stecken die Schlüssel, und die Tür rechts ist halb aufgezogen. Dahinter kommt ein Fach mit Gestellen für Gewehre zum Vorschein. Die Gestelle sind leer, bis auf einige Zwanzigerpackungen für Schrot- und Büchsenmunition unten im Fach. Berndorf vergleicht das Kaliber mit dem der Patronen, die er aus dem Drilling genommen hat. Die Kaliber stimmen überein.

Er schließt den Schrank ab und zeigt Paco den Schlüssel. »Wo haben Sie den gefunden? In einem von den Bierkrügen?«

Paco wirft ihm einen gleichgültigen Blick zu. Dann holt er eine Packung Zigaretten aus der Lederjacke, die über seinem Stuhl hängt. »Was dagegen, wenn ich rauche?«

Berndorf fragt nicht weiter, sondern verlässt die Wohnstube und geht durch den Flur in die rauchgeschwärzte Küche mit dem altertümlichen Herd und dem Propangaskocher.

In einem Verschlag steht ein Regal, gelagert sind Weinflaschen, zwei Sechserpack Bier, Ravioli- und Gemüsekonserven. Außerdem finden sich einige Packungen Brot, Käse und Speck, in Plastikfolie eingeschweißt.

Von der Küche führt eine weitere Tür nach draußen. Der Schlüssel steckt. Er öffnet die Tür, vor ihm beginnt der Pfad, der den Hang hinaufführt und dort in der Dunkelheit und unter den Bäumen verschwindet. Er schließt die Tür wieder.

Über eine steile Treppe gelangt er vom Flur ins Dachgeschoss, in dem sich mehrere Mansardenzimmer befinden. Eines davon ist größer als die anderen und nicht mit einer einfachen Pritsche ausgestattet, sondern mit einem französischen Bett, an dessen Kopfende eine mit braunem Frottee bezogene Nackenrolle liegt. In einem Kleiderschrank hängen ein Anorak und ein grauer gefütterter Regenmantel, auf der Ablage findet sich ein Trachtenhut mit Gamsbart.

Er will die Schranktür schon wieder schließen, als er innehält. Eine Weile steht er so, dann nimmt er die Nackenrolle vom Bett, holt aus dem Schrank Mantel und Tirolerhut und trägt alles die Treppe hinab.

In der Wohnstube wedelt Felix kurz mit dem Stummelschwanz. Paco zündet sich eine neue Zigarette an und sieht teilnahmslos zu, wie Berndorf Nackenrolle, Mantel und Hut auf dem Boden vor dem Lehnstuhl ablegt.

»Sie kennen sich hier ja aus«, sagt Berndorf. »Könnten Sie mir eine Schnur bringen oder eine Rolle Bindfaden?«

»Sie sind gut«, antwortet Paco. »Warum soll ich so was tun? Schließlich bin ich nicht meschugge. Ich bin auch nicht dem Doktor davongelaufen wie andere Leute.«

Berndorf nimmt die Nackenrolle, legt sie in den auf dem Lehnstuhl ausgebreiteten Mantel und knickt sie zwischen Sitzfläche und Lehne ein. »Weiter oben an der Landstraße ist vorgestern ein Streifenwagen abgestellt worden«, sagt er im Plauderton. »Irgendwer hatte ihn sich ausgeliehen, die Polizei ist ja dein Freund und Helfer, die gibt ihn gerne her. Vorgestern war das. Gestern fährt hier der Herr Neuböckh mit seinem Landrover spazieren. Heute finde ich Sie hier … Wollen wir wetten? Wenn einer den Pfad da hinten kennt, braucht er keine Stunde, bis er an der Landstraße ist.« Er schlägt den Mantel um die Nackenrolle. »Geht doch«, sagt er befriedigt. »Gilt die Wette? Um einen Tirolerhut vielleicht?«

Paco ist wieder in sein mürrisches Schweigen verfallen. Berndorf knöpft den auf den Lehnstuhl drapierten Mantel zu und schließt auch den Gürtel. Dann geht er zur Wand links, nimmt den ausgestopften Dachs vom Wandbrett und geht damit zu dem Lehnstuhl. Der Präparator hat dem Tier eine geduckte Haltung gegeben, der Kopf mit dem hellen Streifen, der von der Stirn zur Schnauze verläuft, ist gesenkt. Berndorf steckt das Tier in den Mantel, so dass es auf der Bettwurst aufsitzt und mit dem Rücken an der Lehne einen Halt hat. Der Dachs versinkt in dem Mantel, bis schließlich nur noch Kopf und Schnauze zu sehen sind. Berndorf nickt und setzt dem Tier den Hut mit dem Gamsbart auf.

»Nett«, sagt Paco. »Haben Sie öfters Kindergeburtstag?«

»Sie wollten mir eine Schnur bringen«, erinnert ihn Berndorf.

»Bitte«, meint Paco. »Wenn Sie's freut.« Er steht auf und geht zur Küche. Berndorf hört, wie Schubladen auf- und zugezogen werden.

Paco kommt mit einer Rolle Bindfaden zurück. »Und jetzt?« Berndorf holt das Jagdgewehr von der Bank und schiebt es mit dem Kolben zwischen den ausgestopften Mantel und der Seitenlehne des Sessels. »Halten Sie mal!«

Paco hält das Gewehr, während Berndorf mit dem Bindfaden eine Schlaufe knüpft und so um den Lauf legt, dass sie sich in Höhe des Korns festzieht. Dann führt er den Faden zur Nackenstütze des Lehnstuhls und knüpft ihn dort an. Schließlich treten er und Paco zur Seite und begutachten die Vorrichtung.

»Einen Augenblick«, sagt Paco und legt die Mantelärmel so, dass sie das Gewehr zu halten scheinen. »So hatten Sie's doch gedacht, Meister? Sieht aus wie der Räuber Hotzenplotz.«

»Perfekt«, sagt Berndorf und holt seine Taschenuhr hervor. Es ist kurz vor 19 Uhr. »Ein bisschen Zeit haben wir noch. Die Leute, die Neuböckh schickt, werden jetzt noch nicht durchs Dorf fahren wollen.« Er geht zur linken Seitentür des Wandschranks und öffnet sie. In den oberen Fächern steht weiteres Steingut-Geschirr, die drei unteren Fächer sind mit Büchern und Zeitschriften voll gestellt.

»Was soll der Scheiß? Was für Leute?«, fragt Paco. Plötzlich klingt seine Stimme aufgebracht. Felix knurrt.

»Is' ja gut, braver Hund«, sagt Berndorf beruhigend und geht zur Tür. »Sie sollten nicht so hektisch reden. Jetzt weiß ich nämlich nicht, warum der Hund geknurrt hat. Das kann wegen Ihnen gewesen sein, muss aber nicht.« Er öffnet die Tür. »Felix: Such!« Draußen regnet es noch immer. Widerstrebend läuft der Hund auf die Lichtung hinaus und zum Waldrand, schnüffelt kurz, hebt sein Bein, schnüffelt noch einmal und kehrt sehr schnell zur Hütte zurück. »Dann wollen wir mal glauben, dass da draußen noch keiner ist«, sagt Berndorf und wendet sich wieder den Fächern mit den Büchern zu.

»Hören Sie«, sagt Paco fast flehentlich. »Ich hab Ihnen geholfen, und jetzt erklären Sie mir, wofür das alles gut sein soll und was das für Leute sind, auf die Sie warten.«

»Warten ist zu viel gesagt«, erklärt Berndorf. Er zieht einen Stapel Zeitschriften heraus – »country life«, »Die deutsche Waidmannspost«, Kataloge über Jagdwaffen und Munition – und stellt alles wieder zurück. Dabei ist er in die Hocke gegangen, aber das tut seinem linken Knie nicht gut, und so greift er sich einen Stoß Bücher und geht – nachdem er ächzend aufgestanden ist – damit zum Tisch.

»Außerdem weiß ich auch gar nicht, wen Neuböckh schicken wird. Oder ob er vielleicht selbst kommt.« Er hat sich an den Tisch gesetzt. »Ich würde es nur gerne wissen. Manche Menschen interessieren mich eben. Wohltätige Menschen zum Beispiel. Nehmen wir den Herrn Neuböckh. Einmal ist er wohltätig im Kosovo und in der Dritten Welt und was weiß ich wo, dann ist er wieder wohltätig zu Ihnen. Und zu den Rehen ist er's auch noch, fast hätt' ich's vergessen. Wie bringt er das auf die Reihe? Andere Leute wären vielleicht ein bisschen sauer, wenn ihnen ein Pensionsgast in die Jagdhütte schneit … Aber er! Er sorgt für Kost und Logis, solange Sie keine Polizisten sehen wollen. Kauft im Supermarkt für Sie ein. Rührend. Warum tut er das?«

Paco schweigt.

Im Schein der Petroleumlampe blättert Berndorf durch, was er aus dem Schrank mitgenommen hat: zwei Bestimmungsbücher zu Fauna und Flora, ein älterer Grisham, zwei Romane von LeCarré, ebenfalls schon vor gut zehn Jahren erschienen. Er legt alles zur Seite, hält plötzlich Eric Amblers »Waffenschmuggel« in den Händen und zögert, als ob sich in seinem Kopf ein Einwand gemeldet hätte.

»Ich glaube fast«, fährt er schließlich fort, »der Herr Neuböckh ist vor allem deshalb so besorgt um Sie, weil er nicht möchte, dass die Polizei Ihnen zu viele Fragen stellt… Paco, verstehen Sie eigentlich, was ich Ihnen sagen will?«

»Sicher versteh ich Sie«, antwortet Paco. »Bahnhof, sagen Sie. In einem fort Bahnhof. Dabei will ich nur wissen, was das für Leute sind, von denen Sie geredet haben. Ich…, ich muss das wissen. Ich hab ein Recht darauf.«

Zwei Romane von Sjöwall/Wahlöö, ein verstaubtes Exemplar des Grundlagenvertrages zur deutschen Einheit, eine Abrechnung mit dem Tierschützer Horst Stern und ein kleines Taschenbuch mit einem Titel, den Berndorf nicht sofort entziffern kann.

Er blickt Paco ins Gesicht und lächelt freundlich. »Wissen Sie eigentlich, wie man jemanden am sichersten vor dummen Fragen schützt? Man bringt ihn um.«

Paco hebt die Hand, als wolle er sich an die Stirn tippen. Berndorf lächelt nicht mehr. Langsam sinkt die Hand wieder auf den Tisch. »Woher…« Die Frage bleibt unausgesprochen.

»Und wenn Sie jemanden auch noch mit einem Gewehr antreffen, das ihm nicht gehört«, fährt Berndorf fort, »und in einer Jagdhütte, die ihm auch nicht gehört – dann bringen Sie den ja nicht einfach um. Dann töten Sie in Notwehr. Begreifen Sie jetzt, wie das hier gedacht war?«

Paco starrt noch immer auf seine Hand, als fände er dort eine Antwort auf Fragen, die er nicht zu verstehen scheint.

Berndorf wendet sich wieder dem Taschenbuch zu. Der Titel besteht aus zwei Worten, das eine horizontal, das andere vertikal gesetzt, und die beiden Worte sind dann doch eines:

Verhör

Er schlägt das Buch auf, es ist eine Sammlung von Kreuzworträtseln aus dem Magazin des Hamburger Wochenblattes für den literarisch interessierten Oberstudienrat. Mehrere der Rätsel sind gelöst, offenbar mühelos und ohne Korrekturen. Die nach rechts geneigten Druckbuchstaben verraten eine geübte Handschrift. Berndorf blättert weiter, eines der Rätsel ist nur zur Hälfte ausgefüllt, diesmal scheint die Schrift eine andere zu sein, die Buchstaben stehen aufrechter, sind sorgfältiger ausgeführt... Morgen, denkt er. Er schaut auf seine Uhr, schlägt das Buch zu und steckt es ein.

»Ich glaube, es wird Zeit.«

»Zeit wozu?«

»Zeit zu gehen.« Berndorf stemmt sich hoch, zieht seinen klammen Trenchcoat an und setzt seinen Hut auf. »Sie sollten nicht warten, bis Sie abgeholt werden. Das wissen Sie doch. Wir nehmen den Pfad, der den Wald hochführt. «

Paco tastet nach seiner Packung Zigaretten. Sie ist leer. Er zerknüllt sie.

Wieder knurrt Felix. Berndorf blickt auf. Zwischen den Bäumen wird es heller. Dann ist Motorengeräusch zu hören. »Wir haben schon zu lange gewartet«, sagt er. Er dreht die Flamme der Petroleumlampe klein, dann geht er durch den Flur zur Küche und schließt die Tür auf. »Kommen Sie!«, ruft er noch einmal. »Sie können sich ja vom Wald aus ansehen, wer Sie da besuchen will...«

Er geht mit Felix in den Regen hinaus. Hinter ihnen breitet sich ein Lichtschein aus, schwarz und geduckt zeichnen sich die Umrisse der Jagdhütte ab. Berndorf und der Hund sind schon unter den Bäumen verschwunden, als rasche Schritte zu hören sind. Paco schließt zu ihnen auf und zieht sich im Laufen den Reißverschluss seiner Lederjacke zu.

Die Hütte liegt noch immer im Licht. Jemand hupt zweimal. Eine Stimme ruft.

Berndorf und Paco bleiben stehen. »Paco«, ruft die Stimme, »Neuböckh schickt uns…« Die Stimme klingt selbstbewusst und so, als dulde sie keine Widerrede.

»Bloß der nicht«, flüstert Paco und zerrt plötzlich an Berndorfs Arm. »Kommen Sie doch, schnell…«

Sie gehen den Weg weiter, er ist steiler, als Berndorf es sich ausgerechnet hat, sein Bein schmerzt, Paco läuft ihm voraus, Felix ist manchmal bei ihm und manchmal wieder bei Berndorf, als müsse er die Gruppe zusammenhalten… An einer Kehre bleibt Berndorf stehen, unter sich sieht er die Lichtung mit der Hütte, noch immer hell erleuchtet von den Scheinwerfern eines Geländewagens. Vorsichtig geht Berndorf noch einen Schritt vor, bleibt aber im Schutz einer Fichte.

Die Scheinwerfer blenden. Geduckt steht ein Mann neben dem Wagen und hat auf der Motorhaube ein Gewehr aufgelegt.

Krachend fällt die Waldesruh in Stücke. Der Mann hinter dem Wagen feuert in rascher Folge. Keine Maschinenwaffe, denkt Berndorf, vermutlich ein Repetiergewehr. Unten auf der Lichtung läuft ein zweiter Mann, groß und stämmig, auch er mit einem Gewehr in der einen Hand, und hechtet, als wär's eine Turnübung, über die Balustrade.

Berndorf tritt zurück und zählt für sich auf sechs.

Wieder klacken Schüsse.

Nun hat es auch den ausgestopften Dachs erwischt. Berndorf dreht sich um, auf dem Pfad wartet der Hund. »Braver Felix«, sagt Berndorf und geht weiter.

Der Regen hat aufgehört. Noch ehe Berndorf das Motorengeräusch hört, holt Scheinwerferlicht die Kuppe der von Nordwesten heranführenden Landstraße aus der Dunkelheit. Ein Wagen kommt über die Kuppe, das Fernlicht erfasst Berndorf und seinen Hund, dann blendet der Fahrer ab und setzt Blinker und biegt auf den Wanderparkplatz ein.

»Ein freundliches Wetter haben Sie sich da zum Wandern ausgesucht«, sagt Marzens Erwin, als er ausgestiegen ist und von Felix begrüßt wird, als wäre nie ein Zähnefletschen zwischen ihnen gewesen. Weil Sonntag ist und irgendwo ein Jubiläum war, steckt Marz in der blauen Uniform eines Feuerwehrkommandanten.

Berndorf und Marz tauschen einen Händedruck.

»Sie sind aber schnell da«, meint Berndorf. Vor zwanzig Minuten waren er und der Hund und Paco auf dem Wanderparkplatz angekommen, von wo aus Berndorfs Mobiltelefon wieder Funkkontakt hatte. Zu seinem Glück. Den letzten Kilometer hatte er nur noch humpelnd zurücklegen können.

»Die von der Feuerwehr Wieshülen sind schon immer schnell da«, stellt Marz klar und will wissen, wohin er Berndorf und den jungen Mann bringen kann. Berndorf will nach Lauternbürg, aber Paco meldet Widerspruch an.

»Da unten sind diese Typen, Chef. Ich will da nicht hin.«

Berndorf erklärt, dass er seinen Wagen dort hat. »Sie wissen, dass wir den brauchen. Außerdem haben wir jetzt Begleitschutz, der Kommandant Marz kommt überall durch.«

Marz grinst, Paco schüttelt verständnislos den Kopf. Berndorf steigt vorne ein, denn er muss sein Bein ausstrecken können. Felix springt auf den Rücksitz. Widerstrebend folgt Paco.

Wenig später sind sie bereits auf der Rückfahrt nach Lauternbürg, in großem Bogen vorbei an dem Jagdrevier des Landmaschinenhändlers Neuböckh mit seinen Wacholderheiden und seinen Buchenwäldern und den Tümpeln, die die Royal Air Force dort hineingebombt hat.

SWR 4 sendet Volkslieder, munter singt ein Männerchor vom Jäger aus Kurpfalz. »… 'tschuldigung, Chef«, sagt Paco, »haben Sie keinen anderen Sender drauf?«

»Es ist 23.30 Uhr«, sagt die Stimme im Radio und meldet vier Kilometer Stau vor der Autobahnausfahrt Pforzheim West. Paco blickt zu Berndorf. »Heilbronn?«, fragt er.

Berndorf nickt. Er ist müde, sein linkes Bein schmerzt, er braucht ein Bad. Sie haben die Hochfläche der Alb hinter sich gelassen und sind knapp dreißig Kilometer vor Stuttgart. Eine Stunde, so denkt er, sollten sie noch durchhalten.

Warum eigentlich?

Weil er morgen Vormittag in Bonn sein will. Damit sich endlich etwas bewegt. Und weil er noch mit Paco reden will.

Unsinn. Er will noch eine Stunde durchhalten, weil sie Abstand halten müssen zu den Leuten, denen es vielleicht nicht genügt, dass sie bisher nur einen toten Dachs erledigt haben. Nur deshalb hat er sich bei Waltraud Ringspiel Hals über Kopf verabschiedet und ihr Geld in die Hand gedrückt, er müsse leider … Dringender Anruf! Würde gerne mal wiederkommen! Und empfehlen Sie mich Ihrem Mann …

Die Lichter spiegeln sich auf der nassen Fahrbahn, Berndorf fühlt sich wie in einem Aquarium, aus dessen Dunkelheit Leuchtfische auftauchen und aneinander vorbeiziehen. Auch sein Beamten-Kombi, von Paco gesteuert, folgt zielstrebig seiner Bahn, unaufgeregt, selten die Spur wechselnd, Paco ist ein Profi, und das merkt man.

Berndorf beginnt zu dösen.

»Eins versteh ich nicht«, dringt Pacos Stimme zu ihm durch. »Warum haben Sie nicht gleich gesagt, dass wir abhauen sollen? Dann hätten wir den Dachs nicht verkleiden brauchen.«

»Erstens«, antwortet Berndorf müde, »hätten Sie mir so schnell gar nicht geglaubt. Zweitens muss jetzt jemand erklären, warum er dort herumgeballert hat. Der Bullerei wird er es erklären müssen.«

»Komisch«, meint Paco, »eine Zeit lang hab ich gedacht, Sie sind selber ein Bulle, ein Naterer, wie Onkel Reino sagt. Bis das mit dem Kostümfest losging.«

»Es irrt der Mensch, solang er strebt«, antwortet Berndorf.

»Sie haben öfter mal so einen Spruch. Alle selber erfunden?«

»Der war grad von einem Frankfurter.« Berndorf gähnt. »Sagen Sie mal – wieso fahren eure Leute eigentlich für diesen Landmaschinenhändler? Nach der Sache mit dem Haus, das die Leute von Lauternbürg abgebrochen haben, könnt ihr doch keinem mehr von denen die Hand geben?«

Paco lacht, aber es klingt nicht sehr lustig. »Viel Ahnung haben Sie nicht von uns?«, fragt er dann. »Wir können es uns nicht aussuchen, von wem wir einen Auftrag annehmen. Oder wem wir die Hand geben sollen. Wie die Lauternbürger die Gusch abgerissen haben, ist der alte Neuböckh zu Onkel Reino gekommen und hat gemeint, der Reino solle das nicht persönlich nehmen, sowieso sei es nicht recht, den Zigeunern vorzuschreiben, wo sie wohnen sollen und wie, und ob der Reino beim Schrotteln ihm nicht Ersatzteile raussuchen könnte für Traktoren ... So sind der Onkel und die Neuböckhs ins Geschäft gekommen, und mussten sich dabei nicht groß die Hand geben ...«

Berndorf nickt. »Das versteh ich schon. Aber was ist, wenn die Geschäfte nicht mehr so gut sind? Seit ich Zeitung lesen kann, jammern die Bauern. Wo nimmt da ein Landmaschinenhändler die zwei Mark fünfzig her für die Jagdpacht und was man sonst so braucht als Herr vom Lande?«

»Weiß ich nicht«, antwortet Paco. »Ich bin nur Fahrer. Ich liefere die Ware und was sonst ist, geht mich nichts an.«

»Freilich«, sagt Berndorf. »Es gibt Dinge, die einen nichts angehen und von denen man dummerweise doch etwas weiß.« Er reckt sich und stemmt die Hände gegen das Wagendach, um seinen Rücken und seine Schultern durchzudrücken und dann wieder zu lockern. »Sie müssen mir nicht erzählen, welche Ware Sie für Neuböckh wirklich fahren. Vielleicht PKW-Ersatzteile aus Diebstählen auf Auftrag, fabrikneu für den schwarzen Markt in Polen. Vielleicht Ware, die auf Embargo-Listen steht. Computer für Giftgas-Fabriken in Libyen. Oder vielleicht doch nur das banale Mordgerät für irgendwelche Massaker an Serben, Albanern oder Negerstämmen …«

Er setzt sich wieder aufrecht hin. »Ja, das wird es sein. Die Herren mit den Repetiergewehren haben sich ganz danach angehört. Aber was zum Henker hat dieser Dorfjournalist herausgefunden, dass ihm solche Gesellschaft die Unterlagen filzt? Sie müssten ein wenig mehr davon wissen, Paco, denn Sie haben es gesehen.«

»Entschuldigung«, unterbricht ihn Paco und beugt sich nach vorn zum Autoradio und dreht den Ton lauter. Aus dem Lautsprecher hüpft Sidney Bechets *Petite Fleur* und ist unverschämt munter und vergnügt …

Pfeifen im Walde und auf der Autobahn, denkt Berndorf. Lauf nur davon, mein Lieber. Irgendwer wird dich finden, und das ist nicht gut für dich. Du musst dich mit mir einlassen, das ist nicht angenehm, aber anders kommst du nicht mit heiler Haut davon … Im Nachthimmel sieht er die Positionslichter eines Jets, der zum Landeanflug auf Stuttgart-Echterdingen ansetzt, Berndorf stellt sich die angemüdeten Fluggäste vor, das genervte Warten an der Gepäckausgabe. Dann fällt ihm ein, wie dringend er selbst ein Bett braucht und eine warme Dusche und eine Tür, die er hinter sich abschließen kann.

Petite Fleur ist verklungen, Paco dreht den Ton wieder leiser. »Ich weiß ja nicht, wie lange wir noch brettern sollen«, sagt er dann. »Aber einige Kilometer nach dem Engelbergtunnel können wir einen Autohof anfahren, da hat es immer ein Zimmer …« Er wirft einen abschätzenden Blick auf Berndorf. »Falls Ihnen der Komfort genügt, wie ihn ein Fernfahrer hat.«

»Einverstanden«, sagt Berndorf. »Wenn es nur eine warme Dusche gibt.«

Dann sagt eine ganze Weile keiner der beiden etwas. Disco-Musik vermischt sich mit dem Fahrgeräusch zu kaum unterscheidbarem Klanggeriesel. Wenn du nicht reden willst, denkt Berndorf, willst du nicht reden.

Ein blauweißes Hinweisschild kündigt eine Ausfahrt an.

Paco räuspert sich. »Was meinten Sie damit, dass ich etwas gesehen haben soll?«

»Sie haben nicht irgendetwas gesehen«, stellt Berndorf richtig, »Sie haben gesehen, wie Eugen Hollerbach umgebracht wurde.«

»Ist doch gar nicht wahr«, widerspricht Paco und wechselt mit dem Wagen auf die rechte Spur.

Berndorf sagt nichts und wartet.

»Der war schon tot, als ich dazukam.«

»Erzählen Sie es mir.«

Paco zögert. »Na gut … Ich hab den ganzen Nachmittag nach ihm gesucht, weil er sollte mir erklären, wie er dazu kommt, mein Mädchen so zu fotografieren. Und die Fotos an die Leute zu geben. Aber ich hab ihn nicht gefunden, und so bin ich einfach herumgefahren, ich weiß auch nicht, wohin und warum … Aber das Herumfahren hat nicht geholfen. Und spät am Abend bin ich noch einmal zurück, das Haus war dunkel, und es stand auch kein Auto davor. Ich hab meinen Wagen dann unten auf dem Kirchplatz geparkt und bin zurückgegangen …«

»Warum?«

»Ich wollte nicht, dass er heimkommt und gleich sieht, dass da jemand auf ihn wartet.«

»Sie wollten ihm die Fresse polieren?«

»Was sonst?«, fragt Paco zurück. »Aber wie ich vor dem Haus stehe, ist es noch immer dunkel, und doch hab ich Licht gesehen, verstehen Sie? Da war einer mit einer Taschenlampe drin, und ich denke, das schau ich mir doch mal an, was der da wieder treibt … Die Haustür war angelehnt, und ich steige die Treppe hoch und höre zwei Typen halblaut reden, irgendwie nicht freundlich, ich meine, besonders gut drauf waren die nicht, die hatten so miteinander zu tun, dass mich keiner gehört hat ... Und dann bin ich oben und sehe durch eine offene Tür Licht, oder besser einen Lichtschein, wie wenn jemand eine Taschenlampe eingeschaltet hat, und das Licht fällt auf einen, der auf dem Boden liegt, irgendwie verkrampft, und plötzlich weiß ich, dass der tot ist ...«

Im Scheinwerferlicht leuchtet das Ausfahrtsschild auf. Paco nimmt das Gas zurück. Berndorf wartet.

»Wissen Sie, es war nicht der erste Tote, den ich gesehen habe«, fährt Paco fort, als der Wagen die Ausfahrt passiert hat. »Als Fernfahrer kriegen Sie einiges mit, und auf der Balkanroute sowieso ... Also der war mausetot, der da auf dem Boden lag, und zuerst hab ich gemeint, das sei bei dem Streit passiert, den ich gehört hab ... Aber dann ist mir klar geworden, dass da noch immer zwei Typen waren und sich zofften, weil der eine fand, dass das mit dem Kerl auf dem Fußboden eine ziemliche Scheiße sei, und wollte gar nicht mehr aufhören damit ... Und ich höre ihm zu und finde, so Unrecht hat der gar nicht, als ich plötzlich den Lichtkegel mitten im Gesicht habe und mich einer anschreit, ich soll die Hände hoch nehmen und herkommen und all so was ...«

Rechts der Straße rückt ein großer Parkplatz ins Blickfeld, auf dem mehrere Lastzüge abgestellt sind. Dahinter sieht man ein lang gestrecktes zweistöckiges Gebäude, in dem noch vereinzelt Licht brennt oder der bläuliche Lichtschein der Fernseher zu sehen ist. Grüne Neonröhren flimmern die Buchstaben:

ERNF H ERS INKE R

in die Dunkelheit. Paco biegt auf den Parkplatz ein. »Aber sicher sind da noch Zimmer frei«, sagt er und deutet auf das Gebäude.

Dann parkt er den Wagen und stellt den Motor ab. Aber er macht keine Anstalten auszusteigen.

»Die Stimme, die Sie angeschrien hat – das war die gleiche wie vorhin vor der Hütte?«

»Warum fragen Sie, wenn Sie's wissen?«

»Haben Sie die Hände hoch genommen?«

»Hab ich nicht«, antwortet Paco. »Ich bin abgetaucht und die Treppe runter und hab die ganze Zeit gedacht, gleich krieg ich eine Kugel in den Arsch. Aber die Typen haben nicht auf mich geschossen. Na ja, die dachten, sie hätten mit dem toten Kerl schon genug Zores.«

»Aber warum«, fragt Berndorf, »haben Sie nicht die Polizei angerufen?«

Paco dreht sich zu ihm um. »Ich dachte, Sie sind schneller von Begriff. Wenn unsereins die Stichelpenk holt, was glauben Sie, wen die als Ersten pflanzen? Der Sinde ist es, der in den Knast wandert, es haben ja genug Leute mitgekriegt, dass ich nach dem Fotografen gesucht habe, und nicht im Guten.«

»Schon recht«, meint Berndorf. »Aber Sie wissen ja selbst, dass Sie jetzt nicht bloß die Bullen am Hals haben. Sondern auch Leute, die womöglich noch schlimmer sind.« Er öffnet die Tür und steigt aus und gähnt.

Eine Viertelstunde später steht er in der versifften Dusche eines kabinenartigen Zimmers mit pissfleckigem orangefarbenem Teppichboden und lässt selig heißes Wasser über seinen Rücken laufen.

Montag, 12. November 2001

Wieder türmt sich hoch über ihm der Kühler des Lastwagens, lautlos biegt sich Stahlblech, die Tür des Citroëns knickt nach innen und drückt auf seine Brust, er ist eingeklemmt und will schreien und kann es nicht, dann ist der Lastwagen weg, der Pfarrer Rübsam steht neben dem Wagen, der Pfarrer schiebt seine Schnauze unter Berndorfs Hand und stupst sie nach oben, weil es gar nicht der Pfarrer ist, sondern Felix, der meint, dass es Zeit sei, Zeit für einen Spaziergang und für ein Frühstück und überhaupt…

Wo ist er?

Berndorfs Blick fällt auf enge Wände mit einer stockfleckigen Tapete, links vom Bett hängt oben an der Wand ein Billig-fernseher, durch schmutzig graue Stores drängt November-licht ins Zimmer. Berndorf fingert nach seiner Taschenuhr, es ist acht Uhr vorbei, schwerfällig wuchtet er sich aus seinem Bett hoch, rasieren kann er sich später, wenn überhaupt. Er holt seine Hosen, die er noch in der Nacht sorgsam über einen Bügel gehängt hat, und stellt fest, dass er sich die Mühe hätte sparen können. Zerknittert und angedreckt, wie sie sind, wird er darin nur schlecht die Gattin eines höheren Beamten aufsuchen können. Dann zieht er sich vollends an, dabei fällt sein Blick auf einen Zettel, den jemand unter seine Zimmertüre hindurchgeschoben hat. Steifbeinig geht er hin und bückt sich mühsam. Der Zettel ist aus einem Notizblock ausgerissen, in einer nach links geneigten Schrift, wie sie sonst nur Mädchen haben, steht zu lesen:

Sorry Chef, aber hier ist ein Kumpel der einen Beifahrer braucht. Ich glaub es ist besser so. Machen Sie es gut. Paco

Im Frühstückszimmer ist er der einzige Gast, die Kellnerin sieht aus und hört sich an, als ob sie aus dem Osten käme, aber der Kaffee ist überraschend gut. Es gibt sogar eine Zeitung, an diesem Morgen hat die Regierung keine Mehrheit mehr, weil acht Abgeordnete der Grünen einem Afghanistan-Einsatz der Bundeswehr nicht zustimmen wollen. Die Nordallianz, mit frischen Dollars und nagelneuen Panzern ausgestattet, macht sich auf den Weg zurück nach Kabul, von wo sie vor Jahren übergroßer Gräueltaten wegen vertrieben worden ist… Ein Regierungssprecher erklärt in Beijing, die Allianz gegen den Terrorismus finde auch die Unterstützung der Volksrepublik China, im Kongo melden irgendwelche Regierungstruppen eine erfolgreiche Gegenoffensive, Berndorf überlegt, ob jemals erfolglose gemeldet worden sind, und klopft sein Frühstücksei auf…

Wieso heißt Peking jetzt Beijing? Wer bestimmt so etwas? Und: Falls es die phonetisch richtigere Transskription ist, warum kommt man erst jetzt darauf? Vielleicht ist es eine ostdeutsche Schreibweise, denkt er. So wie Tiflis bei den Ossis Tbilissi heißt. Er bezahlt und verstaut seine Tasche im Kombi und macht mit Felix einen ersten Pinkelweg, rund um Fernfahrers buchstabenräudige Einkehr gibt es Feldwege, die an den Äckern vorbei zu nebelverhangenen Hügeln führen.

Er lässt den Hund von der Leine und holt das Mobiltelefon heraus. Felix scheucht eine Krähe auf, kehrt aber nach kurzem Galopp über Stoppelfelder zu Berndorf zurück.

Inzwischen ist es neun Uhr vorbei, es ist also nicht allzu unschicklich, jetzt anzurufen. Er gibt die Bonner Nummer ein, die ihm Tamar herausgesucht hat, mehrmals ist das Rufzeichen zu hören, schließlich meldet sich eine Stimme, eine sehr zarte, leicht brüchige Stimme:

»Autenrieth …«

Berndorf gibt sich einen Ruck. Er stellt sich vor und fragt, ob er Herrn Constantin Autenrieth sprechen könne...

»Ach nein«, antwortet die Stimme, und es kommt Berndorf vor, als ob Spott darin aufklinge.

»Darf ich fragen, warum Sie ihn sprechen wollen?«

Berndorf holt Atem. »Ich bin pensionierter Beamter und arbeite an einer heimatgeschichtlichen Monographie über das Lautertal... Nun ist der Vater von Herrn Constantin Autenrieth meines Wissens Landrat im früheren Landkreis Wintersingen gewesen, zu dem das Lautertal gehört hat. Ich habe mir deswegen erhofft, von Herrn Autenrieth nähere Aufschlüsse zu einigen Fragen zu bekommen...«

»Eine Monographie über das Lautertal?«, fragt die Stimme. »Das finden Sie spannend?«

»Spannend wird meine Arbeit sicher nicht«, antwortet Berndorf, »ich meine, für mich ist es spannend, und ob ich dafür Leser finden werde, steht in den Sternen...«

»Da will ich Ihnen viel Glück wünschen«, meint die brüchige Stimme, »es ist nur leider so, dass auch ich Constantin Autenrieth sehr gerne sprechen würde, aber mein Mann ist nicht mehr da, seit zehn Jahren nicht mehr...«

»Sie leben getrennt?«, fragt Berndorf.

»Ich wüsste nicht, wie man es sonst nennen könnte. Wenn wir denn davon reden können, dass wir leben. Leben Sie? Lebe ich? Tut es mein Mann?«

»Können Sie mir denn sagen, wo Ihr Mann zu erreichen ist?«

»Buenos Aires«, kommt die Antwort, »Hotel Four Seasons, Appartement 752. Sie können es da ja mal versuchen. Das Appartement war für ihn reserviert...«

Die tickt nicht richtig, denkt Berndorf. »Und wann ist die Reservierung erfolgt?«

»Im September 1991«, sagt die Stimme. »Ich sagte Ihnen doch, dass ich von meinem Mann seit zehn Jahren nichts mehr gehört habe, nicht ein einziges Wort...«

»Das tut mir Leid«, sagt Berndorf. »Ich bitte um Entschuldigung. Ich habe Sie unbedacht auf einen Sachverhalt angesprochen, der Ihnen schmerzlich sein muss...«

»Jetzt werden Sie schon wieder langweilig«, antwortet die Stimme. »Was heißt schmerzlich? Man gewöhnt sich an vieles. Aber wenn Sie mit mir über meinen Mann und in Gottes Namen auch über meinen Schwiegervater plaudern wollen, warum besuchen Sie mich nicht einfach? Von wo rufen Sie denn an?«

Er sei gerade in der Nähe von Koblenz, lügt Berndorf. »Ich könnte am Nachmittag bei Ihnen sein, gegen 17 Uhr?«

Das sei recht, sagt die Stimme. »Sie bekommen auch einen Tee... Wie war noch einmal Ihr Name?«

Dann ist das Gespräch auch schon beendet, er schaut auf die Uhr, von der reinen Fahrzeit her ist es zu schaffen, aber er müsste sich unterwegs eine neue Hose kaufen, außerdem hat er fast kein Hundefutter mehr.

Er pfeift nach Felix, der gerade eine Maushöhle ausgräbt, und wendet sich wieder Fernfahrers Einkehr zu. Unterm Gehen fällt ihm ein, dass Tamar von der Schießerei vor Neuböckhs Jagdhütte erfahren sollte.

Er ruft Tamars Nummer auf, fast sofort meldet sie sich...

»Berndorf hier...«

»Es tut mir sehr Leid«, meldet sich Tamar, tiefgekühlt, »ich habe im Augenblick eine sehr wichtige Besprechung, könnten Sie es in einer Stunde noch einmal versuchen? BITTE.«

»Entschuldigen Sie«, murmelt Berndorf. Was für ein aufgestörtes Wespennest!

»Unglaublich, das alles«, sagt Englin. »Wenn ich Sie zu mir bitte, könnten Sie eigentlich dieses Gerät ausgeschaltet lassen, das gebietet schon die schiere Höflichkeit.«

»Entschuldigung«, antwortet Tamar, »ich warte auf einen dringenden Anruf in der Fahndungssache Adler.«

»Ach ja, der Herr Adler, der Ihnen davongelaufen ist!« Englins linker Mittelfinger beginnt, zittrig auf die leere Schreibtischmappe zu trommeln.

Ein neuer Tic?, überlegt Tamar.

»Nach wem oder was fahnden Sie denn eigentlich? Und wann, bitte, gedenken Sie, Ihren Dienstvorgesetzten von Ihrem Treiben in Kenntnis zu setzen? Der bin zufällig ich, falls Sie es vergessen haben sollten.«

Sie verstehe nicht, will Tamar antworten, aber irgendwie kommt sie gar nicht mehr zum Reden.

»Hier«, sagt Englin und schwenkt anklagend ein Fax, »eine Mitteilung des Bundeskriminalamtes. Im Hafen von Rotterdam hat der niederländische Zoll in Containern des Hilfswerks ›Pflugscharen International‹ eine ganze Ladung Schnellfeuergewehre samt Munition sichergestellt, modifizierte Kalaschnikows, was immer das bedeutet und was immer es mich angeht, aber es geht mich etwas an, sogar sehr viel, denn die Überprüfung der Container ist auf Fahndungsersuchen der Staatsanwaltschaft Ulm erfolgt, den Herrn Jiri Adler betreffend, jetzt erklären Sie mir das mal!«

»Sie haben ja selbst darauf gedrängt, die Fahndung nach Adler zu intensivieren«, antwortet Tamar kühl. »Kollege Kuttler und ich haben am Samstag den Eindruck gewonnen, dass Adler mit einem der anderen Transporte der Firma Neuböckh versuchen könnte, ins Ausland zu gelangen.«

»Es gab sogar sehr konkrete Hinweise«, meldet sich Kuttler zu Wort, der neben Tamar vor Englins Schreibtisch sitzt.

Tamar wirft ihm einen warnenden Blick zu. Kuttler, nimm den Mund nicht zu voll.

»Umso mehr Grund hatten Sie, mich zu verständigen«, sagt Englin. »Was glauben Sie denn, was jetzt in Stuttgart los ist? Im Verwaltungsrat dieser Dingsda, dieser Organisation, sitzen prominente Persönlichkeiten aus dem Land, Staatssekretär Schlauff hat mich heute schon in aller Frühe angerufen, und ich weiß von nichts, glauben Sie, das ist angenehm...«

Tamar und Kuttler nicken Anteil nehmend.

»Außerdem sind wir den Fall los.« Der linke Mittelfinger hat das Trommeln eingestellt. »Schlauff hat die Bildung einer Sonderkommission angeordnet. Steinbronner wird die Leitung übernehmen. Er müsste jeden Augenblick eintreffen.«

Kriminaldirektor Steinbronner gilt, so hat einmal eine Stuttgarter Zeitung geschrieben, als der Troubleshooter des Innenministeriums. Wird er zugezogen, so bedeutet es, dass die Polizei den ganz großen Hammer herausholt.

»Es ist völlig undenkbar«, fährt Englin fort, »dass Sie den Kollegen Steinbronner über irgendeine Ihrer Maßnahmen nicht unterrichten. Oder dass Sie mit eingeschaltetem Handy zu ihm kommen. Völlig undenkbar.«

Der Wind, der durch die Gassen der kleinen Stadt mit den schiefergedeckten Fachwerkhäusern fegt, ist so kalt und kommt doch nicht vom Westerwald, sondern vom Hunsrück. Das weiß Berndorf aber auch nur, weil er sich gerade eben im Autoatlas schlau gemacht hat. Missmutig läuft er in seiner neuen grauen Kammgarnhose zum Kombi zurück, die verdreckten Jeans in der schwarz glänzenden Tragetasche mit der Aufschrift »Schünehoevel's mens wear«.

Es ist nicht lustig, im einzigen Herrenbekleidungsgeschäft einer kleinen Stadt mit Fachwerkhäusern eine Hose zu kaufen. Schon gar nicht, wenn der Verkäufer zu verstehen gibt, dass man für Jeans ohnehin ein bisschen zu alt sei. Grau ist eine sehr angemessene Farbe, mein Herr.

Felix wedelt mit dem nicht vorhandenen Schwanz, als Berndorf die Tür aufschließt. Aufschließen muss er sie, denn der

Kombi ist zu alt, als dass er schon eine elektronische Türöff-
ne haben könnte.

Er blickt auf die Uhr, bis Bonn hat er noch Zeit genug, es wird
sogar zu einem längeren Spaziergang für Felix reichen. Das
fügt sich günstig, denn vor Bonn-Röttgen breitet sich ein größeres Waldgebiet aus, wie er auf der Karte gesehen hat.
Er holt sein Mobiltelefon heraus, der Akku ist noch nicht ganz
leer, und ruft erneut bei Tamar an.
»Nett, dass Sie es noch einmal versuchen«, sagt sie, aber ihre
Stimme ist noch immer angespannt. »Heute Morgen war es
ein wenig schwierig. Wir waren gerade zu Englin zitiert worden.«
Berndorf wartet.
»Erinnern Sie sich – wir hatten uns zuletzt auch über diesen
Landmaschinenhändler unterhalten?«, fragt Tamar. »Der mit
einer Hilfsorganisation zusammenarbeitet?«
Allerdings, hatten wir.
»Sie schienen etwas skeptisch, nun ja, nicht nur Sie ...« Sie be-
richtet, was am Morgen über das Bundeskriminalamt mitge-
teilt worden war. »Offenbar waren es Kisten mit mehreren
hundert Kalashnikows, die Ladung sollte nach Angola gehen.
Einer der Kollegen aus Stuttgart ist sich sicher, dass die Ware
für den Bürgerkrieg im Kongo bestimmt war.«
Berndorf schweigt. Welche Stuttgarter?
»Das Innenministerium hat Steinbronner mit dem Fall beauf-
tragt. Bisher hat er aber keinen größeren Aufstand gemacht.
Neuböckh wird vernommen, und die Kollegen, die er mitge-
bracht hat, filzen gerade Neuböckhs Laden.«
Steinbronner also. Dazu gibt es erst recht nichts zu sagen.
»Sind Sie noch da?«
»Ja«, sagt Berndorf abwesend. »Allerdings habe ich jetzt ein
Problem. Es ist ausgeschlossen, dass Steinbronner kein Durch-
einander anrichtet. Völlig ausgeschlossen. Deswegen gebe ich

ungern weiter, was ich Ihnen eigentlich sagen wollte...« Nun ist es Tamar, die schweigt.

»Egal«, fährt er schließlich fort. »Hören Sie zu und entscheiden dann, was Sie damit tun wollen. Sie suchen doch diesen Jiri Adler, oder Paco, wie man ihn nennt... Gestern Nacht hat man versucht, Paco zu liquidieren. Er hatte in Neuböckhs Jagdhütte Unterschlupf gefunden. Die Hütte liegt nördlich von Lauternbürg, auf halbem Weg zur Straße, die nach Wintersingen führt. Es hat eine Schießerei gegeben... Vor der Hütte müssten noch die Fahrspuren eines Geländewagens zu sehen sein. Vielleicht ist jemand im Dorf der Geländewagen aufgefallen und er hat das Kennzeichen notiert. Falls Sie den Halter herausfinden, können Sie ihn ja fragen, was er in der Nacht gemacht hat, als Hollerbach ums Leben kam.«

Schweigen. War vielleicht ein bisschen viel auf einmal, denkt Berndorf.

»Und wo, *bitte,* ist Paco?« Das *bitte* ist eisgekühlt.

»Weiß nicht. Weg. Bei irgendeinem Kumpel zugestiegen.«

Wieder Schweigen.

»Etwas hab ich Ihnen vielleicht noch. Falls es nicht zur Seite geschafft worden ist, finden Sie in der Hütte ein Jagdgewehr, eine Krieghoff-Drilling, auf dem Verschluss sind die Buchstaben C und A eingraviert.«

»Und was soll ich damit?«

»Stellen Sie es einfach sicher«, meint Berndorf. »Und fragen Sie Neuböckh, was er darüber weiß...« Er spricht nicht weiter, denn irgendetwas in seinem Mobiltelefon piepst. Er nimmt es vom Ohr und betrachtet es. Das Display zeigt eine Nachricht an: »Akku leer Bitte aufladen«

Nichts zu machen. Angeblich kann man ein Handy auch am Zigarettenanzünder aufladen. Aber irgendwie sehen sein Kombi und dessen Zigarettenanzünder nicht danach aus. Nicht kompatibel. Stammt alles aus der Zeit vor der Erfindung der Taschenquatsche.

Er startet den Wagen und findet schon beim zweiten Versuch die Zufahrt zur Autobahn. An der letzten Tankstelle hält er und tankt auf.

»Sonst etwas gefällig?«, fragt der Verkäufer in der Tankstelle. »Öl? Frostschutz für den Scheibenwischer?«

»Danke«, sagt Berndorf, »der Wagen ist erst vor drei Tagen winterfest gemacht worden.«

Tamar betrachtet den Hörer. So kommst du mir nicht davon. Bis zur ersten Besprechung der Soko Lauternbürg hat sie noch einige Minuten, also ruft sie die Zentrale an und gibt Berndorfs Handynummer durch und fragt, von welcher Funkstation aus das Gespräch an sie weitergeleitet worden ist.

Eigentlich könnte sie sogar Berndorfs exakten Standort ermitteln lassen, mit dem Global Positioning System geht das auf ein paar Meter genau. Aber was soll sie mit Berndorfs Standort? Sie hat ihn nicht zu verhaften.

»Das Gespräch ist von einer Funkstation in Stromberg weitergeleitet worden, das ist im Landkreis Kreuznach«, meldet die Zentrale. Tamar holt einen Autoatlas aus ihrem Schreibtisch, Stromberg liegt an der linksrheinischen Autobahn, oder jedenfalls ziemlich nahe daran, was hat Berndorf dort zu suchen? Sie greift noch einmal zum Telefon und sucht sich in ihrem Notizbuch die Nummer der Ringspiels heraus ...

»Ja, ich hätt' Sie fast auch schon angerufen deshalb«, sagt Waltraud Ringspiel, »denken Sie nur, der Herr Berndorf ist gestern am späten Abend weggefahren, als ob es ihm ganz furchtbar pressiert, und er hat mir das Geld in die Hand gedrückt, man will sich ja nicht beklagen, aber sagen Sie selbst, ob das eine Art ist ...«

»War er allein?«

»Nein, es hat ihn einer mit einem fremden Auto gebracht. Und ein junger Mann war auch bei ihm, so ein Schwarzhaariger, also ich weiß nicht, der hat sich dann auch ans Steuer gesetzt, irgendwie hat der nicht zu dem Herrn Berndorf gepasst, aber man blickt ja nicht in die Leute hinein, und wissen Sie, was mein Mann sagt? Der sagt, der Herr Berndorf sei ein Polizist und überhaupt nicht pensioniert und tut nur so…«

Im Türrahmen erscheint Kuttler und deutet mit dem Finger nach oben, was heißen soll, dass Tamar zur Besprechung der Soko Lauternbühl muss, die Besprechung findet oben im Schulungsraum statt.

»Und wann ist er weggefahren?«, fragt Tamar rasch. »Kurz nach halb elf, ja? Danke. Sie haben mir sehr geholfen. Übrigens ist der Herr Berndorf wirklich pensioniert.«

Dann legt sie auf. Soll sich doch die Ringspiel Waltraud den Kopf zerbrechen, was Berndorf mit schwarzhaarigen jungen Männern zu tun hat.

»Steinbronner wartet«, sagt Kuttler. »Wir sollten… Dieser Mensch ist auch so schon unangenehm genug.«

»Einen Augenblick.« Tamar schlägt den Autoatlas auf. »Berndorf ist gestern Abend kurz nach 22.30 Uhr in Lauternbürg losgefahren. Das heißt, nicht er ist gefahren, sondern Paco, der bei ihm war. Jetzt ist Berndorf in Stromberg, irgendwo im Hunsrück ist das, an der A 61…«

»Ist Paco noch bei ihm?«

»Angeblich nicht«, antwortet Tamar und betrachtet den Autoatlas. »Die beiden haben die Autobahn genommen, und wegen der Baustellen bei Pforzheim sind sie nicht über Karlsruhe gefahren, sondern über Heilbronn. Und ich glaube nicht, dass sie die Nacht durchgefahren sind, das tut Berndorf sich nur ungern an…« Wieder greift sie zum Hörer.

»Wir müssen…«, wendet Kuttler zaghaft ein.

»So viel Zeit muss sein«, sagt Tamar und wählt die Nummer der Heilbronner Autobahnpolizei.

»Das ist, Kollegen, alles ein logistisches Problem«, erklärt Steinbronner und macht dazu mit beiden Händen eine umfassende Bewegung, als habe er soeben ein schweres verschnürtes Paket vor sich auf den Tisch gewuchtet. »Das ist wie im Krieg. Krieg ist Logistik. Wer kommt wann und wie wohin? Oder wieder zurück. Um nichts anderes geht es. Was wir hier haben, ist auch Krieg. Also? Wer hat wann und wo was getan?« Auffordernd sieht er sich im Großen Besprechungsraum um. Sein Blick bleibt an Tamar haften.

Tamar gibt den Blick zurück. Was sie sieht: ein kantiges Gesicht, das fast ansatzlos aus breiten Schultern herauswächst. Drei-Tage-Bart, Stoppelhaare.

»Sagen Sie es uns, Kollegin.«

Du bist einfach nicht wahr, denkt Tamar. Dich gibt es nicht. Nicht wirklich. »Wir suchen nach einem oder mehreren unbekannten Tätern, die den Journalisten Hollerbach getötet haben«, antwortet sie. »Vor allem müssen wir den flüchtigen Fernfahrer Jiri Adler finden. Er hat den Getöteten wegen privater Aktaufnahmen zur Rede stellen wollen, die dieser von seiner Freundin gemacht hat. Ferner gibt es den Landmaschinenhändler Neuböckh, der für die Wohltätigkeitsorganisation ›Pflugscharen International‹ gebrauchte Landmaschinen in den Balkan, nach Osteuropa und Afrika liefert. Und schließlich gibt es den niederländischen Zoll, der in einem der für Angola bestimmten und von Neuböckh beladenen Container eine Ladung Schnellfeuergewehre gefunden hat.«

Steinbronner nickt. »So. Genau so. Sie gefallen mir, Kollegin. Präzis zusammengefasst. Gibt es etwas hinzuzufügen?«

»Inzwischen habe ich einen neuen Hinweis bekommen. Danach hat Adler vorübergehend in einer Jagdhütte bei Lauternbürg Zuflucht gefunden. Die Jagdhütte gehört Herrn Neuböckh.«

»Ach ja.« Steinbronners Kinn schiebt sich vor. »Was für ein Hinweis?«

»Ein Anruf. Der Anrufer hat seinen Namen nicht genannt. Das Gespräch war zu kurz, um seine Nummer feststellen zu lassen.«

Sie wirft einen Blick zur Seite, Kuttler ist in den Anblick der Tischplatte vor ihm vertieft.

»Kein digitaler Anruf?«

»Offenbar nicht. Außerdem habe ich die Kollegen der Autobahnpolizei gebeten, in den Raststätten nachzufragen, ob Adler bei einem anderen Fernfahrer zugestiegen ist.«

Nachdenklicher Blick. »Na schön. Sonst noch was?« Der Blick wandert zu Kuttler.

»Eh!«, sagt Kuttler. »Es spielt wahrscheinlich keine Rolle, aber dieser Journalist, dieser Hollerbach, hat einen Artikel über einen Posaunenchor geschrieben, oder eher über eine Beschwerde, die eine Religionslehrerin aus Stuttgart gegen diesen Chor vorgebracht hat, und es kann eigentlich wirklich nichts mit dem Tötungsverbrechen zu tun haben, aber ich habe diese Frau aufgesucht und sie gefragt, ob der Hollerbach, also der Journalist, vorher bei ihr gewesen ist, also bevor er den Artikel geschrieben hat, und sie hat gesagt, nein, sie hat diesen Mann nie gesehen ...«

Steinbronner hat sich vorgebeugt und den Arm aufgestützt und den Kopf in die Hand gelegt. Er scheint Kuttler mit gebannter Aufmerksamkeit zu betrachten.

»Also, was ich sagen wollte«, fährt Kuttler fort, »auch sein Auto, einen alten VW-Käfer, will die Frau nicht gesehen haben, aber ich habe einen Jungen ausfindig gemacht, dem ist der Wagen aufgefallen, weil er alle VW-Typen kennt ... Also der Wagen war etwa zehn Tage vor Hollerbachs Tod vor dem Pfarrhaus geparkt, wo die Religionslehrerin wohnt, und zwar in Stuttgart ist das, oder hab ich das schon gesagt ...«

»Na schön«, meint Steinbronner. »Den Frankreich-Feldzug könnt man mit Ihnen nicht gewinnen. Aber die Fakten haben wir jetzt. Was tun wir damit?«

Er blickt sich fragend um. Doch niemand sagt etwas.

»Es ist ganz einfach«, fährt er schließlich fort. »Wir ordnen die Fakten.« Diesmal ist es kein einzelnes großes, sondern es sind mehrere unsichtbare kleine Pakete, die er mit seinen Händen auf den Tisch stellt. »Logistik, sagte ich. Und moderne Logistik ist das Prinzip der Container. Hier ...« – wieder schneiden die Hände ein unsichtbares viereckiges Etwas aus der Luft – »haben wir den Container, der in Rotterdam gefilzt wurde. Und daneben haben wir den Container, der in Lauternbürg beladen wurde. Als Erstes finden wir heraus, ob das zwei Container sind oder einer. Und hier haben wir den Fernfahrer, den wir nicht haben. Wir kriegen ihn aber, und wenn der Hinweis auf die Jagdhütte stimmt, müssten wir ihn bald haben. Und dann nehmen wir ihn auseinander, bis auch das letzte Schräubchen auf dem Tisch liegt. Und schließlich ...« Er sieht sich um, erblickt einen leeren Aschenbecher und zieht ihn zu sich her. »Und schließlich haben wir hier noch das Puppenschächtelchen für die Religionslehrerin.« Er blickt zu Kuttler. »Sie werden sie vorladen und in der Pfeife rauchen, und wenn Sie das nicht schaffen, dann bringen Sie sie zu mir, und ich zeige Ihnen, wie das geht ...«

»Was für ein viereckiger widerlicher Arsch«, sagt Kuttler halblaut, als er mit Tamar durch den Korridor zu den Büros des Dezernats I geht. »Was hat er jetzt eigentlich angeordnet?«

»Kuttler«, sagt Tamar, »wenn du vor diesem Menschen noch einmal so herumstotterst, melde ich dich in der Volkshochschule an für einen Kurs ›Wie spreche ich frei in der Öffentlichkeit‹, irgendsoetwas wird es dort ja geben ...«

»Dieser Sack hat mich an meinen Turnlehrer erinnert«, sagt Kuttler, »plötzlich hing ich wieder am Reck und kam nicht hoch ...«

Auf der Bank vor ihrem Dienstzimmer sitzt ein einzelner Mann. Dunkler Anzug, aufmerksames, gesammeltes Gesicht, beginnende Stirnglatze. Er steht auf.

»Verzeihen Sie«, sagt er höflich, »ich hätte gern Herrn Kriminalkommissar Kuttler gesprochen… Hartlaub ist mein Name, Guntram Hartlaub.«

Auch Kuttler stellt sich vor, dann geht er mit dem Besucher in sein Büro.

»Sie haben am Freitag meine Frau aufgesucht«, sagt Hartlaub, als sie Platz genommen haben. »Sie wollten sie wegen dieses unglücklichen Herrn Hollerbach sprechen. Schade, dass Sie nicht vorher angerufen haben.«

Wir machen keine Höflichkeitsbesuche, mein Lieber, denkt Kuttler und sagt nichts.

»Sie haben sie wohl gefragt, ob Hollerbach bei uns gewesen wäre… Und da muss sie Ihnen unwissentlich eine falsche Auskunft gegeben haben. Hollerbach hat nämlich mich besucht.« Er holt ein Notizbuch aus seinem Jackett und schlägt es auf, »am 23. Oktober, kurz nach 15 Uhr, meine Frau nahm an diesem Nachmittag an einem Seminar teil.«

»Und was wollte er von Ihnen?«

»Er sagte, er kenne mich von früher, aus Lauternbürg, wo ich aufgewachsen bin und wo mein Vater Pfarrer war. Leider konnte ich mich nur mit Mühe an ihn erinnern, er war ein unauffälliger Junge gewesen, einer, den man gerne übersah. Er sagte mir, er habe gehört, dass ich in Ulm Dekan werden solle, und er würde gerne einen Artikel über mich schreiben…«

Kuttler wartet. »Und?«, fragt er schließlich, »hat er ein Interview mit Ihnen gemacht?«

»Eigentlich nicht«, kommt die Antwort. »Ich habe ihm zu verstehen gegeben, dass über meine Bewerbung für Ulm noch gar nicht entschieden sei. Ich könne also unmöglich jetzt schon ein Gespräch mit ihm führen.«

»Hat er sich damit abgefunden?«

»Ich weiß nicht. Er hat so getan, als ob er das verstehe, und meinte, er würde sich dann wieder melden, wenn die Entscheidung gefallen sei … Wir haben dann noch etwas geplaudert, über Lauternbürg und wie mein persönlicher Werdegang gewesen ist, verstehen Sie, ich wollte ihn nicht einfach so wegschicken. Aber er muss dann doch verärgert gewesen sein, als er gegangen ist, sonst wäre es ja nicht zu diesem hässlichen und dummen Artikel über meine Frau gekommen.«

»Hat er sich bei diesem Gespräch Notizen gemacht?«

»Nein, das hätte ich auch nicht gewollt.«

»Haben Sie Ihrer Frau von seinem Besuch erzählt?«

»Eben nicht«, sagt Hartlaub, »welchen Grund hätte ich denn gehabt? Und eben deswegen bin ich jetzt hier bei Ihnen. Meine Frau konnte wirklich nichts von diesem Besuch wissen.«

Auch recht, denkt Kuttler. Steinbronners Aschenbecher können wir vergessen. Falls ich jetzt nicht schon wieder an der Reckstange hänge. Ohne es zu merken.

Die Dämmerung hat eingesetzt, und in dem tief eingeschnittenen Waldtal ist es so dunkel, dass Orrie den Scheinwerfer des Streifenwagens eingeschaltet hat. Regennasses Geäst streift Kotflügel und Seitenscheiben des Wagens. Im Scheinwerferlicht zeichnen sich tief eingedrückte Fahrspuren eines anderen Fahrzeugs ab.

»Was suchen wir eigentlich?«

»Weiß nicht«, antwortet Tamar abweisend. »Eine leere Jagdhütte. Ein Gewehr, das jemand liegen gelassen hat.«

Der Polizeihauptmeister Leissle, genannt Orrie, wirft einen schiefen Blick zu seiner Beifahrerin.

»… 'tschuldigung.«

»Wofür?«

»Für unpassende Fragen.«

»Schon gut.«

Der Wagen biegt um eine Kehre, rechts unterhalb des Weges

sieht Orrie einen schlammigen Tümpel, von stachligem Gesträuch eingefasst.

»Da war ein Anruf, weißt du«, sagt Tamar. »Angeblich soll es eine Schießerei gegeben haben.«

»Eine Schießerei um eine Jagdhütte, das gibt doch was her!«, lobt Orrie.

Tamar beschließt, nichts mehr zu sagen.

Vor ihnen scheint sich der Wald zu lichten, der Scheinwerfer erfasst die Umrisse eines Daches. Orrie lässt den Wagen ausrollen.

»Näher ran?«

»Nein«, sagt Tamar und öffnet die Tür. Mit einer Stablampe sucht sie den Boden ab und findet eine Stelle, wo sie den Fuß aufsetzen kann, ohne allzu tief im Morast zu versinken.

Wieder sieht sie die tief eingegrabenen Fahrspuren vor sich. Sie geht am Wegrand entlang, so dass sie die Spuren nicht beschädigt. Orrie folgt auf der anderen Seite des Weges.

»Soll ich Abdrücke von den Reifenspuren nehmen?«

»Mach mal.«

Der Lichtkegel der Stablampe erfasst die Jagdhütte und tastet sie ab. In der Dämmerung hat sie auf den ersten Blick einladend ausgesehen, wie eine Zuflucht. Jetzt, als die Stablampe zerschossene Fenster ausleuchtet, verfliegt dieser Eindruck. Plötzlich erscheint das hohe, auskragende Dach nur wie die Vortäuschung von Geborgenheit. Das ist ein Ort, der böse Geister fern halten sollte, denkt Tamar. Aber die Geister haben gewonnen …

Sie geht zur Tür. Sie ist verschlossen, aber in Neuböckhs Büro waren ihr die Schlüssel herausgegeben worden. Sie schließt auf und tritt in die niedrige dämmrige Wohnstube. Der Lichtkegel der Lampe fällt auf einen Wandschrank mit zersplitterter Glasscheibe und den Trümmern von Steingut-Geschirr. Der Lichtkegel wandert weiter, plötzlich verharrt er, auf eine in sich zusammengesunkene Gestalt gerichtet, die in einem

Sessel sitzt, ein Gewehr über den Knien. Für den Bruchteil einer Sekunde will Tamar nach ihrer Dienstpistole greifen, dann schüttelt sie den Kopf und geht zu der Gestalt und nimmt ihr den Hut ab.

Das Licht der Stablampe fällt auf ein braunweiß gestreiftes Gesicht. Tückisch leuchten Glasaugen auf. Dann kippt das Gesicht nach vorne, der ausgestopfte Dachs purzelt aus dem Mantel und fällt auf den Boden. Das Gewehr schwankt von links nach rechts und wieder zurück.

Tamar zieht Plastikhandschuhe an, nimmt das Gewehr auf und löst die Bindfadenschlaufe. Die Waffe ist nicht geladen, auf dem Verschluss sind die Buchstaben eingraviert, von denen Berndorf gesprochen hat. Sie stellt das Gewehr weg und beugt sich über den ausgestopften grauen Mantel. Eine Stelle ist eingedrückt, sie zieht den Stoff gerade und erkennt ein rundes, nur wenig ausgefranstes oder eingeschwärztes Loch. Wenn in dem Mantel ein Mensch gesteckt hätte, wäre es ein sauberer Herzschuss gewesen.

Draußen krächzt der Polizeifunk. »Für dich«, ruft Orrie. Sie verlässt die Hütte und geht zum Streifenwagen zurück.

»Glückwunsch«, sagt Kuttler. »Paco hat in einer Raststätte in der Nähe der Ausfahrt Ilsfeld übernachtet. Die Heilbronner Kollegen haben es gerade durchgegeben. Und weißt du, mit wem er dort angekommen ist?«

»Es wird ein Hund dabei gewesen sein«, sagt Tamar.

»Du bist langweilig. Aber heute Morgen ist Paco mit jemand anderem weitergefahren. Mit einem Kerl, der gebrauchte KFZ-Ersatzteile nach Polen karrt…«

Schwarze Locken umrahmen ein blütenweißes Gesicht mit dunklen Augen und einem rosenroten Mund, der Schwanenhals ist leicht geneigt, ein spitzenbehandschuhtes Händchen hält den Fächer, halb verbergend und halb lockend, der Fächer ist azurblau und drachengolden.

»Donna Elvira«, erklärt Edith Autenrieth. Sie ist selbst eine kleine zierliche Person mit einem Strahlenkranz dünner toupierter blonder Haare. Eine Puppenfrau, denkt Berndorf und blickt durch das große Panoramafenster nach draußen in einen zugewachsenen regennassen Garten, letztes Herbstlaub hängt von den Zweigen eines Birnbaums, das Fenster ist an der einen Seite beschlagen, als habe sich innen in der Isolierung Feuchtigkeit festgesetzt.

»Sie ist eine ganz besondere Kostbarkeit«, plaudert Edith Autenrieth weiter, »ich hab sie in Salzburg entdeckt, nach einer Aufführung, die noch Karajan dirigiert hat, denken Sie nur!« Keine Puppenfrau. Ein Puppenmädchen in einer Glasvitrine, die ihrerseits voll gestellt ist mit winzigen Vitrinen, in denen weitere, noch winzigere Puppenmädchen ausgestellt sind. Berndorfs Blick wird zu einem weiteren Ausstellungsstück geleitet, Sturmfrisur, die Lippen trotzig aufgeworfen, über Stand- und Spielbein kokettieren schmale Hüften, knappes Höschen deutet an, was eher nicht der Schamhügel ist.

»Bin mal gespannt, ob Sie raten, was das ist?«

Inzwischen hat er begriffen. Die Dame sammelt keine Porzellanhündchen oder -kätzchen oder sonst einen Nippes, die Dame sammelt Nippes aus Mozart-Opern.

»Cherubino?«

Edith Autenrieth beginnt zu trällern. »Ich weiß nicht, was ich bin, was ich mache / Bald bin ich Feuer, bald bin ich Eis…« Sie bricht ab und schenkt Berndorf einen Blick aus porzellanblauen Augen. »Ich bin entzückt. Cherubino, ganz recht.«

Sie bittet zum Tee, Berndorf nimmt in einem mit himmelblauem Samt bezogenen Sesselchen Platz, das Sesselchen ist ein bisschen eng und der Bezug vorne ein wenig abgewetzt, aber das Sitzen tut gut, er ist zuvor eine gute Stunde mit Felix im Kottenforst durch den Regen gelaufen, ebene Wege, sich im immergleichen rechten Winkel kreuzend, fast hätte er sich verirrt. Irgendwann ließ er den Hund den Weg suchen, das brachte ihn rechtzeitig zum Parkplatz zurück, der keine hundert Meter vom efeubewachsenen Einfamilienhaus der Edith Autenrieth entfernt ist. Felix freilich wollte nicht in den Wagen, erst nach dem dritten »Hopp!« sprang er – die Ohren zurückgelegt – auf seinen Platz im Fond, als ob er wüsste, dass er einige Zeit allein würde warten müssen.

Der Tee wird in hauchdünnen Porzellanschälchen gereicht, Berndorfs Schälchen ist an der Seite ein wenig angeschlagen, aber er hat die Wahl zwischen weißem und braunem Kandis, einen zartsüßen Hauch von Gebäck gibt es auch.

»Also«, sagt die Gastgeberin, »Sie wollten meinen Mann sprechen, und ich sagte Ihnen, dass ich das auch gerne wollte, wenn sich eine Gelegenheit dazu ergäbe. Kurz und gut, er ist weg, verschwunden, sag mir, wo die Blumen sind ...«

»Das tut mir Leid«, sagt Berndorf und muss sich erst einmal räuspern. »Ich habe zwar auch gehört, dass er ins Ausland gegangen sei. Aber ich nahm an, das sei eine befristete diplomatische Mission oder Abordnung ...«

»Ach, Unsinn!« Eine zarte, von blauen Adern überzogene Hand tippt ihm auf den Arm. »Constantin arbeitete im Bundeskanzleramt, der auswärtige Dienst hat ihn nie gelockt ...« Plötzlich ballt sie die Hand zu einer kleinen porzellanfarbenen Faust. »*Ich will gestalten,* hat er mir immer gesagt, *etwas bewirken, nicht einfach nur der Interpret sein oder der Überbringer.*« Sie lässt die Faust wieder sinken und legt die Hand artig auf die andere, als sei ihr die Geste doch etwas zu dramatisch. »Er wollte dort sein, wo die Männer hart am Wind segeln, er liebte solche Ausdrücke, dabei hatte er gar keinen Segelschein, er war Jäger ... Trotzdem war es nicht so dahergesagt, er führte die Geschäfte für den Bundessicherheitsrat, müssen Sie wissen, dabei dürfte ich Ihnen das wahrscheinlich gar nicht erzählen.«

Was ist und tut der Bundessicherheitsrat? Berndorf hat keine
Ahnung. »Aber warum ist er dann ins Ausland gegangen?
Nach Argentinien, wenn ich Sie richtig verstanden habe ...«
Das Blau der Augen verdüstert sich. »Reich mir die Hand
mein Leben, komm auf mein Schloss mit mir ..., ich weiß
nicht, wohin er gegangen ist. Und warum. Mir hat er gesagt,
er habe eine neue Aufgabe als Repräsentant der deutschen
Industrie in Südamerika übernommen.« Sie beugt sich zu ihm
und flüstert verschwörerisch. »Alles Unsinn. Es ist ein Ge-
heimauftrag. Sie wollen es mir nur nicht sagen.«

»Wer sind diese ›sie‹, die es Ihnen nicht sagen wollen?«

Edith Autenrieth schüttelt den Kopf. Dann legt sie einen Finger mit karmesinrot lackiertem Nagel an ihre Lippen. »Geheim.«

»Ich verstehe«, sagt Berndorf. »Nein, ich verstehe natürlich
nichts ... Entschuldigen Sie, wenn ich Ihnen zu nahe treten
sollte – aber was ist mit seinem Gehalt?«

»Sie treten mir nicht zu nahe«, antwortet Edith und setzt ein
schnelles Lächeln auf und gleich wieder ab. »Mein Mann ist
nicht unvermögend, auch wenn er aus einer Beamtenfamilie
kommt. Sein Vater hatte einige recht erfolgreiche Grund-
stücksgeschäfte tätigen können, er war Landrat, als ich in die
Familie kam. Und so hat mein Mann einige Vermögenswerte
zurückgelassen ... Aber von einem Gehalt bekomme ich
nichts mehr zu sehen, wenn er denn eines bezieht.«

Berndorf nickt. Wenn er denn eines bezieht. »Das sieht doch
sehr danach aus, dass Ihr Mann die Kontakte zu Deutschland
abgebrochen hat«, sagt er schließlich. »Schade. Ich hätte natürlich sehr gerne mit ihm gesprochen, insbesondere über seinen Herrn Vater und die Zeit früher im Lautertal und auf der
Alb ... Sie verfügen nicht zufälligerweise noch über Publi-
kationen, die sich mit Ihrem verstorbenen Herrn Schwiegervater beschäftigen? Oder über Aufzeichnungen, jemand in
seiner Position hätte ja durchaus Grund gehabt, seine Erinne-

rungen festzuhalten... Vielleicht gibt es auch noch Fotoalben aus den Fünfzigerjahren oder später...«

»Unsinn.« Strafender Blick aus Augen, preußischblau. »Mein Schwiegervater war ein Mensch ohne einen Funken Phantasie. Völlig unfähig, seine Parteibrille abzunehmen. Es wäre absolut grauenvoll geworden, wenn so jemand seine Erinnerungen hätte aufschreiben wollen.« Sie steht auf. »Aber Fotoalben sind da. Warum soll ich sie Ihnen nicht zeigen? Es hat sie schon lange niemand mehr sehen wollen.«

Sie geht über den schweren goldfarbenen Teppich zu einem Empire-Sekretär mit ziselierten Beschlägen. Über dem Sekretär hängt eine gerahmte Bleistiftzeichnung, das junge, etwas trotzige Gesicht eines weiblichen Harlekins.

»Das ist Cosima. Unsere Tochter«, erklärt Edith Autenrieth. »Mein Mann hat das gezeichnet. Er hat ein Talent für so etwas. Bei Konferenzen hat er manchmal die Minister konterfeit, das waren dann richtige Karikaturen und die sind ihm aus den Händen gerissen worden.« Eine Schublade klemmt. »Helfen Sie doch einmal!«

Berndorf tritt hinzu, drückt die Schublade zurück und kann sie dann vorsichtig aufziehen. Lavendelgeruch steigt hoch, neben Bündeln von Ansichtspostkarten und einem Strauß Trockenblumen sind Alben gestapelt. Edith Autenrieth holt eins nach dem anderen heraus und reicht sie Berndorf, wie versehentlich streift ihn einmal ihr Arm, der sich unter der Rüschenbluse mager und zerbrechlich anfühlt.

Sie kehren zum Tischchen zurück, Berndorf muss die Alben halten, bis das Teeservice abgeräumt ist.

Das erste Album, schweinsledern, mit eingeprägtem Wappen, ist offenbar ein Abschiedsgeschenk für den scheidenden Landrat gewesen. Edith Autenrieth blättert es auf, Schwarzweißfotos aus den Fünfzigerjahren zeigen einen Herrn in dunklem Anzug, die Haare ordentlich geschnitten und gescheitelt, der Herr steht an einem Rednerpult, schüttelt Hände, wird vereidigt, steht wieder an einem Rednerpult, schneidet ein Absperrungsband durch, während im Hintergrund eine Blaskapelle spielt, begrüßt – selbst nur knapp mittelgroß – einen hoch gewachsenen silberlockigen Besucher, lächelnd, erkennbar launige Worte auf den Lippen ...

»Müssen wir uns das wirklich antun?«, fragt Edith Autenrieth an seiner Seite und klappt entschlossen das schweinslederne Erinnerungsstück zu und schlägt das nächste Album auf.

»Ach! Sehen Sie nur, das sind Constantin und ich ...«

Im Schein der Stehlampe – bronzener Sockel, Lampenschirm in zartgelber Seide – springen Berndorf Bilder aus den frühen Sechzigerjahren entgegen, bereits nicht mehr schwarzweiß, wenngleich die roten und blauen und gelben Farbtöne aussehen, als seien sie von den Jahren ausgelaugt worden oder hätten einen Stich bekommen. Ein junges Mädchen, zuerst im weit schwingenden Kleid, dann plötzlich im Mini ...

»So schauen Sie nur«, ruft Edith Autenrieth entzückt, »das war doch verboten kurz ...«

»Sie konnten es tragen«, sagt Berndorf höflich und erlaubt sich weiterzublättern.

»Ach Sie!«, sagt Edith Autenrieth und tippt ganz leicht, wie tadelnd, mit den Fingerspitzen auf seinen Arm.

Ein junger Mann. Blond. Die Nase etwas schief ins Gesicht gesetzt, der Anflug eines Lächelns um den Mund, auch das Lächeln ist ein wenig schief, Haare kurz geschnitten, Anzug und Krawatte. Der gleiche junge Mann im Fußballdress, dann wieder im Anzug, schließlich mit Mütze und Couleurband.

»Suevo-Danubia. Eine schlagende Verbindung.« Ein weiteres Bild zeigt den jungen Mann im Paukwichs, und es wird ihm gerade eine Wunde an der Stirn genäht. »Die Narbe sieht man heute noch«, sagt Edith Autenrieth und schlägt sich vor den Mund. »Was rede ich nur! Seit zehn Jahren ...«

Erstmals sind Edith und Constantin gemeinsam zu sehen, sie:

betont kühl, er: fragend, gestikulierend. Inzwischen trägt der
junge Mann die Haare bis zum Kragen, zu sehen ist auch, dass
er kaum größer ist als sie ... Dann sind Edith und Constantin
in einer Jagd- oder Berghütte mit anderen jungen Leuten zu
sehen, Edith posiert mit einem Jagdgewehr, den Gewehrkol-
ben stolz auf Constantin gestemmt, der zu ihren Füßen liegt,
es folgen Hochzeitsfotos mit einer Braut ganz in Weiß.

»Die Trauung war in der Stuttgarter Stiftskirche, im Juli
1972 ...«

Ein korpulenter, glatzköpfiger Mann in ausgebeultem Nadel-
streifenanzug mit unmöglich breitem Revers hat seinen Arm
um die Braut gelegt, es sieht fast so aus, als wollte die unge-
schlachte Männerhand dorthin greifen, wohin es sich nun
wirklich nicht gehört, schon gar nicht bei einer Braut.

»Sieht ein wenig komisch aus«, kommentiert Edith Autenrieth, »aber das war überhaupt nicht komisch. Der Mann da
war nämlich einer der Trauzeugen, ein Landtagsabgeordne-
ter, Silvester Schafkreutz hieß er, und man musste höllisch
aufpassen, wenn er in der Nähe war, weil er einem sonst
sonstwohin tatschte. Manchmal half nur, dass man ihm eins
auf die Finger gab.«

Hochzeitsreise nach Griechenland, Sonnenuntergang am
Kap Sounion, die zwei Säulen des Apollo-Tempelchens von
Delphi, dann die junge Frau ganz blass und mit einem
schwarzbeschopften Säugling auf dem Arm ...

»Das ist Cosima«, sagt eine gerührte und weiche Stimme.

Inzwischen laufen die Farben nicht mehr aus, die Haare werden wieder kürzer, Mann trägt jetzt gerne die Helmut-
Schmidt-Gedächtnislocke, Cosima hat die Nase vom Vater,
doch die Haare bleiben dunkel, Kindergeburtstage auf weiter
Rasenfläche, Ausflüge mit Autos, die das eckige Blech der
Siebzigerjahre abgelegt haben und irgendwie runder und
massiger geworden sind, in der Wohnungseinrichtung ver-
klingt die Erinnerung an Raufasertapete und Papierlampen,

italienisches Design wird komplettiert mit Empire und schließlich ganz davon abgelöst. Es folgen Gartenpartys mit Männern, die weltläufig aussehen und zugleich nach Jogging im Kottenforst, mit Männern, deren Körpersprache, ja selbst deren Lachen die Zugehörigkeit zu einer nicht näher definierten und doch klar abgegrenzten Klasse signalisieren.

Der Garten selbst ist keine kahle Rasenfläche mehr, Bäume werden gepflanzt, Gebüsch grenzt zu den Nachbarn ab, schwarzhaarig und spitznasig steht ein knochiges Mädchen vor einem Bäumchen, es folgen Urlaubsfotos, das schwarzhaarige Mädchen erscheint in seinem Bikini plötzlich nicht mehr ganz so knochig. Auf dem nächsten Bild trägt es Kniebundhosen und steht in einem Steinbruch, mit eher gleichgültigem Gesichtsausdruck hält es in der Hand, was ein versteinerter Ammonit sein könnte. Es folgt das verwitterte Steinbild einer nackten Frauengestalt, daneben zieht das Mädchen – noch immer in Wanderkluft – eine Grimasse, als sei es der Bundesfinanzminister und hätte soeben die neuesten Steuerausfälle bekannt zu geben. Unter Bäumen schimmert im Hintergrund eine runde, von ansteigenden Hängen eingefasste tiefblaue Wasserfläche …

»Grauenvoll«, sagt Edith Autenrieth, »manchmal hatte sie solche albernen Zustände, aber es war Constantin gewesen, der diese Wanderung mit ihr gemacht hatte, und er wollte unbedingt, dass dieses Foto ins Album kommt …«

Die nächsten Bilder zeigen wieder Haus und Garten. Vor einem Weihnachtsbaum in skandinavisch schlichtem Design sitzt ein weißhaariger Herr, die wässerigen Augen vom Blitzlicht gerötet.

Dann trägt das Mädchen einen schwarzen Hosenanzug und blickt kühl und unbewegt in die Kamera.

»Cosimas Konfirmation«, erklärt die Mutter.

An der sommerlichen Kaffeetafel ist ein Gesicht zu sehen, das irgendwie nicht ganz die nach außen gewendete Selbstsi-

cherheit der sonstigen Gäste teilt. Edith Autenrieth will wei-
terblättern.

»Darf ich das noch einmal sehen?«

Berndorf kennt das Gesicht. Auf dem Foto sind die Geheimratsecken nicht ganz so ausgeprägt. Aber das Breitflächige,
das Langsam-Bedächtige ist bereits da.

»Das ist Guntram«, erklärt Edith Autenrieth. »Guntram Hartlaub, ein Theologe. Constantin kannte ihn aus Lauternbürg.«

»Er war Pfarrer hier?«

»Nein, er war ja aus Württemberg. Guntram war als Referent
dem evangelischen Militärbischof zugeteilt, ich glaube, Constantin hat ihm das vermittelt … Die Hartlaubs wohnten hier
in Röttgen, Guntram sprang auch manchmal für unseren
Pfarrer ein und hielt den Gottesdienst, wenn der krank war,
wir mochten das sehr, wenn er das tat.« Nun blättert sie weiter. »Wissen Sie – unser Pfarrer hatte so etwas Rechthaberi-
sches an sich, er wollte, dass wir alle gegen diese amerikanischen Raketen demonstrieren, und zu Ostern sollten wir
Friedenstauben backen, dabei haben wir viele Familien in der
Gemeinde, deren Männer im Verteidigungsministerium arbeiten, die Hardthöhe ist ja nur einen Katzensprung entfernt… Guntram war viel nachdenklicher und nicht so von
sich überzeugt. Und vor allem war er jemand, der zuhören
konnte… Das da ist übrigens seine Frau, die kam aus Ost-
deutschland, sie war dort in Haft gewesen, mein Mann hat
gerne mit ihr diskutiert, sie war immer sehr ernsthaft, das hat
ihn gereizt, und dann hat er vor ihr gerne ein wenig den Ma-
chiavelli gespielt.«

Die Fotografie zeigt Marielouise Hartlaub am gedeckten
Tisch draußen im Garten, das blonde Haar schon damals
straff nach hinten gekämmt, die Augen grau, fast abweisend,
neben ihr sitzt Constantin Autenrieth, der ihr aus einer Kan-
ne einschenken will und Marielouise mit einem Lächeln an-
schaut, das – nun ja, es kommt Berndorf anders vor als das

Lächeln auf den anderen Fotos. Auch seine Gastgeberin hält einen Augenblick inne und betrachtet das Foto.

Von draußen hört man das Geräusch eines Wagens, der vorfährt und hält.

»Das wird Cosima sein«, sagt Edith Autenrieth. »Ich habe ihr von Ihrem Anruf erzählt. Ich glaube, sie will Sie kennen lernen.«

Kaum, denkt Berndorf. Misstrauen keimt in der kleinsten Puppenstube.

Die Haustür öffnet sich und wird energisch zugeworfen. »Man kann Cosima nie überhören«, sagt ihre Mutter. Dann herrscht für die Länge eines Lippenstift-Nachziehens Ruhe. Noch einmal betrachtet Berndorf die sommerliche Gartenszene, Constantin Autenrieth trägt ein blauweiß gestreiftes Hemd mit weißem Kragen, die Linien in seinem Gesicht scheinen schärfer geworden, tiefer eingezeichnet, wann zum Henker trug man gestreifte Hemden mit weißen Kragen?

Die Tür geht auf, eine zierliche junge Frau betritt die Szene: dunkles Nadelstreifenkostüm, das blasse ungeschminkte Gesicht mit der schiefen Autenrieth'schen Nase von einer Kappe lackschwarzer Haare eingerahmt, eine mephistophelische Spitze in die Stirn gekämmt. Es ist das Gesicht des Harlekins auf der Bleistiftzeichnung. Aber der Harlekin spielt nicht mehr.

Berndorf erhebt sich und wird vorgestellt, er schätzt Cosima Autenrieth auf höchstens 30, dass sie auf den ersten Blick um ein Unwesentliches größer erscheint als ihre Mutter, liegt an ihren hohen Pumps.

Cosima Autenrieth ist Rechtsanwältin, wie ihre Mutter sagt. »Fachanwältin für Internationales Handelsrecht…«

»Das tut jetzt nichts zur Sache«, schneidet ihr Cosima das Wort ab und bedeutet Berndorf mit einer kurzen Handbewegung, er solle wieder Platz nehmen. Sie selbst zieht sich das dritte Sesselchen heran und setzt sich ihm gegenüber.

»Sie wollen einen Artikel über meinen Großvater schreiben?«, fragt sie. »Jedenfalls habe ich meine Mutter so verstanden. Sind Sie Journalist?«

Berndorf schüttelt den Kopf. »Ich bin pensionierter Beamter und arbeite an einer Monographie über das Lautertal. Ihr Herr Großvater war dort Landrat...«

»Sie waren Beamter? Beim Finanzamt, wie?«

Berndorf sagt, dass er Kriminalbeamter war.

»Ach nein«, sagt Cosima Autenrieth. Für den Bruchteil eines Augenblicks liegt auf ihrem Gesicht ein Widerschein des schief angesetzten Lächelns, das Berndorf schon auf den Fotos ihres Vaters gesehen hat.

»Finden Sie nicht, dass es eine Grenze für den Unsinn gibt, den man den Leuten erzählen darf? In den staatlichen Archiven ist mehr heimatgeschichtliches Material gelagert, als Sie jemals auswerten können, und zwar über jedes Thema, über das Sie schreiben wollen.«

»Nicht über die Geschichte, wie das Haus der Sinti in Lauternbürg abgebrochen worden ist«, wirft Berndorf sanft ein.

Zu seiner Überraschung huscht ein ratloser Blick von Tochter zu Mutter, und wird ratlos wieder zurückgegeben.

»Das sagt mir nichts«, kommt die Antwort. »Und meiner Mutter auch nicht.«

»Eben deswegen hätte ich gerne mit Ihrem Herrn Vater gesprochen«, sagt Berndorf, »aber Ihre Mutter sagte mir schon, dass er...« Er macht eine Pause, als suche er nach dem richtigen Wort..., »dass er nicht zu erreichen sei.«

»Jetzt sind wir ja wohl beim Thema«, meint Cosima Autenrieth. »Es hat ein bisschen lang gedauert, finden Sie nicht? Nun hätte ich meiner Mutter zwar dringend geraten, Sie nicht zu empfangen. Aber da Sie nun einmal da sind – sagen Sie uns doch, wer Sie beauftragt hat, nach meinem Vater zu suchen, und warum?«

»Cosima...«, sagt Edith Autenrieth bittend. Aber ihre Tochter fällt ihr ins Wort. »Sei bitte still. Dieser Mann hat uns etwas zu erklären, und das will ich hören.«

»Ich suche nicht nach Ihrem Vater«, antwortet Berndorf. »Und wenn ich es tun würde, würde ich es nicht hier tun. Aber ich glaube, ich habe Sie und Ihre Frau Mutter bereits zu lange in Anspruch genommen.« Er steht auf. »Wenn die Menschen schweigen, muss man mit den Steinen reden.«

»Mit welchen Steinen?«, fragt Cosima Autenrieth scharf. »Bitte setzen Sie sich wieder.«

»Nehmen Sie es nicht wörtlich«, antwortet Berndorf und bleibt stehen. »Eine chinesische Weisheit. Vielleicht ist es auch nur falsch übersetzt.«

Unsinn. Es wird aus der Bibel sein.

»Setzen Sie sich«, sagt die Tochter. Zögernd nimmt Berndorf wieder Platz. Cosima betrachtet ihn so, als müsse sie sich dazu erst zwingen. Kühle Augen registrieren das Jackett, das an den Ellbogen schon etwas abgewetzt ist, die Hosen vom Herrenausstatter hinter den sieben Bergen, die vom Regen noch immer oder schon wieder durchnässten Schuhe.

»Nach dem Anruf meiner Mutter, die mir Ihren Besuch angekündigt hat, habe ich mich an einen Bekannten bei der Bonner Polizeidirektion gewandt.« Offenbar hat sie genug gesehen. »Natürlich weiß ich längst, wer Sie sind. Sie waren Leiter der Mordkommission in Ulm und haben einen äußerst zweifelhaften Ruf. Sie arbeiten nicht nach den Spielregeln. Das ist beunruhigend für uns. Also noch einmal: warum suchen Sie nach meinem Vater?«

»Warum sucht man nach etwas? Weil es nicht da ist.«

»Hören Sie auf, mir chinesisch zu kommen«, fährt ihn die Anwältin an.

Berndorfs Blick gleitet über sie hinweg und richtet sich auf die Mutter. »Als Ihr Mann nach Südamerika ging, hat er seine Jagd im Lautertal an den Herrn Neuböckh übergeben, nicht wahr?«

Edith Autenrieth hebt die sorgfältig gezupften Augenbrauen. »Ich bitte Sie! Das kann ich doch wirklich nicht mehr wissen.«

»Sie haben hier kein Verhör zu führen«, sagt Cosima fast freundlich, aber in jenem Ton, der ohne jede weitere Vorwarnung schneidend werden kann.

Berndorf hebt nur die Hand, mit einer halb entschuldigenden, halb abwehrenden Geste. »Haben Sie von Herrn Neuböckh keine persönlichen Gegenstände aus dem Eigentum Ihres Mannes erhalten, Waffen zum Beispiel oder Trophäen, die bis dahin in der Jagdhütte aufbewahrt wurden?«

»Tut mir Leid«, sagt Edith Autenrieth, »also so etwas hat es ganz sicher nicht gegeben…«

Berndorf lehnt sich zurück, betrachtet die Tochter, dann wieder die Mutter. »Ihr Mann hatte sich von Ihnen trennen wollen?« Die Frage kommt leise, fast freundlich.

»Was fragen Sie da?« Plötzlich ist nichts Altgeworden-Kleinmädchenhaftes mehr in der Stimme, sondern nur noch Zorn. Eine zarte, fast fiebrige Röte erscheint auf ihrem Gesicht.

»Das genügt jetzt.« Das ist, kalt und energisch, die Tochter, und diesmal ist Cosima Autenrieth nicht wegzuschieben. »Sie haben die Grenzen überschritten. Sie verlassen jetzt dieses Haus. Auf der Stelle. Sagen Sie Ihrem Auftraggeber…, ach, erzählen Sie ihm doch, was Sie wollen.«

Berndorf steht auf und will sich bei der Gastgeberin für den Tee bedanken, aber jetzt ist sie es, die durch ihn hindurchsieht. »Raus!«, befiehlt die Tochter, und Berndorf nickt höflich und verlässt das Zimmer und geht zur Garderobe, gefolgt von der argwöhnischen Tochter. Er zieht seinen noch immer regennassen Trenchcoat an und will seinen Hut aufsetzen, als Cosima Autenrieth kurz die Hand hebt.

»Einen Moment noch!«

Berndorf hält inne.

»Was ist mit den Steinen?«

Berndorf holt seine Brieftasche aus der Jacke und sucht eine

Visitenkarte heraus. »Ich meine, dass wir dort suchen müssen, wo die Steine sind …« Er hält ihr die Visitenkarte hin, zögernd nimmt sie sie. »Übrigens ist unser Gespräch dumm gelaufen, und das ist wohl meine Schuld. Falls Sie doch noch einen Versuch machen wollen – Sie sollten mich in den nächsten Tagen in Ulm erreichen können.«

Der Regen hat aufgehört. Berndorf geht auf den Kottenforst zu, dessen Wipfel sich als dunkle Linie vor ihm abzeichnen. Am Waldrand ist ein Wanderparkplatz angelegt, der Kombi mit dem Ulmer Kennzeichen steht allein. Im Gehen kramt er die Fahrzeugschlüssel aus seinem Mantel, als er aufschließen will, sieht er, dass Felix auf dem Rücksitz steht, die Schnauze am Fenster.

Berndorf verharrt. Aus dem Wagen hört er ein scharrendes Geräusch. Er braucht einen Augenblick, bis er begreift, dass das Geräusch von Felix kommt, der mit der Pfote an Wagenfenster und Holm kratzt.

Was tust du da? Wir hatten doch einen langen Weg …

Ohne nachzudenken schließt er die Tür zum Fond auf und öffnet sie, noch im Öffnen will er innehalten, weil ihm durch den Kopf schießt, was jetzt möglicherweise durchaus auch geschehen könnte und was er nicht bedacht hat und was zu bedenken es womöglich gleich zu spät sein wird, für ein paar Ewigkeiten zu spät, aber da drängt sich schon Felix aus dem Wagen und springt an ihm vorbei auf den gekiesten Boden und begrüßt ihn nicht, sondern läuft mit gesträubtem Fell um den Wagen herum, an der Motorhaube schnüffelnd.

Berndorf schaltet die kleine Taschenleuchte ein. An der Fahrertür findet er nichts, auch nichts am Holm. Felix steht vor der Kühlerhaube. Selbst in der Dunkelheit ist der Streifen Fell zu sehen, der sich auf seinem Rücken aufgerichtet hat.

Berndorf folgt seinem Blick. Der Lichtfleck der Lampe wandert über Blech, tastet die Fuge ab, entlang der die Motorhaube in die Karosserie eingefügt ist. Und verharrt.

Der Wagen war am Freitag durch die Waschanlage gefahren worden. Seither hat er einige hundert Kilometer zurückgelegt. Man kann es sehen. Auf altem, stumpf gewordenem Lack haftet Schmutz besonders schnell.

Seither hat er nur aufgetankt. Er hat weder den Ölstand nachsehen noch das Wasser für die Scheibenwaschanlage auffüllen lassen.

Woher also kommen die Abdrücke am Rand der Motorhaube? Sie sind verschmiert, als hätte jemand mit einem Lappen darübergewischt.

Berndorf fährt sich über die Stirn. Wieso ist sie nass? Der Regen hat aufgehört. Wann? Während er im Puppenheim war. Aber davor hat es geregnet. Stundenlang.

Regen allein spült den Dreck nicht weg. Aber er verwischt Spuren. Er verwässert sie. Er überschwemmt sie mit dem anderen Schmutz.

Trotzdem sind die Abdrücke und Schmierspuren deutlich zu sehen.

Er geht ein paar Schritte zurück, und dann noch ein paar.

»Felix, Fuß.« Er lässt die Tür zum Rücksitz offen. Er holt auch nicht die Leine aus dem Wagen. Er schaltet das Mobiltelefon ein, aber er hört nur ein ärgerliches Schnarren.

»Akku leer Bitte aufladen« liest er auf dem Display.

Berndorf blickt sich um und sieht im nächstgelegenen Haus Licht. Er geht darauf zu, Felix trottet neben ihm her.

Das Haus ist ein heller Klinkerbau. Berndorf klingelt, nach einer Weile meldet sich eine Frauenstimme ...

»Entschuldigen Sie bitte die Störung«, sagt Berndorf, »aber könnte ich Ihr Telefon benutzen, um die Polizei anzurufen – oder könnten Sie das für mich tun?«

»Forstenrieder Park 57«, notiert Kuttler, den Telefonhörer am Ohr, »Konsulent, was soll auch das sein? In Ulm gibt es solche Berufe nicht, da sieht man es wieder, was wir für eine Kleinstadt sind… Also, Sie wissen es auch nicht, Kollegin, trotzdem besten Dank.«

Er legt auf und wendet sich Tamar zu. »Mich hat vorhin mein IM Krampfader angerufen, in Lauternbürg wacht jetzt der Nachbar, aber hallo! Also dein Geländewagen ist gesehen worden, und wenn die Nummer stimmt, ist er auf einen Gustav Meunier zugelassen, Beruf Konsulent, das macht doch mehr her, als wenn einer als Kuttler durch die Welt laufen muss.«

»Ruf halt im Polizeipräsidium München an, dass die jemanden vorbeischicken«, antwortet Tamar. Noch immer ist sie auf eine ihr selbst nicht recht erklärbare Weise missgestimmt. Die Fahrt zu der Jagdhütte hat ihr nicht gut getan. Der Anblick der Hütte mit den zerschossenen Scheiben und dem ausgestopften Mantel hat sie an einen ausgerutschten Streich später Jugendlicher denken lassen, an ein boshaftes Vexierspiel, um sie selbst und die Polizei vorzuführen…

Das Telefon klingelt, sie hebt ab, es ist Steinbronner. »Könnten Sie mal kurz vorbeikommen, Kollegin?«

Steinbronner hat sich in einem Büro eingenistet, das eigentlich für den stellvertretenden Amtschef bestimmt ist. Doch dieser Posten ist im Augenblick vakant und wird es der Haushaltssperre wegen wohl noch eine Weile bleiben. Obwohl es in dem Zimmer nicht übermäßig warm ist, hat Steinbronner sein Jackett ausgezogen und sitzt jetzt in Hosenträgern vor ihr.

»Nehmen Sie doch Platz«, sagt er, »die Dinge sortieren sich, das ist immer ein angenehmes Gefühl, finden Sie nicht?«

Tamar setzt sich.

»Diese Sache mit diesem Jiri Adler, der Ihnen davongelaufen ist – das war eine gute Idee, die Raststätten überprüfen zu lassen.« Er hebt ein Fax auf und wedelt damit anerkennend.

»Wir haben ihn. Das heißt, es sind die Sachsen, die ihn haben. Sie haben den Lastwagen, bei dem er zugestiegen ist, hinter Plauen herausgewunken, eine komische Geschichte…«

Tamar wartet und sagt nichts.

»Als die Kollegen den Wagen überprüfen wollten, sind gleich zwei Leute herausgesprungen und weggerannt, der Fahrer und der Beifahrer.« Steinbronner betrachtet Tamar, und sein Blick scheint belustigt, fast verächtlich. »Die Kollegen waren etwas überrascht, weil sie gedacht hatten, es würde ihnen nur einer davonlaufen wollen. Sie haben aber dann doch beide geschnappt und sich den Lastwagen mit den gebrauchten Ersatzteilen näher angesehen, und siehe da – sie fanden jede Menge fabrikneuer Ware, meist noch in die Folien eingeschweißt, nur leider nicht die richtigen Lieferpapiere dazu… Licht am Ende des Tunnels, würde ich sagen.« Steinbronner macht eine Pause und betrachtet zufrieden das Fax aus Plauen. »Und Sie, was haben Sie herausgefunden?«

»Ich habe mir diese Jagdhütte angesehen, in der sich Adler aufgehalten haben soll«, berichtet Tamar. »Es muss dort eine Schießerei gegeben haben, die Einschläge in der Hütte sehen ziemlich neu aus. Außerdem haben wir die Reifenspuren eines Geländewagens gefunden, aus Lauternbürg ist uns dazu ein Hinweis gegeben worden. Der Wagen…«

»…hat ein Münchner Kennzeichen«, unterbricht sie Steinbronner, »und ist auf einen gewissen Meunier Gustav zugelassen.« Er hebt den Kopf und schiebt das Kinn vor. »Ich habe vorhin mit einem seiner Vorgesetzten gesprochen.«

Das Deckenlicht fällt auf einen Schreibtisch mit Aktenbündeln, es ist später Abend, Berndorf sitzt auf einem Holzstuhl und hält sich an dem Plastikbecher mit Automatenkaffee fest, den ihm vorhin ein Uniformierter gebracht hat.

Ihm gegenüber sitzt, zurückgelehnt, der Hauptkommissar Anton Villekens von der Bonner Kriminalpolizei und betrachtet Berndorf oder sieht über ihn hinweg oder schläft mit offenen Augen.

Kaffee aus dem Automaten schmeckt abscheulich. Kann man abscheulich steigern? Eher nicht. Für den Kaffee aus den Automaten von Polizeipräsidien müsste man es aber können.

Wieder einmal zieht Berndorf seine Taschenuhr heraus. 22.35 Uhr. Gott befohlen. Felix schläft in einem Zwinger für Fundtiere. Wann wird Berndorf ein Bett finden und wo? Er schüttelt den Kopf, als wolle er sich die Müdigkeit wie Sandkörner aus dem Pelz schütteln. So ist der Mensch: Gerade dem ganz langen Schlaf entronnen, mault er seiner Bettruhe nach ...

Das Telefon schlägt an. Mit einem Griff hat Villekens den Hörer und meldet sich. Dann hört er nur noch zu. Und auf einmal ist es, als würden seine Augen erst jetzt Berndorf wirklich wahrnehmen, sie saugen sich an ihm fest mit einem Ausdruck wacher, alarmierter Besorgnis.

»Willst du ihm das nicht selber sagen?« Es ist der erste Satz, den Villekens spricht.

Der Gesprächspartner antwortet etwas, aus dem auf sehr eindeutige Weise hervorzugehen scheint, dass er das durchaus nicht will. Villekens lacht kurz und unfroh und legt auf.

»Also Kollege.« Er beugt sich nach vorne und sucht Berndorfs Blick. Villekens hat nach hinten gekämmtes, lockiges graues Haar. Es ist schon so schütter, dass die Schädelform sichtbar wird.

Ein Kiebitz, denkt Berndorf. »Sie vergessen schon wieder, dass ich nicht Ihr Kollege bin.«

»Entschuldigung. Der Herr legen Wert auf Distanz.« Villekens hebt kurz beide Hände und lässt sie wieder fallen. »Aber bitte. Hatten Sie Wertsachen in Ihrem Auto?«

»Mein Reisegepäck. Die Hundedecke.« Wieso: hatten ...?

»Na schön. Ich habe gerade den Anruf von unseren Spreng-

stoffexperten bekommen. Sie werden sich eine neue Hundedecke kaufen müssen.«

Berndorf blickt ungläubig.

»Es ging nicht anders«, fährt Villekens fort. »Nicht unsere
Schuld. Ihre Freunde sind schuld. Eine hübsche kleine Falle.
Wenn Sie die Zündschlüssel umgedreht hätten, wären Sie in
die Luft geflogen. Rumms! Und was von Ihnen und Ihrem
Hund übrig geblieben wäre, das hätten dann wir auseinan-
derfieseln dürfen, es gibt lustigere Arbeit, glauben Sie mir…
Aber das ist nur der Anfang. Eine Bombe an die Zündung an-
schließen, das ist nämlich praktisch gar nichts. Das kriegen
heute doch schon Hauptschüler fertig, wenn ihnen der
Deutschlehrer auf den Geist geht. Ihre Freunde aber sind keine Hauptschüler.« Er macht eine Pause. »Aber das haben Sie
sicher auch schon selber herausgefunden.«

Berndorf müht sich, ein gleichgültiges Gesicht zu machen.

»Die haben sich noch eine kleine Kleinigkeit zusätzlich aus-
gedacht«, fährt Villekens fort. »Sie hatten einen zweiten Zün-
der eingebaut. Mit eigener Batterie. Und mit einer Art Zug-
band, wenn ich den Kollegen richtig verstanden habe.
Können Sie mir folgen?«

Was soll ich dazu sagen, denkt Berndorf. Nichts.

»Also, wenn unsere Kollegen die Verbindung zur Zündung
gekappt hätten«, fährt Villekens fort, »dann hätte es ein klein'
Schnäpperche' getan« – er schnipst kaum hörbar mit den Fingern – »die zweite Batterie hätte Kontakt gehabt, und die Kollegen wären in die Luft geflogen. Eigentlich eine ziemliche
Sauerei, finden die Kollegen, und auf Sie sind sie überhaupt
nicht gut zu sprechen… Zum Glück sind die Kollegen nicht
ganz so blöde, wie manch anderer aussieht. Sie haben die Leute drum herum evakuiert und ihr Auto ferngezündet. Also
nicht das Auto, sondern die Bombe darin, aber das läuft ja auf
dasselbe hinaus. Die Kollegen haben nämlich keine Lust gehabt, nachzugucken, ob Ihre Freunde noch irgendwo einen

dritten oder vierten kleinen schmutzigen Trick vorbereitet hatten. Wird aber auch so nicht besonders lustig gewesen sein, nachts die Leute herauszuscheuchen…«

Villekens lehnt sich wieder zurück. »Also Kollege – pardon, Herr Berndorf: Was sind das für Geschäfte, auf die Sie sich eingelassen haben?«

»Keine Geschäfte«, antwortet Berndorf. »Ich bin Rentner. Jemand, der zu seinem Privatvergnügen wissen will, wie eine Geschichte wirklich gelaufen ist, die es vor vierzig Jahren einmal gegeben hat. Nichts Aufregendes, kein Staatsanwalt wird sich dafür interessieren, es ist alles verjährt…«

»Worüber wir uns aufregen, entscheiden noch immer wir«, unterbricht ihn Villekens. »Im Übrigen haben Sie diesen Quark schon fünfmal breitgetreten. Der Rentner, der einen Herrn Autenrieth sprechen will, weil der bei einem Streit um Zigeuner dabei gewesen sein soll, aber der Herr Autenrieth ist nicht da, weil er vor zehn Jahren Zigaretten holen gegangen ist in Südamerika… Doch dann fahren Sie erst recht nach Bonn, um mit einem, der nicht da ist, ein Gespräch oder ein Interview zu führen… Menschenskind Berndorf, Sie sind doch ein Mann vom Fach, angeblich sollen Sie das sein, Sie haben ein Morddezernat geleitet, da muss es Ihnen doch selber im Kopf wehtun, was Sie mir da vorlügen!«

»Dieser Constantin Autenrieth ist verschwunden, und zwar unter Umständen, die für jeden verdächtig sein müssen«, antwortet Berndorf. »Verdächtig ist vor allem die Rolle des Mannes, der Autenrieths Jagd samt Hütte übernommen hat. Diesen Mann könnten Sie allerdings fragen, auf welche Geschäfte er sich eingelassen hat. Wer seine Geschäftsfreunde und Jagdpartner sind, und was er mit den Schnellfeuergewehren zu tun hat, die…«

»Die in Rotterdam gefunden wurden, in Containern seiner Firma, ich weiß. Sechsmal, Berndorf! Sechsmal erzählen Sie mir nun schon von den Kalaschnikows und der Jagdhütte und einer Schießerei, ich kann es Ihnen singen…« Wieder meldet sich das Telefon. Villekens meldet sich. »Nein«, sagt er dann, »nimm es noch mal zurück und leg es ins Zimmer vom Jupp.« Dann steht er auf. »Ich muss Sie einen Augenblick allein lassen.«

Berndorf nickt. Er versucht, sich auf dem Holzstuhl so zurückzulehnen, dass er für einen Augenblick die Augen schließen kann. Aber wenn er die Augen schließt, kippt er weg, gleich wird er vom Stuhl fallen… Er zwingt sich, die Augen offen zu halten, und beginnt, in seinem Gedächtnis nach Gedichten zu suchen, die er lautlos rezitieren könnte, wieder schiebt sich ihm das Bruchstück einer Brecht-Legende in den Sinn:

Doch der Mann in einer heitren Regung
Fragte noch: »Hat er was rausgekriegt?«

Die Tür öffnet sich, Villekens kommt herein und bleibt einen Augenblick neben Berndorf stehen und blickt auf ihn herab. Ohne es zu sehen, weiß Berndorf, dass Villekens mit den Achseln zuckt. Dann geht er hinter seinen Schreibtisch und setzt sich und legt die Ellbogen auf den Tisch und stützt sein Kinn mit den gefalteten Händen und starrt vor sich hin.

»Wir haben jetzt das meiste geklärt«, sagt er schließlich. »Ich hatte Ihnen ja schon gesagt, dass es eine Vermisstenanzeige im Falle des Herrn Autenrieth nicht gibt und nie gegeben hat. Damit ist schon mal ein Teil Ihrer Aussage in Frage gestellt. Und nun zu dem, was wir nicht in Frage stellen.«

Er macht eine Pause und holt aus seiner Schreibtischschublade ein Zigarrenetui heraus. »Rauchen Sie?« Berndorf schüttelt den Kopf. »Aber Sie erlauben?« Ohne eine Antwort abzuwarten, nimmt er sich eine Brasil und schneidet das Mundstück säuberlich mit einem Taschenmesser aus. Schließlich zündet er die Zigarre mit einem Streichholz an, wartet, bis sie Glut gefangen hat, und stößt einen Rauchkringel aus.

»Es stimmt, dass in Rotterdam eine Ladung Waffen sichergestellt worden ist. Es stimmt, dass die Waffen in Containern einer Firma gefunden worden sind, die in Lauternbürg ansässig ist. Wo immer das ist. Und es stimmt, dass es an einer Jagdhütte auf der Gemarkung dieser Gemeinde eine Schießerei gegeben hat. Hat mir alles der Kollege aus Ihrem netten Ulm bestätigt.« Er betrachtet die Zigarre. »Freundlicher Mann. Steinmann? Nein.« Er wirft einen Blick auf seinen Notizblock. »Steinbronner. Auch kein direkter Freund von Ihnen, muss ich schon sagen.«

Nein, denkt Berndorf. Kein direkter Freund.

»Aber es stimmt so weit alles. Inzwischen wissen wir sogar mehr. Der Geländewagen hatte eine Münchner Nummer und war zugelassen auf…« Wieder blickt er auf seinen Notizblock. »Den Namen dieses Mannes müssen Sie nicht wissen. Es genügt, dass ich Ihnen sage, für wen er arbeitet. Er arbeitet für die NSA.« Villekens steckt die Zigarre in den Mund und saugt daran. Offenbar ist er mit der Glut nicht zufrieden.

Berndorf gähnt. Was soll er auch sagen? Die NSA, die National Security Agency der Vereinigten Staaten, unterhält in Oberbayern eine Deutschland-Zentrale, von der aus die Amerikaner ihre Spionage in Europa koordinieren.

Villekens betrachtet ihn besorgt. »Wenn ich Sie so sehe, gibt es eigentlich nur zwei Möglichkeiten. Und keine gefällt mir. Entweder stecken Sie so tief in einer ganz üblen Geschichte drin, dass es mir wirklich Leid tut, Sie Kollege genannt zu haben. Oder Sie haben einfach keine Ahnung.«

»Könnte ich Ihr Telefon benützen?«, fragt Berndorf. »Ich würde mir jetzt gerne ein Hotel suchen.«

Villekens lässt die Zigarre sinken und verharrt einen Augenblick, als ob er nachdenken würde.

»Bitte«, sagt er schließlich und schiebt das Telefon über den Tisch und holt aus einer Schreibtischschublade ein Telefonbuch und reicht es nach.

»Eines wollte ich Sie noch fragen«, sagt er, als Berndorf die

Seite mit den Hotels aufschlägt. »Ist Ihnen eigentlich klar, was dieser Trick mit der doppelten Bombenfalle bedeutet?«

Berndorf hebt fragend die Augenbrauen, während er mit dem Finger die Liste der Hotels entlanggeht.

»Es ist eine Warnung«, fährt Villekens fort, »eine Warnung von Profis an einen, den sie für einen Profi halten. Ihre Freunde haben gewusst, dass Sie schlau genug sind, um Lunte zu riechen. Aber der Trick soll Ihnen sagen, dass Ihre Freunde noch ganz anders können. Wollen Sie Polizeischutz?«

»Dieses Hotel Cosmos«, sagt Berndorf, »liegt das einigermaßen ruhig?«

Dienstag, 13. November 2001

»Es ist ganz einfach«, sagt der Mann mit dem grau melierten Haar und beugt sich über das Sofa, und während er das tut, steigt Tamar der Geruch von Tosca for men in die Nase. »Sie ziehen die Lehne nach vorne und gleichzeitig die Sitzfläche nach oben…« Er macht es vor, und Lehne und Sitzfläche rasten nebeneinander ein. »Jetzt ist es wie ein französisches Bett«, sagt der Mann und lächelt zu Tamar hoch. Das Lächeln sieht aus, als ob der Mann feuchte Mundwinkel hätte.

»Nett«, sagt Tamar. Es ist ihr gerade eingefallen, dass sie noch einen Schlafsack hat und eine Matte dafür. »Sehr wohnlich.« Sie setzt sich an den kleinen Tisch, der Stuhl hat einen flauschig rosafarbenen Polsterbezug, und holt ihre Brieftasche heraus. Der Teppichboden ist braun genoppt, das Klappsofa braungelb gestreift, und die Fenster haben geometrisch bedruckte Vorhänge aus einem Synthetikstoff. Tamar zählt das Geld für Kaution und Novembermiete ab. »Dezember läuft dann der Dauerauftrag.«

»Sie sind Kriminalbeamtin, sagten Sie?«, fragt der Mann. »Ich glaube, da haben wir einen richtigen Glücksfang gemacht.« Tamar denkt an die Miete und widerspricht nicht.

»Vor zwei oder drei Jahren hatten wir in der Straße einen Mord«, fährt der Mann fort. »Nur wenige Häuser von hier. Ein pensionierter Richter hat dort gelebt, und er hatte zwei belgische Schäferhunde, beide scharf abgerichtet. Ich sage Ihnen, die ganze Straße hatte Respekt vor diesen Kötern. Aber dem Richter hat das gar nichts genützt. Der Mörder hat den

Hunden den Hals durchgeschnitten und dann ihm. Sie kennen den Fall sicher, der Mörder war dieser Talheimer …«

»Thalmann«, sagt Tamar. »Der Mann hieß Thalmann.«

»Ich sehe, Sie wissen Bescheid … Also seither hat man in der Straße Angst. Jeder hat Angst. Da gibt es kein Haus, an dem keine Bewegungsmelder installiert sind. Aber wenn wir jetzt jemand von der Kriminalpolizei hier haben …«

»Dann nützt das im Ernstfall womöglich ebenso wenig, wie die belgischen Schäferhunde dem Richter genützt haben.«

Kurzes Lächeln. Dann nimmt sie die Schlüssel entgegen, lässt sich den Keller zeigen und darüber belehren, dass sie alle drei Wochen Kehrwoche hat.

»Und bitte auch den Rinnstein.«

Minuten später fährt sie eine lang gestreckte Straße entlang, gesäumt von Einfamilienhäusern, zugewachsen vom Ziergehölz. Tamar will nicht darüber nachdenken, was sie in dieser Straße zu suchen hat. Dafür, dass sie abends die Tür hinter sich zuziehen kann, genügt das Appartement. Sie kann duschen, und sie hat eine Einbauküche, um sich einen Tee aufzusetzen oder ein Spiegelei zu braten. Wenn sie die Vorhänge nicht erträgt, wird sie andere aufhängen.

Mehr braucht sie nicht.

In ihrer Jackentasche hört sie ein kurzes Surren. Es ist das Mobiltelefon, aber es ist kein Anruf aufgelaufen, sondern eine Simse. Während sie hinter einer Straßenbahn wartet, die vor einer Ampel halten muss, liest sie auf dem Display:

bko wants u

Rübsam öffnet die Tür zum Pfarramtssekretariat und fährt erschrocken zurück.

Das Sekretariat ist voll gestellt mit Pappschildern. Eines davon zeigt schwarz vor einem violetten Himmel die Umrisse der Pauluskirche und auf dieser in flammenden gelben Buchstaben den Aufruf:

Wer den Pfennig nicht ehrt
ist den Euro nicht wert
Spenden Sie Ihr Münzgeld
für unseren Vespergottesdienst

»Was ist das nun wieder?«, fragt Rübsam und nimmt sich eine zweite Tafel vor, diesmal mit der Aufschrift:

Der Euro kommt, die Mark ist futsch
Nur im Vespergottesdienst
drehen wir noch jeden Pfennig
zweimal um

»Die Tafeln hat der CVJM gemacht«, erklärt die Pfarramtssekretärin Kuchenbeck. »Das ist doch pfiffig. Wenn jetzt die Währungsumstellung kommt, wissen doch viele Leute nicht, was sie mit ihrem Kleingeld machen sollen.«

Rübsam hat sich die Tafeln näher angesehen. »Und was ist das da?« Er deutet auf eine stilisierte Sparkasse.

»Ja«, sagt die Kuchenbeck, »die Plakate sollen ja nach etwas aussehen, da haben sich die jungen Leute mit der Sparkasse in Verbindung gesetzt, für die Druckkosten.«

»Warum sagen Sie nicht gleich, dass der Sparkassen-Weglein dahinter steckt?«, fragt Rübsam ungehalten. »Wenn ich ihn das nächste Mal bei uns sehe, werde ich über die Geldwechsler predigen, und wie Jesus sie aus dem Tempel vertreibt.«

»Sie machen es einem wirklich nicht leicht«, klagt die Kuchenbeck zur Antwort. »Dabei ist auch so alles schwer genug, glauben Sie mir nur. Aber Sie wissen ja gar nicht, was die Leute alles so reden, gerade jetzt…«

»Was reden welche Leute worüber?«

»Das wissen Sie doch ganz genau«, weicht die Kuchenbeck aus und schaut weg, als Rübsam ihren Blick mit den Augen festhalten will. Diese Sache mit dem neuen Dekan hat viel böses Blut in der Gemeinde gemacht, ich meine, der Dekan mag ja ganz ein ordentlicher Mann sein, da hört man nichts Nachteiliges, aber diese Frau, wie die den Männern vom Posaunenchor mitgespielt hat.«

Vorsichtig kehrt ihr Blick zu ihm zurück. »Aber das ist noch gar nicht alles. Da war doch ein Artikel in der Zeitung, ein Artikel über die Geschichte mit dem Posaunenchor. Und jetzt ist der Journalist, der das geschrieben hat, tot. Der ist umgebracht worden. Und die Polizei« – ihre Stimme senkt sich zu einem Flüstern – »die glaubt, dass diese Frau etwas damit zu tun hat ...«

»Wer, bitte, setzt solche Geschichten in die Welt?«

»Das sind keine Geschichten«, sagt die Kuchenbeck trotzig. »Es ist die Wahrheit. Sie kennen doch auch jemand bei der Polizei, fragen Sie da doch, ob die beim Herrn Chorleiter Buck gewesen sind und gefragt haben ...«

»Also schön. Sie hat den Journalisten abgemurkst. So etwas sollte sie sich allerdings nicht zur Gewohnheit machen. Und was hat sie sonst noch angestellt?«

»Sie glauben mir ja doch nicht«, meint die Kuchenbeck schnippisch. »Aber heute Abend werden Sie es ja selbst hören. Das Dekanatsgebäude muss jetzt umgebaut werden.« Triumphierend hebt sie den Kopf. »Und zwar nur, weil sie es so will. Das alte Haus ist ihr sonst nicht gut genug.«

»Und von wem wissen Sie das?«

Unwillig schüttelt die Kuchenbeck den Kopf. »Es ist nicht anständig von Ihnen, Herr Pfarrer, dass Sie von mir verlangen, über andere zu reden.«

»Weißt du, was der Betonkopf von mir will?«

»Nöh«, antwortet Kuttler und löst den Blick vom Bildschirm. »Nur, dass du gleich zu ihm kommen sollst. Er hat offenbar Oberwasser. Jedenfalls läuft er so durch den Korridor.« Kutt-

ler zieht seinen Kopf zwischen die Schultern und schiebt sein
Kinn vor. »Irgendwie so.«
Tamar zieht eine Grimasse. »Sonst was?«
»Er hat den schrotthandelnden Jägermeister laufen lassen.«
»Das ist nicht wahr!«
»Doch wahr«, beharrt Kuttler. »Noch etwas. Im Labor haben
sie die Abdrücke untersucht, die Orrie von den Fahrspuren
draußen bei der Hütte gemacht hat. Und was glaubst du …?«
»Es sind die gleichen Abdrücke wie hinter Hollerbachs
Haus?«
»Bingo …«
Die Tür fällt zu. Kuttler wendet sich wieder dem Bildschirm
und seinem Bericht zu. Irgendetwas stimmt nicht. Nachmit-
tags um drei ist es doch noch nicht dunkel …

Tamar geht durch den Korridor zu dem Büro, das Steinbronner bezogen hat. Sie tritt ein, Steinbronner sitzt hinter seinem
Schreibtisch und telefoniert, die Füße auf einen Beistelltisch
gelegt. Als er Tamar erblickt, weist er auf den Besucherstuhl,
es ist weniger eine einladende als eine befehlende Geste.
»Das weiß ich auch, dass die letzten Transfers nicht gut gelaufen sind«, sagt er in den Hörer. »Wenn ich nur das Gesicht
von diesem jugoslawischen Meniskusschaden sehe … Aber
deshalb werfen wir den Verein doch nicht den Hyänen vor.«
Er legt auf und wendet sich Tamar zu. »Nett, dass man Sie
auch mal sieht.« Tamar sagt gar nichts.
»Ich habe ein paar Neuigkeiten für Sie«, fährt Steinbronner
fort. »Sie haben doch immer sehr eng mit dem Herrn Berndorf
zusammengearbeitet?«
»Er war mein unmittelbarer Vorgesetzter.«
Steinbronner blickt auf, über seine Halbbrille hinweg. »Das
haben Sie fein gesagt. Aber wie auch immer – es wird Sie interessieren, dass gestern Abend ein Bombenanschlag auf ihn
versucht worden ist.«

Dieser Narr, denkt Tamar. Dieser alte Narr. Aber jetzt ist auch klar, warum sie nichts von ihm gehört hat.

»Ist er tot?«, fragt sie.

Steinbronner beobachtet sie weiter. »Nein«, antwortet er schließlich, »ich sagte doch, es war ein Versuch. In seinen Wagen ist eine Bombe eingebaut worden, aber der Hund hat sich auffällig aufgeführt... Seit wann hat er eigentlich einen Hund? Jedenfalls hat er Alarm geschlagen, Berndorf, nicht der Hund, und die Kollegen Feuerwerker von der Bonner Polizei haben sich der Sache angenommen. Sie wissen nicht zufällig, was er in Bonn gesucht hat?«

»Tut mir Leid. Aber ich bin über das, was Herr Berndorf tut oder unterlässt, wirklich nicht unterrichtet.«

Steinbronner lehnt sich zurück. »Ist das wirklich so?«, fragt er dann und setzt ein knappes Lächeln auf, das gerade ausreicht, um die Oberlippe über zwei künstlich weißen Schneidezähnen hochzuziehen. »Sie wohnen doch bei ihm. Oder hat man mir da etwas Falsches erzählt?«

»Sie vermengen Dinge«, antwortet Tamar, »die nichts miteinander zu tun haben.«

Steinbronner lässt das Lächeln noch eine Weile auf seinem Gesicht stehen. »Wir sollten aber wirklich wissen«, sagt er schließlich, »was das für Geschäfte sind, auf die Berndorf sich eingelassen hat. Gegenüber den Bonner Kollegen hat er gemauert. Wie er das immer tut. Diesmal ist es aber noch dümmer als sonst. Die Leute, mit denen er sich angelegt hat, sind nämlich für den guten alten Berndorf eine Nummer zu groß.«

Wieder erscheint das Lächeln. »Die Vorrichtung, die man in seinem Wagen angebracht hat, ist den Kollegen so unheimlich gewesen, dass sie die Nachbarschaft evakuiert und die Bombe ferngezündet haben...Verstehen Sie – die haben dem sein Auto in die Luft gejagt, das hat er nun davon.«

»Und der Hund?«

Steinbronner überlegt. »Weiß nicht. Aber da ist etwas, was

mich mehr interessiert. Bei seiner Vernehmung hat Berndorf auf zwei Dinge hingewiesen. Einmal auf diese Gewehre, die der niederländische Zoll in Rotterdam sichergestellt hat, obwohl darüber nirgendwo berichtet worden ist. Und er hat hingewiesen auf die Schießerei bei dieser Jagdhütte des Herrn Neuböckh hier in Lauternbürg...«

Tamar wartet.

»Zwar ist das alles der blühende Unsinn«, fährt Steinbronner fort. »Ich frage mich, warum er das den Bonnern erzählt hat. Gaga ist das. Was juckt die eine Jagdhütte auf der Alb? Aber nach wie vor frage ich mich, woher er das eigentlich alles gewusst hat. Und wie ich mich so frage, fällt mir ein, dass Sie als Erstes von der Schießerei berichtet haben, ein anonymer Anrufer hat Ihnen den Tipp gegeben, nicht wahr? Und der Anruf war so kurz, dass Sie die Herkunft nicht überprüfen konnten... Wenn Sie sich anstrengen, liebe Kollegin: Könnte es sein, dass die Stimme des Anrufers ein klein wenig so ähnlich geklungen hat wie die Ihres früheren Vorgesetzten?«

»Ich sagte Ihnen, dass ich die Stimme nicht erkannt habe.«

»Aber es war eine Männerstimme?«

»Ja.«

»Toll, was Sie so herausfinden«, meint Steinbronner. »Ist Ihnen das nicht peinlich, liebe Kollegin, dass ich hier wie ein Hausierer Klinken putzen muss, bis auch nur ein Brosamen Information für mich abfällt?«

Tamar schüttelt abwehrend den Kopf. »Davon kann keine Rede sein...«

»Menschenskind Wegenast!« Steinbronner schlägt mit der flachen Hand auf den Tisch. »Kapieren Sie doch – Ihr früherer Vorgesetzter hat sich auf etwas eingelassen, das ihn in Lebensgefahr bringt. Und leider Gottes haben die Bonner Kollegen ihn nicht in Verwahrung genommen, vermutlich sind die froh, ihn nicht mehr zu sehen. Kann ich gut verstehen. Trotzdem – wir können die Dinge nicht einfach laufen lassen.

Ich jedenfalls kann es nicht, obwohl ich noch nie dem engeren Freundeskreis des Hans Berndorf angehört habe ...«

»Ich kann nur wiederholen«, sagt Tamar, »dass ich die Stimme des Anrufers nicht erkannt habe. Aber ich verstehe, dass wir eine neue Situation haben. Finden Sie da nicht, dass wir jetzt doch diesen Herrn Meunier vorladen sollten? Auch wenn er für die Amerikaner arbeitet, müsste er uns sagen, was hier eigentlich gespielt wird.«

Steinbronner schweigt. Stille breitet sich aus. Schließlich hört Tamar ein leises scharrendes Geräusch. Es dauert eine Weile, bis sie begreift, dass Steinbronner mit dem Fingernagel sein unrasiertes Kinn kratzt.

So was kann ich nicht, denkt sie.

»Chuzpe«, sagt Steinbronner schließlich. »Das ist der richtige Ausdruck. Chuzpe. Erst lügen Sie mir vor, Sie wüssten nicht, wer Ihnen das mit der Schießerei da draußen gesteckt hat. Aber kaum, dass der Herr Berndorf richtig in der Tinte sitzt, sollen wir die Leute von der NSA vorladen und sie ins Kreuzverhör nehmen...« Er macht eine Pause und starrt auf den leeren Schreibtisch vor sich.

Alles recht, solange du nicht wieder das Kratzen anfängst, denkt Tamar.

»Sie lesen Zeitung, hören Nachrichten?« Die Frage kommt leise, fast resigniert.

»Ja, sicher doch ... Warum fragen Sie?«

»Sie wissen, was am 11. September war? Dass Amerika sich im Krieg befindet?«

»Ich verstehe nicht ...«

»Im Krieg gegen den Terrorismus.« Steinbronner beugt sich nach vorne. »Weltweit. Ein Krieg um Sein oder Nichtsein. Da wird keiner hinterm Kachelofen hocken bleiben. Nirgendwo. Nur bei uns schlägt die Stunde der Bedenkenträger. Drei Tage noch, und dann kracht womöglich diese Regierung in Berlin in sich zusammen, weil diese Gutmenschen nicht einmal den

Marschbefehl für ein paar läppische Minenräumboote herauslassen wollen... Glauben Sie wirklich, dass sich die Amerikaner da ausgerechnet von uns vorführen lassen?«

In Tamars Kopf regt sich Widerspruch. »Dieser Krieg, von dem Sie reden«, fragt sie sanft, »geht der nicht auch ums Öl?«

»Ach so.« Steinbronner betrachtet sie aus großen Augen. »Natürlich ist das auch ein Krieg ums Öl«, sagte er dann. »Ein Krieg um Ressourcen. Um die Pipeline zum kaspischen Öl. Niemand bestreitet das. Auch die Gutmenschen fahren nicht mit Kettcars am Reichstag vor.«

Tamar gibt den Blick zurück. »Ich weiß nur, dass ich noch immer nicht weiß, was dieser Meunier im Lautertal zu suchen gehabt hat. Und mir ist auch nicht klar, was diese Waffenlieferung nach Rotterdam mit Afghanistan zu tun haben soll.«

»Jetzt geht das von vorne los.« Steinbronner senkt den Kopf und stützt ihn in beide Hände. »Sie haben ein Handy?«, fragt er schließlich. »Benutzen es häufig?«

»Ja, sicher doch...«

»Ihr Kommunikationsverhalten ist anders geworden, seit es diese Geräte gibt?«

»Das weiß ich nicht. Vielleicht.«

»Wissen Sie, wie diese Geräte gebaut werden? Was man dazu braucht?«

»Chips wird man dazu brauchen«, antwortet Tamar, »elektronische Bauteile eben...

»Elektronische Bauteile!« Steinbronner lacht kurz. »Ist nie falsch. Aber dafür brauchen Sie bestimmte Grundstoffe mit besonderen Eigenschaften. Mineralien. Erze. Was weiß ich. Eines davon ist Coltan. Das waschen Sie nicht so auf die Schnelle aus dem Donausand heraus... Können Sie mir folgen?«

»Ich denke doch«, antwortet Tamar behutsam.

»Sie haben von diesem Bürgerkrieg im Kongo gelesen?«, fährt Steinbronner fort. »Natürlich haben Sie das, Sie sind ja ganz scharf hinter dieser angeblichen Waffenlieferung her.

Angeblich ist sie für den Kongo bestimmt, und wenn das so ist, wird sie nicht die einzige sein. Angeblich sind ja sogar Panzer aus der Bundesrepublik dorthin geliefert worden. Von mir aus. Aber dieser Bürgerkrieg – das ist keiner. Das ist ein Krieg ums Coltan, und in den lassen sich die Amerikaner so wenig hineinreden wie in den gegen die Taliban. Sie werden die Amerikaner nicht befragen. Punkt.«

Unvermittelt bricht er ab. Das gibt alles keinen Sinn, denkt Tamar. »Ich hatte Sie gestern so verstanden«, sagt sie vorsichtig, »dass der Herr Meunier im Auftrag der NSA wegen illegaler Waffengeschäfte recherchiert… Wenn er das tut, ist er doch auf eine Zusammenarbeit mit uns angewiesen.«

»Es ist der erste Grundsatz unserer Kollegen bei der NSA«, antwortet Steinbronner mit unbewegtem Gesicht, »auf eine Zusammenarbeit mit uns nicht angewiesen zu sein.«

»Aber die müssen doch wissen…«, setzt Tamar an und bricht ab. Dann dämmert es ihr. Natürlich muss sie den Amerikanern nicht mitteilen, was diese längst am besten wissen.

Steinbronner beobachtet sie. »Haben Sie's jetzt verstanden?«

»Ja doch«, antwortet sie. »Es ist die NSA, die diese Gewehre in den Kongo liefert. Die NSA, oder Strohleute von ihr.«

Steinbronner schüttelt den Kopf. »Das habe ich nicht gesagt. Mit keinem Wort. Und selbst wenn es so wäre, würden wir von den Amerikanern auf dem Dienstweg keine Auskunft bekommen. No comment. Sie laufen bei denen nicht gegen eine Gummiwand. Sie laufen gegen eine Wand aus glattem, poliertem, hoch subventioniertem US-Stahl.«

»Trotzdem können wir nicht so tun, als gäbe es diese Gewehre nicht.«

»Tun wir das?«, fragt Steinbronner zurück. »Wir haben diesen Landmaschinenhandel auf den Kopf gestellt. Jeden rostigen und ölfleckigen Winkel durchsucht. Und nichts gefunden. Die Kollegen vom Dezernat Wirtschaftsstraftaten haben die Konten des Herrn Neuböckh auseinandergenommen, bis auf den letzten Pfennigposten. Das Ergebnis ist negativ. Alles ist belegt. Alles schwäbisch bescheiden...«

In Tamars Blick ist etwas, das Steinbronner innehalten läßt.

»Was schauen Sie so? Die Unschuldsvermutung gilt auch für karitative Einrichtungen. Jedenfalls haben wir im Augenblick keinerlei Handhabe. Gegen niemand.«

Stolzes Ergebnis, denkt Tamar. Dazu hätte Stuttgart dich nun wirklich nicht einfliegen müssen. »Und wie soll das jetzt weitergehen?«

»Wir machen unsere Hausaufgaben, Kollegin. Ihr Freund Adler wird uns weiterhelfen. Die Kollegen in Plauen wollen ihn heute überstellen, und wenn wir ihn in die Mangel nehmen, werden wir sehr bald Bescheid wissen. Denn für Adler geht es nur noch um den Mord an Hollerbach. Alles andere sind Peanuts für ihn, und falls er das nicht weiß, werden wir ihm das klarmachen. Dieser Vogel wird in jeder Tonleiter singen, die wir ihm vorgeben.«

»Einen Augenblick«, sagt Tamar. »Adler war nicht für den Lastzug nach Rotterdam eingeteilt. Der sollte einen Transport in den Kosovo bringen.«

Steinbronner schweigt einen Augenblick . »Das hat nichts zu sagen«, fährt er schließlich fort, »wenn der Vogel nicht singt, singt er nicht. Gerupft wird er trotzdem.« Steinbronner beugt sich nach vorn und sucht Tamars Blick. »Außerdem interessiert uns im Augenblick nur eines. Uns interessiert, warum der Jiri Adler den Hollerbach umgebracht hat. Umgebracht hat er ihn, auch wenn's vielleicht doch kein Mord war, sondern nur ein Totschlag oder eine Körperverletzung mit Todesfolge... Es wäre übrigens angebracht, dass Sie ihm diese Unterschiede verklickern. Dabei dürfen Sie durchaus auch anklingen lassen, dass es bei uns liegt, wie wir seine Darstellung werten. Dass wir zum Beispiel eher geneigt sein werden, seiner Version zu glauben, wenn er zuvor auf den Tisch gelegt hat, was er über irgendwelche Waffenlieferungen weiß. Niemand soll uns nachsagen können, wir seien in dieser Frage nachlässig gewesen…«

Er legt beide Hände auf den Tisch, als ob er gleich aufstehen würde. »Ich sage Ihnen das, weil ich heute Nachmittag nicht da sein werde. Sie haben also die Gelegenheit, diese Geschichte sauber aufzuräumen und damit auch den nicht ganz so glücklichen Umstand aus der Welt zu schaffen, dass Adler Ihnen beim ersten Mal davongelaufen ist… Verstehen Sie eigentlich, was ich gerade tue?«

»Sie geben mir Anweisungen für die Einvernahme von Adler.«

»Sie haben es nicht verstanden. Ich gebe Ihnen eine Chance. Das ist es, was ich tue. Es ist Ihre zweite in dieser Sache. Eine dritte gibt es nicht. Noch Fragen?«

»Nein«, sagt Tamar und steht auf. »Nur ein Hinweis. Ganz werden Sie um diesen Meunier nicht herumkommen. Sein Wagen stand in der Tatnacht auf einem Waldweg hinter dem Haus des ermordeten Hollerbach. Wir haben es anhand der Reifenspuren herausgefunden.«

»Hätten Sie mich gefragt, hätte ich Ihnen das sagen können, ohne das Labor zu bemühen«, sagt Steinbronner ruhig. »Ich habe Ihnen ja erklärt, dass ich mit den Amerikanern gesprochen habe. Mit Meuniers Führungsoffizier, um genau zu sein. Kein sehr lustiges Gespräch. Eigentlich wollte er mir überhaupt nichts sagen. Schon gar nichts zu der Schießerei im Wald. Den Mund hat er erst aufgebracht, als ich ihn direkt gefragt habe, ob seine Leute etwas mit dem Tod Hollerbachs zu tun hätten. Ja, hat er gesagt, dieser Journalist hätte merkwürdige Fragen gestellt, deshalb habe Meunier ihn überprüft. Er wollte wissen, mit welchen Karten sich Hollerbach ins Spiel mischt. Und deshalb war Meunier in der Tatnacht dort. Er war auch in Hollerbachs Haus. Aber es war leer, und er hat es verlassen, bevor Hollerbach zurückgekehrt ist.«

»Diesen Führungsoffizier«, fragt Tamar sanft, »den haben Sie angerufen?«

Steinbronner blickt hoch. »Sicher doch«, antwortet er und zieht die Augenbrauen hoch. »Auf dem informellen Weg kann man sogar von den Amerikaner etwas erfahren. Man muss nur den Weg kennen.«

»Aber die Aussage dieses Mannes müssen wir unbedingt aufnehmen und im Detail nachprüfen«, wendet Tamar ein.

»Nichts müssen wir«, widerspricht Steinbronner. »Es gibt übergeordnete politische Interessen, die wichtiger sind als unsere Polizeiprotokolle. Im Übrigen haben die Amerikaner diesen Hollerbach abgehakt. Er ist ohne Bedeutung für sie. Ihre Recherchen haben ergeben, dass er ein Windmacher gewesen ist, ein Aufschneider ...«

Berndorf legt die Zeitungen zur Seite, die er auf dem Bonner Hauptbahnhof gekauft hat, und lehnt sich in seinem Abteilsitz zurück.

Vor seinen schläfrigen Augen zieht der Rhein an abgeernteten Weinbergen vorbei und füllt das Tal aus und nimmt das Licht des Nachmittags mit sich nach Holland. Warum macht er es nicht wie sein Hund? Felix schläft zu seinen Füßen und hat den Versuch aufgegeben, sich mit der Pfote den Maulkorb vom Kopf zu schaffen, den Berndorf ihm am Morgen gekauft hat oder hat kaufen müssen ...

»Einen solchen Hund können Sie ohne Maulkorb aber nicht mit ins Abteil nehmen!«

Überhaupt war seine Abreise mit Hindernissen verbunden gewesen, Villekens hätte ihn am liebsten dabehalten ...

»Unser Ulmer Kollege hat uns das übrigens dringend anempfohlen, wie finden Sie denn das?«, hatte er ihm am Vormittag in seinem Büro im Bonner Polizeipräsidium erklärt.

»Wenn Sie wo ihre Hand dazwischen hätten, dann könne ich Gift drauf nehmen, dass es vermurkst wird. Hat mir dieser

Steinmann oder Steinbronner gesagt. Wie haben Sie es eigentlich bis zum Hauptkommissar geschafft?«
»Überall braucht man einen, der das Karnickel ist«, hatte Berndorf geantwortet. Das schien Villekens einzuleuchten. Aber vielleicht hatte er auch nur einfach keine Lust, eine Geschichte aufzuräumen, die ihn nichts anging, sondern höchstens die Leute da unten mit ihrem putzigen Kirchturm.
»Es wär nett, wenn ich Sie nicht mehr hier sehen würde«, hatte er zum Abschied gesagt. »Wir haben selber genug Leute hier, die Murks machen.«

Über dem New Yorker Stadtteil Queens war – gerade zwei Monate nach dem Anschlag auf das World Trade Center – ein Airbus abgestürzt, es hatte 255 Tote gegeben, »Bonner Generalanzeiger« und »FAZ« berichten ausführlich. In Afghanistan geht der Vormarsch der Nordallianz weiter, in den Korrespondenten-Berichten klingt die etwas bange Frage an, wie sich diese neuen Verbündeten der USA wohl in Kabul aufführen werden. Im »Generalanzeiger« steht nichts oder noch nichts über den Bombenalarm in Röttgen, auch nichts darüber, dass die Rotterdamer Hafenbehörde in den Containern einer angeblichen deutschen Hilfsorganisation eine ganze Ladung Schnellfeuergewehre aufgespürt hatte. In der »FAZ« entdeckt Berndorf zwar einen kurzen einspaltigen Bericht über die Pressekonferenz eines örtlichen Machthabers im Kongo, der drei ausgebrannte Panzer vorgezeigt und behauptet hatte, diese seien von der deutschen Bundesregierung an die Rebellen geliefert worden. Was sich hinter diesem Propagandamanöver verberge, sei aber noch nicht erkennbar, meldete der Korrespondent abschließend. Über den Waffenfund in Rotterdam berichtet auch die »FAZ« nicht.
Zu unbedeutend, das alles? Was geht es mich an, denkt Berndorf und schließt die Augen. In einem Zug kann er nicht schlafen, aber manchmal mag er dieses Schweben zwischen

Wachsein und irgendetwas, was noch nicht Schlaf ist, diese Schnipsel von Tagträumen, die an seinen geschlossenen Augen vorbeiziehen wie ein alter körniger Schwarzweißfilm. Von Zeit zu Zeit kehrt er in das Wachsein zurück, die Rückkehr ist unangenehm, wenn er etwas zu lesen hätte, könnte er sich daran festhalten, warum nicht wieder einmal ein Gedicht auswendig lernen? Aber die beiden Gedichtbände sind perdu, pulverisiert, mitsamt Hundedecke und -leine, Berndorfs Reisenecessaire, seinem Schlafanzug und den karierten Polsterbezügen der alten Autositze in die Luft geflogen und zu Fitzelkram und Sondermüll zerrissen. Warum hat er nicht in der Bahnhofsbuchhandlung daran gedacht?

Während er sich und seinen Rücken zurechtrückt, spürt er, dass seine linke Jackentasche ausgebeult ist. Er greift hinein und holt ein Taschenbuch heraus, »KreuzVerhör« heißt der Titel, seit wann schleppt er das mit sich herum? Seit er in der Jagdhütte war. Er saß am Tisch und blätterte das Buch durch, im Schein der Petroleumlampe, dann hat er es eingesteckt, weiß der Kuckuck warum.

Zuzeiten hat er sich auch schon das Kreuzworträtsel der Hamburger Wochenzeitung vorgenommen, wenn er mit dem Schachproblem fertig war, donnerstagabends beim Italiener, oder auch während einer ruhigen Nachtschicht. Hat man einmal den Bogen heraus, nach dessen Denk- und Assoziationsmuster die Fragen konstruiert werden, ist die Lösung nicht allzu schwer. Auch in dem Sammelband, der Berndorf irgendwie bis in diesen Zug gefolgt ist, sind die ersten Rätsel gelöst, komplett in kleinen hurtigen Druckbuchstaben ausgefüllt. Er hat von Graphologie nicht viel Ahnung, aber nach der Handschrift des Landmaschinenhändlers Neuböckh sehen sie nicht aus. Ist es also die Handschrift des Ministerialbeamten Constantin Autenrieth? Geübt in Aktenvermerken, zierlich in grüner oder roter Tinte ausgeführt...

Er blättert einige Seiten durch, bis er zu dem einen Rätsel

kommt, das nur zum Teil ausgefüllt ist, und zwar mit Buchstaben, die ihm sperriger erscheinen als die anderen und steiler.

In der rechten Hälfte klaffen Lücken, einzelne Worte sind schon eingetragen, aber die vertikalen Verbindungen haben sich offenbar nicht einstellen wollen. Wieder betrachtet er eines der Worte, die nach rechts vorstoßen, es ist das Wort 46 waagrecht, er ist ein wenig irritiert und sieht noch einmal in der Aufgabenstellung nach:

... 46: *Du verstehst, das Harte unterliegt*

Eingetragen ist DAODEJING. Sicher doch, denkt Berndorf. Bekommt er den Vers noch zusammen?

Es rumpelt eine Weile in den Synapsen, dann rasten die fünf Zeilen ein:

Doch der Mann in einer heitren Regung
Fragte noch: »Hat er was rausgekriegt?«
Sprach der Knabe: »Dass das weiche Wasser in Bewegung
mit der Zeit den mächtgen Stein besiegt
Du verstehst, das Harte unterliegt.«

Die Frage bezog sich also auf Brechts »Legende von der Entstehung des Buches Taoteking«, und wer immer dieses Rätsel angegangen war, hatte mit dieser Frage offenbar kein Problem. Aber warum diese Schreibweise? Die eine oder andere Ausgabe des *Buches von Weg und Tugend* hatte er früher auch schon einmal in der Hand gehabt. Aber in seiner Erinnerung war der Titel jedes Mal als Taoteking transskribiert gewesen, so unterschiedlich die Übersetzungen sonst auch ausgefallen waren...

Nun ja, denkt er schließlich, dass chinesische Schriftzeichen auf verschiedene Weise übertragen werden können, ist ihm nicht zum ersten Mal aufgefallen. Wie war das mit Peking? »Beijing« stand in der Zeitung, gestern erst... Aber welche Schreibweise hat der Rätselmacher zugrunde gelegt?

Er will sich das Rätsel nun doch genauer ansehen, aber leise

rauschend rollt der Zug vorbei an Rhein und Ruinen und abgeernteten Weinbergen, in den schnurgerade gesetzten Weinstöcken verhaken sich Wortfetzen, die Wortfetzen verschwimmen, noch ehe Berndorf sie entziffern kann, *man schaut danach und sieht es nicht, sein Name ist ...*
Berndorf ist eingeschlafen.

»Na also«, sagt Tamar und weist auf den Besucherstuhl, »jetzt können wir uns ja doch noch unterhalten.«
Paco setzt sich zögernd. Vor einer halben Stunde ist er gebracht worden, er ist unrasiert und die langen schwarzen Haare hängen ihm fettig um den Kopf. Tamar hat ihm die Handfessel abnehmen lassen, und wie er so dasitzt, ist er ein eher unsicherer, fast verängstigter junger Mann. In der Kneipe war er ihr noch vorgekommen wie einer dieser Hinterhof-Rambos, vibrierend vor Aggressivität, die sofort und ohne Ansatz zuschlagen ... Das ist gar nicht so selten, denkt Tamar. Wenn sie keinen Eindruck mehr machen können, wenn niemand mehr vor ihnen Angst hat, dann ist mit einem Mal die Pose weg, und das Lässig-Tänzerische auch, schade, dass diese Carmen ihn nicht so sehen kann.
»Sie haben mal geboxt, richtig im Ring?«
»Hab ich nicht.«
»Auch kein anderer Sport? Karate? Irgendetwas in der Art?«
»Ich weiß nicht, warum Sie mich das fragen.«
Das Gespräch setzt sich fort und wird nicht weniger zäh. Tamar erinnert sich an ihre Schulzeit. Sie war mit Kindern aus der Siedlung – wie das damals hieß – in die gleiche Klasse gegangen, und wenn diese Kinder nicht wollten, dann konnte kein Lehrer jemals etwas aus ihnen herausbringen. Paco ist so ein Schüler, da kann sie mit Himmelszungen den Unterschied erklären zwischen Mord und Totschlag und Körper-

verletzung mit Todesfolge, Paco kapiert nur das eine, dass sie nämlich eine Naterer ist. Und eine Frau. Da wird er nicht das Maul aufmachen, gleich zweimal nicht.

Schließlich holt sie für sich und Paco Kaffee. »Eigentlich habe ich gedacht, wir finden Sie in Rotterdam«, sagt sie beiläufig und setzt sich wieder hinter ihren Schreibtisch.

»Wieso in Rotterdam? Das ist nicht meine Tour.«

»Nicht?«, fragt Tamar zurück. »Dann hat man uns was Falsches gesagt.« Sie nimmt den Pappbecher mit dem Kaffee in beide Hände, als ob sie sich daran wärmen wolle.

»Das können Sie ruhig aufschreiben«, sagt Paco. »Rotterdam ist noch nie nicht unsere Tour gewesen. Ich fahr die Balkanroute, oder jetzt über Italien mit der Fähre, weil, durch Jugoslawien kommt keiner mehr durch …«

»Ah ja?«

»Schreiben Sie es nur auf, wofür habt ihr eure schlauen Notizbücher?«

Tamar stellt den Kaffeebecher ab und holt ihren Notizblock heraus und ihren Kugelschreiber. »Warum ist Ihnen das so wichtig, dass Rotterdam nicht Ihre Tour ist?«

Paco blickt ratlos. »Ich hab immer gedacht, vor der Polizei soll man die Wahrheit sagen.«

»Was wissen Sie denn über die Ladung für Rotterdam?«

»Woher soll ich da was wissen? Rotterdam war …«

»War noch nie Ihre Tour, ich weiß«, unterbricht ihn Tamar. »Sie fahren die Balkanroute. Nehmen Sie da die Ladung immer in Lauternbürg auf?«

Paco blickt hoch. »Was soll das?«

»Kann ja sein, dass woanders noch was zugeladen wird.« Sie blickt Paco an. »Oder dass Sie erst ein paar Kisten holen, und das andere kommt dann in Lauternbürg dazu.«

Paco zögert. »Das kann schon mal gewesen sein.«

»Und wo haben Sie diese Kisten geholt?«

»So was steht in den Papieren.« Paco blickt ihr in die Augen.

»Wirklich?«, fragt Tamar und hätte sich selbst am liebsten auf die Zunge gebissen. In einem solchen Gespräch darf sie nicht ironisch werden. Niemals. »Anderes Thema. Wer hat denn unseren Streifenwagen weggefahren? Waren Sie das?«

»Weiß nicht, was mit euren Wannen ist.«

»Kennen Sie die Jagdhütte des Herrn Neuböckh?«

Paco zuckt mit den Schultern. »Vielleicht bin ich mal vorbeigekommen.«

»Waren Sie schon mal drin?«

»Kann sein. Weiß nicht mehr.«

»Hat Sie der Herr Neuböckh reingelassen?«

»Muss er wohl, wenn ich drin war.«

Tamar nimmt einen Schluck Kaffee. »Sie sind so weit also ganz vertraut mit ihm. Können Sie sich eigentlich wirklich nicht erinnern, wo Sie die Zuladung geholt haben, diese Kisten, von denen wir vorhin gesprochen haben?«

»Ihre Platte hat einen Sprung…«

»Meinen Sie?«, fragt Tamar freundlich zurück. »Aber wir haben jede Menge Zeit. Wir können sie noch oft anhören…«

Die Abteiltür öffnet sich, ein Mann, Anzugträger, Mantel über dem Arm, schiebt sich in das Abteil und knipst das Deckenlicht an.

»Hier ist noch frei?«

Berndorf, hochgeschreckt, nickt höflich und packt den auf dem Boden ausgestreckten Felix am Halsband, um ihn mehr zu sich heranzuziehen.

»Lassen Sie nur«, sagt der Mann und verstaut seinen Mantel in der Gepäckablage. »Mit Hunden hab ich kein Problem, noch nie gehabt.« Er setzt sich schräg gegenüber von Berndorf und betrachtet Felix, der sich inzwischen auf die Hinterpfoten gesetzt hat und zu Berndorf hochsieht.

»Ei du guter Hund!«, sagt der Mann. »Verträgt er denn das Zugfahren?«

»Das wird sich zeigen«, antwortet Berndorf. »Wir sind zum ersten Mal so unterwegs.«

»Zum ersten Mal?«, echot der Mann. »Das hört sich nach einem kleineren Malheur an.«

Er lächelt, und das Lächeln gefällt Berndorf nicht. Der Mann steckt in einem dunklen Anzug, der auf unaufdringliche Weise elegant ist. Schmales Gesicht, vorspringende Nase, dichtes braunrotes Haar. In den Augen Argwohn... Berndorf registriert dies alles, ohne zu verbergen, dass er sein Gegenüber mustert. Wir müssen nicht mehr so tun als ob, denkt er, gar nichts müssen wir.

Der Mann gibt den Blick zurück. Das Lächeln ist verflogen. Er zieht den kleinen Fahrplan zu Rate, der auf allen Abteilsitzen ausliegt, und blickt auf seine Armbanduhr, um die Abfahrtzeit zu vergleichen. Auch die Armbanduhr, die unter dem Jackettärmel zum Vorschein kommt, sieht teuer aus.

»Mal wieder Verspätung«, konstatiert er dann. »Sie werden erst bei Dunkelheit in Ulm sein.«

»Wir werden es ertragen.«

»Das klingt gut«, meint der Mann. »Gelassen. Souverän. Gefällt mir.« Plötzlich lächelt er wieder. »Sie spielen Schach, nicht wahr? Siebtes Brett, Bezirksliga. Respekt.«

»Ihre Dossiers«, antwortet Berndorf, »sind nicht mehr ganz auf dem Laufenden. Nachwirkungen Ihres kleineren Malheurs? Vor ein paar Jahren war da doch was.«

Der Mann lacht kurz. »Das ist aber nun ganz der Herrn Berndorf, wie er im Buche steht. Immer ein wenig ironisch. Ein wenig von oben herab. Wer es sich leisten kann...« Er greift in seine Jackentasche und holt eine Visitenkarte heraus. »Wir kennen Sie, und Sie kennen mich nicht, das muss für Sie unbefriedigend sein...«

Berndorf nimmt die Visitenkarte und liest:

Gustav Meunier, Konsulent

»Sie müssen das nicht ganz wörtlich nehmen«, fährt Meunier fort. »Nach den politischen Veränderungen in unserem Vaterland haben sich einige Kollegen beruflich neu orientieren müssen, darunter auch meine Wenigkeit. Aber ein neues Berufsfeld können Sie sich nicht einfach so in der Kaufhalle besorgen, da braucht es eine gewisse Kreativität auch im sprachlichen Bereich.«

»Konsulent klingt gut«, sagt Berndorf, die Hand auf Felix' Kopf gelegt. »Sie haben da sicher bereits eine reiche Erfahrung.«

»Zu freundlich«, wehrt Meunier ab. »Vor allem bin ich beratend tätig. Ich stelle Kontakte her, die sonst kaum jemand vermitteln kann, und ich bin in Maßen erfolgreich. Dabei ist unser Neubeginn alles andere als einfach gewesen, glauben Sie mir das ... Da hat es Leute gegeben, die haben gedacht, Sie dürften uns gegenüber die elementarsten Regeln der Fairness und eines korrekten Geschäftsgebarens außer Acht lassen.«

Meunier unterbricht sich und betrachtet Berndorf. Der gibt den Blick zurück, noch immer höflich, aufmerksam.

»Sie fragen sich, warum ich Ihnen das erzähle.« Meunier lächelt knapp. »Sehen Sie, unsere Welt hat sich seit den Achtzigerjahren dramatisch verändert. Es gibt keine berechenbaren Fronten mehr, keine klaren Linien. Die Amerikaner haben das jetzt zu spüren bekommen, die Russen übrigens auch. Niemand weiß, wo die wirkliche Gefahr ist, von wem sie droht, welches Gesicht sie hat ... Deshalb ist es meine Philosophie, Berechenbarkeit herzustellen. Es ist nicht gut, andere Menschen täuschen zu wollen. Tricks zahlen sich nie aus.« Er schüttelt den Kopf. »Nicht langfristig. Für niemanden. Den einen legt man herein und lacht noch darüber, und dann fährt man vor lauter Lachen das eigene Auto gegen den Baum, und das Auto ist so kaputt, dass man nicht einmal mehr die Hundeleine darin findet ...«

Er deutet auf Felix. »Ziemlich neu, dieser Maulkorb, wie?«
Felix steht abrupt auf. Berndorf zieht ihn zu sich her. »Ganz
ruhig«, sagt er und klopft ihm auf das Hinterteil, bis der Hund
sich wieder setzt.

»Aber was ist schon ein Auto?«, fährt Meunier fort. »Es geht
um die Menschen, und die sind überall in Gefahr. Selbst in der
eigenen Wohnung, selbst im kleinen Ulm, oder irgendwo in
Berlin, was weiß ich, in Dahlem vielleicht…«

Oder irgendwo in Berlin. Berndorf sieht sich Meuniers Lächeln an. Es ist ein freundliches, ein verbindliches Lächeln.
Ganz ohne Häme. Denk dir ruhig aus, was da passieren kann.
Und wem. In Dahlem vielleicht. Es kann ein Brief sein, oder
ein Umschlag, der aussieht, als sei eine Seminararbeit darin.
Und dann ist eine Hand verstümmelt oder abgerissen, und
das Gesicht hängt in Fetzen. Oder es ist auch nur noch ein blu-
tiges Etwas da, aus dem das Leben entflieht. Glaub bloß
nicht, dass die das nicht fertig bringen.

»Mit meinen bescheidenen Lebensumständen haben Sie sich
sehr viel Mühe gegeben«, sagt er schließlich. »Es wäre unhöflich, Ihnen nicht weiter zuzuhören.«

Meunier zögert einen Augenblick. »Hört sich für den Anfang
nicht schlecht an. Also – ich sagte Ihnen, dass wir zu Beginn
unserer geschäftlichen Aktivitäten einen herben Rückschlag
erfahren haben. Einen sehr herben. Man hat uns kalt lächelnd
beschissen. Es war ein Fall wie aus dem Lehrbuch: Was passiert, wenn man sich mit dem Klassenfeind einlässt… Aber
wir bekommen unser Geld zurück. Wir werden es finden, und
wir werden es holen. Glauben Sie es mir.«

»Schön für Sie«, sagt Berndorf.

»Sie sollten nicht so tun, als seien Sie unbeteiligt«, antwortet
Meunier. »Das ist nicht klug. Klug wäre es, gemeinsam zu
prüfen, welche Interessen wir haben und wie wir sie auf einen Nenner bringen können. Ich habe Ihnen meine Situation
dargelegt. Nun sind Sie am Zug.«

Berndorf lehnt sich wieder zurück. In seinem Kopf rumort es. Zu wenig Schlaf. Da gibt es eine Wohnung in Berlin. Zu viel Versatzstücke. Der nach Argentinien abgereiste Ministerialbeamte Autenrieth. Der Bundessicherheitsrat, was immer der tut. Eine Stasi-Seilschaft, in den Kapitalismus gewendet.

»Sie haben also herausgefunden«, sagt er schließlich, »dass der Herr Autenrieth nie in Südamerika angekommen ist.« Es ist ein Schuss ins Blaue, nichts weiter. »Meinen Sie nicht, dass Ihnen das etwas früher hätte auffallen können?«

Meunier schweigt einen Augenblick. »Er ist nie angekommen, sagen Sie«, wiederholt er schließlich. »Das ist sehr interessant für uns. Gewiss doch. Aber können Sie mir auch sagen, warum Sie da so sicher sind?«

»Je einfacher denken, ist oft eine wertvolle Gabe Gottes«, antwortet Berndorf. »Hat der alte Adenauer gesagt.«

Meunier schüttelt den Kopf. »Wir haben hier keine Rätselstunde.«

»Dabei ist das ein gutes Stichwort«, meint Berndorf. »Vorhin zum Beispiel habe ich mir ein Kreuzworträtsel angesehen, und wie Sie hier ins Abteil hereinkamen, fiel mir eine Geschichte dazu ein, die Sie kennen müssten.« Er setzt sich seitlich, so dass er Meunier besser ins Auge fassen kann. » Ein Sexualmord, ziemlich scheußlich, irgendwo in Halle verschwand ein Junge, die Leiche wurde in einem Koffer an einem Bahngleis gefunden, die Leichenteile in Zeitungspapier eingepackt, und die einzige Spur waren die Kreuzworträtsel in den Zeitungen, die irgendjemand zu lösen versucht hatte... Ich wusste gar nicht, dass es in den Zeitungen der guten alten DDR Kreuzworträtsel gab, ich dachte, die seien von vorn bis hinten mit den Erklärungen des Zentralkomitees bedruckt gewesen.«

»Sie können mich nicht provozieren«, sagt Meunier. »Aber reden Sie nur. Wir haben Zeit. Notfalls bis Ulm.«

»Nun gut«, fährt Berndorf fort. »Da waren also Kreuzwortsel, einige gelöst, bei einigen anderen war mit der Lösung begonnen worden. Und was tut die Volkspolizei? Sie schickt ihre Männer los, treppauf, treppab durch die Plattenbauten, und lässt die Leute Druckbuchstaben schreiben, und dann mussten die Graphologen heran und die Schriftproben abgleichen. Über Monate ging das so, mein Gott, muss das auf die Plattfüße geschlagen haben …«

»Der Fall hat sich in Halle-Neustadt ereignet«, bemerkt Meunier, »nicht in Halle. Aber davon abgesehen – was hätten denn Sie getan?«

»Ich hätte mir die Lösungen angesehen. Was ist richtig gelöst? Was falsch? Was weiß die Person, die sich die Rätsel vorgenommen hat, was weiß sie nicht … Aber vermutlich wäre es in der DDR Zeichen eines reaktionären Gesellschaftsverständnisses gewesen, wenn man aus jemandes Bildungsstand ein Profil hätte ableiten wollen.«

Eine Lautsprecherdurchsage unterbricht ihn.

In wenigen Minuten wird der Zug in Mainz Hauptbahnhof halten.

»Spielereien«, sagt Meunier, als die Durchsage verklungen ist. »In Halle-Neustadt hatte es die Polizei mit einem richtigen Mord zu tun, und da hilft nur knochenharte Recherche. Damit ist der Kerl schließlich auch gefasst worden. Aber warum erzählen Sie mir das? Um mir durch die Blume zu sagen, dass Sie mich für einen dummen Ossi halten?«

Berndorf wirft einen Blick nach draußen. Der Zug fährt langsamer, andere Gleise verlaufen neben dem ihren. »Ich habe Ihnen das erzählt, um Ihnen klarzumachen, dass Sie ihre Strategie ändern müssen«, antwortet Berndorf. »Sie können nicht mehr die Genossen Volkspolizisten losschicken, treppauf, treppab durch die weite Welt, und fragen lassen, ob jemand Ihr Geld gesehen hat. Oder den Herrn Autenrieth. Wie lange schon suchen Sie Ihr Geld? Seit zehn Jahren? Aber Sie finden es nicht. Ums Verrecken nicht … Folglich muss Ihr

Geld dort sein, wo Sie es nicht suchen.« Er lächelt. »Ich suche nicht, ich finde. Hat Picasso einmal gesagt.«

»Adenauer. Picasso. Allmählich übertreiben Sie.«

»Wie Sie meinen«, antwortet Berndorf. »Aber sehen Sie – wenn ich mit Ihnen ins Geschäft kommen soll, muss ich sicher sein, dass Sie mit Informationen vernünftig umgehen. Und dass Sie sie fair honorieren. Bisher bin ich da nicht so sicher.«

Meunier hebt die rechte Hand. »Wenn Sie Sicherheiten brauchen – kein Problem. Nennen Sie sie uns.«

Berndorf schüttelt den Kopf. »Nicht jetzt.« Er steckt den Rätselband ein und steht auf und nimmt seinen Mantel. Felix steht wartend neben ihm. »Es gibt ein paar Dinge, an die wir uns erst gewöhnen müssen, mein Hund und ich«, fährt er fort. »Das Zugfahren gehört dazu, und eine bestimmte Gesellschaft auch. Am Anfang soll man nicht zu viel zumuten. Ich verlasse Sie jetzt. Wenn es noch etwas mitzuteilen gibt, wissen wir ja jetzt beide, wo wir uns erreichen können.«

Der Zug fährt in den Mainzer Hauptbahnhof ein. Berndorf steht auf, den Hund an der kurz genommenen Leine. Er geht an Meunier vorbei und schiebt die Abteiltür auf, als der Hund sich plötzlich losreißen will, hochsteigt und Meunier durch den Maulkorb hindurch böse anknurrt. Mit einem heftigen Ruck an der Leine zieht ihn Berndorf zu sich her.

»Entschuldigen Sie«, sagt er zu Meunier.

»Nichts passiert«, antwortet der. »Und vergessen Sie nicht: Null-null-drei-fünf-acht. Die Vorwahl von Finnland. Sie werden jetzt doch sicher ein Ferngespräch mit Helsinki führen wollen…«

Berndorf schiebt die Abteiltür zu. Ruhig tut er das, beherrscht.

Tamar verstaut den Staubsauger in der kleinen Abstellecke hinter der Küche. Dann geht sie noch einmal durch die Wohnung. Sie hat nichts vergessen. Ihre beiden Taschen sind gepackt, auf dem Schreibtisch liegt die Tüte mit den getrockneten Schweinsohren für Felix, sie kann Berndorf schließlich keine Blumen in die Wohnung stellen, jetzt schon gar nicht.

Sie setzt sich an den Schreibtisch. *Danke für die Gastfreundschaft.* Was noch? *Passen Sie gut auf sich auf.* Das klingt, als ob sie der Fernsehpfarrer wäre. *Machen Sie's gut.* Wir sind hier nicht im Sondereinsatz, kurz vor dem Zugriff. *Gruß an Felix.* Das geht. Kurz entschlossen schreibt sie es hin und steht auf. In diesem Augenblick schlägt das Telefon an. Sie wirft einen Blick auf das Display, eine ausländische Nummer.

Zögernd hebt sie ab und meldet sich. »Ja?«

»Tamar, sind Sie das?«

Sie erkennt die Stimme der Professorin Barbara Stein, die Stimme klingt wie immer hell und präsent. Aber diesmal hört sie sich zugleich angespannt an, fast so, als sei sie am Umkippen ins Schrille.

»Berndorf ist noch nicht da?«

Was weiß ich? Und vor allem: Was kann ich ihr sagen? »Nein«, antwortet sie zögernd, »ich weiß auch nicht, wann er zurückkommt.«

»Wo steckt er überhaupt, und was treibt er da?«

Tamar überlegt. Für seine Beziehungskisten bin ich nicht zuständig. »Wir wissen nur, dass er gestern in Bonn war.«

Moment. Ich weiß, wo er in Bonn war ... Ich hatte ihm die Adresse herausgesucht. Der Zettel müsste noch im Papierkorb sein. Unsinn, er ist im Müll.

»Sie müssen entschuldigen, wenn ich etwas durcheinander bin«, fährt Barbara fort. »Aber er hat mir ein Telegramm geschickt, hier – ich lese es Ihnen vor: *bitte in helsinki bleiben stop keine unbekannten briefe und pakete annehmen* ... Können Sie mir sagen, was ich davon halten soll? Wieso überhaupt ein Telegramm?«

Tamar fährt sich über die Stirn. Die weiß von dem Bomben-

anschlag ja noch gar nichts. »Das Handy wird kaputt sein.«
Glückwunsch. Dümmer kannst du es nicht sagen.

»Wie bitte?«

»Entschuldigung«, sagt Tamar. »Aber in seinem Wagen ist
gestern eine Bombe gefunden worden, die Sprengstoffexperten in Bonn haben sie ferngezündet…«

»Was ist mit Berndorf?«

»Ihm ist nichts passiert. Die Bonner Kollegen haben ihn gestern Abend vernommen, aber es ist wohl kein sehr ergiebiges
Gespräch gewesen.«

Barbara schweigt.

»Sie wissen vermutlich«, fährt Tamar fort, und während sie
spricht, hört sie am Nachhall, wie unsicher ihre Stimme
klingt, »dass er sich für eine Geschichte interessiert, die seinen
alten Kollegen Seiffert betroffen hat. Vierzig Jahre liegt diese
Geschichte zurück, aber aus irgendwelchem Grund ist er
überzeugt, dass ein Todesfall, der sich vor einigen Tagen ereignet hat, damit zusammenhängt…«

»Der Journalist, der ihn auf Seifferts Beerdigung angesprochen hat«, sagt Barbara. »Ein Fall, der ihn gar nichts angeht.
Aber wieso tauchen jetzt Leute auf, die Bomben legen?«

»Ich kann Ihnen nur sagen, was wir herausgefunden haben«,
sagt Tamar und erzählt die Geschichte von dem Schrotthändler Neuböckh und den Gewehren, die in Rotterdam beschlagnahmt wurden.

»Er hat sich also mit Waffenhändlern angelegt«, fasst Barbara zusammen. »Was soll man mit einem solchen Mann nur
tun… Und was hat er in Bonn gesucht?«

»Ich habe ihm vor einigen Tagen im Netz eine Bonner Adresse herausgesucht. Leider habe ich den Zettel nicht aufgehoben, es war eine Adresse in Bonn-Röttgen, eine Frau…« Tamar überlegt, ob sie Barbara von den Amerikanern erzählen
soll. Lass es bleiben. Dass Berndorf die National Security
Agency am Hals hat, macht die Sache nicht lustiger.

»Könnten Sie mir vielleicht auch noch den Namen dieser Frau in Bonn geben?« Barbara gibt ihre Telefonnummer durch, und Tamar verspricht zurückzurufen.

Sie legt auf. Sie fühlt sich müde und zerschlagen. Sie hat sich den halben Nachmittag mit Paco abgequält...

Ja doch, er hat auch schon woanders Ladung aufgenommen und ist damit nach Lauternbürg. Bei Fürstenwalde war das, in Brandenburg. »Da war so ein Depot im Wald draußen, da bist du kilometerlang über eine Betonpiste gebrettert, und dann war's mit Stacheldraht abgesperrt.« Kisten hat er da aufgeladen. Nein, er hat nie nachgesehen. »Schrott war da drin. Stand ja in den Papieren.« Ja, das kann schon sein, dass er den Zollbeamten in Griechenland Geld zugesteckt hat. »Dollar oder Mark. Anderes haben die nicht genommen.« Nein, die haben dann die Ladung nicht weiter angesehen.

Nein, den Herrn Hollerbach oder wie der heißt, den kennt er gar nicht. Also das war so, er hat ihn wegen der Fotos fragen wollen, und was das soll. Aber dann waren da schon zwei Typen in der Wohnung, eigentlich drei, aber der dritte lag auf dem Boden. Ja, der war tot. Mausetot. Dann ist er weg. »Ich hatte Schiss, ganz einfach.«

Also von dem Streifenwagen hat er noch nie nichts gehört. Die beiden Grünen haben sich einsperren lassen, und es ist einer mit der Wanne weggefahren? Nicht wirklich.

Ja, die Jagdhütte vom Herrn Neuböckh kennt er. Das heißt, er ist da mal vorbeigekommen. »Da war so ein Mann mit einem Hund, so einem gelben Köter ohne Schwanz, der hat mich reingelassen, weil, es hat geregnet.«

Irgendwann hatten sich Pacos Lügen und halbe Eingeständnisse zu einem Bild verdichtet, von dem Tamar ahnt, dass es der Wahrheit sehr nahe kommt. Aber eben das ist ein Grund mehr, warum sie schleunigst aus Berndorfs Wohnung ausziehen muss. Plötzlich erscheint ihr das neue Appartement wie eine ferne Zuflucht. Wäre sie nur erst dort und könnte die

Jalousien herunterlassen! Mit einem Male wären alle und alles ausgesperrt, Stuttgarter Schwadroneure und Münchner Galeristinnen, der totgeschlagene Schmierenjournalist, die Lügengeschichten um Liebe und Aktfotos und Waffenschmuggel, sie stünde unter der Dusche und spülte alles weg...

Aber nun darf sie erst einmal den Mülleimer durchsuchen. Sie wirft einen Blick auf die Schreibtischmappe. Vielleicht hat der Stift beim Schreiben durchgedrückt? Nichts. Der Name war irgendetwas mit *Au...*, ein Name, wie es ihn nur im Württembergischen gibt.

Sie horcht auf.

In die Wohnungstür wird ein Schlüssel gesteckt und umgedreht, ein gelbschwarzgrauer Hundekopf schiebt die Zimmertür auf, Felix kommt auf Tamar zu und wedelt mit seinem Stummelschwanz.

»Das freut mich, dass Sie noch da sind«, sagt Berndorf und tritt ins Zimmer. Er ist unrasiert, und die Linien in seinem Gesicht sind schärfer eingekerbt.

»Eigentlich wollte ich schon weg sein«, antwortet Tamar.

»Trinken Sie einen Tee mit mir? Ich brauche einen.«

»Nein«, antwortet Tamar, »wir trinken jetzt keinen Tee. Ich fahre in meine neue Wohnung, und Sie setzen sich jetzt hier an Ihren Schreibtisch und rufen Barbara an. Und erklären ihr, was Sie in den letzten Tagen getrieben haben. Und wer diese Dame Autenrieth ist.« Wieso weiß sie plötzlich den Namen? Sie steht auf. »Machen Sie's gut.«

Diesmal passt es.

Tamar nimmt ihre beiden Taschen und steigt die Treppe hinab, hinaus nur und fort! Draußen fährt ihr Nieselregen ins Gesicht, vom Gehsteig aus sieht man gerade noch bis zum

Bahndamm, der Lichtschein der Stadt dahinter ist vom Nebel verschluckt. Sie hat ihren Renault weiter oben an der Straße geparkt, gleich wird sie auf dem Weg sein in die Straße hinter den sieben mal siebenzig Koniferen. Ursprünglich hatte sie vor, zuerst noch im Bauernhaus vorbeizufahren und ein paar ihrer Bücher mitzunehmen und Bettzeug. Vielleicht auch etwas Geschirr und Besteck.

Aber jetzt ist es zu spät. Oder vielmehr nicht zu spät, sondern sie hat einfach keine Lust. Die Espressomaschine hatten wir doch in Italien gekauft, willst du sie behalten oder soll ich sie nehmen? Und was ist mit dem alten Schaukelstuhl? Hannah hatte ihn auf dem Flohmarkt gefunden, als Geschenk für sie. Sie kommt an einem BMW vorbei, der Fahrersitz ist halb nach hinten gekippt, ein Mann liegt darin, als ob er schlafe.

Tamar bleibt nicht stehen und sieht sich nicht nach dem Nummernschild um, es ist ein Münchner Kennzeichen und sie hat es sich gemerkt, wenn sie will, kann sie so etwas speichern.

Vielleicht sind die Letzten Gespräche deshalb so grauenvoll, weil es irgendwann auch um die Geschenke geht. Und weil von den Gefühlen, an die sie erinnern, nichts mehr gilt. Weil das Behalten so peinlich ist wie das Zurückgeben. Wenn du liebst, schenke nichts. Nichts, was bleibt.

Sie startet den Wagen, und fährt langsam die Straße hinab, an dem BMW vorbei, und durch die Unterführung nach rechts auf die Straße, die zum Blaubeurer Kreisel führt und weiter hinaus. Die erste Ampel, an die sie kommt, ist rot, ohne weiter nachzudenken, ordnet sie sich wieder rechts ein. Sie wird Hannah einen Brief schreiben und sie bitten, ihre Bücher und die restlichen Klamotten in Kartons zu packen.

Geht auch nicht. Ich will nicht, dass sie meine Sachen zusammensucht.

Die Ampel schaltet auf Grün, sie fährt an und biegt in die Frauenstraße ab und fährt über die Eisenbahnbrücke wieder auf die andere Seite der Bahnlinie. Auf einem kleinen Platz mit Altglas- und Papiercontainern steigt sie aus und zieht ihren Mantel an.

Am Samstag wird sie Zeit haben. Sie wird Hannah vorher anrufen, und dann hat sie in einer Viertelstunde ihre Sachen beieinander, für den Schaukelstuhl ist sowieso kein Platz, und dann wird die Viertelstunde vorbei sein und sie werden keine letzte Tasse Kaffee trinken, um Gottes willen nicht.

Vor ihr liegt das Gelände eines Autohändlers. Zwischen den Schuppen und der Bahnlinie führt ein Fußweg hindurch, der für Autos gesperrt ist. Sie geht den Weg entlang.

Was sie an Geschirr braucht, kann sie sich in den nächsten Tagen kaufen. Sie kommt an die Einmündung des Weges in die Straße, die zu dem Appartementhaus mit Berndorfs Wohnung führt. Der Nebel scheint noch dichter geworden zu sein. Die Stelle, wo ihr Renault geparkt war, kann sie von der Einmündung aus schon nicht mehr sehen.

Auch nicht, ob der BMW noch dort parkt. Sie wechselt auf die andere Straßenseite, um dem Lichtschein auszuweichen, der aus den Ausstellungsräumen des Autohändlers fällt, und geht ein Stück die Straße hoch.

Schemenhaft sieht sie vor sich die dunklen Konturen von Autokarossen. Der BMW müsste von ihr aus der dritte Wagen sein. Sie wird sich jetzt ganz einfach die Papiere zeigen lassen. Dann weiß er zwar, dass ich weiß. Aber vielleicht genügt das schon, als erste Warnung.

Aber während sie sich das vorsagt, weiß sie schon, dass es lächerlich ist. Das glaubst du doch selbst im Traum nicht, dass diese Leute sich davon beeindrucken lassen! Ein rotgelber Lichtschein springt auf und fällt wieder zusammen. Tamar bleibt stehen. Auch recht. Er hat sich eine Zigarette angezündet. Irgendwie muss die Nacht ja herumgehen.

Sie dreht sich um und geht zurück bis zur Einmündung und holt ihr Mobiltelefon heraus. In der Wache im Neuen Bau meldet sich Polaczek und notiert die Straße und das Kennzeichen, das Tamar ihm durchgibt. »Die Kollegen sollen ihn mit auf die Wache nehmen und überprüfen. Wir haben einen Hinweis, dass er sich schon längere Zeit hier herumdrückt…«

Berndorf sitzt zurückgelehnt an seinem Schreibtisch, den Telefonhörer am Ohr. Die Tischlampe gibt ein freundliches Licht, ein wenig davon fällt auf die Fotografie einer Frau. Sie lächelt nicht, aber es ist ein Gesicht, von dem man glaubt, dass ihm das Lächeln steht.

»Und woher hast du gewusst, dass dieser Kerl ein gewendeter Stasi-Mensch ist?«, fragt Barbara.

»Er hat gar keinen Hehl daraus gemacht«, antwortet Berndorf. »Außerdem merkst du es einfach, wenn Leute vom Fach sind. Es ist diese Aura von verfolgender Paranoia.«

»Haben das nicht alle Bullen?«

»Danke«, sagt Berndorf. »Aber bei diesem Meunier war noch etwas Besonderes dabei. So etwas wie der schwelende Verdacht, die List der Geschichte bestehe darin, ausgerechnet und vor allem ihn hereinzulegen.«

»Aber wieso arbeitet er jetzt für die Amerikaner?«

»Das weiß ich nicht, ob er das wirklich tut. Die Leute, die die Jagdhütte angegriffen haben, sind angeblich von der NSA geschickt worden. Und Meunier hat sich über Tricks beklagt. Es klang so, als ob er damit die Sache mit dem verkleideten Dachs meint…«

»Womit bitte?«

Berndorf versucht es zu erklären.

»Es ist das Alter«, stellt Barbara fest, als er fertig ist. »Da wird man kindisch. Mach dir nichts draus. Aber wieso geht es diesen Leuten um die Gewehre, die in Rotterdam gefunden wurden? Die haben sie doch selbst verschoben.«

Berndorf zögert. »Auch das weiß ich nicht«, sagt er schließlich. »Ich glaube eher, es geht um eine Geschichte, die schon lange zurückliegt und in die ein gewisser Constantin Autenrieth verwickelt ist. Er war Ministerialbeamter, und zu seinem Aufgabenbereich hat angeblich der Bundessicherheitsrat gehört, er hat dessen Sitzungen vorbereitet, was immer dieser Sicherheitsrat zu tun hat …«

»Es ist eine Art Ausschuss des Bundeskabinetts«, antwortet Barbara. »Bundeskanzleramt, Verteidigungsministerium, Auswärtiges Amt sind darin vertreten, vielleicht auch das Wirtschaftsministerium … Dieser Bundessicherheitsrat hat das letzte Wort bei der Genehmigung von Waffenexporten, er muss entscheiden, wenn dem Bundesausfuhramt in Eschborn ein Antrag zu heikel ist. Anfang der Neunzigerjahre war da eine Geschichte, die jetzt wieder hochkocht …«

Berndorf wartet. »Das war Anfang der Neunziger, dass Autenrieth sich abgesetzt hat«, wirft er schließlich vorsichtig ein.

Barbara ignoriert den Einwurf. »Es ging damals um eine Lieferung fabrikneuer russischer Panzer, die noch für die NVA geordert worden waren und mit denen nach der Wende in der DDR niemand mehr etwas anfangen konnte. Ein Konsortium hat sie dann für drei Mark fünfzig übernommen und wollte sie an irgendwelche arabischen Emirate weiterverkaufen. Eigentlich ein klarer Verstoß, die Bundesrepublik liefert angeblich nicht in Spannungsgebiete, aber auf amerikanischen Wunsch kam das Geschäft dann doch zustande …«

»Und warum ist diese Geschichte plötzlich wieder heiß?«

»Ich denke, dass es genau die Panzer waren, die jetzt im Kongo aufgetaucht sind«, sagt Barbara. »Aber warum um alles in der Welt musst du dich da einmischen?«

»Nicht einmal das weiß ich so genau«, antwortet Berndorf. »Aber jetzt hab ich ja keine andere Wahl mehr, ich stecke mittendrin. Man hat mich eingemischt.«

»Nein, mein Lieber«, widerspricht sie ihm. »Niemand hat

dich gezwungen, deine Nase da hineinzustecken. Und mich hast du freundlicherweise mit hineingezogen. Auch noch ungefragt, das ist alles sehr aufmerksam von dir. Aber komme mir nie wieder mit einem so absurden Vorschlag wie dem, ich solle hier sozusagen um politisches Asyl nachsuchen. Ich fliege Donnerstag zurück, und zwar nach Stuttgart, wo du mich abholen wirst. Und von da an werden wir gemeinsam unsere Post darauf durchsehen, ob Bomben dabei sind …«

Heftig schlägt Berndorfs Türklingel an. Felix steht steifbeinig auf und läuft zur Tür.

»Du bekommst Besuch? Wenn es die Stasi ist, erzähl es meiner Box. Ich bin sowieso noch zu einem Drink unten in der Bar verabredet.«

Das Gespräch bricht ab. Berndorf geht zur Tür und wirft dann doch erst einen Blick durch den Spion. Es ist Tamar.

»Ich wollte wirklich nicht noch einmal zurück«, sagt sie, als sie im Wohnzimmer stehen. »Aber da draußen saß einer, der mir nicht gefallen hat. Ein Kerl in einem Münchner BMW.«

Ich habe begriffen, dass Sie wirklich in Gefahr sind. Sie und Barbara. Aber das sagt sie nicht, sondern denkt es bloß.

»Ist er noch draußen?«

»Nein, Polaczek hat eine Streife geschickt, und die haben ihn mitgenommen. Die Kollegen werden ihn jetzt zu jedem Einbruch befragen, den wir noch nicht aufgeklärt haben, und zu jeder Vergewaltigung. Darf ich mal telefonieren?«

Sie geht zum Schreibtisch und nimmt das Telefon und wählt. Es meldet sich Polaczek von der Wache im Neuen Bau.

»Wegenast. Habt ihr den Vogel?«

»Es ist ein gewisser Lungner, Franz-Josef«, antwortet Polaczek. »Aus München. Ein Privatdetektiv.«

»Franz-Josef Lungner, Privatdetektiv«, echot Tamar und blickt zu Berndorf. Achselzucken. Der Name sagt ihm nichts.

»Er hat eine Zulassung«, fügt Polaczek hinzu. »Was sollen wir mit ihm machen?«

»Fragt ihn, wie er die letzten Tage verbracht hat«, sagt Tamar.
»Vor allem will ich wissen, wo er in der Nacht vom 6. auf den
7. November gewesen ist. Fragt ihn, bis er eine detaillierte
Aussage macht. Oder einen Anwalt will.« Sie legt auf und
sucht Berndorfs Blick. »Ein kleiner Zeitgewinn. Mehr nicht.
Was haben Sie vor? Und kann ich Ihnen dabei helfen?«
Noch immer stehen sie. Berndorf weist einladend auf die Sitz-
gruppe, aber Tamar rührt sich nicht.
»Ist Neuböckh in Haft?«, fragt er dann.
»Nein. Steinbronner hat ihn laufen lassen. Diese Kalaschnikows sind von den Amerikanern verschoben worden. Oder
von Strohmännern. Jedenfalls in ihrem Auftrag.«
»Das hat Ihnen Steinbronner gesagt?«
»Natürlich nicht. Aber als diese Ladung in Rotterdam aufge-
flogen ist, hat er sofort gewusst, wen er bei den Amerikanern
anrufen muss.«
»Also weiß man in Stuttgart Bescheid«, meint Berndorf. »Das
macht es mir nicht einfacher, Sie um Hilfe zu bitten.« Verlegen blickt er zu Tamar. »Aber wenn Neuböckh wirklich wieder draußen ist – dann bräuchte ich jetzt jemanden, der mich
nach Lauternbürg fährt.«
Tamar blickt ihn an. »Ich fahre Sie. Aber diesmal spielen wir
nicht Indianer. Ich schwör's Ihnen.«

»Das ist richtig«, sagt der Kirchenpfleger Heilbronner und
nickt mit seinem Kopf, dass man den nach hinten gekämm-
ten Haarschopf wippen sieht, »der Zuschussbedarf für die
Einrichtungen des Kirchenbezirks verringert sich im kommenden Jahr fast auf die Hälfte, rein zahlenmäßig, muss ich
hinzufügen, und das ist auch wirklich zu einem Teil unseren
äußersten Sparbemühungen zu verdanken…, leider nur zum
sehr viel kleineren Teil.«

»Und zum größeren Teil?«, will der Fragesteller wissen, ein rotgesichtiger Kirchengemeinderat mit dem ernsten Gesichtsausdruck eines Menschen, der zutiefst von seinem Recht überzeugt ist, die Dinge erst einmal nicht zu verstehen. »Der Einführung des Euro«, antwortet Heilbronner. »Sie haben die Mark-Beträge dieses Jahres mit den Euro-Beträgen des nächsten verglichen. Wenn Sie die richtigen Vergleichszahlen nehmen, in der letzten Spalte des Haushaltsentwurfs, werden Sie feststellen, dass die Defizite vor allem der Bildungseinrichtungen sogar größer geworden sind.«

»Aha«, sagt der Kirchengemeinderat. Eine Weile lang sagt niemand etwas.

»Eine Frage noch«, dringt nach einer Weile Rübsams Stimme durch das Schweigen, »ich finde im Entwurf keine Kosten für den Umbau des Wohnhauses Grüner Hof. Ist das in irgendeinem Sammeltitel untergebracht?«

»Wie kommen Sie darauf«, fragt Heilbronner, »dass das Dekanatsgebäude umgebaut werden soll? Da liegt auch überhaupt kein Beschluss vor.«

»Dass da kein Beschluss vorliegt, weiß ich auch«, sagt Rübsam. »Aber in den Kirchengemeinden kursiert das Gerücht, das Wohnhaus müsse umgebaut werden.«

Der Kirchenpfleger hebt verlegen beide Hände. »Davon weiß ich wirklich nichts.«

»Es heißt«, hakt Rübsam nach, »Frau Hartlaub habe darum gebeten. Oder es gefordert.«

»Ich finde«, sagt die Synodale Christa Fricke, »dass wir keine Zeit haben, uns über Gerüchte zu unterhalten. Ich finde es sogar ausgesprochen ungehörig.«

»Manchmal«, widerspricht Rübsam, »manchmal muss sogar über Gerüchte gesprochen werden. Es gehört sich geradezu.«

»Ich weiß jetzt, worauf Sie anspielen«, sagt der Kirchenpfleger. »Da war tatsächlich ein Gespräch. Frau Hartlaub hatte gefragt, ob sich für das Dekanatsgebäude nicht der Einbau einer

Solarheizung lohnen würde. Ich habe ihr gesagt, dass das wegen des in Ulm manchmal sehr strengen Denkmalschutzes wohl nicht möglich sei. Außerdem habe ich ihr erklärt, dass es wahrscheinlich sinnvoller sei, die Wärmedämmung im Haus zu verbessern, und wenn sie und ihr Mann einverstanden seien, würden wir das einmal durchrechnen.«

»Das war also ein einvernehmliches Gespräch? Die Frau Hartlaub hat auch nichts verlangt oder gefordert?«

»Nein, gefordert hat sie nichts«, antwortet Heilbronner widerstrebend. »Das war sicher als vernünftige Anregung gedacht, und in einer Aktennotiz habe ich das auch festgehalten. Ich meine, wir machen uns ja auch unsere Gedanken. Aber wenn von dieser Seite ein solcher Vorschlag kommt, hat das ein besonderes Gewicht.«

»Wie erklären Sie sich dann, dass in den Kirchengemeinden kolportiert wird, Frau Hartlaub habe einen Umbau verlangt?«

»Also dieser inquisitorische Ton geht zu weit«, protestiert die Synodale Fricke. »Sie treten hier auf wie ein Staatsanwalt. Darf ich Sie daran erinnern, dass Sie Pfarrer sind?«

Ja, denkt Rübsam. Ich bin Pfarrer. Wir gehen brüderlich und schwesterlich miteinander um. Auch mit Verleumdern tun wir das. Sein Blick fällt auf das rotbackige Gesicht des Prälaten. Wildenrath hat seinen Blick aufgefangen. Unmerklich hebt er beide Hände über den Tisch und senkt sie wieder. Nichts weiter tun. Maul halten. Keine Wirkung zeigen.

»Ja«, sagt Heilbronner, »wenn weiter keine Fragen sind ...«

Vor ihnen kriecht ein Lastwagen. Wie lange schon? Verschwommen leuchten die roten Rücklichter durch den Nebel. Es ist eine fremde Landschaft geworden, durch die sie fahren, die Proportionen stimmen nicht mehr, die langen Strecken sind länger, als Berndorf sie kennt, die Kurven kommen schneller auf sie zu und sind enger, als sie es früher je waren. Aus dem Autoradio kommt SWR-1-Unterhaltungsmusik, gut abgelagerter Pop für die Vierzigjährigen, dazwischen Berichte aus der Region, in Stuttgart tagt der Beirat des dortigen Fußball-Bundesligisten, bei dem sich ein Schuldenberg von zwanzig Millionen aufgehäuft hat, man weiß nur nicht, sind es Mark oder bereits schon Euro...

»Ich glaube, Steinbronner hockt da drin«, sagt Tamar. »Er hat sich mit einem seiner Busenfreunde dort verabredet.«

»Da passt er aber gut dazu«, sagt Berndorf und stellt sich die VIPs aus dem Gottlieb-Daimler-Stadion vor. Bankmanager mit gesträubtem Schnauzbart und pelzgefüttertem Mantel. Mittelständische Unternehmer aus dem Remstal, denen der Nacken aus dem Brioni-Anzug quillt. Porsche fahrende Immobilienmakler und Anlageberater, mit flinken Augen auf der Suche nach einem neuen Gimpel, Fangnetze im jovialen Stuttgarter Schwäbisch ausbreitend. Mir könnet älles außer Hochdeutsch. Politprominenz aus der Region, der beim teuersten Italiener in Ludwigsburg die persönliche Flasche Chivas Regal über der Theke reserviert ist. Kurzberockte Damen, einmal zu oft gelliftet und den Pappbecher Schampus in der Hand, der ein Becher zu viel ist... Zwanzig Millionen Miese. Einfach so verfumfeit. Und Steinbronner dabei.

Der Lastwagen vor ihnen setzt Blinker und biegt auf den Zubringer ab, der auf die Autobahn A 8 führt. Nun ist nur noch Nebel vor ihnen. Fahrbahnmarkierungen und Randpfosten sind kaum mehr zu erkennen.

»Sie wollen mir nicht erzählen, was Sie in Lauternbürg erwartet?«

»Es ist Neuböckh, den etwas erwartet«.

Tu nicht so wichtig. Sag ihr, was Sache ist.

»Ich halte es für möglich, dass ihn die gewendete Stasi in die Mangel nimmt.«

»Erwarten Sie das, weil Sie diese Leute auf ihn gehetzt haben?«

Berndorf antwortet lieber nichts.

»Und was versprechen Sie sich davon?«

Berndorf schweigt weiter. Wenn Meuniers Leute wirklich bei Neuböckh auftauchen, gibt es zwei Möglichkeiten.

Entweder sie werden fündig, bekommen ihr Geld und ziehen ab. Steinbronner beerdigt den Fall, hängt den Hollerbach-Mord dem inzwischen eingefangenen Paco an und bleibt wieder in Stuttgart. Dann ist Ruhe im Karton.

Ruhe ist nie zu verachten.

Oder die Stasi wird nicht fündig. Dann hat Neuböckh ein Problem ...

»Sie wollen diesen Leuten also eine Falle stellen«, fasst Tamar die Antworten zusammen, die er nicht gegeben hat. »Glauben Sie nicht, dass die damit rechnen? Einmal haben Sie diese Leute abserviert. Dafür haben Sie jetzt kein Auto mehr. Und um ein Haar hätte auch Felix dran glauben müssen.«

Links der Straße dringt kaltes Licht durch den Nebel. Schemenhaft werden hohe Mauern und Silotürme sichtbar und Gestänge, das sie verbindet.

»Ich kann nicht darauf warten, was diesen Leuten noch alles einfällt«, sagt Berndorf schließlich. »Es ist wie in einer Partie Schach. Wenn Sie nicht verlieren wollen, müssen Sie die Initiative zurückgewinnen.«

»Das Leben ist keine Schachpartie«, fällt ihm Tamar ins Wort. »Wissen Sie, dass ich mich immer öfter frage, wann Sie eigentlich erwachsen werden wollen?«

»Wenn ich aus dieser Geschichte heil herauskomme, will ich's versuchen. Aber vermutlich bin ich schon zu alt dafür. Barbara meint das.«

Die Straße beginnt zu steigen. Der SWR schaltet um in das Nachrichtenstudio, in diesem Winter werden in Deutschland vier Millionen Menschen arbeitslos gemeldet sein, in Afgha-

nistan setzt die Nordallianz ihren Vormarsch fort, die Bundesregierung weist Vorwürfe zurück, Kriegsgerät aus den Beständen der ehemaligen NVA in den Kongo geliefert zu haben, draußen scheint der Nebel noch dichter zu werden, er
schluckt das Licht der Scheinwerfer nicht mehr, sondern
wirft es zurück, die zwanzig Millionen Miese des Stuttgarter
Fußballclubs sind wohl doch eher in Euro als in Mark gerechnet...

»Was passiert eigentlich mit jemand, der so etwas versaubeu-
telt hat?«, fragt Tamar.

»Der wird Präsident des Deutschen Fußballbundes...«

Dann wird es heller, der Nebel reißt auf, vor ihnen liegt ster-
nenklar die Hochfläche der Alb. Der Nachrichtensprecher lei-
tet über zum Wintersport. Berndorf dreht den Ton ab.

Die Straße senkt sich wieder und taucht ein in die Nebelbank,
die das Lautertal ausfüllt wie eine voll gelaufene Wanne.
Dann kommt – an einer Stelle, an der Tamar es nicht erwartet
– die Kehre, und sie ist noch enger, als sie es erinnert.

»Wir sollten den Wagen vielleicht noch vor dem Ortsschild
abstellen«, sagt Berndorf.

»Nichts dagegen«, meint Tamar, »wenn Sie mir nur sagen
könnten, wann wir vor dem Ortsschild sind.«

Sie durchfahren eine zweite Kehre, eine dritte, vor ihnen weitet sich der Randstreifen, das muss die Parkbucht sein, denkt
Tamar und steuert den Renault von der Fahrbahn, aber dann
rutscht der Wagen rechts weg, dumm und weiß angestrichen
steht ein Begrenzungspfosten vor ihnen und kippt mit bösartiger Langsamkeit nach hinten. Der Renault setzt mit der Bo-
denplatte auf der Böschung auf und bleibt hängen.

»Na prächtig«, sagt Tamar und stellt den Motor ab.

Berndorf öffnet vorsichtig die Beifahrertür. Unter ihm ist kein
Abgrund, sondern nur der Straßengraben. Behutsam lässt er
sich mit beiden Beinen aus dem Wagen gleiten, bis seine Füße
auf der abschüssigen Böschung Halt finden.

Tamar beugt sich zum Handschuhfach und nimmt ihre Pistole heraus. Dann schaltet sie die Parkleuchte ein und steigt aus. Um sie herum ist graue, nasse, wattige Dunkelheit. Sie geht den Renault entlang. Der Wagen steht – oder hängt – knapp außerhalb der Fahrbahn. Vielleicht kommt der nächste Molkereiwagen doch noch an ihm vorbei, ohne ihn vollends in den Straßengraben zu rammen.

Sie steckt die Pistole in ihren Hosenbund. Allmählich gewöhnen sich ihre Augen an das graue Wattemeer um sie herum. Undeutlich erkennt sie die schwärzlichen Konturen von Dächern unterhalb der Straße.

Zwei Glockenschläge hallen gedämpft zu ihr her.

»Halb zehn«, sagt Berndorf, der neben sie getreten ist. »Gehen wir?«

Die beiden Männer bleiben vor dem Münsterportal stehen. Nebelfetzen treiben an den runden Wänden und Einschnitten des Stadthauses vorbei.

»Sie haben mit Ihrem Auftritt rein gar nichts erreicht«, sagt Wildenrath. »Im Gegenteil. Sie haben die Leute nur darauf aufmerksam gemacht, dass da allerhand Nachrede im Umlauf ist. Das war ein Fehler. Krottenfalsch war das.«

»Ich versteh Sie nicht«, meint Rübsam. Nach dem Ende der Ausschusssitzung hatte ihn der Prälat gebeten, ihn ein paar Schritte zu begleiten. »Was hier abläuft, ist Rufmord. Sie dürfen dem nicht zusehen. Gerade Sie nicht. Sie haben die Hartlaubs durchgesetzt.«

Der Prälat hebt abwehrend beide Hände.

»Tun Sie nicht so«, fährt Rübsam fort. »Es war Ihr Trick, den Vater Hartlaub ins Spiel zu bringen und damit eine Art Martin-Walser-Syndrom auszulösen. Sie haben den Besen gerufen, jetzt gebieten Sie ihm auch Einhalt.«

»Wenn es so wäre, dann sollten Sie eigentlich wissen, dass das nicht so einfach ist.« Der Prälat wendet sich dem Durchgang zu, der zwischen Stadthaus und einem Bankgebäude zur Neuen Straße führt. »Wir haben es hier nicht mit Zauberei zu tun, sondern mit ein bisschen Klatsch, kleinstädtisch und also eine Spur bösartiger als sonst. Aber eben Klatsch. Die Leute brauchen von Zeit zu Zeit jemanden, über den sie sich das Maul verreißen können. Besonders gerne über jemanden, der nicht von hier ist.« Er senkt die Stimme. »Das Einzige, was man da tun kann, ist zuwarten. Irgendwann gibt sich das von selbst. Davon abgesehen…«

Der Prälat spricht nicht weiter.

»Da ist doch noch etwas«, sagt Rübsam. »Irgendetwas, an das Sie nicht heranwollen.«

»Ja«, sagt Wildenrath bedächtig, »ich will an diese Geschichte nicht heran. Aber aus dem Grunde, den ich Ihnen schon sagte. Je schärfer Sie den Leuten das Maul verbieten, umso heimtückischer werden die Gerüchte… Ich will Ihnen etwas erzählen. Vor ein paar Tagen war ich in Jena, habe dort einen alten Bekannten besucht, jemanden, den ich in den Fünfzigerjahren kennen gelernt habe, vor dem Bau der Berliner Mauer waren solche Kontakte noch möglich. Mein alter Bekannter hat die Hochschullaufbahn eingeschlagen, war Professor für Praktische Theologie, inzwischen ist er emeritiert. Es war ein bewegendes Gespräch, irgendwann kamen wir darauf, dass sich nicht wenige Kirchenleute in das Spitzelsystem der Stasi verstrickt haben oder verstrickt wurden. Seid im Westen nicht zu selbstgerecht, hat mich pötzlich mein alter Bekannter zurechtgewiesen und mir gestanden, dass auch er…«

Wildenrath lässt den Satz unvollendet.

Na schön, denkt Rübsam. Der Jenenser Prof wird seinen Freund Wildenrath bespitzelt haben. Wozu um Gottes willen soll das gut gewesen sein?

»Also auch mein alter Freund hat kollaboriert«, fährt Wildenrath fort, »hat in seinen Seminaren Arbeiten schreiben lassen, sie dann ein wenig poliert und dann an die Stasi weitergegeben, Arbeiten über Prüfungsthemen, verstehen Sie?«

»Und die Stasi hat dann nachgesehen, ob die Studenten verdächtiges Gedankengut zu Papier bringen?«

»Sie verstehen gar nichts«, sagt Wildenrath. »In dem Jenenser Seminar wurden die Prüfungsarbeiten gefertigt, drei oder vier oder vielleicht auch mehr, mit denen junge viel versprechende Informelle Mitarbeiter ihre Examina hier in der Bundesrepublik bestanden haben. Wissen Sie, wenn man so ein gesinnungstüchtiges Prachtexemplar an Land gezogen hatte, das sein Christsein im Dienst am Sozialismus leben wollte, vielleicht aus den Reihen der Friedensbewegung – nichts für ungut, Sie waren ja auch bei der Menschenkette dabei – , also wenn man so etwas am Wickel hatte, dann musste man doch auch dafür sorgen, dass der nicht durchs Examen fiel.«

»Und was, bitte, versprach sich die Stasi davon, ausgerechnet Pfarrer anzuwerben?«

»Ach, Rübsam!«, antwortet der Prälat. »Haben Sie nicht oft genug Kinder zur Konfirmation begleitet? Und haben die lieben Kleinen nicht mehr von zu Hause erzählt, als Sie hören wollten? Stellen Sie sich doch das Potenzial vor, das hier verborgen ist, schließlich wird ja auch in Ulm jede Menge militärischer Forschung betrieben …«

Rübsam lässt in seinen Gedanken den letzten Konfirmandenjahrgang an sich vorbeiziehen. »Wenn die Stasi ihr Wissen wirklich von unseren Konfirmanden bezogen hat«, sagt er bedächtig, »wundert mich allerdings nicht mehr, was aus der DDR geworden ist.«

»Sie müssen das nicht lächerlich machen«, erwidert Wildenrath unwillig. »Für die Stasi war das doch schon ein wichtiger Ansatzpunkt, wenn sie wusste, wie es bei Diplom-Ingenieurs zu Hause zugeht, wo die Ehe nicht mehr stimmt, oder

der Vater zu Hause zu viel trinkt. Wenn Sie mir nicht glauben, fragen Sie die Gauck-Behörde. Sie werden sich wundern. Jedenfalls sollten Sie jetzt verstanden haben, warum ich diese Gerüchte hier bei uns für läppisch und unbedeutend halte... Lassen Sie doch den Leuten ihre Freude. Und bringen Sie sie um Gottes willen nicht dazu, sich die wirklich bösartigen Sachen auszudenken.«

Ach so, denkt Rübsam. Es dauert eine Weile, bis er sich darüber klar wird, dass er noch immer nichts begriffen hat.

Tamar und Berndorf gehen einen Drahtzaun entlang. Links ist ein Gebäude mit einem Sheddach zu erkennen, weiter vorne verschwimmt das Licht einer Straßenlampe. Sonst ist es dunkel. Fast dunkel. Aus einem der vorderen Fenster des Gebäudes dringen Lichtstreifen, gerade so schmal, wie sie von der Jalousie durchgelassen werden.

»Neuböckhs Büro«, flüstert Tamar.

Berndorf wirft einen Blick auf Tamar. Was er in der Dunkelheit von ihrem Gesicht sehen kann, erscheint ihm fremd, abweisend fast. Noch etwas zu besprechen? »In einer halben Stunde sollte ich zurück sein.«

Der Zaun endet an einem Tor mit verzinkten Stahlrohr-Flügeln. Einer der Flügel steht auf. Berndorf betritt den Hof, zögert dann. Offenbar keine Wachhunde.

Also hätte er den Hund doch mitnehmen können. Um eine Hundebeißerei zu vermeiden, hatte er Felix zu Hause gelassen.

Auf dem Hof sind mehrere Wagen geparkt, er erkennt einen Landrover, ein Peugeot-Coupé und eine größere Limousine. Weiter hinten steht ein altertümlicher Traktor, schon wieder halb vom Nebel verschluckt und halb ins Groteske verzerrt.

Berndorf holt die Punktlampe aus seinem Trenchcoat, bückt sich und leuchtet kurz die Nummernschilder an.

Der Landrover hat ein Ulmer Kennzeichen, mit einer Nummer, wie sie für den Alb-Donau-Kreis ausgegeben wird.

Die Limousine ist in Saarbrücken zugelassen, der Peugeot in Bonn.

Er steckt die Lampe zurück. Ihm ist unbehaglich. Er kommt zum Eingang des Gebäudes, die Tür ist nicht abgeschlossen, er öffnet und tritt ein und ist in einem verlassenen Großraumbüro. Im Lichtschein, der durch die Milchglasscheibe einer Tür fällt, erkennt er Schreibtische mit Computern, dazwischen Kübelpflanzen und Aktenschränke.

Er bleibt stehen, wie erstarrt. Hinter ihm ist eine Bewegung, mit eisenhartem Griff werden seine Oberarme gepackt, er wird herumgeschleudert und gegen einen Aktenschrank gedrückt. Seine Arme werden nach oben gerissen.

»Hände gegen den Schrank, Beine spreizen.« Die Stimme klingt sachlich. Geschäftsmäßig.

Dich hab ich schon mal gehört, denkt Berndorf. Hände tasten ihn ab. Holen das Mobiltelefon aus seinem Jackett, ziehen die Brieftasche heraus. Routiniert tun sie das.

Gelernt ist gelernt.

Der Mann hinter ihm tritt zurück. »Gehen Sie rein.«

Berndorf wendet sich um, geht zur Glastür, klopft an und öffnet sie, ohne zu warten.

»Na endlich«, sagt Meunier. Er sitzt an einem Besprechungstisch und weist einladend auf einen freien Stuhl. »Ich habe mich schon gefragt, wie lange Sie noch brauchen werden.«

Berndorf nickt grüßend. Bevor er sich setzt, sieht er sich im Zimmer um. Neben Meunier sitzt ein zweiter Mann, hager, kinnbärtig. Der Blick, mit dem er Berndorf ansieht, ist anders als zuletzt. Nicht mehr vom Landrover zum Wandersmann herab.

Am Fenster lehnt schmal und schwarzhaarig Cosima Autenrieth, die Arme verschränkt, eine Zigarette in der freien Hand.

Berndorf lächelt ihr zu. »Nett, Sie wiederzusehen.«

Ihr Blick geht durch ihn hindurch.

»Setzen Sie sich«, sagt der Mann, der mit ihm ins Zimmer gekommen ist. Berndorf wirft einen Blick auf die alten Holzgabeln und die Dreschflegel an der Wand. »Hübsch. Richtig rustikal.« Dann nimmt er Platz.

Der Mann tritt an ihm vorbei und legt Brieftasche und Mobiltelefon vor Meunier auf den Tisch. »Keine Waffe.«

»Danke, Egon.« Meunier deutet mit dem Zeigefinger erst auf Egon und dann auf Berndorf. »Mein Mitarbeiter Kadritzke. Berndorf. Ihr habt euch schon gesehen.«

Berndorf betrachtet Kadritzke, Egon. Er kennt ihn. Jonas' Beerdigung, Gedränge auf der Empore. Um sich den Reporter Hollerbach und seinen Mundgeruch vom Hals zu halten, lässt er einen massigen Kerl im Lodenmantel den Vortritt. Jetzt wundert er sich, wie er Kadritzke für den Vorsitzenden des Hegerings hat halten können.

Zwar findet man unter Bauern nicht selten solche gepanzerten Leute, unerschütterlich in ihrem Fleisch. Aber dieser da ist anders. Vielleicht liegt es daran, wie er seine gut zwei Zentner Lebendgewicht bewegt. Oder sie – mit dem Gewehr in der Hand – über die Balustrade einer Jagdhütte wuchtet.

Kadritzke ist zur Tür zurückgegangen und lehnt dort an der Wand. Meunier macht sich nicht die Mühe, Berndorfs Brieftasche durchzusehen. »Sie kriegen das nachher wieder. Da Sie den Weg hierher gefunden haben, werden wir uns ja wohl verständigen können. Haben Sie mit Helsinki telefoniert?«

»Ja«, antwortet Berndorf.

»Das beruhigt mich«, meint Meunier. »Die Dame ist, glaube ich, ein wenig vernünftiger...«

Er deutet auf den Mann neben sich. »Herrn Neuböckh kennen Sie ja. Sie haben ihm ja sogar Ihre Visitenkarte überreicht.«

Meunier lächelt kurz. »Anfangs wussten wir gar nicht, warum Sie das getan haben. Jetzt ist mir klar, dass Sie Kontakt aufnehmen wollten.«

Meunier wartet kurz. Als keine Reaktion kommt, fährt er fort. »Sie haben etwas zu verkaufen. Das wird kein Koffer mit Geld sein. Pensionierte Polizisten haben so etwas eher selten. Also wollen Sie uns eine Information verkaufen.«

»Wobei diese Information von der Art ist, dass man sie nicht mit Handkantenschlägen herausfindet«, sagt Berndorf. Er dreht sich um und blickt zu Kadritzke. »Handkantenschläge sind überhaupt so etwas von bescheuert ... Ehe man sich's versieht, fällt einer um und ist mausetot, und dann gibt es Zeugen und man muss hinter ihnen herlaufen, und die sind plötzlich gar nicht so einfach umzubringen ...«

»Wieder ganz der alte Berndorf«, meint Meunier lächelnd. »Überhaupt nicht mehr einsilbig. Das trifft sich gut. Unser Gespräch hier ist nämlich ein wenig ins Stocken geraten ...«

»Ach ja?«, macht Berndorf. »Ich dachte immer, zwischen Ihnen und dem Herrn Neuböckh hat eine wunderbare Freundschaft begonnen.«

Das Lächeln in Meuniers Gesicht verschwindet. »Worauf soll das nun wieder hinaus?«

»Er karrt Ihnen doch Ihr Mordgerät außer Landes. Die Geschäftsbeziehung ist vermutlich schon von dem abwesenden Herrn Autenrieth geknüpft worden. Wenn ein Deal zu anrüchig war, als dass Eschborn oder der Bundessicherheitsrat es hätte genehmigen können, hat man auf die Dienste von Autenrieths Jagdfreund zurückgegriffen ...«

»Könnten Sie bitte mit Ihrem gespreizten Gerede aufhören?«, fragt Cosima Autenrieth. »Ich würde gerne wissen, wie es weitergeht.« Ärgerlich schnippt sie Zigarettenasche auf den Boden.

Meunier macht eine Kopfbewegung in Richtung Berndorf. »Fragen Sie ihn. Er ist der Initiator dieser Veranstaltung.«

»Das ist mir neu«, sagt Berndorf. »Im Übrigen – wenn Sie nicht einmal die Dinge wahrnehmen, die Ihnen vor Augen gehängt werden, kann ich Ihnen auch nicht helfen.«

»Hören Sie mir einmal zu, nur einmal«, sagt Cosima Autenrieth, und ihre Stimme ist glasharfenscharf. »Sie haben uns gegenüber angedeutet, dass mein Vater hier verschwunden sei. Wir sollten bei den Steinen suchen. Also auf der Alb. Auf der steinigen Alb. Sagen Sie mir jetzt, wie Sie zu dieser Annahme kommen. Ich habe ein Recht, es zu wissen. Es geht um meinen Vater, verstehen Sie das?«

Berndorf betrachtet sie aufmerksam. »Es geht um Ihren Vater, ja? Nur um ihn? Nicht um Aufzeichnungen, nicht um Geld?« Der Blick kommt kühl und unbewegt zurück. »Wenn das so ist, bringe ich Sie zu einer Kriminalbeamtin. Sie erstatten Vermisstenanzeige, und ich werde meine Aussage machen. Vielleicht finden wir dann sehr rasch, was Sie suchen.«

»Sie vergessen, Berndorf, dass Sie hier nicht allein zu entscheiden haben«, wirft Meunier ein. »Sie werden nämlich nichts dergleichen tun, und Sie wissen auch ganz genau, warum nicht …« Er beugt sich vor. »Was für Dinge sind wem vor Augen gehängt worden?«

Berndorf deutet auf Neuböckh. »Fragen Sie doch ihn, was er in den Tagen gemacht hat, als sich Autenrieth abgesetzt hat.« Neuböckh blickt hoch. »Was soll das …?«

»Oder fragen Sie ihn einfach, wie er zu der Krieghoff gekommen ist, die er Paco in die Hand gedrückt hat.« Berndorf betrachtet Neuböckh. »Sie haben das getan, damit man Paco in Notwehr erschießen kann, nicht wahr?«

Auch Meunier blickt auf Neuböckh. »Das ist doch alles Unsinn«, sagt der. Über dem Kinnbart ist sein Gesicht fleckig geworden. »Das ist wieder ein Trick von diesem Schnüffler da.«

»Was war im September '91?«, fragt Meunier.

»Als Autenrieth nach Südamerika ging, war ich nicht da«, sagt Neuböckh. »Ich war in Jugoslawien, das war die Zeit, wo dort der Krieg losging, und die Serben hatten einen Truck von uns kassiert…« Er steht auf. »In meinem Schreibtisch sind meine Notizbücher, ich kann heraussuchen, wie das damals war.« Er geht zum Schreibtisch, wie ein Schatten folgt ihm Kadritzke, zwei Zentner Lebendgewicht auf lautlosen Sohlen. »Und was, Neuböckh, war mit diesem Jagdgewehr?« Meunier hat sich nicht einmal umgedreht.

»Das war in der Hütte«, sagt Neuböckh und zieht die Schreibtischschublade auf. »Autenrieth ging ins Ausland. Da nimmt keiner das Gewehr im Handgepäck mit…«

»Da ist was dran«, wirft Berndorf ein. »Fragen Sie ihn doch, Meunier, ob er für den Autenrieth nicht auch einen Koffer aufgehoben hat. Einen mit Geld drin. So besonders gescheit ist das ja auch nicht, damit durch den Zoll zu marschieren…«

Neuböckh greift in die Schreibtischschublade. Berndorf blickt hoch. Mit einem mächtigen Sprung wirft sich Kadritzke auf Neuböckh, ein Schlag trifft krachend irgendetwas, das entzwei geht, Neuböckh stolpert nach hinten und knickt ein. Kadritzke steht schon wieder. Er greift in die Schublade, nimmt einen großkalibrigen Revolver heraus und entlädt ihn.

»Diese Sonntagsjäger!«, sagt Meunier, der sich nun doch auch umgedreht hat. »Kaum haben Sie einmal einen Rehbock getroffen, mit Müh und Not, glauben sie schon, sie könnten einem einen Revolver unter die Nase halten.«

Kadritzke bückt sich und zieht Neuböckh zu sich hoch. Irgendwie ist dessen Gesicht aus den Fugen geraten, Blut läuft ihm aus der Nase. Kadritzke packt ihn am Hinterkopf und sieht sich das Gesicht an. Neuböckh schreit auf.

Kadritzke lässt ihn in den Schreibtischsessel gleiten. Fast behutsam tut er das. Er holt ein Papiertaschentuch aus seiner Lederjacke und drückt es Neuböckh in die Hand.

»Und?«, fragt Meunier.

»Er wird's überleben«, antwortet Kadritzke.

»Das ist nun gerade nicht ganz so glücklich gelaufen«, meint Meunier. Auf seiner Stirn bildet sich eine ärgerliche Falte.

Berndorf horcht auf.

Die Tür fliegt auf und Tamar steht im Zimmer, ihre Pistole, die sie in beiden Händen hält, auf Kadritzke gerichtet.

»Polizei!«, sagt sie. Und: »Gehen Sie von dem Mann weg!« Sie geht auf den Schreibtisch zu. »Drehen Sie sich um, die Hände auf den Rücken!« Kadritzke betrachtet sie ruhig, aus schmalen, unbewegten Augen, dann dreht er sich um, legt die Hände auf den Rücken und lässt sich Handschellen anlegen. Tamar greift sich den Stuhl, auf dem Neuböckh gesessen hat, und stellt ihn hinter Kadritzkes Kniekehlen.

»Setzen Sie sich!«

Langsam lässt sich Kadritzke auf den Stuhl nieder.

»Das ist ja alles ganz nett, junge Frau«, sagt Meunier. »Aber Sie überschreiten Ihre Befugnisse. Stecken Sie Ihre Pistole wieder weg, und schließen Sie die Handschellen meines Mitarbeiters wieder auf. Und wenn Sie sich dann ausgewiesen haben, werden wir selbstverständlich allen Ihren Anweisungen Folge leisten.«

Tamar antwortet nicht, sondern geht zu Neuböckh und betrachtet sein Gesicht. »Soll ich den Notarzt rufen?« Der Mann versucht, den Kopf zu bewegen. Halblaut kommt ein »Nein«.

»Ich glaube doch«, meint Tamar, zieht das Telefon zu sich her und wählt.

»Junge Frau«, sagt Meunier, und seine Stimme ist noch immer leise und ruhig. »Sie sind keine Polizistin. Sonst wären Sie nicht allein hier. Und Sie wüssten, dass Sie ohne Hausdurchsuchungsbefehl so nicht auftreten können.«

Tamar bekommt eine Verbindung, sie meldet sich und fordert einen Krankenwagen an und ein Einsatzfahrzeug. »Ein Verletzter nach tätlicher Auseinandersetzung, mehrere Personen sind zu überprüfen.«

»Hören Sie«, sagt Meunier und hält Tamar ein silberglänzendes Mobiltelefon hin, »ich habe hier die Kurzwahl von Kriminaldirektor Steinbronner aufgerufen. Wenn Sie wirklich Polizeibeamtin sind, wissen Sie, wer das ist. Nehmen Sie das Handy und rufen Sie ihn an, schildern Sie ihm die Lage, mein Name ist Meunier, sagen Sie ihm das, und ...«

»Wir werden Sie jetzt in die Polizeidirektion bringen«, antwortet Tamar und betrachtet ihn, als nehme sie ihn erst jetzt wahr. »Dort werden wir sehen, ob Kriminaldirektor Steinbronner für Sie zu sprechen ist.«

Der Mann, der an der Wand neben Kuttlers Schreibtisch steht, ist mittelgroß, hat das Haar nach hinten gekämmt, über den Jeans hängt ein schlampig zusammengefressener Bauch. Ein unbeteiligter Blick aus angestaubter Brille streift Berndorf und geht über ihn hinweg.

»Ich wollte Sie fragen, ob Sie diesen Herrn schon einmal gesehen haben?« Kuttlers Stimme klingt belegt.

Berndorf betrachtet den Mann. Der Blick ist es, denkt er. Daran erkennt man sie als Erstes. Er ist so eindeutig, als würden sie ihre Hundemarke vorzeigen. Aber dieser hat keine Hundemarke. Rausgeschmissen. Ein privater Schnüffler.

Also ist es der Typ, den Tamar vor seiner Wohnung aufgespürt hat. Lungner, Franz-Josef. Guter Vorname. Passt zur Connection.

»Habe die Ehre, Kollege«, sagt Berndorf und nickt dem Mann zu. Der reagiert nicht. Berndorf wendet sich wieder Kuttler zu. »Tut mir Leid. Ich sehe ihn jetzt zum ersten Mal.«

Dann ist er fürs Erste wieder entlassen, Kuttler bittet ihn, draußen Platz zu nehmen. »Für den Fall, dass wir noch eine Frage haben.«

Ganz korrekt und respektvoll fragt er das und lässt doch keinen Zweifel daran, dass Berndorfs Aussage möglicherweise ebenso ergänzungsbedürftig ist wie die eines x-beliebigen anderen Zeugen.

Berndorf geht hinaus und setzt sich wieder auf die Bank und lehnt den Kopf gegen die Wand. Das fahle Licht des Korridors drückt ihm auf die Augenlider. Es ist eine merkwürdige Erfahrung, die Innenansicht des Neuen Baus aus dieser Perspektive wahrzunehmen. Wie viele Leute waren wohl auf dieser Bank gesessen und hatten darauf gewartet, dass er – der Kriminalhauptkommissar Hans B. – sie hereinbittet? Mit welchen Gefühlen hatten sie das getan, und welche Verwünschungen hatten sie gegen den ausgestoßen, der sie hier warten ließ, nachts oder zu anderen Stunden?

Der Schichtführer Polaczek kommt mit einer Thermoskanne vorbei und füllt Berndorfs Becher mit richtigem Kaffee auf, das hat man im Neuen Bau nicht vergessen, dass er keinen Kaffee aus dem Automaten mag, respektvoll tut Polaczek das und doch auch auf seltsame Weise distanziert, als sei Berndorf in einer Eigenschaft anwesend, die sich für jemand vom Fach nicht gehört.

Um ihn herum ist das nächtliche Getriebe der Ermittlungsarbeit und der Einvernahmen im Gang, das Dezernat arbeitet in voller Besetzung, aber er sieht weder Englin noch einen der Stuttgarter Soko-Leute.

Wenn schon eine Sonderkommission, dann wäre sie jetzt gefordert. Doch Tamar scheint entschlossen, die Sache in eigener Regie durchzuziehen.

Morgen wird sie Ärger haben.

Paco wird vorbeigeführt. Als er Berndorf erkennt, wirft er ihm einen entschuldigenden Blick zu und hebt kurz die gefesselten Hände, als wolle er sagen: Tut mir Leid, alter Mann, vielleicht wär ich doch besser bei Ihnen geblieben…

Das ist gar nicht gesagt.

Wenig später kommt Kadritzke an der Bank vorbei, für einen Augenblick bleibt er stehen und wirft Berndorf einen echsenhaften Blick zu. Dann wendet er sich wortlos ab und geht weiter.

Eine Gegenüberstellung? Kuttler erscheint und erklärt Berndorf, dass er gehen kann.

»Aber Sie sollten vorerst in Ulm bleiben.«

Von der Decke fällt das Licht einer Neonröhre auf Aktenschrank und Schreibtisch und auf die Frau, die Tamar gegenübersitzt. Die Frau hat kurz geschnittes schwarzes Haar, das wie eine Badekappe an ihrem Kopf anliegt. Sie sieht nicht müde aus, sondern nur missvergnügt.

»Ich habe Sie bereits darauf hingewiesen«, sagt Cosima Autenrieth, »dass Sie kein Recht haben, mich hier festzuhalten.«

»Ich habe es verstanden«, antwortet Tamar.

»Dann werden Sie nichts dagegen haben, wenn ich jetzt gehe.«

»Einen Augenblick noch«, sagt Tamar. »Ich würde Ihnen gerne noch etwas zeigen.«

Sie greift sich das Telefon und bittet, ihr aus der Asservatenkammer ein Paket zu bringen. Sie nennt das Aktenzeichen.

»Wie Sie meinen«, kommt es über den Tisch. »Aber es ist Nötigung. Und Freiheitsberaubung. Den ganzen Abend bereits.«

»Das sagten Sie schon. Soll ich Ihnen einen Kaffee bringen?«

»Zu freundlich. Aber irgendwann möchte ich in dieser Nacht noch schlafen können.«

Tamar blickt auf ihre Armbanduhr, die sie auf den Tisch gelegt hat.

Es geht auf Mitternacht zu.

Ein spöttischer Blick streift über den Schreibtisch.

»Was ist das eigentlich, was Sie mir zeigen wollen?«, fragt Cosima Autenrieth. »Nicht, dass es mich wirklich interessieren würde. Aber wenn Sie sich schon so Mühe geben, mit mir Konversation zu machen...«

»Gedulden Sie sich noch etwas.« Warum kommt dieses verdammte Paket nicht?

»Wann haben Sie Ihren Vater zum letzten Mal gesehen?«

Cosima Autenrieth blickt unverändert. Missvergnügt. Aber wer sieht im schattenlosen Licht einer Neonröhre schon vergnügt aus, sieben Minuten vor Mitternacht?

»Wie oft wollen Sie mich das noch fragen?... Ich sagte es Ihnen doch bereits, dass ich es nicht mehr genau weiß. Ich nehme an, es war im Herbst 1991.«

»Wussten Sie da schon, dass er nach Südamerika gehen würde? Oder würde gehen wollen?«

Cosima Autenrieth schlägt ein kurzes helles Lachen an. »Ich wusste gar nicht, dass sich Polizistinnen so gedrechselt ausdrücken können..., dass er würde gehen wollen... Leider weiß ich heute nicht mehr, ob ich es damals wusste. Aber ich erinnere mich, dass er schon längere Zeit geplant hat, den Dienst zu quittieren und in die Wirtschaft zu gehen.«

»Das ist auch so ein Punkt, der mir nicht recht klar ist«, sagt Tamar. »Ihr Vater war ja kein nachgeordneter Beamter, er hatte eine Position, die man nicht so leicht aufgibt... Gab es da politische Differenzen?«

»Sie sind gut«, stellt Cosima Autenrieth fest. »Glauben Sie, mein Vater hätte politische Differenzen im Bundeskanzleramt bei uns zu Hause zum Abendbrot ausgebreitet? Und wenn er es getan hätte, glauben Sie wirklich, ich würde Ihnen das hier darlegen, ausgerechnet Ihnen? Wüssten Sie denn überhaupt, wovon die Rede wäre?«

»Sie könnten es mir ja erklären«, sagt Tamar. »Bisher hatte ich angenommen, solche leitenden Beamten würden nicht ausgewechselt wie die Hilfskellner. Man lernt nie aus.«

Ein kleines Zucken läuft über Cosima Autenrieths Gesicht. »Vermutlich haben Sie wirklich keine Ahnung. Aber das ist kein Vorwurf. Wie sollten Sie auch.« Sie blickt sich in dem kleinen schäbigen Büro um. Dann richtet sie wieder den Blick auf Tamar. »Mein Vater war kein Bierkellner und trug auch keine Ärmelschoner und hatte keinen dieser Jobs, bei denen um 17 Uhr der Aktendeckel zugeklappt wird. Der nicht. Mag sein, dass er irgendwann das Gefühl bekam, dafür werde er eigentlich nicht gut genug bezahlt.«

»Ist das eine Vermutung, oder hat er darüber gesprochen?«

»Natürlich hat er darüber gesprochen. Und sicher war es so, dass er die Chance nutzen wollte, noch einmal richtiges Geld zu verdienen. Das konnte er nur in der Wirtschaft.«

»Welche Verbindungen hatte er eigentlich nach Südamerika?«

»Das weiß ich nicht. Ich weiß auch nicht, ob er solche hätte haben müssen. Er sprach Spanisch, las Borges und Bioy Casares im Original, wenn Ihnen das was sagt.«

»Wie war Ihr Vater finanziell gestellt?«

»Gutbürgerlich. Wie Beamte sich finanziell so stellen. Er hatte zwei Mehrfamilienhäuser in Stuttgart geerbt. Falls Sie glauben, dass das Goldgruben sind, haben Sie sich getäuscht. Aber Sozialhilfe muss meine Mutter nicht beantragen.«

Es klopft an der Tür, der Polizeihauptmeister Polaczek kommt herein und legt ein längliches verschnürtes Paket auf den Schreibtisch.

»… 'tschuldigung, dass es so lange gedauert hat. Aber es war hinter einen Ballen mit Hanfpflanzen geraten.«

Tamar holt eine Papierschere aus ihrer Schreibtischschublade und beginnt, die Bindfäden des Pakets aufzuschneiden und es vorsichtig auszupacken. Polaczek fragt, ob er gehen kann, aber Tamar schüttelt nur den Kopf.

Unter dem Packpapier kommt blaumetallisch schimmernd das Jagdgewehr zum Vorschein, das sie in der Hütte sichergestellt hat. Sie zieht Plastikhandschuhe an, und plötzlich hat sich etwas geändert. Wir reden jetzt nicht mehr von Borges und von Stuttgarter Mietshäusern, sagen die Handschuhe.

Wir reden jetzt von Mord.

Vorsichtig hebt sie das Gewehr hoch, untersucht es, bis sie die Gravur auf dem Verschluss findet. Sie hält das Gewehr so, dass Cosima Autenrieth die Gravur sehen kann.

»Kennen Sie diese Waffe?«

»Mein Vater ist Jäger.« Cosima Autenrieth wendet den Blick ab. »Und er hat mich unterwiesen, wie man mit Schusswaffen umgeht. Besonders hat es mich nicht interessiert.«

»In der Jagdhütte bei Lauternbürg waren Sie nie?«

»Doch. Als junges Mädchen. Später hat mein Vater es hingenommen, dass wir – also meine Mutter und ich – diese Hütte weder romantisch noch gemütlich fanden. Die Betten waren immer klamm, es gab nicht einmal Warmwasser zum Duschen, und ein totgeschossenes Tier zu zerlegen, ist überhaupt nicht lustig.«

»Diese Gravur sagt Ihnen nichts?« Noch einmal hält Tamar ihr das Gewehr vors Gesicht.

»Gehen Sie weg damit«, antwortet Cosima Autenrieth. »Natürlich kenne ich dieses Ding. Ich war dabei, als er es sich ausgesucht hat, und weiß noch, dass ich es unverschämt teuer fand. Er hat auch den Entwurf für die Gravur selbst skizziert, die Initialen werden Sie ja erkannt haben… Wo ist es gefunden worden?«

»Ich habe es gefunden«, antwortet Tamar. »Offenbar hat Ihr Vater es in der Jagdhütte zurückgelassen, als er sie an den Herrn Neuböckh übergeben hat.« Sie wartet. »Wundert Sie das eigentlich nicht, dass er ein solches Erinnerungsstück nicht nach Argentinien mitgenommen oder es wenigstens in sein Bonner Haus gebracht hat?«

Cosima Autenrieth blickt zu Polaczek, dann zu Tamar. Plötzlich sieht das Gesicht unter der schwarzen Badekappe anders aus. Missvergnügt wäre nicht mehr der richtige Ausdruck.

»Könnten wir unter vier Augen sprechen?«

Tamar nickt. Polaczek hebt grüßend eine Hand und geht.

Cosima Autenrieth klappt ihre Handtasche auf und holt ein silbernes Zigarettenetui heraus. »Ich darf rauchen?« Sie wartet die Antwort nicht ab, sondern zündet sich eine Filterzigarette an.

Tamar wartet.

Cosima Autenrieth hält die Zigarette zwischen Daumen und Zeigefinger, als wolle sie sie in der Hand verbergen.

»Es ist albern, darum herumzureden«, sagt sie plötzlich. »Natürlich weiß ich, dass er tot ist. Seit ein paar Jahren weiß ich das schon.«

Mittwoch, 14. November 2001

Das Gesicht des Leitenden Kriminaldirektors Steinbronner ist nur zu einem Teil zu erkennen, zum anderen ist es hinter einer großen getönten Brille verborgen. Steinbronner muss am Morgen den Versuch unternommen haben, sich zu rasieren. Aber entweder war die Klinge schartig oder die Hand nicht so sicher, wie sie es bei einem solchen Geschäft sein sollte.

»Ich habe Ihren Bericht nicht verstanden«, sagt Steinbronner. »Entweder liegt es an meinem Kopf oder an Ihrem Bericht. Aber alles, was ich begreife ist, dass Sie ein halbes Dutzend Leute festgenommen haben, ohne dass Sie mir auch nur in einem einzigen Fall erklären könnten, weshalb.«

»Diese Leute sind sämtlich unter Umständen angetroffen worden, die verdächtig sind«, antwortet Tamar. »Unter Umständen, die auf Straftaten hingedeutet haben oder auf die Verabredung dazu.«

»Wissen Sie, was ein Anfangsverdacht ist?«, unterbricht sie Steinbronner. »Hat man Ihnen in der Fachhochschule nicht beigebracht, dass Sie nicht einfach durch die Gegend rennen können und einsperren, wer Ihnen gerade komisch vorkommt?«

»Die Sachverhalte, um die es hier geht, sind nicht komisch ...«

»Unsinn! Warum sind Sie in dieses Höft gefahren?«

»Weil mich der Kollege ..., weil mich mein früherer Kollege Berndorf darum gebeten hat.«

»Ihr früherer Kollege Berndorf! Da fängt die Scheiße doch schon an ... Das war also eine private Fahrt?«

»Nein. Ich wusste, dass Berndorf sich darauf eingelassen hat, in der Sache Hollerbach zu ermitteln. Ich wollte wissen, mit welchen Leuten er Kontakt aufnimmt.«

»Ach nee.«Steinbronner nimmt seine Brille ab und betrachtet sie aus verkaterten roten Augen. »Sie kommen mir vor wie beim Bienzle im Tatort. Was wollte Berndorf in Lauternbürg?«

»Er wollte Neuböckh nach den Umständen befragen, unter denen dieser vor zehn Jahren die Jagd im Revier Lauternbürg vom vorigen Pächter Autenrieth übernommen hat. Das können Sie in seiner Aussage nachlesen.«

Steinbronner beugt sich nach vorn. »Was ich kann und was ich nicht kann, überlassen Sie gefälligst mir. Und die Aussage von Berndorf – das geht mir, verehrte gnädige Frau, aber so was am Arsch vobei. Der lügt. Der linkt, wo er kann … Aber weiter. Was war in Lauternbürg?«

»Wir haben den Wagen am Ortseingang abgestellt. Berndorf ging zu dem Werksgelände der Firma Neuböckh, weil er im Büro dort Licht sah. Ich wartete außerhalb.«

»Unsinn. Sie sind ihm gefolgt. Warum?«

»Da sagte ich Ihnen schon. Ich wollte wissen, mit welchen Leuten er sich eingelassen hat.« Sie lächelt knapp. »Außerdem war es die einzige Möglichkeit, seine Extratouren zu unterbinden.«

Steinbronner blickt hoch. »Und warum haben Sie ihn dann nicht einfach in den Neuen Bau gebracht? Und zwar vor dieser Extratour, bei der Sie ihm den Harry gemacht haben?«

»Vorher hatte ich dazu keine Handhabe.«

»Sie nahmen Ihre Dienstwaffe mit?«

»Ja. Und auch ein Paar Handschellen.«

»Warum?«

»Ich hatte das Gefühl«, sagt Tamar und bereut sogleich, dass sie es sagt, »ich hatte das Gefühl, dass diese Leute gefährlich sind.«

»Sie hatten das Gefühl ...! Schön, wenn Frauen fühlen. Sie gingen also auf das Firmengelände. Was haben Sie dort gesehen?«

»Nichts«, antwortet Tamar. »Es war neblig.«

»Und dann standen Sie also im Nebel herum und fühlten, wie?«

Tamar steht auf. »Ich glaube nicht, dass ich dieses Gespräch so weiterführen möchte.«

Steinbronner hebt die Hand und zeigt mit dem Finger auf sie. Der Finger ist dick und beringt. »Sie nehmen sich mehr heraus, als Sie sich leisten können, wissen Sie das? Setzen Sie sich wieder und schildern Sie mir Ihr weiteres Vorgehen. Das ist eine Anweisung ...«

»Ich werde mir keine einzige Ihrer Zwischenbemerkungen mehr anhören«, sagt Tamar und bleibt stehen. »Ich muss es auch nicht.«

Sie erwidert den Blick der rot geäderten Augen, bis diese sich abwenden. »Ich habe zunächst nur gewartet. Nach einiger Zeit bin ich näher an das Büro herangegangen. In diesem Augenblick habe ich Gepolter gehört und einen Aufschrei. Ich habe meine Pistole gezogen und bin in das Büro. Ein Mann hing blutend im Sessel hinter dem Schreibtisch. Eine zweite Person stand bei ihm. Ich konnte nicht erkennen, was diese Person beabsichtigte ...«

»Das war der Herr Kadritzke. Er wollte sich gerade um den Verletzten kümmern. Nur haben Sie ihm dann Handschellen angelegt. Was, bitte, ist die Rechtsgrundlage dafür?«

»Um den Verletzten hat sich diese Person erst gekümmert, nachdem sie ihm zuvor die Nase eingeschlagen hatte.«

»Zu dem Zeitpunkt, um den es jetzt geht, wussten Sie das noch gar nicht«, antwortet Steinbronner. »Und überhaupt – was geht Sie dieser Krawall eigentlich an? Dieser Neuböckh handelt mit Schrott. In dieser Branche geht's rau zu. Dass da einer die Fresse poliert bekommt, gehört zum Geschäftsrisiko. Da müssen Sie nicht Geiselbefreiung in Mogadischu spielen.«

»Sie vergessen, dass Herr Neuböckh nicht nur mit Schrott handelt«, sagt Tamar. »Das sollen ziemlich neuwertige Gewehre gewesen sein, die in Rotterdam sichergestellt wurden. Und Sie vergessen auch, dass wir den Mord an dem Journalisten Hollerbach aufzuklären haben. Niemand kann ausschließen, dass dieser Mord und der Waffenschmuggel etwas miteinander zu tun haben…«

»Das ist alles Unsinn«, widerspricht Steinbronner. »Aber ich erkenne jetzt, um was es Ihnen geht. Es geht Ihnen darum, meine Anweisungen zu unterlaufen. Ich habe Ihnen gesagt, dass Meunier in amerikanischem Auftrag tätig ist. Im Rahmen dieses Auftrags und – nehmen Sie das endlich zur Kenntnis! – durchaus im Rahmen der Gesetze haben Meunier und Kadritzke in Lauternbürg recherchiert…« Plötzlich bricht er ab. Sein Blick irrt durch das Zimmer.

»Ach ja«, fragt Tamar, »diese Jagdhütte ist ganz im Rahmen der Gesetze durchlöchert worden? Und das war kein gezielter Schuss, der auf diese Gestalt im Sessel abgegeben wurde?«

»Ein ausgestopfter Mantel!« Steinbronners Blick kehrt zurück. »Machen Sie sich nicht lächerlich. Natürlich sind in dem Milieu, mit dem wir es hier zu tun haben, die Sitten auch nicht so besonders fein, da kann es schon mal knallen… Wie auch immer. Jedenfalls haben Sie meine klare Anweisung ignoriert, die besonderen Ermittlungen nicht zu stören, die von der amerikanischen Seite geführt werden. Sie haben diese Ermittlungen geradezu torpediert.«

»Die Entwicklung im Fall Hollerbach hat mir gar keine andere Wahl gelassen«, antwortet Tamar kühl. »Inzwischen liegt uns ja die Aussage von Jiri Adler vor, der zugibt, dass er in der Nacht von Hollerbachs Tod in dessen Haus gewesen ist. Aber er behauptet, dass Hollerbach zu diesem Zeitpunkt schon tot gewesen sei. Und zwei Männer seien bei ihm gestanden. Bei einer Gegenüberstellung hat er sowohl Meunier als auch Kadritzke identifiziert.«

»Diese Gegenüberstellung«, sagt Steinbronner, »ist von allen peinlichen Dingen, die Sie gestern Nacht angestellt haben, das womöglich Allerpeinlichste. Sie lassen einen Mordverdächtigen aussuchen, wem er das Verbrechen freundlicherweise in die Schuhe schieben möchte. Wenn das Schule macht, werden wir demnächst die Herren Ladendiebe fragen, wer denn bitte Ihrer Ansicht nach gestohlen hat.«

»Sowohl Adler als auch Meunier und Kadritzke sind tatverdächtig«, gibt Tamar zurück. »Alle drei waren am Tatort...«

»Wir hatten einen Haftbefehl gegen Adler«, fährt Steinbronner sie an. »Den können wir jetzt vergessen. Diese Leute haben clevere Anwälte, und wenn von denen einer mit einem Haftprüfungstermin kommt, ist das Vöglein draußen und ab in den Kosovo oder sonst wohin.«

»Nicht, wenn die Staatsanwaltschaft ernsthaft diesen Waffenschiebereien nachgeht. Adler hat zugegeben, regelmäßig in einem Depot irgendwo in Brandenburg Kisten geladen zu haben. In einem abgelegenen Depot, das mit Stacheldraht gesichert war. Angeblich Kisten mit Ersatzteilen, angeblich für Hilfslieferungen in den Kosovo. In Lauternbürg kam noch andere Ladung dazu, vermutlich zur Tarnung. Und immer hatte er genug Schmiergeld dabei, damit sich niemand diese Kisten näher ansehen wollte. Wir sollten dieses Depot unter die Lupe nehmen...«

»Wir haben den Mord an Hollerbach aufzuklären«, unterbricht sie Steinbronner. »Wann geht das in Ihren Kopf?«

»Wenn Sie Adler wegen Mordes oder Totschlags an Hollerbach vor Gericht bringen wollen«, wendet Tamar ein,« dann wird man dort kaum mit der Auskunft zufrieden sein, es sei zwar richtig, dass in der Tatnacht noch zwei andere Männer auf dem Grundstück gewesen seien. Aber die hätten da irgendeine Geschichte im Auftrag der Amerikaner zu klären

gehabt.« Ihre Stimme wird ganz sanft. »Stellen Sie sich doch einmal vor, Sie müssen in den Zeugenstand und wollen das dem Gericht erzählen und die Reporter schreiben das mit …«
»So weit sind wir noch nicht«, antwortet Steinbronner ruhig. »Wir sind noch nicht an dem Punkt angelangt, an dem Sie sich über mich lustig machen können. Wir sind noch immer bei der Frage, was Sie gestern Nacht getan haben, und warum. Erklären Sie mir jetzt endlich, was Sie dort eigentlich gewollt haben.«
»Ich sagte es Ihnen doch«, antwortet Tamar. »Es ging um Constantin Autenrieth. Wir wollten wissen, wo er geblieben ist. Er oder seine Leiche.«
»Dass Autenrieth tot ist, behauptet doch nur Berndorf.«
»Nein«, sagt Tamar. »Das behauptet nicht nur er. Neuböckh schweigt, das ist wahr, Meunier und Kadritzke haben die Aussage verweigert. Das ist bei Leuten, die nach Ihren Worten fast so etwas wie Kollegen sind, ein sehr kooperatives Verhalten, finden Sie nicht? Viel wichtiger ist aber, dass Cosima Autenrieth eine Aussage gemacht hat. Daraus geht hervor, dass sie sich von dem Gespräch in Lauternbürg Auskunft über den Verbleib ihres Vaters erhofft hat.« Sie lehnt sich in ihrem Stuhl zurück und schlägt die Beine übereinander. »Sie können vielleicht Berndorfs Aussage ignorieren, aber nicht die der Tochter Autenrieth. Sie ist Rechtsanwältin, sie weiß, was sie tut, und mit ihrer Aussage hat sie zugleich Vermisstenanzeige erstattet.«
»Diese Anzeige kommt ein bisschen spät, finden Sie nicht?«
»Das ist sicher richtig. Aber sie sagt, ihre Mutter sei von Meunier bedrängt worden, sie solle nichts unternehmen, weil Constantin Autenrieth in geheimdienstlichem Auftrag nach Südamerika gegangen sei …«
»Blühender Unsinn!«
»Die Mutter hat das aber auch Berndorf erzählt, wie aus seiner Aussage hervorgeht.«

»Dann ist es erst recht gelogen«, stellt Steinbronner fest. »Es ist völlig unglaubwürdig, dass da jemand vor zehn Jahren verschwunden sein soll, und die Familie hält bis heute still, weil der teure Verschwundene angeblich in geheimdienstlichem Auftrag unterwegs ist. Das ist doch oberfaul, das müssen doch sogar Sie zugeben!«

»Ich widerspreche Ihnen ja nicht«, antwortet Tamar. »Nur ändert das nichts daran, dass dieser Constantin Autenrieth ganz offenbar unauffindbar ist, vom Erdboden verschwunden. Nachdem inzwischen eine Vermisstenanzeige vorliegt, müssen wir ihr auch nachgehen und überprüfen, ob Autenrieth jemals in Buenos Aires angekommen ist …«

»Keine Sau in der ganzen argentinischen Pampa wird Ihnen sagen können, ob dieser Mensch vor zehn Jahren dort eingetroffen ist, und unter welchem Namen.«

»Gerade darum müssen wir in der Umgebung der Hütte suchen.«

»Und wonach bitte?«

»Nach seiner Leiche«, antwortet Tamar freundlich. »Seine Tochter hat das Jagdgewehr identifiziert, das Berndorf in der Hütte gefunden hat. Sie sagt, ihr Vater hätte die Waffe keinesfalls freiwillig dort zurückgelassen.«

Steinbronner schweigt. Er hat sich zurückgelehnt und betrachtet Tamar. Plötzlich scheint sein Blick anders als zuvor. Wachsamer. Beunruhigt.

Der Kater klingt ab, denkt Tamar.

»Dieses Gewehr«, sagt er schließlich, »zeigen Sie mir das doch mal.«

Der Tee dampft, aus den Lautsprechern kommt eine mozartsche Violin-Sonate und bringt das diesige Licht draußen vor dem Fenster zum Leuchten. Aber vielleicht ist es doch die Sonne und nicht Mozart, die den Nebel vertreibt.

Berndorf löffelt ein halbweiches Ei und liest das Tagblatt. Innerhalb der Regierungsfraktionen zeichnet sich noch immer keine sichere Mehrheit für einen Afghanistan-Einsatz der Bundeswehr ab. Ein Hamburger Richter zieht einen Schlussstrich unter die Affäre der beim letzten Regierungswechsel im Bundeskanzleramt verschwundenen Akten und verurteilt die Journalisten, die darüber berichtet hatten. Als Berndorf die Zeitung weglegen will, sticht ihm eine einspaltige Meldung ins Auge: Im Rotterdamer Hafen sei eine deutsche Hilfslieferung nach Angola angehalten worden, weil ein paar hundert Schnellfeuergewehre dazugepackt waren ...

Vom Schreibtisch her mischt sich ein raspelndes Knirschen und Schmatzen in die mozartschen Klavierläufe, Felix frisst das Schweinsohr, mit dem Berndorf ihn zu bestechen versucht hat. Denn er hat ein schlechtes Gewissen, weil er erst tief in der Nacht zurückgekommen war. Es war keine Vorzugsbehandlung gewesen, die ihm seine einstige Kollegin Tamar Wegenast hatte angedeihen lassen, durchaus nicht ...

»Da fällt mir ein«, sagt er zu Felix, »das Schweinsohr ist ja auch von ihr, sozusagen in vorauseilender Wiedergutmachung gekauft.«

Er legt die Zeitung weg und nimmt sich einmal mehr das Taschenbuch mit dem angefangenen Kreuzworträtsel vor. Die Szene im Zugabteil fällt ihm wieder ein, und die Erinnerung ist ihm unangenehm. Er hat den Mund zu voll genommen. Die Behauptung, man könne aus ein paar falsch oder unvollständig ausgefüllten Buchstabenkästen ein Psychogramm ableiten, ist Hochstapelei ...

Er wendet sich dem Rätsel zu, oder genauer: der einen Ecke, in der einige Worte eingetragen sind:

	²⁵K					
³³	O	³⁴				
³⁹	⁴⁰L	S	⁴¹R			
⁴³F	E	M	M	E	⁴⁴B	
⁴⁶D	A	O	D	E	⁴⁷J	I	N	G
	R	N	⁵¹P	U	Z	O	
	A		R	E		
⁵⁵L	A	U	R	E	A	T	
	T					

Wieder irritiert ihn die Schreibweise von DAODEJING. Wer schreibt das so? Jemand, der besonders p. c. sein will? Er sieht sich die Legende an.

Waagerecht: 33. Wohin Liebe auch führt. 39. Was es ist, ist es hoch. 43. Was der linksrheinische Pächter in sein Herz geschlossen hat. 46. Du verstehst, das Harte unterliegt. 51. Kein Patensohn, im Gegenteil. 55. Belaubt.

Senkrecht: 25. Wem die Erde scheint. 33. Immobil. 34. Plüsch, kurz. 40. Opfer von Familienbande. 41. Wenn es fällt, kannst du rauf. 44. Die Liebe stammt von den Zigeunern stammt von …? 47. Recht, fürs rechte Wohl zu sorgen.

Mir scheint die Sonne und manchmal der Mond, denkt Berndorf, die Erde scheint mir nicht, es sei denn, ich müsste mir die Erde ansehen wie einen Mond …, also kann *senkrecht 25* in der Tat ein ASTRONAUT sein, warum nicht auch ein KOSMONAUT, wenn es nur aufgeht. Ein Opfer von Familienbande war LEAR ohne Zweifel, und wenn das FallREEP runterkommt, kann ich an Bord … Dass die Liebe von den Zigeunern stammt, mag ja wirklich so sein und außerdem von BIZET, Berndorf hätte es nicht gewusst, mit Opern kennt er sich nicht besonders gut aus, singt die Carmen das? Aber der, der sich zuerst an dem Rätsel versucht hat, scheint es gewusst zu haben, eine kultivierte Person, er hat es ja schon an der Schrift gesehen.

Aber dass Monsieur Fermier vor allem seine FEMME ins Herz geschlossen hat, will Berndorf weniger glauben. Es wird die FERME sein, die er gepachtet hat. Also ist es nicht der KOSMO, sondern der ASTRONAUT, dem die Erde scheint, weil das »R« als vierter Buchstabe für die FERME gebraucht wird. Dass PUZO kein Patensohn ist, leuchtet ihm dagegen wieder ein, denn Puzo hat den Paten zu Papier gebracht. Aber wieso soll JURA das Recht sein, fürs rechte Wohl zu sorgen? Kein wirklicher Jurist verfiele jemals auf eine solche Definition.

Wenn freilich, so überlegt er, die 81 Verse des Lao-Tse als TAO-TEKING geschrieben werden, wäre nicht nach JURA, sondern nach der KURA gefragt worden... Berndorf steht auf und geht zum Brockhaus und findet dort tatsächlich den Begriff Kura als eine seelsorgerliche Befugnis des katholischen Kirchenrechts vermerkt.

Schön, denkt er. Was haben wir nun davon? Zwar wissen wir, dass das Immobil von *33 senkrecht* die HAFT ist, weil wir jetzt als letzten Buchstaben kein »D« mehr haben, sondern das »T« von Tao, aber sonst wissen wir gar nichts. Fast gar nichts. Wir suchen eine Person, die womöglich die Oper »Carmen« kennt. Die weiß, was das Dao-De-Jing ist und dass man es auf diese Weise schreiben kann. Und die jemanden, der im Weltraum herumkugelt, einen Kosmonauten nennt. Und daraus willst du ein Psychogramm basteln...?

Moment. Für einen Augenblick bleibt er sitzen, fast betäubt. Dann schlägt das Telefon an, widerstrebend steht er auf und geht zum Schreibtisch, wobei er über Felix hinwegsteigen muss, und meldet sich. Eine muntere Stimme ist untröstlich, Berndorfs Morgenruhe zu stören. Die Stimme gehört Rübsam. »Ich wollte Sie fragen, ob Sie heute Nachmittag Lust auf eine Partie Schach haben? Auch Ihr Hund wäre willkommen.«

Nein, denkt Berndorf. Ich habe keine Lust auf eine Partie Schach.

»Gerne«, hört er sich sagen. »Gegen 17 Uhr?«

Viel zu früh neigt sich die bleiche Nachmittagssonne den Berghängen im Südosten zu. Die Lichtung liegt bereits im Schatten. Durch die zerschossenen Fensterscheiben dringt feuchte Kälte in die Jagdhütte. Tamar fröstelt. Auf dem Tisch vor ihr ist eine Flurkarte im Maßstab 1:5000 ausgebreitet. Sie sieht Steinbronner zu, der die Karte studiert und Entfernungen vermisst. Das Licht einer tragbaren Lampe, die an ein Stromaggregat angeschlossen ist, wirft schwarze Schatten an die Wände.

Der Wind hat sich gedreht. Wann? Und warum?

Es ist passiert, als er das Gewehr in den Händen hatte. Das Jagdgewehr mit der Gravur. Das war etwas, an dem er sich festhalten konnte. Gewehre sind Männersache. Da muss – die Kollegin erlaubt doch – der Chef selber ran. Vernünftiges Kartenmaterial! Suchtrupps! Bereitschaftspolizei vorwarnen! Wo ist eigentlich der Kuttler? Spurensicherung rausschicken! Und, Wegenast, finden Sie heraus, wer der Zahnklempner von diesem Menschen war… Zwei Taucher natürlich auch, Kuttler, und gucken Sie nicht so blöd! Gibt es in dem Höft einen Kerl, der sich auskennt, einen vom Albverein vielleicht? Und fragt in Stuttgart nach, ob wir notfalls einen Hubschrauber mit Infrarotkamera bekommen…

Steinbronner hat sein Kartenstudium beendet und blickt zu dem Mann hoch, der neben dem Tisch steht und ihm zugesehen hat. Es ist ein schweigsamer Mann, was weiter kein Wunder ist, denn es ist der Mann der Waltraud Ringspiel.

»Was ist das für ein Wasserloch, 300 Meter südlich der Hütte?«

Ringspiel beugt sich über die Karte. »Ein Bombentrichter«, antwortet er.

»Da hat einer abgeladen, was er über Ulm nicht losgeworden ist?«

Ringspiel nickt. »Weiter unten hat es noch ein paar solcher Löcher.« Er zeigt sie auf der Karte.

»Wie tief sind diese Löcher?«

»Schon ein paar Meter«, meint Ringspiel.

»Woher wissen Sie das?«

Ringspiel hebt seine rechte Hand an und dreht sie ein wenig.

»Das haben Sie doch nicht bloß geschätzt«, sagt Steinbronner.

»Man weiß das im Dorf, weil man totes Vieh hineinge-schmissen hat, das der Veterinär nicht sehen durfte. Na?«

»Das kann schon mal vorgekommen sein«, antwortet Ring-spiel diplomatisch.

»Das war so«, beharrt Steinbronner rechthaberisch. »Ich komm auch vom Land. Mir macht keiner was vor. Also…« Er spricht nicht weiter und wirft einen Blick zu Tamar. »Dieser Tümpel hier bietet sich schon mal an. Aber er ist sehr nah an der Hütte. Zu nah, meinen Sie nicht?«

»Nein«, sagt Tamar und stellt sich vor, sie hätte soeben Stein-bronner umgebracht und müsste ihn nun 300 Meter weit schleppen. »Wenn es hier in der Hütte passiert ist und der Tä-ter das Wasserloch für sicher hielt, war ihm das weit genug.«

Steinbronner wiegt abschätzend den Kopf. »Das ist eben die Frage. Ob ein Mörder ein Wasserloch für sicher hält. Was ist das da?«

Er deutet auf eine gestrichelte Markierung. »Ein steiler Ab-hang, wenn ich das richtig sehe. Und eine Einbuchtung. Soll das eine Höhle sein?«

»Das ist nicht bloß ein Abhang, das ist eine Felswand«, sagt Ringspiel. »Und was Sie meinen, ist das Schwedenloch. Ei-gentlich ist es nur ein Vorsprung. Früher soll dort ein Zugang zu einer Höhle gewesen sein. Aber er ist schon lang zuge-schüttet.«

»Und warum Schwedenloch?«

»Angeblich sind hier im Dreißigjährigen Krieg schwedische Soldaten in einen Hinterhalt geraten und totgeschlagen wor-den. Die Leichen hat man in die Höhle geworfen.«

»Na«, sagt Steinbronner. »Das ist doch was. Der Genius Loci, sagt man nicht so? Wie nah kann man da mit einem Wagen heran?«

»Bis ungefähr fünfzig Meter.« Ringspiel deutet auf eine Stelle in der Karte. »Es ist ein Holzweg. Er endet hier in einer Kehre. Manchmal parken da Pärchen und gehen rauf zur Felswand ...«

»Ach so.« Steinbronner schüttelt den Kopf und blickt zu Tamar. »Dann eher nicht. Stellen Sie sich vor, Sie haben einen umgebracht ... Den werden Sie doch nicht einen Abhang hochschleppen, auf die Gefahr hin, dass da oben zwei blöd aus der Wäsche gucken, die sie nicht anhaben.«

»Sie opfern die Dame«, sagt Rübsam, halb fragend, halb ratlos.

»Wenn Sie meinen«, antwortet Berndorf.

»Aber vermutlich bin ich dann matt.«

»Vermutlich sind Sie das.«

Rübsam legt den König um. Die Dame war mit dem Läufer gedeckt, er hätte mit dem Turm schlagen müssen, aber dann wäre das Matt durch den Springer gekommen. »Ich habe schon besser verloren.«

»Vielleicht sind Ihre Gedanken woanders.«

»Ist das so auffällig?«

Berndorf macht ein Handbewegung, als zeige er auf die Stellung und reiche zugleich die Frage zurück.

»Was unternimmt man eigentlich gegen multiple Verleumdung?«, fragt Rübsam. »Also gegen Lügen, die sich schneller vervielfältigen, als man sie widerlegen kann?«

»Was Sie beschreiben, deutet auf Mobbing hin«, meint Berndorf leichthin. »Leider bin ich da nicht kompetent. Wenn man bei der Polizei lernen würde, wie man damit umgeht, wären uns in den letzten Jahren einige Selbstmorde erspart geblieben. Mobbing gedeiht übrigens besonders in geschlossenen Gesellschaften mit einem besonderen Sendungsbewusstsein, wenn Sie mir diese Definition nicht übel nehmen… Das Opfer sind aber nicht Sie?«

»Nein«, sagt Rübsam. »Es ist eine Frau. Sie kennen Sie…«

Er beginnt vom Vorabend zu erzählen. Unverändert sitzt Berndorf ihm gegenüber, leicht zurückgelehnt, die Haltung scheinbar entspannt. Aber das Gesicht hat sich verändert. Nichts mehr, das auf beiläufiges Geplauder hindeutet oder auf eine linkshändig dahingespielte Partie Schach.

»Es geht also um die Dame Hartlaub«, sagt Berndorf langsam. »Ich hätte es mir denken können.« Er blickt Rübsam in die Augen. »Sie haben ein persönliches Interesse an ihr?«

»Ich bitte Sie!«, sagt Rübsam. »Nein, wir sind mit dem Ehepaar Hartlaub noch nicht einmal befreundet, allenfalls näher bekannt…«

»Das schließt ein persönliches Interesse nicht aus.«

»Nein«, wiederholt Rübsam. »Wirklich nicht. Bei manchen Bekanntschaften ist von Anfang an klar, dass es für dieses gewisse persönliche Interesse absolut keinen Anknüpfungspunkt gibt. Sie bilden sozusagen einen Reinraum, frei von jeder erotischen Kontamination. Falls es das ist, wonach Sie gefragt haben.«

»So etwas kann man sich auch einbilden«, meint Berndorf. »Wann haben Sie Marielouise eigentlich kennen gelernt?«

»Nach ihrer Haftentlassung«, antwortet Rübsam. »Sagte ich Ihnen das nicht?«

»Nein«, sagt Berndorf. »Aber ich weiß, dass sie in Haft war.« Irgendwer hatte es ihm erzählt. Die Puppenfrau war es.

»Marielouise Hartlaub kommt aus Thüringen«, fährt Rübsam fort. »Ende der Siebzigerjahre arbeitete sie in einer Dissidentengruppe mit, in einem Bürger- und Umweltbüro. Damals war in der Bundesrepublik Deponieraum knapp geworden, neue Müllverbrennungsöfen konnten nicht sofort gebaut worden, weil die Bürger sie nicht haben wollten und dagegen klagten, und so kam man darauf, sich die DDR als billige Müllkippe zu kaufen. In der Folge ist jede Menge Wohlstandsabfall nach Osten verfrachtet und auf schlecht oder gar nicht gesicherte DDR-Deponien gekippt worden. Als das Bürger- und Umweltbüro die Abwässer zu kartieren begann, hat die Stasi den Laden dichtgemacht und die Mitarbeiter eingebuchtet. Auch Marielouise saß mehrere Monate im Knast, ehe sie dann freigekauft wurde. Es wäre eine interessante Frage, ob sich die westdeutschen Müllunternehmer an den Kosten für den Freikauf beteiligt haben…«

»Die hätten dafür kein Geld gehabt«, antwortet Berndorf, »die mussten ihre örtlichen Politiker schmieren. Wann kam sie in den Westen?«

»Das muss 1981 oder 1982 gewesen sein. Sie wollte in Tübingen ihr Theologiestudium abschließen, und ich fürchte, sie ist nicht sehr glücklich gewesen. Das war ja damals die Zeit der Friedensbewegung und der Sitzblockaden, im Religionsunterricht wurden Friedenstauben gebastelt und gebetet, dass der liebe Gott den Amerikanern die Pershing-Raketen wegnehmen solle. Es ging um die großen Menschheitsfragen und -ängste, da gehörte es sich einfach nicht, dass da eine mit ihrer privaten Ost-Biographie daherkam und auch etwas sagen wollte. Sie war in einem Frauenknast bei Potsdam gewesen und hatte in der Anstaltswäscherei die dreckigen Unterhosen aus der Bonzensiedlung Wandlitz waschen müssen. Als sie uns einmal von den Arbeitsbedingungen dort erzählen wollte, ist ihr auf der Stelle eine unserer Friedensaktivistinnen dazwischengefahren und hat sie gefragt, ob sie vielleicht glaube, dass es die türkischen Arbeiterinnen in den Wäschereibetrieben bei uns lustiger hätten…«

Berndorf sagt nichts. Auch er erinnert sich an diese Zeit. Aber er ist nicht aufgelegt, über die Menschenkette zu reden oder die Demonstrationen vor den Wiley Barracks oder im Kettenhauser Forst, und wie es ist, wenn einer auf der falschen Seite der Barrikade steht. »Und solche Dinge reichen aus, dass jemand nicht dazugehört?«

Rübsam hält inne und nimmt einen Schluck Tee. »Damals hat es ausgereicht. Aber es war nicht allein die Friedensbewegung, die an Marielouise irgendwie vorbeilief. Man hat damals ja eine Reihe weiterer Themen entdeckt, schließlich wussten wir, dass wir diesen emotionalen Hochdruck von Menschenkette und Sitzblockaden nicht unbegrenzt durchhalten könnten. Wir mussten Themen finden, die überschaubar waren und bei denen konkrete, greifbare Erfolge erzielt werden konnten. Eines dieser neuen Themen war der Kampf gegen den Bau neuer Müllverbrennungsanlagen, das stand bald ganz weit oben auf der Agenda… Ich erinnere mich an eine Diskussion über eine drohende flächendeckende Dioxin-Vergiftung ganzer Landstriche zwischen Neckar und Alb, irgendwann meldete sich Marielouise zu Wort und wollte etwas von dem Sickerwasser erzählen, das aus den Westdeponien in der DDR austritt… Ich weiß noch, wie wir uns alle angesehen und gedacht haben, nicht die schon wieder.«

»Guntram Hartlaub hat das etwas anders gesehen?«, fragt Berndorf.

»Ja, das hat er«, meint Rübsam. »Zunächst haben wir uns zwar ein wenig gewundert, als er sich um Marielouise zu kümmern begann. Die meisten haben das wohl als eine Art persönlicher Behindertenseelsorge verstanden, dabei war sie ja schon damals eine aparte Erscheinung, wenn man sich an diesem geraden, ernsten Blick nicht stört, den sie manchmal hat… Später hörte ich dann die Version, Hartlaub habe sich damit nur bei der Kirchenführung lieb' Kind machen wollen. Eine DDR-Dissidentin als Verlobte war dort selbstverständlich sehr genehm, und wenig später ist er nach Bonn an die Ständige Vertretung berufen worden, die die Evangelischen Kirchen in Deutschland bei der Bundesregierung unterhalten.

Wie es der Zufall will, war der Ständige Vertreter der EKD zu jener Zeit zugleich der evangelische Militärbischof. Da sehe man es ja, hab ich von Leuten gehört, denen Hartlaubs Verlobte schon immer verdächtig war.«

»Ihre Kollegin hat es nicht leicht mit den Leuten«, sagt Berndorf. »Eigentlich wundert es mich auch nicht.«

Rübsam blickt fragend.

»Egal«, fährt Berndorf fort. »Erst war es die Friedensbewegung, von der sie gemobbt wird. Nun ist es die Fromme Gemeinde ... Das ist zwar alles nicht sehr schön, aber für sich genommen noch kein Grund, einen pensionierten Kiberer zum Schach einzuladen.«

»Ich habe einen Fehler gemacht«, sagt Rübsam, »und zwar habe ich unseren Prälaten zum Eingreifen aufgefordert. Leider ist unser Prälat notorisch unfähig, ein Feuer ausnahmsweise nicht zu legen, sondern es zu löschen ...«

»Was ist ein Prälat, und warum hat man in der evangelischen Kirche so etwas?«, will Berndorf wissen.

»Der Prälat ist in der württembergischen Landeskirche eine Art Regionalbischof«, antwortet Rübsam, »und hat die Dienstaufsicht über die Dekane. Also hat er auch eine Fürsorgepflicht und müsste handeln.«

»Und mit welcher Begründung tut er es nicht?«

»Er sagt, gegen Klatsch hilft nur Abwarten, bis er aufhört. Das verharmlost die Sache, aber zur Erklärung hat er mir eine merkwürdige Geschichte von einem Jenenser Theologieprofessor erzählt, der in seinem Seminar hat Prüfungsarbeiten fertigen lassen, für irgendwelche IM, die im Westen Karriere machen sollten ... Was schauen Sie so?«

Zwischen niedergetretenem Gestrüpp ziehen sich Kabel an Weidengehölz vorbei. Scheinwerferlicht fällt auf laubbedeckten Boden, auf Gesträuch und auf schwarz schimmerndes Wasser. Von Nordnordwest fegen Windböen heran und wirbeln Buchenlaub über die Wasserfläche. Eine lehmige Spur markiert die Stelle, an der einer der beiden Polizeitaucher sich in das Loch hinabgelassen hat. Aus der Tiefe steigen Luftblasen hoch und zerplatzen an der Oberfläche.

»Trotzdem würde es mich wundern«, sagt Steinbronner und bietet Tamar einen Kaugummi an, »verdammt wundern würde es mich, wenn wir da unten etwas fänden. Es ist nicht die menschliche Natur, wissen Sie ...«

Tamar stellt fest, dass sie einen Kaugummi mit Menthol-Aroma erwischt hat. Das kommt davon, wenn eine nicht zickig sein will.

»Was tot ist, das muss unter die Erde«, fährt Steinbronner fort. »So steckt es uns in den Genen. Nur wenn wir es selbst zugeschüttet und festgestampft haben, ist es aufgeräumt und kann nicht wieder raus, was immer es ist. Und für einen Mörder ist das ja noch viel wichtiger, also ich zum Beispiel hätte keine Ruhe, wenn ich nicht genau wüsste, der ist da unten gut verwahrt und kommt nicht mehr raus. Ein Wasserloch, ich bitte Sie! Das fällt trocken, oder das Forstamt legt einen Entwässerungsgraben ...«

Leider kann Tamar den Phantasien des Kriminaldirektors Steinbronner nur mit halbem Ohr folgen, weil sie vor allem den Kaugummi loswerden muss.

Schon deshalb, weil sie jetzt weiß, woran sie dieser Menthol-Geschmack erinnert.

»Dabei ist es merkwürdig, wie viele von meinen Mördern ihre Arbeit nur lausig aufgeräumt haben. Ein bisschen Erde und Laub darüber gescharrt, oder einen Stein dran gebunden und in den Neckar geschmissen. So aus der Welt wäre das also gar nicht, wenn wir hier etwas fänden ... Manchmal hab ich schon gedacht, die machen das so lausig, weil sie entdeckt werden wollen ... Verstehen Sie, ich hab' mit diesen Psycho-

Gurus nix am Hut, aber irgendetwas ist in meinen Mördern gewesen, als ob sie sich selbst verraten wollten.«

Sie war 16 gewesen. Als ob die Tanzstunde nicht schon grauenvoll genug gewesen wäre, war sie regelmäßig von einem dicken, blonden, täppischen Jungen nach Hause begleitet worden, der ständig Menthol-Bonbons fraß, weil er glaubte, sie würden gegen Mundgeruch helfen. Irgendwann hatte er sie in der kleinen staubigen Anlage hinter der Bushaltestelle abgedrängt und ihr einen Zungenkuss verpasst.

Wahrscheinlich hatte sie nicht zickig sein wollen.

»Berndorf hat einmal einen solchen Fall gehabt, das war in seiner Mannheimer Zeit, bevor er den Einsatz gegen diesen Iren vergeigt hat... Ein Zahnarzt und Jäger, der seine Gehilfin erst geschwängert und dann umgebracht hat. Die Leiche hat er auf die Luderplätze verteilt... Als man ihm dahinter kam, ist es als großer Erfolg der Kollegen gefeiert worden, dabei war es von dem Zahnarzt doch nur eine Brunzdummheit, ehe er sich umdreht, hat ein streunender Hund oder ein Fuchs einen Knochen oder womöglich den Unterkiefer verzogen und sonstwohin verschleppt...«

Das schwarz schimmernde Wasser bewegt sich, inmitten von Luftblasen erscheint der Taucher an der Oberfläche und lässt sich an die Böschung hieven, und mit ihm kommt an die Oberfläche, was auch unter Schlamm und verfaultem Laub irgendwie nicht organisch aussieht, sondern rechteckig und mit etwas, was ein Griff sein könnte.

»Meine Fresse«, sagt Steinbronner, »das sieht ja aus wie...«

Tamar reißt ein halb vertrocknetes Blatt von einem Strauch ab und entsorgt den Kaugummi.

»Da ist noch ein zweiter Koffer unten«, sagt die vom Mikrofon verzerrte Stimme des Tauchers, »und da drunter liegt etwas, was wir uns erst noch ansehen müssen.«

Das Haus der Begegnung, unter Einbeziehung von Turm und Chor der zerbombten Dreifaltigkeitskirche nach dem Krieg erbaut, liegt im Südosten des alten Ulmer Stadtgebiets, auf einer Anhöhe über der Donau, die durch die Adlerbastei zum Fluss hin abgesetzt ist. Rübsam parkt seinen Familienkombi auf dem Besucherparkplatz und blickt zu Berndorf.

»Kann Felix im Wagen bleiben? Der Prälat hat vor Hunden panische Angst.«

»Felix, gleich!«, sagt Berndorf. Es wird, denkt er, nicht schon wieder jemand eine Bombe legen.

Sie steigen aus und gehen über den Grünen Hof zu einem Fußweg, der am Dekanat vorbeiführt. Es ist der vordere Teil eines zweigeschossigen, eher bescheidenen Doppelhauses. Durch unverhängte Fenster im Obergeschoss fällt das Licht einer nackten Glühbirne nach draußen und wirft helle Rechtecke auf Weg und Rasen. Berndorf verlangsamt den Schritt.

»Was ist?«

Berndorf schüttelt den Kopf. »Nichts.« Sie gehen den Weg weiter, bis Rübsam vor dem erleuchteten Eingang der zweiten Hälfte des Doppelhauses stehen bleibt. Er klingelt, fast sofort wird die Tür von einem hoch gewachsenen, rotbackigen, dunkel gekleideten Mann geöffnet.

»Auch der späte Gast soll willkommen sein«, sagt Prälat Wildenrath mit einer einladenden Geste. Die Besucher treten ein, Rübsam will Berndorf vorstellen …

»Wir kennen uns«, unterbricht ihn der Prälat, »wir haben schon einmal ein Glas Wein zusammen getrunken und dabei über die Sünde gesprochen, denken Sie nur!«

Berndorf erinnert sich. Es war während des Schwörmontags vor zwei oder drei Jahren gewesen, nach der Schwörrede des Oberbürgermeisters hatte die Menschenmenge beim Empfang im Rathaus sie aneinander geschwemmt. »Sehr angenehm!«, hatte der Prälat gesagt, als sie sich bekannt gemacht hatten. »Wir sind ja sozusagen Kollegen, Sie befassen sich mit

Sündern und wir mit der Sünde…« Und Berndorf hatte geantwortet, er hoffe nur, die Kirche habe eine deutlich höhere Erfolgsquote als die Polizei.

Die Besucher werden in ein Studierzimmer mit hohen Bücherwänden gebeten, für einen Tee ist es zu spät, nicht aber für einen gepflegten Rotwein, doch Berndorf bittet um ein Wasser. Irgendwann hat man sich gesetzt, durch das Fenster ist ein Garten zu ahnen und die Sicht auf das Neu-Ulmer Donau-Ufer oder die Bäume, die dort hochragen. Rübsam beginnt, den Grund ihres Besuches zu erklären.

Während Rübsam redet, beobachtet Berndorf den Prälaten. Unverkennbar nistet sich in dem Gesicht mit den roten Wangen und dem trotzig aufgeworfenen Mund ein Ausdruck tiefen Unbehagens, ja geradezu äußerster Missbilligung ein. Mit der Bitte um dieses Gespräch habe ich Rübsam keinen Gefallen getan, bei Gott nicht…

»… ich weiß, unser Anliegen muss auf den ersten Blick befremdlich erscheinen, aber die Situation ist ungewöhnlich und verlangt ungewöhnliche Antworten.« Rübsam ist zu einem Ende gekommen. Der Vortrag, findet Berndorf, hätte etwas stringenter ausfallen können.

»Ungewöhnlich und befremdlich, sagen Sie…« Der Prälat lässt seinen Blick von Rübsam zu Berndorf und wieder zurück wandern. »Das sind Worte, die ich verstanden habe. Befremdlich vor allem, denn das ist Ihr Besuch in der Tat. Es tut mir Leid, aber offenbar sind meine Maßstäbe der Diskretion und der Vertraulichkeit Ihrer Generation nicht mehr zu vermitteln, anders kann ich es mir nicht erklären.«

»Auch für meine Generation gibt es verbindliche Normen«, antwortet Rübsam nicht ohne Schärfe. »Zum Beispiel, dass man Verleumdungen entgegentritt. Dass man es nicht zulässt, wenn jemand mit einem Netz von Lügen und Verdrehungen überzogen wird, bis er sich nicht mehr wehren kann.«

»Sie sind Theologe«, weist ihn der Prälat zurecht, »übertreiben Sie nicht ihr dramatisches Talent. Mich interessiert mehr, warum Sie eine sehr persönliche, sehr vertrauliche und private Mitteilung ungefragt an einen Dritten weitergeben.«

»Ich bitte um Entschuldigung«, sagt Berndorf, »aber es geht hier nicht mehr um Diskretion und andere Wohlerzogenheiten. Es geht darum, dass jemand in Gefahr ist.«

Der Prälat betrachtet ihn aus großen Augen, das Gesicht zu einem Ausdruck abweisenden Erstaunens erstarrt.

So kommen wir nicht weiter, denkt Berndorf. »Nach der Wende hat sich eine Gruppe ehemaliger Stasi-Mitarbeiter mit Waffengeschäften versucht«, fährt er fort. »Dabei sind sie hereingelegt worden. Sehr begrüßenswert. Offenbar aber haben diese Leute jetzt eine Spur gefunden, die möglicherweise zu dem Geld führt, das sie als das ihre ansehen. Es gibt Hinweise, dass diese Spur etwas zu tun hat mit einem ihrer ehemaligen Einflussagenten. Einer Person, die in der kirchlichen Hierarchie platziert worden ist. Diese Person, aber auch Menschen aus ihrem Umfeld, sind in unmittelbarer Gefahr. Diese Leute, die ihr Geld zurückwollen, haben es eilig. Sie müssen das Geld finden, bevor die Umstellung auf den Euro kommt. Vor allem sind es Leute, die über Leichen gehen, wenn es sein muss.« Das sollte reichen, denkt Berndorf.

»Dieser Abend ersetzt mir drei Theaterbesuche«, bemerkt Wildenrath. »Waffenhandelnde Einflussagenten in der kirchlichen Hierarchie, sehr komisch. Schade, dass man bei uns keine Soutanen trägt, man könnte Kalaschnikows darunter verbergen.«

»Den Agenten, die sich in die Gottesdienste der Leipziger Nicolai-Kirche gedrängt haben, kam die politische Rolle der Kirche keineswegs lächerlich vor«, wirft Rübsam ein.

»Schade nur, dass die heutige Staatsmacht Ihnen diese Bedeutung nicht zumisst«, spottet Wildenrath. »Aber bitte!« Sein Blick richtet sich wieder auf Berndorf. »Wenn das alles so dramatisch ist – warum gehen Sie dann nicht zu Ihrem früheren Arbeitgeber, der Polizei, und veranlassen das Notwendige? Sie müssten da doch die besten Kontakte haben.«

»Wenn Sie das wünschen«, sagt Berndorf, »und wenn Sie glauben, dass die Polizei in Jena Ihren Studienfreund diskreter einvernimmt, als Sie ihn befragen könnten...«

Wildenrath hebt den Kopf und betrachtet Berndorf aus zusammengekniffenen Augen. »Das riecht nach...« – er scheint nach einem Wort zu suchen – »nach Erpressung riecht das, nach Nötigung zumindest. Ich habe Sie für einen umgänglichen Menschen gehalten, so kann man sich irren... Aber was stellen Sie sich denn vor, das ich auf diskrete Weise von meinem Studienfreund erfahren könnte, ohne dass er mir die Tür vor der Nase zuschlägt oder den Hörer auflegt?«

Berndorf holt sein Notizbuch aus dem Jackett und notiert einen Satz. Dann reißt er das Blatt heraus und gibt es dem Prälaten. »Ich hoffe, Sie können meine Schrift lesen. Fragen Sie Ihren Studienfreund, ob er zu diesem oder einem verwandten Thema eine größere Arbeit hat anfertigen lassen.«

Nur widerstrebend nimmt der Prälat den Zettel.

»Sie muten Ihrem Studienfreund mit dieser Frage nichts zu, woraus dieser einen Vertrauensbruch ableiten könnte«, fährt Berndorf fort. »Das Thema kann Ihnen in sonst einem Zusammenhang aufgefallen sein. Und mir müssen Sie nur sagen, ob ja oder nein. Ob eine Auftragsarbeit zu dieser Fragestellung gemacht worden ist oder nicht.«

Es ist Nacht geworden. Im Scheinwerferlicht liegt der Tümpel wie entblößt, aufgewühlter Schlamm treibt an der Wasseroberfläche. Auf dem morastigen Ufer steht Steinbronner, nach vorne gebeugt, und betrachtet – ohne es zu berühren – ein modriges Bündel, festgezurrt in der Plane, mit der es die beiden Taucher heraufgeholt und ans Licht gebracht haben.

»Besonders groß war er ja nicht«, sagt er schließlich, »wir hätten ihn nicht genommen.« Er geht in die Knie, greift vorsichtig mit zwei Fingern nach einem glitschigen Fetzen und hebt ihn leicht an. »Eine Lederweste«, sagt er zu Tamar, »da ist sogar noch ein Knopf dran ... Komisch. Als ob sie aufgeknöpft gewesen wäre.« Er will den Fetzen wieder fallen lassen, dann schlägt er ihn zurück. »Augenblick mal«, sagt er, zieht einen Plastikhandschuh an, greift behutsam mit zwei Fingern zwischen Schlamm und Knochen und holt ein schmales, rechteckiges schwärzliches Ding hervor.

»Na, was haben wir denn da?«, fragt er.

»Ein Zigarettenetui«, sagt Tamar. Es ist noch nicht lange her, dass sie ein solches Etui gesehen hatte. Irgendwer hatte es gehabt.

»Denk ich auch«, sagt Steinbronner. »Trotzdem wird er daran nicht gestorben sein.«

»Was haben Sie ihm eigentlich aufgeschrieben?«, fragt Rübsam, als sie am Haus der Begegnung vorbei zum Parkplatz am Grünen Hof zurückgehen.

»Meine Telefonnummer«, antwortet Berndorf. »Und das andere wissen Sie doch. Sie haben es mir ja selbst gesagt.«

Rübsam wirft einen verwunderten Blick auf den Mann neben ihm, aber Berndorf wirkt abwesend. »Wie Sie meinen«, sagt Rübsam schließlich, etwas pikiert, und holt seinen Fahrzeugschlüssel aus dem Mantel.

Berndorf hebt kurz die Hand. »Warten Sie!«, sagt er und schaltet eine Taschenlampe ein. Der Lichtstrahl tastet sich über die Motorhaube und die Türrahmen entlang. Im Laderaum erhebt sich schattenhaft Felix' dicker runder Kopf.

»Ich habe Schwierigkeiten, Ihnen zu folgen«, meint Rübsam. »Weder verstehe ich, was Sie sagen noch was Sie tun.«

»Wenn Sie es nicht Ihrer Frau weitererzählen, kann ich es Ihnen ja sagen«, antwortet Berndorf. »Ich will nur sichergehen, dass mein Hund und Ihr schönes Auto und wir selbst nicht in die Luft fliegen.«

»Und? Tun wir es?«

»Ich denke, es ist keine Gefahr.« Berndorf schaltet die Lampe wieder aus. »Der Hund wäre sonst unruhiger.«

Rübsam öffnet die Türen mit der Fernbedienung, und Berndorf lässt Felix aus dem Laderaum heraus.

»Sie kommen nicht mit?«

»Nein«, sagt Berndorf, »ich habe hier noch etwas zu tun.« Dann bedankt er sich für Rübsams Hilfe. »Ich hoffe, seine Merkwürden wird Ihnen unser Gespräch nicht nachtragen.«

»Ach, der trägt viel nach. Er ist es gewöhnt.« Dann startet Rübsam den Wagen, stößt zurück und wendet und fährt zum Bibelabend mit dem Altenkreis. Berndorf sieht ihm nach, wie die Rücklichter sich auf der regennassen Straße spiegeln und in der Nacht verschwinden.

»Dann wollen wir mal«, sagt er zu seinem Hund und geht mit ihm die Fahrzeuge ab, die auf dem Platz geparkt sind. Dann schlägt er den Weg ein, der an dem Haus mit den hell erleuchteten und von keinem Vorhang verhängten beiden Fenstern vorbei zur Adlerbastei führt. Er geht langsam, ein älterer Herr, der seinen Hund ausführt.

Vor einem unbeleuchteten Eingang bleibt er stehen, und mit ihm Felix. Selbst im diesigen Licht, das von den Straßenlampen durch die Dunkelheit dringt, könnte man sehen, wie sich auf dem Rücken des Hundes ein Streifen Fell aufrichtet.

»Ja, der Kollege Lungner! Immer auf Trab…«

Es kommt keine Antwort.

»Nicht sehr gesprächig, wie?«

»Mensch, hau ab«, sagt eine heisere Stimme. »Oder du kriegst noch richtigen Ärger…«

»Ja«, sagt Berndorf, »da hört man doch gleich die gute alte

326

Schule heraus! Duzen, anschnauzen, Knüppel raus… Was halten Sie davon, wenn ich jetzt bei der Polizei anrufe und sage, ihr sucht doch einen Spanner, hier im Grünen Hof steht so ein Kerl und lurt nach den Mädchen vom Evangelischen Jugendkreis? Menschenskind Lungner, stellen Sie sich das doch mal vor, wie Meunier und seine amerikanischen Freunde im Viereck springen, wenn die Ulmer Polizei schon wieder wegen Ihnen nachfragt.« Er holt sein Handy heraus und schaltet es ein.

»Ich geh ja schon«, sagt die heisere Stimme. »Aber mit Ihnen sind wir noch lange nicht fertig.«

Der Schatten löst sich aus dem Eingang, Berndorf und sein Hund gehen einen Schritt zurück und lassen Lungner vorbei, der zur Neuen Straße vorgeht und nach wenigen Schritten im Zwielicht verschwindet.

Dann geht auch Berndorf weiter, bis zur Adlerbastei vor, und wirft einen Blick auf das blütenlose Gesträuch des Rosengartens und auf die Donau, die unter ihm schwarz und zielstrebig ihrem Lauf folgt. Er kehrt um, biegt dann nach rechts ab auf den Weg, auf dem noch immer der Widerschein der erleuchteten Fenster liegt. Am Hauseingang zögert er kurz, entscheidet sich dann, nicht zu klingeln, sondern holt aus einer Jackentasche einen schmalen biegsamen Plastikstreifen heraus. Im nächsten Augenblick schnappt das Türschloss auf, Berndorf schiebt die Haustür auf und tritt behutsam ein.

Von oben hört er Schritte.

Es sind leichte Schritte, die einmal hierin gehen und einmal dorthin und dann wieder verharren.

Berndorf bückt sich zu seinem Hund und deutet wortlos mit dem Zeigefinger auf den Boden. Er muss die Geste wiederholen, dann begreift Felix und streckt sich auf den Steinplatten des Flurs nieder, die Pfoten ausgestreckt.

Berndorf, die Hundeleine über die Schulter gehängt, geht an der Tür des Sekretariats vorbei und steigt die Treppe hoch.

Dabei achtet er nicht darauf, ob seine Schritte zu hören sind oder nicht.

»Entschuldigung«, ruft er, als er oben in einem kahlen Flur angelangt ist, »ich suche Frau Hartlaub…«

»Einen Augenblick!«, antwortet eine Stimme von oben, dann sieht Berndorf grobe Schuhe und Jeans die Treppe herabsteigen, die Jeans gehören zu langen kräftigen Beinen, es kommt – den Oberkörper in einen grob gestrickten Pullover und das blonde Haar in ein Kopftuch verpackt – Marielouise Hartlaub insgesamt zum Vorschein und steht vor Berndorf auf dem Flur.

»Sie sind das!« Sie zieht den rechten Gummihandschuh aus und tauscht mit Berndorf einen kräftigen Händedruck. Auf ihrem Gesicht erscheint die Andeutung eines Lächelns. »Wo haben Sie Ihren Hund gelassen?«

»Unten«, antwortet er, »ich muss mich sowieso für mein Eindringen entschuldigen, aber die Tür war nicht richtig geschlossen…«

»Nicht richtig geschlossen?«, fragt sie zurück. »Das wundert mich. Aber es ist sehr aufmerksam von Ihnen…« Aus graublauen Augen musterte ihn ein fragender Blick. »Wie gut kennen Sie sich mit Türschlössern aus?«

»Nun ja«, sagt Berndorf, und seiner Stimme ist anzuhören, dass er sich unbehaglich fühlt, »zur Not kann ich eines auch ohne Schlüssel aufmachen.«

»Vielleicht sind Sie jetzt genau der Mann, den ich brauche«, meint sie und schüttelt einen Schlüsselbund. »Von diesen Schlüsseln hier passt keiner für die Tür zum Speicher, und ich sollte wissen, wie viel Platz zum Abstellen ich dort habe.«

»Ich kann's ja mal versuchen«, meint Berndorf, und sie nickt ihm zu und geht ihm voran die Treppe hoch. »Sie wissen nicht, was sich in alten Pfarrhäusern an kirchenamtlichen und anderem Krempel ansammeln kann… Hier.« Sie bleibt vor einer braun gebeizten Holztür stehen.

Berndorf holt seinen eigenen Schlüsselbund hervor und macht sich an der Tür zu schaffen. Er muss ein wenig ausprobieren und ein bisschen Kraft einsetzen, denn das Schloss ist angerostet, aber dann schiebt der Dietrich den Riegel zurück und Marielouise Hartlaub sagt artig: »Bravo!«

Die Tür öffnet sich auf einen Korridor, der zu einer Holztreppe führt. Im Schein einer einzelnen Lampe gehen sie die Treppe hoch. Der Speicher ist leer, bis auf zwei Rollschränke, die Überreste einer Dachantenne und einen abgehängten Deckenleuchter im Stil der späten Fünfzigerjahre.

»Das sieht ja noch recht aufgeräumt aus«, sagt Marielouise Hartlaub. »In dem Pfarrhaus, in dem ich aufgewachsen bin, hat es auf dem Speicher einen kompletten verzauberten Ardennerwald gegeben, den außer mir freilich niemand jemals gesehen hat, mottenzerfressene Kostüme von den Krippenspielen, Regale mit Bündeln von irgendwelchen Papieren, es werden Sitzungsprotokolle gewesen sein, aber ich habe mir ausgemalt, darunter wären Aufzeichnungen verschollener Liebespaare versteckt, verschollen zu sein fand ich überhaupt sehr interessant.«

Von unten kommt Felix angetrottet und äugt zu ihnen hoch. »Ich habe dich nicht gerufen«, sagt Berndorf missbilligend.

Der Hund steigt, Pfote vor Pfote setzend, zu ihnen hoch. Marielouise Hartlaub beugt sich zu ihm herunter und beginnt, ihn hinter den Ohren zu kraulen, und sein dicker Kopf streckt sich der Hand entgegen.

Sie setzt sich auf die oberste Treppenstufe, die Hüfte gegen das Geländer geschoben, und Felix legt sich neben sie, sodass Berndorf nichts anderes übrig bleibt, als sich zwischen seinen Hund und die Wand zu zwängen und sich ebenfalls hinzusetzen.

»Und – was haben Sie unter den Protokollen gefunden?«

»Ich habe mich nicht getraut. Die waren sorgfältig verschnürt, einige auch versiegelt, mein Vater konnte sehr streng sein.« Sie hält inne, die Hand auf Felix' Kopf gelegt. »Vielleicht war es nicht so sehr Angst, sondern Scheu... Was wäre denn gewesen, wenn ich wirklich solche Aufzeichnungen gefunden hätte, Liebesbriefe zum Beispiel? Ich bin mir gar nicht sicher, ob ich die hätte lesen wollen.«

»Als ich zwölf war oder dreizehn«, sagt Berndorf, »und das Zeitunglesen entdeckt hatte, hab ich auf dem Speicher alte Zeitungen durchforstet, nach Fußballberichten, die ein paar Jahre alt waren, aus der Zeit, als ich so klein war, dass ich noch nicht einmal einen Club hatte, von dem ich Fan war...«

»Alte Zeitungen gab es bei uns auch, einige sehr ordentlich abgeheftet, das musste ein Vorvorgänger meines Vaters getan haben, denn es waren Zeitungen aus den Zwanzigerjahren, ich habe nie wieder so spannende Fortsetzungsromane gelesen und alles davon vergessen... Die wirkliche Sensation aber war ein Buch, in Packpapier eingeschlagen, so, als ob es zur Post gebracht werden sollte und vergessen worden ist. Es war ›Alice im Wunderland‹, eine gebundene Ausgabe, auch noch mit Illustrationen, ich habe damals sofort gewusst, dass es als Geschenk gedacht gewesen war für irgendeines der Mädchen, die vor mir in dem Pfarrhaus gelebt hatten, und dass das Mädchen das Buch nicht hat annehmen dürfen.«

»Warum nicht?«, fragt Berndorf.

»So denken Sie doch: ein Buch mit Illustrationen, die kein biblisches Thema haben und das auch nicht von Kindern handelt, die auf den rechten Weg der Tugend zurückgeführt werden, sondern von falschen Suppenschildkröten und Spielkarten, die sprechen! Das konnte damals keinen Platz in einem Pfarrhaushalt haben, nicht in den Zwanziger- oder frühen Dreißigerjahren, und erst recht nicht, wenn dieses Pfarrhaus in einem thüringischen Dorf stand... Ich komme aus Thüringen, müssen Sie wissen.«

»Ich weiß, dass Sie aus der DDR kommen«, sagt Berndorf. Marielouise Hartlaub wirft ihm einen raschen Blick zu. »Ach ja? Ich wusste nicht, dass man das hören kann wie bei den Sachsen. Sind Sie ein wenig ein Mr. Higgins?«

»Es ist nicht der Dialekt«, antwortet Berndorf. »Es war die Brause.«

»Das müssen Sie mir erklären.«

»Es war im Café, Sie bestellten für Ihren Sohn und fragten nach einer Brause, der Kellner schaute etwas ratlos, ihr Sohn nutzte das aus und wollte eine Cola ... Schließlich haben Sie sich für einen Apfelsaft entschieden. Die Brause ist im Westen schon lange verschwunden, in den Fünfzigerjahren gab es noch dieses rosafarbene Pulver, das man aufgießen konnte und das einen mit Himbeergeschmack in der Nase kitzelte.«

»In Giftgelb gab es das auch«, sagt sie. »Dass ich das im Café bestellen wollte, weiß ich gar nicht mehr. Aber es muss wohl so gewesen sein, wie Sie sagen. Denn diesen ratlosen Blick, den kenne ich. Ich weiß noch, wie ich eine Zuckertüte kaufen wollte, und die Verkäuferin mich ansah, als sei ich auf dem falschen Bahnsteig. Dabei ist das doch schon so schlimm genug, dass man den Kleinen so ein betrügerisches Ding aufdrängt.«

»Ach so«, sagt Berndorf, »Sie wollten eine Schultüte ...«

»Die Verkäuferin hat dann auch ›ach so‹ gesagt«, meint Marielouise, und in ihrem Tonfall scheint ein leichter Vorwurf mitzuschwingen.

»Eigentlich ist es merkwürdig, dass von diesen vierzig Jahren nicht noch mehr solcher unterschiedlicher Bezeichnungen geblieben sind«, sagt er, als ob er ablenken wolle. »Etwas vom Essen, der Broiler, vom Trinken die Brause und der Rotkäppchen-Sekt. Und, natürlich, die Sternstunde des Systems ... Ich bin neulich auf sehr abseitige Weise über dieses Thema gestolpert, es ging darum, wem die Erde scheint ...« Er bricht ab. »Vermutlich dem Mond?«, rät Marielouise Hartlaub.

»Nein, nicht dem Mond. Es wurde nach einem Menschen gefragt. Einem Menschen in einer sehr besonderen Lage.«

»Nach einem Raumfahrer also«, sagt Marielouise, »einem Kosmonauten.«

»Wenn es Jurij Gagarin ist, ja«, antwortet Berndorf. »Wenn aber Neil Armstrong auf dem Mond herumspringt, ist er ein Astronaut. Ihr Kosmonaut ist sozusagen auch eine Zuckertüte. Das ist tückisch, wissen Sie? Die Worte haben die gleiche Bedeutung und gleich viel Buchstaben, aber bei dem einen geht das Rätsel nicht auf.«

»Nun sind es Sie, der die Rätsel aufgibt«, sagt Marielouise. »Ich kann Ihnen nicht so ganz folgen.«

Berndorf holt aus seinem Jackett das Taschenbuch hervor mit dem wie in einem Kreuzworträtsel gesetzten Titel »Kreuz-Verhör«. Er zögert kurz und hält es ihr hin. »Das ist es, worüber ich gestolpert bin. Eigentlich saß ich schon, trotzdem bin ich gestolpert. Aber das tut nichts zur Sache. Bei einem der Rätsel ist mit der Lösung begonnen worden, aber dann ging sie nicht auf, wenn Sie das Buch aufschlagen, werden Sie es vermutlich gleich sehen.«

Marielouise Hartlaub betrachtet das Taschenbuch. Es ist ein ratloser Blick, wie es Berndorf scheint. Ratlos, aber auch unversehens wachsam. Vor allem ist es ein Blick, der plötzlich aus sehr weiter Ferne kommt. Noch immer sitzen sie nebeneinander, der Hund liegt zwischen ihnen, aber nun sind sie sich wieder so fremd, als hätten sie sich nie über Liebesbriefe auf einem Speicher unterhalten.

»Warum wollen Sie mir dieses Buch zeigen?«

»Nehmen Sie es ruhig und sehen Sie es sich an«, sagt Berndorf.

Entschlossen greift sie danach. Das Buch blättert sich auf der Seite mit dem nur zum Teil gelösten Rätsel auf.

»Das ist…«, sagt sie und unterbricht sich. Abrupt steht sie auf, verharrt kurz, und geht die Treppe drei Stufen hinab. Dann dreht sie sich zu Berndorf um. Sie hat das Buch wieder zugeschlagen und hält es ihm hin. »Was soll ich damit?« Das Licht

der Glühbirne, die über ihr in einen Blechschirm einge-
schraubt ist, wirft scharfe Schatten in ihrem Gesicht.

»Ich sagte Ihnen doch, es ist tückisch«, plaudert Berndorf und
macht eine Handbewegung, als wolle er das Buch zurück-
schieben, das sie ihm hinhält, »der Pächter ist ein Landwirt,
ein Fermier, und hat deshalb nicht seine Frau, sondern seine
Ferme in sein Herz geschlossen, aber dazu brauchen wir ein
›R‹, wo uns der Kosmonaut leider nur ein ›M‹ anbietet, und
das Ding, das es selbst ist und zugleich hoch, ist ein Altar, ein
alta ara, Sie werden das besser wissen als ich, aber dann muss
der dritte Buchstabe des Raumfahrers ein ›T‹ sein …«

»Warum zeigen Sie mir dieses Buch?«

»Der Rätselmacher ging also vom Astro- und nicht vom Kosmonaut aus«, fährt Berndorf fort, »und bei *46 waagerecht* fragt
er zwar nach den 81 Versen des Lao-Tse, aber in der her-
kömmlichen Schreibweise Tao Te King, weshalb in *47 senkrecht* das Recht, fürs rechte Wohl zu sorgen, die gutkatholische
Kura ist. Übrigens finden Sie diese andere, vermutlich kor-
rektere Schreibweise asiatischer und chinesischer Namen
auch im angelsächsischen Raum, aber in der DDR hat sie sich
früher durchgesetzt als in den alten Bundesländern …«

»Lassen Sie diesen Unsinn«, fährt ihn Marielouise Hartlaub
an, »und erklären Sie mir endlich, was Sie mit Ihren Anspielungen bezwecken, und was mit diesem Buch? Welches Spiel
spielen Sie? Warum überhaupt sind Sie hierher gekommen
und haben sich Zutritt verschafft, ich weiß nicht wie? Denn
ich bin sicher, dass die Tür zugezogen war.«

»Ich wollte Ihnen dieses Buch zurückgeben«, sagt Berndorf.

»Wir wissen beide, dass es Ihnen gehört. Und dass es Ihre
Schrift ist.«

Marielouise Hartlaub starrt ihn an. Ihr Gesicht ist blass, fast
maskenhaft.

»Wo haben Sie dieses Buch gefunden?«

»Nur wer keine Spuren hinterlässt, hat seinen Weg gefunden«, sagt Berndorf. »Steht im Tao Te King. Ich hab mir jetzt eine Ausgabe gekauft und ein wenig darin gelesen...«

»Wo?«

»Können Sie sich das nicht denken?«, fragt Berndorf zurück.

»Außerdem – welche Bedeutung hat das noch? Ich gebe es Ihnen ja zurück.«

Noch immer ist ihr Blick auf ihn gerichtet. Er versucht ein Lächeln, es bleibt unerwidert. Sie begreift nicht, was ich ihr angeboten habe, denkt Berndorf. Schweigen breitet sich aus, und wird unvermittelt unterbrochen von einem tiefen Knurren. Felix, das Rückenfell gesträubt, hat sich halb aufgerichtet und wittert in den leeren Raum unter ihnen.

Dann hört auch Berndorf die Schritte, die von unten das Treppenhaus heraufkommen.

»Berndorf, hören Sie mich?«, ruft von unten eine Stimme. »Nehmen Sie Ihren Köter an die Leine...«

»Der falsche Müller«, sagt Berndorf, nimmt die Leine von seinen Schultern und hakt sie am Halsband des Hundes ein.

Meunier – dunkler Straßenmantel, dunkler Hut – tritt durch die Tür zum Dachboden und lüftet grüßend den Hut ab.

»Binden Sie den Hund am Geländer an«, sagt er. »So, dass ich es sehen kann.«

»Wenn es Sie beruhigt«, meint Berndorf und hakt die Halteschlaufe der Leine am obersten Treppenpfosten ein.

»Danke«, sagt Meunier. »Das ist scheußlich, wenn man einen Hund zusammentreten muss. Die sind ja nicht gleich hinüber. Ich hab das mal gesehen. Furchtbar.«

»Kennen Sie diesen Herrn?«, fragt Berndorf, an Marielouise Hartlaub gewandt. Sie hält noch immer, wie erstarrt, das Taschenbuch in der Hand.

»Nein«, kommt die Antwort. »Ich kenne ihn nicht, und ich weiß nicht, was er hier will und wie er hier hereingekommen ist, aber das weiß ich ja auch von Ihnen nicht...«

»Dann darf ich Ihnen den Herrn Meunier vorstellen«, sagt

Berndorf, »ein sehr gewandter Herr, trägt auf beiden Schultern das Wasser, mit dem er sein Gewerbe betreibt, gleich wird auch der Herr Kadritzke dazukommen …«

Unten tritt, im schweren Lodenmantel, Kadritzke in den Dachraum und senkt dabei den Kopf mit dem grauen Bürstenhaarschnitt, damit er nicht am Türrahmen anstößt.

Wieder wendet sich Berndorf an Marielouise. »Ihn kennen Sie auch nicht? Er ist mehr fürs Grobe zuständig.«

»Nein«, antwortet Marielouise. »Ich glaube, ich bin auf der falschen Baustelle. Falls wir uns hier aber doch im Ulmer evangelischen Dekanat befinden sollten, sind vielleicht doch Sie es, Sie alle, die sich in der Hausnummer geirrt haben.«

»In so was irren sich diese Herren nicht«, antwortet Berndorf. »Wissen Sie wirklich nicht, mit wem Sie es hier zu tun haben? Es sind die letzten Schakale aus Wolffs Rudel, inzwischen mit dem Sternenbanner als Schafspelz getarnt, aber der Geruch ist geblieben. Eigentlich müssten Sie sie daran erkennen.«

»Hören Sie auf«, sagt Meunier. »Ihre Späße nerven nur. Die Dame sagt die Wahrheit, sie kennt uns wirklich nicht. Es genügt, dass wir sie kennen. Und wir könnten einige Details erzählen, die der Dame vielleicht nicht sehr angenehm sind. Aber wir sind ja unter erwachsenen Leuten und kommen alle drei aus einem Land, in dem man nicht prüde war.«

»Nein«, antwortet Marielouise, »ich bin nicht prüde, wirklich nicht, aber mit Ihnen habe ich kein Gespräch zu führen, schon gar keines mit Details für Erwachsene.«

»Das müssen Sie auch nicht.« Meunier gibt seiner Stimme einen fast verbindlichen Klang.

»Wir sind nämlich an solchen Einzelheiten gar nicht interessiert. Wir wollen nur unser Geld zurück. Das Geld, das uns Constantin Autenrieth schuldig ist. Es sind 3,8 Millionen Mark, Zins und Zinseszins nicht eingerechnet, unsere sonstigen Unkosten auch nicht, aber darüber können wir uns unterhalten, wir sind keine Unmenschen. Wenn die Dame sich zurückgelegt hat, will sie davon auch was zurückgelegt haben. Dafür hat sie unser Verständnis.«

»Sie sind zu gütig«, sagt Marielouise Hartlaub. »Und ich weiß, wer Constantin Autenrieth war. Vielleicht schuldet er Ihnen auch Geld, aber ganz sicher keine 3,8 Millionen, das war…«

Mitten im Satz bricht sie ab.

»Nu?«, fragt Meunier. »Was war das, wovon Sie nicht weiterreden wollen? Sie meinen, das war ein kleiner Beamter? War er doch. Aber was glauben Sie denn, wovon er das Appartement angemietet hat, drei Schritte von der U-Bahn-Station Stadthaus Bonn, klein, aber intim, das zahlt keiner aus seiner Zulage für die Ärmelschoner…«

Marielouise Hartlaub richtet sich auf. Sie blickt auf Meunier, ohne ein Wort zu sagen.

»Nee, Teuerste«, fährt Meunier fort, »Sie haben für Autenrieth die Beine breit gemacht, da werden Sie auch Bescheid wissen. Ich hoffe, es hat Ihnen Spaß gemacht. Jetzt geht es nicht mehr um Spaß, sondern um das Geld, das Autenrieth nicht gehört und Ihnen auch nicht. Es gehört uns. An Ultimo ist sowieso Schluss, dann kommt der Euro, und mit den alten Tausendern können Sie hier oben den Speicher tapezieren. Meinen Sie wirklich, Sie könnten so viel Geld umtauschen, ohne zu erklären, woher Sie es haben?«

Er macht einen Schritt die Treppe hinauf, aber in die Bewegung hinein platzt ein kurzes Knacken, Felix hat sich losgerissen und springt mit einem mächtigen Satz den Mann auf der Treppe an. Der Aufprall ist so heftig, dass Meunier den Halt verliert und nach hinten fällt, auf Kadritzke, der ihn auffängt und dabei selbst ins Straucheln kommt. Felix setzt nach und schnappt sich Meuniers Arm.

Auch Berndorf ist aufgesprungen und läuft die Treppe hinunter. »Felix«, brüllt er, »Fuß!«. Und während er in dem Gemenge aus Meunier, Kadritzke und Felix das Halsband seines

Hundes zu packen versucht, drückt sich Marielouise Hartlaub an ihm vorbei, rennt zur Tür und in langen weiten Sprüngen das Treppenhaus hinunter.

»Fuß!«, brüllt Berndorf noch einmal, reißt Felix zu sich her und hält ihn am Halsband. Aus den Augenwinkeln sieht er, wie Kadritzke auf ihn zukommt.

Felix windet sich, um aus dem Halsband herauszukommen. Berndorf zerrt ihn einen Schritt zurück und noch einen.

Meunier zieht sich am Treppengeländer hoch. Der eine Ärmel seines eleganten blauen Mantels ist aufgerissen.

Kadritzke kommt noch einen Schritt auf Berndorf zu.

»Lass den Scheiß«, sagt Meunier. »Hol mir lieber die Frau zurück.«

Kadritzke zögert einen Augenblick. Dann dreht er sich um und setzt polternd die Treppe hinab.

»Der Mantel ist ruiniert«, sagt Meunier.

»Schicken Sie mir die Rechnung«, antwortet Berndorf.

»Wollen Sie nicht lieber die Karten auf den Tisch legen?«, fragt Meunier. »Allein kommen Sie doch auch nicht an das Geld.«

»Und weshalb nicht?«

Meunier betrachtet noch immer den aufgerissenen Ärmel.

»Weil Sie sonst gestern nicht zu dem Trottel Neuböckh gefahren wären.«

Weit draußen flammt ein scharfes, reißendes, rutschendes Geräusch durch die Nacht. Berndorf horcht auf. Es dauert eine Weile, bis er das Geräusch erkennt.

Eine Vollbremsung auf regennasser Straße.

»Die Nacht ist noch lang«, sagt Dr. Roman Kovacz, »wollen Sie einen Kaffee?« Tamar will gerne einen, und so bringt Kovacz ein Tablett mit einer angeschlagenen weißen Porzellantasse. »Sie trinken ihn schwarz, nicht wahr?«

Tamar blickt fragend.

»Ach so!«, sagt Kovacz. »Sie vermissen den Becher.« Der Becher war aus Porzellan und geblümt und trug die Aufschrift »Susi«. »Er ist mir abhanden gekommen. Und bisher habe ich keinen Ersatz gefunden. Jedenfalls keinen mit einem roten Herzen auf dem ›i‹, und sonst gilt es ja nicht.«

»Ich werde mich umsehen«, verspricht Tamar. »Gemalte Herzen sollten so schwer nicht zu finden sein.«

Dr. Roman Kovacz wirft einen Blick auf Tamar und setzt zu einer Frage an, die er dann aber doch lieber bleiben lässt.

»Sie kommen wegen Ihrer Moorleiche«, sagt er dann und setzt sich hinter seinen Schreibtisch. »Dass es kein steinzeitlicher Jäger ist, den Sie da herausgeholt haben, wissen Sie vermutlich schon selbst … Obwohl, ein bisschen kurz geraten ist er schon, die Leute sind heute größer, wären nicht die Fetzen gewesen, hätte ich auf den ersten Blick gedacht, es ist einer aus der Zeit vor dem Ersten Weltkrieg.«

Tamar nimmt einen Schluck. Der Kaffee ist heiß und kräftig, und so kann sie sich mit Geduld wappnen.

»Ein Blick auf das Gebiss zeigt es dann aber«, fährt Kovacz fort. »Teuer und sorgfältig saniert, eine Laborarbeit vom Ende der Achtzigerjahre, vermute ich mal. Das passt auch zum sonstigen Erhaltungszustand, was bedeuten würde, dass er vor etwa acht bis zwölf Jahren dorthin verbracht wurde, wo Sie ihn gefunden haben. Nicht eben groß, das sagte ich schon, knapp 1,70 Meter, aber keine durch Krankheit oder Unterernährung bedingten Mangelsymptome, einfach von Haus aus ein eher zierlicher Herr … Er ist etwa 45 Jahre alt geworden, die Wirbelsäule bereits etwas in Mitleidenschaft gezogen, aber nicht von schwerer körperlicher Arbeit.«

Tamar holt aus ihrer Jacketttasche den Umschlag mit dem Passfoto und den Daten, die die Bonner Polizei am Nachmittag per Funk übermittelt hatte.

»Da ist noch etwas«, sagt Kovacz, » ein Herr aus unserer Zeit, kein Steinzeitjäger, was aber gewisse atavistische Gepflogenheiten nicht ausschließt. Irgendwann einmal hat er oben an der Stirn eine Schnittverletzung davongetragen, wie von einem Schlag mit einem scharfen Gegenstand, ich glaube nicht, dass er durchs Fenster gefallen ist. So etwas ist typisch für eine Mensurverletzung, Sie können guten Gewissens daraus schließen, dass er einer schlagenden Verbindung angehört hat, also konservativ-reaktionäres Oberschicht-Milieu...«

Tamar schiebt das Passfoto über den Schreibtisch.

»Passt das?«

Kovacz betrachtet das Bild. Es zeigt ein Gesicht mit der Andeutung eines sarkastischen Lächelns, das vielleicht gar kein Lächeln ist, sondern nur die Wirkung eines ein wenig schief ins Gesicht gesetzten Mundes, die blonden Haare bereits zurückweichend, auf der Stirn die Einkerbung einer alten Narbe, ein deutlich sichtbarer Schmiss.

»Perfekt«, sagt Kovacz. »Sie sind auf der richtigen Spur, glaube ich. Übrigens – bei seinem Tod hat er auf weniger atavistisches Gerät zurückgreifen lassen.« Er schiebt eine durchsichtige Plastiktüte über den Tisch. »Hier. Als es für ihn so weit war, hat er eine Lederweste getragen, praktisch und haltbar. Und Ihre Taucher haben das alles sehr sorgsam herausgeholt, die Weste und was darin war! Diese Kugel war darin...«

Tamar nimmt die Plastiktüte behutsam auf und hält sie gegen das Licht der Schreibtischlampe.

»Die Weste war übrigens aufgeknöpft, post mortem, vermute ich«, fährt Kovacz fort. »Und wissen Sie, warum? Bevor er ins Wasser kam, hat man ihm die Bauchdecke samt Unterhemd mit einem sauberen Schnitt aufgetrennt. Damit die Leiche nicht auftreibt. Der Täter ist ein Mensch, der sehr praktisch denkt. Er knöpft die Weste auf, setzt das Jagdmesser an. Umsichtig und nervenstark.«

»Steinbronner ist das auch aufgefallen«, sagt Tamar. »Was können Sie über die Kugel sagen?«

»Sie hat den Brustkorb durchschlagen und das linke Schulterblatt fast zertrümmert. Sie werden das ja ins LKA bringen lassen, und den Fachleuten dort will ich nicht vorgreifen. Aber das ist kein Projektil aus einer Faustfeuerwaffe. Es ist Jagdmunition.«

Wenig später verlässt Tamar die Villa, in der das Gerichtsmedizinische Institut der Universität Ulm untergebracht ist. Vor ihr liegt die Pauluskirche und dahinter die Stadt unter der vom Straßenlicht angestrahlten Dunstglocke. Ein Windstoß weht ihr ein paar verirrte Regentropfen ins Gesicht. In der Ferne jault ein Martinshorn.

Berndorf hält seinen Hund an der halb abgerissenen Leine. Sein Mantel ist geöffnet. Ohne es zu bemerken, hat er mit der linken Hand seinen Hemdkragen weit aufgeknöpft.

Vor ihm, an der Einmündung des Grünen Hofs in die Neue Straße, steht eine Gruppe von Menschen.

»Platz«, befiehlt er. Felix zögert. »Menschenskind Hund, mach Platz!« Widerstrebend legt sich Felix auf den Gehsteig. Berndorf geht auf die Gruppe zu und schiebt sich durch die Zuschauer. Eine Frau protestiert. Er hört sie nicht.

Dann steht er vor Marielouise Hartlaub. Sie liegt auf dem Gehsteig, auf der Seite. Jemand hat einen Mantel unter ihren Kopf gebettet, ein Mann kniet bei ihr und hält ihr Handgelenk, als ob er den Puls zähle.

Berndorf kniet sich neben ihn. »Sind Sie Arzt?«

»Der Notarzt kommt gleich«, antwortet der Mann, »ich war Sanitäter, beim Bund ... Gehören Sie zu ihr?«

»Nein«, sagt Berndorf und wirft einen Blick auf die Straße. Im Rinnstein liegt ein Taschenbuch. Schräg steht ein Wagen am Straßenrand. Neben dem Wagen steht ein Mann. »Das muss man mir glauben.« Beschwörend, fast zitternd zeigt er seine Hände vor, als seien sie der Beweis.

»Die ist einfach auf die Straße gerannt, ich hab sie noch kommen sehen und die Bremse reingehauen, aber wenn es so nass ist ...«

»Die ist vor jemanden davongelaufen.« Eine magere Frau mit einem Hut wie ein umgedrehter Blumentopf schiebt sich vor den Fahrer und fordert Aufmerksamkeit. »Ich hab es gesehen, ein Kerl war hinter ihr her, so ein großer, im Lodenmantel. Wie es passiert ist, war er plötzlich weg ...«

»Ich glaube«, sagt der Mann, der Sanitäter beim Bund war, »sie hat noch Glück gehabt, der Puls ist stabil.«

Das Heulen eines Martinshorns nähert sich. Ein Streifenwagen fährt mit Blaulicht über die Kreuzung und stoppt vor dem schräg abgestellten Wagen.

Berndorf steht auf, das Taschenbuch in der Hand, und geht zu der Frau, die den Kerl im Lodenmantel gesehen hat.

»Sie müssen das der Polizei erzählen«, sagt er.

»Mit der Polizei will ich aber nichts zu tun haben ...«

»Das ist jetzt zu spät«, antwortet Berndorf und steckt das Taschenbuch in seine Jacke.

Von der Frauenstraße her jault ein zweites Martinshorn auf.

Weißer Mantel, Tennisschuhe. Das blonde Haar zur Seite gekämmt. Goldbrille. Stethoskop in der Brusttasche. Es gibt Tage, an denen es knüppeldick kommt.

Normalerweise müsste frau jetzt das Nett-dich-mal-wieder-zu-sehen-Lächeln aufsetzen, strahlend und beschwingt, aber gerade deshalb mag Tamar nicht und begrüßt den Oberarzt Dr. Benno Burgmair so knapp und kühl, wie ihre Laune schlecht ist.

»Nett, dich mal wieder zu sehen«, sagt Burgmair, über dessen Gesicht sich eine leichte Röte gezogen hat, »hoffentlich kann ich was für dich tun?«

»Ihr habt da eine Frau auf der Intensivstation«, sagt Tamar

und sieht in ihrem Notizbuch nach, »eine Marielouise Hartlaub, 41 Jahre alt. Ist vor drei Stunden von einem Wagen angefahren worden.«

Verdammt, denkt sie, sie hat diesen Namen schon einmal gehört, Kuttler hatte damit zu tun...

»Im Augenblick nur zur Beobachtung«, antwortet Burgmair, »schwere Gehirnerschütterung, Fraktur des rechten Armes, Prellungen. Der Neurologe muss sie sich morgen ansehen, die Erinnerung ist weg, eine partielle Amnesie, sie weiß, wer sie ist, aber sonst nicht mehr viel... Du hast also auch Dienst? Komisch...«

Ja, komisch, denkt Tamar. Als wir zusammen waren, hatten wir das nie gleichzeitig. Aber nicht deswegen, mein Lieber, ganz bestimmt nicht deswegen. Außerdem habe ich keine Zeit, um über die Vergangenheit zu turteln... Mit Hollerbach hatte es zu tun. »Kann ich mit ihr sprechen?«

»Eigentlich nicht«, meint Burgmair, »jedenfalls nicht, wenn sie schläft.«

Der Oberarzt geht ihr voran, Tamar folgt ihm, hat er diesen mantelschwingenden Schritt schon früher gehabt?

»Aber sag doch – wie geht es dir?«, will Burgmair wissen. »Lebst du wieder allein...? Ach, was red ich! Du bist ja mit...« Irgendwie weiß er nicht, was er weiter sagen soll. »Also wir wollen im Frühjahr heiraten, kennst du eigentlich Viviane? Ich glaube, sie würde dir gefallen.«

Wieso, verdammt, soll mir deine Schnepfe gefallen? Außerdem, mein Lieber, was machst du denn, falls sie es wider Erwarten doch tut? Ein dummes Gesicht machst du dann, ich bin nämlich nicht gut drauf und könnte auf sonst was für Einfälle kommen.

Sie treten in einen Raum, der von den pulsierenden Kurven zweier Monitore und einer Notbeleuchtung erhellt ist. In einem Bett hinter einem Paravent liegt eine Frau, das Alter ist schwer zu schätzen, ein scharf geschnittenes Profil, eingekerbte Linien, die vom Nasenflügel zum Mund führen, der Mund schmallippig und doch wie entspannt. Tamar ahnt Erschöpfung. Da ist jemand, der losgelassen hat.

Neben dem Bett erhebt sich ein Mann. Dunkler Anzug, dunkles welliges Haar, nach hinten gekämmt, Geheimratsecken, ein flaches Gesicht, aufmerksame dunkle Augen.

Tamar stellt sich vor, dann fällt ihr ein, dass sie diesen Mann schon einmal gesehen hat. Er hatte auf Kuttler gewartet.

»Hartlaub«, sagt der Mann mit leiser Stimme, »ich bin erst vor einer Viertelstunde gekommen, von einer Abschiedsveranstaltung in Stuttgart, Sie müssen entschuldigen, aber ich verstehe das alles gar nicht, meine Frau hatte sich unsere neue Wohnung ansehen wollen ...«

Die Frau öffnet die Augen. Der Blick irrt durch den Raum, gleitet über Hartlaub und versucht sich an Tamar festzuhalten.

»Frau Hartlaub?«, fragt Tamar und beugt sich über das Bett, »können Sie mich verstehen? Ich bin Polizeibeamtin ...«

»Ich kann Sie verstehen«, antwortet die Frau. Sie schließt wieder die Augen.

»Sie wissen, dass Sie im Krankenhaus sind?«

»Ja«, sagt die Frau und hält die Augen geschlossen. »Ich bin nicht zu Hause. Ich weiß.«

»Wissen Sie, was passiert ist?«

Keine Antwort. Der Oberarzt Burgmair macht einen Schritt auf Tamar zu und legt ihr die Hand auf den Arm. Sie zieht den Arm weg.

»Ich möchte jetzt nicht reden«, sagt die Frau. »Könnten Sie morgen kommen.«

»Ja«, antwortet Tamar, »ich komme morgen.«

Sie nickt dem Ehemann zu. Burgmair beugt sich zu ihm. »Vielleicht ist es besser, wenn Sie jetzt auch gehen. Ihre Frau wird morgen eher ansprechbar sein ...«

»Lassen Sie mich noch einen Augenblick hier sitzen«, antwortet Hartlaub widerstrebend, »ich bin ja eben erst gekommen...«

Tamar hat den Wachraum verlassen und geht den Gang hinab. Jetzt weiß sie es. Es ist die Theologin, Eugen Hollerbach hatte einen Artikel über sie geschrieben, irgendetwas über viel Lärm um nichts. Kuttler sollte herausbringen, ob Hollerbach vor seinem Tod mit ihr gesprochen hatte, es hatte da einen Widerspruch gegeben. Es gibt nur Widersprüche in diesem Fall. Oder Dinge, die nicht zusammenpassen.

Ein Mann wartet am Ende des Ganges, dort, wo das Arztzimmer ist. Der Mann trägt seinen Trenchcoat über dem Arm und hält sich sehr aufrecht.

Nicht auch noch der, denkt Tamar. Sie verlangsamt den Schritt. Er ist älter geworden, denkt sie. Als ob es über Nacht geschehen sei. Hektische Flecken im Gesicht. Sie bleibt vor ihm stehen. Er lächelt. Flüchtig. Angestrengt.

Tamar hat keine Lust, das Lächeln zu erwidern. »Was wollen Sie hier?«

»Das wollte ich eigentlich mit dem Arzt besprochen haben, der hier Dienst tut.«

»Bitte.« Sie geht einen Schritt zur Seite. Den Gang kommt mantelwehend Benno Burgmair entlang, er erkennt Berndorf und begrüßt ihn mit dem Respekt, der einer Amtsperson auch dann noch eine Weile nachhängt, wenn sie es nicht mehr ist.

»Sie kommen aber nicht wegen der gleichen Patientin?«, fragt er dann und macht eine Handbewegung, die von Berndorf zu Tamar zeigt und dann wieder zurück. »Bei einem Verkehrsunfall würde mich das irgendwie wundern.«

»Der Name ist Marielouise Hartlaub«, sagt Berndorf, »ich hätte gerne gewusst, wie es ihr geht, und ob ich mit ihr sprechen kann.«

Ich hätte darauf wetten können, denkt Tamar.

»Also doch«, sagt Burgmair und erklärt, dass es zu einer Beunruhigung keinen Anlass gebe, es sei gerade ihr Mann bei

ihr, er habe aber den Eindruck, dass sie jetzt nur Ruhe wolle:
»Ich würde Sie bitten, es morgen zu versuchen.«

Berndorf fragt nach den Verletzungen, Burgmair zögert kurz
und sagt dann etwas von einer Gehirnerschütterung: »Wir
werden es sorgfältig beobachten, aber es liegt keine Schädel-
fraktur vor.«

Tamar beobachtet die beiden Männer. Berndorf zögert, er will
diese Frau unbedingt sehen, denkt sie, Burgmair ist zu höflich, ihn wegzuschicken ... Schließlich greift sie doch ein.

»Kommen Sie, wir haben ihn lang genug aufgehalten«, sagt
sie zu Berndorf und deutet dabei auf Dr. Burgmair. »Ich habe
Frau Hartlaub gesehen, sie braucht wirklich Ruhe. Und davonlaufen wird sie Ihnen auch nicht.«

Sie nickt Burgmair zu, mit gemessener Freundlichkeit, nimmt
Berndorf am Arm und zieht ihn mit sich zum Aufzug.

»Wie sind Sie hierher gekommen?«, fragt sie, während sie auf
den Lift warten.

»Mit dem Taxi.«

»Und der Hund?«

»Den hab ich in der Wohnung gelassen.«

Der Lift kommt, sie steigen ein. »Ich fahr Sie zurück, ist das
okay?«

»Ich bin ja schon froh, wenn Sie mich nicht schon wieder vorläufig festnehmen.«

Tamar wirft ihm einen schiefen Blick zu. »Kann alles noch
kommen.«

Schweigend gehen sie durch das Foyer hinaus in die Nacht.
Tamars Dienstwagen ist neben dem Eingang halb auf dem
Gehsteig geparkt, sie steigen ein und Tamar startet.

»Sie wollen mir nicht sagen, warum Sie sich für Marielouise
Hartlaub interessieren?«, fragt sie, als sie auf die Straße ein-
gebogen ist, die zur Stadt hinunterführt.

»Finden Sie nicht«, antwortet Berndorf langsam, »dass das ein
bisschen viel verlangt ist?«

»Nein«, meint Tamar, »das finde ich nicht. Sie sind auch nicht der Einzige, der sich für diese Frau interessiert. Kuttler tut es, und Hollerbach hat es getan.«

»Ich habe ein privates Interesse, ein persönliches«, sagt Berndorf. »Genügt das? Außerdem habe ich nach ihr gefragt, weil ich dazugekommen bin, als der Unfall war. Eine Zeugin will gesehen haben, dass sie vor einem Mann davongelaufen ist. Ich war es, der die Frau zur Polizei geschickt hat.«

»Besten Dank«, sagt Tamar. Ohne dass sie es darauf anlegt, klingt es sarkastisch. »Und warum sind Sie dazugekommen, so ganz und gar zufällig, wie ich annehmen darf?«

»Ich hatte den Prälaten Wildenrath besucht. Er ist eine Art evangelischer Hilfs- und Leihbischof und wohnt an der Adlerbastei.«

»Sie entwickeln sehr merkwürdige Interessen, wissen Sie das?«

Berndorf antwortet nichts.

»Ich glaube Ihnen kein Wort«, fährt Tamar fort. »Vom ersten Tag an haben Sie sich in diese Hollerbach-Geschichte eingemischt und Ihr eigenes Spiel gespielt. Und ich dumme Kuh bin Ihnen noch dabei behilflich gewesen. Gestern Nacht dachte ich noch, jetzt ist mit Ihren Extratouren Schluss. Ich habe ernsthaft angenommen, Sie hätten begriffen, dass diese Arbeit nur von den Leuten zu Ende gebracht werden kann, die dafür auch einen Auftrag haben… Ja, und dann ist kein Tag um und Sie stehen da oben wie das Gespenst von Canterville, das sich beim Anmalen in den Wasserfarben geirrt hat.«

Berndorf sagt nichts.

Sie kommen an die Eisenbahnbrücke, deren von neogotischem Eisenzierrat gekrönte Bögen nur Platz für zwei sehr enge Fahrbahnen lassen. Vor ihnen muss ein Bus einen zweiten, der entgegenkommt, passieren lassen.

»Wobei störe ich Sie eigentlich?«, fragt Berndorf in die Stille.

»Wie ich den Kollegen Steinbronner kenne, hat er den Fall doch längst aufgeräumt und die Fakten in die Schubladen gesteckt, in die sie gehören oder auch nicht.«

»Könnten wir ausnahmsweise mal vernünftig reden?« Der Bus fädelt sich in die Brücke ein. Tamar folgt, nach der Brücke überholt sie und biegt an der Kreuzung unten in die Karlstraße ein und beschleunigt, dass das Heck auf der Fahrbahn wegrutscht. Sie steuert gegen und fängt den Wagen ab.

»Ja«, sagt Berndorf, »wenn Sie uns vorher nicht totfahren.«

»Sie haben während der letzten Tage doch nach Constantin Autenrieth gesucht?«, fragt Tamar. »Heute Nachmittag haben wir ihn gefunden.«

Ja so, denkt Berndorf.

»In einem dieser alten Bombenlöcher, keine 300 Meter von der Jagdhütte entfernt.«

»Wie sicher ist die Identifizierung?«

»Ziemlich sicher«, meint Tamar. »Der Tote muss auf der Stirn einen solch martialischen Schmiss gehabt haben wie der frühere Oberstaatsanwalt von Grövenitz, und das stimmt mit der Narbe überein, die man auf dem Passfoto sieht. Morgen liegen die Röntgenaufnahmen von Autenrieths Zahnarzt vor, dann werden wir es genau wissen. Außerdem haben wir bei der Leiche ein Zigarettenetui gefunden, das diesem Autenrieth gehört hat. Die Tochter hat es erkannt.«

»Eine Narbe, ein Etui…, für eine Identifizierung müsste da aber noch ein bisschen Fleisch an die Knochen.«

»An den Knochen ist keins mehr«, sagt Tamar. »Und das Etui ist als Indiz ziemlich gut. Es ist eine Spezialanfertigung, und die Tochter hat ein Duplikat.« Sie verlässt die Karlstraße und fährt durch die Eisenbahnunterführung zu dem Appartementhaus, in dem Berndorfs Wohnung liegt. Der Wagen rollt aus, sie lässt den Motor laufen. Die Scheinwerfer beleuchten Abfallcontainer, die am Straßenrand für die Müllabfuhr bereitgestellt sind.

»Wie ist er ums Leben gekommen?«

»Wir glauben, er ist erschossen worden. Kovacz hat die Kugel gefunden. Sie gehört zu einer Jagdwaffe. Morgen werden wir wissen, ob es das Gewehr war, das Sie uns freundlicherweise haben zukommen lassen. Es hat übrigens auch Autenrieth gehört, sagt die Tochter.«

Auf einmal ist es viel, was die Tochter weiß und sagt, denkt Berndorf. »Kommen Sie auf eine Tasse Tee mit?«

»Nein«, antwortet Tamar.

Schweigend bleiben sie nebeneinander sitzen.

»Ich weiß nicht, warum ich überhaupt mit Ihnen rede«, sagt Tamar schließlich. »Und auch noch über Interna. Aber es ist zu blöd. Erst hat Steinbronner diesen Landmaschinenhändler Neuböckh in Watte gepackt, als der Kerl wegen dieses Waffengeschäftes schon längst in Stammheim hätte sitzen sollen. Und jetzt, kaum dass wir den toten Autenrieth gefunden haben, die Kehrtwende… Er hat Neuböckh noch heute Abend in den Neuen Bau bringen lassen und verhört ihn seither. Aber das ergibt überhaupt keinen Sinn.«

Warum ergibt das keinen Sinn? Dafür kann es nur einen einzigen Grund geben. »Sie haben also das Geld gefunden«, fragt er gleichgültig in die Dunkelheit vor ihnen.

»Woher wissen Sie? Ach egal… Es war in einem Aktenkoffer, einem stabilen Ding. Es ist zwar etwas Wasser eingedrungen, aber man kann die Scheine noch zählen. Und man wird sie sogar noch umtauschen können.«

»Den Wendehälsen fehlen 3,8 Millionen, behaupten sie. Angeblich hat Autenrieth es ihnen gestohlen.«

Tamar beugt sich etwas nach vorne, um ihm ins Gesicht zu sehen. »Sie meinen Meunier und Konsorten? An die will Steinbronner nicht heran. Ohnedies ist das keine Geschichte, die nur mit Geld zu tun hat, sonst hätten wir es nicht gefunden. Wieso eigentlich 3,8 Millionen? In dem Koffer sind höchstens etwa 50 000 Mark gewesen, nicht mehr… Das passt alles nicht zusammen. Ich muss Sie deshalb noch einmal in allem Ernst fragen, was ist das für ein Interesse, das Sie an dieser Marielouise Hartlaub haben?«

Berndorf schweigt.

»Oder wenn Ihnen eine andere Frage lieber ist«, hakt Tamar nach: »Welches Interesse hatte Eugen Hollerbach an dieser Frau? Kuttler hat mir gesagt, dass Hollerbach in Stuttgart war und ihren Mann besucht hat. Das war nachmittags, gegen 15 Uhr. Angeblich ist er nur kurz geblieben. Aber als es dunkel wurde, stand Hollerbachs Wagen noch immer dort.«

»Er wird auf sie gewartet haben. Schließlich hat er einen Artikel über sie geschrieben.«

»Das hat er«, sagt Tamar. »Einen Artikel über diese Frau und über Posaunenchöre. Er hat sie in diesem Artikel niedergemacht, aber es gibt kein Zitat und keine Stellungnahme von ihr. Sie kommt nicht zu Wort. Das ist das, was Kuttler nicht versteht. Und deswegen glaubt er, dass Hollerbach dieser Frau aus einem ganz anderen Grund aufgelauert hat.«

»Das ist doch der ganz normale Journalismus«, sagt Berndorf. »Die Leute nicht anhören, aber sie niedermachen. Nur nichts totrecherchieren, hat mir Frentzel einmal gesagt.«

»Es gibt noch etwas, das Kuttler nicht glaubt«, fährt Tamar fort. »Er glaubt nicht, dass Hollerbach in den Wasserlöchern nach Nazi-Gold gesucht hat. Die Zeitungsleute haben das behauptet. Aber er glaubt es einfach nicht. Er glaubt, dass Hollerbach nach Autenrieths Leiche gesucht hat.«

Wieder schweigt Berndorf.

»Wollen Sie mir nicht endlich sagen, was Marielouise Hartlaub mit diesem Constantin Autenrieth zu tun gehabt hat?«

Berndorf schüttelt unwillig den Kopf. »Befragen Sie diese Zeugin, die ich zu Ihnen geschickt habe. Stellen Sie sie Kadritzke gegenüber. Befragen Sie ihn, was er von Marielouise Hartlaub wollte. Erwirken Sie einen Haftbefehl gegen ihn. Wenn Sie das schaffen …« Er unterbricht sich. »Aber ich glaube nicht, dass Sie es schaffen. Steinbronner wird es abblocken. Und deshalb ...« Er breitet seine Hände aus, so, als ob er jetzt leider auch nichts mehr tun könne.

»Sie beginnen, mir sehr fremd zu werden«, sagt Tamar leise. Berndorf löst den Gurt und öffnet die Tür. »Trotzdem würde ich mich freuen«, antwortet er, »wenn Sie bei Gelegenheit noch einmal einen Tee mit mir trinken.« Er steigt aus. »Irgendwann. Bevor ich nach Berlin gehe.«

Tamar legt den Gang ein und wendet. Berndorf ist stehen geblieben und sieht ihr nach. Als die Rücklichter um die Kurve verschwunden sind, schiebt er einen der Abfallcontainer auf und wirft ein Taschenbuch hinein.

Donnerstag, 15. November 2001

»Also rein von der Mentalität her«, sagt der Mann mit den lockigen Haaren, »ist der Schwarze als solcher nicht für die Panzerwaffe geeignet...« Er beugt sich zum Zweirad-Schnäutz. »Der Schwarze sieht einen Panzer und denkt, wo der drübergeht, wächst kein Gras mehr, da häng ich mich dran und bin auf der sicheren Seite... Aber Pustekuchen! Der Panzer als solcher ist hoch verwundbar, ich werd's Ihnen zeigen... Sie erlauben.« Er greift zu Schnäutzens Zigarettenschachtel. »Stellen wir uns einmal vor, das wäre einer dieser russischen Tanks.« Er beginnt, die Zigarettenschachtel langsam über die Theke von Tonios Café zu schieben, vorbei an einem Zuckerstreuer, einen Aschenbecher zur Seite drückend, weiter und durchaus bedrohlich auf den Zweirad-Schnäutz zu.

Beunruhigt bricht der Dackel, den Schnäutz auf dem Arm hält, in wütende Kläffe aus.

»Ruhig, Purzel«, sagt Schnäutz und setzt ihn ab. »Wir haben grad Häuserkampf in Kabul.«

»Also ja. Danke«, sagt der Lockige, der bei Tonio als der Kuhberg-Rommel bekannt ist. »Was ich hab sagen wollen, der da wär jetzt schon verloren und verratzt.« Er deutet auf die zwischen Aschenbecher und Zuckerstreuer eingeklemmte Zigarettenschachtel. »Wenn der jetzt von zwei Seiten Zunder kriegt, hilft ihm keiner mehr raus, ein stählerner Sarg ist das dann. Zum Beispiel in Budapest 1956 haben die Ungarn den Russen T-Träger in die Panzerketten geschoben, das hat die Ketten zerrissen wie nichts...«

»Wenn ich das noch recht weiß«, wirft Frentzel ein und winkt der Bedienung Maria mit seinem leeren Weinglas, »haben damals aber leider nicht die Ungarn gewonnen.«

»Aber schwer getan haben sich die Russen«, sagt der Kuhberg-Rommel, »sehr schwer haben sie sich getan, glauben Sie mir das! Und was war in Afghanistan, bitte sehr? Wenn mit dem Panzer nicht die Infanterie vorrückt und ausschwärmt, dann geht das ganz schnell nach hinten los, die Amerikaner werden es schon noch merken …« Er hält inne, aber bevor er etwas findet, was die vorrückende Infanterie darstellen könnte, öffnet sich die Tür.

»Jessas! Der schon wieder«, entfährt es dem Schnäutz, und er bückt sich nach seinem Hund.

»Lassen Sie ihn«, sagt Berndorf, »ich habe meinen nicht dabei. Außerdem hatte er schon sein Frühstück.« Misstrauisch nimmt Schnäutz trotzdem seinen Dackel wieder auf den Arm.

Berndorf bestellt bei Maria einen großen Milchkaffee und ein Salami-Sandwich.

»Ich wollte die Herren nicht gestört haben«, fährt er dann fort. »Größere strategische Operationen wie? Gewinnen wir gerade den Krieg in Afghanistan?«

»Und den im Kongo dazu«, sagt Frentzel. »Der Herr Kuhberg-Rommel erklären uns gerade, warum es eher keinen Sinn macht, den Herren Eingeborenen Panzer zu schicken, ob das jetzt die Italiener getan haben oder wir.«

Berndorf nickt. Das »Tagblatt« hatte über ein Dementi der Bundesregierung berichtet, wonach die im Kongo erbeuteten Panzer nicht aus NVA-Beständen stammten, sondern aus einer Tranche, die noch nach der Wende geliefert und dann an Italien verkauft worden sei.

»Ich weiß ja wirklich nicht«, sagt der Schnäutz, »warum sich die Leute so aufregen. Da muss man doch froh sein, wenn jemand den Russenkrempel abnimmt, einen Orden müsst's dafür geben, und nicht so ein Geschreibsel…« Verächtlich deutet er auf das »Tagblatt«.

»Also rein mentalitätsmäßig…«, sagt der Kuhberg-Rommel.

»Kusch!«, sagt Frentzel. »Suchen Sie sich einen anderen Sandkasten…« Er wendet sich an Berndorf. »Man munkelt, Sie seien aushäusig gewesen, in fremden Revieren unterwegs. Im Neuen Bau schätzt man das gar nicht.«

»Sie wissen, dass mir das inzwischen ziemlich gleichgültig sein darf.«

Marie bringt die Schale mit dem Milchkaffee und das Sandwich. Berndorf trinkt einen Schluck. »Wie gut sind Sie eigentlich noch unterrichtet?«, fragt er dann.

»Nun ja«, antwortet Frentzel. »Wer die Seite ›Christ und Hund‹ betreuen muss, hat nicht so ganz den direkten Zugang zum Pulsschlag des Weltgeschehens.«

»Ich frage«, sagt Berndorf, »weil ich heute Morgen in Ihrem Blatt etwas gesucht und nicht gefunden habe.«

»Es werden keine Stilblüten sein, die Sie nicht gefunden haben«, antwortet Frentzel. »Und wenn ich Sie so ansehe – also dann glaube ich fast, das, wonach Sie gesucht haben, wird erst in einer guten dreiviertel Stunde mitgeteilt, um 11 Uhr. Dann soll nämlich im Neuen Bau eine Pressekonferenz stattfinden, im Schulungssaal, eingeladen haben die Herren Englin und Steinbronner, also hochkarätig besetzt.«

Ja so, denkt Berndorf und betrachtet sein Sandwich. Entschlossen beißt er ein großes Stück ab. Wieder öffnet sich die Tür, herein wuselt, eine mächtige Aktentasche schleppend, der Rechtsanwalt Kugler, in seinem Gefolge ein schwarzhaariger junger Kerl mit einer Narbe an der Stirn.

Der Schwarzhaarige blickt sich misstrauisch um, dann sieht er Berndorf und hebt kurz die Hand.

Berndorf nickt zurück.

»Außerdem«, sagt der Kuhberg-Rommel in die Stille, »sind die russischen Panzer gut für den Winter und die Taiga, aber nicht für den Wüstenkrieg ausgelegt, die Luftfilter sind nämlich im Handumdrehen vom Sand verstopft.«

»Ist das da unten im Kongo überhaupt Wüste?«, fragt Schnäutz in die Runde.

»Für ihn ein richtiges Frühstück mit einem richtigen Kaffee«, bestellt Kugler, »und mir einen Espresso…«

»Ja«, sagt Steinbronner und reckt sein Kinn ins Licht der Scheinwerfer, »Sie haben hier in Ulm ja eine sehr stattliche Medienlandschaft, die braucht sich hinter der unserer Landeshauptstadt nicht zu verstecken…« Er blickt sich um, zwinkert der Reporterin der »Landesschau« zu, einer Blondine in knapp sitzenden schwarzen Lederhosen, tauscht einen respektvollen Blick mit der Dame von der »Stuttgarter Zeitung« und nickt aufmunternd Englin und Tamar zu, die links und rechts von ihm sitzen.

Was tu ich hier?, fragt sich Tamar und gibt sich auch gleich die Antwort, du bist die Quotenfrau, warum sonst haben sie dich hier heraufgebeten…

»Jedenfalls danke ich Ihnen sehr für Ihr Interesse«, fährt Steinbronner fort, »dies auch deshalb, weil wir Sie über ein sehr schwerwiegendes Verbrechen in Kenntnis setzen wollen, bei dessen Aufklärung wir in besonderem Maße auf die Mitwirkung der Öffentlichkeit angewiesen sind…«

Schräg vor sich, neben dem hohlwangigen Menschen von »dpa«, sieht Tamar den gewesenen Gerichtsreporter Frentzel sitzen, wenigstens diesen Fall hat er sich nicht wegnehmen lassen, ganz leicht hebt er die Hände, wie um eine Entschuldigung anzudeuten… Eine Entschuldigung wofür bitte?

»In der Kürze, auf die Sie Anspruch haben, kann ich Ihnen mitteilen, dass wir gestern in einem Waldstück bei Lauternbürg die Leiche eines Mannes gefunden haben, der inzwischen zweifelsfrei als der 1949 geborene Constantin Autenrieth identifiziert worden ist. Gefunden wurde die Leiche in einem Wasserloch, von dem uns gesagt wird, dass es ein ehemaliger Bombentrichter sei. Autenrieth war Jurist und lebte in Bonn. Zu dem Zeitpunkt, um den es uns geht, war er Pächter des Jagdreviers, in dem wir seine Leiche gefunden haben. Zuletzt ist er im Herbst 1991 gesehen worden. Den Feststellungen der Gerichtsmedizin zufolge müssen wir davon ausgehen, dass er wenig später ums Leben gekommen ist…«

Warum sagst du eigentlich nicht, denkt Tamar, dass Autenrieth Beamter im Bundeskanzleramt war?

Steinbronner blickt auf seine Notizen.

Dann sieht er wieder hoch. »Das heißt, ich sollte das etwas konkreter ausdrücken. Eine Selbsttötung können wir ausschließen. Autenrieth ist erschossen worden, und wir haben auch die mutmaßliche Tatwaffe sichergestellt, ein Jagdgewehr, das dem Toten selbst gehört hat. Damit gewinnen das Verbrechen und seine näheren Umstände weitere Konturen. Allerdings sollten wir wissen, ob Autenrieth noch nach dem September 1991 gesehen worden ist, und gegebenenfalls in welcher Begleitung. Nachher erhalten Sie dazu noch Bildmaterial.«

Er lehnt sich zurück und nickt Englin zu.

»Fürs Erste sollte das genügen«, sagt der Kriminalrat eifrig. »Sicherlich haben Sie jetzt noch Fragen…«

»War der Tote als vermisst gemeldet?«, will die »dpa« wissen.

»Nein«, antwortet Steinbronner gedehnt. »Er ist im Herbst 1991 um seine Entlassung eingekommen – er war Beamter, sollte ich hinzufügen –, angeblich, um in Südamerika für die deutsche Industrie tätig zu werden. Wir haben aber bisher nicht verifizieren können, ob es sich hier um ein vertraglich fixiertes Arbeits- oder Auftragsverhältnis gehandelt hat.«

»Geht denn das so schnell, wenn er Beamter war?«, fragt Frentzel, die rot unterlaufenen Augen über die Halbbrille hinweg auf Steinbronner gerichtet. »Er kommt um seine Entlassung ein, und schon ist er weg...«

Englin blickt besorgt zu Steinbronner. »Eine gute Frage«, sagt Steinbronner. »Wir haben sie uns auch gestellt. Autenrieth war politischer Beamter. Das bedeutet, dass über ihn von heute auf morgen disponiert werden konnte.«

»Ah ja?«, macht Frentzel. »In welchem Ministerium war er denn?«

»Bundeskanzleramt«, antwortet Steinbronner.

Kurz angebunden, denkt Tamar. Zu viel John Wayne. »Oval Office«, hätte der geknurrt. Keine Silbe mehr. Im Kino sollte jetzt ein Raunen durch den Schulungssaal gehen.

»Bevor jetzt jemand politische Verschwörungstheorien zusammenköchelt, darf ich den Topf gleich wieder vom Herd nehmen«, fährt Steinbronner fort, plötzlich überhaupt nicht mehr kurz angebunden. »Herr Autenrieth ist in ungetrübtem Einvernehmen mit seinen Vorgesetzten ausgeschieden.«

»Was war denn sein Aufgabengebiet?«, hakt Frentzel nach.

Steinbronner schüttelt den Kopf. »Ich sagte Ihnen doch, dass da nichts ist. Gar nichts. Und alles, was wir über die Umstände seines Todes wissen, sagt uns, dass wir den Fall nur hier aufklären können. Die nächste Frage, bitte.«

»War der Mann denn allein stehend?«, fragt die Dame von der »Stuttgarter Zeitung«. »Wenn es eine Familie gegeben hat, hätte die sich doch beunruhigen müssen.«

»Autenrieth hatte Familie«, antwortet Steinbronner bedächtig, »aber sie hat sich offenbar mit den Erklärungen, die er ihr gegeben hat, abgefunden.«

»Der Mann hat also seine Familie verlassen wollen?«

Steinbronner zögert kurz. »Er selbst scheint lediglich von einem neuen beruflichen Beginn gesprochen zu haben. Mehr können wir im Augenblick nicht sagen.«

»Sie haben die Tatwaffe, sagen Sie.« Erneut hat sich Frentzel gemeldet. »Haben Sie denn jemand, bei dem sie dieses Ding

gefunden haben? Oder lag das auch zehn Jahre im Wasser?«
Steinbronner macht eine Handbewegung zu Tamar, als ob er
sie einbeziehen wolle. »Nein«, sagt er dann, »die Waffe lag
nicht im Wasser. Und wir haben auch jemanden, den wir dazu
befragen.«

»Jemanden aus der Familie?«

»Nein«, antwortet Steinbronner. »Diese Person gehört nicht
zur Familie Autenrieth. Aus ermittlungstechnischen Gründen
können wir im Augenblick nicht mehr dazu sagen.«

Wieder meldet sich Frentzel. »Vor einer Woche hatten wir in
Lauternbürg ja bereits einen Toten, der nicht an Altersschwä-
che gestorben ist. Unsere Leser werden nicht glauben, dass
die beiden Fälle nichts miteinander zu tun haben ...«

»Meinen Sie, wir sollten Ihre Leser über die weiteren Ermit-
lungen abstimmen lassen?«, fragt Steinbronner zurück und
wartet, bis unter den übrigen Medienleuten Heiterkeit auf-
kommt. Dann stoppt er mit einer brüsken Handbewegung ab.
»Aber im Ernst. Was Ihren Lesern auffällt, gibt sogar uns
dummen Polizisten zu denken. Unsere Ermittlungen und
Vernehmungen sind deshalb nicht nur auf eine Person fokus-
siert ... Ja bitte, der Herr da hinten hat noch eine Frage.«

Hinter dem Gestänge für Scheinwerfer und Kameras steht
ein Mann auf. Grauhaarig, straffe Haltung.

Tamars Blick fällt auf Frentzel. Der hebt nur kurz die Augenbrauen. Hab ich dich nicht gewarnt?, soll das wohl heißen.

»Meine Frage gilt ebenfalls dem Komplex Hollerbach«, sagt
Berndorf. »Trifft es zu, dass sich zur Tatzeit zwei Mitarbeiter
des amerikanischen Geheimdienstes NSA in Hollerbachs
Wohnung aufgehalten haben? Trifft es ferner zu, dass es sich
bei diesen beiden NSA-Mitarbeitern um ehemalige ...«

»Das geht nicht«, fällt ihm Steinbronner ins Wort. »Stopp!
Aufhören! Sie sind hier nicht zugelassen ...«

»...um ehemalige Agenten des Ministeriums für Staatssicher-
heit handelt?«

»Halten Sie den Rand!«, brüllt Steinbronner. Die meisten der Journalisten sind aufgestanden. Einer der Fernsehtechniker wuchtet seine Kamera in Richtung Berndorf. »Ich muss doch sehr bitten«, jammert Englin und steht nun auch auf.

»Wie kommt der Kerl hier herein?«, will Steinbronner von Tamar wissen.

»Würden Sie bitte die Frage beantworten?«, setzt die »dpa« nach. Die Dame von der »Stuttgarter Zeitung« meint, dass sie ebenfalls gerne ein Antwort hätte. Englin bittet um Ruhe.

Steinbronner erkärt, dass er kein Wort mehr sagt, solange diese Provokationen nicht aufhören. Der Kameramann filmt Berndorf, der wartet, dass er weiterreden kann oder eine Antwort bekommt. Ein Mensch mit Kugelbrille hält ihm ein Mikrophon hin.

Tamar steht auf und geht zu ihm. »Bitte«, sagt sie, »Englin hat das Hausrecht. Setzen Sie sich doch nicht ins Unrecht.«

»Lassen Sie ihn doch«, sagt der Mensch mit der Kugelbrille, »das interessiert uns alle, was der fragt.«

Tamar schüttelt nur den Kopf. »Soll es heißen, Sie ertragen es nicht, wenn Steinbronner eine Pressekonferenz gibt?«, flüstert sie Berndorf zu. »Tun Sie sich doch das nicht an …«

Und Berndorf lässt sich am Arm nehmen und hinausführen, gefolgt von dem Menschen mit der Kugelbrille und dem Kamera-Team und der Dame der »Stuttgarter Zeitung« und Frentzel und der »dpa«.

»Also das«, sagt Steinbronner, »das müssen Sie mir erst noch erklären, mein Lieber, wieso Ihre Leute den hereingelassen haben …«

Hektisch zuckt das Augenlid des Kriminalrats Englin.

Berndorf kommt vom Alten Friedhof, Felix trottet missmutig neben ihm her, ein Spaziergang auf dem Alten Friedhof gilt

eigentlich nicht, nicht als Mittagsspaziergang, drei Saatkrähen aufstören, was ist das schon! Berndorf hingegen freut sich
auf Tee und ein belegtes Brot und ist fest entschlossen, seinen
Auftritt im Neuen Bau zu verdrängen.

Im Innenhof hatte er dem Pulk von Medienleuten Rede und
Antwort gestanden, nun ja, nicht gerade Rede und Antwort,
oder jedenfalls nicht vollständig, er hat den Fall ja nicht aufzuklären und auch keine Pressekonferenzen zu geben. So hat
er nur dafür gesorgt, dass ein paar Fragen nicht untergebut-
tert werden, nichts anderes! Unsinn, dass Tamar ihm unterstellt, er gönne Steinbronner die Pressekonferenz nicht ...

Das Peugeot-Coupé ist ein paar Meter oberhalb des Apparte-
mentsblocks geparkt. Er ist so in Gedanken, dass er es erst
wahrnimmt, als die Fahrerin aussteigt und zielstrebig auf ihn
zukommt, das lackschwarze Haar in die Stirne frisiert.

Er bleibt stehen und deutet ein leichte Verbeugung an.

»Entschuldigen Sie den Überfall«, sagt Cosima Autenrieth,
»aber könnte ich Sie ein paar Minuten sprechen?«

Berndorf murmelt eine höfliche Einladung und geht ihr voran, um aufzuschließen. Vor der Garderobe hilft er ihr aus
dem kurzen schwarzen Ledermantel, dabei streift ihn ein herbes Parfüm und ein rascher Blick blauer Augen, die statt Lid-
schatten Verwunderung oder eine Art Staunen aufgelegt haben. In seinem Wohnzimmer sieht sie sich unauffällig um.
Kurz verweilt der Blick auf der Fotografie der grünäugigen,
beinahe schon lächelnden Barbara. Eher ratlos betrachtet sie,
was an Lektüre herumliegt: Montaignes Tagebuch seiner Ita-
lien-Reise, eine Ausgabe des TaoTe King, das Taschenbuch mit
Lewis Carrolls »Alice im Wunderland« und eine antiquari-
sche Ausgabe von Mörikes »Stuttgarter Hutzelmännlein« ..

Cosima Autenrieth sagt, dass sie gerne eine Tasse Tee trink-
und geht mit in die kleine Küche und sieht ihm zu, wie er der
Tee aufgießt. »Woher wussten Sie eigentlich, wo man meiner
Vater finden würde?«

Hatte er das wirklich gewusst? »Ich sollte Ihnen noch mein Beileid aussprechen«, sagt er und stellt Tassen und Unterteller auf das Tablett.

»Ich danke Ihnen«, antwortet sie, »aber mein Vater ist ja nun schon eine Weile tot, finden Sie nicht? Sie haben übrigens meine Frage nicht beantwortet.«

»Sie vergessen«, sagt Berndorf und trägt das Tablett an ihr vorbei ins Wohnzimmer, »dass ich dieses Gewehr in Neuböckhs Jagdhütte gefunden habe… Ich wundere mich übrigens, dass Neuböckh es dort gelassen hat. Womöglich ist es das, was ihm das Genick brechen wird.«

»Das klingt fast so«, meint sie und setzt sich ihm gegenüber, »als glaubten Sie nicht, dass er der Mörder ist.«

»Darauf kommt es nicht an. Jetzt ist die Staatsanwaltschaft am Zug. Sie muss wissen, was sie beweisen kann.« Er schenkt ein. »Und was sie beweisen will. Wenn man den Fall als einen Streit unter Jägern verkaufen kann, wird sie das mit Handkuss tun. Dann bräuchte sie nämlich keine Zeugen, mit deren Vorladung sie womöglich ein Stirnrunzeln des US-Botschafters in Berlin auf sich ziehen könnte.«

Cosima Autenrieth nimmt einen zierlichen Schluck Tee. »Sie müssen verstehen, dass ich etwas in Sorge bin. Diese Geschichte ist für meine Mutter und auch für mich schrecklich genug. Ich möchte nicht, dass das Ansehen meines Vaters…« Sie lässt den Satz unvollständig.

»Ich weiß nicht, ob Sie wissen, dass bei Ihrem Vater einiges Geld gefunden wurde«, sagt Berndorf, »mehr Geld, als es irgendjemand vernünftigerweise in bar mit sich führen würde… Dieses Geld wird ja wohl zur Sprache kommen müssen, übrigens auch ein Grund, warum es mit der Anklage gegen Neuböckh Probleme geben könnte. Verstehen Sie, das Ansehen ist eine Sache, und das Geld eine andere, vielleicht sollten Sie sich auf eines davon konzentrieren.«

»Ich glaube, Sie mögen uns nicht«, antwortet Cosima Autenrieth. »Schade. Aus Gründen, die ich nicht kenne und nicht verstehe, sind Sie an meinem Vater interessiert gewesen. Es liegt auf der Hand, dass mein Vater sich in Dinge hat verstricken lassen, die nicht gut sind. Sind Sie jemand, der den ersten Stein aufheben darf?«

Berndorf schüttelt nur kurz den Kopf. »Darum geht es nicht. Sie sind nicht gekommen, um hier das Andenken Ihres Vaters schönzureden. Sie sind wegen Meunier hier. Ich nehme an, Sie werden schon längere Zeit von ihm unter Druck gesetzt.«

Cosmia tastet nach ihrer Handtasche und holt ein Zigarettenetui heraus und klappt es auf. »Stört es Sie sehr …?«

Berndorf zögert. »Rauchen Sie nur«, sagt er dann und steht auf und holt aus seiner Küche einen Aschenbecher.

»Darf ich Ihnen eine anbieten?« Einladend hält sie ihm das Etui hin.

»Ein hübsches Etui«, sagt er. Er nimmt es in die Hand und betrachtet es, ohne eine Zigarette zu nehmen. In die schimmernde Deckelseite sind die Initialen CA eingraviert, umgeben von einem Rankenwerk. Weil das Etui das Licht der Tischlampe spiegelt, dreht Berndorf es ein wenig hin und her, um das Rankenwerk genauer betrachten zu können. Die Initialen sind so ineinander verschlungen, dass sie auch einen Kreis darstellen könnten, der sich um ein Dreieck schließt.

»Mein Vater hatte das gleiche Etui«, sagt sie, das Feuerzeug in der Hand. »Man hat es bei ihm gefunden, es war ganz schwarz. Aber ich habe es wieder erkannt.«

»Warum die gleichen Etuis?«, fragt er und gibt ihr Feuer. »Weil Sie die gleichen Initialen haben?«

»Es war einer seiner spontanen Einfälle«, antwortet sie. »Er hatte in Zürich zu tun und mich mitgenommen, bei einem Juwelier suchten wir nach einem Mitbringsel für meine Mutter und fanden nichts, bis er das Etui entdeckte. Ich sagte, dass es hübsch sei, weil ich dachte, er wolle es für sich, und dann kam er auf die Idee, zwei zu bestellen, und gab auch die Gravuren in Auftrag. Er hatte ein geschickte Hand für solche Dinge und hat selbst die Entwürfe dafür skizziert. Damals war mir das eher peinlich, ich brauchte ein solches Ding gar nicht und schon gar keines im Partnerlook mit dem eigenen Vater, ich bitte Sie! Aber als er dann verschwunden ist …« Sie nimmt die ersten Züge und inhaliert.

»Es waren zwei verschiedene Zeichnungen?«, fragt Berndorf.

»Die Etuis sind dann doch nicht ganz gleich …«

»Auf seinem war auch so eine Spielerei mit den Initialen C und A«, antwortet sie. »Ich glaube, er konnte sich nicht entscheiden, welcher Entwurf besser war. Da hat er beide in Auftrag gegeben. Eitle Leute sind so. Die finden alles gut, was sie machen … Aber Sie haben nach Meunier gefragt. Das erste Mal war er bei uns, als mein Vater etwa ein halbes Jahr verschwunden war. Er war sehr höflich, sprach davon, dass er mit ihm eine geschäftliche Verbindung eingegangen sei und ihn dringend erreichen sollte. Und während er sprach und in einem der Empire-Sessel saß wie ein Dienstbote, der sich in den Salon verirrt hatte, gingen seine Augen von meiner Mutter zu mir und wieder zu meiner Mutter … Ich glaube, dass ich damals erst begriffen habe, dass mein Vater in eine wirklich schlimme Geschichte verstrickt war. Die Besuche setzten sich fort, Meunier saß bald nicht mehr wie der verirrte Dienstbote im Wohnzimmer meiner Mutter, sondern wie eine Art Revisor, der Abgesandte einer höheren ungreifbaren Kontrollinstanz, zu Beginn höflich, danach auch drohend, aber immer die gleichen Fragen. Ob wir, also meine Mutter und ich, Post bekommen hätten. Ob mein Vater angerufen hätte. Ob Geld überwiesen worden sei. Meine Mutter ist dazu übergegangen, Ordner mit sämtlichen Kontoauszügen und Rechnungen und der gesamten Korrespondenz bereitzuhalten, für den Fall, dass wieder einmal der Herr von der Kanalisation käme, wie wir ihn für uns nannten. Manchmal brachte er Kadritzke mit, der saß dann schweigend daneben … Und natürlich haben wir gewusst, dass meinem Vater etwas zugestoßen sein muss. Aber wenn wir ihn damals hätten für tot erklären lassen, hätten wir ja das Bonner Haus und die Stuttgarter Mietshäuser geerbt und hätten darüber verfügen können. Und wer hätte uns dann davor geschützt, dass der Herr von der Kanalisation kommt und seinen Anteil will?«

»Entschuldigen Sie«, sagt Berndorf, »Sie sind Anwältin, Sie machen auf mich den Eindruck einer toughen jungen Frau – warum haben Sie das nicht abgestellt? Sie hätten zur Polizei gehen können, Sie hätten sich an das Bundeskanzleramt wenden können…«

Cosima Autenrieth lacht silberhell. »Sie haben doch den Herrn Villekens kennen gelernt – würden Sie zu dem gehen, wenn Sie um das nackte Leben fürchten müssen? Und was hätten wir dem Bundeskanzleramt sagen sollen, wenn wir dort überhaupt angehört worden wären? Hätten wir erzählen sollen, da gebe es Leute, die wollten von meinem Vater eine Provision zurückerstattet haben, eine Provision von 3,8 Millionen? Sehr lustig wäre das geworden, glauben Sie nicht?«

Berndorf sagt nichts.

»Natürlich war das alles überhaupt nicht lustig«, fährt Cosima Autenrieth fort. »Meine Vater hatte einen großen Freundeskreis, Leute aus Politik, Verwaltung und Industrie, Leute, denen er in irgendwelcher Weise hatte behilflich sein können, die öfter bei uns zu Gast waren, mein Vater war ein großzügiger Gastgeber und ein charmanter Unterhalter… Ja, und dann war er weg, vom Erdboden verschwunden, wissen Sie, dass so etwas ansteckend ist? Plötzlich waren alle unsere Freunde weg, irgendwie müssen auch sie sich in Luft aufgelöst haben, vor allem für die engsten Freunde galt das, für die Alten Herren seiner Verbindung, und noch mehr für die, denen er behilflich gewesen war. Eine allgemeine Arbeitsüberlastung brach aus, so dass leider niemals auch nur ein einziger unserer Freunde erreichbar gewesen wäre… Ich übertreibe jetzt, ja doch. Einer von den Freunden unserer Familie hat mir dann reinen Wein eingeschenkt.«

Sie bricht ab. Berndorf wartet.

»Ich denke aber nicht daran, das alles vor Ihnen auszubreiten«, sagt sie schließlich. »Nicht, solange ich Ihnen nicht vertrauen kann. Und das kann ich nicht, solange ich nicht weiß, welche Interessen Sie eigentlich verfolgen.«

Kannst du nichts Leichteres fragen, denkt Berndorf. »Ich will, dass Meunier und Kadritzke hinter Gitter kommen«, antwortet er, »sie haben diesen Journalisten Hollerbach umgebracht, und das ist eine Geschichte, die auch mich betrifft. Einfach deshalb, weil Hollerbach vor seinem Tod ein Gespräch mit mir gesucht hatte. Leider kam es dazu nicht mehr ...« Lüg doch nicht so. Du hattest keine Lust. »Außerdem will ich sicherstellen, dass nicht auch mein nächstes Auto in die Luft fliegt.« Er senkt den Blick.

»Apropos: Gehe ich recht in der Annahme, dass Meunier über meinen Besuch bei Ihrer Frau Mutter von Ihnen in Kenntnis gesetzt worden ist?«

»Warum sollte ich so etwas tun?« Eine leichte Röte legt sich auf ihre Wangen.

»Es wäre Ihnen kein Vorwurf daraus zu machen. Sie haben mir gerade sehr bewegend geschildert, unter welchem Druck Sie gestanden haben. Da Sie offenbar von keiner Seite Unterstützung erwarten konnten, werden Sie versucht haben, sich Meunier gegenüber nach Möglichkeit kooperativ zu zeigen ... Aber Sie wollten mir von Ihrem einzig verbliebenen Freund erzählen. Offenbar hat auch er Ihnen abgeraten, sich an die Behörden zu wenden?«

»Dieser Freund ...« Cosima Autenrieth betrachtet missmutig die Teetasse in ihrer Hand. Dann stellt sie sie ab. »Ein Abgeordneter. Sie werden ihn nicht kennen. Einer, den Sie nicht im Fernsehen erleben. Der aber seit nahezu zwanzig Jahren im Haushaltsausschuss sitzt, wenn Sie wissen, was das bedeutet.

Dieser Freund hat mir gar nichts geraten. Er hat mir nur gesagt, was Sache ist.«

»Er wusste also Bescheid?«

»Wie ich herausgefunden habe, wussten sehr viele Bescheid«, antwortet sie. »Nur wir wussten es nicht. Ich hatte damals gerade mein Examen gemacht, die Punktzahl muss ich nicht verstecken. Und ich war in einem politischen Studentenverband aktiv gewesen, keineswegs nur als zweite Schriftführerin. Und so dachte ich …, ach, ist auch egal. Dieser Freund meines Vaters hat mir dann sehr freundlich, sehr bestimmt und völlig schonungslos die Augen geöffnet. Unter denen, die im Netzwerk der Bundespolitik etwas zu entscheiden hätten, wisse jeder über meinen Vater Bescheid, erklärte er mir, eine politische Karriere solle ich mir daher ein für alle Mal aus dem Kopf schlagen. Er meinte sogar, ich sollte mich als Anwältin weder in Bonn noch in Berlin niederlassen, sondern am besten in Stuttgart oder sonst einer süddeutschen Kleinstadt.«

Sie streift Asche ab. »Ich habe diesen letzten Rat nicht befolgt. Es war ein Fehler. Ich bin keine erfolgreiche Anwältin. Falls meine Mutter Ihnen das erzählt haben sollte.«

»Dazu hat Ihre Mutter nichts gesagt«, antwortet Berndorf. »Aber verstehe ich recht – wegen ein paar Provisionen, die Ihr Vater kassiert hat, nimmt man Sie in Sippenhaft?«

Sie wirft ihm einen Blick zu, der müde ist und zweifelnd. »Ich glaube, Sie haben wirklich keine Ahnung. Wie sollten Sie mir da helfen können, Meunier abzuschütteln?«

»Ich stelle mir vor«, antwortet Berndorf, »dass Provisionen zum politischen System gehören. Wer keine Provisionen bezahlen kann oder nicht weiß, wie man das tut, der gehört nicht dazu. Man kann ihm keinen heiklen Auftrag anvertrauen. Irgendwer hat mir das mal erklärt … Wenn Ihr Herr Vater es also mit der politischen Klasse verschissen hat, dann nicht der Provisionen wegen, sondern weil diese nicht dort angekommen sind, wo sie hin sollten. Richtig?« – Cosima Autenrieth überlegt kurz.

»Mein Vater hatte die Sitzungen des Bundessicherheitsrates vorzubereiten«, antwortet sie nach einer Weile. »Dabei ging es auch um die Genehmigung von Rüstungsgeschäften, denen größere politische Bedeutung zukam. Bei solchen Geschäften werden sehr erhebliche Provisionen gezahlt, bis zu einem Drittel des Auftragsvolumens und mehr. Mein Vater hatte die Aufgabe, sicherzustellen, dass angemessene Anteile davon an die Regierungsparteien gegeben wurden…«

»Und irgendwann hat er herausgefunden, dass dabei auch etwas für ihn abfallen sollte«, vollendet Berndorf den Satz. »Ich kann mir das gut vorstellen. Der liebenswürdige Gastgeber, zuweilen witzig, nicht ohne Charme, vielen Leuten bei allerhand Geschäften und Karrieren behilflich, selbst auf ein Beamtengehalt samt Ministerialzulage angewiesen, die Mieteinnahmen nicht zu vergessen, man kann davon leben, man ist einflussreich, aber vom richtigen Geld und von der richtigen Macht ist und bleibt man doch sehr weit entfernt… Ja, und dann kommt eine kleine oder mittlere Lebenskrise, man zweigt einen kleinen Betrag für sich ab, kontrollieren tut das ja niemand, sind ja alles Zahlungen, über die nichts aufgezeichnet wird… Und weil das so gut geht, werden die Beträge mit der Zeit etwas stattlicher, es ist ja auch bis heute niemand zum Staatsanwalt gelaufen und hat gesagt, hey, mir fehlen da ein paar Millionen Mark, die gehören mir, sind ehrlich verdientes Bestechungsgeld… Keiner hat das getan, soviel ich weiß, nur Wolffs Schakale heulen, aber zum Staatsanwalt laufen die auch nicht.«

»Ich glaube nicht, dass es mir gefällt, wie Sie über meinen Vater reden«, sagt Cosima. »Niemand weiß, wie und warum er an Meunier geraten ist. Mit seinen Überzeugungen hatte das nichts zu tun, er hat solche Leute verachtet.«

Eben ein Charakter, denkt Berndorf, korrupt, aber mit gefestigten Überzeugungen. »Von den 3,8 Millionen mal abgesehen, die Meunier zurückwill – wie viel hat Ihr Vater denn für sich abgezweigt?«

»Das weiß ich nicht«, antwortet Cosima Autenrieth. Plötzlich blickt sie ihm voll ins Gesicht. »Würden Sie mir denn helfen, das Geld zu finden?«

Marielouise Hartlaub ist nicht mehr auf der Intensivstation anzutreffen, nach langem Irren durch Stationen und über Flure findet Berndorf sie in der Neurologie, in einem Doppelzimmer, in dem er zunächst nur ein junges Mädchen wahrnimmt, das in einem Comic-Band liest.

Vor dem zweiten Bett, an der Fensterseite, steht ein Mann mit gebeugtem Rücken, er richtet sich auf und betrachtet den eintretenden Berndorf mit einem Blick, der eine kurze, kaum merkliche Weile lang ratlos oder befremdet ist. Dann scheint er ihn zu erkennen, Guntram Hartlaub nickt Berndorf zu, mit gemessener, aber doch auch distanzierter Freundlichkeit.

»Das freut mich sehr, dass Sie gekommen sind«, sagt er halblaut, während er Berndorf die Hand reicht. »Woher wussten Sie…?«

Berndorf tauscht erst einen Händedruck auch mit Pascal, der klein und rothaarig neben seinem Vater steht.

»Ich kam an der Unfallstelle vorbei«, antwortet er, beiläufig und doch mit so viel Nachdruck, dass es zu keinen weiteren Fragen ermutigen soll. Erst jetzt kann er sich der Patientin zuwenden. Marielouise Hartlaub liegt blass, die Gesichtszüge entspannt, in ihrem höher gestellten Kissen, der linke Arm ist geschient, die graublauen Augen betrachten ihn merkwürdig fragend.

Berndorf murmelt etwas davon, dass er nicht stören wolle.

»Sie stören nicht«, sagt Guntram Hartlaub, »ich muss ohnedies weiter, eine dringende Besprechung mit der Kirchenpflege, durch diesen bösen Unfall ist ja unsere ganze Planung durcheinander geraten... Es ist nur – Sie werden kaum mit ihr sprechen können, vermutlich weiß sie gar nicht mehr, wer Sie sind, eine partielle Amnesie, wissen Sie.«

Berndorf geht zum Kopfende des Bettes und sagt, wer er ist, und dass sie sich in Ulm kennen gelernt haben.

»Sie waren an der Unfallstelle, sagten Sie eben?«, unterbricht ihn Marielouise Hartlaub. Sie spricht leise und angestrengt, aber ihre Stimme ist klar und entschieden.

»Ja«, antwortet er und muss sich räuspern, »ich bin dazugekommen.«

»Marylou, ich sollte jetzt gehen«, meint Guntram Hartlaub, und Pascal fragt mit einer wohlerzogenen höflichen Stimme, ob er bei Mama bleiben darf. Berndorf greift das auf und bietet an, er könne Pascal später in die Stadt mitnehmen. »Wo soll ich ihn dann absetzen?«

»Das ist sehr liebenswürdig, aber das dürfen wir Ihnen keinesfalls zumuten«, antwortet Hartlaub – höflich, aber entschieden.

»Bitte«, sagt Pascal. Vater und Sohn sehen sich an. Dann gibt Hartlaub nach. »Nun gut.« Er wendet sich an Berndorf. »Könnten Sie ihn zum Münsterplatz bringen? Ich bin im Gebäude der Kirchenpflege.«

»In einer Stunde?«

Hartlaub ist einverstanden und geht allein.

»Könnten vielleicht Sie mir jetzt bitte erklären, was eigentlich passiert ist?«, fragt Marielouise, als sich die Tür des Krankenzimmers geschlossen hat.

»Sie sind auf die Straße gelaufen«, antwortet er, »auf die Straße vor dem Haus der Begegnung, ein Autofahrer hat noch eine Vollbremsung versucht...«

»Vermutlich sollte ich ihm dankbar sein«, antwortet sie, »leider fallen mir solche Gefühle etwas schwer, ich weiß ja nicht,

was ich auf der Straße wollte. Woher bin ich gekommen?«
»Vom Dekanat. Sie haben sich das Haus angesehen. Sie werden dort einziehen.«
Keine Antwort. Berndorf, der inzwischen auf dem Besucherstuhl Platz genommen hat, sieht sich um. Pascal hat sich in die Ecke zwischen Fenster und Wand zurückgezogen.
»Entschuldigung, aber das sollten Sie ihr nicht sagen.« Wieder diese wohlerzogene Kinderstimme. »Sie will nichts davon wissen, dass wir dort einziehen.«
»Das stimmt nicht ganz«, widerspricht die Kranke. »Es ist nicht so, dass ich nichts davon wissen will. Ich weiß nichts davon.« Sie blickt Berndorf an. »Und Sie? Wie habe ich Sie kennen gelernt?«
»In der vergangenen Woche in Ulm. Ich hatte meinen Hund dabei. Wir wurden uns vorgestellt und kamen ins Gespräch.«
»Nett«, kommt es nach einer Weile. »Sie also sind nicht mit mir verheiratet. Ich mache Fortschritte.«
Berndorf zieht das als Geschenk verpackte Taschenbuch heraus und wirft einen Blick auf den geschienten Arm und entfernt das Geschenkpapier. »Bei unserem letzten Gespräch hatten wir uns über ›Alice im Wunderland‹ unterhalten…«
Marielouise nimmt den Band. »Danke.« Sie schlägt ihn aber nicht auf, sondern hält ihn in der rechten Hand. »Dass wir uns darüber unterhalten haben, ist nicht ganz und gar unmöglich. Ich habe es als Kind gelesen, auf einem Dachboden, glaube ich, aber mit meiner Erinnerung ist es nicht weit her, wie Sie bemerkt haben dürften… *Wer bist denn du, sagte die Raupe,* und Alice kann es nicht beantworten, denn sie weiß es selbst nicht… Sie haben also ganz die passende Lektüre ausgesucht, ich weiß nur nicht, ob ich lesen soll oder darf.«
Berndorf überlegt, ob sie ihm damit bedeutet hat, sein Besuch werde zu anstrengend.
»Aber bleiben Sie doch«, sagt Marielouise Hartlaub, »wenn ich Ihnen von ›Alice‹ erzählt habe, kann unser Gespräch so

niederschmetternd nicht gewesen sein.« Berndorf wirft einen Blick in ihr Gesicht. In ihren Augen sieht er weder das Funkeln von Sarkasmus noch von Spott.

»Jedenfalls nicht so, dass ich deswegen vor ein Auto laufen muss, finden Sie nicht?«

Der Nachmittag ist grau geworden, die Autos, die dem Taxi entgegenkommen, haben bereits die Lichter eingeschaltet.

»Mir hat besonders gefallen«, sagt Pascal, »wie die Katze grinst und verschwindet, bis nur noch das Grinsen da ist. Ich stelle mir vor, wie das bei Felix ist…« Pascal hat »Alice« im Frühjahr gelesen, im Mai, fügt er hinzu, als er neun wurde, er hat das Buch zu seinem Geburtstag bekommen.

»Boxer grinsen eher selten«, gibt Berndorf zu bedenken. Sie sitzen im Fond und reden über »Alice im Wunderland«.

»Ich habe auch eher an das Wedeln gedacht«, meint Pascal. »Er wedelt ja manchmal, obwohl er keinen Schwanz dazu hat, und ich stelle mir vor, dass nicht nur der Schwanz verschwunden ist, sondern auch der Hund, und nur noch das Wedeln da ist.«

Der Taxifahrer biegt in das Hafenbad ein und fährt vor bis zum Beginn der Fußgängerzone. Berndorf bezahlt und steigt aus und geht mit Pascal bis zum Münsterplatz. Vor einem roten Sandsteingebäude verabschiedet er sich von dem Jungen.

»Kommen Sie wieder, meine Mutter besuchen?«

Berndorf zögert mit der Antwort. »Vielleicht am Samstag, wenn sie da noch nicht nach Hause darf.«

»Morgen nicht?«

»Nein, morgen nicht.«

Pascal blickt fragend.

»Morgen bin ich nicht in Ulm.«

Der Flug AF 453 aus Helsinki landet nach Plan. Berndorf steht neben einer Gruppe von Männern, beginnende Bierbäuche, Freizeitkleidung in den Farben der Schnäppchenjäger, muntere Wechselworte in Reutlinger Schwäbisch zur Frage, warum es wohl heiße, die Teutonen seien mit Kind und Kegel ins römische Imperium eingefallen.

Die Gepäckausgabe schwemmt einen sonnenverbrannten Rucksacktouristen zum Ausgang. Berndorf blickt zum Monitor hoch. Neben der Gepäckausgabe für AF 453 läuft auch die für LH 311 aus Arrecife. Lanzarote?, überlegt Berndorf. In die Gruppe der Männer kommt Bewegung, ein Pulk von Frauen im gefährlichen Alter und in sommerbunten Kleidern schwärmt kichernd dem Ausgang und den Ehemännern entgegen, tiefbraun alle, auch wenn bei einigen sich keck die Nase unterm Sonnenbrand schält.

Berndorf wendet sich zur Seite, fast hätte er übersehen, was schlank und zielstrebig auf ihn zukommt, einen Segeltuchkoffer im Schlepptau. Kurzes Lächeln, das aufflammt und wieder geht und doch zwischen ihnen bleibt. Kein Wort, weil es manchmal kein Wort gibt, auf der ganzen Welt nicht, das diesem Lächeln gleichkommt.

Berndorf nimmt den Segeltuchkoffer. »Du siehst gut aus«, sagt er, ohne dass er wüsste, warum ihm das in den Sinn kommt. Gegen die Kegeldamen aus Reutlingen sieht Barbara schmal aus und blass, und doch gelöst und heiter.

»Und du, du hast abgenommen«, antwortet sie und mustert ihn. »Durch den Trenchcoat hindurch seh ich das… Haben das die Spaziergänge mit dem Hund gemacht? Wo ist er eigentlich?«

»Beim Auto«, antwortet Berndorf und geleitet Barbara über die Zufahrtsstraße zu den Kurzzeit-Parkplätzen. »Es ist ein etwas merkwürdiges Auto, lass dich bitte nicht davon irritieren. Einen Fahrer habe ich auch. Er ist ein Profi.«

Barbara wirft einen Blick auf ihn, sagt aber nichts, auch nicht,

als Berndorf auf einen schwarz schimmernden, tiefer geleg-
ten Opel mit Weißwandreifen und einem rotgelbviolette
Flammen speienden Drachen auf der Motorhaube zusteuert.
Neben dem Opel steht ein schlaksiger junger Mann, schwarzhaarig und mit einer Narbe auf der Stirn, der an der Leine einen großen, gelben, gelangweilten Boxerrüden hält.

»Das ist Jiri Adler«, erläutert Berndorf. »Guter Fahrer.«

»Sie können mich Paco nennen«, sagt Paco.

Man tauscht einen Händedruck, dann wendet Barbara sich
dem Hund zu. »Und das muss Felix sein, mein Gott, einen
kleineren Hund hast du nicht gefunden!« Felix schnüffelt
kurz zu ihr hoch und äugt dann weiter an der Front der Autos
entlang. Aber wen immer er erwartet, er wird nicht kommen.
»Es dauert, bis du zum Rudel gehörst.«

Barbara sitzt vorne, Berndorf und der Hund klettern auf die
Rücksitze, Paco steuert den Wagen auf die Autobahn, und ehe
Barbara es richtig wahrnimmt, gleitet der Wagen auch schon
durch die Kolonnen des Feierabendverkehrs, Paco beschleunigt mit röhrendem Motor, wo es möglich ist, und wechselt
die Spur, wenn es nicht anders geht. Im Autoradio kommen
Schlager aus den 60er-Jahren, »Wir wollen niemals auseinan-
dergehen«, schluchzt Heidi Brühl, bis der Verkehrsfunk ihr
den Ton abdreht und vor vereinzelten Nebelfeldern warnt,
die Straße ist feucht, die Scheinwerfer schieben Tunnels von
Licht durch die diesige Nacht.

»Schön, wenn es nicht langweilig wird«, sagt Barbara, als
Paco rechts an zwei Benzen vorbeizieht, die sich auf den Spuren zwei und drei ein Wettrennen liefern. Ihre rechte Hand
tastet nach dem Haltegriff am oberen Türholm. Sie dreht sich
zu Berndorf um. »Wie hast du ihn engagieren können?«

»Paco ist eigentlich Fachmann für die Balkanroute«, antwortet Berndorf. »Kann man doch so sagen?«

Paco nickt.

»Aber die Geschäftsbeziehungen sind im Augenblick etwas

eingeschränkt. Die Kollegen im Neuen Bau haben seinen Arbeitgeber eingebuchtet.«

»Wegen des Mordes an diesem Journalisten?«

»Nein«, antwortet Berndorf. »Wegen des Mordes an einem Jagdfreund. Einem Bonner Beamten mit einem Jagdrevier auf der Alb…« Er berichtet in groben Zügen.

»Nett«, meint sie, als er zu Ende gekommen ist. »Ein Beamter, der die Sitzungen des Bundessicherheitsrates vorbereiten muss. Sein Jägerfreund, der Altmetall in den Balkan entsorgt, oder in Afrika. Und was haben jene Männer damit zu tun, wegen derer man seine Post nicht aufmachen soll?«

»Nichts haben sie damit zu tun«, sagt Berndorf. »Alles höchst reputierliche Persönlichkeiten. Schon lange im Geschäft, auch wenn man vorübergehend wegen allgemeinen Staatsbankrotts auf der Straße saß. Dafür ist man jetzt bei einer ersten Adresse untergekommen und wird mit Nachstellungen subalterner Polizeibehörden selbstverständlich nicht behelligt… Es sei denn, es hilft einer ein wenig nach.«

»Und wie, bitte, willst du das tun?«

Berndorf antwortet nicht. Aus dem Autoradio schwingt sich Edith Piafs Stimme und bereut nichts, Berndorf schaut auf die Uhr, es ist kurz vor 21 Uhr. »Warte mal, ich würde gerne Nachrichten hören.« Paco fährt den Drackensteiner Hang hoch, an Kolonnen von Lastwagen vorbei, die Sicht wird klarer. Über der Albhochfläche sind die Sterne zu ahnen.

In Berlin ist der Regierungschef guter Dinge, dass er auch nach der Vertrauensfrage am nächsten Tag zu regieren haben wird, außerdem bekräftigt er die uneingeschränkte Solidarität der Bundesregierung mit den USA im Kampf gegen den internationalen Terrorismus, die Arbeitslosenzahlen sind im Oktober wieder gestiegen und die Wirtschaftsweisen haben ihre Gutachten wieder einmal nach unten korrigiert…

»Als haltlos hat ein Sprecher der Bundesregierung Vermutungen zurückgewiesen, wonach der Tod eines früheren Beamten des Kanzleramtes im Zusammenhang mit dem umstrittenen Verkauf von Panzern aus Beständen der ehemaligen Nationalen Volksarmee stehen könnte. Der Verkauf der Panzer an Italien sei 1993 erfolgt und damit Monate nach dem Ausscheiden des Beamten aus dem Kanzleramt. Die Leiche des Mannes war gestern in einem Waldstück im Alb-Donau-Kreis gefunden worden ...«

Das ist es dann auch schon, davon abgesehen, dass der DAX schon wieder 50 Punkte verliert. Der Verkehrsfunk meldet einen Stau am Biebelrieder Dreieck, und auf der A 8 befinden sich in Höhe Günzburg Tiere auf der Fahrbahn.

»Das ist doch ein Scheiß«, sagt Paco, »die müssten doch sagen, was das für Tiere sind, ob das eine Kuh ist oder was ...«

Barbara dreht sich um und versucht, Berndorfs Gesicht im Dunkel des Wagens zu sehen.

»Dich hat etwas geärgert«, stellt sie fest. »Die Nachrichten?«

Auf der Autobahn A 81 in Fahrtrichtung Singen kommt den Autofahrern vor Rottweil ein Falschfahrer entgegen.

»Ja.«

»Und warum?«

»Weil ich versucht habe, die Medienfuzzis auf die gewendete Stasi zu hetzen.«

»Was hast du?«

Berndorf erzählt. »Am Schluss ist der ganze Pulk von Journalisten mir in den Hof vom Neuen Bau nachgelaufen und hat mich interviewt und meine Geschichte angehört ...« Und während er das sagt, kommt er sich noch alberner vor.

»Hat er doch Klasse gemacht?«, fragt Paco. Doch Barbara lacht nur. Das Lachen klingt nicht sehr lustig.

»Ihr seid naiv«, sagt sie dann. »Bodenlos naiv. Hast du nicht gehört, was gerade eben über die uneingeschränkte Solidarität mit den USA gesagt wurde? Und dass sich die Amerikaner die Stasi-Spione unter den Nagel gerissen haben, das wissen wir seit der Geschichte mit den Rosenholtz-Papieren. So etwas ist keine Nachricht. Das haben wir alles ganz schnell vergessen, weil wir es so genau noch nie wissen wollten.«

Berndorf schweigt. Die Rosenholtz-Papiere – die Datei mit den Namen der wichtigsten DDR-Agenten – war nach der Wende an die Amerikaner verkauft worden. Irgendjemand, der rasch noch Kasse machen wollte, hatte das getan. Jemand wie Meunier, aber sehr viel höher in der Hierarchie angesiedelt und vor allem ein bisschen cleverer. Und die Amerikaner hatten die Datei für sich ausgewertet, wozu auch den deutschen Staatsanwälten Arbeit machen!

»Außerdem«, fährt Barbara gnadenlos fort, »was glaubst du, was die Leute sagen werden? Ein pensionierter Polizist, ein vorzeitig pensionierter, wird mit dem Ruhestandfrust nicht fertig und denkt sich Verschwörungen aus...«

»Das ist mir egal«, sagt Berndorf trotzig. Eigentlich will er sagen, dass es jetzt nicht mehr ganz so einfach sei, ihm das nächste Auto wegzubomben oder sonst wohin einen Sprengsatz zu legen. Aber dann meldet sich die unhörbare Stimme, die ihn schon die ganze Zeit nervt, und will wissen, warum das nicht mehr so einfach sein soll? Weil du vor einem Pulk Journalisten den Narren gegeben hast? Wenn Steinbronner oder der Staatssekretär Schlauff bei den Chefredakteuren anruft, erscheint keine Zeile von deinen famosen Interviews...

»Aber mir ist es nicht egal«, sagt Barbara. »Ich mag es nicht, dass du dich lächerlich machst. Und ich mag nicht, dass unsere Autos in die Luft gebombt werden. Wenn wir hier etwas erreichen wollen, müssen wir professioneller an diese Geschichte herangehen.«

Berndorf sagt nichts. Im Autoradio läuft inzwischen eine Country-Sendung, Johnny Cash tritt wieder mal im Zuchthaus von San Quentin auf.

»Vor allem müssen die Fakten auf den Tisch. Ich will wissen, was du außer deinem kaputten Auto und einem komisch gravierten Jagdgewehr an Beweisen hast.«

»Das Geld wäre ein Beweis.«

»Welches Geld?«

»Das Schmiergeld. Ich bin sicher, dass es auf einem Zürcher Konto gebunkert ist.«

»Und wer oder was befugt dich, dich an dieses Geld heranzumachen?«

»Die Erbin hat mich befugt.«

»Bitte?«

»Sie hat mich gebeten, ihr zu helfen«, erklärt Berndorf. »Sie hat sogar eine notariell beglaubigte Vollmacht ausgestellt.«

»Wozu?«

»Um Einblick in das Konto zu nehmen. Oder in die Konten. Die Vollmacht...«

»Makulatur«, fällt ihm Barbara ins Wort. »Ohne den Erb- oder wenigstens den Totenschein kann sich diese famose Juristin sonst was damit abwischen.«

»Sie hält es für möglich, dass das Konto auf ihren Namen eingerichtet ist.«

»Und warum nimmt sie dann nicht selbst Einblick?«

»Weil sie das Passwort nicht kennt. Weil sie fürchtet, dass der gewendete Müller und seine Knechte sie keinen Augenblick unbeobachtet lassen.«

»Ach!«, sagt Barbara zornig, »aber du darfst ihr die Kastanien aus dem Feuer holen... Du wirst keinen Schritt tun können, ohne Wolffs Schakale im Nacken zu haben.«

»Das ist ja meine Absicht«, antwortet Berndorf bedächtig. »Die Vollmacht ist auf dich ausgestellt.«

Durch die Jalousie fällt das Licht einer Straßenlampe und zeichnet Streifen auf die Decke. Berndorf liegt mit aufgestütztem Oberkörper im Bett und betrachtet die Nackenlinie Barbaras, die ihm den Rücken zugekehrt hat.

»Ist dir klar«, sagt sie in die Dunkelheit, »dass ich vorhin, auf der Autobahn, am liebsten aus dem Wagen gesprungen wäre? Jedenfalls wollte ich raus, an der nächsten Ausfahrt.«

»Und wann soll das gewesen sein?«

»Bist du wirklich so abgestumpft? Was hast du dir eigentlich gedacht, als du diese Vollmacht hast ausstellen lassen? Du ziehst mich da in etwas hinein, dessen Ausgang völlig ungewiss ist, und fragst mich nicht einmal …«

»Ich hab dich schon vorher hineingezogen«, antwortet Berndorf. »Unfreiwillig. Und diese Vollmacht musst du nicht annehmen. Wir geben sie zurück.«

»Das ist zu spät. Jetzt hast du mich schon ins Spiel gebracht.« Barbara dreht sich zu ihm um. »Du wirst schon noch sehen, was du davon hast. Aber ich weiß immer noch nicht, wie du an dieses Konto herankommen willst.«

»Ich glaube, die junge Autenrieth hat eine Ahnung, welche Bank es ist. Vielleicht hat sie sogar bereits versucht, an das Depot zu kommen. Allein oder in Begleitung von Meunier, seine Hand an ihrem Ellbogen. Aber Fehlanzeige. Ohne Passwort oder Zahlencode hat sie keinen Zugang.«

»Und warum meint sie, dass ausgerechnet du den Code kennst?«

»Den kenn ich ja gar nicht.« Er wendet sich zur Seite und tastet auf dem Fußboden nach seinem Mobiltelefon. »Ich kann nur raten.«

Er hat das Handy gefunden und schaltet es ein. Das Display zeigt an, dass es eine halbe Stunde vor Mitternacht ist. »Hast du was dagegen, wenn ich kurz Tamar anrufe? Mir ist da eine Frage eingefallen.«

»Bitte.« Barbara dreht sich zur Seite.

Das Rufzeichen wiederholt sich mehrmals. Schließlich hört Berndorf ein unterkühltes: »Ja?«

»Tut mir Leid«, sagt Berndorf, »Sie so spät zu stören …«

»Das fällt nicht mehr ins Gewicht«, schneidet ihm Tamar das

Wort ab. »Ich bin schon zufrieden, wenn Sie keine Blumen für Ihren Auftritt von heute Morgen erwarten.«

»Sicher nicht«, meint Berndorf demütig. »Ich habe nur eine Frage zu etwas, von dem Sie mir erzählt haben…«

Tamar schweigt.

»Sie sagten, bei Autenrieths Leiche sei ein Zigarettenetui gefunden worden, von dem die Tochter Cosima ein Duplikat besitze… Ich wollte wissen, ob das Labor das Etui schon untersucht und vielleicht eine Gravur darauf gefunden hat…«

Das Schweigen hält an. »Sind Sie noch da?«

»Ja«, antwortet Tamar. »Ich bin noch da. Nur ein wenig sprachlos. Wenn ich Sie etwas frage, mauern Sie. Sie behindern unsere Ermittlungen. Sie randalieren auf unserer Pressekonferenz. Und jetzt rufen Sie nachts an und wollen auch noch Auskünfte…«

»Ich versuche nur, Beweismaterial zu beschaffen, das anders nicht zu bekommen ist. Material, das ich nur Ihnen…«

»Wenn Sie Beweismaterial besitzen, haben Sie es der Polizei zu übergeben. Nicht irgendjemandem, dem Sie gütigerweise einen Gefallen tun wollen.«

»Ja doch. Aber sagen Sie, die Gravur…«

»Auf dem Etui waren die Initialen Autenrieths eingraviert. Wenn Sie es genau wissen wollen: Es ist eine figürliche Darstellung und erinnert an eine Frau, die einen weiten Rock trägt. Der Rock bildet das A, der nach vorne gebeugte Oberkörper mit dem Kopf bildet das C. Ich sehe gespannt den Rückschlüssen entgegen, die Sie daraus ziehen.«

»Sieht es so aus, als ob die Frau läuft, oder springt?«

»Ja, so sieht es aus. Genügt das?«

»Sie haben mir sehr geholfen.«

»Und mir würden Sie sehr helfen«, antwortet Tamar, »wenn Sie meine Telefonnummer aus Ihrem Verzeichnis löschen wollten. Ich wünsche Ihnen eine gute Nacht, oder was davon übrig ist.«

Das Gespräch bricht ab, und Berndorf schaltet sein Gerät aus.
»Das klang, als ob Tamar nicht sehr entzückt gewesen ist«,
stellt Barbara fest.

»Das wäre auch ein Wunder gewesen.«

»Und was ist mit der springenden Frau?«

»Es ist keine Frau«, antwortet Berndorf. »Es ist ein springender Mönch.«

»Wenn du meinst.«

»Es ist ein Motiv aus Mörikes Geschichte von der Schönen
Lau«, erklärt Berndorf.

»Die Nixe aus dem Blautopf?«, fragt Barbara. Vor Jahren waren sie einmal dort gewesen.

»Ja, aber Mörikes Lau lebt nicht mehr hier«, antwortet Berndorf. »Sie war vom Schwarzen Meer in den Blautopf verbannt
worden, weil sie nur tote Kinder bekam. Die Lau war nämlich
immer traurig, weißt du?«

»Kennst du keine fröhlicheren Märchen?«

»Sie durfte erst zurück, wenn sie das Lachen gelernt hatte.
Aber ihr Hofnarr zog nur Grimassen, sonst brachte er nichts
zuwege. Erst als sich die Lau mit einer Wirtin aus dem Städtchen Blaubeuren anfreundete und sogar abends in die Spinnstube kam, wurde es lustiger. Du kennst den Zungenbrecher:
's leit a Klötzle Blei glei bei Blaubeura, glei bei Blaubeura ... und so
weiter?«

»Das ist von Mörike?«, fragt Barbara. »Nett.«

»Vermutlich hat er's nur übernommen. Jedenfalls hat sich die
Lau in der Spinnstube daran versucht und ist darüber so gestolpert, dass sie selbst ins Lachen kam. Ein ander Mal hat es
ihr geträumt, der Abt des Klosters habe der Wirtin nachgestellt und müsse nun eilends Reißaus nehmen ...«

»Und wie geht das Märchen aus?«

»Die Schöne Lau hatte das Lachen gelernt und durfte zurück.
Aber in dem Gasthof, mit dessen Wirtin sie sich angefreundet
hat, soll noch lange ein Bild von ihr zu sehen gewesen sein,

die Hände kreuzweise über der Brust… Ihre Heimat war das Schwarze Meer, und wer dorthin kommt und ein Rätsel aus ihrer Blaubeurer Zeit weiß, dem wird sie helfen.«

»Was für ein Rätsel?«

»Ein gereimtes.« Berndorf gähnt. »Es ist der Besucher, der das Rätsel stellen muss. Es geht um ein Spinnrad. Und weil nur die Lau das Lösungswort kennt, weiß der Besucher, dass sie es auch wirklich ist und er ihr vertrauen kann.«

Freitag, 16. November 2001

»Ich wüsste zu gerne«, sagt Cosima Autenrieth und beugt sich über den Rücksitz ihres Peugeot-Coupés, »wie man diese Hundehaare wieder aus dem Sitzpolster bekommt.«

Neben ihr steht Felix, den Kopf hochgestreckt, und wittert in den Wind, der aus Südwest kommt und nach Regen und Möwen riecht. Der Verkehrsfunk hatte einen Stau auf der Autobahn nach Singen gemeldet, so hatten sie sich entschieden, die Fähre von Meersburg nach Konstanz-Staad zu nehmen.

»Ich kann es Ihnen nicht sagen«, antwortet Berndorf und sieht dem Schaffner entgegen, der die vor ihm wartenden Autofahrer abkassiert. »Ich hatte bisher ein einziges Auto mit Hundehaaren. Aber die sind auf eine Weise entsorgt worden, die ich Ihnen nicht empfehlen möchte.«

Er bezahlt die Überfahrt und sie gehen zum Passagierdeck hoch, Kaffee trinken. Die Nacht mit Barbara ist kurz gewesen, und Cosima Autenrieth hat ihn schon um sieben Uhr herausgeklingelt. Vom Deck aus sieht der See bleigrau aus, krisselige Wellen nagen an der Mole, weit drüben liegt das Schweizer Ufer unter der Wolkenwand, die ein Tiefdruckgebiet vor die Berge geschoben hat. Felix schleicht merkwürdig geduckt über das Deck, es dauert eine Weile, bis Berndorf begreift, dass dem Hund die leichte Dünung und das Vibrieren der Schiffsmotoren unheimlich ist.

An der Reling wirft er noch einen Blick auf das Parkdeck. Es ist voll, unter den Autos, die nach dem Peugeot noch einen Platz gefunden haben, scheint ihm keines auffällig. Auf der

Wartespur am Hafen steht als fünftes oder sechstes der Autos, die erst auf die nächste Fähre kommen, ein Opel mit einem Feuer speienden Drachen auf der Motorhaube.

Wir hätten einen Wagen mieten sollen, irgendeinen, der unauffälliger ist, denkt er und folgt Cosima, die ihm in die Cafeteria vorangegangen ist.

Der Kaffee ist lausig, aber wenigstens heiß. Berndorf schlägt das »Tagblatt« auf, das mag unhöflich sein, aber von einem alten Mann, den man noch nicht einmal seine Zeitung hat lesen lassen, ist nicht allzu viel Höflichkeit zu verlangen.

Frentzel hat mächtig zugeschlagen. Ein großes Foto von Constantin Autenrieth, er blickt selbstbewusst in die Kamera, eine Hand ausgestreckt, als halte er gerade eine Rede oder deklamiere einen Text, die Bildunterzeile teilt mit, das Bild sei 1988 aus Anlass seiner Ernennung zum Ehrenpräsidenten der Kreisjägerschaft Alb-Donau entstanden, dazu passt, dass er auf der Fotografie in eine Art Tracht gewandet ist...

»Peinlich, dieser Lodenjanker«, sagt Cosima Autenrieth. »Wie der Wildschütz Jennerwein auf der Raiffeisen-Jahreshauptversammlung. Dabei hat er sich das Teil in München maßschneidern lassen.«

Und nun ist der Wildschütz tot, denkt Berndorf, und wer ihn derschoss'n hat, wissen wir noch immer nicht. Oder doch? »Sie haben den Artikel schon gelesen?«

»Heute früh, im Hotel«, antwortet sie. »Sie werden übrigens wenig Freude daran haben. Von unseren Freunden so gut wie kein Wort. Und von Ihnen auch nicht. Sie hatten doch gesagt, Sie hätten in der Pressekonferenz Alarm geschlagen?«

Berndorf sagt nichts. Von unseren Freunden, hat sie gesagt. Das soll ironisch klingen, und doch ein bisschen zu kumpelhaft. Wir sind keine Partner, denkt er. Er überfliegt den Artikel, unter das Bild Autenrieths ist das Foto eines von Gesträuch umgebenen Tümpels platziert, offenbar der Fundort der Leiche. Neben dem Hauptartikel steht ein Interview mit dem eingeblockten Bild des Kriminaldirektors Steinbronner. Das Foto ist so geschnitten, dass das Kinn des Kriminaldirektors allein schon die Spaltenbreite zu sprengen droht.

Berndorf legt das Blatt zur Seite und blickt hoch, in die Augen von Cosima Autenrieth.

»Wollen Sie nicht lesen, was dieser Kriminaldirektor sagt?«

»Nein.«

»Wenn ich es richtig verstanden habe, deutet er an, dass Meunier jetzt auch für die Amerikaner arbeitet«, bemerkt sie.

»Wussten Sie das nicht?«

»Doch«, antwortet sie. »Meunier hat es mir einmal gesagt. Aber ich habe es nicht geglaubt. Und es wundert mich, dass dieser Kriminaldirektor so etwas herauslässt.«

Freiwillig hat er das nicht getan, denkt Berndorf.

»Warum hat Sie das Bild Ihres Vaters geärgert?«

»Sie haben es doch gesehen«, antwortet sie. »Er sieht aus wie verkleidet. Wie eine Frau, die overdressed ist. Manchmal hatte er einen Hang, sich zu produzieren. Ich mag…, ich mochte das nicht.«

»Sehen Sie das so kritisch, weil Sie an ihm hingen?«

Ein spöttischer Blick streift ihn. »Wollen Sie unsere Familiengeschichte explorieren?« Sie lächelt knapp und nimmt eine Zigarette aus ihrem Etui und zündet sie an. »Aber es stimmt, ich hing an ihm. Vielleicht lag es daran, dass ich dachte, ich verstehe ihn besser, als meine Mutter das tat, vielleicht war es auch das alte Spiel zwei gegen eine… Meine Mutter sieht sich heute noch gerne ein wenig als die Märchenprinzessin, die nicht aus dem Serail entführt wurde. Einmal ist sie in einem Salzburger Café von Karajan mit einem Handkuss begrüßt worden, wie lange haben wir das zu hören bekommen! Da haben wir dann unsere eigenen Rituale entwickelt, unsere eigenen Spiele und Codes, in denen die Welt der Oper allenfalls ironisch zitiert wurde, wenn sie denn überhaupt vorkam.«

Eine zweite Fähre, von Konstanz kommend, schiebt sich

backbord vorbei. Ein Möwenschwarm wechselt das Schiff. »Eine wichtige Rolle bei unseren Ritualen spielten die Verstecke«, fährt sie fort. »Irgendwann hat er damit begonnen, Geschenke nicht nur an Ostern zu verstecken, auch an Weihnachten, oder wenn ich Geburtstag hatte, ich musste sie dann in einer Art Schnitzeljagd suchen… Mit der Zeit wurde mir das lästig, es kam mir vor wie eine Art Pfadfinderei, die nicht erwachsen werden will, und ich wollte erwachsen sein. Einmal hat er mir aufgegeben, bei einem gelben Ding im See nachzuschauen, und gemeint war *A yellow submarine,* ich hätte in der Plattenhülle nachsehen sollen, das ist doch albern. Irgendwie hatte ich später auch keine Antenne mehr für seine Anspielungen, es ist, als ob er mir lange vor seinem Verschwinden verloren gegangen wäre.«

»Sie hingen an ihm, sagten Sie. Und wie war das mit ihm?«

»Wie meinen Sie das?«

»War er stolz auf Sie?«

»Ich weiß nicht. Vielleicht.« Sie drückt ihre Zigarette aus. »Ich glaube, er wollte vor allem, dass ich auf ihn stolz bin.«

»Solche Väter können anstrengend sein«, meint Berndorf. »In den Fotoalben Ihrer Mutter habe ich einige Bilder gesehen, da sind Sie 14 oder 15 und wandern über die Schwäbische Alb. Das soll ja nicht das einfachste Alter sein, aber diese Bilder stellen Sie ganz selbstverständlich in den Mittelpunkt, als sei der Fotograf auf sehr wache und fast kameradschaftliche Weise neugierig auf Sie. Ihre Mutter sagte mir, dass Ihr Vater diese Fotos gemacht hat…«

Sie wirft ihm einen Blick zu, der plötzlich unsicher scheint. »So besonders kameradschaftlich ist mir das gar nicht in Erinnerung«, antwortet sie schließlich. »Ich fürchte, ich wäre damals sehr viel lieber auf den Malediven gewesen oder auf Ibiza. Statt dessen Rinderschmorbraten in Blaubeuren, inmitten von Busladungen voller Touristen aus Eßlingen und Ravensburg, ich bitte Sie!«

Steuerbord rückt der bewaldete Hügel der Mainau ins Blickfeld.

»Haben Sie sich nie überlegt«, fragt Berndorf, »ob das, was wir in Zürich suchen, auch so ein gelbes Ding im See ist? Ein Rätsel, das Ihnen Ihr Vater aufgegeben hat?«

Cosima Autenrieth schüttelt ärgerlich den Kopf. »Mein Vater war kein Kindskopf, was denken Sie denn!« Sie blickt ihm in die Augen. »Im Übrigen wissen wir beide ganz genau, wie die Dinge stehen. Sie waren in der Jagdhütte. Sie haben sein Gewehr gefunden. Sie wussten, dass er dort ums Leben gekommen ist. Ich weiß nicht, warum Sie das gewusst haben. Aber Sie wussten es. Nur kann das nicht alles sein. Sie müssen seine Aufzeichnungen gefunden haben. Das ist die einzige Erklärung für Ihr Interesse an uns.«

»Das ist nicht ganz logisch«, wendet Berndorf ein. »Wenn ich seine Aufzeichnungen gefunden hätte, wäre ich wohl kaum zu Ihrer Mutter gefahren.«

»Natürlich hat mein Vater Sicherungen eingebaut. Daten, Zahlen, was weiß ich. Irgendetwas, das Sie brauchen werden, um den Schlüssel zu finden. Sie werden mich schon noch danach fragen. Vielleicht mussten Sie auch erst herausfinden, wie viel das sein könnte, was da…« – sie sucht nach einem Wort – »… was da gebunkert ist.«

»Wie Sie meinen.« Duckdalben schieben sich am Fenster vorbei, die Fähre läuft in den Staader Hafen ein. Berndorf hakt Felix' Leine los und steht auf. Cosima folgt ihm, gemeinsam gehen sie über die Treppe zum Parkdeck und zu dem Peugeot-Coupé, dem man bei Tageslicht ansieht, dass es nicht das neueste Baujahr ist.

»Diese Frau…«, fragt sie, als sie sich angurtet, »ist sie hier auf dem Schiff?«

Am Morgen, als sie ihn abholen wollte, hatte er sie mit Barbara bekannt gemacht. Die beiden Frauen saßen in seinem Wohnzimmer und lächelten sich an. Aber bei beiden, da ist

sich Berndorf ganz sicher, waren die Krallen ausgefahren.
»Sie wird eine der nächsten Fähren nehmen«, antwortet er.
»Ist sie Ihre Lebensgefährtin?«
»Ich weiß nicht, ob man es so nennen kann«, antwortet Berndorf. »Wir kennen uns seit über dreißig Jahren, und fast ebenso lange sehen wir uns meist nur in den Ferien, oder an einem Wochenende.«
»Ein Fall von Entscheidungsschwäche, wie?«

»Und das Mobiliar in der Jagdhütte«, fragt Kuttler, »hat er Ihnen das geschenkt? Oder haben Sie einen Abstand bezahlt?«
»Wir haben ausgemacht, dass er immer wieder kommen kann«, antwortet Neuböckh.
Er spricht widerwillig und näselnd. Seine Wange ist verfärbt, die Nase unter einer Plastikschiene verborgen. Das Büro von Tamar und Kuttler liegt nach Südosten, und weil es noch Vormittag ist, fällt das Licht Neuböckh ins Gesicht, wenn er sich an Kuttler wendet. Aber er vermeidet es, Tamar anzusehen, als sei es für ihn besonders unerträglich, von einer Frau vernommen zu werden.
»Also Sie sollten nur die Hütte für ihn in Schuss halten?«, hakt Kuttler nach. »Autenrieth wollte die Jagd gar nicht aufgeben, Sie waren nur der Strohmann, der Platzhalter …«
»Hören Sie«, sagt Neuböckh müde, »der Autenrieth wollte nach Argentinien, das hat sich ganz plötzlich ergeben, von heut auf morgen. Und er hat auch nicht gewusst, ob das auf Dauer sein würde oder nur für ein paar Jahre. Aber es war klar, dass er die Jagd nicht behalten kann. Deshalb hab ich sie übernommen, zuerst mal so lange, bis die Pacht neu vergeben werden sollte. Das wusste ich ja nicht, ob die mich dann nehmen. Wenn ein Einheimischer die Jagd haben will, gibt es immer welche, die sich quer legen, grad' drum oder weil man

einmal Händel gehabt hat. Da kommt ja einiges zusammen, wenn man nebeneinander im Dorf lebt.«

»Aber Sie – Sie haben die Jagd dann bekommen?«

»Hab ich«, antwortet Neuböckh mürrisch. »Und für den Fall hatten wir vereinbart, dass die Hütte und was er dort hineingesteckt hat und auch das Inventar abgegolten sind, weil ich ja für ihn die restliche Pacht bezahlt hab.«

»Haben Sie eine Übergabe gemacht?«, will Tamar wissen.

»Wozu?«, fragt Neuböckh zurück. Er hält den Kopf gesenkt, als könne er so besser über die Plastikschiene hinwegsehen. »Über das Revier wusste ich besser Bescheid als er. Wenn ich es noch recht weiß, hat er mich im September 1991 angerufen und die Sache mit mir ausgemacht. Am Wochenende danach wollte er kommen. Bloß ging damals der Krawall in Jugoslawien los, und die Serben haben einen von unseren Transporten angehalten, mit fadenscheinigen Lügen. Ich bin runter, um den Lastzug und den Fahrer loszueisen... Das tut auch nicht jeder, da gibt es welche, die lassen ihre Fahrer irgendwo im Knast hocken, bis sie schwarz sind... Den Fahrer hab ich freigekriegt, den Lastzug nicht. Und wie ich zurückgekommen bin, spät abends, lag ein Umschlag mit den Schlüsseln für die Hütte bei mir im Briefkasten. Das war alles.«

»Als Sie dann erstmals danach in der Hütte waren – ist Ihnen da etwas aufgefallen?«, fragt Kuttler. »Irgendetwas, das anders war, als Sie es erwartet hatten?«

Neuböckh hält den Kopf gesenkt. »Weiß nicht«, sagt er schließlich. »Es war alles aufgeräumt. Vielleicht ist es das, wo ich... Nein, gewundert hab ich mich nicht. Es war aufgeräumt und sauber gemacht, also richtig mit Schrubber, damit hatte Constantin es sonst nicht so.«

»Waren persönliche Gegenstände von ihm zurückgeblieben?«

Neuböckh zuckt die Achseln. »Weiß nicht, was das hätte sein können. Die Bücher vielleicht. Ich weiß nicht, warum er sie dagelassen hat. Aber es hat mich nicht gestört.«

»Aber da war doch noch«, fragt Tamar mit milder Stimme, »dieses Gewehr. Hat Sie das nicht gewundert, dass er das zurückgelassen hat?«

»Ach ja«, sagt Neuböckh. »Das wundert mich jetzt nicht, dass Sie das wundert. Haben Sie schon mal versucht, in Echterdingen mit einem Gewehr in den Flieger zu klettern?« Er betrachtet Tamar, als habe er mit ihr die ganze Inkompetenz des Polizeiapparats überführt. »Etwas war seltsam. Es war alles sauber gemacht. Nur dieses Gewehr nicht. Irgendwer hatte damit geschossen, aber danach hat er es nicht gereinigt. Er hat es abgewischt, wie eine Nippesfigur. Sonst nichts.«

Er blickt von Tamar zu Kuttler. »Mit Waffen werden Sie sich ja auskennen. Wenn so ein Gewehr nicht richtig gereinigt wird, dann fängt es null Komma nix zu rosten an. Und das ist ja ein teures Ding gewesen, das können Sie mir glauben.«

Das Hotel liegt in einer Seitenstraße des Limmatquais und hat angenehm geheizte Zimmer, deren mit blütenweißen Stores verhängte Fenster auf einen Innenhof hinausgehen. Das Bett mit seiner hart gepolsterten Matratze tut Berndorfs Rücken gut. Fast drei Stunden hat er im Auto gesessen.

Felix hat sich nach einigem Suchen unter ein kleines rundes Tischchen geschoben, so dass die Kristallschale darauf fast ins Rutschen gekommen wäre, samt den appetitlich darin arrangierten Schokolade-Täfelchen. Murrend kratzt er sich mit einer Hinterpfote am Maulkorb, ohne den ihn Berndorf freilich nicht hätte ins Hotel bringen können. Auch so war das Stirnrunzeln der Saaltochter in der Reception nicht zu übersehen. Ob es dem Herrn etwas ausmache, hatte sie gefragt, das Frühstück im Zimmer zu sich zu nehmen? Der Hund, verstehen Sie, ist ein wenig groß, die anderen Gäste…

Falls man die Dame an einer Schweizer Hotelreception Saaltochter nennen darf. Berndorf holt sein Handy heraus und schaltet es ein. Sirrend signalisiert das Gerät eine SMS-Nachricht:

sind im parkhaus was nun?

Gute Frage, denkt Berndorf.

Warten, simst er zurück, und gibt den Namen des Hotels durch und die Straße, in der es liegt.

Kurz vor Zürich hatte ihn Cosima Autenrieth mit der Mitteilung überrascht, dass sie zwei Hotelzimmer reserviert habe…
Er hatte weder protestiert noch nachgefragt.

»Wir werden sicher noch den morgigen Tag zur Abwicklung brauchen«, hatte sie hinzugefügt.

»Morgen ist Samstag«, hatte er geantwortet.

»Das macht nichts. Das war auch ein Samstag, als wir diese Etuis entdeckt haben. Ich bin ganz sicher, dass er davor einen Termin hatte. Damals dachte ich mir nichts dabei. Heute denke ich, dass es ein Termin bei seiner Bank war.«

Berndorf hatte sie nur kurz von der Seite angesehen und nichts weiter gesagt. Sie hatte ihn noch gefragt, ob er eine Pistole bei sich habe. Irgendwie schien sie enttäuscht, als er antwortete, dass man damit nur die Kantonspolizei anlocken oder sonst ein Unheil anrichten könne.

Er steht auf und holt sich ein Mineralwasser aus der Minibar. Hunger hat er auch, aber einstweilen gibt es nur eine halbe Mütze Trockenfutter für den Hund.

Worauf hat er sich da eingelassen? Aus irgendeinem Grund glaubt Cosima, dass er Autenrieths Aufzeichnungen kennt. Vielleicht ist das sogar so.

Immerhin weiß er, was Autenrieth *gezeichnet* hat: die Entwürfe für die Gravuren, die sich auf dem Jagdgewehr und den beiden Zigarettenetuis befinden.

Eine Frau, Blätter im Haar, Hände vor der Brust.

Ein springender Mönch.

Etwas, das wie ein Kreis auf einem Dreieck aussieht. Oder wie ein Rad auf einem Gestell.

Die Schöne Lau. Der ertappte Abt. Das Spinnrad.

Als Vater Autenrieth das alles aufgezeichnet hat, stand Cosima daneben. Gelangweilt. Papa muss mal wieder demonstrieren, wie gut er zeichnen kann. Bäh! Vermutlich hätte sie am liebsten ein Gesicht gezogen wie auf jenem Foto, als sie vor dem Blautopf steht, neben dem Steinbild der Schönen Lau, und in die Kamera feixt. *Er wollte unbedingt, dass das ins Album kommt.*

Heute Morgen sind der Anwältin Cosima Autenrieth zu Blaubeuren nur noch der Rinderschmorbraten und Busladungen von Touristen eingefallen. Kein Nerv für Papas Rätselspiele. Diese Aufzeichnungen haben doch Sie! Juristen, wortblind vor lauter Begrifflichkeit…

Die Schöne Lau? Nein. Constantin Autenrieth schlüpft nicht in die Rolle einer Nymphe. *'s leit a Klötzle Blei glei bei Blaubeura… ?* Seit jeder Werbetexter seine Talentlosigkeit am Dialekt austoben kann, wird ein Schwabe mit dem Schwäbischen zurückhaltend sein, jedenfalls in der Schriftform.

Der Blautopf? Zieht mächtig Mythen an. Die Helfensteiner Grafen entsorgten dort das Ding, das unsichtbar macht. Und bis ins 17. Jahrhundert hinein haben die Blaubeurer, wenn Hochwasser drohte, die Wassergeister damit beschwichtigt, dass sie ihnen vergoldete Becher in den Blautopf warfen. Schöne Christen.

Er nimmt sein Handy, zögert, tippt dann doch entschlossen ein SMS ein und sendet sie ab, und während er auf das Display schaut, denkt er, es ist ein Fehler, ich ruf die Simse zurück und lösche sie…

Auf dem Display erscheint die Mitteilung: »Nachricht gesendet«. Außerdem schlägt das Hoteltelefon an. Er nimmt den Hörer ab.

»Könnten Sie in mein Zimmer kommen? Aber bitte ohne
Hund. Ich möchte barfuß gehen können, ohne in Hundehaare zu treten.« Aus dem Hörer klingt Cosimas Stimme heller,
fast schrill, als verstärke das Telefon ihre Anspannung.
Er trinkt das Mineralwasser aus. »Tut mir Leid«, sagt er zu
Felix. »Mach schön Platz.« Das ist ein blöder Befehl, denn
Felix liegt bereits. Nun schaut er zu Berndorf empor, wie es
nur ein Hund tun kann, den man mit fadenscheinigen Auf-
trägen allein in einem fremden Hotelzimmer zurücklässt.
Berndorf strafft seine Schultern und steckt das halb heraus-
gerutschte Hemd wieder in die Hose. Gib dir keine Mühe,
denkt er dann. Die Dame will nicht wegen dir barfuß gehen.
Und wenn doch?
Dann wäre es ein besonders dummer Bauernfängertrick.

Er geht über den Flur und klopft und tritt ein.
Auch in diesem Zimmer gibt es ein rundes Mahagoni-Tisch-
chen und Sesselchen. In eines davon hat sich Meunier ge-
zwängt.
Cosima liegt mit übereinander geschlagenen Beinen auf dem
Bett und raucht.
»Nett«, sagt Berndorf und setzt sich auf das zweite Sessel-
chen. »Wo haben Sie Ihren Frankenstein gelassen?«
»Ihre Späßchen können Sie sich abschminken«, schlägt Meu-
nier vor. »Vielleicht ist dann ein Gespräch möglich.«
»Wer spricht für wen?«, fragt Berndorf.
»Jeder für sich«, antwortet Meunier. »Leider ist das in Ihrem
Fall nicht so ganz klar. Es war der Vorschlag unserer trauernden Hinterbliebenen …« – er deutet auf das Bett – »Sie mit ins
Boot zu nehmen. Das hat unsere Zustimmung gefunden, und
selbstverständlich müssen Sie auch angemessen honoriert
werden, Sie haben ja auch Einbußen gehabt.« Über sein Gesicht gleitet ein Lächeln. »Das Angebot sind zehn Prozent von
der Gesamtsumme, nicht wahr, Cosi-Maus?«

Cosima Autenrieth bläst eine Rauchwolke zur Decke und zuckt mit den Achseln.

»Nu, ein faires Angebot«, fährt Meunier fort, »wobei Sie aber beachten wollen, dass unsere Forderungen vorrangig bedient werden müssen. Wir haben Constantin Autenrieth seinerzeit einen sehr erheblichen Betrag anvertraut. Leider ist dieses Geld nicht vereinbarungsgemäß weitergeleitet worden, um im Beisein einer trauernden Hinterbliebenen das hässliche Wort Unterschlagung zu vermeiden…«

»Das war Bestechungsgeld, um den Export der Russen-Panzer genehmigen zu lassen?«

»Ach Gott, reden Sie doch nicht zu mir wie ein Leitartikler des ›Neuen Deutschland‹«, fährt ihn Meunier an. »Diese Panzer hatte noch die Regierung Maizière übernehmen müssen, übrigens war diese Regierung nicht unsere Idee gewesen, auch nicht, dass es die letzten Tage der DDR sein sollten, gewiss nicht… Jedenfalls standen im Sommer 1990 die nagelneuen Panzer auf einem Truppenübungsplatz in der Uckermark und waren uns so notwendig wie ein Strohhalm im Arsch – Entschuldigung, Cosi-Maus. Dabei war es erstklassige Ware, westlichen Erzeugnissen deutlich überlegen, wie Ihnen jeder Fachmann bestätigen wird… Also haben wir…«

»Wer ist wir?«, fragt Berndorf dazwischen.

»Ein kleiner Kreis von Freunden, die sich nach 1989 beruflich neu orientieren mussten«, antwortet Meunier. »Das wissen Sie doch… Jedenfalls haben wir uns behilflich gezeigt und die Panzer übernommen. Abnehmer fanden wir sehr bald, eigentlich hatten wir sie schon vorher, und wir haben uns auch den Gepflogenheiten unterworfen, mit denen in der Bundesrepublik solche Geschäfte gehandhabt werden. Trotzdem mussten wir Lehrgeld bezahlen, teures Lehrgeld. Plötzlich hieß es nämlich, die Bundesrepublik liefere kein Kriegsgerät in Spannungsgebiete, keine Panzer niemals nicht in die Emirate, so wurden wir beschieden. Wer die wahren Verhältnisse kennt, und wir kennen die wahren Verhältnisse, kann darüber nur in Hohngelächter ausbrechen.«

»Ihre Provision war weg?«

»Und mit ihr der über Nacht aus den Diensten des Bundeskanzleramtes ausgeschiedene Herr Autenrieth. Er muss ganz genau gewusst haben, dass die Konsortien, die den bundesrepublikanischen Waffenhandel kontrollieren, keine Schmutzkonkurrenz aus der popligen abgewickelten DDR dulden würden. Trotzdem hat er uns die Provision abgenommen. Er hatte von vornherein die Absicht, uns hereinzulegen.«

Nun wirft Berndorf doch einen kurzen Blick auf Cosima. Sie hat die Zigarette ausgedrückt und liegt da und schaut zur Decke, die Hände unterm Kopf gefaltet. »Aber die Panzer sind dann schließlich doch verkauft worden?«, fragt er dann.

»Ja«, sagt Meunier, »nachdem wir die Ware an einen anderen Interessenten abgegeben haben, für 'n Appel und 'n Ei, aber der Käufer konnte gegenüber dem Bundessicherheitsrat anders auftreten als unsereins, der brauchte sozusagen nur die Stirn zu runzeln, und hat die Ware dann über Italien verschoben … Aber wir, wir guckten in die Röhre, weshalb wir denn auch der Meinung sind, dass man uns wenigstens die 3,8 Millionen samt der bis heute aufgelaufenen Zinsen zurückerstatten sollte. Kulanterweise werden wir uns mit sechs Millionen Schweizer Franken begnügen, aber so weit sind wir jetzt noch gar nicht. Erst mal betrübt mich die Hinzuziehung dieser Professorin Stein. Cosi-Maus hat mir gerade eben von dieser Vollmacht erzählt, und ich finde das höchst unklug, Berndorf, was Sie da treiben. Wir wissen, dass Ihnen Ihre Professorin sehr am Herzen liegt …«

Berndorf betrachtet ihn aufmerksam und sagt erst mal nichts. Meunier schüttelt den Kopf. »Ich verstehe nicht, wie Sie diese Dame einem solchen Risiko aussetzen können … Sehen Sie, mein Kollege Kadritzke ist – wenn man ihn näher kennt – eine Seele von Gemüt. Aber er kann auch anders. In Angola zum

Beispiel hat er Leute der MPLA in geheimdienstlichen Verhörmethoden ausgebildet. Sie sind ja ein Mann vom Fach, Berndorf, aber solche Dinge haben auch Sie noch nicht zu Gesicht bekommen. Und ich bin ganz sicher, Sie wollen nichts davon sehen, und am allerwenigsten wollen Sie sehen, wie ihre gute Freundin aussieht, wenn sie diese Methoden…, wie soll ich sagen? Wenn sie sie überlebt hat.«

»Mit diesen Methoden, von denen Sie sprechen«, sagt Berndorf, »hat Ihr Gemütsmensch Kadritzke auch den Journalisten Hollerbach totgeschlagen, nicht wahr?«

»Vorsicht«, sagt Meunier. »Zu den Vorgängen im Haus dieses Journalisten haben wir unsere Aussage vor der Polizei gemacht. Und wir sind von einer Seite bestätigt worden, gegen die Sie nicht anstinken…«

»Das wird langweilig«, sagt unvermittelt Cosima Autenrieth und schwingt sich vom Bett. »Sie beide führen sich auf wie bei einem Hahnenkampf. Das ist albern. Könnten wir uns vielleicht endlich um das Geld kümmern? Vielleicht ergibt sich alles andere dann von selbst.«

»Da bin ich zwar nicht so sicher«, sagt Berndorf. »Aber bitte! Der Herr Meunier hat doch sicher einen Plan?«

»Wir suchen jetzt ein Juweliergeschäft«, antwortet Meunier, »den Laden, in dem Cosi-Maus ihr Zigarettenetui bekommen hat. Irgendwo in der Nähe war ein Café, dort ist sie von ihrem Väterchen abgeholt worden. Irgendwo in der Nähe des Cafés muss eine Bank sein.«

»Ich weiß nicht, ob wir in Zürich ein einziges Café finden, in dessen Nähe sich keine Bank befindet«, wirft Berndorf ein.

Cosima hebt einen Stadtplan hoch. »Ich habe eine ungefähre Vorstellung«, sagt sie dann. »Mein Vater und ich haben uns damals den Spielplan des Zürcher Theaters angesehen. Ich weiß noch, wie wir vor den Aushängen standen und uns mit den Regenschirmen in die Quere kamen… Wir sollten zum Schauspielhaus fahren. Es muss dort in der Nähe sein.«

»Und was ist mein Job dabei?«, fragt Berndorf.

»Sie kommen mit uns«, sagt Meunier. »Zürich ist eine nette Stadt, ach was! Man sollte so gescheit sein, sich hier zur Ruhe zu setzen, hat ein berühmter Sachse einmal gesagt…« Er steht auf und zieht sich einen beigen Kamelhaarmantel an. »Wir werden einen wunderbaren Gesprächsstoff haben, das Geld nämlich. Man kann über die hübschen Dinge reden, die man damit kaufen kann, wie heißen die Klunker, die man einer schönen Frau um den Hals hängt? Collier? Wenn denn noch ein hübscher Hals da ist, Berndorf, um den man es hängen kann. Wenn die Frau ihr Décolleté noch zeigen mag.«

Vor einem weiß getünchten Haus mit einer Patisserie im Erdgeschoss ist ein Ford geparkt. Der Ford ist so beigebraun, wie Ford das nur an eine Autovermietung verkaufen kann. Radio DRS spielt alte Cajun-Platten. Hinter dem Steuer sitzt Paco und isst ein Schinken-Sandwich, neben ihm liest die Professorin Barbara Stein in der »Neuen Zürcher Zeitung« einen Korrespondenten-Bericht über die Warlords des kongolesischen Bürgerkriegs. Radio DRS will nach Berlin umschalten, wo der deutsche Bundeskanzler soeben eine Mehrheit für seine Vertrauensfrage und die Beteiligung am Afghanistan-Krieg bekommen hat. Barbara drückt auf die Aus-Taste.

»Moment«, sagt Paco kauend und deutet mit dem Rest seines Schinken-Sandwichs nach vorne. Vor dem Hotel, das gut dreißig Meter unterhalb von ihnen liegt, wartet ein Taxi. Barbara sieht, wie Berndorf und sein Hund aus dem Hotel kommen, und nach ihnen diese Cosima. Aber sie sind nicht allein. Mit einigem Abstand zu Berndorfs Hund geht ein Mann in einem beigen Mantel. Am Taxi gibt es offenbar einen Disput mit dem Fahrer. Schließlich schiebt Berndorf einen Schein vorab durchs Seitenfenster, und alle steigen ein – der Mann mit dem beigen Mantel vorne, Cosima und Berndorf hinten. Auch der Hund darf sich irgendwie hineinquetschen.

Warum der Mann mit dem Mantel? Ist das Meunier? Also ist der Ausflug nach Zürich nicht lange verborgen geblieben. Nicht vor denen, denkt Barbara, die am wenigsten davon hätten erfahren sollen.

Das Taxi setzt sich in Bewegung, und auch Paco hat den Ford gestartet und schwenkt aus der Parklücke heraus. Barbara wirft einen Blick in den Spiegel auf der Rückseite ihrer Sonnenblende, hinter ihnen ist ein Motorradfahrer mit einem dieser schwarzen Helme, bei denen man kein Gesicht erkennen kann ... Sie sieht wieder dem Taxi nach, dem Paco folgt. Eigentlich müssten die da vorne Tomaten auf den Augen haben, wenn sie nichts merken. Der Ford ist von einer solch beigebraunen Unauffälligkeit, dass jedermann misstrauisch werden muss, dem man damit nachfährt.

Den Wagen zu wechseln, war Berndorfs Idee gewesen. *Bitte Auto ohne Drachen mieten,* hatte er gesimst. Im Übereifer hatte sie in einer Autovermietung in Kloten den unscheinbarsten Wagen genommen, der zur Verfügung stand, und den Opel mit dem Feuer speienden Drachen stehen lassen.

Aber warum tut sie das alles? Entlaufene Stasi-Agenten durch Zürich verfolgen, auf der Jagd nach dem verbunkerten Schatz ... Ist sie denn noch bei Trost? Es fehlt noch, dass sie sich eine Sonnenbrille aufsetzt wie Audrey Hepburn als verhuschte Witwe in Paris.

Es ist Mittagszeit, dichter Verkehr staut sich links und rechts der Limmat, der Motorradfahrer überholt sie und muss an einer Ampel vor ihnen einscheren, was ein breitärschiger Kerl! Kurz schimmert drachengrau der Zürichsee, dann geht die Fahrt einen steilen Hang hoch, Barbara glaubt rechterhand das Zürcher Schauspielhaus zu erkennen. Weiter vorne hält das Taxi. Paco biegt nach rechts ab und hält.

»Suchen Sie einen Parkplatz irgendwo in der Nähe«, sagt Barbara. Paco nickt. Auf der Konsole liegt griffbereit sein Handy. Sie steigt aus, klappt ihren kleinen grauen Taschenschirm auf und geht durch den Nieselregen vor bis zum Schauspielhaus. Vor einem Café auf der anderen Seite des Platzes sieht sie die Gruppe neben dem Taxi stehen, der Hund etwas abseits, mit hängendem Kopf, als sei er ziemlich angeödet. Barbara wendet sich ab und geht in das Foyer des Schauspielhauses. Eine Vorverkaufskasse ist besetzt, an den Wänden sind Spielpläne, Szenenfotos und Kritiken ausgehängt. Sie betrachtet die Aushänge, ohne richtig zu lesen, dann geht sie wieder zur Tür und sieht gerade noch, wie die Gruppe mit Berndorf und Felix in einer Seitenstraße verschwindet. Sie wartet eine halbe Minute oder ein paar Augenblicke länger, bevor sie das Foyer verlässt und der Gruppe durch den Nieselregen folgt.

Ein Schaufensterbummel zur Mittagszeit also, unterm Regenschirm betrachtet sie die Auslagen, doch doch, denkt sie, ein wenig eleganter wird das schon präsentiert, als sie es in Berlin oder zuletzt in Helsinki gesehen hat. Die Beträge auf den Preisschildern, die es freilich nur in den etwas weniger exquisiten Auslagen gibt, erscheinen ihr auf den ersten Blick nicht einmal so abschreckend, bis ihr einfällt, dass für den Franken derzeit gut 1,25 Mark bezahlt werden müssen. Sie sieht sich nach den jungen Frauen um, die an ihr vorbeihasten, können die diese Preise bezahlen, einfach so? Ein Motorradfahrer mit schwarzem Helm kommt ihr entgegen ...

Schon wieder?

Das dritte Schuhgeschäft rechts hat sehr hübsche italienische Sachen, wirklich, würde man sich nur nicht die Füße ruinieren damit! Sie bleibt kurz stehen und blickt dann die Straße hoch.

Der Mann mit dem schwarzen Helm ist nicht mehr zu sehen. Im Schaufenster zwei Häuser weiter sind neonkühl drei Nichtigkeiten von Dessous präsentiert, das Sektionsbüro der Schweizer Volkspartei hängt aus, dass sich das Schweizer

Volk nicht den Brüsseler Bürokraten unterwerfen soll, vorne hebt Felix das Bein vor einer Filiale des Helvetischen Trust. Noch immer fällt Nieselregen. Vor einer in Stahl und Glas gefassten UBS-Filiale studiert Barbara Aktienkurse und versucht, in der spiegelnden Glasscheibe des Aushanges einen großen stämmigen Mann zu beobachten, der auf der anderen Straßenseite aufgetaucht ist. Als sie das Gefühl hat, sie habe lang genug Zackenlinien angestarrrt, geht sie weiter, kommt an einem Büro der Thurgauischen Assekuranz vorbei und danach an einem schmiedeeisern vergitterten Barockhaus, an dem sie das diskret-unauffällige Messingschild der Privatbank Kuehbacher & Göldi wahrnimmt...

Im gleichen Augenblick bemerkt sie, dass die Gruppe vorne stehen geblieben ist und Anstalten macht, umzukehren. Sie rettet sich in eine Passage, die in einen Innenhof und dort zu einem Dritte-Welt-Laden führt.

Sie könnte eigentlich ein Päckchen Tee kaufen, der Darjeeling in Berndorfs Küche bekommt ihr nicht besonders. Aber sie weiß nicht, was sie heute sonst noch mit sich herumschleppen muss. Im Schaufenster des Ladens sind Plakate eines Netzwerks Freier Ärzte ausgehängt, die um Hilfe für ein Krankenhaus in Sambia bitten. Fotografien zeigen provisorische OP-Säle, in Baracken eingerichtet, und stellen Patienten der Klinik vor. Kinder lächeln strahlend, andere scheinen wachsam und fast ängstlich in die Kamera zu blicken. Einige der Kinder haben nur noch ein Bein, weil das andere von einer Mine abgerissen worden ist.

Eine große Frau mit kurzen blonden Haaren bleibt neben Barbara stehen und beginnt ihr zu erklären, was es mit dem Krankenhaus auf sich hat. Leider spricht sie Dialekt, und so versteht Barbara nur, dass es um einen Monatsbeitrag von zwanzig Franken geht. Höflich antwortet sie, dass sie sich gerne informieren möchte, und bekommt auch schon einen Prospekt aus Recycling-Papier in die Hand gedrückt.

Am Eingang der Passage ist der Hund Felix stehen geblieben und wittert durch seinen Maulkorb zu ihr her. Sie vertieft sich in den Prospekt. Aus den Augenwinkeln sieht sie, wie Felix draußen weitergezogen wird.

Sie wartet noch ein wenig, bis sie wieder vorsichtig auf die Straße hinaustritt. Es gibt keine Hilfe, denkt sie und überlegt, wo sie das nun wieder herhat. Sie geht einige Schritte zurück in Richtung des Schauspielhauses. Vor dem Haus mit den schmiedeeisernen Gittern bleibt sie stehen. Sie kann nicht den ganzen Tag hinter Berndorf und der Gruppe herlaufen.

Der Kerl in der Lederjacke ist nicht zu sehen, auch kein Motorradfahrer mit schwarzem Helm. Was immer sie jetzt unternimmt, ist mit an Sicherheit grenzender Wahrscheinlichkeit falsch. Juristen würden daraus den Schluss ziehen, nichts zu tun.

Sie ist keine Juristin. Entschlossen geht sie die Stufen des Barockhauses empor und öffnet die Tür und geht zum Empfang. Ein grauhaariger Herr, so würdig wie zwei Berliner Universitätsrektoren zusammen, hebt sein Haupt.

»Bei Ihnen wird ein Konto geführt, für das ich Vollmacht besitze«, sagt sie höflich. »Ich hätte es gerne eingesehen. Das Konto ist mit einem Passwort gesichert.«

Sie legt die Vollmacht mit Cosima Autenrieths notariell beglaubigter Unterschrift auf den Tisch, legt ihren Reisepass dazu, holt ihren Füller aus ihrer Handtasche und schreibt auf die Rückseite ihrer Visitenkarte das Wort: *Blautopf*

»Zürcher Kantonalbank eher nicht. Also Helvetischer Trust, UBS oder diese koschere Privatbank«, fasst Meunier zusammen und nimmt vorsichtig einen Schluck von seinem Café crème und verzieht das Gesicht.

»Komisch. Früher hieß es immer, die Schweizer hätten besonders guten Kaffee. So wie es bei der Schokolade ist. Aber ich weiß nicht…«

»Sie rösten ihn anders«, sagt Berndorf.

»Es ist diese Privatbank«, sagt Cosima Autenrieth.

»Nu?«, macht Meunier und schüttet Zucker in seinen Kaffee nach. »Woher plötzlich diese Sicherheit?«

»Weil ich meinen Vater kenne«, kommt die Antwort. »Er war ein Snob. Wenn er eingekauft hat, eine Krawatte für sich oder die härteren Sachen für die Hausbar, hat er das immer in besonderen Geschäften getan, in Läden, die einen eigenen Stil hatten und die natürlich auch teurer waren. Und selbstverständlich haben wir den Wein von einem Winzer im württembergischen Unterland bezogen, den nur die ganz ganz Eingeweihten kannten.« Cosima zündet sich eine neue Zigarette an. »Es kann nur diese Privatbank sein.«

Meunier starrt in seinen Kaffee. »Na schön«, sagt er schließlich. »Dann sind Sie am Ausspielen, Meister. Oder vielmehr diese Professorin. Sie haben ungebeten die Dame mit an Bord gebracht als blinden Passagier – nun rudern Sie beide mal schön.« Auffordernd weist er mit der Hand auf Berndorf. »Los, rufen Sie sie an. Sagen Sie ihr, dass Sie zu dieser Privatbank gehen und es dort versuchen soll.«

Berndorf sieht sich um. Sie haben einen Ecktisch gefunden, Berndorf und Meunier sitzen sich gegenüber, so dass Felix einigen Abstand von Meunier hat. Das ist notwendig, weil Felix zu knurren beginnt, sobald ihm auch nur ein Hosenbein des Meunier'schen Anzugs zu nahe kommt.

Berndorf nimmt sein Mobiltelefon und gibt Barbaras Kurzwahl ein. Es meldet sich der Anrufbeantworter. »Sie ist nicht erreichbar«, sagt er zu Meunier. »Das ist auch kein Wunder.«

»Und warum ist das kein Wunder?«

»Weil wir es so ausgemacht haben«, erklärt Berndorf. »Sie ist für mich nicht erreichbar. Sie wird sich melden, wenn sie etwas herausgefunden hat.«

»Das will ich nicht«, fährt Cosima Autenrieth auf. »Das ist gegen die Vereinbarung. Sie hatten mir beim Notar gesagt, dass diese Frau nichts unternehmen wird, was sie nicht mit mir abgesprochen hat.«

»Wir hatten auch nicht vereinbart, dass Sie Meunier zu diesem Ausflug einladen«, antwortet Berndorf.

»Diese Frau kann doch nicht…«

»Halt den Rand«, unterbricht Meunier und holt nun seinerseits ein Handy heraus. Fast sofort meldet sich sein Gesprächspartner. Es ist ein Gespräch, bei dem Meunier nichts zu sagen braucht. Während er zuhört, notiert er sich auf einem Bierdeckel einen Namen.

»In Ordnung«, sagt er schließlich. »Kein Grund zur Panik, Cosi-Maus«, sagt er dann. »Alles unter Kontrolle. Diese Professorin wird uns nicht davonlaufen. Übrigens hat sie sich tatsächlich diese Judenklitsche ausgesucht. Sind doch alles Hebräer, diese Privatbanken, ist doch wahr.«

Kadritzke, denkt Berndorf. Barbara und Paco haben zu spät den Wagen gewechselt. Mein Fehler. Ich hätte niemals zulassen dürfen, dass Barbara es mit diesem Totschläger zu tun bekommt.

»Wir gehen jetzt zu dieser Bank«, fährt Meunier fort, »und erklären, dass wir zu dieser Frau Professor Stein gehören und einvernehmlich mit ihr beraten werden wollen. Schließlich ist ja Cosi-Maus die rechtmäßige Erbin. Aber wenn die Professorin bei den Krummnasen schon wieder rausgeflogen ist, weil unser Meister hier nur geblufft hat, müssen wir die Karten neu mischen. Kann sein, dass es dann ein wenig ungemütlich wird.«

Berndorf schüttelt den Kopf. »Sie werden nicht zu dieser Bank gehen. Wenn es auch nur eine einzige Störung gibt, wenn Sie oder Cosima oder Kadritzke sich dort blicken lassen, dann wird die Professorin Stein umgehend die Stadtpolizei davon verständigen, dass es sich bei dem gesamten Geld um Beweismaterial in einem Mordfall handelt…« Er winkt der Bedienung und bittet um die Speisekarte.

Meunier starrt ihn wortlos an. Eine Blondine mit schwarzen Haarwurzeln überreicht Berndorf die Speisekarte.

»Sie sind verrückt«, sagt Meunier, als die Bedienung wieder gegangen ist, »niemals werden Sie das wagen, Sie haben ja keine Ahnung, welches Risiko Sie da eingehen…«

»Das Risiko gehen Sie ein«, antwortet Berndorf, während er die Speisekarte durchsieht. »Aber gehen Sie nur und ziehen eine der Nummern ab, die Sie bei der Stasi gelernt haben. Nur beklagen Sie sich dann nicht bei mir, wenn Sie von Ihrem Geld keinen Rappen und keinen Pfennig mehr zu sehen bekommen.« Er hebt die Hand und nickt der Bedienung. »Ich hätte gerne dieses Vegetarische Tagesgericht…«

»Ich darf Ihnen gestehen, dass wir über Ihren Besuch sehr froh sind«, sagt der nicht mehr ganz junge Mann und blickt Barbara durch seine hellrot gerandete Brille mit einem Blick an, der artige Freude, ja fast ein zierliches Wohlwollen zum Ausdruck bringt. Er trägt einen dezent dunkelblauen Anzug, das Haar ist kurz geschnitten. Barbara und er sitzen sich an einem großen, polierten Tisch aus gebeiztem Nussbaum gegenüber, der so wenig zu der Kassettendecke – Renaissance? – über ihr passt, dass es schon wieder Stil hat.

»Sie wissen sicherlich, dass wir Anweisung hatten, das Portfolio konservativ zu verwalten«, fährt der Mann fort, »etwas anderes wäre in unserem Haus auch gar nicht denkbar gewesen. Allerdings war die Entwicklung der Börse in den letzten Jahren dann doch so, dass wir ganz gerne Rücksprache genommen hätten. Aber wir waren ja angewiesen, von uns aus keinen Kontakt aufzunehmen.«

Barbara nickt höflich. »Ich hoffe, Sie haben dann doch die notwendigen Dispositionen treffen können.« Das wäre doch zu lustig, denkt sie, wenn diese dezenten Gnome den ganzen Zaster in den Teich spekuliert hätten.

»Gewiss doch«, kommt es über den Tisch, »wir haben einige Umschichtungen vorgenommen und teilweise respektable Kursgewinne realisieren können, alles betont defensiv… Wären Sie früher gekommen, hätten wir Ihnen womöglich zu einigen Engagements geraten, von denen ich jetzt doch sehr froh bin, dass wir sie nicht eingegangen sind. An der Börse haben wir in den letzten Monaten so manches Grounding erlebt, glauben Sie mir!«

Habt ihr das nun verzockt oder nicht?

Er schiebt einige Computerausdrucke über den Tisch, der oberste zeigt eine Zackenlinie, die zuerst in Intervallen, aber insgesamt doch kontinuierlich ansteigt, um dann plötzlich mit einem scharfen Knick einzubrechen. »Sie sehen, das Portfolio ist von den Verlusten nicht verschont geblieben, auch die *blue chips* haben bluten müssen, bei einigen bin ich fast zweifelhaft, ob ich sie noch blue nennen soll…«

Wie viel, verdammt, ist denn noch da, geht es Barbara durch den Kopf. Zugleich wundert sie sich über sich selbst. Das ist doch, verdammt noch mal, nicht dein Geld.

»Sie sehen es hier«, höflich deutet ein manikürter Zeigefinger auf die Zahlenkolonne oberhalb der Zackenlinie.

»Was sind das? Schweizer Franken? Deutschmark?«

»Es sind Dollar«, kommt die Antwort. »Das Depot sollte in Dollar geführt werden, so war doch die Vereinbarung…«

Barbara rechnet den Betrag um. Ja, denkt sie dann. Warum nicht? Das ist nicht nichts.

»Und hier können Sie die Segmente der Anlageformen ablesen. Der Anteil von fast 50 Prozent Aktien ist übrigens recht hoch, falls Sie hier etwas modifizieren wollen. Außerdem haben wir einige Werte, bei denen aktuell Kapitalerhöhungen anstehen, wir sollten entscheiden, ob wir hier einsteigen…«

»Nicht so schnell«, sagt Barbara. »Ich bin zunächst nicht davon ausgegangen, dass ich über das Depot verfügen kann. Ich wollte ursprünglich nur Einsicht nehmen …«

»Das liegt bei Ihnen«, kommt die Antwort. »Sie haben uns das Passwort genannt, damit können Sie Einsicht nehmen, aber Sie können auch darüber verfügen. So ist es bei der Einrichtung des Depots angeordnet worden.« Aus rot geränderter Fassung tastet ein fragender Blick über den Tisch. »Selbstverständlich können Sie mit den Personen, die Sie zu befragen wünschen, Rücksprache nehmen. Aber da Sie über das Passwort verfügen, sind Sie für uns der nun einmal gegebene und einzig berechtigte Ansprechpartner.«

So ist das also, denkt Barbara und blickt noch einmal auf das Blatt mit den Zahlenkolonnen und den Diagrammen. Was für ein Gesicht macht man zu solchen Summen? Ein kühles. Eines, das ungerührt höflich ist. Das allenfalls zum Ausdruck bringt, bei etwas professionelleren Engagements hätte das auch etwas mehr sein dürfen. Wenn ich mir das bar auszahlen lasse – wie viel Koffer brauche ich dazu?

Lächerlicher Gedanke. So schnell geht das nicht.

Muss ich diese Cosima Autenrieth davon in Kenntnis setzen? Sie hat mir eine Vollmacht gegeben, das ist richtig. Doch auf diese Vollmacht kommt es offenbar überhaupt nicht an. Dennoch ist es ein Depot, das Cosimas Vater angelegt hat. Also ist es … Falsch. Es ist nicht ihr Geld. Es war auch nicht das ihres Vaters. Es ist gestohlenes Geld. Punkt.

Trotzdem könnte ich diese Cosima anrufen. Später.

Sie blättert die Bankauszüge durch und stößt auf die Abrechnung der Bankgebühren. »Ich sehe gerade, es gibt ein Schließfach zu diesem Depot? Allerdings sind mir keine Schlüssel übergeben worden …«

»Das hat nichts zu bedeuten. Es besteht Anweisung, den Inhalt des Schließfachs dem Zugangsberechtigten auszuhändigen.« Ob die Dame gleich Einblick nehmen wolle?

Barbara will, und so wird sie in ein marmorschimmerndes und stahlglänzendes Kellergeschoss geleitet, wo sie eine Unterschrift leisten muss und sich wenig später in einer fensterlosen Kabine wiederfindet, allein mit einer Kassette, in der eine dick angeschwollene Klarsichtmappe liegt und ein Briefumschlag mit der Aufschrift:

Für Cosima

Barbara lehnt sich zurück und überlegt. Es gibt Dinge, die man nicht tut. Zum Beispiel öffnet man keine Briefe, die nicht für einen bestimmt sind. Schon gar nicht Briefe eines verstorbenen Vaters an sein einziges Kind.

Also wirklich.

Hast du gerade von Kindern gesprochen?

Die Fotografien, vorhin, zeigten auch Kinder. Kinder, die überlebt hatten. DM 11 hießen die Dinger. Oder DM 31. DM wie Deutsche Mark oder Deutsche Mine. Heute werden sie nicht mehr produziert. Angeblich nicht. Die Bundesrepublik ist ein Vorreiter im Kampf gegen die Anti-Personen-Mine. Hat einer ihrer Außenminister gesagt. Was von der Bundesrepublik an solchem Gerät exportiert wird, das heißt jetzt Submunition. Anti-Panzer-Minen. Wenn ein Kind drauftritt, hat es Pech gehabt. Es hätte sollen ein Panzer sein.

Dann wollen wir mal nicht so zartfühlend sein. Entschlossen reißt sie den Umschlag auf. Es ist ein handschriftlicher Brief, die Schrift ist zierlich und gut zu lesen.

Liebe Cosima,

... kommt einmal ein schwäbisch Landeskind an unsere Gestade, so ruf er mich beim Namen, dort, wo der Strom am breitesten hineingeht in das Meer, dann will ich kommen und dem Fremdling zu Rat und Hilfe sein ...

So, ungefähr, heißt es bei Mörike, den Du freilich, wie ich fürchte, nicht sonderlich spannend gefunden hast. Dennoch bist Du selbst es gewesen, die mich auf unser Lösungswort gebracht hat – erin-

nerst Du Dich? Es war auf unserer Wanderung am Südrand der Alb, wir kamen an den Blautopf, Du wolltest Dich nicht fotografieren lassen, höchstens als Hofnarr der Lau. »Bei so vielen Touristen wär ich auch genervt«, sagtest Du und hast ein Gesicht gemacht wie es die Lau am liebsten tun würde, wenn Steinbilder so etwas könnten. »An der Fontana Trevi werfen die Leute wenigstens Münzen hinein«, sagtest Du noch.

Ich habe dir geantwortet, dass im Mittelalter nicht nur Münzen, sondern sogar vergoldete Becher in den Blautopf geworfen worden seien, um die Wassergeister zu besänftigen. Es war dieser Augenblick, in dem ich das Wort gefunden hatte, mit dem ich verschlüsseln konnte, was Du – und nur Du! – herausfinden solltest. Wenn es denn notwendig werden sollte.

Nebenbei: Auch in diesen Blautopf hier sind einige vergoldete Becher geworfen worden, Du wirst nicht enttäuscht sein.

Wie auch immer – es ist nun wohl doch so gekommen, dass Du dieses Rätsel lösen musstest, dieses letzte, das ich Dir aufgegeben habe. Und weil Du es gelöst hast, weißt Du auch, dass dies ein Brief ist aus jenem Land, aus dem keiner wiederkehrt. Aber keine Träne, ich bitte Dich! Eine Zigarette freilich könntest Du Dir jetzt anzünden, wenn Du magst.

Nein: zünde zwei an. Und die zweite legst Du in den Aschenbecher.

Für einen Augenblick lässt Barbara den Brief sinken. Produktionsanlagen für irakisches Giftgas. In 30 Jahren sieben Millionen G3-Gewehre, mindestens. Eine Viertelmillion Kalaschnikows für die Türkei und eine Munitionsfabrik dazu, damit der Nachschub nicht ausgeht im Krieg gegen die Kurden. 200 Panzer für Griechenland. Panzerschlepper für die algerische Armee, an nichts soll es ihr fehlen, während sie den Massakern in den Dörfern zusieht. Zünd mir eine Zigarette an. Sie zwingt sich, weiterzulesen.

Bin ich jetzt zu sentimental? Mein melancholischer Beginn wun-

dert mich übrigens selbst, denn während ich dies schreibe, fühle ich mich voller Vorfreude. Heute Morgen war der Grottenschleich bei mir, das Gesicht wie immer glatt und unbewegt. Ob das Prüfungs-verfahren für den Bahrein-Antrag abgeschlossen sei? Ebenso unbe-wegt antwortete ich ihm, dass dieser Antrag nicht genehmigungs-fähig sei, weshalb eine weitere Prüfung sich erübrige.

Er nickte und glitt wieder aus meinem Büro. Ich sah ihm nach, und es schien mir, als wedelten ihm seine Rockschöße hinterher wie die Flossen eines Schleierschwanzes. Dieser Regierungsapparat ist oder war – aber das weißt Du sicher – nach den Gesetzen eines Aquariums organisiert: Alles muss in den geregelten vorgegebenen Bahnen verlaufen, lautlos, und damit das so ist, hat ER für jeden sei-ner Schleierschwänze eine sorgsam bemessene Futterration bereit, je nach Flossengröße und Beflissenheit.

Vor Jahren habe ich beschlossen, dass diese Gesetze für mich nicht länger gelten sollen. Das kurze Gespräch mit dem Grottenschleich hat nur einen Zug ins Rollen gebracht, der schon lange auf den Glei-sen stand. Aber jetzt muss ich aufspringen. Noch heute Abend wer-de ich ihn anrufen und ihm erklären, dass ich nicht mehr an meinem Arbeitsplatz erscheinen, sondern ins Ausland gehen werde. Ich bin sicher, dass er sofort begreifen wird. Ich werde nicht einmal das Wort »Dossier« in den Mund nehmen müssen.

Barbara nickt. Sie glaubt zu wissen, wer der Grottenschleich war. Autenrieth hat Recht, denkt sie. Kein überflüssiges Wort wird gefallen sein.

Danach bleibt mir in Deutschland nicht mehr viel zu tun. In weni-gen Tagen werde ich den Staub von meinen Füßen schütteln. Und dann? Ich neige nicht zu Illusionen. Immer und überall ist die Welt dem Menschen ein unheimlicher Ort. Wer auf freier Wildbahn le-ben will, muss wissen, dass es keine Sicherheit gibt, nirgends. Und da Du dies liest, weißt Du ein paar Dinge mehr als ich.

Du weißt, dass ich zu Tode gekommen bin, bevor ich meine finanzi-

ellen Angelegenheiten auf eine andere, weniger verrätselte Weise habe ordnen können.

Weil das so ist, weißt Du auch, dass meine Pläne von einem neuen freien Leben fehlgeschlagen sind. Fehlgeschlagen ist auch mein Versuch, mich durch dieses Depot und die darin niedergelegten Dokumente und Belege zu schützen.

Trotzdem. Wenn Du diese Papiere durchsiehst, wirst Du den Mechanismus erkennen, in den ich eingebunden war. Du wirst wissen, wer die Hauptgewinne aus dieser Maschinerie der Geldbeschaffung gezogen hat, und wer dafür verantwortlich war. Ich selbst habe erst sehr spät damit begonnen, mich und meine Familie zu sichern, und höchstens für diesen späten Zeitpunkt habe ich mich zu entschuldigen. Die Anteile, die ich für uns sichergestellt habe, waren maßvoll, und sie sind meiner eigenen, weithin unbeachtet gebliebenen Arbeit durchaus angemessen.

Zuletzt allerdings ist meine Lage unhaltbar geworden, auch wegen der Intrigen, die der DDR-Agent und Waffenhändler Meunier gegen mich gesponnen hat.

Dennoch ist Meuniers Rechnung nicht aufgegangen. Es ist gut möglich, dass ich dafür einen sehr hohen Preis bezahlen muss. Wenn es so gekommen sein sollte, dann weißt Du jetzt, wer der Mörder ist.

Oder sein Auftraggeber, denn Meunier wird sich nicht selbst die Hände schmutzig machen. Einer seiner Handlanger heißt Kadritzke. Hüte dich vor ihm, aber mehr noch vor Meunier.

Ich überlasse es Dir, welche Verwendung Du für diesen Brief und die anderen Dokumente findest. Aber tue nichts, was die angesammelten Vermögenswerte gefährdet.

In Liebe

Dein Vater Constantin Autenrieth

Zürich, im September 1991

Barbara hört auf zu lesen. Sie massiert sich den Nacken. Schließlich nimmt sie den Hörer des Haustelefons und lässt sich mit dem nicht mehr ganz jungen Mann verbinden. »Wie viel kann ich abheben? Ich meine heute, jetzt gleich …«

Tonios Café ist noch leer, bis auf einen einzelnen unrasierten Gast, zu dessen Füßen ein schwarzer Labrador sitzt. Was haben alle diese Männer nur mit ihren Hunden? Vermutlich ziehen sie sie ihren Frauen vor, denkt Tamar, weil sie mit den Hunden nicht reden müssen. Der Unrasierte grüßt, als ob er mit ihr bekannt sei. Ihr wäre es lieber gewesen, er hätte sich nicht die »alternative zeitung« genommen, so muss sie das »Tagblatt« lesen und den Artikel, den Frentzel dort über den Fall Lauternbürg geschrieben hat, »eine bemerkenswerte journalistische Leistung«, hatte Steinbronner vorhin in der Morgenkonferenz geraunt.

Sie schlägt die dritte Lokalseite auf und fast gleich wieder zu, denn aus der äußersten Spalte springt sie das Kinn des Kriminaldirektors Steinbronner an, triumphierend, selbstgefällig. Während des ganzen gestrigen Nachmittags hatte er mit Chefredakteuren und Rundfunkräten telefoniert, hatte Interviews gegeben und versichert, sie seien exklusiv, und von Gespräch zu Gespräch sei seine Laune, so meldete der Flurfunk, immer besser geworden, tatsächlich war er am Abend von geradezu perlender Liebenswürdigkeit gewesen …

Eigentlich kann ihr niemand zumuten, das auch noch zu lesen, denkt Tamar, aber dann kommt Maria – heute in Jeans und einem grauen Rollkragenpullover – und bringt ihr den Latte Macchiato und blickt ernst und forschend und irgendwie gar nicht aufsässig, und Tamar ist es plötzlich … sie weiß nicht wie, und so sagt sie nur: »Danke …« und nimmt wieder das »Tagblatt« vor und den Artikel mit der Schlagzeile: »Den Eisberg haben wir jetzt geortet«, was immer das mit Lauternbürg zu tun haben kann.

»Jedes Tötungsverbrechen ist für sich genommen ungeheuer-
lich«, sagt Kriminaldirektor Steinbronner, »niemals würde ich
deshalb erlauben, dass man von dem Mord an Eugen Hollerbach als der Spitze eines Eisbergs spricht.« Steinbronner
schüttelt seinen mächtigen Kopf und blickt suchend auf dem
mit Akten überladenen Tisch seines Schreibtischs im Neuen
Bau umher. »Das klingt so, als wäre dieser Mord weniger
schwerwiegend und würde nur an der Oberfläche schwimmen.
Davon kann keine Rede sein.«
Dennoch ist das Bild, das der Journalist gewählt hat, nicht
ganz unpassend. »Ich stimme Ihnen zu«, sagt Steinbronner,
»wenn Sie von einem Eisberg an krimineller Energie sprechen.« Dem sei in der Tat so. »Aber wir haben diesen Eisberg
geortet und kennen seine Umrisse. Er wird kein weiteres Unheil mehr anrichten.«
Bedeutet das, dass die Morde an Hollerbach und an dem
Regierungsbeamten Constantin Autenrieth in Zusammenhang stehen? Gibt es das mordende Phantom des Lautertals?
»Kein Phantom«, korrigiert Steinbronner sofort. »Aber der
Zusammenhang ist nicht von der Hand zu weisen. Vor allem
gibt es ein Verbindungsglied, das auch konkreten Personen zu-
geordnet werden kann. Aus ermittlungstaktischen Gründen
haben wir dies bisher sehr zurückhaltend behandelt.«
Kenner des Neuen Baus wissen, dass dieses Verbindungsglied
mit den Waffengeschäften zu tun haben könnte, in die ein
Landmaschinenhändler aus dem Alb-Donau-Kreis verstrickt
ist. Der Beamte Autenrieth, zuletzt unter anderem für den
Bundessicherheitsrat tätig, betreute bis zu seinem Ausscheiden aus dem Dienst die Genehmigungsverfahren für Waffen-
exporte. Ist er dabei auch mit mafiosen Waffenhändlern in
Kontakt gekommen?
»Das ist natürlich ein ganz heißes Eisen«, sagt Steinbronner
dazu. »Aber es gibt erhebliche Verdachtsmomente, die in diese Richtung weisen. Es kann sein, dass Eugen Hollerbach in

einer Sache recherchiert hat, die für ihn eine Nummer zu groß gewesen ist.«

Und was ist mit der American Connection, von der in Ulm in den letzten Tagen gemunkelt wird? Steinbronners Gesicht verdüstert sich. »Da wird zu viel Wind gemacht«, antwortet er entschieden. »Aber es stimmt, die Amerikaner haben sich für diese Waffengeschäfte interessiert. Ist ja auch ihr gutes Recht. Und wir hoffen, dass einige ihrer Informationen auch für uns nützlich sind. Leider halten sich die betreffenden Mitarbeiter gerade im Ausland auf. Diese Auskunft ist, vorsichtig gesagt, suboptimal.« Dann aber straffen sich Steinbronners Gesichtszüge. »Aber glauben Sie mir. Wir werden den Fall aufklären. Brutalstmöglich.«

Der Mann mit dem Labrador ist aufgestanden und nickt ihr noch einmal zu, bevor ihn sein Hund zur Tür zerrt. Tamar gibt den Gruß zurück und legt das »Tagblatt« zur Seite. Frenzel! Aber dass Steinbronner beide Morde dem Landmaschinenhändler Neuböckh anhängen will, das ist wahr.

Seit dem Morgen putzt Kuttler die Lauternbürger Haustürklinken mit der Frage, wer wann welche Veränderungen im Geschäftsbetrieb des Landmaschinenhandels Neuböckh wahrgenommen hat. Kopfschüttelnd tut Kuttler das, denn eigentlich würde er viel lieber diese eine Frau befragen.

Aber die kann sich ja an nichts erinnern.

Tamar selbst hat am Nachmittag einen Termin bei einem Kreisjägermeister, der ihr über mögliche Querelen bei der Vergabe der Lauternbürger Jagd berichten soll.

Dabei ist sie sich ganz sicher, dass Neuböckh nicht der Mörder dieses Autenrieth ist. Wer aus Lauternbürg ist, versenkt keine 50 000 Mark im Wasserloch. Niemals.

»Wir sind gerade allein«, sagt eine Stimme neben ihr, Tamar blickt hoch, in dunkle Augen, die so groß sind, dass es Tamar

411

schon wieder ganz merkwürdig wird. »…und da wollte ich Sie fragen, ob ich noch wegen der Fotos zu Ihnen kommen soll. Es hieß doch, wir sollten Ihnen erzählen, was damit war.« Maria zieht sich einen Hocker an den Tisch und setzt sich und schlägt die dunklen Augen nieder.

Ach!, denkt Tamar. Was denkt man, wenn man *Ach!* denkt? Nichts. Tamar kann gerade nichts denken. Irgendwie geht das Denken nicht.

»Ich hab auch eines machen lassen«, fährt Maria fort und lächelt, dass Tamar nicht weiß, ob es ein verschämtes Lächeln ist oder ein aufsässiges, oder eines, das noch ganz anderes im Schild führt, »ich dachte, Sie wüssten es…«

Tamar murmelt etwas davon, dass sie eigentlich nur wissen müsste, ob eines dieser Fotos in falsche Hände gekommen sei oder es sonst einen Ärger gegeben habe.

»Ärger hat es schon gegeben, damals«, sagt Maria. Wieder schaut sie Tamar voll ins Gesicht. »Ich hatte den Ärger. Stellen Sie sich vor, die dumme Pute nimmt das Foto in die Schule mit und lässt es von der Klassenlehrerin finden…«

Barbara tritt aus der Bank und schaut sich um. Kein Kerl mit Lederjacke, kein schwarz behelmter Motorradfahrer. Von der Bank aus hatte sie Berndorf angerufen, mit einer unbeteiligt, fast gleichgültig klingenden Stimme hatte er mitgeteilt, er befinde sich in dem Café gegenüber dem Schauspielhaus, in Gesellschaft von Cosima und Meunier…

Sie hatte ausrichten lassen, Meunier solle seinen Motorradfahrer zurückpfeifen, sie komme jetzt in das Café. »Bestell mir schon einmal einen Café crème.«

Der Regen hat nachgelassen, und in den Wolken ist ein Licht, als könnte vielleicht doch noch ein später Sonnenstrahl hindurchdringen. Sie geht beschwingt, eine mit Einkaufstüten

schwer bepackte Frau kommt ihr entgegen, Barbara lächelt
ihr aufmunternd zu und ist schon vorbei und auf dem Platz
vor dem Schauspielhaus.

Das Café ist noch nicht sehr voll, in einer Ecke sieht sie Berndorf, der vor sich einen halb leer gegessenen Teller stehen hat.
Ihm gegenüber sitzen Cosima Autenrieth und der Mann, der
Meunier sein muss. Felix streckt sich und stemmt sein Hinterteil hoch, um schließlich vollends aufzustehen und sie mit
einem Wedeln des Stummelschwanzes zu begrüßen.

»Ich hoffe, Sie alle haben nicht zu lange warten müssen«, sagt
Barbara, greift sich ohne Umschweife einen freien Stuhl und
setzt sich neben Berndorf. Sie nickt Cosima zu und lächelt das
Lächeln, das zum Ausdruck bringt, wir wollen doch bitte die
Form wahren. »Sie sind Herr Meunier, nicht wahr?«, sagt sie
dann zu dem anderen Mann und stellt sich selber vor, denn
Berndorf kaut noch immer an seinem Blumenkohlgratin.

»Machen Sie nur keine Umstände, gnä' Frau«, sagt Meunier
deutet eine Verbeugung an, »Sie sind mir angenehm, wenn
Sie etwas Angenehmes mitzuteilen haben. Und vor allem mit-
zubringen.«

»Ich bringe Ihnen etwas mit«, antwortet Barbara, »aber es
dauert noch eine Viertelstunde oder zwanzig Minuten, bis die
beiden Aktenköfferchen – wie soll ich sagen? – bis sie gepackt
sind. Ein Bote bringt sie dann hierher.«

Die Bedienung bringt den Kaffee. Barbara dankt.

»Heißt das«, fragt Cosima scharf , »Sie haben über das Konto
verfügt? Dazu waren Sie nicht befugt.«

»Doch, meine Liebe«, kommt katzenmild die Antwort. »Der
Sachbearbeiter bei der Bank hat mir erklärt, dass ich befugt
bin. Der Zugang war einzig an das Passwort geknüpft. Das
kenne ich. Sie kennen es nicht. Also bin ich befugt. So einfach
ist das.«

»Sie genießen diese Rolle, nicht wahr?«, fragt Cosima. »Aber
Ihnen gehört kein einziger Pfennig von diesem Geld, und täu-

schen Sie sich nicht: Ich werde Sie für jede einzelne Verfügung haftbar machen.«

»Sei mal still.« Nun ist es Cosima, die unterbrochen wird. »Mich interessiert, wie viel das ist, dieses Geld«, sagt Meunier, »und was davon in die Aktenkoffer geht, von denen sie redet.«

»Lassen Sie nur«, meint Barbara. »Sie hat ganz Recht. Mir gehört schon deshalb kein Pfennig, weil das Portfolio in Dollar geführt wird. Es ist also Geld da, und was davon für Sie beide verfügbar ist« – sie deutet flüchtig auf Cosima und Meunier – »erhalten Sie nachher. Vorher muss ich Sie aber davon in Kenntnis setzen, dass zu dem Depot ein Schließfach gehört mit Dokumenten, die Constantin Autenrieth hinterlassen hat.«

Sie holt zwei Kopien aus ihrer Handtasche und reicht sie an Cosima und Meunier weiter. »Wenn Sie sie gelesen haben, sollten Sie die Kopien vernichten. Es wäre nicht gut, wenn sie bei Ihnen gefunden würden.«

»Das ist die Schrift meines Vaters«, sagt Cosima, und für einen kurzen Moment klingt ihre Stimme weicher oder unsicherer als sonst. »Aber das ist ein ganz persönlicher, privater Brief, und er ist an mich gerichtet.« Die Stimme zieht wieder an. »Wie kommen Sie daran? Wo ist das Original? Und wer gibt Ihnen das Recht, Kopien davon zu machen?«

»Das Original ist ein Beweisstück«, antwortet Barbara. »Und Sie sollten mich nicht ständig nach meinem Recht zu diesem und zu jenem fragen. Was ich tue, tue ich. Sie sollten sich besser überlegen, wie viel Zeit Sie jetzt haben, und was Sie damit beginnen.«

»Sie reden genauso kariert wie dieser vegetarische Schwätzer da«, stellt Meunier fest. »Im Übrigen geht mich dieser Wisch einen feuchten Kehricht an.« Er beginnt, die Kopie – die er nur überflogen hat – in kleine Fetzen zu zerreißen. »Wir haben diesen Autenrieth nicht liquidiert, das ist doch Unsinn. Wir wollten unser Geld zurück, wieso sollen wir ihn da umbringen, bevor wir es haben?« Er wendet sich an Cosima. »Sag du ihr, dass wir bis zuletzt nach ihm gesucht haben. Und dass wir es schon deshalb gar nicht gewesen sein können.«

Cosima hält noch immer die Kopie in der Hand. Plötzlich blickt sie hoch. »Gar nichts weiß ich.«

Berndorf schiebt den Teller zur Seite und winkt der Bedienung und bezahlt für Barbara und sich. Aus den Augenwinkeln sieht er, wie ein beigebrauner Ford vor dem Café hält.

»Mich müssen Sie gar nicht überzeugen«, bemerkt Barbara. »Es kommt darauf an, dass der Untersuchungsrichter hier in Zürich Ihre Geschichte glaubt. Oder der Staatsanwalt in Deutschland. Bei einem von denen werden Sie nämlich antanzen müssen, sofern Sie sich nicht schleunigst aus dieser Geschichte verabschieden.«

Draußen stellt ein Motorradfahrer eine schwere Honda ab. Er trägt einen dieser schwarzen spiegelnden Helme.

»Das sind doch sinnlose Drohungen«, sagt Meunier.

»Jetzt sei bitte du einmal still«, fährt ihn Cosima an. Sie wendet sich an Barbara. »Sie wollen dieses Material, von dem mein Vater spricht, an die Staatsanwaltschaft geben? Soll das eine Erpressung sein?«

»Kaum«, antwortet Barbara.

Über den Platz kommen zwei Männer, seriös dunkle Anzüge unterm Trenchcoat. Jeder trägt einen dunklen Aktenkoffer.

»Das Material«, fährt Barbara fort, »ist bereits an die Ermittlungsbehörden weitergeleitet. Vor einer halben Stunde hat es ein Bote der Bank auf der Hauptpost aufgegeben. Ich kann für Sie den Einlieferungsschein kopieren lassen.«

»Was haben Sie …?«, fragt Meunier. Die Frage bleibt unbeantwortet.

Die beiden Männer nähern sich dem Tisch. »Frau Professor Stein?«, fragt der Ältere der beiden. Barbara nickt, die beiden Koffer werden vorgezeigt, aber Barbara legt keinen Wert darauf, dass sie geöffnet werden. »Stellen Sie sie hier auf den Stuhl neben mir«, sagt sie, nimmt den Füller, der ihr gereicht wird und unterschreibt zwei Quittungen.

Dann sind die beiden Herren auch schon wieder entlassen. Als sie gehen, müssen sie an einem massigen Mann in Lederkluft vorbei, der sich zwei Meter von dem Ecktisch entfernt aufgebaut hat, den schwarzen Helm unterm Arm.

Felix knurrt. Berndorf tätschelt ihm beruhigend den Kopf.

»Der eine Koffer ist für Sie, die Tochter des Verstorbenen«, sagt Barbara und legt ihre Hand leicht auf den Stuhl neben sich, »der andere für Sie, Meunier, und für Ihren Motorradfahrer da hinten. In jedem dieser Koffer befinden sich 300 000 Schweizer Franken. Hier in Zürich ist Ihnen damit eher gedient als mit Dollar oder Mark.«

»Zu aufmerksam«, meint Cosima. »Sie verteilen Almosen von dem Geld, das Ihnen nicht gehört. Würden Sie jetzt endlich das tun, was wir vereinbart haben, und mir den tatsächlichen Kontostand nennen?«

»Das Geld auf diesem Konto«, antwortet Barbara, »gehört nicht Ihnen und nicht Ihrer Familie. Es ist Schwarzgeld, das zur Seite geschafft worden ist. Sie beide haben nur eine Wahl. Sie können diese Aktenkoffer nehmen und Adieu sagen. Oder Sie sind nicht damit einverstanden. Dann ist es mir auch recht. Wir bitten die Bedienung, bei der Zürcher Stadtpolizei anzurufen. Die nimmt dann die Koffer zum übrigen Beweismaterial.« Sie nimmt einen Schluck Kaffee und blickt über die Tasse. »Für Sie, Meunier, wäre das gar nicht so dumm. Wenn Sie das Geld brav abgeben, gewinnen Sie als Unschuldslamm enorm an Glaubwürdigkeit.«

»Hören Sie«, wendet Meunier ein, »wir haben das Zwanzigfache zu bekommen …« Er macht eine Bewegung, die Berndorf nur aus den Augenwinkeln wahrnimmt. Sein Blick ist auf Kadritzke gerichtet, den Kerl in der Lederkluft, der plötzlich am Tisch steht und seinen Helm darauf abstellt.

»Machen Sie die Koffer auf«, befiehlt Kadritzke. Barbara zuckt mit den Schultern, schiebt dann aber die Kaffeetasse zur Seite, hebt die beiden Aktenkoffer auf den Tisch und klappt sie auf. Bündel Schweizer Banknoten, mit Banderolen zusammengehalten und sorgsam nebeneinander gestapelt, bieten sich dem Blick dar.

Kadritzke greift nach einem der Geldbündel und blättert ihn prüfend mit dem Daumen auf.

Berndorf, seinen Hund hinter den Ohren kraulend, sieht sich um. An den Nachbartischen wenden sich Köpfe ab, rasch, wie ertappt.

»Ich will Sie nicht drängen«, sagt Barbara in die Stille, »aber bis Sie das alles durchgezählt haben, ist die Polizei hier, ohne dass einer von uns sie rufen muss.«

Kadritzke greift zu einem zweiten Bündel und fährt wieder mit dem Daumen prüfend die Kante entlang. Schließlich hat er genug gesehen. »Machen Sie die Koffer wieder zu.«

Auf der anderen Seite des Tisches steht Meunier auf, die rechte Hand in der Tasche seines Jacketts.

Barbara klappt die Deckel herunter und lässt die Verschlüsse einrasten. Kadritzke klemmt seinen Helm wieder unter den Arm und nimmt mit einem raschen Griff erst den einen, dann den anderen Aktenkoffer auf.

»Egon!«, sagt Meunier, leise, warnend, die Hand noch immer in der Jackentasche.

Für einen Moment verharrt Kadritzke und blickt auf Meunier. Unbeteiligt, gleichgültig.

»Egon«, wiederholt Meunier. Schweigend wendet sich Kadritzke ab.

Hastig schiebt sich Meunier an der Tischecke vorbei, die rechte Hand ist nicht mehr in der Jackentasche, sondern hält eine kleine schwarze Pistole. Er macht einen raschen Schritt auf Kadritzke zu, an Berndorf vorbei, es ist ein Schritt zu viel, ein Schritt, der die Fluchtdistanz zwischen Mensch und Tier unterschreitet, rumpelnd bricht unterm Tisch Felix hervor, gerät zwischen die Beine Meuniers, der stolpernd nach vorne stürzt und der Länge nach auf dem Boden aufschlägt.

Über den polierten Terrazzo rutscht, sich drehend, die kleine schwarze Pistole.

»Ruhig Felix, hierher!« Berndorf ist aufgesprungen und holt die Leine ein. Der Hund, die Ohren zurückgelegt, die Lefzen unterm Maulkorb hochgezogen, lässt widerstrebend von Meunier ab. Berndorf blickt um sich. Barbara steht neben ihm. Kadritzke hat sich der Tür zugewandt. Ein Mann in einer weißen Schürze kommt ihm entgegen und will ihn mit erhobenen Händen aufhalten, aber dann – ohne dass ein Wort gefallen wäre – weicht er zurück und gibt den Weg frei.

Wo ist Cosima? Berndorfs Blick irrt über den Tisch und hakt sich wieder bei Meunier ein, der kniend sich das rechte Handgelenk hält. Gestaucht?

Auf der anderen Seite des Tisches taucht Cosima auf, das Gesicht gerötet, stemmt sich an der Tischkante hoch und läuft blicklos an Meunier und Berndorf und Barbara vorbei, Kadritzke und den Aktenkoffern hinterher, die kleine schwarze Pistole in der Hand.

Was jetzt? Barbaras klare Stimme holt Berndorf ein.

»Du hast doch bezahlt?«

Sicher doch. Ja.

»Dann lass uns gehen.«

Berndorf zerrt den Hund an Meunier vorbei, aber dann versucht es der Mann in der weißen Schürze noch einmal. »Wir haben die Polizei gerufen, bleiben Sie doch, bitte!«

»Das ist Recht«, antwortet Berndorf. »Aber ich muss diesen Hund hier wegbringen, er ist sehr gefährlich …« Noch einmal reißt er Felix zu sich her, der Mann mit der Schürze geht erschrocken zur Seite, wie durch eine Gasse neugieriger und furchtsamer Gesichter werden Barbara und Berndorf und der Hund zur Tür geleitet und verlassen das Café und gehen gerade so schnell, dass es noch nicht wie eine Flucht aussieht, zu dem beigebraunen Ford, der mit laufendem Motor und offenen Türen am Gehsteigrand wartet.

Bei einem Blick zur Seite sieht Berndorf, wie Kadritzke vor der Honda stehen geblieben ist, wartend, wie erstarrt. Nur zwei oder drei Schritte hinter ihm hält Cosima die Pistole auf Kadritzkes Rücken gerichtet, sie hält sie mit beiden Händen. Als sie Schritte hört, wirbelt sie herum und richtet die Waffe auf Berndorf oder Barbara, so genau ist das nicht zu erkennen, es sieht aus, als ob die Mündung vom einen zur anderen irrt.

»Glauben Sie bloß nicht, ich kann nicht damit umgehen…« Cosimas Stimme ist atemlos und franst aus wie ein zum Zerreißen gespanntes Seil. »Mein Vater hat es mir beigebracht. Und Sie bleiben hier. Beide. Bleiben Sie stehen…«

Kadritzke lässt Koffer und Helm fallen und dreht sich um, den rechten Arm angewinkelt. Cosima springt zurück, die Pistolenmündung kehrt zitternd zu Kadritzke zurück und rastet auf ihn ein, groß genug ist Kadritzkes Brustkasten, da ist nichts zu verfehlen, denkt Berndorf und schubst Barbara auf den Beifahrersitz und wirft sich selbst in den Fond, den Hund mit sich zerrend.

Paco haut den Gang rein und startet, dass die Reifen aufkreischen, und weil vorne die Ampel gerade auf Gelb schaltet, schießt der Ford auf der Gegenfahrbahn an der Schlange der wartenden Autos vorbei und schert erst ganz vorne wieder ein, knapp vorbei an der Blechschnauze des ersten entgegenkommenden Wagens.

An einem der Autos hinter ihnen platzt ein Reifen. Falls es ein platzender Reifen ist, der diesen trockenen, scharfen Knall macht.

»Ins Hotel?«, fragt Paco.

»Auf die Autobahn«, sagt Barbara.

Samstag, 17. November 2001

Über dem Münster und der Stadt und dem oberschwäbischen Land liegt ein grauer Wolkenteppich, aber ganz im Süden hat ihn der Föhn aufgerollt und gibt den Blick frei auf das Zackenband der Alpen. Die Luft ist frisch und vertreibt den Anflug von Kopfweh, den Berndorf dem Wetterwechsel zuschreibt oder der Nacht, die wieder eine kurze gewesen ist. Erst gegen Mitternacht hatte Paco sie vor Berndorfs Wohnung abgesetzt.

Und man geht dann auch nicht so einfach schlafen und dreht sich um und schnarcht sich eins. So geht es, Gott sei Dank, doch noch nicht.

Felix läuft ihm voran und weiß schon im Voraus, welche Stellen er beschnüffeln und markieren muss.

Ein Wagen hält neben Berndorf. Für einen Augenblick erstarrt er. Aber es ist nur der rostige Kombi des Pfarrers. Johannes Rübsam kurbelt das Fenster herunter und ruft etwas heraus. Berndorf versteht es nicht und muss sich zum Autofenster vorbeugen:

»Wir haben Sie gestern gesucht. Unser Prälat will mit Ihnen reden.«

Berndorf dankt, der Kombi stößt eine Qualmwolke aus und rollt weiter.

Eigentlich habe ich meinen Job getan, denkt Berndorf. Davon abgesehen, dass es gar nicht meiner war. Er schreitet zügig aus, bis er zu der Hangstraße kommt, denn da muss er seines linken Beines wegen langsamer gehen. Er freut sich auf seine Wohnung und auf Barbara, die noch warm und schlaftrunken in seinem Bett liegen wird.

Den Daimler, der etwas oberhalb des Blocks geparkt ist, nimmt er erst wahr, als er fast schon daran vorbei ist.

Wer weiß, wie bestimmte Dienstkarossen aussehen, erkennt sie sofort. Sie sind nicht anders als andere Daimler. Es gibt kein besonderes Zubehör. Und doch riechen sie nach Besoldungsgruppe B wie ein Rohköstler nach Knoblauch.

Er geht weiter, die Treppe hoch zu seiner Wohnung, schließt die Tür auf. Keine schlaftrunkene Barbara im Bett, von irgendwoher dringt Smalltalk. Berndorf hängt Trenchcoat und Hundeleine auf, Felix stößt mit der Schnauze die Tür zum Wohnzimmer auf, weil er wissen will, was für ein Besuch da gekommen ist. Berndorf folgt und bleibt stehen, weil in seinem eigenen Sessel der Kriminaldirektor Steinbronner sitzt und Tamar ihm gegenüber auf der Couch.

Berndorf nickt Tamar zu und wechselt einen kurzen Blick mit Barbara, die doch schon irgendwie in das Kleid aus braunem Cashmere gekommen ist.

»Das ist gescheit, dass ihr nicht angerufen habt«, sagt er dann. »Ich hätte euch nicht eingeladen. Was wollt ihr?«

»So ist er immer«, sagt Steinbronner anklagend zu Barbara.

»Hast du dich eigentlich vorgestellt?«, fragt Berndorf.

»Das hat er«, sagt Barbara, »und ich habe ihm auch schon gesagt, dass wir uns schon einmal begegnet sind … Aber setz dich doch. Es spricht sich dann leichter.«

Berndorf nimmt einen Hocker und setzt sich dann an den Tisch. Wieso steht Weiß plötzlich auf Gewinn? Keres hat doch verloren.

»Ja, das hat mich überrascht«, sagt Steinbronner, an Barbara gewandt, »Sie müssen schon entschuldigen, ich habe sonst ein gutes Gedächtnis, und Ihr Gesicht wäre mir sicher …«

»Lass das Gesülze«, unterbricht ihn Berndorf. »Es war auf einer Demonstration in Heidelberg, und du hättest ihr den Schädel eingeschlagen, nur hab ich dir vorher den Arm ausgekugelt.« Irgendwer hat die Stellung verschoben, ich muss es von Anfang an nachspielen. Später. Morgen. Wieso duze ich den? Das hab ich 30 Jahre lang nicht getan.

»Ach!«, sagt Steinbronner, »diese Geschichte…«

»Wir hätten gerne von Ihnen gewusst«, ergreift Tamar das Wort, »ob Sie sich gestern Nachmittag in Zürich aufgehalten haben?«

Berndorf und Barbara tauschen einen Blick.

»Ja«, antwortet Berndorf, »haben wir. Ein privater Besuch. In einem Tagescafé beim Schauspielhaus habe ich ein Blumenkohlgratin gegessen. Ist das wichtig?«

»Berndorf«, sagt Steinbronner, »wir sind heute Morgen im Guten gekommen. Aber wir können auch anders, und dann verbringt ihr beide den Vormittag im Neuen Bau.«

»Vielleicht kommen wir besser miteinander zurecht, wenn Sie ihm zuerst erklären, worum es Ihnen geht«, sagt Barbara.

»Bitte sehr«, antwortet Steinbronner. »Bei einer Schießerei in einem Café in Zürich ist gestern ein Mann verletzt worden. Sie beide sind als Zeugen benannt worden.«

»Und deswegen«, fragt Berndorf, »machst ausgerechnet du den Amtsboten?«

»Der angeschossene Mann ist ein gewisser Kadritzke, Egon Kadritzke«, antwortet Steinbronner. »Das weißt du doch. Mit diesem Mann hätten auch wir gerne gesprochen.«

»Und worüber?«

»Wir haben da ein paar Fragen in Zusammenhang mit den beiden Tötungsverbrechen in Lauternbürg.«

»Weiß man denn«, fragt Barbara, »wer da geschossen hat?«

Steinbronner wendet sich ihr zu. »Ich glaube, gnädige Frau, Sie wissen darüber mehr als ich. Sehr viel mehr. Geschossen hat eine junge Frau. Es ist die Tochter dieses Constantin Autenrieth. Und von dieser jungen Frau gibt es eine merkwürdige Aussage ... Am Tatort sind nämlich zwei Geldkoffer mit insgesamt 600 000 Schweizer Franken gefunden worden. Sehen Sie« – Steinbronner beugt sich nach vorne und versucht, Barbaras Augen zu fixieren – »diese Cosima Autenrieth behauptet nun, dieses Geld gehöre ihr, aber Sie, Frau Stein, hätten es von der Bank geholt ...«

»Interessant«, sagt Barbara. »Von welcher Bank denn?«

»Die Aussage der jungen Frau ist sehr unvollständig«, meint Steinbronner. »Eigentlich ist es überhaupt keine Aussage. Sie sagt nur, dass man bitte sehr Sie fragen solle.«

»Ist die junge Frau vielleicht ein wenig verwirrt?«

»Sicher. Gewiss doch. Das ist auch kein Wunder. Aber sie hat wohl darin Recht, dass Sie beide am Tatort gewesen sind. Ich nehme an, Sie sind nicht bloß am Nebentisch gesessen, einfach so?«

»Nein«, antwortet Barbara, »wir saßen mit diesen Leuten zusammen. Und bevor das Schießen losging, haben wir die Beine in die Hand genommen und uns davongemacht. Was sollten wir sonst tun? Ich bin eine schwache Frau, und Berndorf hat keine Lust, sich noch im Ruhestand totschießen zu lassen.«

Steinbronner hat es aufgegeben, Barbara ins Gesicht zu starren.

Er blickt auf den Schachtisch, aber die Stellung sagt ihm nichts.

»Sie wollen uns nicht sagen, was es mit diesen 600 000 Franken auf sich hat?«, fragt Tamar.

»Nein«, antwortet Barbara, »dazu sage ich nichts. Soviel ich weiß, ist sowohl den Zürcher Ermittlungsbehörden als auch der Staatsanwaltschaft Ulm per Eilboten Beweismaterial zugestellt worden. Beweismaterial, das ein sehr helles Licht auf die Umstände wirft, unter denen der Ministerialbeamte Autenrieth verschwunden ist. Wenn dieses Material mit dem gebotenen Ernst geprüft würde, dann hätten Sie, lieber Herr Kriminaldirektor Steinbronner, heute Morgen keine Zeit, mit uns Konversation zu machen.«

Sie steht auf. »Da Sie nun aber hier sind, muss ich daraus schließen, dass die Ermittlungsbehörden die Vorgänge nicht erhellen, sondern verdunkeln wollen. Sie können uns nun gerne mitnehmen. Eine Aussage bekommen Sie unter diesen Umständen von uns jedoch nicht.«

Auch die anderen stehen auf, als Letzter Steinbronner, mit einem betretenen, fast ratlosen Gesicht. »Das wird immer merkwürdiger«, sagt er schließlich, »ich weiß nichts von irgendwelchem Material...«

Irgendetwas jault. Tamar bittet um Entschuldigung und holt ihr Mobiltelefon aus der Jackentasche und meldet sich.

Sie hört zu. »Nehmen Sie das mal«, sagt sie dann und reicht das Telefon an Steinbronner weiter. »Es ist Staatsanwalt Desarts.«

»Sehr freundlich, dass Sie sich herbemüht haben«, sagt der Prälat Wildenrath und geleitet Berndorf in sein Studierzimmer und an den Besuchertisch. Das Licht einer Schreibtischlampe hellt den trüben Novembervormittag auf.

»Sie haben mich gebeten, mit meinem Jenenser Studienfreund zu sprechen«, beginnt Wildenrath, als sie Platz genommen haben. »Dass ich davon nicht gerade rasend begeistert gewesen bin, dürfte Ihnen nicht verborgen geblieben sein. Aber...«

Er breitet die Hände aus und faltet sie dann wieder über seinem Bauch. »Der Mensch ist ein von Natur aus neugieriges Wesen, und ich musste ja annehmen, dass Sie Ihre Frage nicht ohne einen triftigen Grund gestellt haben. Allerdings hat es mir einige Mühe bereitet, meinen Studienfreund zu näheren Auskünften zu überreden, seine Auftragsarbeiten für die Stasi sind ihm aus nachvollziehbaren Gründen ein wenig peinlich.«

Berndorf nickt höflich.

»Nun haben Sie mich nach einer bestimmten Arbeit gefragt«, fährt der Prälat fort. »Und als ich meinem Freund Ihre Fragestellung vortrug…« Er nimmt den Zettel auf, den ihm Berndorf vor drei Tagen gegeben hat, hält ihn weitsichtig von sich und liest missbilligend vor: »›Das Strafgericht über die Hirten – Innerkirchliche Konsequenzen nach 1945‹… Das ist eine Fragestellung, die ich Ihnen nachsehe, weil Sie Laie sind. Aber niemand, der die jüngere Kirchengeschichte wirklich kennt, hätte eine solche Formulierung zugelassen oder sie gar als Thema für eine Dissertation angenommen. Es gab kein Strafgericht über die Hirten, schon deshalb nicht, weil das unterstellt hätte, die Hirten seien in irgendeiner Weise schuldig geworden… Lesen Sie das Stuttgarter Schuldbekenntnis vom Oktober 1945 nach, man ist nachlässig gewesen, hat es an Liebe mangeln lassen, gewiss doch. Aber steht dort ein Wort von einem irgendwie angebrachten Strafgericht, wer immer befugt gewesen wäre, es zu halten?«

»Konsequenzen werden aber doch wohl zu ziehen gewesen sein?«, hört sich Berndorf zaghaft einwenden.

»Die Kirche ist kein Amtsgericht und auch kein Politbüro«, fast zornig wischt der Prälat den Einwand beiseite. »Sie müssen schon entschuldigen, aber Ihre Frage hat meinen Freund missgestimmt. Kennen Sie das, wenn durch das Telefon plötzlich dieses kalte Unverständnis kriecht? Wenn kein Lächeln, kein mimisches oder gestisches Zeichen der Verbindlichkeit das auffangen kann? Er hat mir dann reichlich unwirsch erklärt, dass es selbstverständlich keine derartige Arbeit gegeben hat, nicht in seinen Seminaren. Wohl aber…« Der Prälat lehnt sich in seinem Sessel zurück, die Beine übereinander geschlagen.

»…wohl aber habe er eine Untersuchung betreut über den

weiteren Berufsweg einer kleinen Zahl von Theologen, die wegen ihrer Gegnerschaft zum Dritten Reich Repressalien ausgesetzt gewesen sind und trotz Gestapo-Haft, KZ oder Strafbataillon überlebt haben. Das Ergebnis der Untersuchung bestand darin, dass keiner – oder kaum einer – dieser Theologen nach 1945 in der kirchlichen Hierarchie aufgestiegen ist oder auch nur in die jeweilige Landessynode berufen wurde…«

Der Prälat macht eine Pause und hebt wieder beide Hände, als ob er zeigen wolle, dass die menschliche Natur nun einmal viel Verständnis erfordere.»Mir erscheint das sehr einleuchtend«, fährt er fort. »Das tut doch nicht gut, wenn man den Gemeindegliedern einen Pfarrer zeigt und sagt, seht her, das ist ein besserer Mensch als ihr, der hat mehr Mut gehabt, der hat sich für seinen Glauben sogar in die Strafkompanie schicken lassen oder ins KZ, und dafür erhöhen wir ihn jetzt oder machen ihn zum Dekan…« Väterlich schüttelt der Prälat den Kopf.»Nein, nein, das hätte nicht gut getan.«

»Die Arbeit handelte also von der anhaltenden Diskriminierung von Pfarrern, die keine Nazis waren?«, fragt Berndorf. »Diskriminierung! Wieder so ein Wort aus den Schubladen der politischen Korrektheit«, antwortet Wildenrath. »Es war Fürsorge. Fürsorge für die Gemeinden, Fürsorge auch für die betroffenen Pfarrer, denen kein Gefallen getan worden wäre, hätte man es anders gehandhabt.«

»Sehe ich das recht«, fragt Berndorf, »dass ihr Freund die Arbeit benutzt hat, um sich selbst ein rechtfertigendes Mäntelchen aus anderer Zeit zu stricken?«

»Durchaus nicht«, antwortet Wildenrath. »Er sagt, er habe ganz unverhohlen Hinweise eingebaut, dass Theologen zu jeder Zeit zu merkwürdigen Dingen gezwungen würden. Wer die Arbeit sorgfältig gelesen habe, hätte daraus durchaus den Zwangscharakter dieser Auftragsarbeit erkennen können… Freilich ist das nun wirklich blauäugig. Niemand liest heute noch wissenschaftliche Arbeiten mit der Sorgfalt, die erforderlich ist, um die unsichtbaren Schriftzeichen im Palimpsest zu erkennen.«

»Ist die Dissertation denn angenommen worden?«

»Ja«, antwortet Wildenrath. »Sie ist angenommen worden. Aber das wissen Sie doch. Und Sie wissen auch, wessen Visitenkarte dieser Doktortitel schmückt.«

Die beiden Männer sehen sich an.

»Ich dachte«, fragt Berndorf behutsam, »Ihrem Freund sei unbekannt geblieben, für wen er die Arbeit gefertigt hat?«

»Ist es auch. Aber ich habe mir erlaubt, mich selber kundig zu machen. Im Internet finden Sie die entsprechenden Verzeichnisse.«

»Und welchen Gebrauch werden Sie von diesem Wissen machen?«

»Keinen«, antwortet der Prälat. »Ich sagte Ihnen schon, wir sind nicht das Amtsgericht. Außerdem habe ich meinem Freunde versprechen müssen, seinen Bericht vertraulich zu behandeln.«

»Aber mir haben Sie Auskunft gegeben.«

»Sie haben mich dazu gezwungen. Wen Sie suchten, hatten Sie ja schon im Visier. So werden Sie jetzt jedenfalls nicht behaupten können, die Kirche hätte keine Auskunft gegeben.«

Berndorf steht auf und bedankt sich.

»Und welchen Gebrauch werden denn Sie machen?«

»Sie werden lachen«, antwortet Berndorf. »Ich bin auch nicht das Amtsgericht.«

Marielouise Hartlaub sei mit ihrem Sohn in die Cafeteria gegangen. Das erfährt Berndorf von dem Mädchen, das an diesem Nachmittag keinen Comic liest, sondern eine Abhandlung über Astrophysik, und das auch kein Mädchen ist, sondern eine junge Frau mit einer bereits grauen Strähne im dunklen Haar.

Berndorf dankt und geht wieder durch die Krankenhausflure zurück und das Treppenhaus hinab. Durch die gläserne Außenfront wirft er einen Blick hinaus. Regen schlägt gegen die Front, die Tropfen laufen zu Rinnsalen zusammen und die Scheiben hinab.

Die Cafeteria ist voll besetzt, er sieht sich um, vorne im Foyer bemerkt er einen Trupp Männer in regennassen Mänteln mit merkwürdigen Koffern in den Händen.

»Kommen Sie uns besuchen?«, fragt eine Stimme neben ihm. Es ist Pascal, Berndorf nickt und sagt:»Hallo!«, und lässt sich zu einem Tisch führen, der hinter irgendwelchen Kübelpflanzen mit Immergrün versteckt scheint. Nein, sagt er, Felix, den Hund habe er nicht dabei, das geht nicht im Krankenhaus, habe er sich sagen lassen, aber das sei auch nicht weiter schlimm, »es geht jemand mit ihm spazieren.«

»Ihre Frau?«, fragt Pascal.

»So ungefähr.«

Wenn er genauer hinsehen würde, könnte Berndorf bemerken, dass Pascal das für eine merkwürdige Antwort hält. Aber in diesem Augenblick sind sie auch schon an dem Tisch angelangt.

Marielouise Hartlaub trägt Jeans, ein weites T-Shirt, Wollweste, die Jacke über die Schultern gehängt, denn der eine Arm ist noch immer geschient und in der Schlinge. Auf dem Tisch liegt ein Spiel mit Fragekarten, Trivial Pursuit, Berndorf wundert sich, dass es das noch gibt und nicht alle denkbaren Fragen schon längst von RTL für das Millionen-Quiz aufgekauft sind.

Kann man das mit jemand spielen, der eine Amnesie hat?

Marielouise Hartlaub betrachtet Berndorf aufmerksam, eher vorsichtig als abweisend.

»Vielleicht erinnern Sie sich, ich habe Sie vor zwei Tagen

schon einmal besucht …« Blöder kannst du das bei Gott nicht sagen.

»Er hat dir das Buch von ›Alice im Wunderland‹ mitgebracht«, assistiert Pascal.

»Ja«, antwortet Marielouise bedächtig, »ich glaube, dass ich Sie schon kennen gelernt habe. Aber setzen Sie sich doch … Dieses Spiel ist uns sowieso schon langweilig geworden. Irgendwann sind sich diese Fragen alle gleich. Sie werden sich übrigens wundern, aber ich weiß, was Audrey Hepburn bei Tiffany bekommen hat, und ich weiß auch, dass der Genfer See größer ist als der Bodensee.«

»Aber du weißt nicht, wer das Siegtor bei der WM 1974 geschossen hat«, wirft Pascal ein.

»Nein«, sagt seine Mutter, »das weiß ich nicht, aber ich würde es in einem anderen Zustand als meinem jetzigen wohl auch nicht wissen. Merkwürdiger ist, dass ich Ihnen zwar glaube, dass Sie vor zwei Tagen hier gewesen sind, aber gewusst hätte ich es nicht … Dabei habe ich mich über ›Alice‹ wirklich gefreut. Ich weiß, dass ich es als Kind gelesen habe, und ich habe es jetzt wieder entdeckt. Es ist zauberhaft, weil es immer auch böse ist. Und deswegen hat es mir sogar geholfen, ein Stück meiner Erinnerung wieder zu finden …« Sie bricht ab und betrachtet nachdenklich ihren Sohn.

»Erzählen Sie es mir?«, schlägt Berndorf vor.

»Warum auch nicht?«, sagt sie schließlich. »Am Schluss von ›Alice‹ findet ein Gerichtsprozess statt, die Herzkönigin verklagt den Herzbuben, weil er der Tortendieb sei …«

Mit ihrer ungeschienten Hand greift sie in die Jackentasche und holt das Taschenbuch heraus. »Ich lese euch eine Stelle vor.«

Etwas mühsam blättert sie das Buch mit dem Daumen auf.

»Es geht um ein Schriftstück, das der Staatsanwalt – der Staatsanwalt ist das Weiße Kaninchen – dem Gericht vorlegt und das den Herzbuben überführen soll:

... Dabei faltete das Weiße Kaninchen das Schreiben auf und setzte hinzu: ›Nun ist es doch kein Brief, sondern vielmehr ein Gedicht.‹
›In der Handschrift des Angeklagten?‹, fragte ein zweiter Schöffe.
›Nein, eben nicht‹, sagte das Weiße Kaninchen, ›das ist ja gerade das Sonderbare.‹ (Die Schöffen schauen alle ratlos drein.)
›Er muss eine fremde Handschrift nachgeahmt haben‹, sagte der König. (Die Schöffen waren alle erleichtert.)
›Mit Verlaub, Euer Majestät‹, sagte der Herzbube, ›Ich habe das nicht geschrieben, und das kann mir auch keiner beweisen, es steht keine Unterschrift darunter.‹
›Dass du nicht unterschrieben hast‹, sagte der König, ›macht die Sache nur schlimmer. Du musst ja etwas im Schilde geführt haben, sonst hättest du deinen Namen darunter gesetzt wie ein ehrlicher Mensch.‹«

Marielouise legt das Buch auf den Tisch und lächelt kurz. »Als ich das gelesen habe, wusste ich es wieder. Ich bin auch einmal vor Gericht gestanden, das war in der DDR, und die Gerichtsverhandlung lief genau so ab wie hier im Buch. Nur dass der Staatsanwalt kein Weißes Kaninchen war. Aber wenn er republikfeindliche Hetze nicht nachweisen konnte, so war dies nur ein strafverschärfender Beweis für die besondere Gefährlichkeit und Verschlagenheit der Angeklagten.«
»Alice steht zum Schluss auf«, sagt Berndorf, »und wirft den König und die Königin und ihren ganzen Hofstaat über den Haufen, denn es sind ja nur Spielkarten.«
»Ja, in Wirklichkeit ist das auch 1989 passiert«, antwortet Marielouise. »Mein Verfahren war einige Jahre vorher. Leider überstieg es meine Kräfte, das Kartenspiel zusammenzuwerfen, überhaupt überstieg dieses Wunderland unsere Kräfte. Ich erinnere mich an einen unserer Freunde, es war jemand, der unser Informationsmaterial abgezogen und vervielfältigt hat ... Er war unermüdlich bei der Arbeit, aber die Stasi hatte unsere Papierstapel radioaktiv markiert, um jeden einzelnen

unserer Informationszettel aufspüren zu können. Ich weiß, dass mein Freund davon die Leukämie bekommen hat.«

Berndorf erinnert sich an seinen Besuch in dem Krankenzimmer, in dem Jonas Seiffert lag, todkrank. Damals war noch ein Mann im Zimmer. Marielouise saß vor seinem Bett.

»Wissen Sie, ob Ihr Freund noch lebt?«, fragt er schießlich. Er tut es, obwohl er weiß, dass auch dieser andere Mann tot ist. Sie selbst hat es ihm gesagt.

Sie zögert. »Nein«, sagt sie dann, »ich weiß es nicht.«

»Sie sind damals selbst in Haft gekommen?«

Marielouise blickt ihn fast misstrauisch an. »Sind Sie nicht jemand, der das wissen sollte? Oder testen Sie mich gerade?«

»Es ist mir erzählt worden«, sagt Berndorf.

»Ich war in einer Haftanstalt bei Berlin«, fährt Marielouise fort. »Ich musste in der Wäscherei arbeiten. Wir haben die Wäsche für die Bonzen in Wandlitz und sonst wo besorgt …« Wieder lächelt sie. Es ist ein karges, angestrengtes Lächeln. »Der Dampf, die Hitze, der Geruch, die Empfindung, wie sich die rissig gewordenen Hände anfühlen – das ist alles wieder da. Aber wer Sie sind und warum Sie mich besuchen, und wer die anderen Leute sind, die zu mir kommen, das alles weiß ich nicht. Noch immer nicht.« Sie blickt zu Pascal. »Nicht einmal …«

Sie will weitersprechen, doch schmetternd ertönt Blech, getragen untermalt von Tuba und Bass, die Tassen und Teller auf den Glastischen der Cafeteria beginnen zu vibrieren. Weil es draußen aus Kübeln schüttet, haben die Männer des Posaunenchors im Foyer Aufstellung genommen und intonieren jetzt: »So nimm denn meine Hände …«

Berndorf macht eine Handbewegung, die nach oben zeigt, doch sie schüttelt nur den Kopf. So hören sie geduldig zu, Berndorf sieht sich um, auch an den anderen Tischen hat sich allgemeines Schweigen breit gemacht, weil gegen den Choral nicht anzureden ist. Ergeben lauschen die Patienten in ihren

Bademänteln und die Besucher und deren gelangweilte Kinder, auch der türkischen Großfamilie links hinten bleibt nichts anderes übrig, bis denn der Choral zu seinem erhebenden Ende kommt.

»Was um Gottes willen ist das?«, fragt Marielouise in die plötzlich wieder einkehrenden Stille. »Wir sind doch nicht auf dem Friedhof?«

»Es ist ein Posaunenchor«, sagt Berndorf. »Er kommt jeden Samstag und bereitet die Patienten auf das Jenseits vor. Ist das kein frommes Werk?«

»Im Krankenhaus ganz gewiss nicht«, antwortet Marielouise. »Nicht auf diese Weise. Warum lächeln Sie?«

»Entschuldigung«, sagt Berndorf, »aber Sie haben das schon einmal angemahnt. Als Sie hier jemanden besucht haben, ich nehme an, es war der Freund, von dem Sie erzählt haben, spielten die Posaunisten ›Näher mein Gott zu Dir ...‹. Sie haben das nicht so besonders glücklich gefunden und einen Brief geschrieben.«

»Ach ja«, sagt Marielouise. »Mein Freund war hier? Dann ist das wohl nicht gut ausgegangen, ich sehe es an Ihrem Gesicht ... Und ich habe mich also schon einmal beschwert? Gut, dass ich das weiß ... Aber Sie – warum wissen Sie das alles?«

Berndorf will zu einer Erklärung ansetzen, aber inzwischen haben die Posaunisten die Spucke ausgeschüttelt und heben zum nächsten Choral an. Berndorf lehnt sich resigniert zurück und sieht, wie zwischen den Tischreihen hindurch ein Mann auf sie zukommt.

Es ist Dr. Guntram Hartlaub.

Berndorf steht bedächtig auf. Hartlaub nickt ihm zu und gibt Pascal einen Klaps auf die Schulter und beugt sich zu seiner Frau, aber sie wendet den Kopf ab und der Kuss auf die Wange bleibt ein angedeuteter.

Dann tauscht er mit Berndorf einen Händedruck und dreht

sich um und hört – stehend, den Hut in der Hand – den Posaunisten zu…

Er wolle nicht länger stören, sagt Berndorf, als die Posaunisten wieder das Gerät absetzen, und verabschiedet sich.

»Sehe ich Sie noch einmal?«, fragt Marielouise, als sie Berndorf die Hand reicht.

»Ich glaube nicht«, antwortet er, und hält ihre Hand einen Augenblick fest. »Ich…«

Aber da setzt der Posaunenchor auch schon wieder ein und bläst weg, was immer Berndorf hatte sagen wollen. Er lächelt und nickt Marielouise zu und dreht sich um und geht an den Bläsern vorbei dem Ausgang zu.

Die Posaunisten sind dabei, ihre Instrumente einzupacken, Guntram Hartlaub – auf dem Weg zu seinem Wagen – bleibt noch einen Augenblick beim Dirigenten stehen, einem rotgesichtigen Herrn, und dankt ihm für diese klangvolle Bereicherung des Samstagnachmittags. »Das ist eine sehr schöne Einstimmung auf den Sonntag gewesen, und ich darf Ihnen auch im Namen meiner Frau für das bewegende Spiel Ihrer Bläser danken… Es hat uns allen sehr gut getan.«

»Ich danke Ihnen«, antwortet der Dirigent und wischt sich mit einem großen weißen Taschentuch die erhitzte Stirn ab, »leider hören wir so etwas nicht immer.«

Hartlaub geht weiter, durch die automatisch sich öffnende Tür hinaus ins Freie, und setzt seinen Hut auf. Der Regen hat aufgehört, von Südwest her fegt ein erfrischender Wind über die Anhöhen. Hartlaub bleibt einen Augenblick stehen und atmet durch.

»Ich hätte Sie gerne kurz gesprochen«, sagt eine Stimme neben ihm. Hartlaub verharrt kurz, dann dreht er sich halb um.

»Ich bin leider sehr in Eile«, sagt er und blickt fast mechanisch auf seine Armbanduhr. »Ich habe noch eine Besprechung mit dem Pfarrverein.«

»Ich begleite Sie zu Ihrem Wagen«, sagt Berndorf.

»Wie Sie meinen«, antwortet Hartlaub und geht langsam weiter. »Was kann ich …?«

Berndorf geht neben ihm. »Ich habe sozusagen eine Frage an den Seelsorger.«

»Solche Fragen sollten aber nicht zwischen Tür und Angel besprochen werden«, wendet Hartlaub ein.

»In Zürich und Ulm befinden sich drei Männer unter Mordverdacht in Haft, von denen ich weiß, dass keiner von ihnen das Verbrechen begangen hat«, fährt Berndorf fort, ohne auf den Einwand zu achten. »Zwar sind diese Männer Verbrecher, alle drei, aber diesen einen Mord, der ihnen angelastet wird, den haben sie nicht begangen.«

»Und was ist Ihr Problem dabei?«

»Wenn sie verurteilt werden, geht der wahre Täter straffrei aus.«

»Kennen Sie denn den wahren Mörder?« Hartlaub biegt auf den Gehweg ein, der zu den Besucherparkplätzen führt.

»Ja«, sagt Berndorf, »ich kenne den Täter. Ein Mörder ist er, glaube ich, nicht. Von allen Beteiligten gehört er sogar am wenigsten ins Gefängnis.«

»Ist das nicht eine Entscheidung, die Sie der Justiz überlassen sollten? Und die kann nur richtig entscheiden, wenn sie alle Sachverhalte kennt.«

»In diesem Fall eben nicht«, sagt Berndorf. Er bleibt stehen und legt die Hand auf Hartlaubs Arm. »Sie kannten doch Constantin Autenrieth?«

Auch Hartlaub bleibt stehen. Dann wendet er sich langsam von Berndorf ab, so dass er seinen Arm aus der Berührung lösen kann. »Ich kann Ihnen nicht ganz folgen …«

»Autenrieth«, wiederholt Berndorf, »Constantin Autenrieth, erinnern Sie sich nicht? Der junge Mann, der die Pfadfindergruppe in Lauternbürg aufgebaut hat. Er war der Sohn des Landrats, mit dem Ihr Vater befreundet war …«

»Mir ist mein Vater in einer nicht ganz einfachen Erinnerung«, antwortet Hartlaub. »Sie ist nicht schmerzfrei, verstehen Sie? An Constantin Autenrieth erinnere ich mich aber selbstverständlich, auch wenn ich damals für seine Pfadfindergruppe zu jung war. Und selbstverständlich weiß ich von seinem schrecklichen Tod, es stand ja gerade ausführlich genug in der Zeitung. Aber warum fragen Sie mich hier danach?« Er wendet sich wieder zum Gehen.

»Sie erinnern sich sicher auch an das Haus in Lauternbürg, das über Nacht abgebrochen wurde?«, fragt Berndorf weiter und geht wieder neben ihm her. »Es war Constantin, nicht wahr, der die Idee dazu hatte?«

»Was fragen Sie mich das!« Hartlaubs Stimme klingt ärgerlich. »Aber wenn es denn heute noch eine Wichtigkeit hat: Ja, es war Constantin, der die Idee hatte, ich war damals ein neugieriger Junge und habe mehr mitbekommen, als die Älteren es sich hätten träumen lassen, auch mein Vater nicht…«

»Und was ist es, was sich Ihr Vater nicht hätte träumen lassen?«

Hartlaub antwortet nicht, sondern geht zu seinem Wagen, einem dunklen Passat und schaltet die Türen frei. »Hören Sie – ich habe eine wichtige Besprechung. Ich kann Sie in die Stadt mitnehmen, und dann können Sie mich während der Fahrt befragen. Mehr kann ich Ihnen jetzt leider nicht anbieten.«

Das sei sehr freundlich, meint Berndorf, und er nehme das Angebot gerne an. Sie steigen ein, Hartlaub startet den Wagen und stößt von seinem Parkplatz zurück und fährt los.

»Ich will Ihrer letzten Frage nicht ausweichen«, sagt er, als er auf die Straße zur Stadt einbiegt. »Als dieses Haus abgebrochen worden war, ist auch mein Vater, der Ortspfarrer, dazu von der Polizei befragt worden, von einem Inspektor, einem riesengroßen, knochigen Mann… Ich sehe noch, wie ich ihn zum Studierzimmer meines Vaters bringe und an der Tür bleibe und lausche, denken Sie nun von mir, was Sie wollen!«

»Und was hat Ihr Vater gesagt?«

»Er hat gelogen«, antwortet Guntram Hartlaub. »Mein Vater hat gelogen, so kläglich, wie ich zuvor noch nie jemanden habe lügen hören. Er wisse nichts von dem Abbruch, das Haus sei ja wohl auch unbewohnt und verfallen gewesen, sagte er. Dabei war an jenem Abend eine von den Zigeunerfrauen bei uns gewesen und hatte Hilfe holen wollen, aber mein Vater hatte sie fortgeschickt.«

Berndorf sagt nichts.

»Warum wollen Sie das eigentlich alles wissen?«, fragt Hartlaub plötzlich.

Berndorf antwortet nicht. »Sie haben Autenrieth in Bonn wiedergetroffen.« Er sagt es nicht als Frage, sondern als Feststellung.

Hartlaub muss abbremsen, weil vor ihm ein Radfahrer ist. Die Fahrbahn ist nass und spiegelt die Lichter der entgegenkommenden Autos wider.

»Ja«, sagt er, als er den Radfahrer überholen kann, »sicher habe ich das.«

»War er Ihnen behilflich gewesen, die Stelle bei der ständigen EKD-Vertretung zu erhalten?«

»Die Stelle ist ordnungsgemäß ausgeschrieben gewesen, und ich habe mich beworben«, antwortet Hartlaub. Seine Stimme ist beherrscht und höflich. »Ich wüsste nicht, welchen Einfluss Constantin hier hätte nehmen können.«

»Ihre Dissertation ist bei der Bonner Universität eingereicht worden?«

»Ja.«

»Sie entstand also neben Ihrer Tätigkeit in der Ständigen Vertretung. War das nicht eine zu hohe Arbeitsbelastung?«

»Als junger Mensch kann man einiges aushalten.« Sie kommen an den ersten Wohnblocks des Alten Eselsbergs vorbei. Die Straße ist leer, aus den Wohnungen schimmert das blaue Licht der Fernseher. »Sie wissen, dass dieses Gespräch an ein

Verhör zu erinnern beginnt? Ich frage nicht, ob Sie dazu befugt sind.«

»Ich bin zu nichts befugt, und Sie müssen mir nicht antworten«, erwidert Berndorf. »Sie und Ihre Frau hatten mit der Familie Autenrieth näheren gesellschaftlichen Umgang?«

Hartlaub zögert, ehe er antwortet. »Ich weiß nicht, ob man das so nennen kann. Ich übernahm ab und zu vertretungsweise den Gottesdienst in Bonn-Röttgen. Dort lebten Autenrieths. Ich glaube, ich war das eine oder andere Mal dort zum Tee eingeladen …« Seine Stimme klingt gleichgültig. »Jetzt würde ich aber gerne wissen, wo ich Sie absetzen kann?«

»Wenn es Ihnen recht ist, fahre ich mit Ihnen bis zum Münsterplatz.«

Vor ihnen springt eine Ampel auf Gelb, Hartlaub fährt durch.

»Wann wurde Ihre Frau die Geliebte Autenrieths?«

Hartlaub bremst scharf ab und zieht den Wagen nach rechts in eine Parklücke. Hinter ihm hupt ein Fahrer und blendet auf und zeigt den Effenberger, als er vorbeifährt. Hartlaub lässt den Motor laufen. »Bitte verlassen Sie jetzt meinen Wagen.«

Berndorf bleibt sitzen. »Sie sollten Ihren Pfarrverein anrufen. Sie werden sich um eine Viertelstunde verspäten. So viel Zeit muss übrig sein.«

»Verlassen Sie meinen Wagen.«

Berndorf rührt sich nicht. »Wenn es um die Existenz geht, um das Überleben in einem gesicherten Beruf, sollte eine Viertelstunde nicht zu viel verlangt sein, finden Sie nicht?«

»Muss ich die Polizei rufen?«

»Warum nicht?«, fragt Berndorf. »Nur wird Ihr Pfarrverein dann noch etwas länger warten müssen. Das dauert nämlich, bis das alles protokolliert ist. Diese Geschichte zum Beispiel, wie Sie Ihre Verpflichtungserklärung als IM unterschrieben haben. Oder wie die Stasi Ihnen die Dissertation hat schreiben lassen. Wie Sie im Auftrag der Stasi sich an Marielouise herangemacht haben, um zu verhindern, dass sie ein Netzwerk mit anderen DDR-Dissidenten aufbaut... Was ist mit Ihnen?«

Hartlaub starrt auf das Lenkrad. »Das ist nicht wahr«, sagt er leise.

»Sie haben noch mehr getan«, antwortet Berndorf. »Sie haben Marielouise mit Constantin Autenrieth zusammengebracht. Autenrieth war für ihre Führungsleute hochinteressant, der Sekretär des Bundessicherheitsrats, ein erstklassiges Zielobjekt! Leider aber ideologisch nicht zu knacken. Aber er hatte eine Schwäche. Er war eitel. Er genoss es, brillant oder zynisch oder beides zu sein. Vielleicht hatte er auch Charme, bei der Tochter klingt leiser Verdruss darüber an... Vermutlich war es nicht einmal besonders schwierig, Marielouise für Autenrieth zu interessieren. Ein munteres Gespräch an der Autenrieth'schen Kaffeetafel, leider müssen Sie vorzeitig weg, Sie sind untröstlich, Ihre Frau zurücklassen zu müssen, aber sie ist ja in guten Händen... So ungefähr. Ich stelle mir vor, dass Marielouise erst mal die Stacheln gestellt hat. Sie wird Autenrieth und seine großbürgerlich-weltläufige Attitüde unerträglich gefunden haben, vielleicht haben sie sogar gestritten, aber während sie noch stritten, flogen plötzlich Funken, von denen Marielouise gar nicht mehr wusste, dass es so etwas noch gibt, schließlich war Sie ja mit Ihnen verheiratet... Und irgendwann konnten Sie stolz Ihrem Führungsoffizier mitteilen, dass es geklappt habe und Ihnen ein Gehörn gewachsen sei. Meunier wird zufrieden gewesen sein.«

Hartlaubs Hände halten noch immer das Lenkrad umklammert. »So war das nicht.«

»Dann ist es eben auf andere Weise dazu gekommen«, wischt Berndorf den Einwand weg. »Aber Sie hatten alles unter Kontrolle, von Anfang an. Wusste Marielouise eigentlich, dass es ihr eigener Ehemann war, der ihr all das zugedacht hat? Und dass dieser Ehemann sorgfältig über jeden Schritt, über jede Abwesenheit Report erstattet? Dass er sie so aus-

späht, als wäre er unsichtbar dabei? Und zwar bei jedem gott-
verdammten einzelnen Fick?«

»Sie können mir keinen Vorwurf daraus machen«, sagt Hartlaub mit beherrschter Stimme, »dass ich keine kleinbürgerli-
chen Besitzansprüche an meine Frau gestellt habe. Alles andere haben Sie frei erfunden.«

»Nun, wie kommt es denn«, fragt Berndorf, »dass Autenrieth
plötzlich erpressbar geworden ist? So erpressbar, dass er im
Herbst 1991 keinen anderen Weg mehr gesehen hat, als sich
abzusetzen?«

»Damals hatte ich keinen Kontakt mehr zu ihm«, antwortet
Hartlaub. »Wir sind 1990 nach Stuttgart gegangen…«

»Aber sicher«, meint Berndorf, »Bonn war Ihnen nach der
Wende zu heiß geworden. Kann ich verstehen. Und mit alldem, was aus Ihren beflissenen Dienstleistungen geworden
ist, wollen Sie heute nichts mehr zu tun haben. Ist Ihnen klar,
dass es bereits zwei Tote sind, die auf Ihr Konto gehen?«

»Ich habe mit dem schrecklichen Tod von Constantin Autenrieth nichts zu tun, und erst recht nicht mit irgendeinem anderen Todesfall.«

»Sie haben mitgeholfen, die Falle aufzubauen«, fährt Berndorf
fort, »die Autenrieth das Leben gekostet hat. Erschossen haben Sie ihn nicht, freilich nicht. Sie haben ihn nur ein bisschen
mit ins Verderben getrieben. Und was ist mit Hollerbach, Eugen Hollerbach, Mundgeruch und schlechtes Deutsch? Der ist
doch plötzlich bei Ihnen in Stuttgart aufgetaucht und hat
merkwürdige Fragen gestellt, Fragen nach Lauternbürg und
Ihrem Herrn Vater und dem Herrn Landrat, und nach dem
Sohn von dem Herrn Landrat, der ja leider irgendwie nicht
mehr vorhanden sei…«

»Dieser Hollerbach war bei mir«, sagt Hartlaub, »das ist richtig, aber darüber habe ich der Polizei bereits Auskunft gegeben.«

»Haben Sie der Polizei auch gesagt, dass Sie nach Hollerbachs

Besuch bei Meunier angerufen haben? Meuniers Netzwerk ist auch nach der Wende intakt geblieben. Also waren auch Sie noch immer eingebunden. Für den Fall, dass Autenrieth auftaucht oder sich meldet oder sich sonst ein Hinweis auf ihn ergibt, hatten Sie bei Meunier Bericht zu erstatten. Und dass da einer kommt und solche Fragen stellt – das war ein solcher Hinweis. Da war jemand dran an Constantin Autenrieth, so erschien es Ihnen und so war es wohl auch. Denn Hollerbach hat schon länger nach dem verschwundenen Autenrieth gesucht, unter allerhand windigen Vorwänden. Und als er Sie besucht hatte, ist er nicht gleich weitergefahren. Sein alter VW ist bei Ihnen gesehen worden, als es bereits dunkel war. Auf wen hat er gewartet? Sie wissen es. Er hat auf Ihre Frau gewartet. Und vielleicht hat er sie auch erkannt. Wieder erkannt, sollte ich sagen, weil er sie früher einmal zusammen mit Autenrieth beobachtet hat, beim Liebesspiel in der Jagdhütte, Hollerbach war ein notorischer Voyeur ... Hat er Sie nicht doch noch einmal angerufen? Keine Andeutung? Kein einziger verdruckster schmieriger Hinweis? Ich glaube doch.«

»Das sind alles Hirngespinste«, antwortet Hartlaub.

»Aber Meunier haben Sie verständigt, nicht wahr?«

»Wenn das alles so sein soll, und wenn Sie Beweise dafür haben«, sagt Hartlaub, »warum rufen Sie nicht die Polizei?«

»Ich muss nichts beweisen«, meint Berndorf. »Und ich muss Sie nicht in den Knast bringen. Das werden Meunier und Kadritzke besorgen, falls sie aussagen. Sicher ist das nicht. Ich glaube eher, die beiden werden mauern. Denn mit jeder Aussage reiten sie sich nur tiefer hinein. Vor allem werden sie mit dem Fall Hollerbach schon gar nichts zu tun haben wollen. Schließlich haben Sie ihn ja umgebracht ... Vorläufig also haben Sie nichts zu befürchten. Immer vorausgesetzt, Sie kooperieren mit mir.«

»Ach ja?«, fragt Hartlaub. »Warum sollte ich mit Ihnen zusammenarbeiten? Heißt das, Sie wollen mich erpressen?«

»Wenn Sie es so nennen wollen«, antwortet Berndorf. »Es sind drei Bedingungen, die Sie erfüllen werden. Erstens: Sie werden Marielouise in jeder Beziehung behilflich sein, wenn sie sich von Ihnen trennen will. Zweitens: Sie werden keine Besitzansprüche auf das Kind erheben. Drittens: Sie werden, sollte jemand Sie danach fragen, alles abstreiten, was Sie über die Beziehung zwischen Marielouise und Autenrieth wissen.«

Hartlaub schüttelt den Kopf. »Ich verstehe das alles nicht. Was bezwecken Sie mit alldem? Wollen Sie vor meiner Frau den lieben Gott spielen?«

Berndorf zieht eine Grimasse. »Das würde sie sehr schnell durchschauen. Im Übrigen habe ich nicht die Absicht, Marielouise wieder zu sehen. Aber ich will nicht, dass sie wegen dieser Sache« – er unterbricht sich und zögert, als suche er nach einem Wort – »dass sie irgendeinen Ärger bekommt. Aber mit Ihnen habe ich auch etwas vor.« Er lächelt. »Ich will Ihnen zusehen, wie Sie als Dekan in Ihr Amt eingeführt werden, und ich will Ihrer Predigt zuhören. Und die ganze Zeit sollen Sie wissen, dass da hinten einer sitzt, der weiß, wer Sie sind …«

Der Wind hat die Regenwolken vertrieben, und der Sternenhimmel sieht aus, als sei er frisch gewaschen. Über der Stadt, über den Lichtern der Häuser und der Straßen schwebt das Münster.

»Warum hast du ihm nicht gesagt, dass du Marielouise vor einem Mordprozess schützen willst?«, fragt Barbara. Sie stehen, Arm in Arm, oben an der Wilhelmsburg und warten darauf, dass Felix seine Inspektion der Mauerkanten und des Buschwerks abschließt.

»Ich glaube«, antwortet Berndorf, »Hartlaub hat noch nicht

einmal begriffen, dass es seine Frau gewesen ist, die Autenrieth erschossen hat. Als er von Bonn nach Stuttgart ging, hat er geglaubt, die Vergangenheit sei vergessen und vorbei. Vielleicht hat er sogar verdrängt, dass die Beziehung zwischen Marielouise und Autenrieth auch danach noch weiterging. Aber warum soll ich ihm die Augen öffnen? Übrigens muss ich Marielouise nicht vor einem Mordprozess schützen. Den wird es nicht geben. Wo wären die Beweise?«

»Da ist zum Beispiel das Taschenbuch mit den angefangenen Rätseln.«

»Das kann irgendwo gefunden worden sein«, entgegnet Berndorf. »Und damit beweist es gar nichts mehr. Außerdem ist es weg, gone with the wind, ich glaube, ich hab's versehentlich zum Altpapier getan. Sorry.«

Barbara schweigt.

»Irgendetwas passt dir nicht«, stellt Berndorf nach einer Weile fest.

Barbara schweigt noch immer. »So ganz fein ist das ja nicht, diesen Menschen zu erschießen, einfach so«, sagt sie schließlich. »Du bist doch sonst nicht so leichtfüßig über einen Mord hinweggegangen?«

»Ein Mord war es nicht«, meint Berndorf.

»Was dann?«

»Allenfalls ein Totschlag im Affekt«, antwortet er. »Ich nehme an, Autenrieth hat mit Marielouise noch einmal seinen Spaß haben wollen. Vielleicht hatte er sie auch schon abserviert und es war sie, die noch eines von diesen schrecklichen letzten Gesprächen haben wollte. Er wird ihr erklärt haben, dass er ins Ausland geht, und sie wird gesagt haben, nimm mich mit … Vielleicht hat sie ihm auch gesagt, dass sie schwanger ist, Pascal ist im Mai 1992 geboren. Beeindruckt hat ihn das nicht, schließlich ist er wegen seiner Beziehung zu Marielouise erpressbar geworden. Ich bin sicher, dass er ihr die Schuld daran gegeben hat.«

Berndorf stellt sich vor Barbara hin. »Spielen wir das doch mal nach …«

»Mag nicht die verstoßene Frau spielen«, sagt Barbara.

»Es geht auch so«, meint Berndorf und hebt seine Stimme. »Das glaubst du doch selbst nicht, Schätzchen, dass ich dich da mitnehme? Wie ist es denn gekommen, dass du in meinem Bett gelandest bist, und wer hat dich da hingeschickt? Du hast ja sehr schön die verfolgte Dissidentin gegeben, fast hätte ich dir's geglaubt. Aber jetzt hab ich die Stasi am Hals, warum wohl? Ich denke, du …«

»Genug«, ruft Barbara.

»Eben«, sagt Berndorf. »Das wird Marielouise auch gefunden haben. Und vermutlich war das Gewehr gerade zur Hand, und so hat sie's halt genommen. Vielleicht wollte sie es ihm nur über den Kopf schlagen, das hätte sie schon dürfen, niemand kann von ihr verlangen, dass sie sich als Stasi-Hure beschimpfen lässt. Ja, und dann löst sich ein Schuss … Wenn es so war, war es eine fahrlässige Tötung, oder bestenfalls eine Körperverletzung mit Todesfolge. War es anders und Marielouise hat ihn wirklich und eigenhändig erschossen, dann war's eben ein Totschlag im Affekt … Das eine wie das andere scheint mir mit Marielouises Haft im DDR-Knast längst abgegolten. Außerdem kann ich nicht erkennen, was an dem Schicksal des Constantin Autenrieth so besonders unverdient sein soll.«

»Selbstjustiz haben wir aber eigentlich noch nie so besonders gut gefunden«, wendet Barbara ein. »Und wie sie die Leiche dann entsorgt hat …, also mir sieht das nicht sehr nach einem Unglück und auch nicht nach einem Affekt aus. Einem toten Mann den Bauch aufschneiden, ich bitte dich!«

»Das war ein wenig krass«, räumt Berndorf ein. »Aber sie hat als junge Frau einmal in einer Tierklinik volontiert. Offenbar hat sie dort einen recht unbefangenen Zugriff gelernt.«

Er macht eine Pause. Warum erzählst du ihr nichts von dem

Luftröhrenschnitt? Weil du nicht für sie hausieren gehen musst. »Jedenfalls macht es keine Mörderin aus ihr«, fährt er fort. »Vergiss nicht, dass sie den Koffer mit Autenrieths 50 000 Mark Reisegeld gleich mit in das Wasserloch geworfen hat.«

»Geld war ihr eben nicht wichtig.«

Berndorf überlegt.

Kann es sein, dass es Frauen, wenn es um andere Frauen geht, gelegentlich an Nachsicht und schwesterlicher Liebe mangelt?

»Das soll vorkommen«, antwortet er schließlich, »dass Geld manchen Leuten nicht so wichtig ist. Der Weg des Himmels nimmt von denen, die zu viel haben, um denjenigen zu geben, die zu wenig haben. Hab ich im TaoTe King nachgelesen. Ich kenne jemand, der verteilt Koffer mit 300 000 Schweizer Franken drin, und dann gibt es erst recht Ärger.«

»Das ist noch gar nichts«, sagt Barbara wegwerfend. »Du weißt ja gar nicht, was auf dem Konto wirklich war.«

»Ach ja? Ich denke schon die ganze Zeit, dass du mir das irgendwann mal sagen könntest.«

»Wozu soll das gut sein?«, fragt Barbara. »Im Übrigen ist nichts mehr da. Oder vielmehr wird nächste Woche nichts mehr davon da sein. Verkauft und aufgelöst und der ganze Ramsch überwiesen, Husch, da fiel's wie Asche ab ...«

»Was, um Himmels willen, hast du gemacht?«

»Na ja, erst mal waren die 600 000 Franken weg, die in die Geldkoffer kamen. Dann habe ich Paco etwa so viel gegeben, wie ein guter gebrauchter Lastwagen kostet, damit er sich selbstständig machen kann. Und der Rest wird auf das Konto eines Krankenhauses überwiesen. Eines Krankenhauses in Afrika. Weißt du, mir hatte zufällig jemand einen Prospekt in die Hand gedrückt, auf dem um Spenden gebeten wurde. Und weil da eine Kontonummer draufstand ...«

Sie zuckt mit den Achseln.

»Eigentlich ging es mir so ähnlich wie Marielouise mit Au-

tenrieths Gewehr. Ich nahm halt auch, was gerade zur Hand
war. Und es waren ja nicht einmal mehr ganz 17 Millionen …«

Aus dem dunklen Weg, der von der Burgsteige zur Wilhelmsburg hochführt, kommt leichtfüßig und schattenhaft
ein schwarzer Labrador, erblickt Felix, nähert sich ihm mit er-
hobenem Schwanz und gestelltem Nackenkamm, einen Augenblick lang stehen beide Hunde Seite an Seite, dann wendet sich der Labrador ab und läuft, den Schwanz gesenkt, auf
der Straße weiter, rasch nach einer Stelle suchend, an der er
mit sicherem Abstand markieren kann.
Der Mann, der zu dem Hund gehört, tritt aus dem Weg heraus
und nickt Berndorf und Barbara zu. »Ist doch schön, wenn es
zur Abwechslung mal gewaltfrei ausgeht.« Er folgt seinem
Hund auf den Weg, der um die Wilhelmsburg herumführt.
Barbara und Berndorf blicken sich an, ihre Gesichter sind
ganz nah, dann gehen beide, Arm in Arm, den Weg zur Burgsteige hinunter. Felix läuft an ihnen vorbei, und schon sind
alle drei in der Dunkelheit verschwunden.

Der komplette Kommissar Berndorf

Es gibt vier Bücher, in denen dieser eigenwillige Berndorf und seine zupackende Kollegin Tamar ihre Fälle lösen. Als Ulrich Ritzels Erstling *Der Schatten des Schwans* erschien, meinte Thomas Wörtche: »*Hoffnung für den deutschen Kriminalroman*«. Als *Schwemmholz* den »Deutschen Krimi Preis« bekam, wünschte sich Michaela Grom (ZEIT): »*Kein Zweifel: Von diesem Autor möchte man mehr lesen!*«. Auch für seinen abschließenden Roman »*Der Hund des Propheten*« wurde Ulrich Ritzel ausgezeichnet: mit dem »Burgdorfer Krimipreis«.

Ulrich Ritzel
Der Schatten des Schwans
304 S., geb., ISBN 3-909081-86-X

Ulrich Ritzel
Schwemmholz
416 S., geb., ISBN 3-909081-89-4

Ulrich Ritzel
Die schwarzen Ränder der Glut
416 S., geb., ISBN 3-909081-90-8

Ulrich Ritzel
Der Hund des Propheten
448 S., geb., ISBN 3-909081-94-0

Libelle Verlag

Noch mehr geistreiche Unterhaltung: www.libelle.ch